Bruno Guérard

Jean
Le disciple adolescent

Lecture matérialiste
des 35 blocs rédactionnels
du IVe évangile

ISBN/EAN : 978-235472-151-0

BP 3045 - 69605 Villeurbanne cedex
Dépôt légal : juin 2012

www.golias.fr
redaction@golias.fr

Préface

En ce début du XXIe siècle notre pensée théologique s'enracine de façon irrésistible sur un fond culturel fait d'agnosticisme et d'histoire. Il n'en a pas été toujours ainsi puisqu'au contraire, depuis plus de cinq siècles et peut-être beaucoup plus, la pensée était bâtie sur un fond culturel de croyance en une vérité dogmatique intemporelle. Depuis des millénaires, même, il était naturel de croire à toute une série de forces et de réalités surnaturelles. Et il fallait faire effort pour s'extraire de la crainte de ces forces et du fond de croyances communes, afin de penser de façon nouvelle et autonome.

Mais depuis que le « je pense donc je suis » cartésien a commencé laborieusement à s'extraire de la croyance, nous ne cessons de penser à partir d'un doute général. Nous devons continuer à penser à partir de rien, pour continuer à exister personnellement et intérieurement. Cependant, comme toute pensée laisse des traces écrites ou orales, dans la mémoire individuelle d'abord, dans la mémoire collective, ensuite et surtout, nous vivons sur un fond qui est fait à la fois d'histoire de la pensée et d'une table rase des croyances générales.

Ceci est désormais le paysage du fond de l'œuvre théologique. La théologie ne peut plus être dogmatique. Elle est désormais historico-critique.

Dans ce paysage, le statut des écrits de la Bible ne peut faire exception et demeurer seul à l'écart du doute et de l'histoire critique. Parmi eux, les écrits de l'Ancien testament sont soumis notamment à une exigence d'inventaire, pour leur haute teneur de violences, de massacres et de promesses divines incitant aux massacres et aux violences. Au sein de l'Ancien testament, une série de prophéties avaient tenté de palier à ce paysage des propos de Dieu et des hommes, inadmissibles au regard des droits de l'homme, en rêvant d'un serviteur souffrant et d'un Messie monté sur un ânon pour inaugurer un royaume mettant au rebut toutes les charreries et les cavaleries. Mais le but de l'Ancien testament était de justifier religieusement l'accaparement d'une terre par un peuple.

Cette terre n'était pas à lui mais il l'avait imaginée promise par Dieu. Le Nouveau testament, quoique dise l'évangile de Matthieu sur le respect intégral du vieux testament, s'est construit au contraire sur une tentative de redressement pacifique de ces anciens livres guerriers et fondamentalement colonialistes.

La construction culmine sur un évangile de Jean qui constitue un défi à l'analyse historico-critique de l'ensemble du genre littéraire évangélique.

Délaissant toutefois ce quatrième évangile, dans une sorte de maïeutique nécessaire, les historiens ont fait des progrès énormes pour retrouver dans les synoptiques, sous les couches de lectures croyantes de deux millénaires, des ilots de textes semblant résister à l'essentiel des critiques. Ces ilots de rédaction, vraisemblablement historiques, permettent de penser que ces écrits n'ont pas été totalement rédigés a posteriori pour justifier la foi des premiers chrétiens et les sauver du désespoir causé par la disparition du messie en lequel ils avaient cru et de l'attente d'un retour annoncé qui ne venait pas.

Au sein de cet ensemble des quatre évangiles, grâce à la critique, il semble dès lors que plus on arrive à constituer ces ilots d'historicité probable, plus le quatrième évangile parait inutilisable pour découvrir le véritable Jésus de l'histoire. Trop théorique et trop construit, bourré de longs discours, de premiers propos théologiques d'une école johannique, on ne pourrait rien trouver d'historiquement fondé en lui.

Les recherches qui suivent tentent d'ouvrir d'autres voies dans ce paysage.

Pendant des années, les exégètes ont eu raison de travailler d'abord à une première étape, en toute rigueur, à partir des possibilités d'historicité des synoptiques. Un immense travail s'est effectué qui permet maintenant d'aborder l'historicité de l'évangile de Jean. Afin d'avancer, on peut comparer d'une part ce qui existe chez lui de parallèle et qui paraît à la science historico-critique comme admissible chez lui, comme chez les synoptiques. On va donc repérer des phénomènes d'attestation multiple entre lui et les synoptiques. Ces parallèles ne sont pas un si mince ensemble.

Enfin, avec l'expérience acquise sur les synoptiques et sur ces parallélismes, on peut dépasser une historicité restreinte au niveau du propos, du mot, de gestes bien délimités, pour construire une théorie d'historicité plus large, convenant mieux à la littérature johannique. L'évangile de Jean peut apporter une historicité au niveau d'un contenu fondamental, considéré comme probable ou certain. Ce travail ici présenté va tenir compte de ces deux possibilités

I[e] partie
Genèse d'une lecture matérialiste et historique du quatrième évangile

Histoire d'une recherche

Ce n'est qu'au bout de plusieurs années que la reprise du Johannisme sous l'angle de l'historicité m'a semblé s'imposer. Il y eut plusieurs étapes. Il me fallait partir des travaux de Xavier Léon-Dufour reprenant une lecture « synchronique » du quatrième évangile.

Il laissait de côté des théories supposant plusieurs phases d'écriture. Désormais les travaux éminemment respectables du père Marie-Émile Boismard, de l'École de Jérusalem, devaient être remisés. Il paraissait nécessaire de refuser des hypothèses tendant à dissocier de multiples petits fragments de cet évangile en le disloquant, dans le but de trouver quelques données historiques semblables à ce que l'on trouve dans les synoptiques. L'unité et la convergence des ensembles rédactionnels et des contenus de cet écrit étaient au contraire manifestes.

Secondement, en ayant intégré les apports de John P. Meier et tout en respectant le travail fait sur les synoptiques, il ne fallait pas juger cet évangile à partir des synoptiques mais travailler Jean à partir de Jean lui-même et de son contenu particulier. L'évangile de Jean devait également subir une critique historique, mais prenant de la distance avec les critères et les techniques adoptées pour les synoptiques.

Enfin il m'a semblé que l'on avait trop vite éliminé les leçons que l'on pouvait tirer de la question des langues parlées et des langues écrites qui avaient pu être utilisées par le Jésus historique et qui étaient utilisées dans la Palestine du premier tiers du premier siècle. Des failles apparaissaient en effet, dans la conception qu'on en avait dans la recherche d'un Jésus historique, juif parlant l'araméen, un peu l'hébreu à la synagogue, et le grec pour ses « formalités et relations » d'artisan du bois. C'est pour cela qu'avant de dépouiller, bloc par bloc, le texte de Jean, je commence par trois chapitres expliquant la genèse de quelques questions préalables.

1

Le Jésus de l'histoire était-il trilingue ? Jusqu'où le plurilinguisme de sa région d'origine avait-il pénétré sa pensée ?

La première étape fut simplement une phase d'interrogation ouvrant des pistes : Et si Jésus Christ était trilingue ? Si oui, la compréhension de l'évangile de Jean se posait autrement.

Rappel d'un contexte géopolitique

Imaginer un Jésus historique parlant exclusivement un araméen local galiléen, puis, au lendemain de la chute de Jérusalem, les premières communautés chrétiennes traduisant leurs souvenirs en grec, à la faveur de leur migration et de l'éclatement d'Israël, relève d'une lecture angélique et simplificatrice de la réalité géopolitique d'un moyen Orient occupé par une succession d'empires depuis deux millénaires, et tout spécialement entre 300 avant J.C. et 100 de notre ère. Ce serait sous-estimer les réalités des occupations militaires, économiques et culturelles de la Palestine. À l'époque de Jésus, après 40 ans d'occupation romaine, la pratique de ce multilinguisme n'était pas une nouveauté et ne pouvait que se poursuivre.

Le multilinguisme de cette région est attesté par les recherches archéologiques depuis plus de 1500 ans avant J.C. Depuis notamment les fouilles de Ras Shamra/Ougarit, archéologues et spécialistes des langues sémitiques identifient une situation bien antérieure et durable de multilinguisme écrit, supposant un multilinguisme oral simultané.

En fait, cette région parle plusieurs langues en raison de sa richesse et de sa position. Plaque tournante économique et politique, elle voit naître et s'imposer les alphabets cunéiformes et des alphabets locaux à l'origine des alphabets modernes, notamment le phénicien et le grec. Depuis plus d'un millénaire, ses populations sont également soumises à des langues internationales, importées par les vainqueurs, d'abord le sumérien, puis l'akkadien. L'araméen lui-même, avant d'être devenu une langue maternelle locale est, en Syrie et en Palestine, une langue internationale imposée par des empires dominant le pays depuis la vallée de l'Euphrate. Il est une étape transitoire conduisant à la domination du grec. Les populations palestiniennes du début de notre ère n'étaient donc pas une exception si elles étaient coutumières d'un parler simultané multilingue leur permettant de se comprendre.

Un autre Jean, une autre culture

Il faut lire l'évangile de Jean pour lui-même. C'est un autre témoignage d'une culture différente sur le parcours de Jésus, celui d'un homme profondément marqué par les derniers grands prophètes, en particulier le dernier Isaïe et par la littérature sapientielle de l'Ancien testament. Il a déjà digéré des éléments de la culture grecque, soit indirectement, soit directement, par la Septante et les a intégrés à sa culture hébraïque, sémitique et juive.

Pour cela, il faut admettre que ce Jean n'est pas l'apôtre Jean, le second fils de Zébédée, un pêcheur de lac, habitué à penser en Galiléen, un araméen du nord de la Palestine, moins à l'aise dans la langue cultuelle hébraïque et encore moins en grec.

Le quatrième évangile est écrit par un autre Jean, et ou sous sa conduite, par une école de ses disciples. Il est d'ailleurs abondamment signé dans son texte par dix ou quinze occurrences ou allusions « à l'autre disciple » ou au disciple « que Jésus aimait ». L'évangile de Jean est celui d'un habitant cultivé de Jérusalem, passablement érudit, connaissant bien l'hébreu et le grec. Ce texte permet de faire des conjectures sur l'état linguistique et culturel du monde juif des quatre siècles allant de la fondation d'Alexandrie à la chute de Jérusalem.

Quelques indices : Jean emploie certains mots grecs ne se trouvant que dans un contexte très particulier, montrant sa dépendance de la tradition sapientielle et de la langue de la Septante, la traduction grecque de l'Ancien testament datant des IIIe et IIe siècles av. J.C. Il bénéficie d'une profonde culture vétérotestamentaire et manifestement d'une pratique du grec de la Septante qui se comprend mieux à la charnière entre le dernier siècle avant J.C. et le premier siècle de notre ère, dans des milieux cosmopolites de la Palestine, point de rencontre de la diaspora.

Un exemple parmi d'autres, lu chez Xavier Léon Dufour. Dans un passage clé (Jn 12,37-43), au terme du parcours messianique, où Jean, et probablement Jésus avec lui, s'interrogent sur l'incrédulité des interlocuteurs de ce dernier, Jean éprouve le besoin de citer deux fois Isaïe, faisant expressément mention de sa source. Il cite une première fois Isaïe dans la version de la LXX, restant fidèle au mot à mot du texte grec de la Septante, puis il le cite une seconde fois en s'éloignant du texte d'origine.

La question qui mérite d'être débattue est de savoir comment choisir entre deux hypothèses : est-ce que Jean se met à utiliser une version grecque d'un livre de l'Ancien testament parce qu'il écrit à une date postérieure à la destruction de Jérusalem, alors qu'auparavant il en utilisait une version hébraïque ? Ou bien est-ce qu'il a toujours utilisé cette version grecque de la Septante ? Cette version avait-elle cours, dès les débuts du Ier siècle, par exemple, dans les occasions de la pratique religieuse courante à laquelle il participait ? Pouvait-elle être utilisée lors des études d'un garçon appartenant aux milieux de l'aristocratie et des familles sacerdotales ? Cet usage d'une version grecque devait d'ailleurs exister, concurremment ou non, avec celui d'une version hébraïque.

Ce n'est plus seulement une question d'indices occasionnels lorsque l'on constate que Jean cite généralement l'Ancien testament en utilisant la version de la Septante ou une autre version grecque, dont le texte ne suit pas littéralement la version hébraïque.

Plus frappant encore, les évangélistes dans leur ensemble, et Matthieu le plus juif d'entre eux, citent aussi l'Ancien testament à partir de la Septante. On renouvelle ainsi la question. Les évangélistes dans leur ensemble ont-ils pratiqué une version hébraïque de l'Ancien testament avant la chute de Jérusalem et ont-ils changé de version après la chute de la ville, en passant à une traduction grecque ? Ou bien ont-ils toujours pratiqué, concurremment ou non, une version grecque ?

Même l'évangéliste Marc, inspiré par Pierre, le Galiléen, le pêcheur d'eau douce, écrivant peu avant la chute de Jérusalem, utilise la version de la LXX. Et la citation la plus critique de son texte en est également extraite, dans son récit des confrontations de Jésus avec les scribes et les pharisiens (Mc 12,35-37), à la veille de la passion. C'est cette citation du psaume 110 : Comment se fait-il que David dise en parlant de son fils, le Seigneur dit à mon Seigneur, « siège à ma droite » ? Notons que les Actes des Apôtres utilisent également cette même citation et la formule de la LXX, pour en faire le point central de l'évangile « du lendemain », le premier discours de Pierre à la foule, le jour de la Pentecôte.

Le seul texte témoin d'une écriture lue par la population et faisant référence à la langue dans laquelle il était écrit

N'ayant dans les textes que peu de témoignages explicites sur les langues parlées, il est remarquable que le seul texte témoin d'une écriture lue par la population et faisant référence à la langue dans laquelle il était écrit, est celle de l'écriteau apposé sur la croix, attestant d'une écriture trilingue, en hébreu, en grec et en latin. Cette mention est précédée de façon immédiate d'une autre indiquant qu'elle a été lue par beaucoup. De là à penser que cette écriture en trois langues a facilité sa lecture par beaucoup ? Le texte nous y conduit, utilisant expressément une conjonction indiquant un lien de causalité.

La traduction de la Septante, un texte ancien à l'époque de Jésus

Puisque la LXX semble être la référence des évangiles écrits en grec, de quand date-t-elle ? Moins 230 avant notre ère, environ. On se demande pourquoi, aux temps du parcours évangélique et de l'audition par Pierre et Jean des paroles de Jésus, cette version grecque circulant depuis deux cents ans ne serait pas utilisée dans la Galilée et dans la Jérusalem du Ier siècle et pourquoi elle n'apparaîtrait subitement qu'au lendemain de la chute de Jérusalem dans des lieux où les judéo-chrétiens se mettent à écrire des évangiles et à mettre à plat leur théologie.

Bien au contraire, d'importantes raisons de logique peuvent être invoquées pour penser que cette langue qu'est la Koinè, ce grec populaire, mi sémitique mi grec-oriental, une production vraisemblable des milieux de la diaspora juive, est un vecteur couramment usité dans la vie commune de Palestine et du bassin méditerranéen oriental des deux derniers siècles avant J.C. et au premier siècle de notre ère.

Il faut penser aussi que la traduction de la LXX, en concurrence avec les anciennes versions hébraïques, a pris l'avantage à la fois économique et intellectuel, dans la production théorique et cultuelle du monde juif entre moins 230 et plus 70. Nous sommes à l'époque où l'évolution de la pensée vétérotestamentaire est dominée par les sapientiaux, ceux-ci étant influencés par des courants de pensée en provenance de la pensée grecque.

Le poids de la langue des occupants

C'est donc le moment où l'Est du bassin méditerranéen passe sous la coupe des grandes invasions occidentales, la plus marquante étant celle d'Alexandre le grand, lequel fonde Alexandrie. Cette ville devient la première du bassin méditerranéen et un foyer dominant la culture. À la même époque, à l'Ouest du bassin méditerranéen, dans un autre contexte géopolitique, et pour d'autres raisons, les grandes villes ont toutes aussi leur période grecque, par exemple en Gaule, Marseille et Lyon.

De conquêtes en conquêtes, la région dont fait partie la Palestine et sa capitale Jérusalem, sont dominées par des armées parlant le grec, imposant leur langue aux peuples conquis. Ceux-ci l'utilisent pour toute une série d'actes de la vie publique courante, paiement des impôts, corvées, construction de fortifications et des édifices des occupants, procès, justice et application de la justice. Au bout de deux cents ans, tout le monde « baragouine » le grec. On est dans la situation des personnes originaires du Maghreb, aujourd'hui, qui, même entre elles, commencent une phrase en berbère ou en arabe et la finissent en français. Notre époque, le Xx[e] siècle et le début du XXIe sont bien placés pour comprendre ce phénomène. Les empires coloniaux ont imposé l'usage mêlé des langues des métropoles et des langues locales. C'est ce qu'on appelle le « parler Sabir ». Aujourd'hui, alors que les Etats unis d'Amérique imposent une invasion de l'anglais, on redécouvre qu'une autre période du passé a connu transitoirement une internationalisation semblable d'une langue dominante.

Aux temps de Jésus, on a donc vraisemblablement la situation suivante : tout le monde s'exprime le plus souvent dans sa langue maternelle mais emprunte fréquemment des éléments de la langue des occupants. Par ailleurs la région est de tout temps un melting-pot de races, d'ethnies, de langues et de micro nations. Tous ces milieux se compénètrent, voisinant de village à village, continuant chacun à utiliser leur langue maternelle propre. Mais la langue la plus commode à pratiquer entre peuples occupés différents est celle de l'occupant et tout le monde est obligé de la connaître et de la pratiquer.

Par ailleurs, à cette époque où l'on passe de la domination d'un occupant grec à celle d'un occupant romain, il ne faut pas oublier qu'à Rome même, une partie importante de la population, les classes sociales supérieures, parlent grec couramment. Les nouveaux conquérants romains, eux-mêmes, utilisent donc le grec dans leurs relations avec les occupés.

Pour revenir à un exemple précis, le procès de Jésus devant Pilate n'a aucune chance de s'être déroulé en araméen ni en hébreu. Pilate n'avait que faire d'apprendre les patois du lieu, d'autant qu'ils n'étaient pas les mêmes entre la Judée et la Galilée et que la ville qu'il devait pacifier recevait chaque année des pèlerins de tout le bassin méditerranéen. Ce procès s'est donc déroulé soit en latin soit bien plus vraisemblablement en grec. Dans les quatre évangiles, aucune trace de difficulté de langue, pour Jésus ou pour quiconque, ne semble avoir été mémorisée par les témoins et les évangélistes.

Des arguments économiques

Des arguments économiques accompagnent les réalités militaires et politiques, dominant les productions culturelles et vont dans le même sens. Dans cette période, le peuple juif est le peuple le plus attaché à une série de livres sacrés. Il faut plutôt parler de rouleaux de papyrus que de livres. Alexandrie maîtrise le marché du papyrus et de ces rouleaux de papyrus. C'est la ville la plus instruite, la plus puissante économiquement. De plus les rouleaux ne deviennent livre que lorsqu'ils sont copiés à la main, à partir d'un original. Evidemment les copistes sont plus nombreux autour des bibliothèques. Face au centre de copie qu'est Alexandrie, Jérusalem existe vraisemblablement comme second centre de copie, peut-être pour les copies des textes sacrés en hébreu. L'industrie de la copie de Jérusalem travaille peut-être aussi sur les copies en grec, si elles se vendent bien dans les villes d'Asie mineure et d'ailleurs. Mais le support des copies vient entièrement d'Alexandrie.

La plus grosse clientèle est celle des lieux de culte servant aussi de lieux d'apprentissage de la lecture et de l'écriture. Quand on fonde une synagogue en Palestine, ou partout ailleurs dans le bassin méditerranéen, le plus coûteux est l'achat des fameux rouleaux. S'ils sont plus faciles à trouver en grec, notamment pour les textes de la dernière période, les prophètes et les sapientiaux, langue dans laquelle certains ont été composés avant d'être traduits en hébreu, certaines synagogues ne s'équipent-elles pas en rouleaux, selon la version des LXX ?

Pour le moment il ne s'agit que de formuler des hypothèses vraisemblables. Nous cherchons à comprendre les choses avec vraisemblance, qu'elles soient possibles, réalisables. Ultérieurement il sera peut-être temps d'avoir une réflexion globale. La difficulté est que les archéologues n'ont encore jamais fouillé, en Judée ou en Galilée, de ruines de synagogue du Ier siècle enfermant encore ses rouleaux. Au jour de l'invasion et de la terrible défaite finale, les juifs de Palestine se sont enfuis, emportant peut-être ce qu'ils jugeaient le plus précieux et le plus couteux, vraisemblablement les rouleaux de papyrus contenant les copies des textes sacrés.

Lorsque l'on s'enfuit dans une débâcle, une destruction, une catastrophe majeure, ce qui paraît vraisemblable aussi, c'est que l'on reste sur la même version des rouleaux manuscrits. S'il survient une très mauvaise période, il est difficile d'en profiter pour passer à une nouvelle version. On n'a pas les moyens de racheter une nouvelle collection coûteuse. Et c'est encore plus vrai, si l'on est judéo-chrétien et que l'on s'enfuit tout en étant exclu des synagogues d'obédience orthodoxe.

La conclusion de ces hypothèses est qu'il est « plus vraisemblable » que les juifs restés fidèles au judaïsme comme les judéo-chrétiens, passant au christianisme et se détachant du judaïsme, n'ont pas changé de langue et de version pour les manuels missionnaires et les textes liturgiques au moment de la fuite résultant du saccage de Jérusalem. Ils étaient déjà auparavant sur la version de la LXX et d'autres versions grecques, et vraisemblablement depuis un temps assez long, pour s'être imprégnés de son contenu culturel et théologique et avoir déjà transformé la Koinè en langue commune, celle-ci servant notamment pour les contacts de groupes à groupes, de bassin à bassin, et pour les échanges avec les occupants.

Premier aperçu sur le personnage de Jean

Revenant à l'analyse interne des textes, considérer que « l'autre disciple », l'auteur de l'évangile de Jean, maniait bien le grec de la Septante permet de le lire beaucoup plus à l'aise, de le lire pour lui-même et de mieux comprendre son apport, sans calquer sur son texte des préjugés tirés de la lecture des synoptiques.

Ce disciple se déclare présent dès les débuts du parcours de Jésus, puisqu'il est déjà disciple du Baptiste. Mais c'est un homme de Jérusalem, ami de la famille du grand prêtre, de l'entourage de Nicodème et de Joseph d'Arimathie. Plus jeune que les apôtres, il souffre peut-être d'un certain absentéisme durant le parcours en Galilée. Il est meilleur dans les navettes entre Jérusalem et la Galilée. Il s'occupe probablement aussi de son domaine, et peut-être poursuit, à certaines périodes de l'année, ses hautes études trilingues. Il semblerait absent lors de certains moments importants, notamment lors de la désignation des douze, lors de la transfiguration. Mais il est présent lors de la multiplication des pains et dans la barque de la tempête apaisée. Par contre il devient très assidu lors de la deuxième partie du parcours, plus marqué par une forte clandestinité et mémorise bien les propos en petit cercle de Jésus.

Ce disciple est un élève des écoles de théologie juive de son temps qui perçoit avec une très grande sensibilité le conflit entre Jésus et la religion juive. Il est celui qui perçoit le mieux la rupture épistémologique issue de l'hellénisation de la pensée sémitique. Il pressent les conséquences théologiques de l'identification d'un Fils à côté d'un dieu Père. C'est le début d'un développement d'une fracture entre le monothéisme absolu de la religion juive et la révolution provoquée par la question identitaire de Jésus, créant un monothéisme dialectique. Il est aussi celui qui entend mieux les discours sapientiaux de Jésus, développant les concepts généralisateurs de la Parole, et de la Sagesse. Peut-être devient-il le confident qui permet à Jésus de mieux se lire dans le miroir d'un auditeur saisissant bien une partie de ses intuitions profondes.

En tout cas ce témoin qui manque de chance lors du début du parcours, collectionne les chances de la seconde partie en visionnant mieux certains évènements majeurs, les grands « égo » du Maître, en particulier dans le Temple, et la vision d'une « élévation » sous-jacente jusque dans la passion, comme l'image du serpent d'airain au désert du Sinaï, apprise « aux écoles ». Enfin il fait le déplacement avec Pierre devant le tombeau vide et le raconte. Ses oreilles et ses yeux ne s'arrêtent pas, comme les hommes proches de la terre de Galilée, à la poésie des paraboles, des images rurales ou des intérieurs simples. Il se frappe moins au spectacle des signes et des renvois du démon. Une fois qu'il a saisi trois ou quatre signes, il ne lui paraît plus nécessaire de répéter. L'essentiel pour lui c'est de se rappeler des déclarations inimaginables aux yeux d'un homme juif cultivé : « Il faut naître de nouveau » ; « Avant qu'Abraham fut, je suis » ; « Si quelqu'un a soif qu'il vienne à moi et qu'il boive ». Pour produire le commentaire du prologue, même par l'intermédiaire d'une école de disciples, enfin, il faut avoir acquis une culture sapientielle et être un bon lettré de la nouvelle langue culturelle internationale.

La rencontre avec les grecs de la diaspora en pèlerinage

On peut également noter un trait instructif du quatrième évangile, un épisode significatif, l'équivalent de la transfiguration des synoptiques, mais se déroulant chez Jean, à Jérusalem, au chapitre 12. Ce sont des grecs qui sont à l'origine de l'épisode s'achevant sur une voix venant du ciel. Ne regardons que le problème linguistique. Le texte est rédigé de telle façon que l'on comprenne que Jésus lui-même parle grec à ces gens. Il y a un continuum des scènes énumérées, depuis la demande des pèlerins s'adressant à Philippe, la concertation entre Philippe et André, l'arrivée devant Jésus, la réponse de Jésus, son propos intime au Père en forme de prière, la voix et finalement les dire de la foule. On ne sait pas si on s'exprimait, et la voix dans le ciel elle-même, en araméen, en hébreu ou en grec, mais ce qui est certain c'est que ces grecs étaient là, de plein pied, avec leur langue, et que tout le monde se comprenait. C'est un continuum. Inutile de préciser, comme dans la scène de la Pentecôte des Actes, que chacun entendait dans sa langue maternelle.

Le grec dans le groupe des apôtres et chez les synoptiques

Mais ce n'est pas seulement pour le seul évangéliste Jean que ce bilinguisme ou ce trilinguisme, avec l'hébreu, conduit à réviser la lecture exégétique actuelle. En effet, le lettré de la capitale n'est peut-être pas seul, habile à penser et à parler le grec. Dès les premières pages du quatrième évangile, on observe chez les disciples du Baptiste deux hommes portant des prénoms grecs, André et Philippe, qualifiés d'originaires de Bethsaïde. On pouvait donc vivre dans une cité « bien de chez nous », être juif et avoir des parents vous donnant un prénom grec.

Tout le groupe des apôtres pratique aussi, peut-être, cette langue, au moins pour la communication du quotidien. Un épisode de Marc est significatif, celui de la femme syro-phénicienne venant demander la guérison de sa fille et à qui l'on répond que les enfants juifs doivent manger d'abord, laissant les miettes aux petits chiens. Cela se passe en terre étrangère. Le groupe doit donc se faire comprendre dans une autre langue que l'araméen de Galilée. Le texte est précis et révèle l'ethnie de la femme. Elle est syro-phénicienne, donc bénéficiant peut-être déjà de la langue locale de ce petit pays. Mais on nous dit en plus qu'elle est grecque, comme d'une distinction supplémentaire. Si elle est grecque, c'est qu'à l'intérieur de son ethnie, il y a des micro-communautés parlant le grec. Elle parle donc cette langue et on la comprend dans cette langue. Vraisemblablement on s'adresse également à elle, dans la même langue. Donc Pierre, bien que moins instruit que Jean et Jésus, parle grec. Voilà un témoignage ponctuel, tiré de l'évangile considéré comme le plus ancien et le plus chargé de véracité historique et sociologique.

Dans ce groupe de disciples, Jean et Pierre pouvaient cependant être hellénisés avec des degrés différents, en un temps où tout apprentissage des langues passait par des techniques orales et par une formation en autodidaxie, notamment pour ces artisans et ces ruraux de Galilée.

Qu'en serait-il alors de Jésus lui-même, en matière de trilinguisme ?

Fils d'artisan, et non de paysan éleveur ou de pêcheur, son appartenance socioprofessionnelle est peut-être un facteur favorable. L'hellénisation transfère des moyens d'échange techniques et pas seulement une culture philosophique. Les artisans ont davantage d'occasions de s'adresser aux soldats et aux fonctionnaires de l'occupant pour le paiement, la définition des objets à réaliser, la construction. Plus mobiles dans leurs activités, le langage commun est encore plus nécessaire pour eux. S'ils travaillent dans le village d'une autre ethnie, ils font plus facilement appel au langage facilitateur. Joseph, fuyant Hérode, est plus capable d'aller travailler sur le chemin de l'Égypte, s'il peut parler un peu de grec pour les nécessités de la vie courante ou celles du métier.

La « scolarisation » de Jésus est aussi une question importante. L'originalité de son message et l'autorité de ses propos sont attestées par les témoins. Il ne peut que sortir de l'école de la synagogue de Nazareth où les enfants de familles aisées du village apprennent à lire, écrire et compter sous la conduite d'un chef religieux, dans l'environ immédiat du lieu de prière, en utilisant des rouleaux manuscrits du culte.

À l'image de toutes celles de bourgs plus ou moins importants, quels manuscrits cette synagogue possède-t-elle ? C'est la grande question. Ses rouleaux des écritures sont-ils en hébreux ou en grec ? Voire quelques-uns en hébreu, d'autres en grec ? Comme le montrent les citations des évangiles, et celles des discours de Pierre dans les Actes, ce sont le plus souvent des psaumes qui sont cités, c'est-à-dire des chants de prière, raccourcis de vulgarisation des autres livres. La phrase du psaume, plus souvent enseignée ou plus facile à retenir, est dite « parole de Dieu ou des prophètes ». L'apprentissage de la lecture s'effectue avec les textes constituant la formule même de la prière que l'on utilise plus souvent. Pourtant, Jésus semble avoir eu des curiosités pour d'autres livres plus ardus. En témoigne la citation d'un chapitre d'Isaïe, qu'il manie avec aisance, lors de son retour au village. Si de passage dans son ancienne école, il sait retrouver si vite le texte, c'est qu'il connaît le rouleau, peut-être maintes fois manipulé.

Ce qui interroge le plus quant à ses rapports à sa formation initiale, est la façon dont il semble avoir rompu avec ses maîtres. En témoigne l'hostilité constante manifestée à l'égard des scribes et de tout personnage faisant autorité dans la société juive de l'époque. Quand, percevant leurs limites, a-t-il coupé avec eux ? L'épisode de l'enfant au Temple est peut-être un rappel du désir d'en savoir plus que ce qu'il trouvait au village et celui de vouloir chercher ailleurs, par exemple, avec le Baptiste au désert.

Nous avons à nous expliquer l'existence concurrente de deux sous-cultures juives se partageant inégalement les quatre évangiles

Il y a deux séries d'hypothèses ou deux variantes. Ou bien, la diversité des évangiles est postérieure à Jésus. Le Jésus historique est en amont, y compris de la lecture synoptique, et tout ce qui vient par derrière est du cousu main, en fonction des besoins des communautés chrétiennes. Ou bien, la diversité des quatre évangiles est fidèle à une diversité des regards initiaux sur ses paroles et ses gestes. Alors, il n'était pas inutile, dans la formation de sa pensée, que Jésus mette à profit un temps d'attente supérieur à celui mis par son contemporain, Jean Baptiste, pour se pénétrer de culture, de la double culture donnant la double formation, à la fois hébraïco-araméenne et judéo-hellénistique et pour se lancer dans la voie du désert. La longueur de ce temps d'attente peut avoir accentué la force de sa rupture avec les maîtres lui ayant donné le début du bagage.

Il est tentant de faire de Jésus, à la fois un enfant de la riche Galilée, attentif à la vie des champs, des fermes et des exploitations de maître, et à la fois un prophète sapientiel, un homme pénétré des avancées religieuses du monde juif de son temps, enrichi par les facteurs du mixage d'un pays d'occupation, où les dominés ne sont pas en reste pour chercher à se hisser culturellement au niveau des conquérants.

Que Jésus soit un prophète sapientiel est visible dans ses « mashals », ces phrases frappées, émettant des idées et des oppositions ou comparaisons de bon sens, et pleines de sens, comme les auteurs du Siracide, de la Sagesse ou les Proverbes. Il est un prophète de sagesse, par tant de points de la révolution multiforme qu'il impose au contexte religieux juif. Il est l'homme qui substitue la religion du pain et du repas d'agriculteurs au repas des sacrifices sanglants des pasteurs. Il substitue la religion dépourvue de temple localisé et de prêtre, à la religion centrée sur un temple unique et sur une caste sacerdotale. Il substitue à une religion d'observances et de pratiques sociologiques une religion en esprit et en secret, hors des places publiques, dans le fond de sa chambre. Il substitue à une religion d'un dieu vengeur, dieu de crainte et de puissance, attribuant un amour exclusif à un peuple, la religion d'un dieu qui ne place sa puissance que dans son amour universel. Il est aussi le prophète d'un dieu s'échappant de tout appui nationaliste et politique. Il est encore l'homme d'un nouveau regard sur la dignité féminine, que toutes les sociétés ultérieures mettront deux millénaires à extraire de tant de comportements et de justifications machistes, etc… Il ne craint pas, si l'on suit les synoptiques, de remplir ses discours et son message de la poésie de sa Galilée d'enfance, et de les remplir de concepts, si l'on écoute Jean, sans faire de son texte le mauvais écho des synoptiques, avec les annonces portant sur le logos, la parole, la lumière, la vie, le sel, l'eau, le pain, le corps, tant de fondamentaux réinterprétés et passés à travers le crible de sa question propre, issue de l'exceptionnelle interrogation sur son identité personnelle.

À la 1ère question : Jésus comprenait-il le grec ? Et éventuellement le parlait-il ? Il est raisonnable d'apporter une réponse positive si l'on s'intéresse au contenu multiple du message résultant des quatre évangélistes et au contexte d'occupation qui a pu contribuer à le produire. Le contexte dans lequel il a vécu n'était pas subitement survenu, peu avant son départ de Nazareth pour les bords du Jourdain. Son pays y vivait depuis près de trois cents ans. Pour ne pas voir que le contenu du message, transmis dans les quatre versions, plaide en ce sens, il faut, d'un revers de manche, renvoyer tout le contenu des évangiles à une fabrication ultérieure, sans se préoccuper de les prendre pour ce qu'ils sont.

Cette question du trilinguisme de Jésus en cache en fait une seconde : s'il comprend et parle cette troisième langue à quel niveau d'usage se situe-t-il ? Est-ce une simple langue d'usage pour quelques relations contraintes, entre gens d'ethnie et de statut différent ? Où a-t-il réellement intégré les apports culturels que le langage suppose au niveau de la créativité de la pensée et de l'usage des concepts religieux. Dans la mesure où cette intégration se faisait dans le culte, autant qu'au cours des phases d'éducation, par une certaine pratique de la Septante, avec certains de ses livres connus dans les villages, il n'y a pas de raison de ne pas répondre favorablement également à cette seconde question.

En somme, à cette époque où toutes les grandes villes, tout le bassin méditerranéen, ont leur période grecque, si tout le monde s'est mis à parler grec concurremment avec sa langue maternelle, dans le cadre des impérialismes dominants, on ne voit pas pourquoi Jésus ne s'en serait pas servi pour s'exprimer et penser.

Un continuum

Ces réflexions conduisent à évoquer un continuum aux conséquences importantes. Sur le plan culturel, ni les synoptiques, ni Jean, ni Jésus, ni le Baptiste, ni les premiers chrétiens, ne sont les produits de la conquête romaine de la Palestine et du Moyen Orient qui va mettre un terme aux régimes asmonéens en 66-70 et 135. Ils sont le produit de la conquête grecque d'Alexandre. Suite à cette conquête, ils sont le résultat d'une lente fermentation sur deux ou trois siècles, d'une transformation culturelle, issue notamment du choc des langages et de l'apogée d'un bouillonnement religieux et philosophique. C'est un moment ou un monde nouveau finit par naître de profondes transformations inscrites au cœur du monde juif et au cœur de ce monde en puissance d'hellénisation.

Avec l'évangile de Jean, l'essentiel de la production théologique, traduisant ces transformations, est jeté sur le papier. Avec Jésus, l'essentiel de cette production a été vraisemblablement vécue et exprimée oralement. Il faut ensuite trois ou quatre siècles pour que se déballent les luttes d'interprétation, en passant d'abord par une phase de fermentation dans la mémorisation. Après la production même des évangiles, sur une cinquantaine d'années, le travail de mémoire s'étale sur plusieurs étapes. Ce sont d'abord les déviances et les petitesses rectificatrices des apocryphes, puis les synthèses faussement correctrices gnostiques, le système simplificateur de Marcion, les compilations de Tatien. Ce sont ensuite les affaiblissements des lectures allégorisantes des Pères. Lors de cette étape de mémorisation, celle qui prépare la romanisation, ce n'est plus le souffle créateur qui domine, comme durant la période alexandrine, mais les réductions et les crispations de la mémoire. La romanisation, lorsqu'elle s'imprime tardivement dans les langages et les pensées, ne modifie plus tant le contenu, par rapport à celui de l'évangile de Jean. Elle consiste essentiellement à enclencher un processus de bouclage dogmatique et à plonger l'Église dans le système autoritaire de l'empire constantinien.

Pendant ce temps, le christianisme primitif de tous les jours, ou plutôt le christianisme liturgique hebdomadaire, continue sur la matrice du plurilinguisme originel, comme se rappelant la souche dont il est issu. N'est-il pas curieux de voir se maintenir dans ces premiers siècles, puis jusqu'à la fin du deuxième millénaire et peut-être au-delà, ces résurgences que sont ces hébraïsmes, et ces hellénismes : amen, alléluia, Hosanna, Kyrie eleison, etc. Les évangiles ne contiennent-ils pas aussi de curieuses broderies apposées sur le tissu des textes : ces traductions des mots araméens, hébreux ou grecs, fréquemment conservés et traduits en grec et même en latin pour faciliter la compréhension des lecteurs contemporains et ultérieurs. Le peuple dont ils sont sortis pratiquait quotidiennement l'araméïsme au cœur de la koinè. D'où l'intérêt qu'ils gardent aujourd'hui, si l'on essaye de déchiffrer les multiples énigmes souvent issues de ces ponts entre diverses cultures.

Interrogations d'érudits ? Pas tellement. L'affirmation de ce continuum entre les dires de Jésus et l'écrit évangélique n'est pas sans conséquence aujourd'hui. Après deux siècles de critique exégétique, le lecteur actuel du Nouveau testament, mettant à profit l'outillage d'analyse critique des textes, a l'impression, pour résumer, que le quart du texte permet de saisir les actes et les paroles historiques de Jésus et que les trois quarts sont la fidèle transcription des aspirations et problématiques des premiers chrétiens, ceux des II et IIIes siècles après J.C. ou même parfois, les arrières pensées de la période constantinienne.

La redécouverte d'un continuum entre, d'une part, les faits et gestes de Jésus et le récit des synoptiques et de l'évangile de Jean, et d'autre part, entre la pensée religieuse du temps de Jésus et celles du dernier siècle avant lui et du dernier siècle après lui, permet de contester cette répartition 25/75% et de dire que derrière la plupart des versets des évangiles il y a quelques chose à chercher qui s'apparente d'une certaine manière à ce qui a pu être dit ou fait.

On peut donc prendre ses distances à l'égard de trois types de critiques : celle du type Loisy, de nature incroyante, selon laquelle il n'y a pas de vérité historique dans ces textes sacrés, hormis celle des aspirations et préoccupations de leurs rédacteurs. Celle du type Bultmann, de nature croyante, selon laquelle peu importent les faits et gestes de Jésus, ce qui importe c'est la foi, aujourd'hui, dans le mythe que le récit véhicule. Il suffit de croire, dès lors que l'on ne peut chercher une historicité et que l'on ne veut plus se poser la question d'une matérialité des évènements. Celle enfin du type Boismard, pour l'évangile de Jean selon laquelle, derrière chaque passage, on imagine, à partir d'une hypothèse préfabriquée de dépendance, que tel mot est un ajout pour réaliser une concordance avec tel ou tel autre évangéliste, ou qu'en découpant et réassemblant les textes de la façon la plus hasardeuse, en vertu du travail d'une succession d'auteurs partiels, tout est en passe de n'être qu'une construction tardive, sans attache historique.

Les raisons d'une semblable amnésie

Au terme de l'exposé de ces hypothèses, une question demeure. S'il est vrai que Jésus aurait parlé grec, comme un grand nombre de ses contemporains, comment se fait-il que ce fait soit tombé dans un oubli aussi radical ? Était-ce un fait allant de soi et ne méritant pas qu'on s'y arrête ? Si les problèmes de langue étaient un souci quotidien de la pratique, les questions de linguistique n'étaient pas la préoccupation ni de ses contemporains ni de ceux qui ont relaté par écrit son parcours. Il est vraisemblable que dans le contexte nationaliste de la Palestine juive, avant et après la chute de Jérusalem, évoquer cette question touchait à un tabou.

Enfin, alors qu'un empire beaucoup plus féroce et jaloux, l'Empire romain, remplaçait un autre empire plus porté à la réflexion et aux dominations culturelles (Alexandre se prétendait élève d'Aristote lui-même), personne n'attachait plus d'intérêt à valoriser cette filiation linguistique. Les périodes grecques de grandes villes d'Occident comme Marseille et Lyon sont toujours restées aussi secrètes et obscures. Mais l'absence de toute mention d'un fait de cette importance pour la compréhension du message de l'évangile, l'absence de la moindre allusion de la part de Papias, Irénée, Eusèbe, etc…, laisse tout de même le chercheur hésitant et imposera de chercher une explication politico-religieuse du phénomène, à une certaine étape de la recherche.

2

Les limites d'un travail sur les synoptiques

Depuis deux siècles et demi, c'est-à dire depuis les Lumières et durant les XIXe et XXe siècles, toute l'exégèse des évangiles s'est construite sur une lecture critique des synoptiques, ne sachant que faire du quatrième évangile. Ces trois évangiles seraient plus historiques et plus proches de l'événement, bien que très profondément influencés par la situation des premières communautés chrétiennes à partir des années 60 du premier siècle. On veut lire ensuite le quatrième évangile sous la mesure historique des trois premiers. Et l'on regrette sa dimension théologique, la jugeant en défaut de vérité historique : il serait une production tardive, une construction théorique d'une école des années 100 et de la première décennie du second siècle.

Partant de ce point de départ, la seconde étape de ma recherche est éclairée par le travail de l'exégète John P. Meier qui est l'un des meilleurs aboutissements de ces deux cents ans de critique du nouveau testament, basé sur le potentiel d'historicité des synoptiques. Mais si cet apport est essentiel et indispensable pour la compréhension du christianisme et de son historicité, c'est à partir de ses limites qu'une critique seulement fondée sur les synoptiques m'est apparue comme conduisant à confirmer les interrogations exposées au chapitre précédent. Il semble que les premières traces du christianisme doivent s'analyser à partir de deux piliers tout aussi indispensables, celui des synoptiques et de la Source Q, d'une part, et celui du Johannisme.

De plus, reprenant mes interrogations précédentes sur les langues ayant été utilisées, il m'a semblé que la mutation qui s'est faite dans les systèmes religieux occidentaux ne se serait pas effectuée sans ce passage par l'hellénisation de la pensée juive. D'où la nécessité d'approfondir la recherche de cette réalité voilée par le temps, en s'appuyant sur ce témoin historique que fut Jean, d'un Jésus ne parlant pas exclusivement l'araméen et l'hébreu.

Ceci n'a pu m'être confirmé cependant que par l'analyse des limites de l'observation de John P. Meyer. Aux premières réflexions sur un Jésus trilingue de 2005 se sont donc ajoutées celles de 2010, toujours sur les langues et les outils conceptuels utilisés par Jésus, à partir des travaux de J. P. Meier

Les travaux conduits pour dégager avec la plus grande rigueur ce qu'il peut y avoir d'historicité sous les évangiles synoptiques sont cependant d'un apport considérable, comme le sont dans leur ensemble les quatre volumes, aujourd'hui publiés en français, de l'encyclopédie exégétique de Meier, *Un certain juif Jésus, les données de l'histoire.* Mais ils sont marqués d'un point de vue d'école, qu'il faut appeler, pour simplifier, l'école exégétique Nord-américaine.

Vu de notre école française, avec des conceptions théologiques devant beaucoup à la rupture laïque de 1905 ans, ainsi qu'aux lectures matérialistes des Écritures des années 1970, la société Nord-américaine influence les conclusions de Meier. On y retrouve quelques conséquences de pré-requis Nord-américains : la pression du communautarisme juif, la connexité entre le soutien au sionisme et l'approbation de l'impérialisme américain, la pression culturelle de la littérature romanesque américaine du type Dan Brown, enfin le refus de voir toute dimension théologique propre derrière le parcours de Jésus lui-même. D'un point de vue Nord-américain, et c'est le titre de cette encyclopédie, il importe que Jésus ait été, en tout point et avant tout, un juif du début du premier siècle de notre ère, quitte à simplifier nombre de ses traits.

Quelques réponses données à la question « Jésus a-t-il existé ? »

Je ne résume ici que quelques traits de cet immense et très éclairant travail, commençant par répondre à cette question et montrant qu'il fallait beaucoup décaper et creuser sous les couches de réécritures croyantes, avant de connaître quelque chose d'un certain Jésus ayant réellement existé. Sa méthode de critique historique, d'une sévérité exceptionnelle, permet de ne faire subsister que quelques ilots rocheux de vérité historique vraisemblable, émergeant à peine d'une mer de doute.

Seuls quelques documents et passages incontestables permettent au croyant ou à l'incroyant de ce IIIe millénaire de considérer que Jésus a bien existé, quelle que soit l'opinion qu'ils aient sur lui. Il est même possible de dater avec assez de précision sa naissance et son exécution. Une historicité vraisemblable peut donc être accordée à quelques-uns de ses actes et quelques-unes de ses paroles, telles que les ont rapportés ses partisans chrétiens, en particulier dans les évangiles. Pour en arriver là, J. P. Meier présente et utilise une théorie des critères d'historicité, utile à tout homme cherchant à étayer son intelligibilité de l'événement Jésus et par suite de ne pas croire dans le flou ou dans l'obscurité de la foi d'un charbonnier.

Les critères d'historicité selon John P. Meier

Le premier, le critère d'embarras ou de contradiction est à regarder du point de vue de l'Église primitive qui rapportait un fait ou une parole. Il signifie qu'elle ne se serait pas donné la peine de les rapporter s'ils n'avaient pas une réelle historicité, alors qu'ils lui posaient un problème. Vient ensuite, le critère de discontinuité ou de dissemblance ou d'originalité. Il consiste à découvrir qu'un acte ou une parole de Jésus n'auraient pas semblablement été ceux des juifs de son temps ou ceux de la primitive Église qui s'est ensuite inspirée de lui. Si on les rapporte, s'ils ont retenu l'attention, c'est par leur étrangeté pour les interlocuteurs immédiats et ensuite pour la tradition orale ayant préparé les premiers écrits.

Le troisième critère, celui d'attestation multiple, est de très grande importance. Une vraisemblance d'historicité résulte de ce que plusieurs sources littéraires indépendantes, plusieurs genres littéraires différents (parabole, controverse, récit de miracle, prophétie, déclaration solennelle frappée) rapportent un même fait ou utilisent une même expression.

Le critère de cohérence vient en complément et en quatrième, après l'identification de matériaux jugés historiques en vertu des critères précédents. Le critère du rejet et de l'exécution se focalise enfin sur le fait de la fin violente de Jésus, décidée par les autorités juives et romaines. Ce critère conduit à déduire que des actes et des paroles de Jésus ont expliqué son procès et sa crucifixion, alors que la théologie chrétienne n'aurait pas dû être portée à insister sur ce qui pouvait conduire à cette fin violente. Mais le Jésus historique menaçait, dérangeait, exaspérait des gens qui l'ont considéré comme dangereux

John P. Meier refuse enfin de se fier à des critères, selon lui, douteux, tel que le critère d'environnement palestinien et il manifeste la plus extrême méfiance face à des arguments de nature linguistique, tels la recherche d'araméïsmes dans les textes ou l'étude de traces linguistiques susceptibles de justifier une idée d'historicité ou de vraisemblance. Il ne met en avant ni une histoire des outils conceptuels, ni l'histoire des langues ni celle de l'évolution des constructions théologiques au 1er siècle avant JC. ou au 1er siècle de notre ère.

Les racines, la personne d'un certain juif Jésus

À lire John P. Meier, et à pénétrer dans ses raisonnements d'une grande sévérité, d'étonnantes surprises, d'importants éclairs attendent cependant notre regard. Au registre des découvertes, par exemple, à partir de l'appartenance du Jésus de l'histoire aux métiers du bois, qui pourtant ne repose, comme source, que sur la moitié d'un verset de Marc, repris par Matthieu, nous pouvons comprendre, grâce aux fouilles archéologiques, que ce juif Jésus n'était pas celui des images du XIXe siècle, cet intellectuel aux mains fines. Il suffit de voir les outils de ces artisans et ouvriers de l'époque pour comprendre qu'il fallait être trapu, plutôt fortement bâti, pour les manipuler et résister aux fatigues de ce métier, de longues journées et de longues années. Ce Jésus plein de charismes, enthousiasmant les foules par des prédications proches de celles d'un « rabbi », devait donc être plutôt un homme physiquement trapu et fort.

Quant à son contexte sociologique, Jésus était un rural vivant dans un village connaissant une époque rare d'apaisement, sous le règne d'Hérode Antipas. Cette ruralité fut donc relativement prospère et pacifique, à l'abri des troubles sociaux et politiques qui précédèrent et suivirent. Jésus était un rural pouvant associer aux travaux d'ouvrier du bois du chef de clan et de ses fils, un peu d'activité agricole, du moins au niveau de la famille et de la fratrie immédiate.

Nazareth était à six kilomètres et une heure de marche de la grande bourgade grecque locale, Séphoris, première capitale d'Hérode, encore en construction, à l'époque où il était encore au village. Mais elle était déjà détrônée par la construction de la nouvelle capitale locale, Tibériade. Meier, constatant qu'aucune preuve n'établit qu'il ait jamais travaillé à Séphoris, n'en tire cependant aucune conséquence. D'autres ont tiré de cette proximité des hypothèses pour les langues utilisées dans les collines de Nazareth en Galilée.

Selon les noms retrouvés par l'archéologie sur les tombes du village, selon les prénoms bibliques portés dans la famille de Jésus, Nazareth et cette famille auraient participé au renouveau religieux et national connu par les juifs galiléens de la campagne. La tonalité locale était attachée à un fond de loyalisme à l'égard de la Torah mosaïque, du Sabbat et des pèlerinages au Temple de Jérusalem. Par ailleurs, ses habitants manifestaient une grande réserve à l'égard des subtilités des pharisiens, gens de la ville. Ils se méfiaient d'eux ou de ce qui pouvait venir d'eux. Ils avaient un judaïsme plutôt traditionnel, ne se laissant pas attirer par les nouvelles modes, donc celles des pharisiens. Selon les prudentes remarques de Meier, tout ceci ne résulte cependant que de déductions faites à partir de l'environnement, et non de textes nets et indiscutables.

À l'égard de l'instruction et du niveau de connaissances de Jésus, Meier est d'abord sceptique, fidèle à son dessein de ne retenir que ce qui est prouvé ou hautement probable à partir de textes. Mais il reconnaît que la capacité d'écrire et de lire était relativement répandue chez les juifs palestiniens « au premier siècle av. J.C. et au 1er siècle de notre ère ». Seuls cependant en bénéficiaient quelques hommes et jeunes garçons des familles les plus aisées des villages et bourgades, autour du service de la synagogue. Par la suite, dans le bassin méditerranéen oriental, le niveau d'alphabétisation s'est détérioré avec la domination de plus en plus lourde de Rome. Meier consent finalement à reconnaître à Jésus le privilège d'avoir appris à lire l'araméen, sa langue parlée habituelle, et l'hébreu, la langue cultuelle, à un moment donné de son enfance ou au début de sa vie adulte, ainsi qu'à commenter les Écritures hébraïques. Mais pour le grec, en dehors de s'en servir dans le cadre d'un savoir d'artisan pour rédiger des factures et signer des contrats, il est exclu, pour lui, qu'il ait pu tenir, dans cette langue, des conversations et des débats religieux avec des juifs, si ce n'est peut-être, mais avec beaucoup d'hésitations, dans le cadre de ses pèlerinages à Jérusalem, où la diaspora hellénisée venait nombreuse.

John P. Meier conclut que Jésus avait quelque chose d'atypique. Bien que n'ayant reçu aucune formation autre que les apprentissages élémentaires de la synagogue, son niveau d'autodidaxie lui permettait de lire des œuvres théologiques et littéraires compliquées, en hébreu ou en araméen, et de les commenter, un peu à la manière du « savoir du scribe ». Bien qu'issu d'un milieu rural, il n'était donc pas un rural ordinaire. Cela ne relève cependant que d'une convergence de probabilités et de « déductions » d'une fiabilité toute relative, et non d'un ensemble de textes conformes aux critères d'historicité.

Le Jésus de l'histoire, un laïc rural galiléen et « voyant » célibataire

Nous avons sur le Jésus de l'histoire le regard déformé par deux mille ans de lecture chrétienne de l'épitre aux Hébreux. Elle nous fait voir en lui le grand-prêtre supérieur, assis à la droite de Dieu. Mais nous oublions Hebr 8,4 : « S'il était sur le terre, il ne serait pas même prêtre ». Le Jésus de l'histoire était un laïc rural galiléen, fidèle aux obligations et aux pèlerinages. Selon Meier, il fut un prophète laïc eschatologique et un faiseur charismatique de miracles. Mais il n'était en aucun cas un membre de la caste sacerdotale juive, se transmettant les fonctions sacerdotales de façon héréditaire. Comme fidèle rural pieux, il était même opposé aux familles sacerdotales de Jérusalem, alors détentrices également du pouvoir politique. Dans leur attachement à un certain renouveau juif, ces familles galiléennes les jugeaient corrompues dans leur richesse. La parabole du Bon samaritain, transmise par Luc, retrace l'ambiance d'hostilité mutuelle entre elles et ces ruraux venant aux pèlerinages et faisant la critique du clergé d'alors, avec une tonalité que l'on dirait aujourd'hui anticléricale.

Dans ce contexte, son célibat, peut même étonner. La société juive n'accordait aucune estime particulière au célibat et lui attribuait même un jugement plutôt défavorable. Il ne correspondait ni avec les volontés de bénédiction du créateur, ni avec les obligations de tout juif à l'égard de la promesse faite à Abraham.

À partir du premier siècle avant J.C, des tendances nouvelles mais marginales voyaient apparaître une certaine pratique du célibat. Selon Josèphe, Philon et Tacite, les esséniens, du moins certains d'entre eux, et quelques-uns, seulement à certaines périodes de leur vie, avaient introduit le célibat comme mode de vie. Il facilitait l'approche de la fin des temps. Une autre secte, les thérapeutes, faisait de même. Jean-Baptiste, aussi, serait un témoin de cette nouvelle pratique. Ayant été un enfant élevé « au désert », selon Lc 1,80, ne suivant pas la voie sacerdotale héréditaire de son père, il aurait été un adepte « à vie » du célibat.

Les amateurs d'histoires romanesques entre Jésus et Marie-Madeleine en sont pour leurs frais. Après certains auteurs Nord-américains, Meier souligne même le grand silence de tous les évangiles tant sur le célibat de Jésus que sur l'hypothèse qu'il aurait pu avoir une épouse et des enfants. Certains Nord-américains ont tenté de déduire de ce silence étonnant, le fait qu'il se serait comporté comme tout juif influent et comme tout prêtre juif, se mariant, du moins, dans la première étape de sa vie cachée à Nazareth.

L'étude du Jésus historique, dont on connaît très bien tout l'environnement familial et même les nombreuses relations féminines, mais dans un silence absolu sur une éventuelle épouse et des enfants, conduit au contraire, selon Meier, non vers une certaine image du célibat, associé au sacerdoce, mais vers une figure analogique à celles de Moïse et d'Élie qui, de façon tout à fait exceptionnelle dans la société juive, auraient épousé le célibat parce qu'ils étaient des « voyants », devant se préparer à recevoir directement la révélation de Dieu, en tant que figures en quelque sorte brûlées par une mission prophétique tout à fait hors norme. Enfin la très étonnante parole remontant très certainement au Jésus historique pour cette raison, de Mt 19,12, sur « des eunuques… qui se sont eux-mêmes rendus eunuques à cause du royaume des cieux », ne laisse aucun doute sur sa vie célibataire.

Une synthèse sur les dates du Jésus historique

Meier nous accorde encore une synthèse remarquable sur les datations de ce Jésus de l'histoire. Les dates qui nous restent du témoignage de Tacite et Joseph, des Actes et des évangiles, plus des informations complémentaires de Philon, Suétone, Dion Cassius et l'historien chrétien Eusèbe, donnent une fourchette restreinte entre 26 et 36 de notre ère pour sa mise à mort. De plus, l'an quinze de Tibère de Lc 3,1 et 3,23, indique qu'il avait environ trente ans lors des débuts du ministère de Jean et quelques mois plus tard du sien. Ce seraient des attestations fiables. Sa naissance serait placée, de façon assez vraisemblable, vers la fin du règne d'Hérode le grand, mort en 4 avant J.C., soit quelques deux ans auparavant, donc en 6 ou 5 avant J.C., si l'on donne crédit à la possibilité d'un massacre des garçons de moins de deux ans ordonné par ce roi jaloux, sur le point de mourir.

Malgré les contradictions entre les synoptiques et l'évangile de Jean, les dates de la Pâque, nous renseignent enfin avec une grande précision sur la date de sa mort dans le créneau de 26-36, se réduisant à deux années possibles, puisque, cette année-là, le sabbat correspondait avec la Pâque, circonstance ne tombant, dans ce créneau, que l'an 30 ou l'an 33.

Jésus n'a pu commencer son ministère qu'en 28, à la limite fin 27. Celui-ci n'a duré qu'environ deux ans à deux ans et demi, entre trois fêtes de Pâques, selon le plan de l'évangile de Jean. Il serait donc mort vers les trente-quatre ans, un 14 Nisan 30, dans l'après-midi. Ce jour de préparation de la fête s'achevait, en tant que jour liturgique et jour civil, selon le calendrier juif, en fin de journée vers 18-19 heures et non à minuit. Avant la tombée de la nuit, toutes les exécutions devaient être achevées. Si vous désirez en savoir plus, notamment savoir si le dernier repas, celui dit du jeudi saint eut lieu le mercredi ou le jeudi, ou même le mardi, il ne reste qu'à vous plonger dans la lecture de Meier lui-même et des pages assez complexes qu'il a rédigées à ce sujet.

À travers ces recherches d'historicité et ces analyses critiques, nous avons accès à des degrés d'authenticité très différenciés des épisodes et dits évangéliques. Mais il faut avoir une vision d'ensemble. Dans la masse de nos connaissances, il y a des ilots rocheux des plus solides au milieu d'un océan d'incertitude. Ensuite, ces faits, ces mots et ces thèmes ont été formulés et reformulés plusieurs fois par Jésus, se sont reproduits avec des variantes. Les prédications s'étoffaient au fur et à mesure de l'action. Il fallait réagir à des situations contradictoires croissantes. Il y eut des enrichissements, des superpositions, des confusions, des contractions de matériaux historiques voisins, résultant de contextes ne se répétant jamais à l'identique, devant des auditeurs ayant des réactions nouvelles.

Lorsqu'il fallut passer à l'écrit, pour l'enregistrement des souvenirs, ces auditeurs avaient retenu différemment les faits et les dires et disposaient de capacités de mémorisation différentes. Il est donc difficile de penser que, pour chaque propos et chaque fait, il y a une version authentique, excluant les autres, contrairement à l'impression première que laisse tout travail d'exégète. On raisonne cependant en termes de probabilités pour reconnaître à tel ou tel verset un plus grand degré d'historicité.

Beaucoup de couches et de sous-couches factuelles rendent crédibles autant de traditions et de couches rédactionnelles. L'œuvre finale portée par plusieurs sources s'est constituée finalement en quelques six ou sept décennies. Les unes et les autres ont donc des liens divers avec l'historicité à travers la multiplicité des traditions orales.

Les réserves vis-à-vis de la reconnaissance d'historicité à l'égard de chaque fait ou propos, pris isolément, sont légitimes, en raison de notre parti pris d'agnosticisme de départ. Mais cet agnosticisme est en même temps un parti pris de recherche. C'est pour mieux goûter les instants de reconnaissance du message et de perception de la présence du révélateur. Nous en sommes irrémédiablement éloignés de deux mille ans, mais ce recul et le travail de critique scientifique d'aujourd'hui peut nous en rapprocher de façon étonnante.

La « Halaka » de Jésus

Outre ces éléments initiaux du travail de Meier on pourrait s'attarder sur les immenses décryptages des gestes de Jésus, ses attaches, ses ruptures, ses affrontements, étudiés dans les Tomes II et III, mais c'est cependant le Tome IV, *La Loi et l'amour*, par lequel Meier veut nous introduire à la halaka de Jésus, en hébreu « l'interprétation de la loi », qu'apparaît le mieux combien est insuffisante une lecture ne se confrontant qu'aux synoptiques et comment des fissures et des limites apparaissent dans cette restriction de la confiance portée au corpus des évangiles en termes d'historicité.

En cherchant les discontinuités et les nuances apportées par Jésus aux conceptions de ses contemporains en termes de Halaka, Meier nous accorde un bloc de certitudes de trois petits ilots seulement de divergences significatives. Ce point de vue d'une distinction extrêmement restreinte nous arrivant d'Outre Atlantique, veut démontrer sous les épisodes évangéliques, un Jésus le plus juif possible.

Dans le monde juif, au virage de l'ère chrétienne, les problèmes du temps étaient, pour l'essentiel, des problèmes d'interprétation de la loi de Moïse. Elle s'était longuement détaillée et complexifiée. Tout était devenu question d'interprétation. D'où l'importance des controverses et des questions que l'on posait à ce rabbi. Mais au travers de cinq volumineux chapitres et des non moins volumineuses notes de ce Tome IV, face aux interprétations populaires ou lettrées, la Halaka du Jésus de l'histoire ne semble transformée, selon J. P. Meier par les injonctions du message du royaume des cieux que sur trois sujets.

Premier point de divergence attestée, la condamnation sans restriction du divorce

Entièrement dans les mains du mari, dans la société juive, il était également passablement facilité par des dispositions et des formalités définies par la Torah. Les propos de Jésus : « Quiconque répudie sa femme et en épouse une autre, commet un adultère… Ce que Dieu a uni, ne le sépare point, » en pleine contradiction avec elle, sont bien attestés et confirmés par les plus anciennes sources du Nouveau testament. Par la suite les premières communautés chrétiennes ont réalisé quelques modestes glissements nuancés qui apparaissent dans la rédaction synoptique plus tardive de Mt 5,32, introduisant dans l'interdiction initiale qu'il reprend, une discrète réserve « en cas d'inconduite sexuelle ». Paul se montre lui aussi, à titre personnel, moins affirmatif que le souvenir qu'il tient du Seigneur lui-même, pour s'adapter aux situations qu'il rencontre, notamment chez les Corinthiens, avec les cas des mariages chrétiens/païens.

Second cas de divergence, l'interdiction absolue de tout serment

Ils étaient largement pratiqués dans le cadre officiel de la Torah, comme dans tout le Proche orient, en particulier pour attester de son innocence dans des procès, mais aussi en de nombreuses circonstances, dans la vie courante. Selon John P. Meier, l'enseignement de Jésus, interdisant absolument tout serment, fait apparaître un trait certainement historique, à partir du critère de discontinuité. En contradiction, tant avec l'enseignement juif, qu'avec les textes civils de l'Orient ancien, cette interdiction absolue s'oppose même à l'ensemble des autres textes du Nouveau testament et à l'enseignement chrétien au Ier siècle.

Ceci ressort de l'originalité, par rapport à toutes les autres sources connues, de l'un des éléments du discours sur la montagne de Matthieu 5,34-37, « Ne jurez pas du tout, ni par le ciel, ni par la terre, mais que votre oui soit oui, (votre) non, non. », cette donnée étant confortée d'une attestation multiple, selon Meier, grâce à l'épitre de Jacques.

La grande innovation halakique de Jésus, le commandement d'amour et sa structuration

Enfin, dans un volumineux chapitre, Meier nous introduit à la très originale innovation de l'enseignement halakhique de Jésus, le double commandement d'amour d'une part et l'abrupt commandement d'aimer ses ennemis, d'autre part. Il n'y a guère de doute, qu'ils répondent au critère d'historicité. De toute l'histoire de la littérature juive et païenne, Jésus est, en effet, le seul à avoir associé en les hiérarchisant de cette façon le premier commandement du deutéronome d'aimer Dieu et le second puisé dans le Lévitique d'aimer son prochain, mais un prochain alors entendu au sens restreint de tout homme appartenant à Israël. Quant à l'amour des ennemis qui ne se trouve nulle part ailleurs de façon aussi entière et brutale, il est l'une de propres productions charismatiques de Jésus, ne se fondant sur la citation d'aucun texte et ne faisant référence à aucune base vétérotestamentaire.

Une très mince collecte est ainsi résumée, avec son caractère extrêmement rigoureux. Malgré ses difficultés de décryptage, cette recherche est de nature à passionner toute personne s'interrogeant sur la consistance et l'épaisseur du Jésus de l'histoire, qu'elle soit croyante, incroyante ou agnostique. Elle incite à se plonger dans cet immense travail de recherche de cohérence, de discontinuité, d'attestations multiples… Mais observons aussi les deux objets d'historicité éliminés par J. P. Meier dans ce tome IV.

Jésus et le sabbat

Ne pas retenir les épisodes évangéliques de controverses sur le Sabbat, cela signifie d'abord que nous n'avons pas d'éléments attestant de façon certaine les épisodes relatés par les premières communautés chrétiennes. Ils sont des attestations insuffisantes de leur véracité historique. Cela ne veut pas dire pour autant qu'une mémoire globale d'une certaine distanciation de Jésus par rapport au Sabbat n'ait pas existé dans une mémoire collective. John P. Meier fonde sa critique sur l'épisode des épis arrachés par les disciples en Mc 2,23-28. C'est, selon lui, le seul texte d'origine, pertinent, relatant un discours de Jésus sur le Sabbat. Mais ce texte est grevé d'erreurs « de reconstitution » d'une réalité historique qui invalident la péricope. Les pharisiens qui entrent en controverse avec Jésus tenaient pour eux-mêmes à respecter scrupuleusement le sabbat. Ils n'auraient donc pas pu s'autoriser à marcher plus de 900 mètres un jour de sabbat, en allant observer les disciples sur les lieux du fait, même pour justifier leur conflit avec Jésus et ses disciples. Cette poursuite des disciples par les pharisiens, dans les champs autour du village est cependant supposée par la péricope.

Parmi plusieurs autres traces d'erreurs ou d'imperfections rédactionnelles, nous trébuchons sur une autre raison d'invalidation, une monumentale erreur à propos du nom d'un grand prêtre. Relevant d'une construction tardive de l'épisode, cette erreur montre que le rédacteur chrétien se trompe de Grand prêtre dans l'épisode de David venant manger des pains dans le Temple. Jésus l'appelle Abiathar, alors que dans l'histoire d'origine il s'agit d'Ahimelec. Pour John P. Meier, il est invraisemblable de faire remonter cette péricope au Jésus de l'histoire, parce qu'une telle erreur aurait fait se moquer n'importe quel interlocuteur pharisien de Jésus, alors que Jésus nous est montré comme un rabbi capable de discuter avec autorité avec eux.

Cette péricope met donc en forme des soucis catéchétiques ou de morale communautaire pour des chrétiens de la seconde moitié du premier siècle, confrontés à la difficile situation résultant de leur divorce d'avec les synagogues juives. Toutefois, d'autres passages évoquent de façon indirecte mais précise, les règles du sabbat dans des prédications répétées. Jésus aurait pu exprimer des réserves respectueuses et manifester, selon John P. Meier, une sensibilité pragmatique aux problèmes concrets des paysans galiléens confrontés parfois à la chute d'un bœuf ou d'un enfant dans un puits, le jour du sabbat. Contrairement à la lettre de la Torah, ils s'autorisaient à aller les en sortir : « Lequel d'entre vous, si son fils ou son bœuf vient à tomber dans un puits, ne l'en tirera aussitôt, le jour du Sabbat (Lc 14,5) ? » Bien évidemment je ne fais ici que présenter le canevas des très importants développements de John P. Meier.

Jésus et les règles et pratiques de pureté

J. P. Meier n'est pas davantage accueillant à l'égard de la controverse par laquelle Jésus s'est confronté avec les pharisiens sur les lois de pureté et les observances alimentaires. Le but de Meier est de fonder un enseignement du Jésus historique, sur un support textuel certain ou très probable, en fonction de son système de critères d'historicité. Or, pour résumer un important chapitre de près de 80 pages, ce conflit sur les lois de pureté juive et les observances alimentaires n'est véritablement attesté et développé que par un seul texte, la longue et composite péricope de Marc 7,1-23 engagée à partir des précautions à prendre pour les repas.

Son verset central proclame qu'il « n'y a rien en dehors de l'être humain, qui entrant en lui, puisse le rendre impur, mais les choses qui sortent de l'être humain, sont celles qui rendent impur. » Contre l'historicité de ce verset et de cette péricope, Meier remarque qu'il n'est dit nulle part, dans aucun évangile, que Jésus ni ses disciples n'aient jamais mangé de nourriture interdite, ce qui n'aurait pas manqué de soulever un énorme scandale, nécessairement repris par un quelconque épisode d'évangile. Il invoque d'autre part l'argument selon lequel l'Église primitive n'a jamais reparlé de ce logion, dans les années 30 à 70, pendant lesquelles il lui aurait été des plus pertinents et des plus nécessaires de le faire. Marc 7,1-23 a semble-t-il été créé après 70, comme fondement de la pratique et de l'enseignement d'alors.

Par ailleurs de nombreux autres logia traitent également des questions de pureté, disséminés ici ou là. Mais, selon John P. Meier, on peut reprocher à ces multiples matériaux de ne pas permettre de toucher réellement un propos, un enseignement de Jésus, permettant d'attribuer une historicité certaine à l'un d'entre eux, en raison notamment d'une discontinuité par rapport aux autres textes ou d'une attestation multiple.

Les limites de ce travail avec ses prérequis Nord-américains

Commentant ce tome IV, je pourrais en rester là. Mais il est impossible de ne pas aborder ce qui paraît une limite de ce travail, réveillant les interrogations évoquées dans le chapitre précédent. Une réalité plus complexe de la question des langues utilisées dans ce pays qui était un véritable laboratoire de multilinguisme, depuis un ou deux millénaires, apparaît à travers quatre signaux, quatre points obscurs, laissés comme des énigmes par ce Tome IV. Ceci est d'autant plus révélateur qu'à la différence des tomes précédents, celui-ci ne traite que de propos et de parties d'enseignements, mettant en jeu, au plus haut point, la question des langues. Or, à plusieurs reprises, contrairement à ce qu'écrit John P. Meier, ces énigmes sont à mon avis des signaux d'un affleurement d'un parler grec du Jésus historique, au cœur de son discours.

1er signal, un libellé « intraduisible » en araméen

Le Ch. 33 de Meier conclut qu'il faut faire remonter au Jésus historique une parole sur l'interdiction des serments, libellée ainsi : « que votre oui soit oui et (votre) non, non » ou sous cette forme voisine « que votre parole soit oui oui, non non ». Mais Meier avoue que ce libellé est intraduisible en araméen et qu'il se formule seulement en grec, en raison de l'absence de possibilité d'accoler aux mots araméens « oui » ou « non » un article défini ou un pronom possessif qui puisse leur être attaché.

Or si ce trait essentiel ou cette pointe extrême d'un enseignement de Jésus, considéré comme bien attesté, est intraduisible en araméen, c'est bien que, dans un discours en araméen ou en grec, ou mêlant peut-être les deux langues d'un peuple, colonisé depuis près de deux siècles et parlant peu à peu ces deux langues, cette expression a été prononcée en grec dans la langue du colonisateur. Peut-être même, est-on en présence d'une sorte de « parler-sabir » de Jésus. Ou bien ne toucherait-on pas, de sa part, une trace d'une véritable inculturation hellénistique dans le cadre d'une autodidaxie trilingue ? Je pencherais plutôt pour la seconde réponse compte tenu de ce que j'exposerai à propos du 4ème signal.

Par ailleurs, si cet enseignement a eu besoin de cet ensemble de deux mots accolés, de cet outil conceptuel nouveau, de cette « notion », « le oui ou le non de quelqu'un », c'est qu'il a fallu dépasser le langage vernaculaire du peuple colonisé. Nous touchons ici du doigt l'un des seuils de construction des outils conceptuels séparant l'araméen de la culture hellénisée. Ce seuil transforme un mot qui, en araméen, est un objet ou une action dans un dialogue, un récit, une histoire, en une notion, qui, en grec, devient « le » oui ou « le » non d'une personne. Cette notion est comme un attribut ou une qualité séparée momentanément ou durablement de l'action ou de l'objet évoqué dans la réponse exprimée dans le dialogue.

2ème signal, un « mashal » de Jésus témoin d'une culture hellénistique

Au Ch. 34 évoqué ci-dessus, concernant la question du sabbat, John P. Meier cherche à savoir, ce qui peut réellement remonter au Jésus historique des passages de l'évangile de Marc 2,23-28, selon lesquels il se serait affranchi de certaines de ses règles. Il conclut par la négative en raison de l'invraisemblance de l'épisode des épis arrachés.

Ensuite, il refuse de retenir, dans cet ensemble, bien qu'il l'ait isolé, le verset 2,27, « le sabbat est fait pour l'homme et non l'homme pour le sabbat », qui correspondrait bien à l'attitude fréquente de Jésus tendant à prononcer des « mashals », c'est-à-dire des déclarations frappantes, composées parfois de structures en parallèles antithétiques et en « chiasme » (propos ouvert et fermé par le même mot). Ceci plaiderait pour l'authenticité historique de ce seul verset, dans la péricope.

Mais tentant ensuite de prouver l'authenticité du verset 2,28, « Le fils de l'homme est maître du sabbat », Meier rejette son authenticité comme « trop explicitement théologique et christologique » pour remonter à Jésus lui-même. Revenant alors en arrière, il rejette finalement aussi l'historicité du verset 2,27 comme manquant de support et trop isolé entre les versets 2,23-26 et le verset 2,28.

Pour ce qui me concerne, je m'appuierais au contraire volontiers, sur un travail de recherche des « johannismes » dans les synoptiques, c'est-à-dire, sur des traces de culture hellénistique plus particulièrement développées dans l'évangile de Jean, mais apparaissant furtivement à de rares occasions dans les synoptiques, pour conclure à l'historicité de ces deux versets, même si le texte qui les entoure pose problème. Ce verset 2,27 est un bon exemple de cette culture, par ce simple mot « l'homme », repris deux fois, qui relève par ailleurs parfaitement du vocabulaire johannique et de cette catégorie de notion générale poussée en avant dans cette culture alexandrine.

Mais il faut aussi admettre pour cela, qu'à l'égard du sabbat, Jésus, de son vivant, pouvait avoir pris une attitude de relativisation, ne se limitant pas à n'être qu'un juif discutant des différents points de vue juifs concurrents sur la loi sabbatique. Pour n'être pas un théologien ou le rédacteur d'une christologie, au sens moderne du terme, Jésus pouvait cependant « faire de la théologie » en acte, et une théologie différente de son entourage juif, par ses positions, par ses comportements…

Meier refuse au contraire de franchir les limites d'un seul débat interne au monde juif. Il considère, en outre, qu'entre les positions existantes par ailleurs, Jésus n'aurait pas dépassé une simple prise de parti, pour une attitude pragmatique et raisonnable, favorable à des paysans juifs subissant une forte pression des courants extrémistes de l'époque et cherchant à sortir un bœuf ou un enfant tombé dans un puits ou à soigner un proche, le jour du sabbat.

De plus et en fin de compte, J. P. Meier ne parvient pas à confirmer son analyse sur le v. 2,27 faute d'avoir intégré la possibilité d'une appartenance de Jésus à la double culture d'un colonisé de longue date. J'aurais tendance à dire au contraire, que l'affleurement dans ce verset d'un magnifique hellénisme, par un seul mot, bien intégré dans une littérature et un style parfaitement synoptiques, plaide en faveur de l'historicité et de la résurgence en Mc 2,27 d'un souvenir profond de la communauté chrétienne.

Derrière ce mot « l'homme », nous retrouvons cet outil conceptuel nouveau, pour une population habituée à la langue araméenne, apporté par le processus d'assimilation. Chez Jean, il court dans tout le texte sous ses diverses formes, « tout homme », « les hommes », « l'homme ». Ici, dans un texte synoptique, il affleure discrètement. Nous avons bien là un mot du maître ressurgissant de souvenirs profonds de la communauté, et en particulier, dans cette péricope d'un synoptique où il est parfaitement intégré, un souvenir de l'un de ces fameux « mashals ».

Pour finir sur Mc 2,27 et la péricope des épis arrachés le jour du sabbat, je décrirais volontiers son histoire rédactionnelle comme celle d'une perle cherchant son écrin. Les premières communautés avaient conscience de tenir un propos originel de Jésus avec ce Mashal du v. 27. Pour lui donner un écrin, ils ont bricolé des éléments plus ou moins bien assemblés venant d'autres souvenirs et d'autres propos.

3ème signal : un rejet d'historicité au motif que Jésus n'aurait pas pu utiliser une citation de la Septante

Pour la péricope de Mc 7,1-23, sur les pratiques de pureté et les règles alimentaires juives, nous sommes cette fois, dans le paroxysme de la démonstration du parler grec de Jésus et du refus de cette idée par la critique moderne américaine.

Toute la critique de John P. Meier (Tome IV, page 232) tient en ce que le propos de Jésus, au v. 7, repose sur la version de la LXX du passage d'Isaïe 29,13 « ce peuple m'honore des lèvres, mais leur cœur est loin de moi. En vain, ils me rendent un culte, enseignant comme enseignements divins les commandements d'humains. » Selon Meier, la LXX ajoute une notion à la version hébraïque, à savoir « l'enseignement de commandements humains ». Or dans cette controverse, toujours selon Meier, ce point donne à Jésus le « bâton scripturaire » lui servant à frapper sur ses adversaires, alors que la version hébraïque ne servirait pas le propos précis qu'il est en train de tenir.

Dans son refus d'un usage possible de la Septante par Jésus, Meier cherche d'abord s'il n'y aurait pas une autre version hébraïque intégrant cette notion d'enseignements divins/humains, en particulier dans le grand rouleau d'Isaïe de Qumran. En vain. Meier en conclut que ce serait « se défendre avec l'énergie du désespoir » que d'alléguer que « le Jésus historique connaissait… la forme de la LXX d'Isaïe ». Il admet que Jésus connaissait, dans la langue de la Palestine du 1er siècle, « le grec des affaires », pour ses reçus, ses notes de travail et ses factures d'ouvrier du bois, mais « qu'un scenario » selon lequel, « au milieu d'un débat théologique, un Jésus parlant araméen aurait pu subitement laisser échapper du grec en citant la Septante… va au-delà du crédible. »

Meier en conclut donc que tout ce débat scripturaire n'est pas concevable en tant qu'événement de la vie du Jésus historique, mais que nous avons affaire à une composition chrétienne faisant appel à un travail chrétien postérieur d'écriture. Toute la péricope de Mc 7,1-23 est pour lui, et par là-même, historiquement invalidée.

En lecteur matérialiste, autant des synoptiques que de Jean, il me semble que nous avons là, au contraire, une preuve de l'autodidaxie trilingue de Jésus. D'autres arguments plaident en ce sens. Cette péricope rédigée dans un style tout à fait marcien contient à neuf reprises le même hellénisme très proche de celui que nous avons trouvé dans la péricope soulignée précédemment, concernant le sabbat (Mc 2,23-26), mais sous une forme un peu différente avec ce mot, nom ou adjectif, « des humains » ou « d'humains », « l'être ou les êtres humains ».

Elle contient aussi l'un de ces « mashals » caractéristiques de ces propos de Jésus, bien retenus par les premières communautés, sous deux formes différentes qui le répètent : « tout ce qui, venant de l'extérieur, entre dans l'être humain, ne peut le rendre impur… mais ce qui sort de l'être humain, voilà ce qui rend impur l'être humain. »

Ce n'est pas la première fois, que la lecture des pages passionnantes de Meier peut conduire le lecteur à une conclusion d'historicité inverse à la sienne. Mais ce qui est nouveau c'est que l'affirmation d'un Jésus parlant le « grec des affaires », mais ne lisant pas et ne connaissant pas « le grec de la LXX » ne peut plus suffire.

4ème signal, Le premier et le second commandement

Si l'on se réfère aux développements de John P. Meier, au ch. 36 de son encyclopédie exégétique, nous avons donc la chance rare d'avoir ici un « dit » du Jésus historique, résumant, selon ses propos, toute sa pensée halakhique, sa pensée sur la Torah, sa pensée théologique, dirait-on aujourd'hui. Le bénéfice de l'historicité est accordé à ce « dit » répondant au critère de discontinuité. Mais là encore ne faut-il pas aller plus loin que John P. Meier, pour aller au bout de l'analyse matérialiste qu'on pourrait en tirer, quant au problème des langues.

En les citant mot à mot, en hébreu, selon Marc 12,28-34, le Jésus historique, est le premier à avoir associé deux versets du Deutéronome, Dt 6,4-5 et un verset du Lévitique, Lv 19,18b, pour en faire le premier et le second commandement, fondus en seul et unique commandement de l'amour de Dieu et du prochain. La particularité du propos de Jésus est d'être allé les chercher dans deux livres différents, qu'il démontre ainsi bien connaître, et de les avoir hiérarchisés et définis comme les plus grands de toute la Loi. Matthieu ajoutera qu'ils résument toute la Loi.

Selon la monumentale analyse de Meier, un tel propos ne se trouve nulle part ailleurs, ni dans l'Ancien testament, ni dans les manuscrits de la mer Morte, ni dans les « pseudépigraphes » de l'Ancien testament, ni chez Philon ou Josèphe, ni dans les écrits des premiers rabbins, ni même dans le reste du Nouveau testament, à l'exception de Mt 5 et 19 qui les a tirés de Marc et de Lc 10,25-37. Autre argument soutenant l'historicité, ce « dit » est inclus dans une controverse avec le seul « légiste » qui, à l'opposé de tous ses confrères, ait eut un dialogue positif avec Jésus, sans toutefois devenir son disciple.

Je passe sur l'analyse des textes approchant ce contenu et ce débat essentiel, parmi les juifs du début de l'ère, tout en s'en différenciant. Mais deux points sont intéressants pour notre présente recherche : cette lecture juive, en forme de synthèse de deux versets bibliques, est, selon Meier, une forme qui deviendra un outil pédagogique rabbinique célèbre, appelée « gésèra sawa ». Elle correspond aussi à un courant profond de la pensée philosophique grecque des deux derniers siècles avant JC, considérant que les deux sommets de la conduite morale humaine sont l'« eusébeia », l'amour des dieux et le respect des devoirs envers eux et la « dikaiosynè » ou la philanthropie, la justice, l'amour de tous les hommes ou de l'humanité.

Surtout, ce « dit » de Jésus s'appuie sur la prière quotidienne juive, le « shema » qui selon la version massorétique du Lévitique (version en hébreu) se limite à l'amour des membres du peuple d'Israël et secondement selon une extension de Lv 19,34, à tout étranger intégré comme esclave ou serviteur, pourvu qu'il soit travailleur et bienveillant envers ses maîtres et la communauté israélite.

Mais selon la version de la Septante du Lévitique du même 19,18b, un glissement s'opère dans le texte de ce second commandement. La notion moderne de « prochain », y apparaît à travers le terme grec de « plésion » qui se traduit par l'amour de tout homme, l'amour universel.

Les deux versets dont on peut admettre l'historicité dans Marc 12,28-34 en version hébraïque, conduisent donc, comme l'avoue Meier, mais sans y attacher de l'importance à la version lucanienne, inspirée de la LXX, et à la parabole du Bon samaritain qui est le véritable commentaire donné par Jésus à ce verset, en réponse à la question du légiste « Mais qui est mon prochain ? … »

Meier ne pose ni ne résout la question de l'authenticité de la parabole du Bon samaritain, qui n'est pas au programme de son Tome IV. Il est vrai qu'il est difficile de détecter dans une parabole le verset central historique, qui permettrait de remonter de façon authentique et précise au propos oral du Jésus historique. Toute parabole est en effet un petit condensé de littérature, inévitablement influencé par les talents littéraires de l'évangéliste.

Cependant personne ne doute que le canevas du récit de la parabole du Bon samaritain et la pointe de sa leçon ne remontent, pour leur création, au Jésus historique. Personne n'imagine que le « bon samaritain » est une création ou une invention postérieure de l'évangéliste Luc ou de la communauté lucanienne. Or en l'occurrence, cette pointe est bien que la notion de prochain sort de la communauté Israélite et rejoint la communauté humaine entière, passant du frère hébreu « réa » au prochain humain « plésion » de la Septante

Si le bon samaritain est bien le rebond historique du double commandement d'amour, mémorisé par l'une des communautés évangéliques, nous tenons bien un quatrième signal, une quatrième « preuve » que, s'appuyant sur les deux versions du Lévitique, l'hébraïque et la Septante, la pensée de Jésus a fait évoluer les notions de frère et de prochain, par sa prédication, vers la notion de la Septante.

Poussant plus loin la compréhension historienne de cette évolution, nous avons, dans ce 4ème signal, la preuve que le travail théologique du Jésus historique a consisté à passer du sens de ces versets selon la version massorétique à leur sens selon la version grecque.

Cette évolution ne résulte pas d'un long travail de réflexion, d'une longue évolution d'un rabbi juif atteignant un âge avancé, entouré de ses élèves. Cette évolution s'est réalisée dans le cerveau d'un homme jeune, traité par ses contemporains d'étonnant rabbi, arrivant de là où on ne l'attendait pas, de cette Galilée des nations, de ce Nazareth d'où rien ne pouvait venir. Elle s'est réalisée au cours de la courte histoire d'un homme exécuté vers les trente-quatre ans pour comportements et propos blasphématoires.

À la recherche d'une explication

Si Jésus a su isoler deux versets non encore reliés entre eux par aucune école halakhique, tout en récupérant le sens de la version grecque pour le second, d'où cette pensée autonome a-t-elle pu venir ? Ce n'était pas à cause de son séjour dans l'école du Baptiste, où il a pu passer quelques mois ou une année, qu'il aurait trouvé le contact avec une version grecque de certains livres de l'ancien testament. Dans son désert, le Baptiste ne disposait vraisemblablement pas de bibliothèque et n'était certainement pas à la recherche de manuscrits en hébreu et en grec, bien qu'on sache cependant que les grottes de Qumran ont livré un pourcentage important de leurs manuscrits en grec.

Ce ne peut donc être qu'entre les quinze et trente ans, à la synagogue de Nazareth, que le Jésus historique a pu manipuler des versions hébraïques et grecques de certains livres de la Bible, tout en n'en faisant que ce que pouvait en faire un autodidacte, dans ce monde partagé entre plusieurs cultures coloniales et de multiples micro-cultures communautaires, comme l'était la Palestine à son époque.

Par ailleurs, il faut revenir à une analyse historique et matérialiste de la situation culturelle du Moyen orient ancien et, dans cet ensemble, de la communauté juive. Un fait très important a été longtemps ignoré, sous-estimé, voire caché, pour des raisons obscures dans les millénaires d'impérialisme ayant précédé le XXe siècle :

Au temps de Jésus, la langue hébraïque était immature. Seul le grec était une langue complète et moderne s'imposant facilement par sa commodité de pratique. Tout tenait au fait que, dans son système d'écriture, le grec utilisait des consonnes et des voyelles alors que l'hébreu ne connaissait que les consonnes des mots. Ce n'est que vers la fin du Ier siècle après JC. que des rabbins ont commencé à se préoccuper d'intégrer entre les consonnes des signes de ponctuation et de cantilation. Quant à elle, l'écriture des voyelles remonte à une période beaucoup plus tardive, située entre le VIe et le Ix^e^ siècle de notre ère. La bible hébraïque rédigée avec une écriture complète n'a été fixée qu'entre le IXe et le Xe siècle après JC.

Au temps de Jésus, dans les villages de Galilée, quelques garçons de familles rurales surnageaient au-dessus d'un monde de misère et d'analphabétisme primitifs, apprenant quelques rudiments de lecture et d'écriture, dans l'après-midi du Sabbat, en se servant des quelques manuscrits existant à la synagogue. La conséquence de cet état immature de l'hébreu était qu'il était beaucoup plus facile d'apprendre à lire en se servant du grec que de l'hébreu. À côté de vieux manuscrits hébreux, il y avait les rouleaux de papyrus, rédigés en grec, en provenance, depuis deux cents ans, de la capitale culturelle Alexandrie. Si l'on se réfère à l'épisode du retour de Jésus dans cette synagogue de son enfance, les uns et les autres, avec des intensités diverses, avaient servi le matin lors du culte.

N'oublions pas ce que Meier nous a rappelé et que j'ai évoqué plus haut. Les méthodes d'autodidaxie et d'enseignement primitifs étaient exceptionnellement développés dans le monde juif par rapport au reste du Moyen orient ancien, bien qu'encore rudimentaires et loin de ressembler aux madrasas musulmanes du XXIe siècle, apprenant l'écriture et la lecture à partir du Coran. Les enfants n'étaient pas assis par rangées, disposant de dizaines d'exemplaires imprimés, lisant assidument durant des horaires importants, dominés par des surveillants circulant entre les rangs, munis de quelque bâton pour impressionner les moins assidus.

Au temps de Jésus, avec l'appui d'anciens du village, les plus motivés et les plus courageux arrachaient des rudiments d'instruction, pour l'essentiel en s'enseignant eux-mêmes, et en allant au plus facile. À une époque où l'on avait, tout au plus, dans chaque village, un seul exemplaire recopié à la main de quelques textes du Pentateuque et des prophètes, plus les psaumes, résumés d'accès plus facile à tous, il faut imaginer ce que signifiait apprendre à lire une langue dont le système d'écriture était privé de voyelles. Beaucoup plus de « par cœur » était exigé, faute de voyelles. Il fallait d'abord écouter attentivement l'ancien, lire à haute voix le texte, en suivant par-dessus son épaule, avant de répéter également à haute voix. Il en était tout autrement sur une langue ayant des consonnes et des voyelles. Une fois que le garçon avait appris ses vingt-quatre lettres d'alphabet, il pouvait plus facilement se débrouiller seul avec son manuscrit. On comprend aisément l'avantage qu'a dû posséder immédiatement le grec, et la percée fulgurante qu'il fit pour l'emporter culturellement, dans ce Moyen Orient aux multiples écritures immatures, phéniciennes, hébraïques et sumériennes, hittites...

Il n'y avait rien d'étonnant, d'autre part, à ce qu'à Nazareth, des copies de la LXX aient traîné à la synagogue, à six kilomètres et une heure de marche de Séphoris, en cours de construction, la première capitale hellénisée du roitelet local Hérode Antipas. « La preuve ? » demandera Meier. Elle ne peut se trouver que dans le texte même des premières sources des évangiles, Marc et la Source Q, et dans ces anomalies textuelles, dont font partie les quatre signaux relevés ci-dessus.

Quittant le point extrême où nous laisse Meier, celui d'un Jésus historique parlant au moins le grec « des affaires », nous pouvons penser qu'il pouvait lire parallèlement, dans sa synagogue de Nazareth, au cours de son éveil à la pensée et à la littérature théologique de son temps, une version hébraïque du deutéronome et deux versions du Lévitique, l'une en hébreu et l'autre en grec.

De plus, nous rejoignons les importantes analyses de Meier sur une influence des courants philanthropiques et religieux grecs qui auraient pu faire leur chemin en parallèle en direction du monde juif sur la « dikaiosunè » et « l'eusebeia ». D'un point de vue matérialiste, ce genre d'évolution ne repose pas sur les rêves et les pensées d'un ouvrier du bois travaillant au milieu de ses copeaux, et « parlant le grec des affaires », mais suppose un vecteur. Or quel meilleur vecteur pouvait exister que les traductions grecques de l'Ancien testament venant d'Alexandrie, la capitale économique et culturelle de la région, à vingt jours de marche de la Galilée, distance alors couramment franchie par les rouleaux de papyrus produits et copiés dans le delta du Nil ?

Cette influence des positions philosophiques des colonisateurs suppose qu'une hellénisation de la culture locale était déjà fort avancée, même si ensuite elle a reculé sous l'effet des guerres de résistance de

66 et de 135. Après deux siècles de conquêtes militaires, politiques et économiques, s'appuyant enfin sur des pensées collectives, la diaspora et une partie de la communauté juive s'en étaient imprégnées.

En conclusion, il semble d'abord que les derniers développements de l'exégèse nous mettent en contact avec un Jésus historique beaucoup plus complexe qu'on n'aurait pu ou voulu l'imaginer. En second lieu, il nous est curieux de constater, que nous sommes, nous les exégètes de la vieille Europe, plus habitués et plus attentifs aux réalités complexes des anciens empires coloniaux dont nous observons encore les réalités langagières jusque dans nos rues et nos transports en commun, que des chercheurs comme John P. Meier, vivant les problèmes géopolitiques de l'espace Nord-américain d'aujourd'hui. Il est également surprenant d'observer dans cet espace que ses liens et les phénomènes d'interférences unissant l'impérialisme américain et le colonialisme sioniste aient des rebondissements jusque dans ces lieux culturels que sont l'exégèse et l'idéologie théologique. Il en résulte des postulats qui font courir la pensée religieuse loin de quelques réflexions de bon sens. Finalement les réalités géopolitiques d'aujourd'hui font obstacle à la capacité de regarder en face les inventaires nouveaux rendus possibles par les capacités d'observation numérique contemporaine appliquées aux textes anciens.

Pour achever ce travail de lecture du Tome IV de J. P. Meier, relions tous ces matériaux apportés et ceux que nous entrevoyons à travers les limites de son regard. Il n'est pas anodin qu'ils gravitent tous autour d'une unité thématique centrée sur l'homme, grâce à un parler sabir s'introduisant dans la langue araméenne : le respect de ce que Dieu a uni entre l'homme et la femme, le oui et le non de l'homme, l'affleurement de cette notion d'homme et de l'humain. Enfin nous avons cette apparition de l'amour universel de Dieu et des hommes, dans un glissement de la version « massorétique », version n'existant dans sa forme complète d'écriture qu'à partir du Ixe siècle de notre ère, à la version de la Septante du Pentateuque, diffusée depuis deux cents ans au temps de Jésus.

Curieusement derrière la geste d'autodidaxie trilingue qu'il nous semble entrevoir, sous le parcours culturel du prophète charismatique et eschatologique qu'était le Jésus historique, c'est la découverte de l'homme universel qui s'affirme au milieu de la pensée religieuse.

L'assimilation de l'apport de la Septante et l'assimilation de notions hellénistiques lui permettaient de faire éclater les limites claniques d'un dieu araméen ou hébraïque. Voilà une leçon théologique bien d'actualité après les nouveaux horizons ouverts par Vatican II et à l'orée de ce troisième millénaire.

À travers cette évolution culturelle qui n'a pas attendu les communautés chrétiennes d'après 70, mais qui était déjà en train de se réaliser dans l'espace où circulait Jésus, au tournant de l'ère, le Dieu du Jésus historique ne serait-il pas non seulement le Dieu qui révèle Dieu mais aussi et en même temps celui qui révèle l'homme universel ?

En terminant ce chapitre très critique à l'égard de conclusions de John P. Meier, je veux insister cependant à nouveau sur un point. Le travail de critique radicale sur les synoptiques est cependant essentiel et indispensable. Si nous n'avions pas ce travail de déconstruction presque complète de nos simplifications intellectuelles, croyantes ou non, mais le plus souvent mues par des préoccupations croyantes, nous ne pourrions pas nous lancer dans une vue plus large de l'historicité pour l'analyse de l'évangile de Jean.

3

Une autre raison de mise en sommeil de l'évangile de Jean, une raison théologique

À plusieurs reprises, les raisons de John P. Meier invoquées pour refuser l'historicité de Jean sont liées à son contenu théologique ou christologique, qui ne pourrait être attribué au Jésus de l'histoire. Depuis deux cents ans, la plupart des auteurs d'une histoire critique des évangiles refusent que le quatrième ait une valeur historique pour des raisons de cette nature. Ce texte nous interroge beaucoup plus parce qu'il est difficile de biaiser avec lui. Prématurément, en pleine phase primitive de rédaction du Nouveau testament, il va au fond d'une expression théologique de la révélation chrétienne. Mais en même temps, son auteur affirme tout simplement être un témoin oculaire des propos inimaginables et provocateurs d'un homme, son Maître et il répète que son témoignage est « véridique ».

Bien évidemment, admettre cette ambition de Jean n'est pas facile et nous met en porte-à-faux, nous qui partons d'un point de vue d'agnosticisme généralisé, et tentons une recherche matérialiste, même si nous nous reconnaissons croyants au terme de la recherche. Cette ambition est encore plus inadmissible pour ceux qui partent d'un point de vue d'athéisme et entendent y rester. En fait notre lecture moderne du quatrième évangile pourrait voir dans les textes rédigés par ce disciple et son équipe, une lecture allégorique ou mythique, mais en aucun cas, une lecture historique. Ce faisant, semblable réduction s'attaque au contenu de l'identité de la personne de Jésus.

Derrière Jean se profile tout le christianisme historique avec ses dogmes et sa théologie. On devrait peut-être parler du Johannisme plutôt que du Christianisme, de même que l'on parle du Platonisme et non du Soctratisme lorsque l'on évoque la trace laissée par Socrate. Avec les seuls synoptiques, on peut esquiver la théologie issue de l'histoire, mais avec Jean, tous les grands conciles des cinq premiers siècles se profilent, et pas seulement dans les premiers versets du prologue. Jean est le disciple qui a mis dans ses écrits l'essentiel théorique du message du Maître.

Un christianisme qui ne serait basé que sur les synoptiques imposerait une rupture moins grande avec notre culture contemporaine, au fond d'historicisme généralisé et d'agnosticisme. Mais basé à la fois sur les synoptiques et sur Jean, le christianisme pose le problème le plus radical d'une foi s'appuyant sur un phénomène historique et se prolongeant dans toute l'histoire réelle de la pensée occidentale avant l'ère moderne.

Une interprétation réductrice de Jean

Un très bon exemple de cette réduction de l'évangile de Jean me semble être paru dans un article de Golias-Magazine de juillet 2010, *Le Christ exégète (Jean 1,18)* sous la plume de Michel Théron[1].

Il propose de traduire ainsi le dernier verset du prologue : « Dieu, c'est un fait que personne ne l'a jamais vu : le Fils unique, celui qui est dirigé vers le sein du Père, celui-là l'expliqua. » Selon lui, cette traduction aurait deux avantages : en premier lieu, ne pas reprendre les défauts de la traduction de la Vulgate et secondement ne pas conduire aux conséquences contestables qui en ont été tirées par le Concile de Nicée. Pour cela, dans le passage de Jésus sur terre, dans le passé, il y eut une voie pour aller vers Dieu, il y eut « une exégèse », une explication de Dieu. Il y eut un initiateur temporaire dont nous gardons le souvenir. Mais il n'y eut pas d'égalité entre le Père et le Fils, ni de consubstantialité, ni de préexistence éternitaire, tous dogmes affirmés par Nicée.

Autre avantage de cette traduction, selon lui, dans les textes initiaux, le fils subordonné au Père n'est qu'un médiateur. Mais comme dans le christianisme, la révélation est progressive, les conciles l'ont enrichie. Ils ont fait de Jésus un Dieu, un Dieu finalement visible, alors que Dieu est invisible et ne peut jamais être dévoilé. On a dans ce texte primitif l'idée d'une explication de Dieu mais pas une « théologie haute », pas une théologie trinitaire.

Dans la suite de son texte, Michel Théron poursuit avec d'autres

1. Michel Théron, *Théologie buissonière*, éd. Golias 2010

passages du quatrième évangile et les traduit ainsi : « Celui qui m'a vu, a vu le Père » égale « celui qui m'a vu a vu ce que l'on peut voir du Père (et rien de plus) » ou encore « Moi et le Père nous sommes un » égale « Notre cause est commune ». Vouloir aller à tout prix au-delà, serait entrer dans l'idolâtrie. Selon la pensée de Michel Théron, on projette sans vergogne, la consubstantialité sur le texte johannique. On introduit à côté des « dits » de Jésus et à égalité avec eux, ses faits et gestes, dans lesquels on voit sa thaumaturgie et les miracles, bref sa personne, son « être ». On est dans un ensemble inventé à des fins d'apologétique. Il propose une autre voie : préférer la bonne nouvelle ou l'évangile du Christ qui ouvre et libère l'esprit, à une bonne nouvelle ou un évangile au sujet du Christ qui subjugue par des fictions.

Dans ses propos, il s'est agi pour Jésus, simplement, de retrouver la sagesse primordiale et éternelle de Dieu, qui est le logos du prologue johannique. Dans le contexte primitif de rédaction, si cette sagesse se fit chair, cette incarnation veut dire tout simplement que son interprète, ce Jésus rabbin l'incarna, lorsqu'il l'expliqua, et que par le fait de l'expliquer, comme fait tout bon interprète, lorsqu'il est bien au fait de ce qu'il commente, lorsqu'il est bien rempli de son sujet, bien inspiré par lui, en lui alors, véritablement mais pour un temps seulement, la parole prend chair.

Selon Jean, le Christ est-il vraiment un exégète parmi d'autres ?

Dans les trois paragraphes qui précèdent je me suis efforcé de reprendre la pensée de cet auteur en la résumant et en la respectant au mieux qu'il m'était possible. Cependant cette compréhension des choses et du texte de Jean est le troisième événement qui oblige, à mon avis, à reprendre à la base le problème du johannisme et de son historicité.

Il me semble, en effet, que ce dernier verset du prologue, Jn 1,18, est très loin de réduire Jésus à un simple interprète bien inspiré. Il aborde le thème de la vision johannique que Jésus nous a accordée de son Père. Il est le point de départ d'une immense fresque qui ne me semble pas correspondre à une réduction de la christologie. Il ne faut pas réduire l'horizon.

Ce dernier verset n'est manifestement qu'un lever de rideau ouvrant sur tout le spectacle qui va suivre. Ce thème de la vision du Père, accordée dans le Fils, est développé tant de fois dans l'ensemble du texte de Jean, et avec tant d'harmoniques, qu'on peut en dénombrer près de 65 déclinaisons ou reprises, sans compter les 17 occurrences évoquant les rapports du « Fils » à « celui qui l'a envoyé ». On trouve, page suivante, le Tableau I permettant de juger et compléter l'analyse présente.

Avec ce Jésus montrant le Père, nous avons donc un thème central et majeur du quatrième évangile. Il est amplement déployé, tout au long du texte, avec toutes ses variantes : du vu, de l'entendu, des signes, des œuvres, du témoignage, de la lumière, des exclamations intensément proclamées au milieu du Temple, de la vérité enfin, encore affirmée devant Pilate... N'en faire qu'une explication, qu'une exégèse, n'en déplaise au littéral grec de Jn 1,18 ne peut que conduire à une réduction ne correspondant pas à la pensée johannique.

Je respecte dans cette analyse de Michel Théron la liberté d'un prérequis théologique légitime. Tout homme a la liberté du choix du croire ou du non-croire et aussi la liberté de toutes les variantes du croire. Donc, dans cette « explication », il n'est pas interdit de penser que ce fils n'est pas l'égal du Père et n'est pas Dieu. Il est un homme s'étant promu explicateur du divin général. Il n'y a pas de Trinité. Celle-ci est une invention de Nicée, de deux cents quinze ans postérieure à la rédaction du quatrième évangile.

Mais sur cette base réduite, il est effectivement difficile de lire Jn 1,18, avec tous les développements du thème qui se développent ensuite. Le verset Jn 1,18 est plutôt une conclusion que le premier mot d'un évangile. Fut-il rédigé avant de commencer l'écriture du reste du texte. Pour le comprendre, il faut à mon avis, remonter d'abord, à tous les discours et dialogues, aux signes et aux œuvres, censés lui donner du contenu. On parvient ainsi à cette double reprise la plus claire, en réponse à Philippe « Voilà si longtemps que je suis avec vous et tu n'es pas parvenu à me connaître, Philippe ! Qui me voit, voit le Père. Comment peux-tu dire : 'montre-nous le Père ?' Ne crois-tu pas que moi, je suis dans le Père et que le Père est en moi ? » En fait, on hésite à choisir parmi les citations répondant à ce v. 1,18 du prologue, tant c'est toute la théologie johannique qu'il faut aborder. C'est effectivement une théologie. Mais l'aborder, passe par une réouverture du problème de l'historicité de Jean.

Tableau I - Témoigner, expliquer, montrer, être envoyé, venir de …	
1,18	Dieu, personne ne l'a jamais vu, le Fils unique, Dieu qui est vers le sein du Père, celui-là l'a raconté
3,20	Rabbi, nous le savons, c'est de la part de Dieu que tu es venu comme un maître
3,11	nous parlons de ce que nous savons et nous témoignons de ce que nous avons vu
3,13	Nul n'est monté au ciel hormis celui qui est descendu du ciel, le Fils de l'homme
3,31	Celui qui vient d'en haut
3,32	Celui qui vient du ciel témoigne de ce qu'il a vu et entendu
3,34	celui que Dieu a envoyé parle les paroles de Dieu
4,22	nous adorons, nous, ce que nous connaissons, parce que le salut provient des juifs.
4,25	Je sais que le Messie doit venir, celui qu'on appelle Christ ; quand il viendra, il nous dévoilera tout.
4,48	Si vous ne voyez signes et prodiges, vous ne croirez sûrement pas
5,19	de lui-même le Fils ne peut rien faire, si ce n'est ce qu'il voit le Père en train de faire
5,20	le Père aime le Fils et il lui montre tout ce qu'il fait ; et il lui montrera des œuvres encore plus grandes que celles-ci
5,22	le jugement tout entier il l'a remis au Fils,
5,24	qui écoute ma parole et croit à Celui qui m'a envoyé,
5,32	Un autre me rend témoignage et je sais qu'il vaut, le témoignage qu'il me rend
5,34	moi, toutefois, ce n'est pas d'un homme que je reçois le témoignage
5,36	Moi cependant le témoignage que j'ai est supérieur à celui de Jean : les œuvres que le Père m'a données,afin que je les mène à terme
5,36	Ces œuvres mêmes que je fais témoignent à mon sujet que le Père m'a envoyé
5,37	Oui, le Père qui m'a envoyé, lui, a rendu témoignage à mon sujet
6,26	Vous me cherchez non parce que vous avez vu des signes
6,29	l'œuvre de Dieu, c'est que vous croyiez en celui qu'il a envoyé
6,33	c'est mon Père qui vous donne le pain venant du ciel, le vrai ; en effet le pain de Dieu est celui qui descend du ciel et donne la vie au monde
6,40	c'est la volonté de mon Père que quiconque voit le Fils et croit en lui ait la vie éternelle
6,45	Il est écrit dans les prophètes : 'Ils seront tous enseignés par Dieu
6,46	Non que personne ait vu le Père, excepté celui qui est d'auprès de Dieu, celui-là a vu le Père

7,40	Puisque tu fais ces [œuvres], manifeste-toi au monde !
7,16	Mon enseignement n'est pas mien, mais de Celui qui m'a envoyé.
7,29	Moi, je le connais bien parce que je suis d'auprès de lui et c'est lui qui m'a envoyé
8,12	Moi, je suis la lumière du monde
8,13	Toi, tu témoignes sur toi-même ; ton témoignage n'est pas véridique»
8,16	Mais si je juge, moi, le jugement qui est le mien est authentique, parce que je ne suis pas seul, mais il y a moi et le Père qui m'a envoyé
8,19	si vous me connaissiez, vous connaîtriez aussi mon Père
8,26	Celui qui m'a envoyé est véridique, et moi, ce que j'ai appris de lui, c'est ce que je proclame au monde.
8,28	de moi-même je ne fais rien, mais tout comme le Père m'a enseigné, je proclame ces choses
8,29	Celui qui m'a envoyé est avec moi : il ne m'a pas laissé seul, parce que je fais toujours ce qui lui plaît
8,38	Moi, ce que j'ai vu chez le Père, je le proclame ; et vous, ce que vous avez entendu chez le père, vous le faites !
8,40	moi, un homme qui vous ai proclamé la vérité que j'ai apprise de Dieu. Cela, Abraham ne le fit point.
8,42	car moi c'est de Dieu que je suis sorti, et je suis là. Oui, ce n'est pas de moi-même que je suis venu, mais c'est Lui qui m'envoya.
8,47	Qui est de Dieu entend les paroles de Dieu. La raison pour laquelle vous n'entendez pas, vous, C'est que vous n'êtes pas de Dieu.
8,55	tandis que moi, je le connais bien.
8,55	mais je le connais bien et je garde sa parole
9,30	mais c'est pour qu'en lui soient manifestées les œuvres de Dieu.
9,29	Nous savons, nous, que Dieu a parlé à Moïse ; mais celui-là, nous ne savons pas d'où il est.
9,32	Si celui-là n'était pas d'auprès de Dieu, il n'aurait rien pu faire
10,15	tout comme le Père me connaît et que moi je connais le Père
10,25	Les œuvres que moi je fais au nom de mon Père, ce sont elles qui témoignent sur moi.
10,30	Moi et le Père, nous sommes un
10,38	Mais si je les fais, même si vous ne me croyez pas, croyez les œuvres, afin que vous appreniez et reconnaissiez que le Père est en moi et moi dans le Père.
11,40	Ne t'ai-je pas dit que, si tu viens à croire, tu verras la gloire de Dieu ?
12,38	Seigneur, qui a cru à ce qu'on nous avait entendu dire et le bras du Seigneur, à qui fut-il révélé ?
12,45	et celui qui me voit voit Celui qui m'a envoyé.
12,46	Moi, lumière, je suis venu dans le monde, afin que quiconque croit en moi ne demeure pas dans la ténèbre

12,49	car ce n'est pas de moi-même que je me suis exprimé, mais c'est Celui qui m'a envoyé, le Père, qui m'a lui-même commandé ce que je devais dire et exprimer
12,50	Ainsi donc ce que moi j'exprime, tel que le Père me l'a dit, tel je l'exprime.
13,20	qui accueille celui que j'enverrai, c'est moi qu'il accueille, et qui m'accueille accueille Celui qui m'a envoyé
13,21	Ayant dit cela, Jésus fut troublé en esprit ; il attesta et il dit
14,70	Si vous étiez parvenus à me connaître, vous connaîtriez aussi mon Père. Dès maintenant, vous commencez à le connaître et vous le voyez
14,80	Philippe lui dit : « Seigneur, montre-nous le Père et cela nous suffit. »
14,90	Qui me voit, voit le Père. Comment peux-tu dire : 'Montre-nous le Père' ?
14,10	Les paroles que je vous dis, je ne les prononce pas de moi-même ; au contraire, c'est le Père qui, demeurant en moi, accomplit ses œuvres
14,24	et la parole que vous entendez n'est pas mienne, mais du Père qui m'a envoyé.
15,15	je vous ai appelés amis parce que tout ce que j'ai entendu de mon Père je vous l'ai fait connaître.
15,21	parce qu'ils ne connaissent pas Celui qui m'a envoyé.
16,30	parce qu'ils n'ont connu ni le Père ni moi.
16,25	Je vous ai dit cela de façon énigmatique. Elle vient, l'heure où je ne vous parlerai plus de façon énigmatique, mais où je vous communiquerai ouvertement le Père
17,50	Et maintenant, glorifie-moi, toi, Père, auprès de toi-même de la gloire que j'avais auprès de toi avant que le monde fût
17,25	Père juste, le monde ne t'a pas connu, mais moi je t'ai connu, et ceux-ci ont connu que toi tu m'as envoyé
18,37	je suis venu dans le monde pour ceci : pour rendre témoignage à la vérité. Quiconque est de la vérité écoute ma voix
19,35	Celui qui a vu est témoin,et son témoignage est véridique

L'historicité, enjeu de l'évangile de Jean

Depuis deux siècles, les exégètes de la modernité font un procès d'historicité à l'évangile de Jean. Mais tout l'évangile de Jean ne contient-il pas un procès d'historicité qui ne peut se régler qu'au niveau de l'histoire et qui va prendre le pas sur les techniques de critique textuelle ? Si l'on s'en tient à son texte, l'intention de l'auteur du quatrième évangile est claire. Dès le premier tiers de l'ouvrage, c'est un procès qui se prépare et va s'instruire devant Hanne et Caïphe, devant Pilate, devant les hommes dans leur ensemble. Présent historiquement, à ce procès, le disciple se prétend le témoin d'un événement historique.

Cet événement est un véritable procès dont on sait aujourd'hui qu'il a véritablement existé. On y réclame des témoins. En fait deux témoins se présentent. Le premier, le Maître s'exprime dans les registres de l'oralité et des gestes, avec en arrière fond, un troisième témoin, son Père. Seconds témoins, le disciple et son école, s'expriment dans les registres de l'écriture et de l'interprétation des événements. Ce sont eux qui sont les explicateurs ou les exégètes du premier témoin, au sens utilisé par Michel Théron.

Comme dans tout procès, ou bien l'on accepte les témoins, ou bien on les récuse. Et c'est une certaine pratique et un certain concept de l'historicité qui va juger ces témoignages. Ce ne sont certes pas les mêmes critères d'historicité que ceux de John P. Meier. Ce sera l'histoire générale qui va donner tort ou raison, aux témoins ou à ceux qui les ont récusés. L'histoire finit à peu près toujours par faire apparaître les vérités les plus cachées.

Les hommes du XXIe siècle, leurs théologiens et leurs exégètes sont nécessairement dépendants de cette question d'historicité et de ses critères à l'échelle de l'histoire. C'est de plus une condition préalable du comportement du croire ou du non-croire. Aujourd'hui, l'intelligibilité des choses que nous pensons et que nous admettons, en est conditionnée, tant pour les connaissances générales et les sciences humaines, elles aussi toujours situées dans une histoire générale des sciences, que pour les choses théologiques et religieuses.

D'autres critères d'historicité

Si nous voulons aborder l'évangile du disciple, on ne peut en rester aux même critères d'historicité que ceux utilisés pour les synoptiques.

On verra dans le déroulement de la lecture critique qui va suivre, comment vont évoluer ces critères d'historicité. Mais comme point de départ, il faut faire l'exégèse critique de Jean à partir de Jean, de son contenu et de son genre littéraire et non à partir des contenus, des critères et des genres littéraires des synoptiques qui sont sensiblement différents.

Secondement, encore davantage que pour les synoptiques, l'évangile de ce disciple se comprend dans une succession d'écritures bibliques, un parcours d'histoire générale et un contexte géopolitique et culturel qui va d'Isaïe à lui, en passant par les Maccabées, la Source Q, les synoptiques, Paul… Le procès de Jésus, en Jean, commence au procès fait par Mattathias à Modin (1Mac 2,24), tuant un coreligionnaire juif, accusé de s'intégrer dans le processus d'hellénisation demandé par les fonctionnaires d'Antiochus Épiphane, roi grec de Syrie. Il se poursuivra avec les procès de ces juifs hellénisés que sont Étienne et Paul, dans les Actes. Il s'achève en 66-70 avec l'échec de la tentative de reconstitution d'un royaume juif et d'un monde refermé sur lui-même, sur ses observances et son retour à la langue hébraïque dans le culte synagogal.

Toutefois, il faut bien comprendre ce que je veux entendre par là. Le procès intenté à Jésus pour blasphème n'était pas un procès pour un éventuel degré avancé d'hellénisation. Le blasphème qui fut la résultante de son messianisme, pour le judaïsme traditionnel, était d'un autre ordre qu'un problème culturel ou géopolitique. Mais l'évolution de civilisation connue par le monde juif entre la conquête d'Alexandre et les années 60 du Ier siècle fut un des déclencheurs, un des outils de formalisation et de portage de la mutation d'une partie du judaïsme dans le christianisme.

En troisième lieu, le procès d'historicité, fait aujourd'hui à l'évangile de Jean, prolonge, aujourd'hui encore, d'une certaine façon, dans le monde occidental, ce procès complexe du début de l'ère. On fait, en même temps, le procès d'un certain christianisme tel que perçu actuellement et de son lien au Jésus de l'histoire. Cela ne veut pas dire que dans le christianisme actuel rien n'est en transformation, en raison du visage pris avec le temps. Mais le Christianisme d'aujourd'hui comme celui des origines, et celui de l'expansion et de la domination constantinienne, sont passés par Jean comme maturation de la Source Q, des traditions synoptiques et de Paul. Cette problématique complexe demeure en procès aujourd'hui, parce qu'à beaucoup d'égards, il n'y aurait pas eu de théologie chrétienne, ni occidentale ni orientale, sans Jean. C'est du Johannisme qu'on va aboutir à Nicée et à Chalcédoine mais aussi aux dérives platoniciennes, plotiniennes et augustiniennes du christianisme impérial.

Une historicité globalisante plus que littérale

Pour revenir à l'historicité du contenu de l'évangile du disciple, nous ne sommes pas du tout sur le même registre que celui des synoptiques. Son témoignage est un témoignage global, plus qu'un témoignage d'historicité fondé sur des mots précis et de petits ilots de certitude, surnageant au milieu d'une mer d'agnosticisme et de doute, comme l'a démontré l'érudition de John P. Meier. Le plus souvent, ces techniques d'historicité ne peuvent plus être opérantes ici, parce qu'il témoigne d'une part d'une histoire générale, et d'autre part de propos et de résonnances globales d'intériorité.

Il procède par des blocs rédactionnels qui valent plus par leur ensemble, par les thèmes véhiculés, que par la formulation d'un verset ou d'un ensemble de mots. Par ce procédé, il veut témoigner de ce qu'il a compris de l'intériorité de son maître et de son historicité générale. Il témoigne de propos d'intériorité, tels qu'il les a compris, avec son flair d'intellectuel juif hellénisé, originaire des hautes classes jérusalémites.

De plus, il témoigne, pour une part, de l'intériorité d'un disciple se racontant lui-même, relatant notamment comment et à partir de quels événements, lui-même, il a cru. En complément, on trouve très brièvement et explicitement exprimé, dans le dernier commentaire, comment les disciples du disciple se sont mis en devoir de conclure ce témoignage.

Autre élément à verser à la requête, sur de nombreux problèmes précis, ses secrets d'historicité ressortent de la spontanéité de son témoignage de première venue. Ils sont souvent notés par les exégètes sur de très nombreux détails d'une grande importance historique, ayant une influence, par exemple, sur les questions de datation ou de durée des épisodes. Quand il y a une divergence entre le brouillard et le flou des synoptiques et les précisions historiques apportées par le quatrième évangile, il faut souvent adopter les positions de ce dernier.

La difficulté de l'historicité de cet évangile vient de ce que ce disciple est un témoin affirmé et qui revendique à plusieurs reprises d'être un témoin « véridique, mais qui du point de vue de son identité est « glissant et fuyant ». Il signe manifestement à plusieurs reprises son texte, mais sans se nommer expressément. Aujourd'hui nous sommes réduits à affirmer surtout négativement qu'il ne peut être l'apôtre Jean, le fils de Zébédée, mais que sur le plan positif, il relève d'une hypothèse. Il est « l'autre » disciple ou « un » disciple. Enfin ce témoin n'est peut-être pas un seul individu mais malgré l'importance essentielle de l'individu « qui est en tête », il n'est peut-être qu'un continuum entre un disciple et son école qui sera nommée johannique.

Une intelligibilité générale du christianisme

En conclusion, plutôt que de tenter une réduction du quatrième évangile pour suivre les chemins buissonniers définis par un auteur tel que Michel Théron, réduction arrangeant nos scepticismes contemporains, et plutôt que d'en rester à un Jésus synoptique plus juif qu'il n'était, à la façon de John P. Meier, il est préférable à mon sens de travailler sur l'hypothèse d'un Jésus historique beaucoup plus complexe qu'on ne l'a imaginé pendant de longues périodes antérieures. Et le quatrième évangile est particulièrement le texte où peut apparaître ce Jésus si complexe de la réalité et de l'histoire.

Il faut analyser le quatrième évangile par une critique interne et externe, mais en reprenant tout son contenu et tout son environnement. Le Johannisme est déjà préfiguré par la Source Q, qui intègre déjà des paroles du Maître exposées en un style tout à fait johannique. De même des johannismes sont repérables aussi dans Matthieu et Luc et même en Marc (Mc 9,37).

Il ne faut pas non plus chercher à réécrire l'histoire en niant ce qui s'est passé pendant deux millénaires. Il faut suivre une autre voie, celle notamment décrite par Joseph Moingt[2]. La théologie Nicéenne et constantinienne, est un premier développement de l'évangile de Jean. Elle a correspondu à seize siècles du christianisme historique, même en déformant quelque peu le message du Jésus de l'histoire, de notre avis, aujourd'hui. Ces longs siècles aujourd'hui achevés, en particulier depuis Vatican II, une nouvelle période théologique commence à apparaître, remplaçant la théologie dogmatique antérieure par une théologie historico-critique.[3]

2. Joseph Moingt, *L'homme qui venait de Dieu,* éd du Cerf, 2008 et *Dieu qui vient à l'homme,* éd. du Cerf, 2005 et 2007.

3. C'est aussi l'une des intuitions que l'on peut lire dans le second Tome des mémoires de Hans Küng, paru aux débuts de 2010.

À partir de cette révolution théologique de la fin du XXe siècle et des années 2000, on ne peut faire de la théologie sans partir d'une analyse historico-critique tant des Écritures que de l'histoire de la théologie dogmatique antérieure. Mais on ne peut se priver d'aucune partie de l'Écriture, ni d'aucune étape de l'histoire théologique, en particulier, se priver de l'historicité du quatrième évangile. Il me semblerait que ce serait vouloir rouler avec une voiture ayant perdu l'une de ses roues avant.

Mais comme l'analyse historique et l'analyse d'historicité est désormais essentielle à toute démarche théologique, il reste à construire une hypothèse justifiant l'historicité de ce quatrième évangile. C'est un défi très difficile.

Je vais donc chercher quelles traces d'historicité pourraient bien se cacher en Jean, à partir de Jean lui-même, bien qu'à lire la majorité des exégètes, aujourd'hui en 2010-2011, ce serait un exercice quasiment impossible, la critique ne pouvant reconnaître chez lui autre chose qu'une reconstruction tardive de la pensée de certaines premières communautés chrétiennes.

Ce constat est parallèle à l'expression d'une profonde crise de doute qui s'aggrave depuis plus de deux cents ans, à l'égard du christianisme dans son ensemble et plus spécialement de l'Église catholique. L'un et l'autre peinent à prendre conscience de leurs conservatismes et des crises à la fois dogmatiques et disciplinaires qui les atteignent. Nul ne sait quand et comment ils en sortiront. Mais il me semble qu'un premier défi théorique peut et doit être affronté : il n'est pas d'histoire chrétienne et de théologie chrétienne si on ne résout pas le problème du contenu ou de l'absence de contenu à la fois historique et théologique du premier texte que je qualifierai de pré-dogmatique, à savoir l'évangile du disciple ou quatrième évangile.

Il faut bien reconnaître que le concile de Nicée et les grands conciles christologiques, que la théologie dogmatique n'auraient pas existé sans ce quatrième évangile. Réduisons abstraitement le Nouveau testament aux trois évangiles synoptiques et à l'évangile de Paul, les Églises chrétiennes auraient eu de la peine à construire tout ce qu'elles ont réalisé dans les quatre premiers siècles. Cependant le témoignage du disciple est à mon avis, à mi-chemin.

Si l'historicité de ce texte est un problème central pour nos interrogations agnostiques d'hommes du XXIe siècle, c'est que ce quatrième évangile provoque un choc par sa revendication d'historicité. Ce disciple de la première à la dernière heure, revendique le statut de témoin d'un fait exceptionnel. Il est le disciple d'un maître qui est précisément un homme d'une Galilée d'où rien ne doit venir et qui n'a pas fait les écoles, comme le disent à plusieurs reprises les contradicteurs.

Mais en même temps, il affirme que ce maître a une conscience identitaire complexe qui provoque les grands égos du Temple qu'il est le seul à rapporter. Cette conscience identitaire le conduit même à tenir des propos d'identité avec le Dieu unique des juifs, qu'il qualifie de « son Père », à un point tel qu'il conduit à l'accusation de blasphème, dans un processus de schisme à l'intérieur de la société juive. Ce faisant, toutefois, le disciple constate que le Maître diffère la réalisation effective de cette conscience identitaire, derrière le thème de l'heure, qui ne survient qu'à sa mort annoncée par Isaïe et les Écritures, par le Baptiste et par lui-même.

Affirmer que tout ce contenu théologique est survenu par un processus historique de prise de conscience et d'affirmation à la fois progressif et répété, par des discours en chambre haute et dans le Temple, est effectivement encore aujourd'hui, et même encore davantage aujourd'hui qu'auparavant, une contradiction extrême pour nos consciences et notre culture agnostiques, réfractaires au dogmatisme des siècles antérieurs.

Le choc du johannisme ne peut nous apparaître comme un fait parlant et intéressant que si nous parvenons à comprendre, de façon précise, sa construction progressive par une lecture matérialiste, l'historicité de sa venue progressive au jour. Cette analyse ne peut se réaliser que par un travail par bloc que je vais tenter et qui n'est imaginable qu'à la suite de la rédaction de la Source Q, elle-même réalisée par blocs.

La richesse de ce disciple, qui sera tardivement appelé Jean, est qu'il est ambivalent entre ce qu'on appelle aujourd'hui la théologie de l'immanence et celle de la transcendance. C'est-à-dire qu'il y a chez lui à la fois la théologie d'un Christ faisant apparaître un homme-dieu seulement à l'heure de sa mort et une théologie d'un verbe éternel venu de Dieu par un homme du premier siècle de notre ère, un homme qui affirme prendre conscience et exprimer progressivement qu'il est le fils très spécial d'un Dieu Père dont il exécute les œuvres et reproduit le travail.

Il semble cependant dans sa construction par blocs rédactionnels, que le disciple soit beaucoup plus tributaire, dans son écriture, de la première conception, celle de l'immanence que de la seconde, celle qu'on a voulu calquer par-dessus, d'un verbe préalable, tout de transcendance. C'est seulement la lecture qu'on en a faite au cours des siècles et ses interprétations qui l'ont fait glisser vers cette seconde conception.

Revenant donc aux origines, ce travail va tenter de le faire par cette interrogation d'historicité. À tort, après deux cents ans de critique historique du Nouveau testament, beaucoup d'exégètes font comme si l'évangile du disciple n'était que le premier verset de son prologue et considèrent, par une démarche incompréhensible, que le Jésus de l'histoire n'a pas produit de théologie propre ou qu'il est impossible de connaître chez lui une autre pensée théologique que celle des juifs de son temps.

Par la suite, tout le symbole de la foi n'est donc qu'une production des premières communautés puis des Églises dans la construction des Patriarcats et des épiscopats et de l'Église constantinienne. C'est là une négation de l'histoire. La trajectoire historique du christianisme passe par ce disciple non nommé, et qui de plus va nous apparaître au fil des blocs, comme un adolescent au moment des faits, pour aboutir à Nicée, même si texte n'est qu'un instant, un bref passage de certains discours « premiers » à un certain nombre de discours « aboutis », mais qui ne seront aboutis que temporairement. Il est le témoin inaugural et éphémère d'un premier mouvement chrétien, un mouvement religieux sans prêtre, sans temple, sans dogme, sans culpabilité et sans collusion avec les pouvoirs du temps. Au fil de ses blocs rédactionnels, ceci apparaît assez bien formulé de façon explicite chez lui. Chez les synoptiques, ce le sera beaucoup moins et dans le brouillard.

Méthode de travail

Pour constituer un outil de travail commode et actualisé, sur cette écriture par blocs, j'ai considéré que Xavier Léon-Dufour avait ouvert la voie par sa lecture synchronique[4]. Mais il l'a fait sans en donner l'explication ou la base d'historicité nécessaire à une révision de la conception qu'on avait du johannisme, depuis les hypothèses de Marie

4. Xavier Léon-Dufour, *Lecture de l'Évangile selon Jean,* éd. du Seuil, quatre Tomes, 1988, 1990, 1993, 1996.

Émile Boismard[5]. Ayant repris la traduction réactualisée de X. Léon-Dufour, par rapport à la Bible de Jérusalem, je l'ai reconstruite, en formalisant davantage les blocs rédactionnels dont il avait fait quelques approches, y intégrant ma propre conception de ces blocs.

J'ai procédé ensuite à un important travail de mise en page afin de rendre le plus lisible possible les techniques de rédaction du disciple. D'une part les éléments du texte en récit ou en voix off, et en introductions géo-historiques et temporelles sont mis en évidence avec différents alignements à gauche. De même, les nombreux commentaires du ou des rédacteurs sont détachés en alignement à droite. Enfin, au centre de la page, se retrouvent les propos du Maître, avec un alignement bien repérable et distinct de ceux des autres intervenants. Ces propos sont présentés en petits morceaux de versets, et en micro-discours, pour mettre en valeur les ressorts de la pensée. C'est dans cette présentation que l'on trouve ce texte au terme de cet ouvrage.

Par ailleurs pour comparer au moins deux textes dans des versions réactualisées, j'ai retenu la version de Marc réalisée depuis des années par Fernando Belo[6] et j'ai refait une version de la Source, en repartant des versions grecques de Luc et Matthieu et des versions de Frédéric Amsler et de l'international Q Project[7].

Avec ces outils, je crois que l'on peut tirer profit d'une lecture bloc par bloc, en reprenant des techniques qui ont été utiles pour comprendre la construction de la Source Q. En outre, je m'efforce de tirer le maximum de profit de toutes les comparaisons possibles avec la Source et les synoptiques. On peut reprendre alors, une à une, les questions d'historicité que pose cet évangile. Comme tout le monde, je suis parti des hypothèses globalement admises actuellement, mais je vais aboutir, peu à peu sur des hypothèses quelque peu différentes, qu'il sera nécessaire de formuler en présence de chaque bloc rédactionnel.

Refaisons un rapide inventaire d'un certain nombre d'acquis de l'exégèse actuelle, après deux cents ans de critique issue de « l'invention

5. Marie Émile Boismard et A. Lamouille, *Synopse des quatre évangiles*, T III, *l'évangile de Jean*, éd. du Cerf, 1977.

6. Fernando Belo, *Lecture matérialiste de l'évangile de Marc,* éd. du Cerf, 1975.

7. On la trouve dans *Golias Magazine*, n° 135 de novembre/décembre 2010. Pour les versions de l'école de Genève-Lausanne, Frédéric Amsler, *L'évangile inconnu, la source des paroles de Jésus,* éd. Labor et fides, 2001, Jean-Marc Babut, *À la recherche de la Source, Mots et thèmes de la double tradition évangélique,* éd. du Cerf, 2007 et Andréas Dettwiler et Daniel Marguerat, *La source des paroles de Jésus (Q) aux origines du christianisme,* Labor et fides, 2008.

critique » de la bible[8] : il y eut probablement, au départ, une première tentative de rédaction locale, en Palestine, avec la source Q, un texte produit en quelques exemplaires par des copistes, avec peut-être des variantes entre les copies réalisées pour l'usage des communautés qui le demandaient. Le disciple s'en est manifestement servi. L'évangile de Marc est aussi sorti très vite après la Source, connu du milieu central qu'étaient les communautés de Palestine, où vivait aussi initialement le disciple. Mais ces deux sources, sont vite considérées comme trop insuffisantes et incomplètes, exigeant une seconde vague de rédaction.

Les communautés ont attendu de quelques personnes des compléments enrichis des traditions orales quelles avaient en leur sein. De telles personnes en capacité d'écrire étaient rares à l'époque. Il en est sorti les évangiles de Jean, de Luc et de Matthieu, celui de Jean étant le premier composé, selon l'hypothèse que je vais présenter.

La version majoritaire parmi les exégètes est au contraire, qu'à la fin du processus, entre les années 70 et les années 100-110, une tradition Johannique a voulu aussi rédiger son évangile, en ayant procédé par plusieurs phases de rédaction. Mais je vais assez vite modifier ce schéma, au fur et à mesure des suggestions et des observations ressortant de l'analyse des blocs du disciple. Le premier élément conduisant à le modifier est en effet l'hypothèse d'une dualité de niveaux de culture et d'hellénisation, présente dès le départ chez les disciples, comme je viens de l'évoquer dans ces trois chapitres préliminaires. Elle autorise d'imaginer une accélération de la production du quatrième évangile et une remontée de sa datation sur le curseur de l'histoire.

Si ce quatrième évangile est manifestement écrit en quelques 35 blocs ou fragments rédactionnels successifs, bien visibles dans son texte, il n'est pas indispensable de penser qu'il résulte de plusieurs étapes de réécriture d'ensemble, selon l'hypothèse défendue entre autres par M. É. Boismard. Il faut même choisir. C'est ou l'un ou l'autre. Ou bien, il y a eu une rédaction par des sorties de blocs rédactionnels successifs et l'hypothèse de quatre phases rédactionnelles de l'ensemble devient inutile. Ou bien, il y a eu des rédactions réalisées par des phases rédactionnelles avec des redécoupages et des réinsertions en profondeur et cette hypothèse des blocs rédactionnels s'effondre.

Cela restera toujours une question envisageable. Mais il faut évoquer aussi les signatures du disciple que j'aborderai par préférence au fur et

8. Pierre Gibert, *L'invention critique de la Bible, XVe-XVIIIe siècle*, éd. Gallimard, 2010.

à mesure de leur apparition et donc surtout dans la dernière phase du texte, pour me conformer au développement de ces signatures. Cette question des signatures est la face recto, du thème du témoignage qui en est en quelque sorte le verso.

Si l'on cherche à lire la production du disciple à partir de son texte, la version construite par Boismard, effaçant la question des signatures abouti à penser que le quatrième évangile est truffé de formules rédactionnelles artificiellement rédigées « pour faire croire » que le rédacteur est un témoin historique. Si au contraire ces signatures veulent dire quelque chose, le temps d'écriture de ce texte a dû commencer beaucoup plus tôt, alors qu'au moins un témoin, le fameux disciple, dont la trace court tout au long du livre, est encore actif dans le processus de rédaction de l'ensemble des évangiles.

Face à cette attitude volontaire d'agnosticisme initial où je me place, je collecte donc tous les éléments qui peuvent éclairer différentes possibilités de processus d'écriture de ce texte. La conclusion en sera que le christianisme, tel que nous l'avons connu dans son schéma théologique, n'a existé que si l'on admet que le disciple adolescent, qui sera appelé Jean, a existé comme un témoin admis par les communautés dès la moitié du premier siècle, capable de traduire dans son écrit une certaine réalité historique.

Mais au préalable, je reconnais qu'un exégète plus déterminé que moi, dans un a priori d'agnosticisme ou d'athéisme, pourrait aboutir à d'autres conclusions et même cherchera à contrer mes raisonnements. Ce n'est pas faire injure à de telles autres conclusions, ni à une démarche historique, visant une véritable construction scientifique, que de reconnaître que, dans ma recherche, je suis soutenu par un prérequis de positivité progressive à l'égard des constructions que j'ai trouvées avant moi et d'un prérequis positif de nature croyante plutôt que d'une prérequis négatif, à l'égard du texte du disciple.

IIe partie

À la recherche des éléments d'historicité, dans une lecture par blocs de rédaction,

Première étape, les blocs 1 à 8 : entre discours « premiers » et discours « aboutis »,

Le premier Bloc rédactionnel, le prologue

Les premiers mots si importants d'un ouvrage

Tout comme les trois synoptiques, l'auteur du quatrième évangile procède d'abord à une introduction. Tout au long de cette étude, je l'appellerai le disciple, en raison du silence qu'il a tenu à garder sur son nom.

Des quatre évangiles, trois, dont celui du disciple, ont une introduction théologique non historienne. Pour ce qui concerne la démarche théologique, Marc annonce d'entrée la couleur, avec une manière un peu brutale : « Commencement de l'évangile de Jésus-Christ, Fils de Dieu ». Suit une citation du prophète, elle aussi pleine de sens théologique. L'histoire ne semble pas son souci premier, en apparence seulement. Seul à se présenter en historien, Luc explique les recherches qu'il a réalisées. Matthieu, dans sa généalogie de Jésus, n'est pas moins théologique. Pour la comprendre, il faut être introduit dans les grilles de lecture vétérotestamentaires juives.

On serait donc mal venu de reprocher au disciple son prologue théologique, gâtant par ce seul fait, la valeur historique de ce qui va suivre dans son texte. Il est tout aussi brutal que Marc, mais s'exprimant à partir du langage d'une autre classe sociale, présente dans la composition sociale complexe de la société juive de l'époque, celle des propriétaires cultivés, dirigeant la vie et l'économie, à partir de Jérusalem ou de la diaspora.

Autre comparaison indispensable, trace précisément de cette culture de la haute classe, les premiers mots du quatrième évangile sont à mettre en parallèle avec les premiers mots de la Genèse : « Au commencement, Dieu créa le ciel et la terre. » En écho, « au commencement était le logos… et il était Dieu… tout fut par lui et sans lui rien ne fut. » Au début de l'Ancien testament, répond le début du dernier évangile.

Tout est dit en quelques mots, cinq versets, scandés comme une définition philosophique versifiée, de haute teneur hellénistique. À la même époque, dans le monde qu'on appelle païen, c'est-à-dire le monde grec, qui est le monde d'une multiplicité de dieux et non un monde sans dieu, la théorie du logos transcende les mythologies devenues inacceptables pour les élites pensantes du pourtour méditerranéen.

Du même coup, avec ce poème philosophique, toute la théologie chrétienne est déjà proclamée, imposant la réflexion sur deux au moins des personnes de la future Trinité, telle qu'elle sera définie dans les grands conciles du IVe siècle. Durant les cinq siècles suivant le Concile de Trente, ce même texte, répété des millions de fois par les prêtres, au terme de chaque messe basse matinale, imposera une déformation mentale indélébile à tous les exégètes fidèles à la ligne catholique hiérarchique.

Ces cinq petits versets, auraient dus être placés en conclusion de l'évangile. Quelques années après les événements qui vont être relatés, ils sont la conclusion qui s'impose à la réflexion fondamentale du rédacteur. Pour des raisons de composition et de plan, il préfère les placer en introduction. Le disciple est ambivalent. Pour lui, le plus important n'est pas cette considération confinant à la pensée philosophique grecque. Elle n'affleurera que trois fois dans les discours qu'il prêtera au Maître : dans la diatribe sur Abraham « avant qu'Abraham vint à l'existence, moi, Je suis » Jn 9,58 ; dans la dernière partie du discours en chambre haute à la Cène, « Et maintenant glorifie-moi… de la gloire que j'avais auprès de toi avant que le monde fût » Jn 17,5 ; « Afin qu'ils voient la gloire, la mienne, que tu m'as donnée, parce que tu m'as aimé dès avant la fondation du monde, Jn 17,24. » Dans son évangile ce sont des sommets de ces discours. Il ne peut se priver d'en dire la traduction essentielle dans les premiers mots de son travail.

À ce propos, ce qui est plus important dans le monde juif, et pour lui, le disciple, ce bref exposé sur le logos a pour référence la Sagesse, une façon de parler du Dieu unique, ou de quelque chose qui vient de lui pour imprégner la terre. Si l'on prend les trois citations des discours du Maître qui évoquent cette possibilité de préexistence, cette sagesse est très différente du « principe » des philosophes grecs. Chez eux, le Principe est en quelque sorte la notion des notions, la notion mère à l'origine de toutes choses et de l'Univers, un neutre impersonnel. En traduction pour le monde francophone de l'époque moderne, ce logos masculin de la Sagesse nous induit en erreur. En lisant les premiers mots du Prologue nous avons tendance à voir ce principe neutre. Or si ces versets sont une conclusion s'appuyant à la fois sur la Genèse et sur les trois expressions les plus blasphématoires des discours qui suivront, ce logos est une personne en relation étroite avec le Père. C'est une personne bien vivante en Dieu, venue parmi les hommes et non un principe général et fondateur. C'est d'ailleurs ce que le disciple développe dans les strophes suivantes de son prologue.

Sa vraie conclusion, deux fois répétée, dans les deux conclusions des ch. 20 et 21, consiste ensuite à réaffirmer la force de son récit et de son témoignage pour que le lecteur devienne croyant. Ici, nous sommes au contraire en pleine pensée an-historique encadrant ce qui va être le cours des événements historiques. Après tout, un écrivain peut bien être philosophe et travailler pour l'histoire !

Le dernier verset du prologue

Je retiens également, le dernier verset de la dernière strophe de ce poème d'apparence philosophique qu'est le prologue. « Dieu, personne ne l'a jamais vu, le Fils unique, Dieu qui est vers le sein du Père, celui-là l'a raconté ». Cette seconde introduction thématique, déjà très vétéro-testamentaire, annonce plus de 60 reprises de ce thème de la transmission de la connaissance de Dieu par le Maître, réparties dans tout le corps du texte, comme on vient de le voir au chapitre d'introduction précédent. Le terme employé ici, « exegeisthai », expliquer en détail, interpréter, raconter, est un mot faible, au regard du développement que cette idée va recevoir. De nombreuses paroles et allusions discursives à ce verset émailleront le quatrième évangile. Elles vont reprendre l'idée que le Maître, qui a vu le Père, qui est l'image du Père, permet de voir le Père. Celui qui le voit, voit le Père.

Dans ces strophes du prologue, comme dans les conclusions des ch. 20 et 21, il faut noter à nouveau le thème très fort de cette introduction qu'est celui du témoignage, avec quatre occurrences faisant le lien avec le premier bloc qui va suivre et relatif aux liens ayant existé entre le Baptiste et le Maître.

Bilan de ce bloc en termes d'historicité

À la différence de l'exposé de la méthode historienne décrite par Luc, dans son introduction, nous avons ici un exposé non d'une méthode mais d'une vision philosophique ou plutôt théologique d'historicité que va adopter le disciple. Ce logos, qui est à la base de l'être, est aussi la lumière qui illumine « tout homme ». cette lumière véritable, cette grâce de vérité, qui « fut par Jésus-Christ », en venant historiquement dans le monde, fut par sa venue, auteur de la connaissance de Dieu.

Nous sommes en pleine phénoménologie contemporaine. C'est comme l'œil et le cerveau qui permettent de voir la réalité, l'objet, le monde. L'œil et le cerveau, d'une part, et le monde d'autre part ne sont que les deux versants de la même réalité. L'œil pensant est né en même temps que la réalité pensée. C'est parce que la pensée est au plus profond de l'être qu'elle peut connaître l'être et qu'elle est autorisée à décrire le réel par des mots. Cette démarche philosophique ne nuit pas à la démarche historique puisqu'elle est relayée d'abord par le témoignage historique d'un précurseur. Ensuite, puisqu'elle correspond, malgré l'histoire de l'athéisme, l'athéisme du monde qui ne connut pas la lumière venue en lui, à une lumière véritable, capable d'illuminer tout homme qui veut bien se laisser pénétrer par elle. Mais cela suppose un autre engendrement qui sera développé dans l'un des prochains blocs, mettant en scène Nicodème.

L'historicité du quatrième évangile se situe donc de suite sur un autre niveau que celui de l'histoire matérielle, inventoriant les conditions historiques des événements, le nombre et la forme et les matériaux des clochers ou des temples par lesquels la divinité sera imaginée par les pèlerins de cette terre. D'emblée nous sommes propulsés dans une théologie de l'histoire. Dès l'entrée voilà la visée johannique.

Sauf quelques résurgences dans deux discours johanniques, il ne sera plus nécessaire que le disciple y revienne de façon didactique. Il n'est pas un professeur de philosophie. Il ne fait pas de longues analyses, laissant ce travail aux vingt siècles de théologie qui vont suivre.

Le contexte social et culturel susceptible d'être à l'origine du prologue

Le prologue n'est manifestement pas la relation de paroles du Jésus de l'histoire. La question n'est pas de savoir si celui-ci a prononcé des propos pouvant conduire à de telles conclusions, mais de savoir si le disciple qui va apparaître sans nom tout au long du livre, se livrant aussi au lecteur comme observateur de l'histoire de sa propre foi en son Maître, peut être l'auteur direct du prologue. Des exégètes ont jugé nécessaire de penser qu'un second ou un troisième auteur, distinct du disciple, était indispensable pour que soit produit ce texte.

Celui auquel on donnera le nom de Jean, comme auteur du quatrième évangile, n'était certainement pas le fils de Zébédée, pêcheur de lac, artisan rural galiléen, homme de bourgade faiblement alphabétisé. Il était d'une autre origine sociologique. Cependant, l'historicité n'exige pas que le disciple soit plus grand que le maître. Je vais être affronté plusieurs fois à cette question. Je ne vois pas comment une communauté johannique, ou une école de disciples du disciple deviendrait plus savante, un petit siècle après le début de notre ère, au moment où elle va être déstructurée par les aléas d'une immigration forcée, sous les coups de l'histoire. Elle va alors être séparée de toutes les sources de sa culture et de l'intellectuel collectif dans lesquelles elle baignait à Jérusalem. On sait par ailleurs que la génération des Papias et des Polycarpe était d'un calibre intellectuel bien inférieur.

Le disciple lui-même, issu d'une classe de propriétaires lettrés, non encore déstabilisée, me semble plus en état d'écrire ce prologue, encore installé dans son domaine, proche des bibliothèques bibliques bilingues qui ont porté son instruction supérieure dans les conditions du judaïsme de l'époque, les écoles rabbiniques fleurissant autour du Temple. Après la destruction du temple, au contraire les conditions d'une régression tant du judaïsme que de la pensée des tous premiers siècles chrétiens vont s'installer. Les cerveaux se replieront sur des siècles d'interprétations de plus en plus formalistes, pointillistes et littéralistes ou allégoriques.

La pensée allégorique a pour fondement le mécanisme intellectuel suivant : le temps ne me permet plus de comprendre ce qui est à l'origine de tel ou tel texte, mais ma foi chrétienne simplificatrice me permet de dire que tout ce qui a été écrit se rapporte, d'une façon ou d'une autre, à ce Christ chrétien auquel je crois. Le christianisme naissant n'aura pas encore les conditions pour créer un terrain d'émulsion intellectuelle et quand il y parviendra n'arrivera guère à se hausser que par des saillies rares et brèves au-dessus de l'exégèse allégorique. D'ailleurs il faudra plusieurs générations pour que, du disciple, on parvienne aux Pères de l'Église et à Origène, lequel, très isolé, sera battu par ses confrères dans une rixe, et éliminé, incompris de sa hiérarchie.

Après l'apogée hellénistique qui va d'Alexandre aux années 100 ap. JC. les conditions théologiques des deux siècles suivant paraissent au théologien du XXIe siècle comme un champ de régression, conduisant à l'exégèse allégorique et aux anathèmes dogmatiques réducteurs.

Suivant le même raisonnement, je me demande si le disciple appelé plus tard Jean pouvait être plus grand théologiquement que le maître Jésus, et ensuite de même le disciple de ce disciple. En fait le rédacteur du quatrième évangile n'était-il pas plus lucide, plus capable de s'exprimer, peu après les événements, à l'école du Jésus de l'histoire, qu'en puisant ensuite dans les vocabulaires des philosophes grecs. Son texte, en tout cas, par sa brièveté extrême sur la question du logos, ne traduit pas une plongée importante et une longue étude tardive des philosophes grecs

Des historiens imaginent que le choc de la chute de Jérusalem va porter une capacité de révolution religieuse justifiant la véritable apparition de la révolution chrétienne au sein de la religion juive. Pour ma part, cela me paraît un peu une théorie du désespoir ou de la démonstration à tout prix. Ce n'est pas mon hypothèse. La militarisation qui va suivre dans le milieu du premier siècle et la mainmise sur la société palestinienne des factions juives organisant la résistance contre les romains, entre les décennies 50 et 70, ne va pas favoriser le développement intellectuel et théologique.

La naissance du Christianisme avec Jésus, puis la première génération de ses disciples, a profité d'un créneau culturel favorable tout à fait exceptionnel, et d'un rare moment de prospérité et de paix relative, en Galilée et en Judée. Ensuite le christianisme naissant va naviguer à vue, dans la crainte des persécutions aléatoires des autorités. Il va souffrir des difficultés de l'isolement et de la marginalisation, dans la périphérie d'un judaïsme qui aura lui-même perdu son centre et son moteur.

Il faut voir au contraire un centre intellectuel actif et fécond dans les contradictions et les compromis d'une Jérusalem reconstituée autour des rois asmonéens. Elle bénéficie alors d'une phase initiale de Pax Romana dans les premières décennies de son arrivée, à la demande, il faut le rappeler, des délégations juives décrites par les Maccabées, parties pour Rome pour desserrer les contraintes du précédent colonisateur grec.

La conclusion en est que cette très brève strophe de cinq versets du prologue, ne nécessitait pas la main d'un philosophe de haut niveau. Elle est mieux venue de la main d'un juif, formé théologiquement au bon moment, dans l'extrême phase d'expansion de la culture de la Septante alexandrine. Elle aurait été beaucoup plus difficilement l'œuvre d'un disciple du disciple, ces juifs marginalisés par rapport à la synagogue, naviguant à vue en exil, réagissant comme ils le pouvaient à la catastrophe qui s'est produite en 70, dans leur pays natal.

Remarques sur le plan à plusieurs niveaux du disciple

Les différents niveaux du plan

La compréhension d'un éventuel plan de cet évangile est très importante pour les conclusions que l'on peut tirer sur la façon dont il a pu être écrit et sur son ou ses auteurs. À ce sujet j'ai adopté l'hypothèse qu'il était composé de 35 blocs rédactionnels. Mais ces blocs s'inscrivent dans une ou plusieurs logiques d'assemblage. Ils ne sont pas juxtaposés au hasard. On peut en discuter le nombre. Mais dans le quatrième évangile on a des ensembles de moyenne dimension, séparés par des ensembles plus petits qui forment des unités dans les deux cas. Évidemment, les exégètes ont discuté sur la façon dont on est arrivé à ces ensembles, en une ou plusieurs étapes. Cette idée de bloc s'impose à moi pour deux raisons. La Source Q est aussi comprise, dans le débat sur sa composition, comme un ensemble de blocs. Par ailleurs j'ai trouvé la préfiguration de ces blocs dans le travail de Xavier Léon-Dufour. J'ai à peu près repris la structure des blocs de cet auteur, en élargissant et précisant la première ébauche qu'il en avait faite.

Avant d'entrer dans l'analyse bloc par bloc, je remarque la continuité ou les points de comparaisons existant entre les plans des quatre évangiles. Ils suivent tous le plan de la Source Q. Bien sûr l'absence d'un récit de la passion dans la Source Q n'étonne pas. Le document Q est un premier essai réalisé pour mémoriser des paroles du Maître et seulement des paroles, pour l'essentiel. Ce canevas est nécessaire aux prophètes chrétiens itinérants, lors des premières tentatives d'organisation de la prédication donnant une suite aux parcours du Maître en Palestine. Le schéma de la mémoire de la passion se constitue immédiatement en dehors de la Source Q et en parallèle. Les discours de Pierre dans les Actes, qui sont en quelque sorte « les évangiles du lendemain », préfigurent ces récits de passion.

Mais si l'on excepte ce problème de la seconde partie des évangiles, composée des récits de la passion, la similitude des plans entre les synoptiques et la source Q est importante. Le disciple suit, lui aussi, le plan de la Source Q. On commence par les débuts au désert avec le

Baptiste, puis viennent les premiers discours. Dans une troisième étape, tous les évangiles font un retour sur le témoignage du Baptiste, qui amène à reparler des signes ou miracles.

Viennent ensuite les seconds discours, puis avant les discours terminaux, les péricopes des paroles diverses, qui sont très importantes pour éviter de ne rien oublier. Ces paroles diverses conduisent à aborder les paroles sur les derniers temps qui vont arriver, les paroles dites eschatologiques.

Un seul point fait exception dans le quatrième évangile. Alors que la Source Q, brève sur ce sujet, amène les synoptiques à consacrer une place très importante aux discours sur les derniers temps, il n'y en a pas dans les textes du disciple. Cet évangéliste n'a pas de grand centre d'intérêt eschatologique. La raison est que chez lui la réflexion eschatologique est remplacée par le thème de « l'heure ». Elle n'est pas encore là au début, mais elle est arrivée à la fin du parcours terrestre. De toute façon, elle ne se situe pas dans un futur eschatologique.

Par ailleurs, le plan du disciple comprend deux à trois niveaux de plan supplémentaires qui s'emboîtent les uns dans les autres : son évangile est une composition savante dont les blocs sont volontairement introduits par de courtes séquences de présentations historiques et géographiques. Ils sont également souvent conclus par des commentaires ou des séquences de conclusions et de liaisons de blocs à blocs. Avec ses introductions et conclusions que j'appellerai souvent géo-historiques, le disciple tente de conduire son texte comme un déroulement volontairement historique. Son « témoignage » se veut suivre un schéma historique.

En outre les blocs respectent une alternance entre des signes et des discours, comme le visualise le Tableau II, Signes et discours. Il y a, en somme, des ensembles deux à deux : un bloc de signe puis un bloc de discours qui se justifient l'un l'autre.

Tableau II - Signes et discours, une écriture planifiée et progressive					
bloc 3	Cana, l'eau changée en vin	les noces du Fils et du nouvel Israël	12 vers.	aucun discours consécutif	
				bloc 4 Jésus au Temple	9 vers.
				bloc 5 Nicodème	24vers.
				bloc 7 la Samaritaine	42vers.
bloc 8	à Cana, la guérison du fils du fonctionnaire royal	le Fils donne la vie	11 vers.	discours reporté à Jérusalem	
bloc 9	guérison de l'handicapé de la piscine à Jérusalem	le Fils donne la vie	15 vers.		
				bloc 10 premier discours dans la foule : l'identité du Fils	29 vers.
bloc 11	la grande distribution des pains		15 vers.		
bloc 12	la nuit sur le Lac		8 vers.		
				bloc 13 discours sur le pain vivant	47vers.
				bloc 14 discours de controverses à Jérusalem	52vers.
				bloc 16 controverse dans le Temple et proclamations centrales	48vers.
bloc 17	signe de l'aveugle-né	Jésus la lumière	38 vers.		

				bloc 18 discours du Bon pasteur	24 vers.
				bloc 19 dernière controverse, du Bon pasteur au blasphème	21 vers.
bloc 20	résurrection de Lazare	Jésus la résurrection et la vie	54 vers.		
				bloc 21 onction à Béthanie	14 vers.
				bloc 22 entrée à Jérusalem	8 vers.
				bloc 23 discours avec les grecs	31 vers.
bloc 24	le lavement des pieds à la cène				
				blocs 25 à 28 le grand discours en chambre haute	37 vers. + 31 +30 +26

De plus, un certain nombre de discours sont construits pour rebondir avec des questions ou des interventions fréquentes des auditeurs ou interlocuteurs. Des commentaires interstitiels du rédacteur interviennent également dans des cas majeurs. Ils viennent s'insérer dans les alternances entre des blocs de signes ou de gestes à forte valeur symbolique et des blocs de discours qui donnent de l'ampleur aux signes et aux gestes.

Ensuite, l'ensemble du texte suit un fort fil conducteur général de nature thématique. On a une montée progressive d'un thème à l'autre, pour atteindre les thèmes les plus centraux ou les plus essentiels aux yeux du disciple.

Enfin, chez lui, on a une autre particularité par comparaison avec les synoptiques, à savoir le positionnement du grand discours de la Cène. Il ne constitue pas vraiment la fin des grands discours du parcours terrestre, mais il constitue comme une tierce partie solennelle et supplémentaire de l'évangile, ou un groupe supplémentaire de paroles diverses à la façon de celui de la Source Q. Mais ce grand discours est constitué, lui-même, de plusieurs blocs intégrés dans les débuts du récit de la passion, commençant par le récit du lavement des pieds ou de l'institution de la communauté, si on le compare aux éléments semblables chez les synoptiques.

Le contexte matériel de l'écriture d'un évangile au premier siècle de notre ère expliquant une construction en 35 blocs rédactionnels

Le plus original, en matière de plan, dans l'hypothèse ici présentée, est cependant cette écriture en blocs réactionnels. Le contexte matériel explique ou justifie une telle méthode d'écriture, reprise à la Source Q.

À la suite des blocs rédactionnels de la Source, selon l'hypothèse que peut faire aujourd'hui un lecteur comprenant également cet évangile précurseur comme un ensemble de blocs, cette équipe rédactionnelle johannique rédigeait ses blocs, un à un, en les copiant immédiatement pour les expédier aux communautés qui les demandaient avec impatience, sans achever immédiatement les sutures, comme dans un unique ouvrage.

Les blocs rédactionnels sont bien repérables, pour la plupart. Ils contiennent chacun le plus souvent, une introduction et une conclusion. Ils sont construits, assez souvent selon des plans de composition interne autonomes, attestant de la volonté de les écrire comme des ensembles utilisables en tant que tels, soit dans la liturgie, soit dans la catéchèse des premiers évangélisateurs itinérants, soit dans la vie des premières communautés.

Les sutures sont fréquemment visibles et imparfaites. Et dans son ensemble, l'évangile apparait comme n'ayant jamais été bien achevé en un texte unique bien cimenté, après assemblage des blocs cependant préconçus pour l'être. Comme les blocs rédactionnels, immédiatement copiés, étaient individuellement en cours de circulation, il était difficile de tous les faire rentrer et de les modifier, à la marge, pour parachever une unification du texte. D'où la renonciation, au contraire des hypothèses faites au XXe siècle, à réaliser une réécriture finale.

De plus, à l'intérieur du plan général, la progressivité de la capacité d'écriture des auteurs des blocs rédactionnels s'observe assez facilement. Les auteurs s'apprennent à écrire quantitativement et qualitativement, au fur et à mesure de la production des blocs. Ces ensembles rédactionnels, de dimension plus limitée dans les premiers chapitres de l'évangile, deviennent un peu plus importants à partir de la moitié du livre. Mais ils ne dépassent pas en général les 45 à 50 versets.

Puisque nous en sommes à parler de la technique et de la capacité d'écriture, à cause de ces niveaux de plan, observons au préalable comment on écrit au début de notre ère. Cela aura certainement des incidences sur les hypothèses faites sur la composition de cet évangile. D'abord l'écriture d'un livre est une chose rare. Il n'y a pas d'écrivains normalement habitués à écrire des livres. Il y a depuis longtemps des scribes. Depuis un ou deux millénaires, les scribes sont habitués à écrire des contrats ou des actes commerciaux, des textes brefs, mais pas des livres. Ils peuvent aider les écrivains en tenant la plume à leur place. Par la suite les jeunes scribes servent naturellement de copistes.

On écrit parce qu'on est poussé par une mission exceptionnelle ou parce qu'on est requis par un courant, un mouvement de pensée, une communauté. On est propulsé malgré soi à écrire.

On est non seulement dans une époque n'ayant pas de moyens faciles de reproduction et de copie des écrits, mais aussi en un temps de faible alphabétisation et au sein de laquelle les processus d'autodidaxie sont essentiels dans le développement des appropriations individuelles de la culture. L'écrivain est le plus souvent l'une des rares personnes associant le sachant lire et le sachant écrire, au cœur d'une communauté d'analphabètes qui attendent de lui des textes qui puissent leur être lus par les « sachant lire ». L'écrivain doit être un sachant lire et un sachant écrire, ce qui est un degré très supérieur d'instruction.

Enfin on ne dispose d'aucun moyen matériel ou mobilier pour faciliter le développement d'écrits importants. Les premiers témoignages épigraphiques attestant de l'existence de tables, sur lesquelles on peut s'appuyer pour écrire, remontent seulement aux IIIe ou IVe siècle de notre ère, donc plus tardivement que toute la production du Nouveau testament.

Pour écrire, aux temps du disciple, on est assis à l'orientale, le dos contre un mur, sur un coussin ou un tapis, les cuisses et les mollets écartés, les cuisses servant de table. Les rouleaux sur lesquels on écrit avec une plume sont de grande taille, avec des armatures pour l'enroulement. 50 à 80 centimètres. Ce n'est pas du 21 x 29,7. Il est très difficile de disposer devant soi, à la fois du rouleau sur lequel on écrit et éventuellement du rouleau que l'on copie ou dont on veut s'inspirer pour intégrer un passage d'un document précédent, si on veut bénéficier d'une tradition précédemment écrite. Donc, le plus souvent, on part de l'oral ou bien il faut faire appel de façon importante aux mémorisations des textes précédents. Probablement, on a préalablement réfléchi un jour, une nuit ou une semaine à ce qu'on veut écrire dans le bloc rédactionnel en projet, et lorsque l'on est prêt, on se met au travail d'écriture.

Autre élément, la source des rouleaux est le delta du Nil et le système commercial d'Alexandrie. Le système des copies est aussi fortement lié à la ville d'Alexandrie. Le monde occidental ne dispose que de trois ou quatre lieux de culture possédant une production de copies et des écoles pour s'instruire et apprendre à copier. Ces écoles sont aussi des lieux de copie. École et copie sont les deux facettes de l'instruction, comme elles le resteront encore pendant plus d'un millénaire, dans les abbayes du Moyen âge.

Au chapitre des difficultés, rappelons aussi ce qui a déjà été dit, en raison des divers degrés de maturité des langues en usage. Pour l'écriture, on était porté naturellement, même si on parlait le plus couramment l'araméen, à glisser vers le grec, le grec étant une écriture complète avec voyelles et consonnes, à la différence des autres écritures plus primitives. On pouvait donc être à l'oral dans ces langues primitives, mais le grec avait tendance à s'imposer pour l'écriture. Même si les traditions orales préliminaires ou les documents partiels initiaux, avaient été prononcés ou même écrits en Araméen ou en hébreu, langues encore incomplètes, on ne manquait pas de les regrouper dans un document final immédiatement écrit en grec, en raison des facilités de cette langue complètement constituée.

Dans ce cadre, les communautés chrétiennes qui étaient affrontées au problème de conserver les souvenirs des paroles et des gestes du Jésus historique, devaient trouver en leur sein une personne capable d'écrire un texte de bien plus grande longueur qu'un contrat. C'était difficile à trouver.

Le disciple que la tradition va nommer Jean et qui ne se nomme pas lui-même dans son évangile, mais utilise des périphrases glissantes - on passe de « l'autre disciple » au « disciple que Jésus aimait » puis au disciple « qui était celui à qui Pierre avait dit… » - était peut-être l'un des seuls membres du groupe des disciples capable d'écrire directement des blocs rédactionnels d'une dimension de 25 à 50 versets, en raison de son éducation aristocratique, venant de Jérusalem, l'une des trois ou quatre seules villes du monde possédant une ou des écoles.

Bloc 2, Le premier bloc sur le Baptiste

Ce bloc est savamment composé en deux parties, chacune se développant en deux sous-parties. Remarquons également qu'il permet au plan général du disciple de commencer de façon identique à la Source Q et aux trois synoptiques. Mais avant d'entrer dans la critique historique du texte, il pourrait être utile au préalable de ré-aborder, de façon plus approfondie, deux questions qui vont se poser dès ce chapitre et qui ont déjà été évoquées partiellement dans la I[e] partie : 1° Qui pouvait être l'auteur du quatrième évangile, puisque nous allons voir apparaître dès la seconde partie de ce bloc un personnage « l'autre disciple » derrière lequel il semble se cacher 2° étant entendu que ce bloc va développer un témoignage explicite, celui du Baptiste et un autre témoignage implicite, celui de « cet autre disciple », comment envisager la question des critères d'historicité dans le quatrième évangile, après l'expérience qu'on en a dans les synoptiques.

Qui pouvait être le disciple ?

Pour l'essentiel, nous ne pouvons le conjecturer qu'à partir d'une analyse de son texte. Les témoignages extérieurs sont rares, contradictoires et tardifs. C'est finalement Eusèbe de Césarée, écrivant vers 300, qui impose la version officielle, selon laquelle l'auteur était l'apôtre Jean, le fils de Zébédée. On répétera cette version, sans discussion, pendant dix-sept siècles. Mais on savait cependant qu'il y avait eu deux Jean et que l'autre, celui qui n'était pas l'apôtre mais un « disciple » était bien plus vraisemblablement, à la fois ce personnage non nommé du texte et le début de la chaine d'une école johannique transmettant son inspiration à Polycarpe (d'Éphèse) puis à Irénée de Lyon. Le pêcheur de lac, qu'était l'apôtre, n'aurait, en tout cas, jamais été capable d'écrire aucune ligne des discours du Maître dont on avait gardé le souvenir.

Mais heureusement, le présumé Jean, le disciple, n'est pas avare de lui-même, à la différence des synoptiques très silencieux, Luc mis à part, sur la participation de leur ou de leurs auteurs à la production de leur évangile. Ils ne se mettent pas en scène et relatent des faits et des propos en mouillant le moins possible leurs éventuelles réactions et leur personnalité. Chez eux, ce sont presque toujours un collectif d'apôtre ou quelques apôtres fanions, Pierre, Jacques, Jean, fils de Zébédée qui sont mis en scène. Le disciple du quatrième évangile, au contraire met en avant un autre groupe d'apôtres, le groupe qu'on peut appeler le groupe des grecs, en raison de leurs prénoms. Surtout, il intègre des mentions sur lui-même et ses propres réactions croyantes.

On va le voir apparaître discrètement, comme un personnage sans nom dès ce second bloc, au contact, ou plutôt dans l'ombre de personnages expressément nommés. Excepté ses commentaires qui vont le faire apparaître tout au long du récit comme prenant part à la description des événements, il réapparaîtra avec des éléments forts de description lors du repas final et dans les événements de la passion et de la disparition/apparition du Maître. J'y reviendrai à partir du Bloc 24.

Le lecteur du XXIe siècle demeure cependant dans la construction d'hypothèses. Les adversaires de ces hypothèses peuvent rétorquer, avec une réaction naturelle d'agnosticisme que si le disciple évangéliste se met autant en scène, c'est qu'il veut démontrer cette histoire, contre l'évidence, ou qu'il veut cacher sa démonstration d'historicité derrière des excès trop voyants de prétendus traits d'historicité. Ce raisonnement sur-imprime des réactions de lecteurs du XXIe siècle sur les pensées qui auraient pu être celles d'un auteur du début de notre ère, il y a vingt siècles. Il faudrait imaginer que notre scepticisme ou notre méfiance d'hommes d'aujourd'hui sont si justifiées à l'égard de la foi d'un disciple et l'étaient déjà à l'époque, comme des pensées ou des critiques que tout homme devrait partager, de tout temps, pour l'obliger à s'ingénier ainsi à paraître d'une grande véracité historique et prémunir son texte, par avance, contre nos préventions.

Mais le fait d'écrire, et de regrouper à la suite, un texte de 875 versets était si rare à cette époque, que l'on pouvait avoir des travers et des dérives spontanés mais non des desseins machiavéliques de faux historien capable de copier des techniques d'historien ou d'écrivain de métier des XXe et XXIe siècles. Il y a dans l'écriture du disciple, derrière la grandeur de certaines visions, un facteur de spontanéité, une progressivité, une accoutumance au travail exigé.

Malgré des débuts d'un apprentissage difficile comme le sont les premiers paragraphes de ce Bloc 2 sur le Baptiste, on voit l'auteur non nommé s'enhardir au fil des 35 blocs qu'il va écrire. On le voit conquérir des capacités de mieux développer ses thèmes. Si donc le disciple se met en scène, tout en ayant pour but de montrer le Maître, c'est que cela fut, pour son parcours de disciple du Baptiste, puis de disciple du maître de Galilée, une obligation intérieure, une mission, un service pour la communauté, en même temps qu'un besoin spontané par rapport à son objectif principal. On sent presque un besoin autobiographique derrière le dessin biographique et thématique de l'évangile du Maître.

Je vais donc donner une certaine crédibilité aux traits que le disciple va se donner dans les remarques qui émaillent son texte et qui de façon répétée évoquent ce que l'on comprendra mieux à travers le Bloc 30. Il est comme le gamin du groupe de disciples, trop jeune pour être considéré à l'égal des autres, mais suffisamment lucide et perspicace pour finalement mieux décrypter l'aventure conduisant au procès pour blasphème.

Seconde remarque à faire concernant l'auteur du quatrième évangile, à la différence des auteurs des trois synoptiques et de la Source Q, cela découle indirectement aussi de ce que je viens d'évoquer. Contrairement à ce qu'ont voulu démontrer certains auteurs, on ne perçoit pas, derrière le quatrième évangile, l'importance d'une communauté johannique localisée et particulière. Nombre d'exégètes habitués au raisonnement à partir des synoptiques l'auraient voulu. Autant il pourrait y avoir apparemment trois communautés, celle de Pierre/Marc à Rome, une communauté lucanienne, en Asie mineure probablement et une autre, matthéenne en Syrie, apparaissant derrière les trois synoptiques, marquées, peu ou prou, par des milieux économiques et sociaux différents dans lesquels ces écrits ont été mis en forme, autant on ne peut pas tirer la même conclusion pour le dernier évangile. La place de l'individu ou des individus qui l'ont écrit, constituant une toute petite école intellectuelle, est prédominante par rapport à ce qu'on pourrait imaginer d'une communauté dite « johannique », apportant ses traditions collectives au rédacteur du texte.

Plutôt qu'une communauté johannique, cette école johannique pourrait se limiter à quelques personnes, le disciple lui-même qui en est devenu le maître et quelques disciples au second degré. Une filière d'origine plutôt aristocratique, limitée aux « maisons » de quelques familles, n'ayant jamais pu constituer un groupe d'ampleur, au milieu de l'aristocratie de Jérusalem, avec une tonalité pro-chrétienne, encore moins, ensuite, avec la situation de diaspora forcée. Ses participants auraient bénéficié d'une exigence de formation culturelle et intellectuelle plutôt rare dans les milieux de l'époque. Même si courait dans les milieux chrétiens d'Asie mineure des aspirations gnostiques, apocalyptiques ou post-esséniennes, l'émulsion des idées johanniques ne pouvait se développer sur la base des désirs et des dynamiques de communautés sectaires ni des communautés très composites des premières assemblées chrétiennes en Asie mineure. Ces intellectuels n'étaient cependant pas coupés des communautés chrétiennes, puisqu'on retrouve des traces de johannismes tant dans la Source Q que dans les synoptiques. Ils menaient leur réflexion et leur travail de transcription propre au sein des communautés, mais s'y intégraient avec une grande autonomie.

La question de savoir, enfin, s'il y a un auteur central et un ou quelques auteurs secondaires ou successifs réapparaîtra à la faveur de quelques chapitres qui suivent. Mais l'unité de l'œuvre semble cependant première, soit que le disciple « maître » ait suffisamment formé ses propres disciples, soit qu'il ait réellement dicté ou même tenu la plume, en tant que source oculaire et auditive directe. Formé dans un milieu de lettrés, il n'avait vraisemblablement pas besoin de scribe pour le faire à sa place. Certains blocs cependant manifestent peut-être l'intervention de scribes secondaires, concourant au travail global, sous ses directives.

Quels critères d'historicité pour juger l'apport du quatrième évangile ?

Les critères d'historicité exposés par John P. Meier demeurent en arrière fond pour une lecture de cet évangile. Critères d'embarras ou de contradiction, de discontinuité, de dissemblance ou d'originalité, critère d'attestation multiple, critère de cohérence, critère du rejet, conduisant à l'exécution du Maître. Comme le disciple est supposé avoir écrit son livre en ayant connaissance des traditions synoptiques et comme il est également supposé avoir été lu en même temps que les synoptiques, l'usage de ces critères va les faire glisser vers des significations voisines.

Il y a d'autre part les critères fortement contestés par Meier, les traces d'araméen, l'environnement palestinien, le critère de narration vivante, un critère de tendance au développement de la tradition synoptique.

À propos de tous ces critères, non seulement les particularismes de cet évangile vont les faire évoluer, mais en se situant dans une tradition d'exégèse francophone et européenne, il semble que l'on doive réagir beaucoup plus sereinement vis-à-vis de la pression juive qui marque le contexte nord-américain, portant l'exégète à réduire pour une part sa vision et sa recherche à une judaïsation de Jésus le Nazaréen. D'autre part, avec un parti pris initial de lecture matérialiste, avec un passé de recherches issu d'une expérience marxiste franche, quant à certaines idées premières sur l'histoire humaine, le critique peut-être plus à l'aise pour élargir certains critères. Il ne faut pas demander à nos amis américains de s'affranchir comme cela de leur passé Maccartiste. Enfin, en ce début des années 2010, nous sommes tributaires, nous les occidentaux d'Europe, des avancées apportées par Joseph Moingt, en particulier dans ses analyses de l'histoire théologique, de son basculement vers une théologie historico-critique, et de l'histoire théologique de l'athéisme et de la société laïque. Sur de nombreux points, le processus de recherche de l'objectivité scientifique, s'appuyant sur un agnosticisme de départ, laisse beaucoup plus serein de ce côté de l'Atlantique. La géopolitique peut conduire à des déductions touchant y compris la théologie et l'exégèse !

Quelques exemples de glissements de sens à propos des critères d'historicité :

Sur plusieurs points, leur hiérarchie va se trouver bouleversée, en fonction d'abord du caractère isolé du genre littéraire du quatrième évangile par rapport aux trois synoptiques. Le critère d'attestation multiple va peut-être trouver moins souvent l'occasion d'apparaître. Le critère de discontinuité et de dissemblance va rester essentiel mais, en glissant souvent vers un critère de précision inutile ou marginale et de contenu exogène. En effet, le projet du disciple est de présenter le Jésus de l'histoire à travers un autre niveau de compréhension. Des détails matériels persistent mais vont être dévalués au regard du contenu thématique. Ils semblent arriver par surprise et avec des liens très incertains ou relevant tout juste d'une symbolique analogique par rapport aux faits rapportés ou au contenu des discours qui sont la préoccupation essentielle de cet auteur. Certains détails sont même si exogènes que leur signification est perdue, par exemple celle des 153 gros poissons remontés lors de la pêche miraculeuse de Jn 22,11.

Mais c'est sur l'ensemble de la fresque johannique que l'existence de ces détails va donner une crédibilité d'historicité générale. On est en plein critère de narration vivante ou plutôt de narration se présentant comme authentique. Si le disciple, dans le crédit de spontanéité qu'on peut chercher à lui accorder, a voulu les insérer dans son texte, c'est qu'ils avaient un rapport précis avec son témoignage, au cœur de son intention globale d'écriture.

Un autre critère d'historicité propre au quatrième évangile est une sorte de critère d'historicité dépendante ou complémentaire de celle des synoptiques. On peut dire qu'un élément est d'autant plus historique chez lui, s'il apporte un élément absent de chez eux ou complémentaire de ce que l'on trouve chez eux. Le disciple élimine ou sélectionne par rapport à eux. Il sait que ses lecteurs vont le lire en complément de ce qu'ils savent par les traditions synoptiques, soit déjà écrites, soit en train de s'écrire, par des fragments ou des sous-ensembles déjà mémorisés par les communautés.

On peut distinguer plusieurs situations : ou bien la péricope du quatrième évangile reprend des faits et des paroles déjà traitées par les synoptiques, et l'on en reste aux appréciations d'historicité relatives aux synoptiques, tout en cherchant le contenu johannique qui apporte une lumière complémentaire souvent de nature théologique. La question est celle de l'historicité possible du propos et de cet éclairage nouvellement apporté. Ou bien c'est un détail historique complémentaire qui est apporté, parfois après que les scènes des synoptiques aient été résumées en introduction, il va falloir en juger par le contenu du texte et par ses possibilités d'en être témoin, puisque par définition il n'y a pas d'attestation multiple sur le point complémentaire. Ou bien enfin, Jean n'a aucun parallèle chez les synoptiques. Il n'est pas seul dans ce cas pour quelques péricopes. Mais il faut reconnaître que d'une façon générale, les quatre évangiles se recoupent le plus souvent. On doit alors faire appel à des critères larges déjà évoqués, d'historicité générale.

La première partie du bloc sur le Baptiste, son témoignage

On a d'abord une forte impression que le disciple fait ses premiers pas d'écrivain. L'impression est d'ailleurs identique dans les premiers mots ou paragraphes de Marc et Matthieu. Mais ici, nous trouvons cependant, dès ce premier bloc factuel, des traits qui vont être spécifiques à l'écriture du disciple : une construction des scènes en dialogues marqués d'une volonté de contraction d'échanges qui exigeaient une bien plus vaste dimension. Ce sont des scripts schématiques de dialogues : « Ils l'interrogent… il reconnut et il ne nia pas… et ils l'interrogent. Il dit …, nouvelle question ; …il répondit ». L'important, n'est pas l'historicité du propos, au mot à mot. Mais l'historicité d'une confrontation et d'une thématique.

Avec ces scènes concernant le Baptiste, si, pour le contenu thématique, nous ne sommes pas en situation d'attestation multiple, nous le sommes pour une partie des faits et gestes. La source Q et Marc attestent aussi du geste du baptême de l'eau et du propos concernant « celui qui vient après moi, qui est plus fort que moi (au-dessus de moi) et dont je ne suis pas digne de délier la lanière de sa sandale ». Il y a aussi attestation multiple avec Marc pour la citation d'Isaïe 40,3, pour « celui qui baptisera dans l'Esprit saint », et pour l'Esprit qui descend tel une colombe.

Mais le disciple ajoute ses traits propres. Le premier est déjà annoncé dans le prologue et indique qu'il veut dans son écrit se situer comme l'auteur de la présentation d'un fait historique. Le Baptiste est chargé de témoigner. Son témoignage semble d'autant plus fort qu'il déclare qu'il ne connaissait pas celui qui devait venir après lui, pas plus que la population du pays ne pouvait le connaître. Le terme de témoignage apparaît avec trois occurrences, dont deux dans la bouche de l'évangéliste et une, avec une force particulière, dans celle du Baptiste. Dans sa vocation prophétique particulière, il était là parce qu'il a été envoyé pour baptiser dans l'eau afin de voir celui sur qui l'Esprit descendrait. Et il est venu pour que celui-là soit manifesté à Israël.

En un sens la première partie du bloc n'apprend rien de plus que les synoptiques. Elle dépouille même le contenu de l'événement, décrit chez eux. Selon la remarque historienne de J.P. Meier, qui place la rédaction du disciple en dernier, au fur et à mesure que la construction des quatre évangiles progresse, on donne le fait, puis le fait et la signification du fait, puis on abandonne le fait pour ne garder que le sens. À l'étape johannique le fait du baptême n'est plus relaté. Il n'est décrit que par la relation du Baptiste à la fin de son témoignage. La raison de cette discrétion grandissante sur ce baptême est, selon Meier, qu'il était choquant dans la pensée de l'antiquité que le supérieur tienne ce baptême de son inférieur. Le supérieur ne pouvait pas voir sa source, la manifestation de sa puissance et de son identité, dépendre de son inférieur. Il était choquant qu'il y ait ainsi inversion de la hiérarchie normale des choses. Au XXe siècle une telle inversion hiérarchique devient au contraire une valeur. Outre cette explication, je préfère tenir la raison de ce dépouillement, n'exigeant pas un ordre historique final pour le disciple, dans sa volonté de sélectionner la thématique et non les descriptions de faits connus par les autres traditions en train de s'écrire en parallèle à son travail.

L'agneau de Dieu

La première partie du premier bloc concernant le Baptiste est divisée en deux avec un premier jour symbolique et « un lendemain ». C'est au cours de ce lendemain qu'apparaît le seul thème du souvenir du disciple qui ajoute au témoignage des trois synoptiques. Cette micro-parabole appliquée à la personne du Maître est l'élément thématique essentiel qui lui soit propre : « l'agneau de dieu qui enlève le péché du monde ». Il sera encore répété à la charnière de la seconde partie de ce premier bloc rédactionnel.

On est habitué à voir le Jésus de l'histoire conventionnelle, annonçant par trois fois, sa mort à ses disciples, parce qu'il a pris conscience de l'issue fatale qui l'attend. Il est surprenant de voir ici, dans la bouche de ce premier formateur du groupe que fut le Baptiste, cette image de l'Agneau, lui annonçant déjà la passion, avant même qu'ils soient partis parcourir la Galilée et la Judée. Était-ce pour le Baptiste une sorte de logique réflexive inter-prophétique Isaïenne ? Par ailleurs il est aussi surprenant que « l'autre disciple », seul parmi tous les disciples, et malgré son très jeune âge probable, ait eu l'oreille intérieure assez fine pour entendre cette annonce et la mémoriser ?

Il faut d'abord faire remarquer le caractère exogène de ces mots comme critère d'originalité et de dissemblance. Si le disciple, qui est considéré comme l'évangéliste venant par-dessus tous les autres, éprouve le besoin de les ajouter, c'est que, selon lui, ils font défaut gravement à la construction qu'il est en devoir d'achever. Tout le reste du second paragraphe de cette première partie n'est que répétition de ce qui vient d'être écrit et de ce qui est déjà chez les synoptiques.

Mais le style rédactionnel est autre, dans le but de faire venir dans la bouche du Baptiste les mots du témoin, « j'ai vu et je témoigne ». Remarquons au centre de ces strophes, la première manifestation implicite de cette construction littéraire qu'est la « cascade » johannique : Jésus est le témoin du Père, Jean Baptiste témoigne sur Jésus. Il témoigne de la descente de l'esprit exprimé sous forme de colombe comme instrument du témoignage du Père. Et le disciple est à la fois témoin du propos du Baptiste et le témoin du Maître.

Chez le Baptiste ce procédé du témoignage est renforcé par un discours plein de répétitions. Ce thème de l'Agneau est une inversion du message du Baptiste tel que vu par les synoptiques. Ils annonçaient un messie tenant le van et le feu pour nettoyer l'aire. La rémission des péchés venait de la peur qu'il inspirerait. Ce thème de l'agneau ne vient pas spontanément non plus de l'allure extérieure du rabbi Jésus, si l'on pense avec Meier que celui-ci était plutôt d'un naturel trapu et bon gabarit. La comparaison avec un agneau n'était donc pas naturelle.

Autre sujet d'étonnement, ce thème repris deux fois ici, en quelques versets, ne va plus du tout apparaître dans tout le quatrième évangile. Et il n'apparaît nulle part dans aucun autre évangile. Il apparaîtra furtivement une fois dans la première épitre de Pierre 1,19, dans les Actes des apôtres 8,32, au titre d'une citation d'Isaïe, et deux fois dans la première épitre de Jean 1,29 et 36. Il est seulement un thème essentiel de l'Apocalypse, avec 30 occurrences. C'est donc une pièce rare, lui donnant, ici, un degré élevé d'historicité.

Il est enfin surprenant de trouver ici au début de l'évangile, un thème qui annonce la passion sans justification particulière. Il fallait alors que ce soit une intuition très particulière du Baptiste. D'autant plus que ces mots qui n'apparaissent qu'ici vont traverser tous les siècles de l'histoire du Christianisme comme invocation finale de l'Eucharistie, chantée trois fois, reprise par toutes les plus célèbres mélodies occidentales.

Cette déclaration du Baptiste qui est une brève apparition/disparition du thème de l'agneau dans le johannisme est donc manifestement à verser au compte des langages premiers que nous trouvons dans ces débuts du quatrième évangile.

Remarquons aussi le caractère exogène de la fin de cette proclamation à haute valeur théologique « qui enlève le péché du monde », alors que rien n'y prépare dans les débuts de ce texte et que la version des synoptiques conduisait à un autre sens : « L'Agneau aurait dû être celui qui va condamner et punir pour tous les péchés du monde ». C'est encore un repère pour un critère d'historicité à la fois d'attestation multiple et de discontinuité élargie.

D'où vient alors cette surprenante irruption ? Dans l'Ancien testament, il y a tous les textes sur des agneaux consommés lors du repas nocturne préparant l'Exode, puis toutes les prescriptions relatives aux sacrifices qui ont perduré. Mais ce ne sont pas directement ces références qui expliquent cette résurgence subite, mais le quatrième Chant du serviteur d'Isaïe, le chant annonçant la passion. On a donc ici, rapportée à Jésus par le Baptiste, la preuve de la liaison et du continuum Isaïe/le Baptiste/Jésus/le disciple. Par ailleurs les références à ce prophète sont constantes dans l'ensemble des évangiles. On peut donc faire appel à un mélange des critères de dissemblance et d'originalité par rapport aux autres textes du Nouveau testament, et de cohérence pour le lien avec Isaïe et par devers lui avec le Pentateuque.

En matière de traits stylistiques propres au quatrième évangile, on peut noter deux choses : comme on le verra souvent, la façon dont son auteur avance par des répétitions successives au sujet d'un même propos ou d'un même thème, mais en faisant un pas supplémentaire à chaque étape, et en apportant subitement, dans l'une des répétitions, la déclaration qui est la dominante, qui est au centre du bloc rédactionnel, surprenant le lecteur par son arrivée furtive, dans l'empilement des répétitions.

Enfin on observe, dès ce premier bloc, les introductions et les notations géo-historiques, systématiques chez lui : ici nous savons, sans que cela n'apporte rien de nouveau en termes d'historicité, par rapport aux synoptiques, que la scène se déroule dans le désert. Mais ce lieu du désert et des opérations baptismales du précurseur est exceptionnellement défini en un lieu appelé Béthanie au-delà du Jourdain, détail dont l'inutilité renvoie à ce qui vient d'être dit à leur sujet.

En conclusion, avec cette première scène sur le Baptiste, le quatrième évangile bénéficie d'une d'historicité tout aussi forte que les Synoptiques : dépendance du Jésus de l'histoire à l'égard de l'école du Baptiste, monachisme temporaire dans le désert, procédure baptismale, lien et opposition entre les symboles de l'eau et de l'Esprit qualifié de saint. Un thème propre au quatrième évangile apparaît surtout avec le thème de « l'agneau », doté d'un degré élevé d'historicité. Cette notion d'agneau de Dieu va nous conduire vers cette religion sans temple, sans prêtre et sans dogme, sans culpabilité et sans liaison avec les pouvoirs, qui sera celle sortant de Galilée au lendemain immédiat de Pâques. Ce Jésus de l'histoire, fondateur d'une nouvelle religion, n'est pas le sacrificateur des religions à sacrifice de sang de l'antiquité, mais la dernière victime de ces mêmes religions.

Un mot encore : la définition de Jésus comme « Fils de Dieu », par le Baptiste, au terme, en Jn 1,34, sera au centre du procès relaté par le disciple, intenté dans le cadre du monothéisme absolu des juifs, contre le témoin au centre de la cascade johannique. Cette expression peut-elle être imaginée comme datée d'un propos venu dans la bouche du Baptiste. L'agnostique et l'incroyant voient dans ces mots un calque rapporté sur le texte johannique initial d'une construction théologique du début du second siècle. Le croyant matérialiste du XXe siècle peut rêver d'une intuition fulgurante du Baptiste, ou d'un copié-collé du disciple, sa référant à d'autres réflexion postérieures. Mais il se gardera bien de lui accorder un certificat d'historicité, à la date de cet instant initial au désert, bien qu'il n'y ait qu'un simple glissement entre les deux mots du Baptiste concernant « l'agneau » de Dieu et l'étape du « Fils » de Dieu ». On ne voit pas comment ce glissement pourrait être un dérapage intuitif dans le propos. Ce qui reste étranger ici n'est pas le mot « de Dieu », mais le mot « Fils ». Il n'est nullement justifié, par ce second bloc rédactionnel du disciple, dans tout ce qui précède. Ce sont les récits synoptiques qui introduisent la notion de « Fils bien aimé », dans la voix venue des cieux. Mais il est évident que les traditions synoptiques étant connues dans les communautés, lors de la lecture de l'évangile du disciple, les lecteurs chrétiens ont aisément regroupé les deux notions.

Seconde partie du premier bloc sur le Baptiste, le transfert de quelques disciples d'une école prophétique à une autre

Toujours du point de vue de l'historicité, qu'apprend ce nouvel ensemble de petits dialogues, tous plus compactés les uns que les autres ? Beaucoup de choses et d'abord l'existence de ce second disciple, apparaissant dès les premiers instants du parcours messianique. Je n'en parle pas davantage ici, le sujet ayant déjà été abordé et ne pouvant être traité de façon intéressante qu'aux Blocs 24 et 30.

La suture entre les deux parties fait appel à une expression de proximité historique extrême, comme jaillissant d'un souvenir du disciple : « Le lendemain, de nouveau… ». Le personnage qui est au centre est encore le Baptiste, mais il va disparaître devant celui qu'il regarde à nouveau dans une notation inutile « en train de marcher ». Serait-ce un élément pour un critère d'attestation, au titre de l'inutile ou du souvenir vivant ? Dans la première partie le Maître était présenté entrant en scène, venant vers le Baptiste en train de le décrire et de raconter son baptême.

Répétition, mais désormais l'entrée en scène est solennelle « Jésus se tenait là » comme un lever de rideau après le noir de la salle. L'acteur central marche en silence. C'est presque du théâtre. Le Baptiste qui se tient là, avec deux de ses disciples, dont manifestement l'auteur non nommé du quatrième évangile, selon l'hypothèse, les lui « transfert ». La formule de transfert est la répétition abrégée de la proclamation concernant « l'Agneau de Dieu ».

Des dialogues suivent.

Les dialogues vont varier dans les 35 blocs du disciple. Ils ne sont pas seulement une façon pédagogique d'enseigner, à la façon de Platon et Socrate. Ils servent de canevas à un témoignage qui veut susciter une foi dans la suite de la foi du témoin qu'il est. Mais ils sont un squelette, un résumé, tout particulièrement ceux-ci. Ils ne sont pas un script ou même un développement sur les échanges qui pourraient avoir eu lieu entre les protagonistes. C'est donc une contraction extrême. On nous redit juste le mot essentiel à retenir ou qui a été retenu, dans le souvenir du témoin.

Par ailleurs ce second sous-ensemble du bloc est organisé comme une suite de scènes reliées ou séparées par des mouvements, un plan est volontairement donné, mais schématique, volontairement faux, par ces deux « lendemains », au dire de l'auteur, puisque les trajets évoqués sont supérieurs à ce qui pourrait se passer en deux jours. La succession des scènes suppose beaucoup plus de temps, avec les allers et retours du désert à la Galilée.

Cette complexité du temps contracté par le souvenir, n'empêche pas la volonté de l'auteur de témoigner d'un temps originel, pour le lien entre le disciple et le Maître. Ce disciple qui refuse de donner son nom est ici le seul évangéliste à raconter la vocation de disciples sous la forme d'un appel par réseau. C'est une touche supplémentaire pour un critère d'historicité, alors que dans la mentalité de l'antiquité cet appel en cascade suppose une réduction de l'action puissante du Maître qui appelle. Donc elle est contraire aux convenances hiérarchiques.

Notons aussi que le quatrième évangile est le seul à montrer que Jésus puise une partie de ses disciples, non directement, en les voyant pêcher au bord du lac, mais en puisant dans le vivier du Baptiste. C'est même, comme je viens de l'évoquer, le Baptiste qui lui transfère lui-même les deux premiers. Ceux-ci vont ensuite chercher leurs proches relations pour les amener au rabbi Jésus. Malgré les contractions du récit qui donnent une impression d'intelligibilité difficile, on a donc des critères d'historicité multiples : de détail inutile, de disconvenance, de narration vivante.

Au passage, quelques mots ont de l'importance : « Suis-moi », « Venez et vous verrez ». Le « voir » est survalorisé : « Tu verras mieux encore… vous verrez les cieux ouverts… » Mais ces éléments de dialogues sont très proches du « Venez à ma suite » synoptique et surtout identique au « Suis moi », adressé à Matthieu. Nous avons une bonne situation d'attestation multiple. Mais en outre, dans le contexte johannique, les mots semblent résonner encore identiques à la façon dont ils ont été entendus, quelques décennies plus tôt. Le mot « Rabbi », aussi, intégré dans le dialogue de façon abrupte, titre surprenant donné à quelqu'un qu'on n'a pas encore entendu. On est en pleine contraction de dialogues successifs, qui, en fait, ont été étalés sur les mois ou les quelques années qui vont suivre. Ils réapparaissent, en un instant, dans la mémoire du témoin historique.

Autre mot qui sera développé abondamment dans d'autres blocs postérieurs du disciple, le verbe « demeurer », à distinguer du substantif « demeure », puisque l'on sait qu'à la différence de beaucoup d'autres prophètes ou hommes de Dieu, Jésus n'eut pas de demeure attitrée pendant sa vie publique, ni grotte, ni maison, ni cabane d'ermite, son particularisme étant de demeurer avec ses disciples n'importe où l'on voulait bien l'accueillir ou même ne pas l'accueillir. « Le fils de l'homme n'avait pas une pierre ou poser sa tête. »

Évoquant ici, dans l'entourage du Baptiste, la situation où les disciples et les visiteurs du Baptiste se dispersaient durant la nuit, dans les trous et les bosquets du désert, « Demeurer » comme une action, nous introduit déjà au thème final de la cascade de la dernière Cène : « Le Père et moi, nous demeurerons en vous. »

Ce dialogue, comme une première question posée au nouveau Rabbi désigné par le Baptiste, suppose simplement le sens d'une quête profonde. Cette quête profonde trouve sa réponse dans les morceaux de dialogues suivants. Ils sont pour l'essentiel exprimés en termes d'Ancien testament : « Nous avons trouvé le Messie », « Celui dont Moïse a écrit dans la loi ainsi que les prophètes, nous l'avons trouvé. » « Tu es le roi d'Israël ». Ces mots ne détonnent pas d'une version attentive à décrire un Jésus juif puisant dans l'Ancien testament, au départ de son évolution, les premières expressions de son message. Dans le texte du disciple, ils apparaissent comme des affleurements de discours premiers. Ils résonnent d'une forte historicité originelle, plus que de transformations tardives, au virage des années 100-110.

Au contraire du résultat d'une longue méditation qui a trouvé sa structuration historique, ce second sous-ensemble nous désarçonne en termes d'historicité et nous n'avons d'autre réponse que de voir là des contractions extrêmes entre le premier instant et les étapes ultérieures. Ainsi, pour le changement de nom de Simon, épisode bénéficiant d'attestation multiple, mais décalé plus tard, dans les parcours décrits par les synoptiques. Contraction encore plus grande pour l'exclamation « Tu es le fils de Dieu ». Nous sommes désarçonnés aussi par Nathanaël, qui s'est senti observé sous le figuier, alors qu'il y pratiquait une prière secrète, avant même d'avoir rencontré le Maître, ou pour la déclaration finale du ciel ouvert et des anges montant et descendant sur le Fils de l'homme.

En cet instant très fort de mémoire, sur des récits de vocations qui vont bouleverser des vies, le disciple construit en assemblant des matériaux successifs dont l'historicité concrète possible, vraisemblable ou présumée, ne relève pas forcément du même instant. Peut-être puise-t-il aussi dans des événements postérieurs à Pâques ? Dernière notation, parmi les disciples transférés du Baptiste au rabbi Jésus, paraît pour la première fois le groupe des grecs. Deux disciples sur quatre ont un prénom grec.

Bloc 3, Cana

Trois remarques instructives sur l'écriture johannique

Dès l'abord, un détail de ce bloc, particulièrement bref, pose un problème de composition et suscite l'idée que ce livre pourrait avoir connu une série d'étapes de rédaction. En effet une liaison ne colle pas. Le troisième jour cité au verset 2,1 n'est pas le troisième, à s'en tenir à la lecture du texte qui précède. La séquence précédente a été divisée en un premier jour suivi de trois « lendemains ». Cette suture témoigne soit d'une rupture dans l'écriture, soit d'une réécriture. Il y en aura beaucoup d'autres. M. É. Boismard a trouvé quatre étapes de rédaction. Si c'était le cas, les étapes ultérieures auraient été particulièrement mal travaillées. Je comprends mieux le processus de rédaction si l'on compte trente-cinq remises au travail du ou des auteurs.

Je serai plutôt favorable à l'idée selon laquelle l'autre disciple aurait écrit ses blocs un par un, dans un temps relativement rapproché, les faisant partir dans les communautés, sans attendre de les avoir intégrés dans un livre unique, ce qui lui aurait rendu des ajustements terminaux difficiles ou impossibles. Il est très peu vraisemblable que cet « autre disciple », l'évangéliste, se soit assis en tailleur, dans une pièce de son ermitage, sur une île grecque, pour écrire tardivement d'une traite tout son évangile. Cependant, entre les différents blocs rédactionnels, une communauté d'écriture est aisément observable, malgré la mauvaise qualité des sutures.

L'histoire critique de la production des évangiles nous a habitués à ces textes constitués de morceaux et de versets copiés et ajoutés, formalisant dans un même écrit les traditions orales d'une communauté. Mais ce quatrième évangile ne correspond pas bien à ce schéma. C'est une œuvre construite comme un jeu de dominos, où la personnalité d'un individu est toujours présente, même s'il a été aidé par d'éventuels disciples.

À la différence de Matthieu et de Luc, concernant ce ou ces individus qui se mettent à écrire l'évangile du disciple, par blocs, avant ou après leur départ de Jérusalem ou de quelque autre lieu, en Galilée ou en

Judée, il est difficile de parler d'une communauté johannique qui s'exile ou se reconstitue en exil. Avec ou sans équipe de scribes/copistes, le disciple n'est pas parti en exil en suivant ou en trouvant à son arrivée une communauté johannique. C'est plutôt avec un petit groupe de ses propres disciples que se sont écrits ou qu'il a écrit lui-même ou fait écrire des blocs assez architecturés, avant que le tout soit monté dans une architecture générale, manifestement pensée dès le départ. Aussi savamment constituée que fut cette architecture générale, elle ne fut jamais totalement achevée, comme le montrent plusieurs passages, de sorte que le ciment posé sur les sutures ne puissent plus apparaître avec un caractère artificiel.

Nous touchons ainsi de façon visible l'un des deux problèmes qui, à la fois, posent et résolvent la question de l'historicité de l'évangile du disciple. Ce livre n'a jamais été vraiment achevé. Mais ceci n'exclue nullement que le témoin oculaire ait pu composer lui-même les 35 blocs ou qu'il ait lui-même pensé la succession d'ensemble et aussi la réalisation imparfaite des sutures, c'est-à-dire les nombreuses introductions et conclusions. Je pense même que la multiplication de ces sutures imparfaites devrait faire privilégier l'hypothèse d'une écriture par blocs et par le même auteur, mais en laissant copier et expédier successivement les blocs, au fur et à mesure de leur écriture, à l'intérieur d'une pensée d'ensemble de l'écrit. Cette pensée d'ensemble est apparemment présente dès le départ, tout en progressant à mesure que l'auteur avance dans la réalisation de ses blocs rédactionnels.

Seconde remarque, l'introduction géographique et temporelle de ce bloc est très sommaire et même un peu artificielle pour la chronologie. L'auteur se contente volontairement d'un cadrage symbolique : « et le troisième jour, il y eut une noce à Cana de Galilée et la mère de Jésus y était. » Mais il tient à un cadrage. De même la conclusion de situation géo-historique est elle aussi rapide et sommaire, tout en paraissant importante aux yeux de l'auteur : « Après cela, il descendit à Capharnaüm… et ils n'y demeurèrent que peu de jour. » Par ces éléments qui vont devenir assez systématiques dans le plan des blocs, le témoignage persiste, à se présenter comme un récit historique, ayant un déroulement temporel organisé.

Troisième remarque, ce bloc comporte, en plus de ces formules de liaison, deux commentaires ou notes explicatives, comme l'évangile en contient 66, en plus des introductions et conclusions géographiques et temporalisées. La première permet au lecteur de mieux comprendre le canevas des faits qui vont être décrits. La seconde : « En faisant à Cana de Galilée ce prototype des signes... », comprend un mot, « arken », qui n'est pas seulement une explication du plan général que l'auteur se promet de suivre. « Arke » signifie « ce qui est en avant, le principe, l'origine, le point de départ, le fondement » et secondairement « le commandement, le pouvoir, l'autorité ». Sa traduction par « prototype » est l'œuvre heureuse de Xavier Léon Dufour. Cela ne veut donc pas seulement dire que ce signe de Cana est « le premier » avant beaucoup d'autres.

Nous avons là l'un de ces mots, comme on en verra quelques-uns, au long du quatrième évangile, qui n'est pas seulement porteur d'une volonté théologique marquée, mais qui transpire aussi une culture judéo hellénisée qui ne pouvait que s'acquérir dans une école des classes fortunées de Jérusalem auprès de maîtres enseignant dans le Temple, ou à proximité, avant la destruction de celui-ci. Autant dire que cette note explicative du verset 2,11, se comprend dans la mentalité dominant ces écrits, puisée dans la Jérusalem du tournant de l'ère. Ce n'est pas le petit ajout insignifiant, la petite notion ou le glissement de sens qui pouvait être subrepticement ajouté, cent ans plus tard, par un copiste ou un disciple du disciple, éventuellement à l'insu de son maître direct.

Des remarques de même nature pourraient être suggérées à l'occasion des nombreuses introductions ou conclusions de blocs et de nombreux commentaires inclus dans les 35 blocs rédactionnels, aisément identifiables

Le contenu du bloc des noces de Cana

Malgré sa brièveté il est un passage essentiel de l'évangile du disciple, absent chez les synoptiques, lui appartenant donc exclusivement. Chez l'ensemble des évangélistes, parler de péricope en propre, ne met pas forcément en doute l'historicité. Personne ne viendrait à contester l'historicité globale du Bon samaritain de Luc au prétexte que cette parabole ne se trouve que chez lui. Mais le récit de Cana pose un problème d'une autre ampleur, à la fois parce qu'il relate un miracle et à la fois par la force de sa symbolique. Plus un récit est symbolique, plus il est théologique, plus donc, les exégètes des deux cent dernières années le mettent en doute. Ils le présument construit à partir d'une rumeur dont le support factuel historique est incertain.

De plus, on ne prouve pas l'historicité d'un miracle. On ne peut prouver que l'historicité du texte qui déclare le relater. Troisième facteur de doute a priori, ce signe met en scène un miracle de la nature, c'est-à-dire changeant la nature d'un élément en un autre élément, même s'il est le produit d'une industrie humaine. Dans les évangiles, c'est l'un des degrés supérieurs du merveilleux. Pour cette raison, et d'autres, dans sa construction historico-critique, J.P. Meier, élimine en particulier le miracle de Cana des événements pouvant bénéficier d'un jugement de vraisemblance d'historicité.

Nous voilà donc face à un grave problème stratégique, conduisant incroyants et croyants à des stratégies opposées. Même s'ils partent tous d'un même fond de culture agnostique, plusieurs stratégies s'offrent à eux. Agnostiques et athées, se fondent sur des pré- requis de doute négatif ou de négation frontale, appuyant naturellement ces positions sur le caractère symbolique ayant conduit les communautés chrétiennes et l'école johannique à construire le mythe d'une noce ayant donné occasion à une transformation d'eau en vin. Les croyants, y compris ceux qui sont imprégnés de culture matérialiste, avant de lâcher la bride à la foi et à la méditation, vont insister sur des doutes positifs, pour voir derrière le signe, des amorces de critères de vraisemblance ou d'historicité. Cependant, derrière le pudique vocabulaire du « signe », qui tend à estomper le terme de miracle, lequel fait injure à nos pensées rationalistes, il faut appeler « chat » un chat.

Cana fait partie dans le texte du disciple d'un ensemble de sept signes présentés dans le tableau II déjà évoqué. Dans son souci de planification très serrée, le disciple lie signes, gestes et faits à une thématique et à des discours. Cana est le seul signe qui n'est pas vraiment suivi d'un discours le concernant. Par ailleurs, ce signe est en quelque sorte le début d'un entonnoir et d'une progression, dans lesquels s'emboitent les signes qui suivent.

Ce qui est important pour cet auteur, c'est que ces brefs récits de miracles introduisent de longs discours. Cana fait exception, sauf si l'on tient compte de la discussion avec Nicodème qui est le premier discours et le seul suivant ce prototype des signes. Mais le sens de Cana est beaucoup plus vaste que le dialogue avec Nicodème. La force symbolique de Cana est extrêmement riche et plonge dans une atmosphère juive originelle. On dirait même dans une atmosphère rurale, paysanne, galiléenne et juive. Mais il fallait cependant une haute culture juive, issue de Jérusalem, pour emboiter tous les symboles inclus dans ces noces anonymes, culture que possédait manifestement l'autre disciple :

Dans la seconde partie de ce bref récit, le Maître apparaît derrière le marié à qui s'adresse l'intendant du festin, comme celui qui propose le bon vin. Derrière ces noces, toutes les noces de l'histoire juive et toutes celles des humains se profilent. Xavier Léon-Dufour met en avant les noces de Dieu avec Israël, mais l'Israël nouveau que vient faire apparaître le Messie. Une analyse tenant compte des apports de l'hellénisation pourrait y voir les noces de Dieu avec l'humanité entière.

Une autre ligne de symbolique, nous rapprochant de l'attestation multiple est celle d'un homme qui boit et fait boire, ce qu'est Jésus dans la Source Q 7,34 et ses parallèles (Mt 11,16-19 et Lc 7,31-35), qualifiant le Fils de l'homme de noceur et de buveur. Nous sommes dans la ligne de tous les festins et banquets de la terre, s'achevant dans le banquet et la noce de la fin des temps et de l'arrivée du royaume eschatologique.

Par cette symbolique, contrastant avec celle qui entoure le Baptiste, avec ses jeûnes et son désert, le prophète Jésus devient un prophète de bonheur, correspondant au Jésus synoptique des béatitudes et abandonne ce qui lui restait de filiation avec le Baptiste.

Il y a aussi le symbole de ces jarres de purification selon les rites domestiques juifs, qui vont cesser de servir pour les anciennes observances, mais qui vont être reconverties. Nous ne sommes pas loin de l'association du pain et du vin du repas pascal et de celle de l'eau et indirectement du sang de la mort sur la croix. Ces symboles seront soulignés par le quatrième évangéliste dans l'institution du repas du souvenir du Maître et de sa mort, où son sang est associé à la coupe de vin, appelé alors « le fruit de la vigne ». Selon Mc 14,25, Lc 22,18, Mt 26,29, il ne la boira plus jusqu'à l'arrivée du royaume. Cette symbolique fait donc l'objet d'une forte attestation multiple. Mais à son habitude, le disciple déplace, dans le récit, les situations des mots, des thèmes et même des événements qui les portent. Sur tous ces points, à la différence des synoptiques qui présentent les thèmes avec discrétion, par surprise ou hasard, le quatrième évangéliste est le conteur qui donne, dans ce premier bloc rédactionnel du parcours en Galilée, le sens massif, ultime et général à tous ces points d'attestation multiple des thèmes bibliques et théologiques.

Jugement d'historicité sur le Bloc 3

Il est difficile de prendre davantage position sur ce premier signe. On ne peut que constater que l'autre disciple s'en déclare témoin, cette fois sans se mettre directement en scène, mais on l'imagine parmi l'ensemble des disciples. Ce témoignage de sa part est cependant appuyé par plusieurs éléments :

Une autre de ces 66 fameuses remarques latérales, bien de son style, y revient un peu plus loin, en Jn 4,46. Cana devient le lieu où il rappelle que s'est produit cet événement : « Il alla donc de nouveau à Cana de Galilée, où il avait fait que l'eau devienne vin. » Par ailleurs, comme une autre remarque l'explicite, il montre cet événement comme une étape dans la foi des disciples.

Ce bloc très bref de huit versets se présente en deux parties dont chacune contient un détail que l'on peut qualifier d'attestation de dissonance au sens large, par rapport à l'environnement culturel. Ce détail est par ailleurs attesté de façon multiple dans les synoptiques. Dans la première partie, le Maître traite en effet sa mère d'une façon qui brutalise les convenances de respect qui conviendraient, d'autant plus que son propos est prononcé en public ; mais les synoptiques contiennent aussi des propos semblables, lorsqu'il conteste ses liens de fils et les transfère sur ceux qui l'écoutent (Mc 3,31, Lc 8,19, Mt 12,46).

Dans la seconde partie du texte, un autre ensemble de détails du scénario constitue une dissonance au regard de la démonstration que le disciple entend faire, dans la logique décrivant un prototype de signe par lequel « Jésus manifesta sa gloire ». Au contraire de cette volonté pour le Maître de manifester sa gloire, c'est sa mère qui déclenche le miracle en donnant l'ordre de son déclenchement, le fils se laissant entraîner à son corps défendant. De plus ce fils « ruse » avec le miracle. Il évite soigneusement de parler de vin, ne parle que d'eau et ne demande aux servants que de remplir, de puiser et de porter.

On voit là deux choses : même dans ses premiers pas d'écrivain, le disciple est un artiste du récit d'événement, bien qu'il évite le plus souvent de le faire apparaître. Par ailleurs, le Maître était un homme de l'art pour faire des prodiges en donnant l'impression de ne pas en faire. Le disciple n'est pas seul à l'observer. C'est un thème constant chez Marc aussi. Le quatrième évangéliste est un observateur parfaitement adapté à repérer les finesses et les subtilités du Maître et ensuite à les faire réapparaître avec légèreté, sous sa plume.

Un mage des sociétés antiques, un homme « faisant des prodiges », au sens du bref résumé de Flavius Joseph parlant de Jésus, aurait prononcé au contraire une parole magique sur l'eau, aurait magnifié son geste. Ici, ce sont presque les serviteurs de la noce qui font le miracle. Cette tradition d'occultation du merveilleux du signe a donc de multiples parallèles dans tous les synoptiques. C'est une stratégie majeure du prophète et thaumaturge Jésus, comme une stratégie pour éviter l'émeute religieuse, échapper au dévoiement de la mission prophétique en rassemblement politique d'admirateurs n'ayant rien compris.

Le premier/prototype des signes, parmi les signes choisis par le disciple, pour conduire sa thématique

Le disciple choisit donc sept signes pour présenter l'activité thaumaturgique du Maître et surtout pour introduire ses thèmes. Mais par sa sélection, il ne nous facilite nullement la tâche.

L'un est simplement repris à la Source Q, la guérison du fils du fonctionnaire royal.

Un autre est de même nature que ceux des synoptiques, la guérison du handicapé de la piscine. Ce sont de ces miracles que l'on pourrait qualifier de psychologiques ou d'énergétiques. Ils nous sont plus accessibles dans nos mentalités matérialistes des XXe et XXIe siècles. Nous sommes enclins à comprendre qu'une forte personnalité ou une personnalité d'exception, portée par une rumeur le reconnaissant comme thaumaturge, ait pu communiquer un sursaut ou une retour d'énergie guérisseurs à des infirmes, surmontant mal divers maux, dans des existences primitives misérables, en un temps où les techniques médicales n'existaient pas, ou fonctionnaient selon des techniques d'observations naturelles ancestrales. On peut être athée ou agnostique et admettre que le Jésus de l'histoire ait eu accès à une thaumaturgie de cette nature. Un historien n'appartenant pas au monde chrétien, Flavius Joseph semble l'admettre sans que cela relève d'une glose d'un moine copiste tardif, ni que cela manifeste une croyance de sa part.

Le disciple nous pose cependant un défi, intégrant, dans ses sept signes, des miracles des catégories les plus difficiles à admettre, des miracles de la nature ou assimilables à des miracles de la nature : les anomalies de la nuit sur le Lac, le Maître semblant avoir prise sur les éléments, comme on le verra au Bloc 12 et des transformations d'éléments d'une certaine nature en une autre nature, c'est le cas de Cana, dans ce Bloc 3, ou de la distribution des pains du Bloc 11 ou cinq pains et deux poissons vont fournir une nourriture de la valeur de deux cents deniers à une grande foule. Ensuite, face à ces rationalistes du XXIe siècle que nous sommes, il va nous sélectionner volontairement deux miracles, qui ne peuvent facilement être réduits à des évènements de nature psychologiques ou énergétiques, la vue rendue à l'aveugle-né et la résurrection de Lazare, alors « qu'il sentait déjà » enseveli depuis quatre jours.

Il est inutile de s'amuser à une reconstitution mentale de ces miracles. Mais il est utile de travailler sur les 15 occurrences du terme de « Signe » sélectionné par le disciple pour évoquer cette thématique qui n'est pas anodine pour lui, puisque son plan des grands discours qui vont conduire au développement du blasphème et à la montée du procès qui s'instruit est « cadencé » par ce « programme de signes ».

Pour une fois, voilà un thème qu'il ne place pas dans la bouche du Maître, sauf à deux reprises. C'est donc bien une réflexion à lui, ou plus exactement commune aux témoins du parcours du Maître, adversaires ou disciples et lui-même. Grâce au tableau III, ci-dessous, on peut jeter un regard sur les 15 formules curieuses par lesquelles le disciple aborde cette question des signes du Maître.

Tableau III, 15 occurrences du thème des Signes

dans la bouche du disciple	dans la bouche de Jésus	autres interlocuteurs
[2,11] En faisant à Cana de Galilée ce prototype des signes, Jésus manifesta sa gloire, et ses disciples se mirent à croire en lui		[2, 18] Les juifs prirent donc la parole et lui dirent : « Quel signe peux-tu nous montrer pour en agir ainsi ? »
[2,23] Comme il était à Jérusalem durant la fête de Pâque, beaucoup crurent en son nom en voyant les signes qu'il faisait.	[4,48] Jésus lui dit alors : « Si vous ne voyez signes et prodiges, vous ne croirez sûrement pas. »	[3,2] personne en effet ne peut faire les signes que tu fais si Dieu n'est pas avec lui. »
[4,54] Tel fut le second signe que Jésus fit encore quand il vint de Judée en Galilée		
[6,2] Une foule nombreuse le suivait, parce qu'on avait vu les signes qu'il faisait sur les infirmes	[6,26] « Amen, amen, je vous le dis, Vous me cherchez non parce que vous avez vu des signes, mais parce que vous avez mangé des pains et en avez été rassasiés.	[6,30] Ils lui dirent donc : « Quel signe fais-tu, toi, pour qu'en le voyant nous te croyions ? Quelle est ton œuvre ?
[6,14] Alors les gens, voyant le signe qu'il avait fait, disaient : « Celui-ci est vraiment le Prophète qui doit venir dans le monde ! »		[7,31] Mais de la foule un grand nombre se mit à croire en lui, et ils disaient : « Le Christ, quand il viendra, fera-t-il plus de signes que celui-ci n'en a fait ? »
[11,18] Si la foule était venue à sa rencontre, c'était pour avoir appris qu'il avait fait ce signe		[9,16] D'autres disaient : « Comment un pécheur peut-il faire de tels signes ? » Et il y avait division entre eux.
[12,37] Bien qu'il eût opéré tant de signes en leur présence, ils ne croyaient pas en lui,		[10,41] Et beaucoup vinrent vers lui. Et ils disaient : « Jean n'a fait aucun signe, mais tout ce qu il a dit de celui-ci était vrai. » [42] Et beaucoup se mirent à croire en lui.

20,30 Jésus a donc fait en présence de ses disciples bien d'autres signes qui ne sont pas écrits dans ce livre. 31 quant à ceux-ci, ils ont été écrits pour que vous croyez que Jésus est le Messie, le Fils de Dieu		

Le Maître évoque ses signes une fois dans une plainte qui est manifestement décalée par rapport à l'événement mis en scène. En Jn 4,46, alors que le fonctionnaire royal est manifestement animé d'une grande foi en lui pour avoir fait 40 km pour lui demander une guérison, il exprime une remarque qui correspond bien à une problématique reprise souvent ailleurs par le disciple : « Si vous ne voyez signes et prodiges vous ne croirez sûrement pas. » Une autre fois, en Jn 6,26, en rabaissant encore la dimension du signe immense qu'il a accompli, le Maître se plaint encore : « Vous me cherchez, non parce que vous avez vu des signes, mais parce que vous avez mangé des pains et avez été rassasiés. »

Cependant beaucoup plus intéressantes sont les 13 autres occurrences du thème, le disciple oscillant entre deux postures : tantôt il est le témoin qui veut relater ces signes, dans ce livre, pour que vous croyez, c'est le mot de sa première conclusion, en Jn 20,30. Tantôt, il se place dans la posture de Flavius Joseph, observant dans quelques-uns de ses 66 commentaires, la réaction des foules aux signes du Maître, ou bien en intégrant dans quelques-uns de ses mini-dialogues qui structurent ses introductions géo-historiques ou ses blocs de discours, des réactions de personnes comme Nicodème, ou d'adversaires pharisiens, de sceptiques ou simplement de gens s'interrogeant devant les signes.

Remarquons au passage que le disciple intègre dans ces remarques le fait que les lecteurs de son texte savent, par les traditions orales des communautés qui seront reprises par les synoptiques, que ces foules se transmettaient l'information que le Maître avait guéri de nombreux infirmes ou fait de nombreux signes.

La formule de Jn 10,39, après la résurrection de Lazare, « Beaucoup vinrent vers lui. Et ils disaient : Jean n'a fait aucun signe, mais tout ce qu'il a dit de celui-ci était vrai. Et beaucoup se mirent à croire en lui, » est presqu'un résumé de l'antithèse des portraits du Baptiste et de Jésus par Flavius Joseph, selon lequel le premier avait enseigné et fait le prophète sans accomplir de signes thaumaturgiques, tandis que le second avait accompli les deux selon les rumeurs qui en étaient restées à leur sujet.

Enfin ce bloc touche à deux thématiques importantes qui courent à travers le reste de l'évangile johannique. Pour le disciple, observateur intime de l'histoire du Maître, l'évangile tout entier est animé par un plan obscur, celui de l'arrivée de l'heure. Ici, au Bloc 3, lors de la première scène décrite à Cana, il note qu'elle n'est pas encore là. Pour cette raison, le Maître est réticent à la demande de sa mère et semble résister à cette attente d'un signe. Dans le prochain discours en chambre haute, en présence de Nicodème, Jn 3,14, quand elle viendra, ce sera l'heure de l'élévation du Fils de l'homme (sur la croix) comme le serpent d'airain au désert. Constatons la grande unité thématique du travail du disciple, depuis Cana jusqu'à la scène finale avec les grecs, au Bloc 23, en passant par la remarque de Nicodème, au Bloc 5.

Second trait thématique général, tout au long de son texte, et spécialement en présence d'un signe, le disciple, témoin direct de ce qui se passe autour du Maître, est très attentif à ce qui se passe aussi en lui-même ou dans l'intime des disciples, autant qu'à ce qu'il croit percevoir dans la conscience du Maître.

À cette perception de l'heure dans l'intime de Jésus, correspond ce qu'il perçoit chez les disciples « Jésus manifesta sa gloire et ses disciples se mirent à croire en lui ». C'est la seconde fois qu'il nous rapporte une observation de cette nature : les premières réactions croyantes avaient été observées dans le bloc précédent : Nathanaël avait proclamé « Rabbi tu es le fils de Dieu ! Tu es le roi d'Israël », celui-ci soulignant « parce que je t'ai dit… tu crois. » Mêmes premiers accents de foi déjà présents dans la parole d'André à Simon : « Nous avons trouvé le Messie. » et celle de Philippe à Nathanaël : « Celui dont Moïse a écrit… nous l'avons trouvé : c'est Jésus le fils de Joseph de Nazareth. »

Ces signaux de véracité du ou des témoignages ne sont pas des attestations d'historicité pour un chercheur suivant un prérequis de doute négatif. Ils n'en sont pas plus pour un chercheur ayant adopté une option de croyant et de doute positif mais ils témoignent de l'engagement d'un auteur qui se décrit lui-même au cœur de l'histoire qu'il a mission de rapporter.

Bloc 4, L'action directe violente du Maître au Temple

Ce travail étant subordonné à la question de l'historicité de l'évangile du disciple, je n'évoquerai pas l'immense symbolique de ce bloc assez court, inséré entre ces deux autres blocs également riches en théologie que sont Cana et l'entrevue avec Nicodème. Dans toute cette analyse, je me limite à ce qui a trait à l'historicité. Mais le Maître chassant les vendeurs et changeurs du temple est un événement suffisamment représentatif pour nous parler de datation et d'histoire. Il bénéficie d'un caractère d'attestation multiple indiscutable, puisque cet épisode est relaté par les quatre évangiles sans que l'on puisse hésiter sur la geste forte qu'il contient.

Il est cependant marqué d'une divergence concernant sa place dans le plan général des évangiles où pour une fois c'est le disciple qui semblerait avoir tort. Il place l'épisode au début du parcours. Tous les exégètes s'entendent pour penser qu'il conviendrait mieux, proche de son terme, quelques jours ou quelques heures avant l'arrestation du Maître.

Cependant le quatrième évangéliste est celui qui décrit le mieux physiquement la scène comme un fait mémorisé par un témoin visuel. S'il faut souvent lire le disciple en cherchant ailleurs les détails des faits, notamment chez les synoptiques, ici c'est le contraire, sous réserve d'une nuance pour Matthieu. Il est aussi l'évangéliste reliant le mieux l'événement à la réaction des disciples, avec son habitude de suivre la foi des disciples reliée aux événements. Dans ce Bloc 4, la mémoire des disciples entre deux fois en scène. La première fois, il fait le lien entre le caractère passionné du geste de Jésus et une citation d'un psaume leur venant facilement à l'esprit, mais qui est à cent lieues de la préoccupation de leur Maître.

En raison de ce décalage immense entre le message du Maître et le « niveau » de conscience des disciples, la seconde citation de leur travail de mémoire ne fait référence qu'à ce qu'ils ont cru après la résurrection, à la fois de l'Écriture et de sa parole. On a donc deux temps de lecture explicite, le disciple faisant son travail d'historien ou de cinéaste, dans l'instant supposé de l'événement originel puis dans le temps postérieur, s'intéressant au mouvement, à l'histoire de la foi des disciples.

D'autre part, si les quatre versets décrivant l'événement sont très clairs et cohérents, son travail de dialoguiste nous désarçonne au contraire. L'échange qu'il compose est disloqué et contracté à l'extrême, avec des paroles entendues semble-t-il tout au long du parcours du Maître, dans sa bouche et dans celle de ses adversaires. La question des adversaires est attestée de façon multiple tant dans le quatrième évangile que chez les synoptiques, à savoir une demande de signes comme il y en eut beaucoup, mais justifiant ici une semblable action directe, semant le désordre dans le Temple. Le Maître répond manifestement à côté, en inversant le propos et par une provocation, les accusant de vouloir le détruire.

La seconde intervention des adversaires est au contraire tout-à-fait temporalisée et cohérente avec l'ensemble de l'épisode. Par ces 56 ans qu'a duré jusqu'au jour de cet événement, la reconstruction du Temple, les historiens reçoivent du disciple un renseignement indirect très important, pour dater de façon un peu précise, l'exécution du Jésus de l'histoire, correspondant à des données historiques entre le début du règne d'Hérode le grand, vers les années 20 avant notre ère et les années 26 à 30 du premier siècle. Cette seconde reconstruction du Temple est en effet l'œuvre d'Hérode le grand, suite à une décision qu'il a prise au début de son règne.

Une énigme importante à lire en relation avec plusieurs autres blocs du quatrième évangile

Pour l'historien, cet événement comporte une énigme renvoyant à plusieurs introductions ou conclusions géo-historiques d'autres blocs rédactionnels du quatrième évangile. Si telle fut l'action directe commise par le Maître dans le Temple, comment se fait-il que ne soit pas rapportée l'intervention de la milice des gardes du Temple pour conclure ce Bloc 4 ?

Le disciple n'en est pas à un raccourci ou à une omission près. Il faut distinguer les milices du Temple, des soldats de l'occupant romain. À plusieurs reprises, le disciple fait très bien cette distinction. À cette époque, comme au cours des deux siècles précédents, les juifs entretiennent une troupe distincte des forces grecques puis romaines dans et autour du Temple.

Si tels ont été les actes commis, ces milices ont dû intervenir rapidement pour faire cesser le désordre, mais n'ont semble-t-il pas arrêté Jésus. Cet aspect des choses n'est effectivement pas sans écho dans l'évangile du disciple et conduit le Maître et ses disciples à une entrée en clandestinité temporaire qui apparait dans le milieu du quatrième évangile, et qui est gommée par les synoptiques. Le prononcé des discours « dans l'intimité » du Maître, abondamment développés dans le quatrième évangile, concorde également, avec cette problématique de clandestinité. Le canevas du plan avoue ces incidents du Temple, qui transparaissent abondamment dans la partie médiane du quatrième évangile.

Sur ce point, force est de constater le contenu narratif supérieur en historicité du récit du disciple par rapport aux synoptiques. Ces allusions à une entrée en clandestinité du groupe des disciples et de leur Maître permettent même de se demander comment le Jésus de l'histoire pouvait échapper à l'arrestation quand il se montrait en public et comment il faisait pour surmonter un contexte récurrent d'arrestation imminente.

On peut même invoquer, d'ailleurs, une sorte d'attestation multiple dans les synoptiques, puisque l'épisode de la proclamation à la synagogue de Nazareth en témoigne. On en trouve également une trace dans des paroles énigmatiques faisant allusion aux discours tenus dans l'obscurité ou « dans le noir ». C'est le cas de ce passage de la Source Q 12,3. « Ce que je vous dis dans le noir, dites-le au grand jour. » Dans la Source, on n'en saisit pas facilement le contexte et le sens. Mais le disciple nous les éclaire, lors des explications des aller et retour précédant la résurrection de Lazare. C'est aussi le contexte probable des propos concluant l'épisode avec les grecs de la diaspora à Jérusalem : « Pour peu de temps encore la lumière est parmi vous. Marchez tant que vous avez la lumière, afin de ne pas être arrêtés par la ténèbre… tant que vous avez la lumière… » Le bloc se conclut par la conclusion géographique « et s'en allant, il se cacha d'eux. »

Au cœur du Bloc 18, une autre allusion est celle des gardes se faisant réprimander par leurs autorités hiérarchiques, lorsqu'ils n'ont pas réussi à arrêter Jésus, après son retour dans le Temple, pour la fête des Tentes. Leur réponse embarrassée tente d'expliquer qu'ils ont senti que dans la foule il y avait une sorte de protection naturelle pour lui. Un auditoire favorable ou partiellement favorable ne facilitait pas son arrestation. Pour finalement procéder à celle-ci, il fallut le faire de nuit dans un jardin quelque peu éloigné du Temple. On retrouve deux autres allusions, l'une après le discours plein d'affrontements sur les fils d'Abraham. « Ils ramassèrent des pierres pour les jeter sur lui. Mais Jésus se cacha et il sortit du Temple. » Et aussi lors de la fête de la Dédicace : « Ils cherchaient de nouveau à l'appréhender mais il échappa à leurs mains. Et il s'en alla de nouveau de l'autre côté du jourdain. » Voilà des éléments de cohérence fondant une historicité d'un autre niveau que ce qui peut être recherché à partir des synoptiques.

Dans ce Bloc 4, une allusion indirecte à une destruction du sanctuaire

Cette réponse en forme de provocation du Maître à une demande de signe, émanant des juifs, a été considérée d'une très grande importance pour la datation du quatrième évangile. En effet on l'interprète actuellement, de façon générale, comme une référence du rédacteur à la destruction du Temple par Titus en 70 ap. JC. Ce rédacteur peut faire dire au Maître « détruisez ce temple », parce qu'écrivant dans les années 100, il sait que ce temple a été détruit.

En réalité, dans un contexte de menace d'arrestation et d'exécution prochaine, il n'aurait pas été fait allusion au Temple, édifice de pierre, mais seulement à la vie du Messie protégée par son Père, comme celle du serviteur souffrant, par exemple, ou à une parole semblable à ces annonces répétées de la passion aux disciples.

Remarquons que le disciple est le seul à rapporter ces paroles au moment de cette scène des vendeurs chassés du temple. Toutefois cette phrase trouve une quasi attestation multiple chez Matthieu au moment du procès devant le sanhédrin et au moment de la mort sur la croix, des témoins disant : « Celui-ci a dit 'je peux détruire ce temple et le rebâtir en trois jours' » ou « Toi qui détruis le Temple et le rebâtis en trois jours, sauve-toi toi-même. ». Malgré les différences des expressions et des contextes, c'est en soi une très forte attestation. D'autre part, si le Maître n'avait pas fait allusion à une destruction du Temple, on ne voit pas quel contexte aurait pu introduire la phrase en répartie des juifs « C'est en 46 ans que fut bâti ce sanctuaire, et toi… »

Je pense que cette interprétation de la scène des vendeurs chassés du Temple et l'appel à cette scène pour dater tardivement le quatrième évangile n'a aucun fondement. Pour revenir au fond du problème, il faut noter d'abord qu'il n'y pas d'autre allusion que celle-là, dans le quatrième évangile, à l'événement de 70 et à la destruction de Jérusalem. Sauf si l'on ajoute l'allusion encore moins nette de la réponse à la Samaritaine, au verset Jn 4,21 « Elle vient l'heure où ce n'est ni sur cette montagne, ni à Jérusalem que vous adorerez le Père. »

Or, que cette phrase ait été prononcée au début du parcours ou à sa fin, il me semble qu'elle s'explique suffisamment par toute la culture vétéro-testamentaire tant du rabbi Jésus que des juifs, dans les années 30 où elle a été prononcée. En effet tout l'Ancien testament est construit sur la menace de destruction du Temple et de Jérusalem, qui doit être la sanction des infidélités d'Israël. Si Israël obéit aux commandements de son Dieu, il vivra en paix en Palestine et à Jérusalem. Il pourra pratiquer son culte dans ce Temple. S'il est infidèle viendront les envahisseurs et les ruines. Cela s'est d'ailleurs déjà produit pour les deux royaumes et en particulier pour Jérusalem, détruite par Nabuchodonosor en 586 av. JC. Au temps de cette scène des vendeurs chassés, il est donc inutile de faire référence à un événement qui ne s'est pas encore produit, quand on pense chaque jour et dans tous les cultes de ce peuple, à la destruction de 586 et aux promesses divines et aux risques de sanction qui peuvent survenir, en cas de faute.

Les prophètes ont abondamment développé ces thèmes et très explicitement évoqué Jérusalem devenu champ de ruine et « la montagne du Temple redevenue hauteur boisée ». Tout se passe entre deux alternatives : les destructions et les ruines ou le retour pour redresser les ruines de Sion (Ez 7,25 ; 21,32 ; 40,1 ; Is 5,6 ; 49,19 ; 59,7). Jérémie et Michée sont les plus proches références du disciple dans son Bloc 4 des vendeurs et changeurs chassés du Temple. Ils parlent du Temple « repaire de brigands » ou « des prêtres et prophètes corrompus… entraînant pour Jérusalem un monceau de décombres et la montagne du Temple devenant une hauteur boisée. » Sur le sujet, ce sont des chapitres entiers de Jérémie 7,24-26. Michée 3,12 reprend exactement les mêmes expressions.

Il est donc curieux d'expliquer un événement par un autre qui lui est postérieur alors que toute les références précises sont antérieures et remontent à des destructions qui ont fait toute l'histoire de la Palestine.

Mieux, toute la culture occidentale ancienne repose sur des conquêtes de villes (Babylone, l'Égypte, Troie, Rome) qui sont associées à des incendies et des ruines de sanctuaires. Un ennemi n'est vraiment et définitivement vaincu, en Occident, que lorsque l'on a brûlé ses temples et fait constater, aux survivants de la ville détruite, le triste état des statues qui s'y trouvaient, ces dieux vaincus n'ayant pas réussi à sauver leurs protégés.

Le Jésus de l'histoire n'avait donc besoin d'aucune imagination extraordinaire pour parler d'une ruine du Temple profané par les commerces qu'il y constatait. Il lui en fallait au contraire pour associer ces paroles de destruction à son propre destin, comme le disciple le précise, dans sa compréhension postpascale du verset 2,21-22 « Or celui-ci parlait du sanctuaire qu'est son corps. Lors donc qu'il fut ressuscité d'entre les morts, ses disciples se rappelèrent qu'il avait dit cela. » Le disciple va donc jusqu'à nous dire qu'à l'époque de ces propos, selon lui, ils avaient pensé aux destructions de l'édifice de pierre qui pourrait survenir si les abus de corruption continuaient, ce qui serait alors la logique normale de tous les textes de l'Ancien testament. Ce n'est qu'après la résurrection, que se rappelant que le Maître avait associé ces destructions possibles à un relèvement/résurrection en trois jours qu'ils ont alors compris ce qui avait été réellement la réponse complète adressée aux juifs.

Mais si, avec l'exégèse de ces deux derniers siècles, nous rattachons ce texte de Jn 2,19, à la fois à la mort du Maître et à la destruction de 70, c'est parce que nous avons lu l'histoire ecclésiastique d'Eusèbe de Césarée. Plus de deux cents ans après l'époque où les quatre évangiles ont pu être produits, cet évêque écrit quelques idées simples qu'il croyait justifiées sur l'étalement de leur écriture dans le temps, notamment que l'évangile du disciple fut écrit le dernier, bien après 70. Et comme les synoptiques, écrits en principe avant le quatrième, contiennent des allusions importantes à une destruction de Jérusalem et du Temple, on a cherché de semblables allusions dans le texte du disciple. À défaut d'en trouver, on a pensé que ce verset 2,19 pouvait en constituer une. Mais il est beaucoup vraisemblable que pour les oreilles d'un juif qui les aurait entendues entre 28 et 30 de notre ère, elles se référaient aux précédentes destructions et aux discours des prophètes. Ce texte ne prouve donc aucunement que l'évangile du disciple ait été écrit après 70.

Entre les Blocs 4 et 5, un commentaire abordant « le thème de l'homme », Jn 2,23-25

Une tonalité générale pessimiste

Cette introduction du Bloc 5, n'en est pas une et porte sur un jugement attribué au Maître, au moment de la première Pâque, au cours de laquelle beaucoup se mettent à croire en lui, à la vue des signes qu'il opère. Avec cette introduction, le disciple débute donc sa chronologie qui permet aux historiens de déduire que son récit chevauche trois Pâques. Sur ce point, il diffère des synoptiques. Cette durée sur deux ans et demi cadre beaucoup mieux avec l'ensemble des événements. Il concorde toutefois avec les traditions synoptiques pour dire que dans ces débuts du parcours, il y eut de nombreux signes qui ont étonné les contemporains et que des foules se sont laissé séduire, même si le disciple ne relate pas ces si nombreux signes.

Cette transition pose problème cependant, par sa tonalité générale pessimiste. C'est une évocation de l'évangéliste narrateur qui n'est pas mise directement dans la bouche du Maître mais qui nous est présentée comme sa propre pensée. En deux phrases, elle oppose la constatation que se remémore l'évangéliste, selon laquelle beaucoup crurent en lui, reprenant la formule vétérotestamentaire « croire en son nom », et des intuitions personnelles selon lesquelles il ne fallait pas « se fier » à cette foi première. Remarquons au passage que la traduction du mot « pisteuein » par « croire » n'est pas la meilleure. La notion de foi et le mot croire se sont chargés de deux mille ans de pratique chrétienne et de toute l'histoire des « credo », dans un sens beaucoup trop globalisant pour traduire les attitudes initiales du parcours évangélique. « Avoir confiance, se fier à » correspondraient mieux.

L'évocation d'une préscience

Après une allusion à une préscience qu'il avait des véritables pensées de « tous », le disciple débouche sur des considérations philosophico-théologiques selon lesquelles le Maître n'avait pas besoin de « témoignage sur l'homme », « connaissant ce qu'il y avait dans l'homme ». Ces pensées lui sont prêtées. Sont-elles du Maître lui-même qui s'en serait ouvert au disciple ou sont-elles du disciple ou de son équipe de rédacteurs/copistes ?

La première partie relative à une préscience générale, bien que s'inscrivant dans le fil d'idées présentes de façon abondante dans les religions antiques, fait plutôt allusion à une idée générale sur la nature humaine qui serait la pensée du Maître. Ou bien elle contient pour le moins une contraction de souvenirs dont nous avons déjà vu apparaître quelques spécimens, la prière de Nathanaël sous le figuier, ou l'avenir de Pierre justifiant un nouveau nom.

En des temps d'agnosticisme, il est difficile d'aborder l'historicité d'une prescience du Christ à l'égard des destins passés et avenir de ses interlocuteurs et surtout une préscience générale sur la nature humaine. D'autant plus que cette formulation extrême, par sa dimension et sa permanence, n'est pas conforme aux « cas » de prescience relatés par les quatre évangiles et relatifs à des interlocuteurs nommément désignés. Nous sommes dans un cas de figure très différent de la préscience, dans les religions de l'antiquité, pratiquant très généralement les oracles et les divinations dans les temples, ou ailleurs, à partir des viscères d'animaux ou des vols d'oiseaux. Pour les premières communautés chrétiennes, la religion chrétienne pouvait être tentée d'offrir une réplique égale ou supérieure.

À la différence de beaucoup de pratiques d'oracles, confinées dans un rapport à la chose sacrifiée ou offerte, les pratiques du rabbi Jésus sont marquées d'un renversement du système des religions anciennes. Elles sont transformées en une relation personnelle, des moments de relation forte, à partir de l'intérieur tant du disciple que du Maître. C'est peut-être le seul élément historique dépassant les détails sur lesquels il est inutile de discuter. Mais cette attitude du Maître pouvait ne pas satisfaire la plus grande masse des hommes de l'antiquité, plus attachés à des pratiques immédiatement sécurisantes et à des ordres clairs sur ce qu'ils devaient faire.

Dans le quatrième évangile, au contraire, hors le cas de ce verset 2,24, ces instants d'expression sur l'intime de la personne, conduisent vers un avenir ouvert et toujours inconnu. Les deux interlocuteurs se mesurent dans ce qu'ils ont d'essentiel. Un individu du XXIe siècle n'ignore pas que, parfois, deux personnes peuvent en un instant créer une relation intense de sympathie et de compréhension qui n'est pas une divination du passé ou du futur mais qui peut initier une tâche commune, une vie ensemble. Ne cherchons donc pas d'autre ligne d'historicité que cette capacité réciproque à un contact et une compréhension profonde, n'ayant rien de miraculeux.

La dernière partie de la phrase demeure cependant le problème essentiel : elle laisse entendre expressément un jugement négatif de méfiance et peut-être de condamnation à l'égard de « l'homme » ou de ce qu'il y a « dans l'homme ».

Le concept d'homme dans le contexte hellénistique et dans le Nouveau testament

Notons d'abord cependant que toutes les occurrences de ce thème de l'homme, dans le quatrième évangile, sont déconnectées des thèmes du péché ou du démon. Il ne s'agit donc pas d'une introduction à la théologie de la faute ou de la rédemption. Nous sommes dans une pensée en quelque sorte philosophique d'allure hellénistique. Nous devons visiter les 62 occurrences du mot « homme » dans cet évangile. Par ailleurs, on peut aussi faire un rapprochement avec le thème du « monde » disposant également de 62 occurrences.

Au préalable, le thème de l'homme, dans ces blocs de rédaction, doit être rapproché de ce que nous avons appris sur lui chez Marc (60 occurrences), en particulier à la suite des recherches de Meier dans son tome IV et des critiques ou conclusions qui figurent au ch. 2 ci-dessus. Cette thématique émerge discrètement des péricopes de Marc, repérables comme des ilots solides au milieu d'une mer de doute. Et elles émergent, de mon point de vue, comme des traces de l'hellénisation du monde galiléen dans lequel se manifeste la rumeur du prophète Jésus. Par ailleurs le caractère originel de cette thématique est confirmé par la Source Q qui l'emploie avec 21 occurrences, ce qui est beaucoup pour un texte beaucoup plus restreint.

Ce thème de l'homme, du jugement qui est porté sur l'homme ou les hommes, dans leur ensemble, est travaillé par les courants et forces religieuses ou philosophiques de l'époque. Le plus souvent, pour résumer le contexte général, ce thème de l'homme est soit ignoré soit confondu avec les forces maléfiques, s'opposant aux dieux ou au Dieu unique, dans le judaïsme et sa littérature sapientielle. L'attention à l'homme et à son monde germe dans le monde grec. Celui-ci dégage timidement un regard neutre, à tendance latente d'humanisme, voir un regard marginalement positif sur l'homme, au cœur d'un profond scepticisme ou même de réactions de mépris. Au sein de cette révolution culturelle, portée par la conquête alexandrine, le milieu juif est le champ d'un intense débat où les attitudes de négation et de mépris sont présentes en divers courants, les plus nombreux. Ils se confrontent avec quelques efforts pour faire apparaître un regard, disons au moins ouvert, sur l'homme et ses potentialités.

Dans le voisinage du Nouveau testament, le regard négatif serait représenté par l'essénisme et par le Baptiste, annonçant une fin du monde dans le feu. Au contraire, une ouverture serait exprimée par le rabbi Jésus, se démarquant du prophétisme terrible du Baptiste, pour inaugurer un prophétisme de béatitude. L'expression si remarquable de « fils de l'homme » qu'il s'est attribuée est en soi un éloge des possibilités de « l'homme ». Chez Marc, l'homme est un champ neutre où s'affrontent des forces à la fois bienveillantes et malveillantes, où gains et pertes s'équivalent.

Ce n'est qu'avec l'évangile du disciple que jaillit pour une brève fenêtre de soleil, un regard positif sur l'homme. Mais cette fenêtre est étroite et la lumière s'y entremêle de zones de méfiance, telles que cette remarque des versets 2,24-25, introductive au Bloc 5 sur Nicodème. Après le disciple, cette fenêtre aura tendance à se refermer. On ira de plus en plus vers les siècles de la culpabilisation, de l'antagonisme, de la diabolisation. L'homme est annihilé très précocement, dès ses débuts, par le péché originel. Il est incapable de construction positive par lui-même. Le sommet de cette impulsion négative, dans la question du regard sur l'homme, apparaît avec la Cité de Dieu et l'Augustinisme, marqués par le terrible événement du sac de Rome en 401 et par la décadence de l'Empire. Ensuite, tardivement, mille ans plus tard, il faudra cinq siècles de lente redécouverte de l'humanisme entre la Renaissance et l'Ère des révolutions, pour que l'on arrive à un déblocage théologique de la nature positive de « l'homme », avec le concile Vatican II.

Le concept de l'homme dans l'évangile du disciple, avec un tableau des occurrences significatives

Sur 62 occurrences, il faut d'abord mettre de côté 13 mentions du fils de l'homme, toutes mises dans la bouche même du Maître, sauf une, où elle est une réaction de la foule à ce qu'il vient de dire. Le tableau IV, page suivante, élimine également 25 emplois du mot où celui-ci signifie simplement « un individu, quelqu'un, celui-ci », le plus souvent dans la bouche du narrateur.

Ce tableau des 20 occurrences restantes les classe d'une part entre celles mises dans la bouche du Maître et celles venant dans la bouche du disciple, d'autre part entre les contextes à tonalité négative ou en opposition, et celles à contexte positif. On observe un glissement ou un « delta » entre les usages du disciple et ceux du maître.

De la part du disciple, les deux seules mentions positives sont celles du prologue, donc du logos, lumière des hommes et illuminant tout homme, lorsqu'il vient dans le monde. Autant dire que la vision positive sur l'homme apparait chez lui « sur commande ». Elle se situe pour lui au niveau théologico-philosophique. Ensuite, le disciple avoue avoir davantage intégré dans sa compréhension de ce que pense le Maître des observations soit très négatives, comme les deux occurrences de ce commentaire de Jn 2,23-25, introduisant le dialogue avec Nicodème, soit simplement négatives ou en opposition.

Les deux autres mentions négatives ou en opposition du disciple sont des doublets de propos du Maître. L'une, intégrée dans le prologue, est tirée de la question de l'engendrement dans le dialogue avec Nicodème. L'autre, est une reprise d'un propos du Maître sur la préférence de la gloire des hommes. Ces visions négatives sur l'homme ont donc pour contextes la naissance naturelle opposée à la naissance d'en haut ou des conflits d'intérêt considérés comme généralisés chez les hommes et s'opposant au seul souci de la gloire venant de Dieu. En somme sauf lorsqu'il est en service commandé, sous le souffle du Logos, le disciple s'avoue pessimiste sur l'homme, prétendument au nom du Maître. Mais en ce point, ne défaille-t-il pas dans ses intuitions sur la pensée réelle de celui-ci ?

L'homme dans la bouche du Maître

Dans la bouche du Maître, au contraire, il n'existe qu'une expression réellement négative sur l'homme. Elle est relative, dans le verset 3,19, aux hommes qui ont préféré les ténèbres à la lumière parce que leurs œuvres étaient malignes. Dans ce verset, il faut remarquer les caractères du propos. Ils évitent toute condamnation de principe, évoquent une préférence et donnent une explication. Ce sont les œuvres et les choix qui sont jugés négatifs et non l'homme comme notion originelle ou comme ensemble des hommes.

Les autres expressions négatives de Jn 5,34, 5,41 et 3,27 ne sont pas non plus des jugements d'ensemble ou des condamnations des dimensions humaines. Elles précisent simplement que c'est en Dieu qu'il faut chercher le témoignage. Ou encore, ce sont des antithèses entre la gloire reçue des hommes et celle reçue du Père. Quant à Jn 3,27 on hésite à classer cette formule comme négative. Par une formule négative, elle tend à dire qu'au positif, un homme peut prendre (des poissons dans son filet prophétique) si cela lui est donné du ciel.

Si donc la vision négative de l'homme est des plus nuancée dans les propos mis dans la bouche du Maître, les formules positives ou tout au moins ouvertes sur un jugement de salut (Tableau IV, l'homme en Jean) en sont au contraire la ligne générale.

Il faudrait réintégrer ici les 12 mentions du Fils de l'Homme. Est seulement intégrée dans le tableau IV, cette mention du « Fils d'homme » à qui est donné précisément le pouvoir d'exercer le jugement pour cette raison qu'il est abruptement « fils d'homme ». Mais ensuite il y a les trois occurrences très ouvertes où

tout homme qui croit reçoit la vie éternelle,

un homme tout entier a recouvré la santé un jour de Sabbat,

les hommes qui reçoivent la manifestation de son Nom, parce qu'ils lui sont donnés du milieu du monde.

Enfin ces propos positifs sur l'homme contiennent deux perles : Jn 12,32 où l'élévation de terre (sur la croix) attirera tous les hommes. Le Maître parlant de sa croix à venir, voit l'homme donc tous les hommes, destinés au salut, et se donne une mission n'en laissant aucun pour compte, cette universalité venant après qu'il ait guéri l'homme « tout entier ».

C'est encore cette aparté ou cette micro-parabole de la femme accouchée, en joie qu'un homme soit né au monde. J'ai tendance à donner un nombre important de points d'historicité à ces micro-paraboles, celle de cette femme nouvelle accouchée, de Jn 16,21, celle du vent. On y retrouve ce talent de conteur populaire qui paraît avoir appartenu au maître galiléen. Dans la mesure où ces micro-paraboles sont réduites littérairement au minimum, on peut difficilement y voir seulement le talent d'écrivain de l'évangéliste comme dans les grandes paraboles. Il faut bien que l'image, qui tient en deux mots ou deux phrases, ait été entendue au milieu du discours. Ici, cette micro-parabole est d'autant plus révélatrice par ses caractères exceptionnels : outre cette joie pour l'arrivée au monde d'un seul homme, le Maître se met à parler à la place d'une femme, dans sa joie intérieure profonde, chose rare dans une littérature de l'antiquité. Il y trahit son aisance, notoire par ailleurs, avec le monde des femmes, malgré son célibat, et perçu par beaucoup avec étonnement pour les capacités des hommes de son époque, dans ce genre de registre.

Le tableau présente enfin les occurrences du thème de l'homme mises dans la bouche des interlocuteurs. Dans les propos qui leur sont prêtés, les interlocuteurs extérieurs eux-mêmes, par leur pensée fondée sur une opposition insurmontable, se font les protagonistes involontaires de la valorisation de l'existence humaine. Les pharisiens à deux reprises confirment le parallèle : étant homme tu te fais Dieu.

Enfin Pilate prononce un jeu de mot prophétique. Il présente en fait l'individu qu'il leur livre, au sens de « celui-là », « celui qui n'est plus grand-chose » pour lui, et pour eux, les juifs, qui veulent sa mort pour blasphème, bien qu'ils aient échangé quelques mots de haute teneur sur la royauté, les institutions et la vérité. Mais son mot sera comme une présentation quasi prophétique de l'homme par excellence, le représentant de tous les hommes souffrants, persécutés, martyrisés que le Jésus de l'histoire vient sauver et qui sont pour Dieu ceux qu'il regarde avec son amour le plus extrême.

Tous ces éléments conduisent à donner quelques points d'historicité, à ce delta de vision sur l'homme existant entre la pensée du Maître lui-même et la pensée du disciple. N'est-ce pas une conclusion surprenante que ce qui transparaît de la pensée du Maître, à travers les propos qui lui sont prêtés, soient plus proches d'une possible réalité historique que les commentaires qui sont faits à leur sujet.

Tableau IV - L'homme dans l'évangile du disciple				
dans la bouche du Maître		dans la bouche du disciple		autres intervenants
négatif ou en opposition	**positif**	**négatif ou opposition**	**positif**	**neutre ou en opposition**
[5,34]Moi, toutefois, ce n'est pas d'un homme que je reçois le témoignage, mais je dis ces choses pour que vous soyez sauvés	[3,15]afin que tout homme qui croit ait par lui la vie éternelle.		[1,4] il était la lumière des hommes	
[5,41]La gloire, je ne la reçois pas des hommes. D'ailleurs je vous connais	[5,27]et il lui a donné pouvoir d'exercer le jugement, parce qu'il est Fils d'homme		[1,9]Il était la lumière véritable qui, en venant dans le monde, illumine tout homme	
[3,19]et [cependant] les hommes ont aimé les ténèbres de préférence à la lumière, car leurs œuvres étaient malignes	[7,23]j'ai rendu la santé à un homme tout entier un sabbat	[1,13]à ceux qui ...ni par un vouloir d'homme, mais de Dieu furent engendrés		
[3,27]Un homme ne peut rien prendre si cela ne lui a été donné du ciel.	[8,40]Or maintenant vous cherchez à me tuer, moi, un homme qui vous ai proclamé la vérité que j'ai apprise de Dieu	[2,25] lui ne se fiait pas à eux parce qu'il les connaissait tous, il n'avait pas besoin que quelqu'un témoigne sur l'homme		[10,33]Les juifs lui répondirent : Ce n'est pas pour quelque belle œuvre que nous voulons te lapider, mais pour blasphème : parce que toi, étant un homme, tu te fais Dieu
	[12,32]et moi, quand je serai élevé de terre, J'attirerai tous les hommes à moi.	[2,25] lui connaissait ce qu'il y avait dans l'homme		

	17,6 J'ai manifesté ton Nom aux hommes que tu m'as donnés du milieu du monde.	12,43 car ils ont aimé la gloire des hommes plus que la gloire de Dieu		19,5 Pilate leur dit : Voici l'homme !
	16,21 La femme sur le point d'accoucher a de la tristesse, parce que son heure est venue; mais quand elle a donné naissance à l'enfant, elle ne se souvient plus de son affliction, dans la joie qu'un homme est né au monde.			

Je ne donne pas nécessairement un label à l'exactitude des formules portant ces discours et ces termes, mais globalement à la non négativité accrochée par le Maître au thème de l'homme, à la différence du disciple qui avoue avec quelque maladresse ou obscurité, sa propre vision négative en voulant la mettre dans la pensée non dite de son Maître. S'il y a un glissement vers un discours moins respectueux de l'homme, entre l'étape historique du Maître, en 26-30 de notre ère, et celle du disciple du premier ou du deuxième degré, après les années 40 ou 50, ne risque-t-on pas d'expliquer, de même, le glissement de la succession des époques chrétiennes vers une vision de plus en plus négative de l'homme ?

Le thème du monde dans l'évangile du disciple

Il resterait, à voir si l'étude du thème du monde infirme ou confirme ce delta entre la vision du disciple et celle du Maître sur l'homme. On peut regarder le tableau V, beaucoup plus vaste. Le concept du monde est beaucoup plus complexe. Beaucoup plus développé dans le quatrième évangile, son étude ne conduit pas aux mêmes clivages. Le disciple ne s'autorise pas à suivre le Maître dans son message complexe sur le monde. Seulement sept occurrences viennent dans son commentaire, donc dans sa bouche, dont trois dans le prologue. Il y a ensuite un certain nombre d'appel à la notion de monde qui sont en quelque sorte purement géographiques incluant une situation ou un déplacement sans connotation négative ou positive. Ce n'est que de façon lointaine que l'on peut imaginer une sensibilité négative ou positive dans ces usages géographiques. Enfin les occurrences du mot ne peuvent être comptabilisées mais les occurrences du thème, celles-ci faisant parfois appel dans la même phrase à deux, trois ou quatre appels au mot.

Dans la bouche du Maître, il faut remarquer essentiellement que les usages de la notion, positivant la relation de Dieu au monde, l'emportent nettement par 22 contre 14. Mais il y a toute une histoire. Le monde appelé à voir positivement le message est donc ouvert à une vision positive du Maître à son égard. Cependant dans le parcours, les refus du message font souvent apparaître un conflit entre des acteurs qui ne sont pas tout-à-fait des équivalents du monde, mais qui vont endosser son habit. Enfin au terme du parcours, l'appel à la conversion du monde ou à la victoire du Maître sur les forces négatives du monde revient en force et redevient une dominante du thème.

Cette analyse du thème du monde dans l'évangile du disciple incite donc à le distinguer nettement du thème de l'homme. Celui-ci semble une influence plus élémentaire et primitive de l'hellénisation sur la pensée du Maître et de son groupe de disciple. Si l'on veut faire des remarques propres au thème du monde sur le plan de l'historicité, deux points sont significatifs : ce thème semble un thème fort dans le discours du Maître, tel que mémorisé par le disciple.

Secondement il semble fortement lié dans sa dynamique historique, aux tensions d'ordre finalement autant politiques et nationalistes que religieuses, rencontrées par le Jésus de l'histoire, dans la réception de son message. Ces tensions vont conduire à sa condamnation pour blasphème. En lui-même, le thème comporte donc un fort potentiel d'historicité. Reste cependant à savoir quelle fut l'histoire de ce thème dans ses discours en publics ou en chambre haute. En effet il est moins développé en public qu'en chambre haute. Un important champ de recherches nous attend encore.

Tableau V - Le monde dans l'évangile du disciple

dans la bouche de Jésus			dans la bouche du disciple ou d'autres intervenants		
négatif	**positif**	**neutre ou géographique**	**positif**	**négatif**	**autre**
7,7 Le monde ne peut vous haïr, mais moi il me hait,	3,16 Car Dieu a tant aimé le monde qu'il a donné son Fils unique,		1,9 Il était la lumière véritable qui, en venant dans le monde,	1,29 Voici l'Agneau de Dieu qui enlève le péché du monde.	4,42 nous avons entendu nous-mêmes et nous savons que c'est vraiment lui le Sauveur du monde.
7,7 parce que moi, je témoigne à son sujet que ses œuvres sont malignes	3,17 Car Dieu n'a pas envoyé son Fils dans le monde pour juger le monde,	12,46 Moi, lumière, je suis venu dans le monde, afin que quiconque croit en moi ne demeure pas dans la ténèbre.	1,10 Il était dans le monde et le monde fut par lui et le monde ne le connut pas.		6,14 Celui-ci est vraiment le Prophète qui doit venir dans le monde !
8,23 Vous, vous êtes de ce monde ; moi, je ne suis pas de ce monde-ci.	3,17 mais pour que le monde soit sauvé par lui.	16,28 Je suis sorti d'auprès du Père et je suis venu dans le monde ; je quitte le monde			7,4 Puisque tu fais ces [œuvres], manifeste-toi au monde !
12,31 C'est maintenant le jugement de ce monde-ci	3,19 la lumière est venue dans le monde				
12,31 maintenant le prince de ce monde-ci va être jeté dehors	6,33 en effet le pain de Dieu est celui qui descend du ciel et donne la vie au monde.	17,6 J'ai manifesté ton Nom aux hommes que tu m'as donnés du milieu du monde.	13,1 Jésus, sachant que son heure était venue de passer de ce monde-ci au Père, ayant aimé les siens qui sont dans le monde,	14,22 Seigneur, comment se fait-il que tu doives te manifester à nous et non pas au monde ?	11,19 Vous voyez que vous n'êtes bons à rien ! Observez ! le monde est parti derrière lui !

dans la bouche de Jésus			dans la bouche du disciple ou d'autres intervenants		
négatif	**positif**	**neutre ou géographique**	**positif**	**négatif**	**autre**
[14,17]l'Esprit de la vérité que le monde ne peut recevoir parce qu'il ne le reconnaît pas et ne le connaît pas.	[6,51]Davantage ! le pain que moi je donnerai, c'est ma chair pour la vie du monde.	[17,11]Désormais je ne suis plus dans le monde, mais eux sont dans le monde,	[11,27]Moi, j'ai la foi que c'est toi le Christ, le Fils de Dieu, Celui qui vient en ce monde.		
[14,30]car il vient le Prince du monde. Sur moi il n'a aucun pouvoir.	[8,92]Moi, je suis la lumière du monde.	[17,13]Mais maintenant je viens à toi, et ces choses je les déclare dans le monde,	[21,25]le monde lui-même ne pourrait, à mon avis, contenir les livres que l'on en écrirait.		
[15,18]Si le monde vous hait, sachez qu'il m'a pris en haine avant vous.	[8,26]et moi, ce que j'ai appris de lui, c'est ce que je proclame au monde	[15] Je n'interviens pas pour que tu les enlèves du monde			
[15,19]mais parce que vous n'êtes pas du monde, et que moi je vous ai tirés du monde voilà pourquoi le monde vous hait	[9,5]Tant que je suis dans le monde, je suis la lumière du monde.	[18,37]Je suis, moi, né pour ceci, je suis venu dans le monde pour ceci :			
[16,8]en venant, celui-ci établira la culpabilité du monde	[9,29]C'est pour une discrimination que je suis venu dans ce monde-ci,				
[16,11]en matière de jugement : le Prince de ce monde est condamné	[10,36]à celui que le Père a sanctifié et envoyé dans le monde,				

dans la bouche de Jésus			dans la bouche du disciple ou d'autres intervenants		
négatif	**positif**	**neutre ou géographique**	**positif**	**négatif**	**autre**
[19]Si vous étiez du monde, le monde aimerait ce qui est sien	[11,9]Si quelqu'un marche de jour, il ne trébuche pas, parce qu'il voit la lumière de ce monde				
[16,20]En vérité, je vous le dis, vous allez pleurer et vous lamenter, vous tandis que le monde se réjouira	[12,25]et celui qui ne s'attache pas à sa propre vie en ce monde, la maintiendra en vie éternelle.				
[16,33]Dans le monde vous avez de l'affliction.	[12,47]car je ne suis pas venu pour juger le monde, mais pour sauver le monde.				
[17,9]Moi j'interviens pour eux, non pas pour le monde, mais pour ceux que tu m'as donnés	[14,31]Bien plus ! pour que le monde reconnaisse que j'aime le Père en agissant comme le Père m'a commandé,				
[17,14]Moi je leur ai donné ta parole, et le monde les a pris en haine, parce qu'ils ne sont pas du monde du fait que moi je ne suis pas du monde.	[16,21]elle ne se souvient plus de son affliction, dans la joie qu'un homme est né au monde.				

dans la bouche de Jésus			dans la bouche du disciple ou d'autres intervenants		
négatif	**positif**	**neutre ou géographique**	**positif**	**négatif**	**autre**
[17,16]Du monde ils ne sont pas, du fait que moi, je ne suis pas du monde.	[16,33]Mais gardez courage ! Moi, je suis vainqueur du monde !				
[18,36]Ma royauté à moi ne provient pas de ce monde-ci ;	[17,15]de la gloire que j'avais auprès de toi avant que le monde fût.				
[18,36]si ma royauté à moi provenait de ce monde-ci,	[17,18]Du fait que tu m'as envoyé dans le monde, moi aussi je les ai envoyés dans le monde,				
	[17,21]Qu'eux aussi soient en nous, afin que le monde croie que toi tu m'as envoyé.				
	[17,23]afin que le monde vienne à reconnaître que toi tu m'as envoyé parce que tu m'as aimé dès avant la fondation du monde.				
	[18,19]Moi, j'ai parlé ouvertement au monde.				

Bloc 5, Avec Nicodème, le premier bloc de discours en chambre haute

Le disciple suit le plan de la Source et des synoptiques, en y intégrant ce qu'il juge manquer chez eux, où y être mal expliqué. Il le fait tout en suivant aussi son propre plan thématique. C'est une chance, ici, pour les considérations d'historicité qui animent cette recherche. En effet l'entretien avec Nicodème est vraisemblablement placé en ce début de sa rédaction des blocs, pour être rapproché de ces deux sortes de signes contradictoires, que sont Cana et les vendeurs chassés du temple. Il se tient nécessairement à Jérusalem, lieu où réside Nicodème, donc pendant le voyage pour une Pâque, la première des trois.

Pratiques baptismales et nouvelle naissance

Dans le plan thématique, le thème de la nouvelle naissance, dont il traite, est lié au thème du baptême, bien amené entre le baptême de Jésus et les baptêmes pratiqués par lui et ses disciples. Seul, le disciple présente cette pratique baptismale. Il l'insère dans le plan de la Source et des synoptiques entre les deux évocations du Baptiste. Après cet ajout, le disciple fait aussi parler une seconde fois le Baptiste.

Bien que privé d'attestation multiple, cet élément mérite plusieurs points en termes d'historicité. En effet, ce bloc rédactionnel sur la nouvelle naissance, formalisée par des pratiques de baptêmes, est immédiatement suivi par le commentaire géo-temporel des versets 3,22-24, nous apprenant la concurrence ayant existé entre les baptêmes localement distincts du Baptiste, dans la région du Jourdain, et du Maître, en Judée. À moins d'accuser le disciple d'inventer gratuitement un épisode et une étape première de la trajectoire, manifestement inutile pour le message, on peut invoquer que ces versets 3,22-24, sont empreints d'un fort degré d'historicité.

En effet, le Maître va probablement abandonner assez vite cette pratique pour passer au parcours, beaucoup plus mobile, en Galilée et alentour. Mais surtout, une autre thématique va prendre plus de force, dans son message. Ce n'est plus le baptême qui fait entrer dans le royaume « déjà là », au centre de ses propos, mais le fait de suivre sa personne. Le royaume déjà là, c'est lui-même, au milieu d'Israël, qu'il suffit de suivre, dans son itinérance conduite par les intuitions de l'Esprit.

D'ailleurs, la rencontre avec Nicodème, ne contient qu'une rapide allusion au thème baptismal : « Si quelqu'un n'est pas engendré d'eau et d'esprit... ». Elle l'abandonne aussitôt, ignorant royalement les contraintes rituelles et s'en tenant aux réalités intérieures auquelles cette nouvelle naissance correspond. C'est surtout « un ré-engendrement d'en haut ». Ensuite s'accroche au dialogue qui est en fait beaucoup plus un monologue, toute la riche thématique que le disciple prétend avoir entendue, dans la bouche du Maître :

l'ignorance du lieu d'où vient l'Esprit et du lieu où il mène,

la connaissance qu'il a des choses du ciel dont il témoigne,

sa venue « per descensum »,

la nécessité qu'il soit « élevé »,

la vie éternelle,

l'amour de Dieu pour le monde au point qu'il donne son fils,

le Fils qui ne vient pas juger le monde mais le sauver,

ce salut s'effectuant par la foi en son nom,

la lumière venue dans le monde,

le jugement ne se manifestant pas par des catastrophes, mais par la lumière, chaque homme se positionnant, entre la lumière et les ténèbres en particulier par ses œuvres.

En fait c'est toute une catéchèse baptismale. Toute la question d'historicité réside dans le lien éventuel ayant existé entre des paroles du Jésus historique entendues par le disciple et la catéchèse. La réponse est difficile, voire impossible, tant ce condensé ne peut que contracter des propos multiples, tenus en chambre haute.

Les discours en chambre haute

Arrêtons-nous un instant sur cette notion de chambre haute. C'est là que le Maître a pu tenir des propos en comité restreint, mais pouvant atteindre les 20 à 25 personnes du groupe. C'est un espace de l'habitat du Moyen orient ou du Maghreb actuels, dans les zones où l'habitat et les modes de vie de toujours sont encore conservés, comme dans l'antiquité. Les personnes aisées, des villes ou des campagnes construisaient et construisent encore, au-dessus de l'habitat ordinaire, le lieu de l'hospitalité et des fêtes du clan.

Comme il est attesté que le Jésus de l'histoire n'a jamais eu de lieu d'habitat stable, en propre, pendant sa trajectoire publique, il a constamment fait appel à cette hospitalité moyen-orientale. Arrivant quelque part, il avait son réseau, où le constituait, en fonction des circonstances, pour occuper ces chambres hautes, avec sa troupe plus ou moins importante.

Ces chambres hautes sont une simple grande pièce couverte de nattes et de tapis, avec des coussins alignés le long des quatre murs. Ce mobilier sommaire sert aux repas, au sommeil de tous les visiteurs, éventuellement aux jeux de dés ou de damiers et bien entendu aux palabres. L'une en est d'ailleurs expressément décrite en Marc 14,15 : une grande pièce, à l'étage, garnie de coussins, préparée pour recevoir.

Il fallait donc distinguer les propos « avec les disciples », tenus le plus souvent en chambre haute, de ceux qui pouvaient aussi être tenus dans l'habitat ordinaire de l'hôte : la pièce ou le logement des femmes (lieu d'une ou deux guérisons), les lieux de vie domestique (cuisson et préparation des farines et aliments), et la chambre du maître.

Il faut les distinguer aussi des propos devant les foules, dehors ou dans les synagogues, éventuellement sur la grève ou devant l'appontement des barques. En fait plutôt que devant les foules, il faudrait dire devant les « gens » ce que signifie le mot « ochloi », les gens rassemblés en un lieu, les gens qui étaient là. Ces gens pouvaient être plusieurs, jusqu'à beaucoup, mais de toute façon ils étaient les autres personnes que celles suivant la petite troupe du Maître et les clans de l'hôte offrant l'hospitalité.

L'entretien avec Nicodème est la première occasion de voir apparaître ces propos en chambre haute qui vont particulariser fortement le quatrième évangile. Les synoptiques retiennent en général au contraire des propos « dehors », dans la rue, sur la grève et dans des lieux à l'écart. Seuls les appels à des explications supplémentaires, pour des propos mal compris, en paraboles, renvoient à des discours « à la maison ». Ce simple fait constitue une confirmation des discours en enceinte restreinte, si typiques chez le disciple.

C'est donc dans ce cadre scénique qu'ont nécessairement eut lieu une part importante des discours du Maître, celle s'adressant aux siens. Si l'on sait que, selon le plan du quatrième évangile, étalant le parcours sur deux ans, à deux ans et demi, il y eut ainsi 700 à 900 « soirées », au cours desquelles le groupe a vécu autour du Maître, ces propos en chambre haute ne doivent pas être négligés et l'on peut estimer que le quatrième évangile est une chance de les approcher. Il est évident que sans moyens d'enregistrement ou de transcription, ces propos ne peuvent rejaillir que de souvenirs des auditeurs directs potentiels. La probabilité qu'ils réapparaissent avec un minimum de vraisemblance repose seulement sur le fait qu'ils se sont certainement répétés, en adoptant des formules voisines et en évoluant peu à peu. Leur mémoire n'a donc pu qu'enregistrer un son amoindri, déformé, contracté, de synthèse. Ici, face à Nicodème, il n'est pas étonnant que ce son, qui a vieilli, ressemble à une parole baptismale qui a ensuite tenté de raviver le souvenir.

On ne saura donc jamais si ce discours en cercle restreint ressemble bien à ce qui a pu être prononcé devant Nicodème, en la présence imposée de plusieurs autres disciples obligés, d'être là pour la nuit, ou, s'il résonne beaucoup plus de ce qui était prononcé ultérieurement, lors d'autres soirées et encore davantage dans les premières communautés, au moment des cérémonies nocturnes. La seule méthode pour observer le temps historique originel, dans le détail d'un propos, est de partir à la recherche de quelques ilots solides, de quelques « mots premiers », au sein d'une mer de doute et de critique scientifique.

Discours premiers, discours subséquents, thématique en direction de personnes de la haute classe

Le disciple ajoute donc à l'œuvre des traditions synoptiques un enseignement profond du Maître, à l'intention des hautes classes, sur la nouvelle naissance. L'occasion en est la venue d'une personne de ces catégories sociales dont le disciple, mais aussi les synoptiques (pour la mise au tombeau) révèlent la présence, dans la plus grande discrétion. De plus, lors de la passion, il sera expliqué que le disciple est l'un d'eux. Dès lors, quelle va être la thématique à leur intention ? D'une façon générale il y a une grande difficulté à travailler sur l'historicité d'une thématique. Il faut prendre les mots et les expressions un à un et chercher à voir les surprises et les énigmes.

Dans la thématique très riche de ce bloc, relevons d'abord la dialectique « lumière et ténèbres » dont j'ai déjà signalé l'affleurement dans le verset 12,3 de la Source, sous la forme « obscurité et grand jour ». C'est un signal d'historicité au titre de l'attestation multiple. Sans parler des nombreuses occurrences du thème de la lumière, dans le quatrième évangile, il y a là certainement un contenu de ces propos des soirées en chambre haute, en particulier, si on lit le disciple sans le réduire à un propos de synoptique, mais en revisitant le thème sous sa forme hellénisée, le transformant en concept avec un L majuscule.

Relevons ensuite les cinq apparitions du mot « homme », non seulement dans l'expression « fils de l'homme », mais également en croisement avec le thème de la lumière et des ténèbres. Ce thème de l'homme est particulièrement bien servi ici, avec ces expressions généralisatrices :

« Comment un homme peut-il être engendré quand il est vieux… »,

« Afin que tout homme qui croit ait par lui la vie éternelle, »

ce « tout homme » glissant vers l'expression « le monde » tant aimé par Dieu,

enfin cette autre généralisation : « les hommes ont aimé les ténèbres, de préférence à la lumière, car leurs œuvres étaient malignes. »

D'ailleurs ce verset est le seul à connotation vraiment négative de tous les usages du mot placés dans la bouche du Maître, d'où un point positif d'historicité qui peut en résulter.

Il y a aussi quelques signaux que ce premier discours en chambre haute, inséré entre plusieurs récits rapportant des faits et gestes, comporte des traits primitifs exprimés par le disciple, bien que l'on entre déjà dans le style littéraire qui va se développer au long de son évangile : l'entrée en matière de Nicodème est prudente et trahit une culture vétéro-testamentaire :

Tu es venu « de la part » de Dieu.

Tu es venu « comme » un maître.

Ensuite on a une double négation pour oser affirmer quelque chose de prudent : « personne ne peut… si Dieu n'est pas avec… ».

Le Maître lui répond par une sorte de langage « premier », au sens que l'on emploie pour les arts premiers, porteurs d'une vérité anthropologique forte : ce sont les deux seuls usages du quatrième évangile, du mot « royaume de Dieu », pourtant si répandu dans la Source et chez les synoptiques. Le disciple est encore sous l'influence de leurs traditions dans le démarrage de son travail d'écriture.

Le mot « engendré », ici repris cinq fois, ne se retrouve qu'une fois ailleurs, c'est-à-dire dans le prologue. Donc il va être abandonné dans la suite du texte, trace de ce « langage premier ». L'expression « d'en haut », présente ici, à la fois primitive et vétéro testamentaire, cachant le nom de Dieu, dans la bouche du Maître, ne se retrouve qu'une fois, prononcée par le Baptiste (3,31), puis une fois dans l'un des grands discours polémiques dans le Temple en 8,23, mais aussitôt redoublé, en quelque sorte traduit, par « vous êtes de ce monde, moi, je ne suis pas de ce monde-ci », et encore une fois prononcé par le Maître devant Pilate, au sujet du pouvoir qui lui a « été donné d'en haut ». En outre, ici dans le Bloc 5, « engendré d'en haut » est aussitôt traduit par « engendré d'eau et d'esprit », introduisant la petite parabole du vent qui me semble en elle-même un argument d'historicité.

La parabole du Vent et les micro-paraboles du quatrième évangile

On a déjà vu le « mot/parabole » de l'agneau, prononcé par le Baptiste. Cette nouvelle parabole du vent, cette fois dans un propos du Maître, est l'occasion de faire une comparaison entre deux micro-paraboles, l'une tirée de la Source Q qui va donner l'inspiration de tant de propos synoptiques et ce propos en chambre haute. On va donc sélectionner une micro-parabole d'un paysan artisan, dans la Source et celle d'un lettré de la capitale, dans le quatrième évangile. La différence est sensible au niveau de la rédaction, même si l'on ne peut exclure que le paysan artisan, Jésus, ait utilisé lui-même aussi l'image du vent. Mais le lettré de la ville lui a volé le travail rédactionnel.

Pour comparer les micro-paraboles de l'artisan rural, il est possible de se reporter dans la Source à la parabole de la graine de moutarde de Q 13,18. Le lecteur sent, voit presque, le paysan décrire les opérations successives du travail de la terre. Et il vaudrait mieux encore les lire dans le texte :

Le royaume des cieux est semblable à une graine de moutarde.

« l'homme l'ayant prise (dans sa réserve ou sur le plan séché de l'an dernier), il l'a laissée tomber dans son jardin ». On peut aussi traduire par « il l'a jetée dans son jardin »).

Ceci suppose le travail préalable de retournement et d'ameublissement de la terre. On est encore dans une description toute de ruralité. Un intellectuel de la ville, maître de son domaine, aurait dit tout simplement : « mon jardinier la sème et elle devient un arbrisseau où les oiseaux… ». L'homme de la campagne sait au contraire que toute graine, même la plus petite, ne se plante pas sans une succession de travaux depuis les opérations de cueillette des graines, de conservation pendant la mauvaise saison, le labour, enfin la mise en terre.

Regardons ensuite la micro parabole johannique du vent, en Jn 2,8. Cette fois le lettré a besoin de montrer la complexité de sa compréhension des phénomènes, même les plus naturels. En quelques mots, il étale une certaine richesse d'expression. À chaque étape, en deux versets, la pensée et les mots s'enrichissent de variantes. Le vent est même personnifié, en s'envolant. « Le vent souffle où il veut. Et sa voix tu l'entends. Mais tu ne sais ni d'où il vient ni où il retourne. » Un artisan rural aurait dit simplement : « Le vent, vous ne pouvez rien y faire ».

En termes d'historicité, cette comparaison ne conduit pas à nier l'historicité des micro-paraboles du quatrième évangile. Au contraire. Une parabole est un récit ou une poésie, trahissant les qualités de littérateur de son auteur, même s'il est distinct de l'inventeur du mot/parabole, le Jésus de l'histoire faisant face à Nicodème, ou le Baptiste, face à ses disciples ou aux foules venues se faire baptiser.

La pointe de la leçon nécessite et facilite le retour à l'auteur de ce mot/parabole. On voit mal comment le disciple, qui se veut le témoin des signes et des discours en chambre haute de son Maître, aurait pu se permettre d'inventer lui-même le mot/parabole pour le mettre dans la bouche de son Maître, même si aucun doute ne subsiste quant à son rôle d'écrivain. C'est bien lui, le disciple lettré, le seul disciple lettré du Maître, le narrateur et le scribe des paroles de son Maître. Il le fait avec sa formation propre, différemment des premiers auteurs de la Source Q et du tandem Pierre/Marc.

D'une façon générale, je ne pense pas non plus que le genre parabole se prêtait à une « invention » des premières communautés chrétiennes. On ne voit pas comment, on l'a déjà évoqué, les communautés lucaniennes auraient pu inventer la parabole du Bon samaritain, alors que le Jésus de l'histoire n'en serait pas l'auteur. Entendons qu'il est l'auteur du scénario général, du sens général et de la pointe de son enseignement.

Je tire la même conclusion pour ces micro-paraboles qui tiennent souvent à un seul mot, empreint d'une forte saveur poétique ou significative. Le quatrième évangile semble ainsi fait que chaque bloc est « boosté » par au moins une micro-parabole. Le bloc sur le Baptiste repose sur l'image/parabole « choc », répétée deux fois, de l'agneau qui enlève le péché et sur la colombe venant du ciel donnant forme à l'Esprit. Le bloc de Cana est tout entier une parabole de la Noce et de l'eau changée en vin. Le bloc du Temple est porté par l'image de la destruction et de la reconstruction. Le bloc sur Nicodème est marqué par la parabole du vent.

D'autres éléments premiers

Parmi ces éléments anciens, affleurant dans ce premier discours en chambre haute, on peut encore évoquer ces formulations populaires « les choses de la terre » (ta épigéia), « les choses qui sont sur ou au-dessus du ciel » (ta épourania), donc si lointaines. De même, la phrase qui suit : « Nul n'est monté au ciel, hormis celui qui est descendu du ciel, le Fils de l'homme, » si on ne veut pas y voir trop vite une préfiguration du Logos, malgré ses lourdes implications théologiques, est elle-même d'une facture primitive, non seulement au regard de la théologie chrétienne des premiers siècles, mais même par rapport aux équivalents johanniques des discours du soir de la Cène.

Enfin le mot « ce qui est né de la chair est chair, » relève ici d'un emploi initial de ce thème magistral du quatrième évangile. Ce thème évolue d'un bloc rédactionnel à l'autre. Il est difficile de le considérer comme tardivement inventé par la primitive Église, même si son usage cultuel répété conduisait à l'employer massivement, mais en un autre sens. En effet, il traverse tout l'évangile du disciple, toujours dans la bouche du Maître, sauf dans ses deux emplois du prologue. Mais ces deux emplois remontent vers le prologue, à partir des propos du Maître.

En effet, on part de cet engendrement par un vouloir de chair, dans sa conception la plus claire. Selon Jn 1,13, référence du passage de Jn 2,6, les gens sont nés « par les sangs, par un vouloir de la chair, par un vouloir d'homme ». C'est-à-dire que l'homme requiert la femme dans son désir, et il ne peut en être autrement d'aucune naissance humaine. Mais il faut aussi qu'ils soient engendrés de Dieu pour devenir enfants de Dieu. C'est là qu'est le problème que le Maître et Nicodème posent et tentent d'aborder. Les hommes naissent parce que leurs parents vivent de chair sous la pression de « l'éran », que les hommes du XXe siècle ont traduit par l'éros, la troisième façon de traduire le mot aimer en grec : philein, être ami en grec ; agapein, aimer de façon très profonde ; eran, aimer du désir de la chair. Ce langage est d'autant plus fort, pour le lecteur d'aujourd'hui, que l'éros a été libéré par les hommes du XXe siècle.

De son côté, le disciple va faire un parcours avec ce mot « sarx, la chair », transformé par le discours du Maître.

Il y a les six usages de ce mot, lors du fameux discours suivant l'événement prophétique mystérieux de la distribution des pains. L'un de ces six usages est une reprise du propos du Maître par les adversaires. Cette transformation du mot, on le verra au Bloc 13, fait douter de « son contenu matériel apparent ou premier », mais pas de son contenu thématique et géopolitique dans le parcours du Maître, refusant de se laisser entraîner dans une monarchie terrestre.

Suite à cet événement, et le concluant, on retrouve l'opposition « C'est l'esprit qui fait vivre, la chair ne sert de rien » de 6,63

Puis « Vous jugez selon la chair, moi je ne juge personne. »,

Enfin « Père glorifie ton fils… afin que ton fils te glorifie et que, à la mesure du pouvoir que tu lui as donné 'sur toute chair', il donne la vie éternelle à tous ceux que tu lui as donnés… ».

De là, pour finir, on peut remonter à la phrase centrale du prologue « le logos devint chair ».

On est ici, non dans un parcours thématique devant expliquer un culte baptismal ou eucharistique, mais au cœur du mystère, tel qu'exprimé dans tous les discours du quatrième évangile, remontant de la passion vers l'incarnation, en passant par le don du corps sacrifié et du sang. On est au cœur de la révolution radicale de suppression des rites sanglants de l'Ancien testament et du passage à la religion du repas partagé en mémoire.

Si on voulait suivre l'hypothèse que les premières Églises chrétiennes ont inventé cette nouvelle religion et ces nouveaux mystères, il leur aurait fallu, en pareil cas, vraiment beaucoup d'inventivité et d'imagination.

Et pour l'auteur du texte johannique, il aurait fallu aussi une capacité extraordinaire d'écriture préventive afin de cacher leur travail tardif. Une autre hypothèse est de voir le travail d'écriture du disciple se constituer peu à peu avec des paroles primitives et des discours « premiers », raccordés progressivement. Ces paroles primitives forcent le disciple, présent de la première à la dernière heure, à accomplir son travail de mémoire, lequel ne devait pas être simple.

La seconde partie du Bloc 5

Une seconde partie du bloc rédactionnel sur Nicodème commence au verset 3,10. Dans la première partie, le disciple a rapporté le plus fidèlement possible ce qui lui revenait en mémoire, de ce premier discours en chambre haute. Mais à partir de ce verset 3,10, on le voit sacrifier au besoin qu'il avait de faire appel aussi aux autres souvenirs de ces si nombreux discours en chambre haute que l'on va revoir tout au long de son évangile.

Un premier paragraphe anticipe sur la thématique du témoignage, au sujet des choses qui ont été vues par le Maître. Puis il y a ce fameux paragraphe introduisant la figure de l'élévation du serpent, cette façon johannique d'annoncer la passion, en termes vétéro-testamentaires. Mais cette fois cette annonce de la passion n'est pas dans la bouche du Baptiste, par l'image de l'agneau, mais dans celle du Maître lui-même.

Vient ensuite, dans le style du grand discours après la Cène, l'amour du monde par Dieu à un niveau tel qu'il a donné son fils unique afin que quiconque ait la vie éternelle, s'il croit en lui.

Enfin s'ajoute le paragraphe sur le jugement qui se fait de lui-même, selon les œuvres des hommes. Ces œuvres les conduisent, soit vers la lumière, soit vers les ténèbres. Ces thèmes nous situent dans les discours des controverses qui seront explicités dans le Temple.

Ici, on n'est plus devant des paroles « premières » du Maître, mais devant des contractions de propos multiples, repris et assemblés par le disciple. On va les retrouver tout au long du quatrième évangile, avec leur haute teneur théologique. Leur réemploi a dû manifestement se produire aussi dans un contexte baptismal cultuel. Ce qui pose question cependant, à la critique scientifique c'est de comprendre comment dans cette réception collective du groupe de disciple, séjournant des centaines de soirées au milieu de ces propos de chambre haute, une seule oreille, celle de « l'autre disciple » a pu leur attacher de l'importance et les retenir sous cette forme, tandis que les dix ou quinze ou vingt autres paires d'oreilles n'ont pas pu les retenir ni les assembler de quelque façon.

Beaucoup d'éléments de cette seconde partie du Bloc 5 se trouvent exprimés chez les synoptiques mais d'autres façons. Chez eux, la question de la naissance est transposée dans une question sur les vrais frères et sœurs de Jésus. La question des œuvres est transposée sous l'image de la construction de la maison sur le sable ou sur le roc ; la vie éternelle apparaît furtivement sous la question du jeune homme riche, la foi, sous l'attitude du centurion. En somme beaucoup de choses sont exprimées de façon nominée et conceptualisée chez le disciple, et le sont aussi chez les synoptiques, mais autrement…

Mon interprétation est qu'il y avait deux cultures présentes dans le groupe des disciples. Une culture dominante était née dans les milieux populaires du bord du lac et des artisanats ruraux de Galilée. C'étaient des milieux aisés de ce monde juif local, mais n'ayant pas accès aux débats et aux clivages des milieux dirigeants. Mais du fait de quelques-uns, surtout de « l'autre » disciple, il y avait aussi une culture qu'il nous reste à voir apparaître au cours des blocs qui vont suivre, véhiculée par le sous-groupe très réduits que, pour simplifier, on pourrait appeler le groupe « des grecs ». Nous en avons vu apparaître les prénoms portés par quelques individus du monde juif religieux, sélectionnés par le Baptiste puis par Jésus. Il faut bien noter que les noms des disciples figurant le plus souvent chez les synoptiques n'apparaissent à peu près pas dans le quatrième évangile, et inversement. Mais pour l'essentiel, ceux que le disciple met en scène étaient des juifs comme les autres ayant la même culture juive, sauf que leur degré d'hellénisation affleurait plus facilement.

Bloc 6, Le second bloc sur le Baptiste

Comme la Source et comme les synoptiques, le plan du disciple intègre une seconde péricope concernant les relations entre le Baptiste et Jésus. Tous les évangélistes jugent nécessaire de revenir une seconde fois sur ce sujet, une fois que le rabbi Jésus a quitté les disciples du Baptiste et qu'il a déjà commencé son propre parcours autonome. C'est un témoignage de l'importance de ce thème et de cette étape dans la construction de l'ensemble des évangiles.

Mais le quatrième évangile élimine tout le contenu synoptique et celui de la Source. Chez eux tout est constitué de paroles de doute et d'interrogation du Baptiste, appelant une réponse du Maître. Ne s'était-il pas trompé ? Ce à quoi il lui est répondu, dans le contenu Source/Synoptiques, par les prophéties d'Isaïe et par une description du personnage qu'il a assumé dans le processus messianique. Ces dialogues sont considérés par certains exégètes comme bénéficiant d'un degré élevé d'historicité.

Dans l'évangile du disciple, au contraire, un Bloc 6 est constitué pour l'essentiel de nouvelles paroles du Baptiste. Par ailleurs, dans ce bloc, ce sont les introductions et conclusions géo-historiques qui sont très intéressantes, sur le plan de l'historicité, présentant un déplacement stratégique du Maître.

Contenu thématique

Dans ce second bloc rédactionnel où seul le Baptiste parle, on dirait que « l'autre disciple », qui était à la fois ancien disciple du Baptiste et nouveau disciple du rabbi Jésus avait des propos non encore exprimés de son premier maître à intercaler ici, qui auraient fait défaut dans son premier bloc, ainsi que dans les traditions synoptiques. Ou bien, il lui faut rapporter quelques propos tardifs relevant de cette seconde phase des relations avec le Baptiste « sur le déclin ».

Le fait de réintégrer dans un évangile sur Jésus des propos tardifs du

Baptiste pose un problème : pour que « l'autre disciple » puisse le faire en témoin véridique, il faut qu'il soit une fois de plus un personnage double, aux relations multiples, comme on le verra dans la dernière partie de son évangile.

Les synoptiques se présentent comme des témoins de seconde main, dans le cadre de souvenirs communautaires dont ils se font les rapporteurs. Ils peuvent emprunter à des rumeurs composites. Généralement, il n'en est pas de même pour l'autre disciple. S'il intègre quelque chose dans son texte, il est toujours d'une certaine façon personnellement un témoin certificateur de ce dont il parle. Ici, avait-il encore des contacts avec le Baptiste ou ses disciples ? Ou bien ses renseignements de bonne main, dus à ses relations spéciales, l'autorisaient-ils à ces compléments que n'avaient pas osé évoquer les synoptiques ?

En un sens, dans ce bloc rédactionnel n° 6, le disciple semble perdre en historicité par rapport aux Synoptiques, en effaçant le doute qui étreignait le Baptiste, alors qu'il était en prison ou qu'il déclinait, sans voir venir la colère du ciel qu'il avait annoncée.

D'autre part, le quatrième évangile nous pose un problème supplémentaire en affirmant qu'eut lieu dans le parcours, une phase de concurrence baptismale, inconnue par ailleurs, entre le rabbi Jésus et le Baptiste. Ses introductions et conclusions géo-historiques ont elle plus, ou moins, de véracité que les contextes sur lesquels s'appuient les Synoptiques ? une conception matérialiste, évolutive, de la construction du parcours du Jésus de l'histoire pourrait plaider pour une plus grande véracité de cet ajout johannique.

Du point de vue de l'historicité et à première vue, on se demande donc pourquoi le disciple reprend cet épisode dans un bloc entier et quel est le message qu'il veut faire passer. S'il fait parler Jean-Baptiste, en réponse à un « juif » anonyme, non décrit quant à ses appartenances partisanes, il faut remarquer que des éléments de discours de ce bloc peuvent cependant être qualifiés de discours « premiers », par une partie de leur vocabulaire. C'est un élément à prendre en compte dans notre procès d'historicité.

En deux parties, il y a d'abord des éléments en reprise de ce qui a déjà été dit dans le premier bloc sur le Baptiste. Puis on a comme une sorte de discours/méditation du Baptiste, qui peut paraître surtout une méditation du disciple/évangéliste et non du Baptiste, mais toujours avec des éléments primitifs, qui ont leur place dans ces blocs rédactionnels de début, avant de disparaître de la suite de l'évangile du disciple.

Des éléments de discours premiers

Parmi les éléments « premiers » bien dans le contexte du Baptiste, il y a d'abord cette curieuse expression/parabole de l'homme chasseur/cueilleur/pêcheur au désert « qui ne peut rien prendre si cela ne lui a été donné du ciel ». C'était bien des pensées qui pouvaient être celles de l'homme vêtu de poils de chameau et d'un pagne de peau, autour des reins, mangeant des sauterelles et du miel sauvage, et qui pouvait achever de nombreuses journées avec la faim au ventre. Certes, cette micro-parabole du cueilleur primitif n'est ici que pour faire référence au nombre différent de disciples que prennent désormais les deux prophètes concurrents, lui et Jésus.

Mais elle sonne étrangement comme discours premier et nous ramène à cet espace des méandres buissonneux et grouillants de faune et de flore primitive qui bordaient le Jourdain. En ces lieux particuliers, un phénomène de recherche du désert a permis à quelques individus de pratiquer le retour volontaire aux origines et à la vie sauvage. Dans cette niche climatique située bien en-dessous du niveau des mers, ils pouvaient vivre, quoique de façon austère, venant des villes et des bourgades, en trouvant sur place ce qui leur était nécessaire, pour l'essentiel, sans qu'on ait à leur descendre des galettes et de la farine, et ils pouvaient se consacrer à la recherche d'une éthique de retour aux sources du Pentateuque. Cette petite parabole cachée trahit cette réalité autant que le don par Dieu de disciples nombreux ou se faisant rares désormais. Remarquons que Dieu est ici désigné par un magnifique passivum divinum « du ciel », rappelant cette spiritualité des religions primitives du désert, où tout ce que l'on trouve à manger est don des puissances supérieures.

Ensuite il y a cette micro-parabole de l'époux dont une référence parallèle se trouve en Marc, lorsque le Maître dispense ses disciples de jeûner, tant qu'ils ont l'époux avec eux. Ici on a la micro parabole de l'ami de l'époux qui est ravi d'entendre la voix de son ami. C'est encore chose rare, non une parabole du rabbi Jésus, mais une parabole du Baptiste. Double intérêt du point de vue de l'historicité de son prononcé. On est porté à accorder des points d'historicité élevée à de telles paraboles, comme je l'ai remarqué avec la micro-parabole du vent, située dans le Bloc 5 avec Nicodème. Ici, cette rare parabole du Baptiste répond parfaitement au contexte de concurrence déclinante, tout en poursuivant, tout aussi parfaitement, les premiers propos tenus dans le premier bloc rédactionnel sur le Baptiste : « Je ne suis pas digne de dénouer la lanière de sa sandale. »

En fait le disciple apporte la réponse du Baptiste, quand ses disciples sont revenus de l'entrevue avec Jésus. Il donne la suite qu'appelait la péricope des synoptiques comme si elle était inachevée. C'est aussi le prolongement des Noces de Cana, qui se sont glissées dans la modification messianique apportée par le rabbi Jésus au message du Baptiste : le renversement messianique de la fin des temps qu'il annonçait n'était donc pas une catastrophe générale et cosmique mais la Noce du Christ. Désormais ce qui compte c'est la voix de l'époux, qui vient d'en haut ou du ciel et qu'il faut accueillir. C'est seulement celui qui refuse de croire et d'accueillir, qui continue à voir la « colère de Dieu demeurant sur lui », expression bien dans le ton du message du Baptiste, aux termes de ses tout derniers mots du verset 3,36.

Ici, dans ce second bloc sur le Baptiste, l'ami de l'époux, ravi de joie d'entendre l'époux parler à l'épouse, illumine la réponse à la question posée par le Baptiste dans les traditions synoptiques. Plus que le souvenir des prophéties d'Isaïe, cette joie permet de vivre positivement la décroissance du prophète. C'est sa réponse à cette question de concurrence de sa part. Mais le rabbi Jésus va faire disparaître au contraire cette concurrence par son départ.

Le Baptiste, de plus, voit une différence plus profonde encore, dépassant la question des baptêmes respectifs. Lui avait une parole « terrestre », alors que celui qu'il a désigné comme venant du ciel a un témoignage d'un autre niveau de certification. Il certifie que Dieu est « véridique ». Il ne donne pas l'Esprit avec mesure. On a « tout remis en sa main ». Celui qui a la foi en lui, a la vie éternelle. On est très loin du texte sur le Baptiste présenté par la Source et les synoptiques.

Autres éléments plus aboutis du discours, mêlés à des éléments premiers

Comment l'autre disciple qui témoigne qu'il a d'abord été un disciple du Baptiste peut-il en venir à mettre ces propos dans la bouche de son premier maître, sans confondre avec certaines des paroles perçues dans les discours de son second maître ? Si, pour donner quelques points d'historicité à cette mini-parabole de l'ami de l'époux, il faut supposer que les disciples qui sont restés près de lui, l'ont rapportée à leur ancien camarade transfuge, celui-ci désormais attaché au nouveau groupe de celui « qui vient d'en haut » et « qui ne parle pas de façon terrestre », risque fort de mélanger ses souvenirs. Ce discours, comme le précédent avec Nicodème, nous force à voir affleurer à côté de ces « éléments premiers » d'autres éléments de discours qu'il faudrait qualifier « d'aboutis ».

En effet, le disciple évangéliste écrit ces blocs rédactionnels quelques dix ou vingt ans après la tenue des discours premiers, en tout cas après l'achèvement du parcours et les événements de la troisième Pâque. Il ne peut s'empêcher de mêler les strates des discours qu'il aurait pu entendre et de faire quelques copiés-collés entre ses divers souvenirs.

Dès ces deux premiers blocs rédactionnels 5 et 6, à forte valeur thématique, on peut repérer au moins le couple de mots « vie éternelle » qui est un marqueur important du christianisme johannique puisqu'il va passer tel quel dans la conclusion du symbole des apôtres. Ce concept à forte dimension hellénistique est à peine présent dans l'Ancien testament (en 2 Maccabées et en Daniel), il affleure dans quelques textes de Paul ; il est assez bien représenté dans la première épitre de Jean. Il est à peine présent chez les synoptiques dans la question du scribe demandant ce qu'il faut faire pour l'avoir et dans celle des disciples demandant quelle récompense ils auront pour avoir tout quitté.

Mais c'est une thématique centrale du johannisme. Elle est grandement développée à l'occasion du discours suivant la distribution des pains. Elle rebondit ensuite à plusieurs reprises dans la controverse du berger, puis dans la manifestation devant les grecs, enfin dans la finale du grand discours en chambre haute après la Cène. Pour le moment il importe seulement de voir l'unité du travail du disciple qui ne peut s'empêcher de joindre ses souvenirs premiers aux développements à venir de la grande thématique qu'il a planifiée. On pourrait d'ailleurs, dès ces deux blocs rédactionnels de Nicodème et du second discours du Baptiste, trouver d'autres exemples de ces thématiques « abouties » du johannisme.

Dans cette seconde partie du témoignage, apparaissent une nouvelle fois, quelques propos « premiers » : « Celui qui vient d'en haut » ; « celui qui est de la terre est terrestre » ; il « parle de façon terrestre… » Dans ces éléments premiers, encore, « celui que Dieu a envoyé babille les mots », les « rémata » de Dieu. Ou encore ce curieux assemblage qui se clarifiera dans les blocs de discours du centre du quatrième évangile : « celui qui accueille le témoignage de celui qui vient du ciel » (on glisse de celui qui vient « d'en haut » à celui qui vient « du ciel ») certifie que Dieu est véridique ».

De ces propos prêtés au Baptiste, on retrouvera des propos très voisins dans la bouche du second Maître du disciple. Le quatrième évangéliste, le double disciple, entend résonner ses propres souvenirs, et ceux des contacts qu'il a peut-être encore, avec ses anciens camarades disciples du Baptiste. Mais de quel maître ces propos sont-ils ? Il ne sait plus trop.

Les Introductions et conclusions de ce Bloc 6

Du point de vue de l'historicité, ce bloc est surtout intéressant à cause de son introduction et de sa conclusion qui sont des commentaires « off » de l'évangéliste. En raison d'un épisode des voyages de Paul relatés dans les Actes 19,1-7, on sait, en effet, que de petits groupes de disciples du Baptiste ont continué à exister en Asie mineure, du temps des parcours missionnaires de Paul, longtemps après l'exécution du Baptiste et celle du rabbi Jésus, du moins quelques décennies après. La question de la concurrence des chrétiens et des johannistes, entendons ici les disciples du Baptiste, s'est donc poursuivie, après la mort de leurs initiateurs. Dans ce contexte, de nombreux exégètes pensent qu'une partie du quatrième évangile a été influencée, dans son contenu, par la nécessité de montrer la supériorité du rabbi Jésus et l'acceptation par le Baptiste de cette supériorité. Ce second bloc sur le Baptiste aurait eu ce but tardif.

Or, si on lit bien la conclusion de ce texte, c'est précisément l'inverse qui nous est présenté. L'événement historique présenté par ce bloc est un virage stratégique effectué par le Jésus de l'histoire. Ce virage est d'ailleurs curieusement présenté. Ce n'est plus le Baptiste qui est à l'origine d'une question à Jésus, mais un juif qui, de l'extérieur de ce dialogue « johannistes-chrétiens » soulève une question de concurrence, en partant d'un souci de purification. Du point de vue de l'historicité, on sait que de nombreux groupes juifs et en particulier les pharisiens, étaient attachés aux pratiques formelles de purification, et que, d'autre part, avait eu lieu au Jourdain et dans les sectes esséniennes des proclamations de conversion formalisées à travers des rites de purifications baptismales. Celle du Baptiste en était une, en quelque sorte.

Mais d'une part on vient de voir, avec le bloc concernant Nicodème, que Jésus n'était pas tellement intéressé par les questions cultuelles de purification baptismales, tout en n'ignorant pas leur contenu en termes de renaissance d'eau et surtout « d'esprit ». Ce qui compte pour lui, tel que nous le rapporte le disciple, c'est d'entrer dans un témoignage sur les questions « d'en haut », « du ciel », qui ne viennent que de la reconnaissance du Fils de l'homme.

Précisément le virage stratégique du rabbi Jésus, annoncé à l'occasion de ce bloc sur le Baptiste, le montre cessant de baptiser, en relation avec cette information sur la concurrence qu'on « l'accuse » de mener avec le Baptiste. Il veut se démarquer du prophétisme de ce dernier et le disciple ajoute un trait appuyé sur cette volonté par une remarque incidente. Il tente doublement de le dédouaner de cette « compromission » avec la pratique baptismale, en ce sens que « ce n'était pas Jésus lui-même qui baptisait mais ses disciples ». Cette notation est très embarrassante pour la théorie sacramentelle développée par le christianisme pendant des siècles. Le Jésus de l'histoire, non seulement n'était pas prêtre, mais il ne se souciait pas tant, non plus, d'une pratique cultuelle et spécialement de celle du baptême.

En outre pour bien distinguer les deux prophétismes, le quatrième évangéliste ajoute une sorte de répartition de territoire, séparant davantage encore ces deux prophétismes. À Jean, la Judée, à Jésus, la Galilée, sauf évidemment les descentes à Jérusalem pour les fêtes qui s'y déroulent. Par ailleurs, ils ne risquaient pas de se croiser ou de se concurrencer à Jérusalem, étant donné que le Baptiste n'est pas décrit, de son côté, comme participant à ces montées aux fêtes. Il restait dans son désert, éloigné de toute problématique de relation avec le Temple.

Au-delà de cette question de concurrence ayant existé, perduré ou cessé, les exégètes matérialistes sont friands de repérer les virages de la stratégie de Jésus. Ils en ont repéré un, le principal, au lendemain des discours sur la montagne ou dans la plaine, quand Jésus s'aperçoit qu'on veut le faire roi et qu'on le pousse vers un messianisme politique. Ils aimeraient lui en voir prendre un autre au moment où il constate l'échec de sa mission en Israël. Ici, le disciple nous offre un virage stratégique « primitif » dont on mesure mal les dimensions. En un sens, Jésus veut vraiment couper avec le Baptiste. Le disciple fait pressentir aussi la volonté du Maître de prendre ses distances avec un type de proclamation et de catéchèse liée au baptême. Désormais, son évangile n'est plus lié à un rite de purification ou de conversion, mais il va résider dans un lien à sa personne, au fait « de le suivre ».

Bloc 7, la Samaritaine

Premières remarques rédactionnelles

Avec ce bloc bien structuré et de grande dimension, on aborde, quoique de façon encore tâtonnante, le premier bloc à thème des « ego du Maître », c'est-à-dire ceux qui permettent de rapporter à sa personne de grands thèmes, ici l'eau et la soif. Il y en aura ainsi une série avec de nombreux thèmes, le pain et la nourriture, le berger… Par ailleurs c'est le premier bloc où est traité le thème révolutionnaire de ses relations avec les femmes, en rupture avec la grande réserve et l'immense silence des sociétés primitives, sur les relations profondes entre personnalités féminines et masculines. On aura ainsi cinq blocs traitant de ces relations féminines.

Enfin, certains exégètes avaient déduit de certains particularismes du quatrième évangile que, dans ses composantes premières, il aurait été un évangile produit par une communauté plus particulièrement implantée en Samarie, ou qu'il lui aurait été destiné. Ceci conduit à la question : à partir de quand cet évangile a-t-il commencé à être écrit ? Ou encore, y a-t-il eu de premiers éléments de composition, puis d'autres et plusieurs étapes de rédaction ?

Je serai plutôt porté à des considérations inverses à celles adoptées, du moins dans l'espace francophone, à la suite de l'œuvre magistrale de Marie Émile Boismard, dominicain de l'École de Jérusalem. En effet, dans le troisième tome de sa synopse des quatre évangiles, il pousse à l'extrême la décomposition/recomposition de cet évangile. Son idée de départ est que le premier élément écrit de cet évangile est un document C, supposant une origine ou une destination samaritaine. Ensuite un premier auteur, appelé Jean IIA aurait complété ce texte de divers éléments de récits et de discours sans en changer l'ordre. Puis un nouvel auteur, Jean IIB aurait bouleversé le texte, en déplaçant de nombreuses sections, en y faisant d'importants ajouts et en tentant de lui donner un plan de sa conception. Enfin un quatrième auteur, Jean III aurait tenté de terminer cet évangile, en rétablissant des éléments abandonnés des deux premiers auteurs, en ajoutant quelques logia empruntés aux synoptiques, à dessein de se rapprocher d'eux, et en reconstituant un énième plan.

En fait, l'hypothèse du document C ne repose que sur trois bouts de versets et le rapprochement de deux noms de lieux, soit à peu près rien. Boismard tente surtout de réitérer, à propos de cet évangile, les découvertes magistrales du docteur Jean Astruc, découvreur de la théorie documentaire du Pentateuque, au XVIIIe siècle. Mais il faut, ici, une énorme dose d'imagination et beaucoup de coups de ciseaux en tous sens, pour trouver des raisons aux multiples petites imperfections de la rédaction spontanée et morcelée de l'autre disciple. On les comprend mieux, au contraire, en pensant qu'il s'est mis à rédiger son témoignage avec une petite équipe de scribes s'essayant à écrire des textes de la dimension de 25 à 50 versets, au sein d'un projet global, alors que leur pratique de commerçants juifs ne les avait habitués qu'à rédiger de brefs contrats, tenant sur un morceau de papyrus.

Par la suite, une autre chose étonnante est qu'un exégète renommé, Xavier Léon Dufour, cherchant à construire sa grande somme de quatre volumes sur l'évangile de Jean ait repoussé tout le travail de Boismard, dans un coin de sa bibliothèque, d'un revers de la main, en se contentant de dire : « Je me limite à faire une étude synchronique de cet évangile. » Restait donc à trouver une autre méthode d'analyse. Il me semble que les équipes ayant travaillé depuis assez longtemps sur une vue historique reconstituant le processus de rédaction des synoptiques, à partir de la Source Q, nous ont préparé un meilleur terrain. Il vaut mieux éliminer cette hypothèse trop peu étayée d'un évangile des samaritains.

S'il est difficile de trouver des étapes pertinentes de réécritures successives du quatrième évangile, il est réaliste de repenser le calendrier général de rédaction de l'ensemble des évangiles. Matthieu, Luc et Jean ont commencé leur travail quand les communautés ont eu en main la Source Q et Marc. On s'est dit en plusieurs lieux : « Il manque ceci et cela. Il faut rédiger autre chose pour combler les lacunes. » Le premier appui à cette thèse est que, dans leur ensemble et dans leurs débuts, tous les évangiles suivent le même plan, un plan assez proche de la Source.

Vient ensuite la question de la chronologie des productions de Matthieu, Luc et Jean, éventuellement décalées dans le temps. On pense actuellement que pour dater la rédaction finale, plus les premières copies, il faut faire référence à la guerre juive, la chute de Jérusalem et la ruine du Temple, dans la mesure où ils semblent leur faire allusion, soit après 66-70. Pour l'évangile de Jean on a pensé longtemps qu'il avait demandé beaucoup plus de temps, et l'arrivée des années 100. Mais cette analyse par Blocs de rédaction va nous conduire à des surprises sur ce point.

Un premier élément de divergence consiste à s'opposer à l'idée de Boismard concernant trois couches successives de remodelages, et au moins quatre auteurs. Au contraire, dans ma compréhension de ce texte, le quatrième évangile témoigne d'une grande unité d'écriture et d'une sortie par blocs rédactionnels, immédiatement copiés et expédiés par blocs, ce qui aurait rendu impossible la dernière finition des sutures. Cette hypothèse avoue que cet évangile n'a jamais été achevé. Il faut remarquer que Boismard n'a pas expliqué ni comment ni pourquoi l'auteur Jean III a si mal fait son travail d'achèvement.

Quant à la date de sortie du dernier bloc, sans pouvoir parler d'un achèvement de l'évangile qui n'a jamais eu lieu, il serait possible aussi de ne pas la reporter très loin, dans la mesure où je m'efforce d'étayer deux hypothèses : d'une part le quatrième évangile est le reflet de l'une des deux composantes culturelles différentes qui ont pu coexister parmi les disciples, dès le départ, l'une étant porteuse d'une culture plus hellénisée. D'autre part, à partir de l'existence de ces deux aptitudes à entendre et comprendre le contenu du message oral, on ne voit pas comment sa dimension théologique ne pourrait pas avoir existé dès l'observation des événements, par les témoins. Enfin, comme on l'a vu lors de l'analyse du Bloc 4, il n'est pas nécessaire d'attendre la destruction de Jérusalem par Titus, pour rendre possible le dialogue présenté dans la scène des vendeurs chassés du Temple.

Plutôt que plusieurs rédactions du quatrième évangile, longuement étalées dans le temps, tous ces éléments permettent d'imaginer une composition continue, homogène et progressive, correspondant beaucoup mieux à l'état du texte que nous avons. « L'autre disciple » et son équipe de copistes se sont appris peu à peu à écrire, jusqu'à la rédaction de deux « finales », l'un des derniers ajouts étant venu assez vite derrière une première conclusion. Mais l'important est que la rédaction des blocs ait pu commencer dès les années 40 ou 50, comme pour les deux synoptiques dépendant de la Source et de Marc.

Originalité et historicité du Bloc 7

Ce bloc de la Samaritaine n'a pas de parallèle chez les synoptiques. Cela ne signifie pas forcément qu'il n'ait pas de valeur d'historicité. En matérialiste, j'ai tendance à penser, que ces grands thèmes identitaires, touchant la personne messianique et le contenu théologique qui leur correspond, ne sont pas sortis d'une pensée abstraite tardive. Il n'y a pas un inventaire des grands symbolismes, lumière, eau, nourriture, qui aurait été décliné théoriquement, sans début d'expression correspondant à un jaillissement empirique, puis une expression théologique qui aurait été construite longtemps après les événements, en collant, par-dessus quelques gestes ou événements mythiques, dans des discours et des épisodes fabriqués par le ou les rédacteurs. Ils n'ont pas été trouvés, imaginés ou inventés comme cela par hasard ou par une construction théorique volontariste. Ces grands thèmes ont eu besoin d'un point d'ancrage événementiel.

À l'inverse, il n'est pas impossible pour un matérialiste usant d'un prérequis agnostique ou incroyant, de douter, sans grave risque d'erreur, que le ou les événements d'origine n'aient pas eu tout le contenu que le disciple a voulu y mettre en le considèrant comme son souvenir et son témoignage. De ce point de vue, sont survenus, avec le temps, des sur-constructions successives, des habillages, des contractions et des fusions de gestes et de discours. S'il y a eu entre 700 et 900 discours en chambre haute, reformulant ces vastes symboliques, le résultat final s'éloigne nécessairement de la simplicité des événements originels.

La première partie du bloc de la Samaritaine

L'ensemble de ce bloc est un acte en plusieurs scènes. C'est aussi un spectacle ayant plusieurs sujets : il y a d'abord l'eau du puits et celle qui ne donne plus soif ; puis l'adoration en vérité et l'heure de la fin des temples ; vient ensuite la mission qui nourrit ; enfin le thème de la moisson précède l'épilogue sur les raisons de croire et la conversion nombreuse des gens de cette ville. Tout cela est déclenché par un événement qui va faire apparaître ces thèmes un à un.

Fait surprenant, le récit de la Samaritaine pourrait être fondé à nos yeux sur un non-événement. Quoi d'événementiel dans le fait qu'un homme fatigué, voyageur de passage, assis devant un puits, demande à boire un gobelet d'eau à une femme venue brièvement du bourg voisin, pour puiser son eau du jour ? L'épisode est suspendu à trois questions et trois réponses, dont aucune personne extérieure n'est témoin. Mais la suite du récit permet de supposer que, les deux jours suivants, la femme aura raconté tant de fois ce dialogue qu'il est évident que la rumeur en a fait connaître le contenu.

Dans la seconde scène, ce dialogue rebondit pour des raisons que les hommes et les femmes du XXIe siècle ont vite fait de marginaliser. Le phénomène de divination concernant le nombre précis des maris qu'eut la femme n'est pas l'essentiel. Il nous laisse dubitatifs. Chacun sait qu'une personne habituée à « dire la bonne aventure », c'est-à-dire à faire croire qu'elle devine l'avenir de ses clients, possède l'art de leur faire dire ou avouer ce qu'elle va ensuite présenter comme une prédiction intime. Mais la pointe du récit a une autre explication.

Si ce non-événement en devient un, c'est que, dans le contexte de séparation entre les sexes qui domine l'humanité depuis des millénaires et qui va s'amplifier et se rigidifier encore avec le christianisme, l'attitude du Maître, célibataire par mission, apparaît curieusement déliée des rigidités sociales des rapports hommes/femmes. Tout ce bloc rédactionnel repose sur cette rigidité sociétale millénaire. Il est, en effet, parvenu à un contact relationnel normal, pour une simple demande d'un peu d'eau à boire. Cette suspension momentanée des codes sociaux dominant va devenir un geste prophétique, révolutionnaire pour son temps.

Pour ce qui concerne les pratiques de séparation des sexes, rappelons la contribution du christianisme au machisme rigide. On sait, en effet, qu'à la différence de ce qui se passait dans les temples païens de Rome, c'est lui qui a imposé dans les églises, dès le IVe siècle, la séparation de la nef, avec un côté réservé aux hommes et un autre réservé aux femmes. Dans la Cité de Dieu, Saint Augustin en fait un argument de la supériorité du christianisme sur les religions païennes.

L'évangile du disciple nous introduit dans ce contexte où nationalisme, xénophobie, racisme et machisme sont totalement imbriqués. Mais il manifeste des distances. Même en ne leur portant atteinte que de façon très relative, ces relations du Maître avec les femmes sont scandaleuses pour les gens de son époque. Cinq textes témoignent de gestes prophétiques allant à l'encontre des pratiques admises : la samaritaine, la femme adultère, la résurrection de Lazare, l'onction de Béthanie et la rencontre avec Marie, dans le jardin de la résurrection. Au titre du critère de divergence avec les pratiques du temps et celles des siècles suivants dans la chrétienté traditionnelle, nous avons un exemple manifeste de critère d'historicité concernant Jésus et les femmes.

Dans ce Bloc 7, d'après les deux premières scènes du récit, le Maître parle seul à seul avec cette femme. À leur retour, ses disciples sont choqués de le trouver en pareille compagnie et même dans une telle disponibilité relationnelle. Notons, au passage, dans la tête du disciple lettré de Jérusalem, le parallèle avec le texte de référence du Pentateuque. Jacob est allé se chercher une femme au puits de Haram. En fait, il en est revenu avec deux. C'est lui qui a creusé ce puits où se déroule la scène. Mais le Maître n'est pas venu chercher de femme, ni en Samarie, ni en Israël.

Cette rencontre est en fait le premier épisode transformateur d'un discours « premier » en discours « abouti ». En étudiant le scénario de la première partie de ce bloc on verra apparaître sa thématique et en relever quelques signaux johanniques. Restons pour l'instant à la scénographie.

La samaritaine commence par ne poser que des questions simples relatives à la rupture des codes sociaux dominants, réalisée par ce voyageur, ou relatives à l'incongruité de la situation : « Comment, toi, un juif, tu me demandes à moi… ? Comment, toi, qui n'as pas de seau … peux-tu me donner à boire ? » Nicodème ne faisait pas mieux avec un langage socialement supérieur. La première scène s'achève sur la réponse de la femme demandant simplement à ne plus venir puiser d'eau, pour se simplifier la vie, si le Maître veut bien lui donner de la sienne.

Notons les traits qui ne font pas de difficultés, tout en divergeant d'avec le contexte millénaire s'étendant à peu près jusqu'à nous. Le contexte est sans surprise, quant au réalisme événementiel de la succession de la scénographie. Un voyageur qui est un maître s'arrête. Ses disciples le laissent momentanément se reposer pour aller à la besogne d'organisation. Une femme est interpellée pour apporter un geste d'hospitalité générale ordinaire. Mais ce geste est en lui-même choquant, nous ramenant à la divergence entre le récit et le contexte.

Seconde scène, un retour aux codes sociaux dominants

Le Maître continue à garder la main du dialogue. Pour remettre à leur place les relations entre lui et cette femme, l'évangéliste le fait changer de sujet. Mais notre culture du XXIe siècle ne nous permet plus de le percevoir.

Jusque-là, ce dialogue « tu – toi » entre un juif et une samaritaine était surréaliste. En laissant cette femme lui dire « toi, un juif, moi une samaritaine », le Maître manifestait un potentiel de libération prophétique eu égard au code moral juif. Il avait lui-même déclenché la rupture des codes, en osant faire une demande à une étrangère, comme le prophète Élie, demandant une cruche d'eau puis un pain, à la veuve de Sarepta.

La samaritaine était une effrontée de répondre « comment, toi, un juif… ? Tu ne te sers pas de nos gobelets. » Le prophète s'en sort en élevant et en inversant la question qu'il a lui-même posée. Le rebondissement pourrait paraître une provocation de sa part, histoire de lui faire avouer sa vie. Il n'en est rien. Après son geste prophétique consistant à demander à boire à une étrangère, il retourne à la norme sociale, au code des convenances morales et juridiques millénaires. En effet, parce que la samaritaine a demandé à boire de l'eau vive, ce qui est une demande à signification religieuse, le Maître donne l'ordre préalable nécessaire :

Tant qu'elle n'est pas mariée, une femme n'a pas d'identité, ni civile ni religieuse, sans la présence et l'autorité de son père. Une fois mariée, elle n'en a toujours pas, sans la présence et l'autorité du mari. Cette situation juridique millénaire n'est alors pas encore prête de disparaître. En France même, ce n'est qu'en 1938 que sont abolies l'incapacité juridique de la femme mariée et la puissance maritale, par de nouvelles règles du Code de la famille.

Dans la scène composée par le disciple, arrivés où nous en étions de la demande d'eau jaillissante en vie éternelle, il fallait que quelqu'un d'autre, le mari, fasse cette demande au nom de la femme. En dehors du mari, pas de conversion possible à la religion nouvellement proposée par un prophète de passage, étranger et juif en l'occurrence. Pas de religion en dehors du clan.

De là nait le second événement dans la manifestation messianique de la Samaritaine. Comme cela se devait, les gens de Samarie n'étant pas des gens fréquentables pour les juifs, cette femme ne l'était pas non plus, venant puiser seule au puits, symptôme supplémentaire, alors que les femmes prudentes s'efforçaient toujours de venir à plusieurs. C'était très certainement, une femme de mauvaise vie, circulant librement, à qui le Maître s'était adressé. La femme était la femme de tout le village ou presque. Elle n'avait plus de mari, en ayant eu beaucoup. Et l'homme avec laquelle elle vivait actuellement n'avait aucun droit pour l'autoriser à effectuer une demande religieuse en bonne et due forme, en parlant plus avant à un prophète étranger. Non seulement cette femme avait été mise en état de domesticité cinq fois ou plus, ce qui était le statut diurne normal des femmes légères, mais de plus, elle était passée la nuit de natte en natte.

En conséquence, à coup sûr, à ses yeux, celui qui aborde ainsi la question est un grand prophète et l'issue du dialogue va exiger finalement la conversion de toute la ville pour que tous les hommes, ayant eu des droits sur elle, puissent finalement l'autoriser à résoudre son problème religieux personnel.

Dans sa compréhension de telles choses, survient cependant un préalable, un lourd contentieux plus que centenaire, concernant le choix des temples et des montagnes où adorer et obtenir le pardon par des sacrifices. Nouvelle question de la femme, donc, encore une fois un peu effrontée : « Jérusalem ou cette montagne ? » La question provoque une réponse ayant de forts accents d'historicité thématique, puisque le Maître se déclare lui-même juif, dans une formule plurielle. Mais, interrompant brusquement cette seconde scène, la femme s'enfuit à la ville, laissant sa cruche et allant chercher son monde masculin.

Les avancées thématiques de la première partie du bloc rédactionnel de la Samaritaine

Encore davantage que dans le dialogue avec Nicodème, le style des dialogues johanniques est ici développé. Son but est d'introduire des paroles qui vont faire passer un certain nombre de « discours premiers » en « discours aboutis ». C'est un nouvel exemple permettant de sentir comment le disciple s'apprend à écrire au fil des rédactions de ses blocs et avance à pas comptés, d'étapes en étapes. Ici, ce bloc nous apprend d'abord que « l'heure » vient, « et c'est maintenant ». Premier thème central johannique reliant Cana, la Samaritaine, et la manifestation devant les grecs du Bloc 23. C'est l'heure où les vrais adorateurs adorent le Père en esprit et vérité. Plus de temple sur aucune montagne ! Le Maître fonde une religion sans temple et sans prêtres.

Second thème johannique, cette eau « vive » est celle qui ne donnera plus jamais soif, dans la logique d'une eau qui deviendra, en celui qui en aura bu, et pour lui, source d'eau jaillissante en vie éternelle. Ce thème est donc lié à celui de la vie éternelle, déjà entrevu avec Nicodème et avec le second bloc sur le Baptiste.

Cette eau vive était timidement entrevue par Isaïe 58,11 : « Yahvé te guidera constamment dans les déserts… Tu seras comme un jardin arrosé, comme une source d'eaux dont les eaux sont intarissables. » Mais le disciple lui-même ne prépare que par étapes la transformation qui va centrer sur le Maître cette source intarissable. Elle n'apparaîtra dans toute son ampleur, qu'au dernier jour de la fête du Bloc 18, dans cet autre moment d'égo de Jn 7,37, « crié » debout dans le Temple, sans lien avec un événement générateur ni avec celui qu'était cette rencontre prophétique avec la Samaritaine et sa ville toute retournée, à ses paroles : « Si quelqu'un a soif, qu'il vienne à moi et qu'il boive ! Celui qui croit en moi, comme le dit l'Écriture, 'de son sein couleront des fleuves d'eau vive'. »

On a là une attestation non seulement de l'unité d'écriture de l'évangile du disciple mais aussi de la progressivité de son écriture. C'est la logique du transfert de la thématique de cette eau vive sur la personne du Messie. Elle aura la dimension d'un « fleuve », étant aussi la reprise des torrents d'eau, sortant de toutes les portes du Temple, dans la vision d'Ézéchiel 47 « un fleuve aux eaux profondes, irriguant des rives où croîtront toutes sortes d'arbres, dont le feuillage ne flétrira pas, dont les fruits ne cesseront pas, produisant chaque jour des fruits nouveaux. »

Grâce à ces diverses harmoniques, ces thèmes marqueurs du christianisme johannique que sont la vie éternelle et l'eau qui étanche toute soif, sortent donc du non-événement du gobelet d'eau demandé par le Maître à la Samaritaine, devenu événement du fait de la violation des codes sociaux, puis du retour à leur respect et de cette proclamation messianique qui en découle.

Troisième thématique johannique structurante, l'abolition des temples et des sacrifices, corrélation et conséquence non exprimées mais qui en sont indissociables. C'est le cœur du message : la soif, l'eau sont les éléments les plus radicaux de l'attente de l'homme. Ils représentent la soif d'en haut, de Dieu. Si on les trouve désormais en la personne du Fils, si on peut connaître et « adorer » directement le Père, sans passer par aucune montagne, maintenant que l'heure est arrivée, le cœur du message dépasse les temples, les rites, les sacrifices : adorer le Père en esprit et vérité. Dieu est esprit. Il faut l'adorer en esprit et vérité.

Ces thèmes, le Père, l'esprit, le salut donné aux juifs ou venant d'eux, ont énormément de résonnances dans les synoptiques. Mais le disciple pousse leur développement d'une façon telle qu'ils deviennent plus personnels au « disciple lettré » : l'abolition du Temple, n'est pas une démolition historique mais comme une abolition de principe au sein du christianisme. Voilà ce que ne respecteront pas les générations ultérieures, ni l'Église constantinienne construite au IVe siècle. Les communautés chrétiennes primitives ne tarderont pas à abandonner les intérieurs des maisons des hommes pour re-sacraliser et re-sacerdotaliser l'Église. Enfin le thème de la vérité sera repris à son évangile, mais dans un sens quelque peu différent, ouvrant aussi la voie à la dogmatisation du message.

Enfin quatrième thème : à ces mots transformateurs se joint, mais sous une forme « première », le premier égo « du Maître » selon lequel il est le Messie qui doit venir, « C'est moi, celui qui te parle. » Ainsi sont conclues à la fois la première et la seconde partie de ce bloc. C'est donc le sens majeur du bloc dans son entier : comme premier égo identitaire de l'évangile du disciple, il est délicatement amené comme réponse à la phrase de la samaritaine qui semble fouiller dans ses souvenirs de catéchisme, ou de participation aux cultes de sa ville, n'osant pas poser vraiment la question concernant une réalité qui lui semble apparaître au terme de ce dialogue : « Celui à qui elle parle depuis ces longues minutes… ne serait-il pas… ? Non … ! Je sais que le Messie doit venir, … celui qu'on appelle Christ… Quand il viendra il nous dévoilera tout… C'est ce que moi… Samaritaine, libérée plus qu'il ne faudrait, je ressens présentement… »

La réponse du Maître est un ego « indirect ». Comme devant Pilate, devant qui il ne reprend pas le mot prononcé par son interlocuteur mais l'approuve. Ici il répond affirmativement : « C'est moi, celui qui te parle. » C'est la même typologie rédactionnelle, ou d'attitudes, que celle des miracles à demi-occultés des synoptiques.

Pourquoi le disciple reprend-il seul, cette scène de la Samaritaine et cet événement en soi très ordinaire, fondé sur le concept de la soif humaine atteignant le Maître dans un voyage ? C'est « l'autre regard », l'autre capacité d'écoute et d'observation de l'autre disciple qui peuvent seuls détecter dans le souvenir d'un épisode anodin, mais d'une problématique socialement révélatrice, ce niveau d'échange et les leçons thématiques qu'il est possible d'en tirer. C'est d'ailleurs un tissu de références bibliques prophétiques, les torrents d'eau vive sortant des portes du temple, la source jaillie du bâton de Moïse, etc., sur lesquels le jeune lettré de Jérusalem a travaillé, comme peut-être le galiléen rural autodidacte de Nazareth. Ces références communes pouvaient occuper certaines conversations durant les soirées en chambre haute.

Seconde partie de la samaritaine

Un bref discours prononcé en plein air, à l'intention des disciples, mais qui pourrait s'apparenter aux discours en chambre haute est placé en sandwich entre deux importantes séquences narratives entrelacées de paroles prononcées par les interlocuteurs internes et externes. Nous sommes au meilleur niveau des techniques rédactionnelles du disciple.

Le sujet change : du thème de la boisson, on passe à celui de la nourriture mais en passant par le non-dit des grains de blé et du pain. On glisse vers le thème de la moisson. La transition est apportée par les disciples allés chercher du pain à la ville. Bien qu'étonnés de voir leur maître parler à une femme étrangère, ils n'osent cependant pas parler d'une chose si délicate et on essaye de passer à table. Voilà, en tout cas, une moisson de choses des plus vraisemblables, en termes d'historicité, sous la plume du disciple, témoin de l'événement. Pour éviter le sujet, ils l'invitent à se mettre à table. Le maître refuse, introduisant le sujet de la vraie nourriture et de la vraie moisson.

L'évangile du disciple reprend la micro-parabole de la Source Q 10,2. Elle ne tenait qu'en trois mots : la moisson et les ouvriers peu nombreux. Sur cette image, la Source concluait par une prière d'envoyer des ouvriers plus nombreux, prière de circonstance, lors des cérémonies d'envoi des prophètes itinérants. Mais dans la Source Q, cette parole isolée du Maître, placée hors contexte introductif, nous privait d'une situation historique permettant de comprendre pourquoi et comment elle avait été prononcée. Le travail du disciple donne un contexte et donc une relative historicité à cette parole.

En disciple lettré, il va aussi retravailler cette micro-parabole, la sortant de son cadre rural brut. Tout en restant très proche d'une intelligence rurale de la scène qui pouvait être celle du Maître, le disciple rajoute son regard de fils de grande famille terrienne, avec la vue d'ensemble que pouvait avoir un maître d'exploitation : « élevant les yeux et invitant ses visiteurs » à en faire autant. Il a devant lui un vaste paysage de champs. Il est déjà en train de donner la paye d'un soir de moisson. En grand propriétaire, il représente « naturellement » Dieu, le maître du monde « rassemblant sa récolte, sa campagne de moisson toute entière, pour « la vie éternelle ».

Ce n'est plus le terme indifférencié d'ouvrier qui est utilisé mais des termes différenciés, tant ce maître sait qu'il faut d'abord embaucher des semeurs, puis plus tard des moissonneurs et que, la main-d'œuvre étant particulièrement volatile dans ce monde primitif très précaire, ce ne sont jamais les mêmes hommes qu'on trouve pour les semailles et les moissons. D'où cet admirable enchaînement final soulignant que le moissonneur que l'on peut avoir la chance d'être, doit faire son travail avec beaucoup de modestie et d'humilité, puisqu'il « survient » dans le travail de tant d'autres ouvriers qu'il ne connaît pas, mais qui sont tout autant les ouvriers du maître. Grand est l'art de cet autre disciple, autant qu'étaient grands les champs domaniaux de ce Dieu, dont il faut « porter l'œuvre à son achèvement » !

Cette façon de présenter une moisson pouvait aussi correspondre avec celle du rabbi Jésus. Il avait une double vision de son monde rural d'origine. Il le connaissait par la vie agricole des petits lopins de terre de son clan paternel, mais aussi du haut de ses charpentes, en particulier dans les bâtiments d'exploitation des grands domaines qui étaient le plus gros de sa clientèle. C'est de là qu'il avait observé à loisir les querelles entre fils de famille (le fils prodigue), les discutions entre ouvriers sur la paye (les ouvriers de la dernière heure), l'envoi des bergers à la recherche de troupeaux perdus dans la montagne (la brebis perdue).

Résumé en termes d'historicité pour ce bloc rédactionnel n° 7

Au terme de cet épisode missionnaire imprévu, on peut regrouper les éléments d'historicité concrète, rejaillissant dans les souvenirs de l'autre disciple. À la source de sa propre foi, une femme réexplique mille et une fois comment tout cela s'était enchaîné après que le Maître lui ai dit « tout ce qu'elle avait fait ». C'est en fait le messie qui est découvert par un village de Samarie, le priant de rester deux jours avec sa troupe itinérante. « Ce n'est plus à cause de ce que la femme nous a dit que nous croyons, mais à cause de ce que nous avons-nous-mêmes entendu ». Ce prophète, de passage chez nous, est vraiment le sauveur du monde.

Il y avait de quoi donner une base à cette hypothèse d'un évangile des samaritains. Mais cette hypothèse ne semble pas très sérieuse, tant ce peuple est visible en de nombreux chapitres des quatre évangiles. Installés entre deux morceaux de terres juives, ces cousins, ou ces demi-frères hérétiques méprisés, sont cependant prompts à accueillir le message en de nombreuses occasions. C'est aussi vers eux que l'on a dû se tourner pour découvrir les versions historiques anciennes de la religion des juifs, le Pentateuque des Samaritains, première version connue du Pentateuque, les autres exemplaires ayant disparu à la suite de la réforme d'Esdras.

Le disciple aurait vraiment été très fort d'inventer tout ce bloc, en cherchant à nous faire croire, dans une formidable imposture, à nous hommes critiques des XIXe, XXe et XXIe siècles, que le Maître avait vraiment découvert ses choix et ses stratégies de trajectoires messianiques, en partant d'occasions qu'il aurait lui-même, le disciple, tardivement fabriquées dans son imagination. On peut réduire au contraire l'événement ainsi : le Jésus de l'histoire accomplit un virage stratégique suite à sa décision de quitter la Judée et d'interrompre une première phase baptismale de son parcours. Après s'être plus ou moins coulé dans les pratiques du Baptiste, il prend nettement ses distances thématiques.

Lui, un célibataire par décision personnelle, ayant des attitudes très libres à l'égard des interlocuteurs de l'autre sexe, il s'est un jour autorisé, après un long chemin, peu avant la saison des moissons, à demander un peu d'eau à une femme de Sychar. Même si cette traversée d'un village samaritain a pu survenir un peu plus tard à l'occasion de ses retours de Jérusalem, les possibilités de cet événement ne sont pas différentes. Ce récit est dans la logique. Cette demande à boire est dans la lignée des demandes d'autres prophètes, autorisés en terre étrangère à recevoir une hospitalité d'une veuve ou d'une femme du pays, entraînant des gestes et des relations de réciprocité.

Les disciples ont développé leurs réactions de surprise. La femme et la communauté des habitants du village ont enchaîné des dialogues dont il est inutile de chercher le mot à mot. Ces dialogues ont permis que jaillisse un premier égo identitaire du Maître sur le thème « C'est moi le Messie », ouvrant plusieurs thèmes fondamentaux répertoriés par l'autre disciple, plus lettré, plus hellénisé, traduisant mieux les événements en concepts généraux, l'eau vive, la vraie nourriture, la moisson. Toutefois, ce disciple ne fait que développer ici des thèmes inclus déjà dans la Source et dans les trois synoptiques.

Bloc 8, La guérison du fils du fonctionnaire royal

De nouveaux enseignements sur le processus rédactionnel issu de la Source Q

Le contenu de ce bloc, présent dans la Source Q et en Matthieu et Luc, comme dans l'évangile du disciple, mais absent en Marc, est une chance extraordinaire de comprendre le processus général de production des quatre évangiles. En effet, il prouve que c'est la Source qui a provoqué la mise en rédaction des trois évangiles qui reprennent ce passage. Dans la Source c'est l'un des deux seuls miracles relatés, l'autre étant l'exorcisme d'un homme muet. Dans l'évangile du disciple, il n'y a que trois signes galiléens et celui-ci est la seule guérison galiléenne conservée, ce qui appuie l'idée d'une filiation directe et rapide entre la Source et lui, première leçon. La seconde leçon est claire : l'insatisfaction provoquée par la Source a lancé la rédaction de ces trois évangiles, probablement dans un temps rapproché et dans un temps commun.

Pour l'évangile du disciple, on peut tirer une troisième leçon, la Source ayant été manifestement composée par blocs regroupant un certain nombre de paroles, sur un type de sujets ou de messages prophétiques, et cet évangile étant, lui aussi, manifestement composé par blocs rédactionnels, mais avec un plan général suivant la Source, au moins dans ses débuts, le disciple a emprunté la technique des blocs rédactionnels à la Source, sans trop se soucier, comme on le constate aussi dans la Source, de l'imperfection des sutures. On peut donc déduire que le disciple, ayant une ambition beaucoup plus vaste que les auteurs de la Source et que les deux synoptiques qui s'en sont inspirés, a commencé assez tôt à composer son évangile par bloc et qu'il a laissé partir ses blocs rédactionnels dans les communautés, ceux-ci étant déjà assez savamment composés, chacun par rapport à lui-même, se contentant au terme du processus de les rassembler, à peu près tels qu'il les avait lancés.

Comme toutes ces hypothèses reposent sur une comparaison, ligne à ligne des versions du même miracle, dans ses quatre versions de la

Source, du disciple, de Matthieu et de Luc, on a intérêt à jeter un coup d'œil sur le tableau de ces versions, joint page suivante. Rappelons que l'hypothèse concurrente, celle de Boismard, consiste à dire qu'un troisième auteur, Jean IIB, a cherché à retoucher l'existant d'un document C, dit samaritain, déjà modifié par l'auteur Jean IIA. Cet auteur Jean IIB aurait voulu rapprocher cet ensemble johannique des synoptiques et les faire concorder, en introduisant des éléments des synoptiques. C'est une construction tout à fait prétorienne. Au contraire, on voit dans ce tableau, comment il fut naturel pour Weiss et Von Harnack dans les années 1830 puis 1900 de découvrir des passages identiques ou quasi identiques en Matthieu et Luc et d'en déduire que 285 versets si proches devaient être attribués à un texte originel perdu, ayant servi de source.

En second lieu, on voit bien comment, Matthieu se contente ici de reprendre la Source, n'ayant pas de tradition propre à insérer, et de donner une fin à ce petit récit qui n'était, avant lui, qu'une pièce dans une collection de paroles, cette conclusion étant comme pour tous les récits de miracle, une parole thaumaturgique et le constat de son effet.

Luc, au contraire, a une tradition propre à insérer, à savoir que le centurion osait si peu s'adresser lui-même à Jésus, qu'il fait passer la demande par des anciens des juifs, puis sa seconde expression de modestie par ses serviteurs. Son récit en devient assez compliqué, tout en fusionnant au mieux cette tradition lucanienne avec les mots de la Source. Ce faisant, il paraît la version la plus tardive.

Enfin, le disciple manifeste son originalité en intégrant dans son propre plan thématique, cette reprise du plan de la Source et de l'un de ses petits récits si rares. Il commence d'abord, par une élimination surprenante : il passe sous silence les paroles si remarquables du fonctionnaire/centurion relatives à sa vision de sa propre autorité et de l'autorité nécessaire au miracle. C'était la pointe du récit de la Source. Mais d'une part, dans sa culture de grande famille mi-sacerdotale, mi-commerçante, il n'a que faire de ce système hyper-hiérarchique et militaire. Il était susceptible de plaire à une version populaire de la thaumaturgie mais ne correspondait pas à sa sensibilité. D'autre part, il veut intégrer la seule idée thématique qui va concorder à son plan, l'idée de la vie, en attribuant au Maître la phrase de guérison : « Va ! Ton fils vit. » En effet la seule chose qui l'intéresse c'est d'introduire le Bloc 9 suivant, de l'homme rendu vivant tout entier, lequel va servir d'ouverture à une suite de discours sur les liens du Père et du Fils qui font passer de la mort à la vie. Ce contenu thématique va être analysé plus en détail dans le paragraphe suivant.

Tableau VI - Les quatre versions du fonctionnaire royal ou centurion dont le fils était malade

selon le disciple	selon la Source	selon Luc	selon Matthieu
après ces deux jours en Samarie, il partit pour la Galilée.il alla donc de nouveau à Cana en Galilée	et il arriva que lorsqu'il eut achevé ces paroles, il entra dans Capharnaüm	lorsqu'il eut achevé de faire entendre au peuple toutes ces paroles, il entra à Caprhanaüm	et il advint lorsque Jésus eut achevé ce discours que, étant entré à Capharnaüm
il y avait là un fonctionnaire royal dont le fils était malade, à Capharnaüm. Apprenant que Jésus était arrivé là de Judée en Galilée, il s'en alla vers lui et le priait de descendre et de guérir son fils	un centurion vint à lui le suppliant et disant	or un centurion avait un serviteur malade, sur le point de mourir, qui lui était cher. Ayant entendu parler de Jésus, il envoya auprès de lui quelques-uns des anciens des juifs, pour le prier de venir sauver son serviteur. Arrivés près de Jésus, ils le suppliaient instamment: «Il mérite, dirent-ils, que tu lui accordes cela ; il aime en effet notre nation, et c'est lui qui nous a bâti la synagogue.» Jésus faisait route avec eux, et déjà il n'était plus loin de la maison, quand le centurion lui envoya dire par des amis :	un centurion s'approcha du lui, l'implorant et disant :
car il était sur le point de mourir	mon garçon est au plus mal		Seigneur, mon serviteur est couché à la maison, paralysé, souffrant terriblement

selon le disciple	selon la Source	selon Luc	selon Matthieu
Jésus dit alors : «si vous ne voyez signes et prodiges, vous ne croirez sûrement pas»	et il lui dit : est-ce à moi de venir le guérir ?		et il lui dit : je vais aller le guérir
le fonctionnaire royal lui dit : Seigneur descends avant que ne meure mon petit enfant !	le centurion lui répondit : Seigneur je ne suis pas digne que tu entres sous mon toit,	Seigneur ne te dérange pas davantage, car je ne mérite pas que tu entres sous mon toit - aussi bien ne me suis-je pas jugé digne de venir te trouver,	et le centurion répondant dit : Seigneur, je ne suis pas digne que tu entres sous mon toit
	mais ne dit qu'une parole et fais que mon garçon soit guéri ; car je suis une personne soumise à une autorité, avec des soldats sous mes ordres, et je dis à l'un : Va et il va; et à un autre : Viens et il vient; et à mon esclave : Fais ceci et il le fait.	mais dis un seul mot et que mon serviteur soit guéri. Car moi qui n'ai rang que de subalterne, j'ai sous moi des soldats, et je dis à l'un : Va! Et il va, et à un autre : Viens! Et il vient, et à mon serviteur : Fais ceci! Et il le fait	mais dis seulement un mot et mon serviteur sera guéri. Car je suis moi-même sous une autorité, ayant sous moi des soldats. Je dis à celui-ci : Va! Et il va; et à un autre «Viens!» Et il vient. Et à mon serviteur «Fais cela». Et il le fait.
	en entendant cela, Jésus s'étonna et dit à ceux qui l'accompagnaient : je vous le dis, même en Israël, je n'ai pas trouvé pareille confiance	en entendant ces paroles, Jésus l'admira et, se retournant, il dit à la foule qui le suivait : je vous le dis, même en Israël, je n'ai point trouvé pareille foi.	or Jésus ayant entendu, fut dans l'admiration et dit à ceux qui le suivaient : en vérité, je vous le dis : je n'ai trouvé autant de foi chez personne en Israël !
Jésus lui dit : «Va. Ton fils vit» L'homme fit confiance à la parole que Jésus avait dite et il se mit en route.			et Jésus dit au centurion : « va qu'il te soit fait selon que tu as cru ».

selon le disciple	selon la Source	selon Luc	selon Matthieu
Déjà il descendait, quand ses serviteurs venant à sa rencontre, lui dirent que son enfant vivait. Il s'informa auprès d'eux de l'heure à laquelle il s'était trouvé mieux. Ils lui dirent : «c'est hier, à la septième heure, que la fièvre l'a quitté.» Le père reconnu donc que c'était à cette heure-là que Jésus lui avait dit : «Ton fils vit.» et il crut, lui et sa maison toute entière		Et, de retour à la maison, les envoyés trouvèrent le serviteur en parfaite santé	et le serviteur fut guéri à cette heure-là

Par ailleurs, une analyse approfondie de cette reprise par le disciple d'une parole de miracle de la Source, telle que nous sommes en train de la réaliser, démontre une construction évolutive au fur et à mesure que l'on avance d'un bloc à l'autre et dans l'ensemble de l'évangile. Dans les grandes lignes de son plan, le disciple s'efforce de suivre le plan de la Source, en même temps, qu'il suit également son propre plan thématique. Ce bloc de la guérison du fils du fonctionnaire royal, repris à la Source, se trouve donc intercalé entre ses propres blocs thématiques, ici, la Samaritaine et la guérison à Jérusalem de l'homme rendu vivant tout entier.

Ce nouvel épisode appelle aussi quelques remarques supplémentaires en termes de comparaison du travail du disciple par rapport aux autres évangiles. D'abord remarquons que, tout en suivant, le plan général de la Source et des autres évangiles, il le suit avec une grande liberté et va prendre une liberté encore plus grande, à partir de cet épisode inscrit en tête du Bloc 3 de la Source et situé désormais au Bloc 8 de son évangile. Ce « signe » présenté comme le second opéré par le Maître en Galilée « quand il y vint », ne sera suivi, en Galilée, que par le signe des Pains partagés à une grande multitude (Bloc 11) et celui très peu développé de la Nuit sur le Lac (Bloc 12). Tout le reste de son évangile se passe à Jérusalem. Disons aussi qu'à partir de ce second signe de Galilée, le travail thématique du disciple va réaliser une « envolée » complète.

Mis à part les deux brefs récits de la Distribution des pains et de la Nuit sur le lac, dont les descriptions semblent tout à fait latérales, pour ce qui concerne les faits, mais tout à fait centrales en matière d'introductions thématiques, on ne retrouvera plus de parallèle factuel entre le récit du disciple et les récits synoptiques, jusqu'au récit du dernier repas et l'entrée dans le récit de la passion, pour lesquels les parallélismes reprendront une partie de leurs droits.

Nouvelle série de réflexions sur l'auteur du quatrième évangile

Ceci conduit encore à une autre série de réflexions générales sur le processus de rédaction de l'évangile du disciple. Le fait qu'il suive les plans généraux des autres évangiles, mais en y instillant un très fort degré d'autonomie et de sélection, indique qu'il est animé d'une très forte et très consciente volonté rédactionnelle. Ce constat constitue une réfutation des hypothèses selon lesquelles le quatrième évangile serait le produit aléatoire des rédactions de plusieurs rédacteurs et de plusieurs époques successives de travail. Il semble aussi que cela exclue qu'il dépende des ajouts composites et hasardeux d'une communauté spécifique, que l'on pourrait appeler johannique, vraiment définissable comme telle.

L'autre disciple, qu'il faut probablement appeler Jean, ce nom si courant à l'époque, l'autre Jean par rapport à l'apôtre fils de Zébédée, s'est lancé dans un long travail de rédaction soit en partie seul, soit en partie avec des disciples au second degré, de plus jeunes scribes chrétiens qu'il s'est associé. Ces efforts de rédaction ont induit un mûrissement de ce qu'il voulait dire en complément de la Source. Comme on le verra avec l'étude des Blocs 30 et 32, ses caractéristiques propres étaient d'appartenir à l'aristocratie de Jérusalem, d'avoir lui-même, ainsi probablement que ses propres disciples, un niveau de culture générale et biblique supérieure aux communautés dans leur ensemble et aux autres évangélistes. De plus, issu de milieu aristocratique et de la classe sociale des propriétaires de domaines, il avait les moyens de s'acheter un exemplaire copié de la Source, mais aussi peut-être de Marc et peut-être, pour les deux autres traditions synoptiques, des morceaux de rédactions qui en circulaient. Rappelons que le coût très élevé des productions littéraires copiées, faisait qu'elles n'étaient accessibles qu'à des familles fortunées ou à des communautés rassemblant leurs moyens.

Le travail de cet « autre disciple » appelé Jean a-t-il pris plus de temps que celui de Luc et de Matthieu, comme la tradition, issue d'Eusèbe de Césarée, puis la critique exégétique le pensent respectivement depuis 1700 ans et 200 ans ? Il est difficile de le savoir. Les seuls repères sont des allusions possibles à la guerre juive de 66 et à la démolition du Temple de 70. Mais on a vu, dans l'analyse du Bloc 4, qu'il est peu probable que l'évocation de la destruction du Temple par le Maître et la réaction vive des autorités qu'elle a entraînée, soit à mettre en rapport avec celle de 70. Les juifs de l'époque avaient comme référence permanente celle de Nabuchodonosor en 586 av. JC. Et non celle qui n'avait pas encore eu lieu. Pour les allusions des trois synoptiques à une destruction du Temple, allusions beaucoup plus précises et nombreuses, un inventaire complet serait à faire, en revenant d'abord aux références vétéro-testamentaires, avant d'imposer des a priori relatifs à la destruction de Titus en 70.

Une autre question est de savoir comment Jean, l'autre disciple, a été personnellement impacté par la catastrophe de la guerre juive. Dans leurs propriétés, les aristocraties ont été les plus touchées, l'envahisseur ayant probablement mis de nouveaux occupants sur leurs terres. Mais comme ces familles étaient plus facilement liées à la diaspora et aux commerces régionaux, elles avaient probablement mis des moyens à l'abri, à l'extérieur de la Judée, ou avaient tenté de prendre les devants d'événements qui devenaient prévisibles dans les années antérieures. Dans toutes les époques, les familles fortunées ont su faire ce qu'il fallait pour ne pas trop souffrir des événements les plus graves, en tout cas souffrir moins que les familles populaires.

Quelles étaient les activités commerciales de ces familles et en particulier de celle de Jean, l'autre disciple ? Commercialisaient-elles les rouleaux de papyrus vierges, ou des papyrus copiés de textes bibliques, vendus aux synagogues en construction, ou simplement des denrées alimentaires ou tout autre produit ? Une fois expulsées de Jérusalem et de leurs domaines de Judée, elles ont dû savoir se rétablir en Asie Mineure, en Égypte ou ailleurs, d'où les traditions d'un quatrième évangile écrit à proximité d'Éphèse. Quoiqu'il en soit de cette retraite d'écrivain, nous n'avons peut-être pas beaucoup de soucis à nous faire pour l'hébergement, l'hospitalité et le reclassement qu'a dû chercher l'autre disciple en Asie. Le disciple Jean en exil reste « l'autre disciple », « celui que Jésus aimait » et garde ses moyens d'écrire, ses contextes culturels et ses thèmes de méditation.

Le contenu de ce bloc

En termes d'historicité, le disciple reprend la Source, mais il le fait comme une source indépendante en raison de l'autonomie très grande de ses ajouts, de ses éliminations et de son travail littéraire. Sa logique n'est pas celle de Luc et de Matthieu, dont les auteurs font souvent du copié-collé quand ils reprennent la Source. Même lorsqu'il en reprend le texte ou le contenu, le disciple, au contraire, revendique son statut de témoin direct et originel. Il se veut seconde source autonome et l'on va voir, dans ce Bloc 8, s'il apporte du nouveau ou si, même en n'apportant rien de nouveau, il vient conforter l'historicité des autres rédacteurs d'évangiles.

Dans l'introduction géo-historique, le disciple intègre d'abord, en raccourci, un ensemble de données que nous retrouvons dans les synoptiques : l'épisode à Nazareth, évoqué uniquement par sa leçon : un prophète n'est pas honoré dans sa patrie, puis un résumé du bon accueil des Galiléens avec une explication différente de celle des synoptiques : les galiléens se rappellent non les miracles faits chez eux, mais ceux de Jérusalem. Enfin il fait le lien avec le signe de Cana, lors des noces. Ces éléments sont des points positifs d'historicité, tant comme attestation multiple pour les épisodes synoptiques que pour la construction johannique dans son ensemble.

De même, la première réplique du Maître au fonctionnaire est une réminiscence de réactions des juifs observées ailleurs. Ils demandent des signes. C'est une transposition d'une réticence du Maître qui, dans la Source, répond par une question dubitative. Mais cette modification du disciple, ne correspond pas du tout au présent contexte : le fonctionnaire royal ne vient pas demander un signe pour croire, mais vient demander une guérison parce qu'il a au moins un espoir que celle-ci soit dans les possibilités du Maître. De plus, dans le texte d'origine de la Source, ce dernier s'étonne de sa confiance qui est telle qu'il n'en a pas trouvé de semblable en Israël. Le disciple s'intègre donc volontairement, mais avec un décalage culturel dans le contexte général des traditions populaires des quatre évangiles

Ensuite curieusement, cette reprise de la Source par lui est d'une sobriété extrême. On dirait presque, pour une fois, qu'il n'a rien à rajouter à la version de la Source. Il retranche même, comme on l'a vu, la pointe du récit de la Source, à savoir la version hyper-hiérarchique que le fonctionnaire a de son pouvoir sur ceux qu'il a sous son autorité et qu'il transpose sur le pouvoir thaumaturgique qu'il prête aù Maître sur la maladie. Le disciple n'en tire rien pour son projet thématique, donc il élimine.

En terme d'historicité, il est difficile évidemment d'imposer au lecteur, ayant un prérequis d'agnosticisme ou d'incroyance, d'admettre le fait miraculeux, à distance, lié à une parole donnant l'ordre d'une guérison concernant une tierce personne. Les interlocuteurs ont voulu percevoir ce dialogue et les événements qui lui étaient liés comme tels. Le croyant en reste à une perception d'historicité subjective plus qu'objective.

Après ce que je viens de dire, je relève seulement que l'événement perçu comme tel par les interlocuteurs, semble attesté par deux sources, l'évangile du disciple et la Source Q et je relève chez le disciple trois points de différenciation par rapport à la Source : la localisation du dialogue à Cana, distinct de celui de la guérison à Capharnaüm, peut comporter un point de vraisemblance dans le cadre du plan du quatrième évangile situant cet épisode sur un voyage entre Jérusalem et la Galilée. Cana est en effet sur le chemin de Capharnaüm, à quelques 40 km, en venant de Jérusalem. Mais, en éliminant Cana et sa symbolique chère au disciple, l'épisode peut tout aussi bien se placer dans la dernière longueur du voyage à l'entrée de Capharnaüm. Le centre de gravité du Maître, prophète itinérant en Galilée, était, de façon quasi-permanente, Capharnaüm. Mais, compte tenu de la situation d'urgence résultant de la maladie, il était logique que le fameux fonctionnaire royal soit venu sur le chemin de son arrivée, quitte à parcourir 40 km.

Second point, le terme de fonctionnaire royal paraît-il meilleur que le terme de centurion, donc celui de chef militaire d'une centurie romaine ? Le terme retenu par le disciple lettré, appartenant à l'aristocratie des milieux asmonéens, correspond probablement à une relation plus fine du souvenir originel dans cette principauté d'Hérode Antipas qu'était la Galilée. « Basilicos » désigne le personnel attaché au service du roi. À cette époque où la fonction publique civile n'existait pas, ce personnel attaché au service d'un roi était évidemment militaire. Toutes les fonctions étaient soit affermées à des particuliers comme la perception des taxes, soit tenues par des soldats. Ce fonctionnaire royal était bien l'équivalent d'un centurion, comme ont pu le croire des observateurs moins informés de ces nuances politico-administratives. Cependant il n'était pas un soldat romain mais un soldat du roi asmonéen, le terme de fonctionnaire royal est donc plus exact historiquement. C'est un point d'historicité en faveur de l'évangile du disciple.

Reste le point essentiel de différence entre nos quatre textes. Le Maître prononce dans l'évangile du disciple « la parole de vie » qui a un fort aspect de discours premier : « Va ! Ton fils vit », alors que la Source et Luc ne relatent pas la parole de vie et ne font qu'indirectement allusion à la conclusion positive du miracle. Seul Mattieu « bricole » une réponse au centurion qui est comme un ordre indirect de guérison : « Va ! Qu'il te soit fait selon ce que tu as cru » ; « et le serviteur fut guéri à cette heure-là ». Soit une partie du texte de la Source a été perdue, soit le texte de la Source n'avait pas rédigé cette parole. Ceci explique la prudence de Luc et Matthieu se débrouillant pour conclure leur péricope. Pour le disciple, que cette parole corresponde à un souvenir ou pas, la formule « Ton fils vit » à l'avantage de mener directement à sa thématique de « la vie » qu'il va développer encore davantage par la suite, ce bloc servant d'entrée à toute une séquence sur la vie qui ira en particulier jusqu'au discours sur le Pain de vie. Il y a donc un lien très fort entre cette reprise de la Source et la construction générale du disciple. Celui-ci n'est pas un auteur qui improvise à partir de rien et sans projet, même s'il progresse à la fois dans sa capacité d'écriture et dans sa thématique.

Le commentaire de conclusion du Bloc, qualifiant cet événement de second signe, lors de ce transfert stratégique fait par le Maître, en passant de Judée en Galilée, est tout à fait original par rapport au schéma que les lecteurs des synoptiques peuvent conserver de leurs lectures, et en particulier si l'on suit Marc. Chez lui, les « signes » galiléens abondent, pour employer un terme johannique, sans que l'on ait repéré une phase judéenne de la trajectoire prophétique. Et de plus, le lecteur de l'évangile du disciple va rester sur sa faim. Dans l'essentiel de son récit, le disciple va éliminer tous les signes galiléens sauf deux. Il nous remmène aussitôt à Jérusalem.

IIIe partie,

Les gestes et les discours du blasphème

Bloc 9, La guérison de l'homme handicapé de la piscine

Un bloc introduisant la fissure en train de se créer, entre judaïsme et christianisme

Pour résumer la comparaison entre les synoptiques et l'évangile du disciple, les récits de la passion attestent que le Maître est exécuté par suite d'une condamnation pour blasphème, mais les synoptiques peinent à nous expliquer en quoi ce blasphème s'est exprimé tout au long de sa trajectoire prophétique. Le disciple, au contraire, installe au cœur de son texte la démonstration du blasphème. La version synoptique de la condamnation apparaît à première vue comme la recherche d'un faux témoignage qu'il est difficile de trouver pour les accusateurs. Le disciple témoigne au contraire qu'il y a eu vraiment proclamation et manifestation répétée du contenu du blasphème, face aux instances juives.

Cela ressort clairement du commentaire de conclusion de ce Bloc 9, à la fin du premier quart de cet évangile : « À cause de cela les juifs n'en cherchait alors que davantage à le tuer, parce que non seulement il déliait le sabbat, mais encore il appelait Dieu son propre Père, se faisant lui-même l'égal de Dieu. » À partir du récit de ce nouveau signe, de nombreux commentaires ou conclusions d'autres blocs vont dans le même sens.

En cela le disciple est témoin d'une historicité beaucoup plus fondamentale. Bien que la définition de cette problématique va se chercher durant plusieurs siècles et ne sera claire qu'avec les grands conciles christologiques, il est déjà conscient que son Maître apporte, dans le monothéisme absolu du judaïsme, une source de révolution conduisant à un monothéisme complexe, à un monothéisme dialectique. Il n'y a monothéisme que parce que le Maître et le Père ne font qu'un. Mais les expressions se répètent, tout au long de cette seconde partie que je délimite du Bloc 9 au Bloc 23, expressions selon lesquelles le Maître glisse au niveau de son Père. Cela transparaît non seulement dans les accusations de ses adversaires, mais dans la conscience qu'il se construit progressivement de lui-même.

Nous sommes en face d'une historicité beaucoup plus essentielle que celle des synoptiques : ceux-ci peuvent rapporter des faits et propos dont la survenance historique est vraisemblable dans le détail littéral. Mais ils n'affrontent pas aussi clairement la révolution historique qui est en train de se jouer dans une rupture radicale par rapport à la religion juive. Le disciple au contraire, en lettré formé à la théologie du judaïsme, est témoin que le message du Maître ne colle pas avec la rigueur du judaïsme, non seulement sur les questions des règles identitaires du peuple juif, mais surtout sur la rigueur de sa conception de la divinité. Il est le seul des évangiles à traiter à fond cette question. Non pas qu'il soit seul à l'aborder. Les synoptiques l'abordent aussi, mais seulement latéralement.

Ce bloc rédactionnel est aussi construit autour de la pression exercée par les gens de la Synagogue sur l'infirme guéri et l'imbroglio supplémentaire lié à la survenance de ces guérisons le jour du Sabbat, donc portant atteinte à certaines conceptions strictes du Sabbat, ne permettant pas « d'agir » ou de travailler ce jour-là. D'où est introduite cette phrase admirable pour un lecteur du XXIe siècle sur « le Père qui travaille toujours » en écho au créateur qui ne le faisait pas mais s'accordait un repos, le septième jour. En somme, le Maître fait lui-même un commentaire incorporé dans le commentaire du rédacteur : « Mon Père travaille toujours et moi aussi je travaille ». Cette phrase utilise l'ancien mot parlant du travail, « œuvrer/travailler, ergazomai », et non « être torturé par l'effort pour produire, traballare ».

Derrière ce commentaire sur le signe, prononcé par le Maître, le disciple ajoute son propre commentaire, nous introduisant déjà, dans la problématique du blasphème et dans la perspective de la condamnation à mort. Le cœur du blasphème est l'appellation « mon Père » donnée à Dieu. Elle est comprise plus précisément comme son « propre père », ce dont il faut déduire qu'il se faisait l'égal de Dieu.

Contenu du bloc

Premier exemple manifeste de cet aveu de blasphème, le Bloc 9 de la guérison de la piscine des Brebis contient à la fois le fait et la formulation du fait. Sauf que cela ne se passe pas en Galilée, l'événement est en tout point identique à l'une des guérisons survenues en Galilée et rapportées par Marc, celle du lépreux que l'on descend dans la maison de Pierre, en faisant un trou dans le toit, à cause de l'affluence. La phrase de guérison est identique : « Lève-toi, prends ton grabat et marche ». Mais le disciple situe cet épisode identique à Jérusalem, où l'affrontement avec les autorités sera plus direct et dangereux.

Le fait qui est à l'origine est donc bénéficiaire d'attestation multiple, à cause de son parallèle en Marc, qui ne diffère que par sa situation géographique. Dans la Source, ce fait apparaît de façon indirecte dans la réponse du Baptiste aux disciples, sous la citation d'Isaïe « Les boiteux vont et viennent. » Ce qu'ajoute le disciple, c'est non seulement la réalisation de ce signe chez lui, à Jérusalem, lui permettant de mieux développer la controverse théologique avec les écoles rabbiniques ou sacerdotales, mais aussi le long discours qui suivra.

Dans les deux cas, on parle déjà de blasphème. En Marc quelques scribes l'évoquent brièvement avec une propension à la forme interrogative : « Comment celui-ci parle-t-il comme ça ? Il blasphème ! Qui peut acquitter les dettes sinon Dieu seul ? ». Dans l'évangile du disciple, dans la conclusion, ce sont les « juifs », dans leur ensemble, qui l'évoquent. Mais le Bloc 10 du discours qui suit revient aussi à « ceux qui scrutent les écritures » (Jn 5,39), c'est-à-dire les scribes, mais ne veulent pas croire. En Marc, déjà, le Maître a une conscience qu'il affirme en ces termes à ses interlocuteurs : « le Fils de l'homme a l'autorité d'acquitter les dettes sur la terre ».

À quelques éléments du contexte près, qui varient, nous avons donc un cas d'attestation multiple derrière deux faits identiques. Mais le disciple va beaucoup plus loin dans le sens donné au geste. Il insère en effet une phrase du Maître lui-même qui commente autrement l'événement qu'en Marc, avec une vision encore plus intemporelle : « Le Père travaille toujours et moi aussi je travaille. »

Pour ce qui concerne la forme narrative de ce Bloc 9, une brève comparaison des trois blocs relatant des faits de miracles réalisés à Jérusalem, la guérison du handicapé de la piscine de Béthesda (Bloc 9), celle de l'aveugle né (Bloc 17) et la résurrection de Lazare (Bloc

20) montre que le disciple, ou lui et son équipe, sont des écrivains qui s'apprennent à écrire en écrivant, signe de progressivité et d'unité de l'œuvre d'écriture. Le récit de l'homme devenu sain à Béthesda est très court : 18 versets, dont 4 de commentaire introductif et 3 de commentaire conclusif, soit un récit de 10 versets. Le récit de la vue rendue à l'aveugle-né comporte 38 versets, dont 5 de discours introductifs, soit un récit de 33 versets. Le récit de la résurrection de Lazare est beaucoup plus long et complexe : 54 versets avec une longue introduction/discussion/navette géographique de 16 versets et un aussi long commentaire de conclusion de 9 versets. Le récit lui-même s'étale de nouveau sur 30 versets.

Points d'historicité concernant ce bloc

Le contexte de l'événement, dans l'évangile du disciple, ne manque pas de détails accordant à son récit quelques points d'historicité, sur la stratégie générale du Maître. Les montées régulières à Jérusalem pour les fêtes ; le détail inutile de l'homme atteint de son infirmité depuis trente-huit ans. Pourquoi trente-huit ans ? Ce critère de narration vivante, peu apprécié par Meier, est plutôt ici un critère de détail inutile, placé par l'auteur comme critère de témoignage. Celui-ci souligne qu'il est mémorisé avec précision. Il y a aussi le scénario johannique équivalent à l'ordre de ne raconter à personne le fait miraculeux, souvent intégré par Marc. Ici l'équivalent de cette attitude est traduit par le fait que le Maître disparaisse dans la foule aussitôt l'homme guéri, élément que l'on retrouvera dans la guérison de l'aveugle né. Le Maître revient ensuite vers l'homme pour lui recommander de ne plus pécher, de peur qu'il ne lui arrive quelque chose de pire, réminiscence de la parabole du démon chassé, qui revient avec sept démons dans la Source.

Les mots Dieu et le Père, dans les évangiles

La double conclusion de ce Bloc 9 me conduit à une étude sur les usages des mots Dieu et Père dans la Source, dans les évangiles et dans les Actes. On sait en effet que, selon la tradition juive dans laquelle nait cette littérature chrétienne, il était interdit de reproduire des images de Dieu (en souvenir des épisodes du veau d'or), et qu'il était recommandé également de ne pas prononcer son nom, hors la lecture des livres sacrés, pour ne pas le prononcer à tort ou « à faux » (3ème commandement, Deut

5,11, Ex 20,7). D'où cette pratique des « passiva divina » consistant à parler de Dieu à travers des formules passives, des périphrases, des caractères, des anthropomorphismes, des propriétés de Dieu, sans prononcer véritablement ni son nom propre, Yahvé, ni directement le mot dieu. Un passivum divinum utilise un verbe passif pour éviter de parler de Dieu avec un verbe actif, par exemple : « le sabbat a été fait pour l'homme » est un passivum divinum pour ne pas dire « Dieu a fait le sabbat pour l'homme. » Toute trace de passiva divina est un élément pour déduire, dans les plus anciens textes chrétiens, un langage « premier ».

Bien que le Maître ait abondamment utilisé ces formules résultant du fait que le Dieu monothéiste absolu des juifs était un dieu « jaloux », il a cependant été le Rabbi ayant apporté la plus grande révolution dans cette religion, en transformant ce dieu jaloux en un Dieu Père. Il en résultait deux incidences révolutionnaires dont on ne sait laquelle était la plus révolutionnaire : l'arrivée dans l'histoire des religions d'une religion d'amour. Et que cette arrivée se fasse au prix de l'arrivée d'un fils de ce père pour faire apparaître ce Dieu d'amour. Toujours est-il que cette double révolution va se faire par l'emploi des deux mots Dieu et Père, dans sa bouche, dans celle des rédacteurs des évangiles ou dans celle de ses interlocuteurs dans les divers récits. Il importe donc de voir l'importance de ces emplois dans les différents textes les plus anciens.

On peut se demander à partir de quand et par quelles étapes, le Maître ou les chrétiens ont commencé à s'affranchir de cette interdiction ou de cette réserve extrême qu'il convenait de respecter dans le judaïsme, concernant le nom de Dieu. Et comment cette réserve s'est, au contraire, inversée dans le monde chrétien, où le mot de Dieu a eu tendance à être sur-employé. Le premier exemple en est le Crédo, puisque le symbole des Apôtres, ou « Je crois en Dieu », s'en est clairement affranchi, les chrétiens ne pouvant faire autrement, compte tenu de leur monothéisme complexe. À ce constat, on peut ajouter une hypothèse : la prise de distance avec les précautions juives s'est effectuée par le passage par le mot de Père. Ces évolutions sont présentées très schématiquement par le tableau VII joint ci-dessous.

Dans la Source Q, donc très tôt dans l'histoire chrétienne, on ne trouve que 17 fois le mot « Dieu », le plus souvent inséré encore dans un passivum divinum en quelque sorte « raté », c'est-à-dire associant le caractère ou le bien de Dieu et le mot Dieu. La Source le place 9 fois, dans la bouche du Maître, intégré dans des passiva divina, donc dans une formule « première », ancienne : « le royaume, le doigt, la volonté, la maison de dieu ». Il est employé une fois, sans appel à un passivum divinum, dans la bouche du Baptiste. Il apparaît 4 fois dans le récit de la tentation, soit placé dans la bouche du diable, soit tiré d'un passage de l'Écriture invoquée par le Maître, respectant donc l'interdiction. On ne trouve que trois usages hors norme : lorsque ce dernier dit que Dieu nourrit les oiseaux et habille l'herbe des champs.

Tableau VII - Les emplois des mots Dieu et Père						
Brève histoire graphique de l'affranchissement des premières communautés chrétiennes par rapport à la discipline juive des passiva divina (interdiction de prononcer le nom de Dieu «à faux»), en passant par l'étape de l'emploi du mot Père. Elle permet de dater les évangiles dans la succession des écrits chrétiens au premier siècle						
	la Source Q	Marc	l'évangile du disciple	Matthieu	Luc	Actes des Apôtres
Dieu	17	44	69	45	121	162
Père	11	17	109	56	43	11
hypothèses de datation	années 30 - 40	années 40 - 50	années 50 - 66	années 50 - 70	années 60 - 70	années 70 - 80

Enfin le logion

« Vous ne pouvez être au service de Dieu ou de Mammon » est en lui-même une forme dérivée d'un passivum divinum. On ne cite pas Dieu, véritablement, mais « son service ». Dans l'ensemble, la Source utilise donc encore le mot Dieu avec la réserve imposée par le judaïsme.

Par ailleurs, au début de l'évolution, la Source utilise timidement les expressions « le Père » ou « votre Père », utilisées 11 fois, soit dans un ratio environ 1/3-2/3. Les usages du mot Père s'apparentent parfois à ces passiva divina : « votre Père des cieux ». Parfois l'expression prend son autonomie : « les moineaux ne tombent pas sans votre Père », « votre Père sait ce dont vous avez besoin ».

Elle ne prend sa complète autonomie, comme un dialogue direct de personne à personne que dans la prière du notre Père (Q 11,2) et dans ce qu'il faut appeler la prière johannique de la Source, tant le style et le vocabulaire sont proches du quatrième évangile (Q 10,21-22) « Je m'accorde profondément avec toi, Père, Seigneur du ciel et de la terre, de ce que tu as caché ces choses aux sages et aux savants et que tu les as laissées voir aux tout petits. Oui, Père, parce que tu as bien voulu qu'il en soit ainsi. Tout m'a été remis par mon Père et personne ne connaît le Fils sinon le Père, ni personne ne connaît le Père, sinon le Fils et celui à qui le Fils veut bien le révéler. »

En Marc, on est aussi encore dans une étape première. Les passiva divina abondent. Le mot Dieu est employé 44 fois, mais c'est peu pour la longueur du texte à le comparer à la Source. Et Marc utilise bien moins, lui aussi, le mot Père : 17 fois seulement, dans un ratio un peu inférieur à 1/3-2/3.

Des trois autres évangiles, on dirait que l'évangile du disciple est celui qui vient le plus tôt dans l'évolution, en déployant déjà fortement le mot Dieu : 69 fois et en sur-déployant le mot Père : 121 fois. Mais l'emploi du mot Dieu demeure bien inférieur, numériquement, et en inversant le ratio, dans une proportion proche de 1/3-2/3.

C'est Luc qui achève l'évolution, avec 121 usages du mot Dieu et 43 seulement du mot Père. D'un emploi initialement dominant du mot Dieu, mais sous forme de quasi passiva divina, on retourne à un emploi dominant du mot Dieu, sans passiva divina. Donc c'est entre le disciple et Luc que s'effectue l'affranchissement des communautés chrétiennes par rapport aux habitudes des passiva divina.

D'autant plus que dans les Actes des apôtres de Luc, on trouve 162 usages du mot Dieu et seulement 11 du mot Père.

Enfin en Matthieu, avec son respect accentué des sources juives et vétéro-testamentaires, on ne voit pas nettement une évolution par rapport à Luc et Jean, avec 45 usages du mot Dieu et 56 du mot Père, soit un ratio proche de 1/2-1/2. Toutefois une évolution se réalise par rapport à la Source et à Marc. Mais en un sens, Matthieu et Luc apparaissent postérieurs à la révolution johannique. Ils en subissent encore les effets, comme si les blocs du disciple, ayant déjà circulé dans les communautés dont ils reprennent les traditions, avaient déjà impacté ces communautés.

Dans les usages du disciple, on verra cependant, avec l'étude des blocs suivants que le passage de l'une à l'autre théologie se développe grâce à des polémiques et des événements conflictuels qui rendent l'évolution compréhensible.

Analyse des emplois des mots Dieu et Père dans l'évangile johannique, ainsi que des passiva divina

Dans un second temps, on peut tenter de trouver dans l'évangile du disciple des indications sur les rôles respectifs, dans ces évolutions, du disciple, du Rabbi Jésus, ou des autres interlocuteurs. L'introduction du terme du père pour parler de Dieu est incontestablement un apport du Rabbi Jésus, avec 110 usages dans la bouche du Maître, 6 seulement dans celle du disciple, et 5 usages divers (le Baptiste, 1 ; d'autres disciples, 2 ; des adversaires, 2).

Les 6 usages du mot Père par le disciple rédacteur relèvent de circonstances solennelles où il est facile pour lui de se couler dans le vocabulaire du Maître, éventuellement entendu ailleurs : le prologue et l'introduction solennelle au dernier repas. Les interlocuteurs divers n'apportent que des usages rares, soit en controverse, lors de la dispute avec les autorités juives sur le diable ou Abraham, désignés comme pères des adversaires, soit dans les dialogues après la Cène où un disciple reprend exactement le discours du Maître pour relancer le propos de ce dernier par une question.

Pour les emplois du mot Dieu, il faut d'abord remarquer que le rapport usages du mot par le disciple/usage mis dans la bouche du Maître se rapproche énormément. Donc cet emploi du mot Dieu est davantage situé à l'époque de l'écriture du témoignage par le disciple qu'à l'époque des faits : le Maître emploie 41 fois le mot Dieu, tandis que l'ensemble emplois du disciple/emplois du Baptiste/autres disciples/ emplois mis par le disciple dans la bouche des adversaires, représente le niveau élevé et égal de 41 emplois.

Dans un troisième temps, il faut mesurer les emplois qui se rapprochent des passiva divina, d'une façon ou d'une autre, mais souvent de façon assez dégradée. Je suis ici, à la recherche d'un delta, comme je l'ai déjà recherché à propos du thème de l'homme. Mais alors, il s'agissait d'une différence de vision. Ici à propos de l'abandon de la pratique et de la tradition des passiva divina, il s'agit de chercher si on peut suspecter davantage le Rabbi Jésus ou le disciple d'être à l'origine de l'abandon de cette tradition.

Les chiffres et les observations qui suivent tendent à faire penser que ce serait plutôt le Rabbi Jésus qui en serait lui-même l'auteur. Deux raisons y conduisent. Le delta des usages entre lui et le disciple montre qu'il continue plus que le disciple à employer ce marqueur culturel.

Mais au fur et à mesure des discours progressivement étalés dans le temps par le disciple, en fonction de certains événements les situant dans le parcours, le travail de déconstruction de la technique des passiva divina s'accentue dans ses paroles et conduit de plus en plus à faire que les attributs de Dieu exprimés dans les passiva divina le sont de plus en plus dans une reconstruction autour de sa personne.

Sur 41 emplois du mot Dieu sous forme de quasi passiva divina, on en trouve 4 seulement chez le disciple, et 13 en tout, dans l'ensemble le disciple/les autres disciples/les interlocuteurs, c'est-à-dire lorsque l'auteur johannique est davantage maître de son vocabulaire et de sa composition. Donc on peut dire que le disciple, au moment où il écrit, ne pense plus et ne s'exprime plus en termes de passiva divina. On en trouve au contraire bien plus, 22 sur 41 dans les propos mis par l'auteur johannique dans la bouche du Maître. Cela semble vouloir dire que lorsque le disciple s'efforce de rapporter autant que possible des propos qui relèvent de son témoignage, qu'il veut celui d'un témoin oculaire et auditif, il se sent obligé d'introduire une fois sur deux un passiva divina, en mettant ces propos dans la bouche du Maître. Bien que déjà situés dans le temps de l'écriture plus que dans le temps des faits, nous sommes donc dans une phase ayant encore des traits « premiers », non encore trop loin du temps de la Source.

Dans l'ensemble le disciple/les disciples/les interlocuteurs/le Baptiste, il n'y a en fait parmi les 66 commentaires du disciple rédacteur qu'une seule expression s'apparentant vraiment à un passivum divinum, en Jn 12,43, « la gloire de Dieu » que les hommes ont moins aimé que la gloire des hommes. D'autre part, le Baptiste sait s'exprimer en termes de passiva divina : « les paroles de Dieu, la colère de dieu, l'agneau de Dieu », conduisant à la forme très dégradée, « celui que Dieu a envoyé », mêlant Jésus et Dieu dans la forme même du passivum divinum. Enfin on peut citer la parole de Pierre « tu es le saint de Dieu », en Jn 6,68.

Dans le vocabulaire utilisé pour les discours du Maître, on observe au contraire toute la gamme des emplois, depuis les formes les plus anciennes jusqu'aux plus déconstruites/reconstruites : « les anges de Dieu » Jn 1,51, « le royaume de Dieu » Jn 3,3 et 3,5, « les œuvres de dieu » Jn 6,29 et 9,3, « les paroles de Dieu » Jn 7,47 et 9,35, « le pain de Dieu » Jn 6,33, « le don de Dieu » Jn 4,10, « l'amour de Dieu » Jn 5,42. Mais on voit aussi des formules de plus en plus composées et « libérées », par exemple, « la gloire qui provient du Dieu unique », Jn 5,44, « si cet enseignement vient de Dieu » Jn 7,17, « celui qui est d'auprès de Dieu » Jn 6,46, « que je suis sorti d'auprès de Dieu » Jn 16,27. Ce delta des emplois des passiva divina semble donc indiquer qu'il s'agit d'un travail originel du Maître plus que du disciple.

Dans la bouche du Maître, on voit en quelque sorte l'ambivalence des usages. Elle commence par des emplois très traditionnels du maître dans les étapes des premiers blocs, associés tant aux expressions vétérotestamentaires du Baptiste qu'au langage prudent de Nicodème. Mais par la suite, dans la fréquence des reprises et des transformations, il devient clair que c'est le Maître lui-même et non le disciple qui est le moteur de cette transformation du langage. Tout en respectant les usages « premiers », il initie fortement les nouvelles prononciations libérées de la divinité, dans le même temps où il est le créateur du langage du Dieu-Père qui permet le passage d'une religion juive à une religion chrétienne.

Bloc 10, Le premier grand discours de controverse dans la foule

Par sa thématique, cette controverse pourrait être appelée, la première controverse sur le Père. En effet, elle fait suite à la conclusion du Bloc 9, expliquant que le Maître peut guérir un handicapé, un jour de Sabbat, parce qu'il est le fils d'un père qui travaille toujours, d'où la question : quels sont ce père et ce fils ? Par ailleurs, ce bloc de controverse, faisant suite aux deux blocs des « signes de la vie », la vie rendue au fils du fonctionnaire royal et la vie pleinement recouvrée par ce handicapé, peut aussi être appelé la controverse « du Père qui fait vivre ». Comme souvent dans l'évangile du disciple les thématiques s'entrecroisent dans un excès de richesses.

À partir de ce Bloc 10, nous avons en effet quelques blocs réservés au développement de discours devant la foule qui n'auront pour pendant que les discours en chambre haute que l'on retrouvera en particulier à la dernière Cène. C'est le cœur de l'évangile du disciple, les Blocs 10, 13, 14, 16, 18 et 19. En quoi ces discours au milieu de la foule, (deux à Jérusalem et un Galilée) nous apportent-ils des problèmes ou des leçons en termes d'historicité ?

Par trois groupes de considérations mises dans la bouche du Maître, le disciple lettré, va montrer le blasphème, déjà à l'œuvre ou en train de se constituer. Mais ce n'en est qu'une première présentation. On retrouvera le cheminement du blasphème dans d'autres discours ultérieurs bien sûr. Par ailleurs ce discours est l'attestation intellectualisée de la révolution cultuelle, du passage des cultes de sacrifices d'animaux aux cultes de repas partagés, accomplie par Jésus le Nazaréen.

Les principaux thèmes

Dans la première partie, le Maître se met en scène à la troisième personne, parlant du Fils et du Fils de l'homme. Il se présente ainsi dans le prolongement intime du Père, sous l'identité du Fils. Tout ce bloc de discours est ponctué de solennels « Amen, amen, je vous le dis. » En termes d'historicité, ce n'est pas une difficulté, dans la mesure où l'expression est présente dans la Source, dans sa forme non solennelle, « je vous le dis », ou en Marc dans sa forme solennelle « Amen, je vous le dis ». Puis dans la seconde partie du discours, où il s'exprime à la première personne, il serre de plus près le discours blasphématoire.

Comme on l'a vu en observant la façon dont le disciple travaillait la micro-parabole du vent, il reprend sa thématique sous de multiples angles complémentaires, mais en développant toujours la même pointe du récit. Ici aussi, il reprend d'abord sous de multiples aspects le thème de l'agir du Père et du travail qui avait conclu le bloc précédent. Le Fils voit faire le Père et fait de même. Le Fils fait tout ce que lui montre le Père, en bon apprenti. Le Père lui montrera encore des œuvres plus étonnantes. Pour le moment, l'œuvre, c'est la vie rendue entière au handicapé grabataire, mais la vie éternelle, thème johannique, et la résurrection de morts nous sont aussi annoncées. La première grande thématique johannique est donc celle de la vie accordée par l'agir du Fils et du Père.

Au passage, le thème du Fils, seul à voir le Père pour le montrer aux hommes, est réapparu. Ce thème, entrevu à la fin du prologue, court tout au long de l'évangile, comme charpente des témoignages du procès en cours.

Dans les trois champs d'exposition de ce discours devant les foules, l'essentiel de l'explication du blasphème vient de l'emploi du thème du Père, dont le vocable revient douze fois. Il n'y a pas matière à contester son emploi par le Jésus historique lui-même, comme on vient de le voir en faisant l'inventaire des emplois des mots « Dieu » et « Père » dans la première littérature chrétienne. Il est parfaitement référencé par les synoptiques et surtout par la Source, même timidement, dans ce que l'on peut qualifier de johannisme prémonitoire le plus parfait : « Je te bénis, Père, de ce que… »

Cependant cette filiation/identification était une question difficile pour les interlocuteurs et même pour les disciples qui vont avoir de la peine à la retenir, à l'exception de l'autre disciple : Celui-ci va faire toute une gamme de réemploi de ce terme, en l'utilisant comme un indice d'identification parfaite du Maître à son Père, chose tout à fait normale dans l'antiquité. Tout fils était l'image de son père, en était la représentation. Il en reprenait généralement le nom et tous les attributs dans un monde où la force du clan et de la paternité était entière et n'imaginait pas ces phénomènes du monde moderne que sont le meurtre du père où l'esprit d'indépendance et d'aventure par lesquels beaucoup de fils s'efforcent désormais de tracer des chemins totalement différents de ceux de leur père.

On ne voit pas pourquoi cette idée d'identification, tout à fait normalisée à l'époque, n'aurait pas été exprimée par le Jésus historique et pourquoi elle aurait eu besoin d'une longue méditation de plusieurs décennies de la part du disciple pour émerger. C'est plutôt l'inverse qu'il faudrait prouver : comment pour ce thème de la filiation/identification, le disciple prouverait-il par ses écrits une distanciation d'avec l'enseignement oral de son maître, étant donné toutefois que ses dons d'écrivain lettré et non d'artisan issu de milieu rural demeurent entiers. La gamme des reprises de ce thème d'identification du Fils au Père a toute les chances d'être initiée par Jésus, même si le développement de chaque thème est nécessairement influencé par la capacité de prendre et reprendre son champ d'expression, avec toutes ses répétitions et variantes. Cette traduction de l'oral à l'écrit relève du style de ce lettré, à double culture, à la fois formée de lettres hébraïques anciennes et de lettres hébraïques hellénisées par la Septante. D'ailleurs, comme si le travail rédactionnel fait sur ce Bloc 10 ne suffisait pas pour le disciple et sa petite équipe, un second bloc rédactionnel reviendra sur ce thème, en contexte beaucoup plus conflictuel et dialectique, avec des références vétéro-testamentaires, au bloc 14. Ce sera une discussion identitaire à partir de nouvelles variations sur ce mot de père, à nouveau, à Jérusalem.

La seconde expression du blasphème tourne autour de la question du jugement, accordé comme un pouvoir au Fils de l'homme. Mais ce jugement n'est pas une procédure de condamnation. Il se réalise par le simple fait d'écouter la parole du Fils avec des dispositions favorables. Même les morts, s'ils ont fait le bien, feront l'objet de ce jugement et sortiront du tombeau.

On voit mal ce qui a entraîné de telles paroles dans ces controverses ou ces discours devant la foule. Ces positions qu'auraient prises le rabbi Jésus, selon le disciple, nous parviennent sans contexte explicatif. On peut seulement dire qu'elles diffèrent des annonces de jugement du Baptiste. Elles diffèrent aussi du langage synoptique. À la différence des synoptiques, ce thème n'est pas traité comme un sujet eschatologique classique. C'est le seul point sur lequel le disciple diffère des plans synoptiques et du plan de la Source. Il n'y a pas vraiment chez lui de bloc de rédaction eschatologique.

Le jugement est ici une navigation permanente dans les relations entre le Père et le Fils, qui revient d'ailleurs à plusieurs reprises dans ces grands discours. Notons cependant la proximité de ce traitement johannique du jugement avec des propos de la Source qui contreviennent avec le traitement eschatologique habituel : la première parole eschatologique de la Source est plus proche de cette façon johannique de voir : Q 17,20 « le royaume ne vient pas comme un fait qui s'observe. On ne dira pas attention il est ici ou là... Il est en vous ! »

Quand on sait le rôle de juge donné au Dieu tout puissant par l'Ancien testament, on aborde là un degré supérieur du blasphème. « Le jugement tout entier il l'a remis au Fils ». Le disciple en rajoute : « De sorte que tous honorent le Fils à la mesure dont ils honorent le Père. » En rester là, sans évoquer les conséquences pouvant en résulter pour celui qui oserait s'exprimer ainsi, nous ferait douter que de telles paroles aient pu être entendues dans la bouche du Jésus historique, sans qu'elles soulèvent des réactions violentes des autorités.

Mais le disciple développe aussitôt une version beaucoup plus « soft » ou douce : « qui écoute ma parole et croit à celui qui m'a envoyé... ». Nous revenons à des expressions lues dans la Source. En les combinant, on a presque exactement ces paroles johanniques si extraordinaires : quiconque « écoute les paroles et les met en pratique » (parabole de la maison bâtie sur le roc) et « celui qui m'accueille, accueille celui qui m'a envoyé ». Le disciple développe le même propos en le liant à des thèmes qu'il se souvient avoir entendus. Il contracte en un discours une multitude de propos, ici devant les foules ou ailleurs en chambre haute. Ici, ces thèmes contractés pour constituer le tissu johannique sont le jugement, la vie éternelle, passer de la mort à la vie. On peut dire que ce système de contractions de thèmes entendus et réentendus est l'une des techniques d'écriture johannique pour tous les discours.

Autre thème central, « l'heure » affleure ici à plusieurs reprises, dans cette technique de contraction : « L'heure vient et c'est maintenant où... » Jn 5,25 « Ne soyez pas étonnés car l'heure vient où... » Jn 5,28 dans les deux cas, pour évoquer les morts qui vont entendre, les tombeaux qui vont s'ouvrir. C'est tout ce qu'on observera comme eschatologie chez le disciple.

Le quatrième thème général de ce Bloc 10 traite du témoignage et des œuvres. Ce sujet des œuvres va de soi après le récit de guérison.

Ce développement sur le témoignage que l'on verra réapparaître à plusieurs reprises, est une réponse à l'accusation du v 5,18 concluant le Bloc 9 précédant, où l'on voit que le procès est déjà commencé. « Ils n'en cherchaient que davantage à le tuer...parce qu'il appelait Dieu son propre Père, se faisant lui-même l'égal de Dieu. » On est effectivement en pleine théologie Johannique, et en plein procès. La question d'historicité, la même tout au long de cette lecture critique des blocs de discours, est celle-ci : en quelle mesure cette théologie longuement mûrie par le disciple est-elle initiée dans quelque parole du Maître ?

Le quatrième évangile n'est que le miroir lettré d'un disciple, à travers lequel le Maître se voit et voit la problématique créée par ses paroles, en particulier son emploi radicalement nouveau du mot Père remplaçant le mot Dieu et ses passiva divina. À mon avis, la réalité du blasphème dont on ne peut pas imaginer que le Maître n'en ait pas eu conscience, n'est que soulignée par le disciple comme un élément récurrent des controverses entre les juifs et Jésus. Il était nécessaire que soient recherchées des réponses. Dans un procès, cette réponse était naturellement posée sous la forme du témoignage, celui-ci étant décliné à plusieurs niveaux, témoignage de Jean baptiste, témoignage des œuvres, témoignage du Maître sur lui-même (qui ne vaut pas), témoignage du Père ou de Dieu, autorisant les œuvres du Maître, enfin témoignage du disciple sur le Maître et témoignage pour le mot de la fin, du disciple du disciple sur le disciple.

Étude du tableau VIII « Témoigner, témoin, témoignage » reprenant de façon plus précise le tableau I, « expliquer, montrer, être envoyé, venir de » introduit à la fin du ch. 3 de la première partie

La question d'historicité à nous posée est de savoir si ce thème du témoignage, comme défense juridique potentielle autant que théologique, mise dans la bouche du Maître, est une construction a posteriori du disciple ou s'il peut être considéré comme exprimé d'une façon ou d'une autre par le Jésus de l'histoire. Dans la mesure où c'est une construction lourde de tout le quatrième évangile il ne reste qu'à rechercher des indices de compréhension dans les 43 emplois des mots témoigner, témoignage, témoins. La règle du jeu est donnée par l'Écriture, citée par le Maître, disant que deux témoins sont nécessaires pour rendre véridique l'affirmation d'un plaideur. Hommes du XXIe siècle, nous restons insatisfaits et nous allons nous départager en fonction de nos prérequis, non pas de foi ou d'incroyance, mais d'agnosticisme sur les questions d'historicité. Suivons-nous un prérequis de doute négatif ou un prérequis de doute positif ?

Tableau VIII l'importance du thème du témoignage dans l'évangile du disciple

témoigner, témoin, témoignage		qui témoigne	sur qui, sur quoi
1,70	celui-ci vint pour le témoignage	le Baptiste	la lumière
1,70	qu'il témoigne de la lumière, afin que par lui tous croient	le Baptiste	
1,80	Celui-là n'était pas la lumière, mais qu'il témoigne de la lumière	le Baptiste	la lumière
1,15	Jean lui rend témoignage et il s'écrie : « C'était celui dont j'ai dit :…	le Baptiste	Jésus
1,19	Et tel est le témoignage de Jean lorsque, de Jérusalem, les juifs lui envoyèrent...	le Baptiste	
1,32	Et Jean témoigna en disant : « J'ai vu l'Esprit descendre...	le Baptiste	l'esprit et jésus
1,34	Et moi, j'ai vu et je témoigne que c'est lui le Fils de Dieu	le Baptiste	Jésus
2,25	et parce qu'il n'avait pas besoin que quelqu'un témoigne sur l'homme	quelqu'un	l'homme
3,11	et nous témoignons de ce que nous avons vu, et cependant vous n'accueillez pas notre témoignage	Jésus	ce que nous avons vu
3,26	ils vinrent à Jean et lui dirent : Rabbi, celui qui était avec toi au-delà du Jourdain, celui à qui tu as rendu témoignage	le Baptiste	Jésus
3,28	Vous-mêmes, vous témoignez que j'ai dit : 'Ce n'est pas moi le Christ',	visiteurs	le Baptiste
3,31	Celui qui vient du ciel témoigne de ce qu'il a vu et entendu	Jésus	ce qu'il a vu et entendu
3,32	Or son témoignage, nul ne l'accueille	Jésus	
3,33	Celui qui accueille son témoignage certifie que Dieu est véridique	les hommes	que Dieu est véridique
4,39	De cette ville, de nombreux Samaritains crurent en lui à cause de la parole de la femme qui témoignait :	la femme	Jésus
5,31	Si moi je me rends témoignage à moi-même, mon témoignage ne vaut pas.	Jésus	Jésus
5,32	Un autre me rend témoignage	le Père	Jésus

5,32	et je sais qu'il vaut, le témoignage qu'il me rend.	le Père	Jésus
5,33	Vous avez envoyé auprès de Jean, et il a rendu témoignage à la vérité.	le Baptiste	la vérité
5,34	Moi, toutefois, ce n'est pas d'un homme que je reçois le témoignage,	Dieu	Jésus
5,36	Moi cependant le témoignage que j'ai est supérieur à celui de Jean : les œuvres que le Père m'a données	les œuvres et le Père	Jésus
5,36	ces œuvres mêmes que je fais témoignent à mon sujet que le Père m'a envoyé	les œuvres et le père	Jésus
5,37	Oui, le Père qui m'a envoyé, lui, a rendu témoignage à mon sujet	le Père	Jésus
5,39	Vous scrutez les Écritures parce qu'en elles vous pensez avoir la vie éternelle ; et ce sont elles qui témoignent à mon sujet !	les Ecritures	Jésus
7,70	Le monde ne peut vous haïr, mais moi il me hait, parce que moi, je témoigne à son sujet que ses œuvres sont malignes.	Jésus	le monde
8,13	Toi, tu témoignes sur toi-même ; ton témoignage n'est pas véridique.	Jésus / adversaires	Jésus
8,14	Même si moi je témoigne sur moi, mon témoignage est véridique, parce que je sais d'où je suis venu et où je m'en retourne.	Jésus	Jésus
8,17	Et même il est écrit dans votre Loi que le témoignage de deux hommes est véridique	la Loi	témoignage de deux hommes
8,18	C'est moi qui témoigne sur moi-même,	Jésus	Jésus
8,18	et pour moi témoigne le Père qui m'a envoyé	le Père	Jésus
10,25	Je vous l'ai dit, mais vous ne croyez pas.	Jésus	Jésus
10,25	Les œuvres que moi je fais au nom de mon Père, ce sont elles qui témoignent sur moi.	les œuvres et le Père	Jésus
12,17	Témoignait donc la foule qui avait été avec lui quand il avait appelé Lazare hors du tombeau et l'avait relevé d'entre les morts.	la foule	Jésus
15,26	l'Esprit de vérité qui provient d'auprès du Père, c'est lui qui rendra témoignage sur moi.	l'Esprit et le Père	Jésus

15,27	Bien plus, vous aussi vous rendrez témoignage parce que vous êtes avec moi depuis le commencement	les disciples	Jésus
18,37	Je suis, moi, né pour ceci, je suis venu dans le monde pour ceci : pour rendre témoignage à la vérité.	Jésus	la vérité
19,35	Celui qui a vu est témoin,	le disciple	l'évangile
19,35	et son témoignage est véridique ;	le disciple	l'évangile
19,35	et celui-là sait qu'il dit vrai	le disciple	l'évangile
21,24	C'est lui le disciple qui témoigne de ces choses et qui les a mises par écrit ;	le disciple	l'évangile
21,24	et nous savons que son témoignage est vrai.	le disciple	l'évangile

Premier témoin convoqué, le Baptiste dont le témoignage en faveur de « l'origine d'en haut » du Maître est rapportée six fois par l'auteur de l'évangile, plus deux fois dans des paroles du Baptiste lui-même et une fois par « un juif » rappelant au Baptiste sa propre parole. Au fil des pages viennent comme témoins occasionnels la Samaritaine après ce que le Maître lui a dit sur elle, la foule après la résurrection de Lazare. Les pharisiens sont cités à deux reprises témoins en réfutation refusant le témoignage de Jésus sur lui-même. Enfin, tout homme, à travers tous les temps, témoignera que Jésus est « véridique » en accueillant son témoignage.

Viennent les emplois de ces trois mots par le Maître lui-même. Toute la théologie du témoignage est mise par le disciple dans sa bouche, à travers 23 occurrences : le Maître affirme la valeur de son propre témoignage « parce qu'il sait, lui, d'où il vient et où il retourne ». Mais il voit que son témoignage n'est pas accueilli. Il accepte donc de suivre la règle du double témoignage des Écritures. Par quatre fois il rappelle que le témoignage en sa faveur est double « parce qu'il y a son Père et lui-même » pour témoigner. Son raisonnement se base ensuite en cinq emplois sur le fait que ce double témoignage passe par « les œuvres » que le Père lui donne de faire. Une fois en contre-témoin, il témoigne des œuvres malignes du monde. Il fait encore appel une fois au témoignage du Baptiste, une fois à celui de l'Esprit de vérité. Enfin, comme le disciple expliquant que tout homme en l'accueillant témoigne, il en appelle aussi au témoignage à venir des disciples.

Le témoignage du disciple est à la fois très modeste et à la fois ferme et solennel : il a cette remarque négative sur son Maître n'ayant pas besoin que quelqu'un témoigne sur l'homme pour l'éclairer. Nous avons fait une étude spéciale de cette remarque assez en retrait par rapport à la pensée du Maître.

Mais on a surtout de lui ce curieux témoignage accroché à la mort du Maître et au jaillissement du sang et de l'eau de son côté transpercé, introduisant ce raisonnement : il nous rapporte ce détail pour que nous venions nous aussi à croire, parce que tout cela est arrivé pour que s'accomplisse l'Écriture. Le témoignage du disciple vaut donc, non pas tant par son affirmation personnelle que parce qu'il reconnaît la réalisation de l'Écriture dans ce qui s'est passé et qu'il a vu. Enfin, en conclusion, ce disciple témoigne de toutes ces choses en les mettant lui-même dans ce livre et les disciples du disciple témoignent (savent) à leur tour que son témoignage est vrai.

Cette analyse ne nous apporte aucune démonstration historique du propos de Jésus le Nazaréen. Mais en mettant toute cette théologie dans sa bouche ou celle d'une série de témoins, le disciple n'a pas trahi son projet de faire de son Maître le véritable auteur de ces propos. Cette pensée, toute en oralité, avait manifestement besoin, pour passer à l'écrit et nous parvenir, de l'aide d'un lettré ayant fait les écoles de Jérusalem.

La conclusion de ce bloc de discours, quel que soit son appareil littéraire, plonge dans une culture juive qui pouvait être acquise par un rural fidèle lecteur des manuscrits de sa synagogue : il recherche seulement la gloire qui provient du Dieu unique qui n'est présentée que dans les écrits de Moïse. « Si vous croyiez Moïse, vous me croiriez moi aussi. » On a là, peut-être, une bribe de discours « premier » pouvant parvenir du Maître lui-même dans le discours savant du disciple.

En histoire des cultures populaires, cette culture rurale locale avait été rendue possible grâce à l'institution du sabbat depuis le Pentateuque et à l'institution des synagogues et de leurs petites bibliothèques de manuscrits qui s'était amplifiée depuis la conquête alexandrine et la Septante. En témoignent les références de Jésus aux livres prophétiques citées aussi par les Synoptiques.

Bloc 11, Le récit central de la multiplication des pains

Nous repartons de l'hypothèse d'une écriture du disciple « sortant et diffusant » ses blocs un à un dans les communautés, en suivant son plan thématique. Arrivé au stade où il en est, après le Bloc 10, il doit reprendre une séquence galiléenne majeure adoptée par tous les évangélistes cherchant, comme lui, à compléter la Source jugée insuffisante. Tous sont d'accord pour placer au début ou au centre de leur évangile un discours jugé très important, survenu au printemps, lorsque l'herbe était verte et confortable, le discours sur la montagne ou dans la plaine. On en parle ainsi parce que Luc le situe dans la plaine et Matthieu sur la montagne. Il est associé à un événement non moins important, celui de la distribution des pains à une grande foule. La Source traitait non l'événement des pains, mais le discours, comme introduction à son premier bloc rédactionnel ou programmatique, la béatitude des pauvres.

En introduction et transition avant un grand discours aux foules, mais auquel il va donner un tout autre sens que le discours sur les béatitudes, le disciple intercale deux blocs événementiels très courts : le signe des Pains et le signe de la Nuit sur la mer. Ces deux événements sont d'ailleurs associés aussi dans les logiques synoptiques.

Un ensemble, deux blocs factuels et un bloc de discours

Comme presque tous les autres ensembles thématiques de l'évangile du disciple, l'arrivée d'un nouveau thème se compose ici d'un bloc relatant les faits, en fait il se dédouble en deux, et d'un bloc de discours. Remarquons aussi qu'à la différence des synoptiques qui font précéder la multiplication des pains par un grand discours à la foule sur la montagne, lequel justifie que l'on se trouve à une heure tardive avec la faim au ventre et rien à manger, le disciple fait disparaître ce discours préliminaire et n'insère, dans ses souvenirs oubliés ou négligés par la

Source et les synoptiques, que le discours qui suit, le lendemain. Autre remarque préliminaire, ce bloc est le seul bloc contenant un important discours situé en Galilée. L'évangile du disciple se tient pour l'essentiel à Jérusalem. La Galilée n'est le lieu de son évangile qu'à trois reprises : pour les deux premiers signes, la noce de Cana et la guérison du fils du fonctionnaire royal et pour ces Blocs 11, 12 et 13, centrés sur le discours des pains.

Enfin, élément essentiel, avant d'en venir à l'historicité de ces trois Blocs 11, 12 et 13, le récit événementiel et le sujet du premier Bloc 11 sont absolument centraux dans le message du christianisme. L'une des cinq à sept révolutions associées, imposées dans l'ordre des religions de l'antiquité, par Jésus le Nazaréen, est celle de la conversion des religions des sacrifices sanglants d'animaux, c'est-à-dire des religions de pasteurs, en une religion chrétienne du repas d'agriculteur, du repas partagé et du partage du pain.

Cet épisode factuel et le discours qui en tire les conséquences thématiques sont à la genèse de cette révolution. Tout phénomène historique de cette ampleur exige une origine. On peut penser qu'à l'intérieur du judaïsme, un conflit rituel existait entre Galiléens et Judéens. Les Galiléens, peuple essentiellement laboureur et cultivateur, ne pouvaient qu'avoir des réticences à centrer leurs rites religieux familiaux sur des sacrifices d'ovins, de caprins ou d'oiseaux, qu'il leur fallait réaliser en se transportant dans un temple éloigné à trois jours de marche de leurs demeures. Au contraire, les judéens ayant des troupeaux plus importants dans leurs montagnes, avaient construit la fortune de leur temple et de leur ville de Jérusalem, leurs propres fortunes familiales, grâce aux fonds prélevés sur les pèlerins par le canal des abattages sacrés d'animaux. Ce conflit avait également des bases dans les récits mythiques des hébreux au désert, en train d'échapper à la famine, grâce à ces pluies de manne se formant sous certains buissons, au lever du jour. Mais l'Ancien testament ne parvient pas à faire de ce conflit un enjeu politique ou religieux d'ampleur.

Jésus le Nazaréen paraît au contraire avoir imposé cette révolution de façon subreptice et surprenante, puis par son action continue durant son très court parcours de deux années et demie. Elle s'est manifestée depuis un certain événement survenu en Galilée, à la suite de l'un de ses discours, puis relancée dans des repas avec ses disciples, en particulier lors du dernier repas. Un analyste matérialiste est spécialement à la recherche de l'événement déclencheur. Or la multiplication/distribution des pains offre un exemple d'une rare insistance pour le faire apparaître dans les quatre évangiles. Il ne restait qu'à en faire la théorie dans un discours notoire de l'homme ayant réussi ce renversement rituel. C'est ce que fait le disciple dans le Bloc 13. On commence par constater cet événement, dans le très court Bloc 11, bloc central du quatrième évangile dont la composition semble si forte, cohérente et volontariste et auquel il faut associer le récit tout aussi bref et énigmatique de la nuit qui a suivi, au Bloc 12.

Cet événement est donc d'abord tributaire d'une attestation multiple puisque non seulement il est repérable en Marc, Luc et Matthieu (qui copient Marc) mais qu'en outre, Marc le redouble, entraînant Matthieu dans ce redoublement. On le retrouve enfin dans le quatrième évangile, avec quelques traits originaux permettant de dire que ce n'est pas un copié-collé de Marc.

Cet événement était donc bien essentiel aux premières communautés, même s'il est évident que c'est le même événement qui était ainsi raconté de multiples façons. On le raconte même deux fois, la seconde version chez Marc et Matthieu étant manifestement sans base contextuelle. Elle se justifie semble-t-il par la propension des rédacteurs de l'époque à ne pas savoir choisir, ni recomposer un unique texte, en intégrant les détails multiples, quand ils avaient deux versions comportant quelques détails différents. Le disciple ne s'abaisse pas, bien entendu à ce double récit et sait trier. Mais sa composition propre se ressent de la nécessité d'intégrer ce récit comme indispensable à son plan, comme l'était peu avant, celui de la guérison du fils du centurion/fonctionnaire royal.

Il faut retenir aussi comme essentielle, en termes d'historicité, la curieuse imbrication de ces deux épisodes factuels que sont la distribution des pains et celui de la tempête apaisée. Le disciple traite d'ailleurs par-dessus l'épaule ce second épisode imbriqué dans les souvenirs des communautés, mais aussi dans les siens, tant le fait est tellement remodelé qu'il faut vraiment connaître la version des traditions synoptiques pour se reconnaître dans l'événement. C'est le type de péricope pour laquelle il faut avoir en mémoire le récit synoptique pour savoir de quoi il s'agit dans l'évangile du disciple. Mais je retiens ici ce lien obligatoire, reconnu comme tel par l'autre disciple, le rédacteur du quatrième évangile se limitant à des détails autres que ceux que l'on connaît, ou les formulant de façon tellement laconiques que l'on a un « souvenir » vu d'un autre angle d'observation.

La mémoire d'un événement à la source du propos, la distribution/multiplication des pains

Notons le verset 6,5. Par sa liaison artificielle au texte précédent, il souligne la volonté du disciple d'éliminer ce qu'il ne veut pas intégrer dans son évangile, ne voulant pas répéter ce qui est suffisamment rapporté par les autres traditions évangéliques. Il cherche seulement à insérer ce qui manque comme discours fondamental du Maître et qui va suivre. Jean est volontariste comme l'était, semble-t-il, le Maître, ce qui est souligné au v. 6,6 : « Il savait, lui, ce qu'il voulait faire ».

Comme les trois synoptiques, le disciple signale aussi des éléments factuels : la tentative de faire réfléchir les apôtres ou disciples sur la façon d'acheter de la nourriture, le geste de lever les yeux au ciel, l'ordre de faire étendre les gens, la forme rituelle précédant la distribution… Il ajoute en outre au moins deux éléments, au lieu de faire intervenir des disciples non nommés, il donne les rôles à deux disciples portant des noms grecs. Ce sont ces personnages que l'on s'est habitué à voir dans son texte, assez différents de ceux qui sont nommés dans les synoptiques.

D'autre part, et c'est là l'essentiel de son apport, en termes d'historicité, il indique un détail, une allusion à ce que des habitués de lecture matérialiste appellent un virage stratégique du Maître. L'ampleur du signe et la réaction d'une foule suscite les tentations de donner un virage politique à son parcours messianique qui est déjà marqué d'une origine davidique par la rumeur. Mais le disciple fait le lien avec la décision qui en résulte : la fuite dans la montagne et une suite de manœuvres volontaires pour organiser la fuite des disciples. Du moins en collant les quatre récits on voit l'ordre du Maître chez Marc et Matthieu et sa réalisation confirmée chez le disciple.

Interprétations potentielles du fait

Que ce récit soit fondamental pour comprendre l'origine du christianisme, ne conduit pas à prouver un miracle. D'ailleurs le disciple utilise à quatre reprises le terme de « signe » laissant entendre par là que la signification est plus importante, voire seule importante, au regard du fait. Toutefois pour un homme moderne, il n'y aurait pas de sens en l'absence d'historicité. Mais cette question d'historicité se dédouble ici, encore plus qu'ailleurs. Si l'on conclut qu'il y a bien eu historicité du propos explicatif (le discours qui a suivi) et même historicité des versions de récit relatant le fait, l'historicité du fait pose problème et ne se solutionne qu'en fonction du prérequis de chacun.

L'historien incroyant athée, constatant une rumeur à propos d'un prétendu fait va tenter de trouver des explications et des causes à la rumeur. L'historien agnostique réagit de façon plus simple : le récit existe bien mais il est impossible de savoir quel fait se cache exactement dessous. Le croyant à culture matérialiste, et qui avance sur un fond d'agnosticisme dans ses connaissances générales, n'est pas dans une situation très éloignée. Il peut bien penser que, selon la version du disciple, à partir des cinq pains d'orge du jeune garçon et de ses deux petits poissons, une grande foule a pensé être nourrie abondamment, et qu'il en serait resté douze couffins à partir des morceaux laissés sur l'herbe printanière de ce versant de montagne. Mais il ne peut imaginer le comment du fait. D'ailleurs, le récit du disciple est étonnant, pour une fois, insistant sur ce qu'il considère comme la manifestation évidente d'un miracle, notée pour les générations à venir, comme le dira, en conclusion de l'évangile, le disciple du disciple. Le croyant d'aujourd'hui observe qu'il y a toujours un inconnu récurrent, une impossibilité de savoir, un delta insurmontable d'agnosticisme derrière tout a priori croyant. Si précise soit-elle, la description du geste multiplicateur ne montre jamais le miracle.

Enfin pour terminer sur la distribution/multiplication des pains, s'il y a eu un événement donnant à l'histoire des religions un virage de grande importance, entre les religions à sacrifices sanglants et celle s'exprimant par un repas symbolique en guise de formalisation de tous les sacrifices, il y a peut-être deux lectures de la distribution des pains. Malgré le caractère extraordinaire de ce repas donné pour une multitude « à partir d'à peu près rien », le Maître lui-même n'a-t-il pas été pris de vitesse par son attitude et par un retour récurrent des systèmes cultuels religieux dont il semble, à certains de ses propos, avoir souhaité se distancer.

À lire l'épisode de la samaritaine annonçant une religion en esprit et en vérité, il n'y aura plus ni temples, ni prêtres, ni sacrifices et ni peut-être nouveau rite. Sinon, les rites réintroduisent rapidement les temples ou les églises, les prêtres et des sacrifices d'un genre nouveaux, mais tout aussi réducteurs, pour une religion en esprit et en vérité. L'autre version consiste à penser que le Maître, en se laissant prendre par une distribution à une multitude, en intégrant quelques gestes typiques de son agir propre, qui seront bien reconnus par ses disciples, s'est prêté à la reconstruction d'une religion à son tour universelle et millénaire, en conflit avec la religion dont il tendait à s'extraire : faire étendre les gens, lever les yeux au ciel, rendre grâces, organiser la distribution, faire ramasser les restes.

En faisant ainsi, il invitait ses disciples à ne pas se contenter de repas d'amour aux tables de tous les jours, avec les réalités humaines et leurs temps ordinaires de parole ordinaires. Par-dessus les réunions hebdomadaires des synagogues dont ils allaient être exclus, ils allaient être naturellement conduits à ajouter à une réunion de la parole, une réunion du repas ritualisé et sacralisé. En leur disant, quelques temps après, « faites ceci en mémoire de moi », il ne disait pas « faites comme moi j'ai fait tous les jours », mais « faites comme moi je fais en ce moment-ci, à l'heure de passer de ce monde à mon Père. » Il en résulte que lorsque l'on passe de la Source aux synoptiques et à l'évangile du disciple, la re-ritualisation est déjà en route.

Bloc 12, La nuit sur le lac

Le problème des deux tempêtes des évangiles

Le disciple ne s'est pas seulement senti obligé d'intégrer un récit de la distribution/multiplication des pains, mais de lui associer aussi un récit qui s'inspire de la seconde « tempête apaisée ». Il est présent chez deux des trois synoptiques et constitue vraisemblablement l'un des exemples de ce redoublement d'épisode, accepté par les synoptiques, pour n'avoir pas su fusionner les détails de traditions voisines circulant dans les communautés.

Nous avons en effet deux tempêtes présentées chacune, trois fois dans l'un ou l'autre de nos quatre évangiles. La première figure de façon très similaire dans les trois synoptiques, Matthieu et Luc ayant manifestement copié Marc, lequel reprenait une tradition orale populaire bien distincte. Plus encore que les auteurs d'évangile, ce sont les traditions orales des communautés qui préféraient développer, de reprises en reprises orales, lors des cultes, un second événement, là où il n'y en avait probablement qu'un à l'origine, mais présenté avec des détails inconciliables dans les différentes versions. C'est ce qui est arrivé manifestement avec les récits de la tempête. Dans une version, lorsque la tempête se lève, le Maître s'est endormi dans la barque où il est monté en même temps que les disciples. Dans l'autre version, il est resté à terre, lorsque les disciples ont embarqué, et y est encore lorsque la tempête se lève. Il vient les rejoindre, en marchant sur les eaux. Il arrête alors la tempête.

Le Maître embarqué avec tout le monde et endormi lorsque la tempête se lève, constitue la première tempête apaisée, relatée par les trois synoptiques. Le Maître resté à terre, venant sur les eaux pour interrompre la tempête constitue la seconde, relatée par le disciple et deux synoptiques seulement sur trois, Marc et Matthieu. Les deux versions semblent avoir bénéficié d'une tentative de contexte similaire, dans les évolutions des traditions orales. La première se situe après un discours en parabole au milieu d'une foule. La seconde a pour contexte de faire suite au discours sur la montagne ou dans la plaine, mais après que le Maître ait multiplié/distribué les pains à une grande foule.

Le lien entre ces deux versions et leur conservation successive semble remonter à Marc. En effet la première version/tradition montre très clairement que Matthieu et Luc copient Marc et la seconde version montre aussi clairement que Matthieu copie à nouveau Marc.

Mais dans la seconde version, le disciple entre en compétition dans la bataille d'historicité concernant cet épisode et vient troubler notre recherche. Il a éliminé la première tempête, tandis que Luc a éliminé la seconde. Cette élimination faite par le disciple ne signifie pas, en elle-même, qu'il n'y ait jamais eu que la seconde tempête, puisque l'on sait que le disciple élimine une multitude d'épisodes des synoptiques, pour suivre son projet thématique, sans que l'on doive en conclure qu'ils n'aient pas existé. Si l'on peut douter qu'il y ait eu deux événements distincts, c'est parce que les deux séries de récits manifestent des tendances à des amplifications populaires, bien de la façon de ces communautés se relatant à l'oral, des récits qui les envoûtent.

La première tempête, est tributaire d'un « merveilleux » amplifié par rapport à la seconde et pour les récits de la seconde, Matthieu amplifie le merveilleux qu'il reçoit de Marc, faisant marcher sur les eaux, non seulement le Maître, mais aussi Pierre, subitement pris d'une grande envie de preuve et peut-être d'un exercice peu ordinaire à mettre dans ses souvenirs de disciple. On voit aisément cette évolution dans le tableau IX ci-dessous. Ce tableau permet surtout de voir les conséquences de l'intervention du disciple.

La première tempête n'est pas située dans un contexte très clair et stratégique auquel il faut la lier. Elle survient au terme d'un discours en parabole, chez les trois synoptiques. La seconde, part d'une description plus modeste. Dans les trois récits parallèles de Marc, Matthieu et Jean, elle devrait être appelée plutôt « l'épisode de la traversée par vent contraire. » Elle est surtout placée dans un contexte particulièrement stratégique, aussitôt après la première multiplication/distribution des pains, la « première » puisqu'il y en a deux en Marc et Matthieu, et la seule chez le disciple.

Tableau IX - La nuit sur le Lac, par un vent contraire

L'évangile du disciple	Marc	Matthieu
Quand vint le soir, ses disciples descendirent à la mer et, montés dans une barque, ils allaient de l'autre côté de la mer, à Capharnaüm.	Et aussitôt il obligea ses disciples à monter dans la barque et à le devancer sur l'autre rive, vers Bethsaïde, pendant que lui-même renvoyait la foule. Et quand il les eut congédiés, il s'en alla dans la montagne pour prier.	Et aussitôt il obligea les disciples à monter dans la barque et à le devancer sur l'autre rive, pendant qu'il renverrait les foules. Et quand il eut renvoyé les foules, il gravit la montagne, à l'écart, pour prier
Et déjà l'obscurité s'était faite et Jésus n'était pas encore venu à eux.	Et le soir venu, la barque était au milieu de la mer et lui, seul, à terre. Et les voyant s'épuiser à ramer,	le soir venu, il était là, seul. La barque, elle, se trouvait déjà éloignée de la terre de plusieurs stades, harcelée par les vagues,
La mer se réveillait au souffle d'un grand vent.	Car le vent leur était contraire,	Car le vent leur était contraire.
Alors, après avoir ramé environ vingt-cinq ou trente stades, ils voient Jésus marcher sur la mer et s'approcher de la barque.	vers la quatrième veille de la nuit, il vient vers eux en marchant sur la mer et il allait les dépasser.	A la quatrième veille de la nuit, il vint vers eux en marchant sur la mer.
Et ils eurent peur.	Mais eux, le voyant marcher sur la mer, pensèrent : c'est un fantôme ! et poussèrent des cris. En effet tous l'avaient vu et avaient été troublés.	Les disciples le voyant marcher sur la mer furent troublés : «c'est un fantôme.» disaient-ils, et pris de peur ils se mirent à crier.
Mais il leur dit : C'est moi ! Cessez d'avoir peur !	Mais lui aussitôt parla avec eux et leur dit : courage, c'est moi, n'ayez pas peur.	Mais aussitôt Jésus leur parla en disant : «Ayez confiance, c'est moi, soyez sans crainte.»

		Sur quoi, Pierre lui répondit : «Seigneur, si c'est bien toi, donne-moi l'ordre de venir à toi sur les eaux.» «Viens» dit Jésus. Et Pierre, descendant de la barque, se mit à marcher sur les eaux et vint vers Jésus.
		Mais voyant le vent, il prit peur et, commençant à couler, il s'écria : «Seigneur, sauve-moi!» Aussitôt Jésus tendit la main et le saisit, en lui disant: « Homme de peu de foi, pourquoi as-tu douté ?»
Alors ils voulaient l'accueillir dans la barque, lorsque aussitôt la barque se trouva au rivage, là où ils se rendaient.	Et il monta auprès d'eux dans la barque et le vent cessa.	Et quand ils furent montés dans la barque, le vent tomba
	Et ils étaient hors d'eux-mêmes au-delà de toute mesure, car ils n'avaient rien compris à propos des pains, au contraire, leur cœur était bouché.	Ceux qui étaient dans la barque se prosternèrent devant lui, en disant : «vraiment, tu es fils de Dieu»

Les curiosités extraordinaires de ce récit de la Nuit sur le lac, chez le disciple

Son récit, n'est à peine, que par une phrase très discrète et réductrice, un récit d'intempérie : « La mer se réveillait au souffle d'un grand vent. » D'autre part, après un récit du miracle des Pains distribués, accentuant les précisions relevées par les synoptiques, ce récit très court de l'épisode de la Nuit sur le lac, est des plus curieux et énigmatique. On s'étonne de voir le disciple s'efforcer, en quelque sorte, de raconter sans raconter. De brèves informations arrivent en fait de façon négative. Avec le soir, on n'y voyait plus clair. Le Maître n'était pas venu, détail renforcé par le « encore » : « Il n'était pas encore venu à eux ». Les deux éléments cosmiques, la mer et le grand vent qui la réveille à son souffle, semblent liés à l'absence du Maître.

Dans ce paysage mystérieux, le récit s'ébauche à peine : ils (les disciples), cités en entrée, sont descendus à la mer après avoir ramassé les restes du repas des 5 000 hommes. Ils ont ramé 25 ou 30 stades. Tout le récit en voix off n'est pas vu comme décrivant des actes du Maître, mais comme observé du point de vue des disciples, témoignant, par la suite, de leur perception de l'événement. Le récit ne le met pas en scène venant, marchant, les dépassant comme en Marc. Ce sont eux qui voient le Maître marcher sur la mer et s'approcher. Ils eurent peur. Le centre de l'observation se renverse subitement et un seul instant. C'est la pointe du bloc rédactionnel et il tient en deux mots : « C'est moi ! Cessez d'avoir peur ! » On retourne aussitôt à la scène vue par les disciples, par une seule réponse non formulée des disciples qui laisse entendre qu'ils changent de réaction : « Alors ils voulaient l'accueillir dans la barque. »

On est bien dans le style du disciple. Il contracte une série d'étapes. Le récit nous laisse même dans l'ignorance totale de ce qui se passe « alors », et s'interrompt par une pirouette incroyable. « Lorsqu'aussitôt la barque se trouva au rivage, là où ils se rendaient. » Nul ne sait ni comment, ni pourquoi. Les contractions de ce récit prouvent au moins une chose : le disciple avait en tête les traditions orales que tout le monde connaissait dans les communautés. Il donne aussi une impression beaucoup plus primitive que la version de Matthieu. La version du disciple paraît tout aussi primitive que celle de Marc.

Thématique de ce récit

Bien que le Maître soit très concrètement l'homme qu'ils ont en face d'eux, depuis plusieurs mois, qu'il leur dise que c'est bien lui, de ne pas avoir peur…, nous sommes en face d'un événement et d'une scène qui ne se décrit pas, ou ne veut pas se décrire, contrastant avec le récit au contraire affirmé et limpide de la multiplication des pains. Face aux forces de la nature, rassemblées, mais en demi-teinte, comme le panel des forces négatives : l'obscurité, la mer, le grand vent, nous assistons, pour quelqu'un disposant d'une bonne culture juive, au passage d'une théophanie, de quelque chose de divin, mais à un passage divin se faisant discrètement visible dans l'invisible. On songe au récit du buisson ardent regardé par Moïse, au passage de Dieu dans une brise de montagne devant Élie.

Revenons au tableau IX, des deux versions synoptiques de la seconde tempête (Marc, Matthieu et Jean). Chez le disciple, c'est un récit volontairement plein d'omission. Mais c'est comme si le récit des synoptiques manquait de l'essentiel, malgré leurs détails. Il manquait la façon de parler de Dieu sans parler de lui, à la façon des passiva divina de la profonde culture religieuse du disciple. Comme dans ces passiva divina, son récit passe par des expressions négatives et des périphrases pour évoquer ce qui semble se passer de façon indirecte sans le raconter vraiment. Un récit tout en réserves. Dans ce récit, il s'efforce en fait de recréer une théophanie. On en aura un second exemple à Jérusalem, lorsque des grecs demanderont à le voir et qu'une voix se fera entendre dans le ciel. Mais dans son insaisissabilité, le récit lui-même nous désarme. En somme l'indicible de l'agir de Dieu est transféré sur un agir indicible du Maître.

Les événements en termes d'historicité

Cependant, il y a une historicité profonde dans cet épisode faisant suite à la distribution des pains à une grande foule : l'historicité d'un virage stratégique incontestable, correspondant à la décision de plonger dans une situation blasphématoire, déjà présentée dans les blocs johanniques précédents. Voulant échapper à une issue politique attendue par la masse des auditeurs du miracle des pains, l'attitude du Maître est de « semer » ses disciples et en les semant, de semer la foule. Il commence par s'en séparer physiquement, dans un contexte où il lui était difficile de disparaître momentanément.

Mais il les sème aussi « intellectuellement ». À plusieurs reprises, les différents évangiles relatent l'incompréhension d'une partie des disciples, sinon tous, à l'égard du refus d'un messianisme royal, immédiatement efficace pour un peuple opprimé et colonisé. Marc 6,52, conclut ainsi la seconde tempête apaisée, faisant suite à la première multiplication des pains : « Ils étaient hors d'eux-mêmes, au-delà de toute mesure, car ils n'avaient rien compris à propos des pains. Au contraire, leur cœur était bouché. » Le disciple non nommé, devenu le quatrième évangéliste, s'efforce de dire implicitement ce décalage entre le Maître et les foules ainsi que l'attitude réelle des disciples, face à ce virage stratégique. Il va le développer explicitement dans le Bloc 13 qui suit. Mais auparavant, témoin de l'enchaînement de ces deux scènes, il évoque, à sa façon, cette ambiance d'incompréhension de ce qui se passe, et en même temps cet état « assommé » des disciples devant leur maître dominant les éléments. Il le fait par un récit haché, maladroit, incohérent, mais avec une acuité, une intelligence et un outillage conceptuel vétéro-testamentaire. En somme, dans ce récit, domine la réponse très minime du Maître, mais aussi pour le narrateur, le refus de révéler les coutures et les détails du récit, à une exception près étonnante, le chiffrage de la traversée déjà accomplie en nombre de stades, vingt-cinq ou trente. C'est comme un souvenir kinesthésique de l'effort musculaire qu'ils avaient déjà fourni dans cette traversée.

On a enfin des contractions thématiques. Certaines sont artificielles et physiques : ils arrivent subitement au but. D'autres sont voilées et intérieures. On a presque l'impression, à la différence de ce que l'on ressent chez les synoptiques, que le souffle du grand vent, c'était le passage même du Maître marchant sur les eaux. N'aurait-on pas aussi l'impression que c'est le Maître, l'auteur de cette poussée subite de la barque au but, dès lors qu'il y a mis les pieds.

Revenant au projet du disciple qui est de raconter ce que la Source et les traditions des synoptiques n'ont pas réussi à raconter encore, lui seul sait sectionner, comme ce bloc le montre, ce sur quoi il ne veut pas insister, pour faire apparaître ce qui manque, à son avis, dans le regard des communautés sur cet événement.

La leçon générale des deux Blocs rédactionnels 11 et 12, introduisant par leur contenu le discours en public sur le pain de vie, est la suivante : l'évangile du Maître n'a pas pour but un royaume politique susceptible de nourrir à satiété les hommes. Il est là pour une autre nourriture et c'est la traversée de nuit sur le lac qui permet de dépasser la distribution des pains et de voir une révélation du divin dans le Maître. Ici, on apprend à le voir dans le désarroi des éléments déchainés et dans une sensation de complète incompréhension sur la vraie nature de son royaume et de sa mission.

Sur le plan de l'historicité, en conclusion et en résumé sur ces deux épisodes de récit, nous pouvons retenir ceci : le disciple entend les retenir pour leur importance et pour ses propres ajouts, parmi une sélection de quatre épisodes galiléens seulement. Il justifie ainsi son travail d'écriture en raison des manques de la Source et des autres traditions dont il a connaissance. Enfin nous pouvons traduire son commentaire introductif du verset 6,6 : « car il savait, lui, ce qu'il allait faire, » en nous exprimant avec les outils conceptuels du XXIe siècle : le Maître suivait avec détermination les intuitions prophétiques qui l'habitaient. Donc nous entrons, du point de vue du disciple, dans une séquence de faits historiques significatifs dont il veut « témoigner », à l'intérieur de la description des incidents ayant conduit au blasphème et à l'affrontement avec les juifs. Du point de vue des faits, il nous laisse entendre qu'on ne saura jamais ce qui s'est passé exactement dans la seconde séquence à savoir celle de la Nuit sur le lac. L'essentiel pour lui c'est que nous sommes à nouveau à un tournant stratégique. Devant le mouvement de rumeur qu'il lance, avec ses signes « sur les infirmes » et ce dernier signe ayant consisté à rassasier à satiété une grande foule, le Maître veut fuir la déviation politique de son messianisme, à laquelle il risque de donner des raisons, en vertu non seulement des signes mais aussi de ses origines davidiques déclarées.

Derrière donc un récit incluant, à l'excès, des navettes géographiques difficiles à bien situer, entre le point de départ à Capharnaüm, des foules qu'il entraîne hors des villes, pour des prédications dans des espaces naturels printaniers, il apparaît qu'il organise ensuite une opération de fuite pour lui et pour les siens. Il les envoie d'un côté. Il part de l'autre, avant de faire que tout le monde se retrouve dans la synagogue de Capharnaüm pour entendre la vraie leçon des événements. Ce faisant, suivant ses intuitions prophétiques, il semble, pour le croyant matérialiste, qu'il n'ait pas craint, aux dires du disciple, à travers des faits impossibles à connaître, de s'être laissé aller à quelques signes prophétiques extraordinaires sur le champ de son rapport aux biens matériels nécessaires pour se nourrir et aux éléments négatifs, mers et vents, mythiques pour les juifs, au regard de la compréhension de l'univers.

Bloc 13, Le second bloc de discours devant les foules, le discours sur le pain de vie,

Grand et unique discours Galiléen.

C'est donc le seul discours galiléen. Il diffère quelque peu des discours aux foules situés à Jérusalem. Ce discours est fortement composé comportant une introduction de 10 versets. Celle-ci fait venir le sujet en situant d'abord le contexte géographique et en remémorant une demande de signes puis la question des œuvres, qualifiées ici, dans une sorte de discours premier, « d'œuvres de Dieu ». Elle annonce enfin l'importance du sujet dans un lien vétéro-testamentaire au « pain de Moïse », la manne, qui n'était pas le vrai, par rapport à celui qui va être désormais donné par « celui qui descend du ciel ».

Chez le disciple, ce discours difficile introduit la confession de foi de Pierre

Outre cette introduction, ce bloc 13 est tout aussi fortement composé d'une conclusion de 11 versets se conformant à un dispositif essentiel chez les synoptiques, la « confession de foi de Pierre ». Le disciple ne peut se priver de la relater, lui aussi, mais en la reliant à une forte tonalité johannique. On remarque que cet ensemble Multiplication des pains/ Profession de foi de Pierre est commun à tous les quatre évangiles. Dans les synoptiques, l'enchaînement est à peu près unanime : Multiplication des pains ; Question « qui suis-je » ; Profession de foi de Pierre ; Première annonce de la passion ; Difficiles conditions pour suivre le Maître ; Transfiguration. La raison de ce lien est clairement expliquée chez le disciple. Alors que chez les synoptiques, une même succession de péricopes ne permet pas de voir facilement l'enchaînement, chez lui tout est simplifié. C'est parce que ce discours/commentaire de la multiplication des pains, le discours du pain de vie, provoque des difficultés pour les disciples, parce qu'il est difficile à admettre, que beaucoup de disciples quittent le Rabbi Jésus. Il prononce un discours trop « raide », que personne « ne peut écouter ».

Le départ d'un nombre important de disciples, en milieu de parcours, est déjà, en soi, une information historique importante. Mais en outre, le Maître prononce aussi la question de fidélité à ceux qui restent : « Voudriez-vous, vous aussi, vous en aller ? » Elle provoque la réponse de Pierre, au nom de ceux-là : « À qui irions-nous ? Tu as les paroles de la vie éternelle. Nous, nous croyons et nous savons que tu es le Saint de Dieu, su ei o agios tou theou. » Nous notons au passage une formulation que l'on peut qualifier d'aussi primitive que chez Marc, mais plus vétéro-testamentaire et, pour une fois, moins hellénisée que chez les Synoptiques. Au lieu de « Tu es le Christ de Dieu (Luc)» (ton kriston tou theou), ou chez Marc « Tu es le Messie » ou chez Matthieu : « Tu es le Christ, le fils du Dieu vivant. ».

De même, dans un contexte de déstabilisation ayant une certaine valeur d'historicité, et d'abandon de nombreux disciples, la confirmation de ceux qui restent, présente de façon intéressante, d'abord par défaut, leur décision de poursuivre : « À qui irions-nous ? »

Une impression initiale peut aussi avoir des conséquences en termes d'historicité. On a vu que le Bloc 12 de la Nuit sur le lac plaçait le lecteur dans un cadre de déstabilisation mystique fondamentale. Ici, dans le Bloc 13, l'introduction géo-historique, bien de la manière du disciple, est marquée également par une suite de déplacements déstabilisants telle qu'il n'y en a pas d'autres, avec une telle intensité, dans ses 35 blocs, : départ pour la région environnant Tibériade, retour précipité à Capharnaüm. Les foules suivent puis cherchent le groupe. Des barques de la foule reviennent de Tibériade vers le site du discours sur la montagne ou dans la plaine puis retournent à Capharnaüm, tout ceci apparemment en une ou deux journées. Finalement le discours-explication se tient à la synagogue de Capharnaüm.

Première partie du discours

Le discours se trouve enchâssé dans ce contexte. Il est introduit par de brefs dialogues, mais dont il faut voir la différence avec les dialogues plus savants de Jérusalem. Ici le nerf du dialogue est « alimentaire ou pas ? ». Vous voulez quelle nourriture, celle du corps ? Ce n'est pas celle-là que je vous apporte. Se greffe là-dessus la question déjà bien référencée des signes demandés, « pour que nous croyions ». Les réponses de Jésus non seulement incorporent à quatre reprises la définition « celui qui m'a envoyé », mais reprennent aussi plusieurs fois, comme des introductions ou conclusions solennelles « Amen, Amen, je vous dis ». Comme souvent chez le disciple, le discours avance à petits pas, par des reprises multiples.

Ce discours présente à la critique les plus extrêmes difficultés s'il veut affronter le tribunal de l'historicité. Soit on le banalise comme un discours d'Église et de dévotion sensible, voire sanguinolente, type XVIIe ou XIXe siècle. Il révulse l'intelligibilité moderne, comme il a révolté l'intelligibilité du monde ancien, accusant les chrétiens d'anthropophagie secrète, dans leurs rites, alors qu'ils reprenaient ce discours et les gestes qui avaient commencé à avoir cours au terme de ces discours galiléens. Soit on le regarde à un autre niveau, sous l'angle de l'intelligence historique générale, celui de la métamorphose des religions des sacrifices sanglants, pratiqués de façon générale dans les millénaires antérieurs, en nos religions modernes, ancrées sur des sacrifices plus symboliques, sacrifices en parole et par des repas fraternels. Ce discours introduit à la symbolique des repas ou des « banquets » de pain et de vin des deux derniers millénaires.

Quand on pénètre dans le détail de tels propos, et pour aborder l'historicité de ce bloc de discours, l'un des problèmes préalables est qu'il faut commencer par désintoxiquer nos oreilles de tout le discours ecclésiastique bas de gamme qu'elles ont entendu à de multiples occasions sur le sujet, dans beaucoup de cérémonies de culte. Cela est vrai tout particulièrement pour les personnes de confession chrétienne, mais également pour les athées et les agnostiques convaincus, qui en général, n'ont pas manqué d'assister à quelques cérémonies concernant des personnes chrétiennes de leur entourage. Il faut donc chercher à faire comme si le propos oral sonnait à nos oreilles pour la première fois, avec toute la surprise qu'il pouvait créer pour ses premiers auditeurs.

Comment donc un rural galiléen laïc, un artisan-paysan peut-il être à l'origine de cette pente métaphorique glissante, le jour d'un discours printanier, en plein champ, devant une foule galvanisée par ses actes prophétiques ? Puis comment peut-il en être à l'origine consciente et verbalisée, le lendemain, par un discours interprétatif, devant une foule très critique et énervée, rassemblée dans le contexte d'un culte en synagogue. On est encore dans la première partie du parcours prophétique, ou au moins à la fin d'une première phase euphorique de ce parcours. Et on est encore à deux ans peut-être de la Cène instituant devant les disciples, dans une relative intimité, le nouveau culte, en passe de se formaliser.

À travers le plan en deux parties de ce discours, comment imaginer, donc, la matérialité du propos symbolique virant au sacrifice de la chair et du sang de l'orateur lui-même ? Il faut passer du sacrifice des pasteurs à la religion des cultivateurs de céréales, mais dans la seconde partie de ce discours, imaginé comme symbolisé par le sacrifice de l'orateur lui-même, envisageant sa mort, comme dernier sacrifice sanglant. Ce passage, ce virage, survient brutalement dans un contexte d'opposition et de fracture difficile à repérer, vingt siècles plus tard, si ce n'est que nous avons deux indices offerts par le disciple. Ce discours/dialogue/récit d'événement conflictuel est survenu entre ce prophète rural et la foule demandant un royaume politique et des disciples très partagés sur leur devenir. D'autre part, on a une division de ce discours en deux parties assez visibles.

Le dérapage d'un discours, dans un contexte d'égo, facilité par le contexte vétéro-testamentaire et par celui du parcours

La première partie, allant du verset 6,26 au verset 6,51 aborde une nourriture symbolique. Ce sont « mes paroles, la confiance en mes paroles, la compréhension de ces paroles, comme une nourriture venant du ciel et accordant une vie pour durer jusqu'au dernier jour. » Puis on a un virage subit et brutal en milieu de verset : après un « Kai dé », « bien plus, davantage », expression connue en grec. Un « dérapage » de l'orateur en pleine synagogue apparaît : « Davantage ! Le pain que moi je donnerai, c'est ma chair… »

D'où cette seconde et nouvelle série de questions des interlocuteurs : « Comment celui-là peut-il donner sa chair à manger ?... Il est raide ce discours ! Qui peut l'écouter ? »

Le Maître galiléen, loin de calmer les interrogations, enfonce le clou, dans un langage cette fois d'une symbolique, non plus au second degré mais au troisième : cette chair à manger reste cette compréhension « en esprit » mais en annonce de sa mort et de sa passion. Manger la chair, boire le sang, reviennent cinq fois, à peine atténués par les propos de la fin reprenant le mot de « pain », symbolisant la chair et le corps à manger (v 58) et sur la répétition : après « cela vous scandalise ? » C'est « l'esprit » qui permet de comprendre. « La chair ne sert à rien ». La compréhension selon la chair, de celui qui entend ces paroles, ne lui sert à rien. On demeure bien en pleine symbolique mais dans une symbolique difficile pour ces Galiléens. Avec un retour sur « les paroles que je vous ai dites », même celles du « dérapage » en synagogue qui vient d'avoir lieu, « sont esprit et elles sont vie. »

Cependant, il faut revenir, ici à l'emploi de ce mot « sarx , chair », repris six fois, auquel ce discours imprime une marque historique définitive, après qu'on l'ait déjà abordé à l'occasion du Bloc 5, évoquant l'entretien avec Nicodème. Il importe de faire un retour au sens que ce vocable aurait pu avoir avant les contre-sens induits par deux millénaires d'évolution des cultes sacrificiels chrétiens. J'emprunte d'abord des réflexions à des remarques de Sandra M. Schneiders parues dans un article de *The Biblical quaterly n° 1 de janvier 2011, The Lamb of God and the forgiveness of Sin(s) in the fourth gospel.* Cette chair n'est pas une chair morte et saignée par les sacrifices anciens, réalisés sur les esplanades servant d'abattoirs sacrés, dans le Temple. Elle n'est même pas celle qui pendait sur la Croix, après la mort du Maître. Cette chair qui est offerte à manger est une chair vivante, bien en vie, non seulement parce qu'elle est en train de parler et d'offrir un repas de fête, mêlant les notions symbolique du pain et de la chair, du sang et du vin des banquets. Et on ne le saura qu'ensuite, elle sera cette chair ressuscitée d'un Fils de l'homme bien vivant parce que ressuscité.

Sandra M. Schneiders fait appel à une antropologie juive, mais surtout à toute la geste vétéro-testamentaire. Selon cette auteure, l'Ancien testament avait développé une conception de la chair comme représentation de la personne physique, celle avec laquelle on partageait de son vivant, comme l'image de celui qu'on avait en face de soi dans la société, et non comme imaginée comme une chair morte, exsangue, transformée en mets physique. Toute la tradition biblique allait dans ce sens, depuis le sacrifice d'Isaac qui finalement n'était pas mort sacrifié par son père mais avait été remplacé par un bélier, jusqu'aux justes et aux prophètes de Dieu, au serviteur souffrant lui-même que les hommes avaient voulu prendre comme bouc-émissaire mais que Dieu n'avait jamais voulu sacrifier qu'il n'avait pas laissé sacrifier, finalement, que Dieu avait toujours sauvé.

Mais revenant ensuite sur les réflexions faites sur l'hellénisation plus ou moins avancée de ce monde juif du tournant de l'ère, j'ajoute que l'irruption de ce thème, dans un dérapage, dans un discours sur le pain, nous impose le constat qu'ici, après un premier bouquet de notions transformant des objets ou des réalités quotidiennes, le pain, l'eau, la vie, la faim, la soif, manger, boire, surgit un second bouquet de notions appliquées à des réalités de l'homme, plus personnelles, mystérieuses, voire intimes, la chair, le sang, avoir la vie « en soi ». Ce second bouquet de notions typiques d'une pensée hellénisée est d'abord présenté comme équivalent au premier : « Le pain que moi je donnerai, c'est ma chair… ». Ensuite il est associé à un troisième bouquet de notions, la vie du monde, le Fils de l'homme, la vraie nourriture, la vraie boisson, demeurer en moi et moi en lui. Comme le travail théologique transformateur se poursuit, apparaît enfin un quatrième bouquet de notions, la vie éternelle, la résurrection au dernier jour, qui me mange, vivra par moi.

Il est difficile de penser que le dérapage a comporté immédiatement tous ces étages de travail théologique et notionnel. Mais le dérapage mémorisé par le disciple a pu jaillir d'un plus modeste emploi de ce mot chair, et de ces bouquets de notions dans une facture première, en cours d'évolution, dans un véritable travail de diffusion en tâche d'huile de la pensée issue de la Septante. Les faits et gestes bibliques étaient retravaillés par une tension conduisant à la production de notions généralisantes. En tout cas, ici, c'est la personnalisation de ces notions sur la personne du Maître qui est originelle. C'est sa propension à émettre des égos blasphématoires, qui porte ce départ, ce déclic vers une généralisation de la geste vétéro-testamentaire. Du pain des pères on passe au pain vivant, par l'intermédiaire du pain du Maître, celui qui avait été distribué à profusion, suite au premier discours sur la montagne ou dans la plaine. Par cet effet de tache d'huile, on passe aussi du sang des boucs et des sacrifices à la chair vivante et au sang vivant du Maître.

Comme l'on est en plein travail de dissonance et de divergence extrême, dans le cheminement de la pensée, on a mis le doigt sur une attestation d'historicité véritablement johannique. Ce qui atteste de l'historicité, c'est la nécessité de repérer ce qui a sous-tendu le virage des religions du début de l'ère et le schisme de la société juive, apparaissant derrière la suite d'événements des blocs, associant faits et discours entre les blocs 11, 12 et 13.

Dans cette hypothèse que je tente de formuler, il est évidemment difficile de dire les propos précis par lesquels étaient exprimées ces notions et ces bouquets de notion dans le discours originel et ce qui relève du temps de l'écriture par le disciple. Mais ce qui paraît nécessaire cependant, c'est qu'il y eut un continuum, entre le discours originel et le temps de l'écriture. Est aussi nécessaire le fait que ce continuum se soit réalisé dans un écart de temps beaucoup plus court que ce que l'on a pu penser jusqu'à présent. Le disours originel et le temps de l'écriture relèvent non pas d'un écart de huit décennies mais de deux ou trois, au sein d'une même phase culturelle locale, profondément marquée par la Septante et en Palestine même.

Après le discours sur la montagne ou dans la plaine présenté par les synoptiques, après le repas des pains partagés et distribués à une foule, qui est d'abord le symbole de la rencontre et de la parole du Maître et des hommes, il n'y a, dans ce discours johannique du Bloc 13, qu'un glissement vers un symbolisme encore davantage intérieur et encore plus personnalisé, passant du repas de pain partagé vers un repas où le Maître se donne lui-même avec sa parole et sa chair comme nourriture générale des hommes dans un symbole de la rencontre générale avec lui-même. Le Maître ne propose pas un nouveau culte. Il propose de se laisser rencontrer, en lui-même, dans sa chair, image vivante et visible de sa personne. Il n'y a là, aucunement d'abord, l'idée de se proposer comme une chair sacrifiée et morte à manger.

Même sous l'image d'une chair vivante à manger, ce discours était effectivement bien raide à entendre, même pour des hommes juifs, rendus capables d'entendre dans une culture évoluant sous la force dynamique de la Septante. Ce discours est tout aussi raide à entendre aujourd'hui pour des hommes du XXIe siècle, marqués doublement par une culture scientifique et matérialiste, mais aussi par deux millénaires de discours pieux prononcés par un christianisme de pénitence, exaltant la souffrance, comme principe du salut et de la participation aux souffrances du Christ.

Ce discours sur la Chair introduit aussi une annonce johannique de la passion

Toujours pour l'historicité et les témoignages parallèles, rappelons que les trois synoptiques associent à cette phase de la confession de foi, la première annonce de la passion. Donc il n'est pas étonnant que chez le disciple aussi, la profession de foi soit en même temps totalement imbriquée dans une annonce par lequel le maître laisse entendre qu'il va donner et sacrifier sa vie au lieu de prendre le pouvoir politique et de mener des armées de juifs entrant en résistance contre l'occupant. C'est le grand virage stratégique de Jésus devant les foules. C'est un discours de « dérapage », de changement de vitesse prophétique, de clarification. Au moment où ses auditeurs veulent le « faire roi », il n'hésite pas à tenir un discours provocateur pour la foule. Il n'hésite pas, par l'exigence et la raideur de son discours, à provoquer le retrait d'une partie importante de ceux qui l'ont suivi jusque-là. Sans geste, sans signe spécifique supplémentaire, comme on le lui demande, peut-être avec quelque raison, c'est une provocation peut-être purement symbolique, « intellectuelle ».

Du point de vue des critères d'historicité, on est en face d'une situation de dissonance maximale, par rapport à la société juive, aussi par rapport à la société rurale galiléenne et encore face au groupe des disciples. En fait c'est le lien à « l'égo » qui choque, non le lien au sacrifice sanglant lui-même, puisque ces sacrifices étaient de coutume constante depuis des siècles. Le groupe des disciples ne savait pas encore non plus que le parcours galiléen allait conduire aux aller et retour de plus en plus tendus et clandestins vers Jérusalem, alors que le lecteur d'évangile, en lecteur post-pascal, sait très bien que cet ensemble de blasphèmes et de provocations va conduire le Maître au procès et à la condamnation à mort. Cet « égo » est tout à fait dans la ligne de tous les grands discours du disciple, mais aussi dans la ligne de ce dont il veut témoigner comme essentiel aux discours du Maître. Ces discours sont de gigantesques affirmations d'égo.

Enfin, nous avons, à mi-parcours, en appui, un critère de cohérence, entre le « Voici l'agneau de Dieu » du Baptiste et le « Ceci est mon corps, ceci est mon sang » de la dernière Cène. Nous avons donc bien deux critères d'historicité très classiques. Ce qui surprend l'historien, c'est l'emboitement précoce des séquences et l'emboitement des discours. Que le Maître ait historiquement interprété sa mission comme la fin des sacrifices sanglants dans le Temple, est une certitude historique attestée par tous les évangiles, avec les propos du dernier discours en chambre haute et avec l'annonce de la destruction du Temple remplacée par une eschatologie centrée sur lui-même. Qu'il les ait remplacés par un rite du pain est aussi une certitude. Mais on pouvait être tenté de reporter la chronologie à plus tard. Ce bloc du disciple est le témoignage d'un discours qui a cherché à formaliser, en public, cette rupture des rites, dès la fin de la période euphorique de sa tournée en Galilée. Par ailleurs, il tend à préciser que ce discours eut lieu à la suite de l'événement de la distribution des pains sur la montagne ou dans la plaine.

Ce qu'il est plus difficile d'expliquer, ensuite, c'est qu'à cette religion du pain ait été lié un symbolisme voyant sa chair et son sang, derrière le repas de pain et la boisson de ce repas. L'un des premiers versets de la réponse à ses interlocuteurs, en Jn 6,35, associe faim et soif, cette dernière étant un rappel des paroles à la Samaritaine. De même, le verset 53 lie chair et sang.

Dans notre doute scientifique, nous peinons à considérer que le disciple puisse nous faire entendre les mots exacts par lesquels ont été exprimés ces associations de thèmes, tant son écriture transforme les propos dont il déclare se souvenir. Mais l'association des thèmes est inévitable pour plusieurs raisons, malgré la difficulté extrême que nous avons, lecteurs du XXIe siècle, à lire ici une attestation d'historicité. Ce discours est en effet à mi-chemin entre deux faisceaux d'attestations multiples. D'abord il est relié à la référence à l'agneau de Dieu et aux poèmes du Serviteur d'Isaïe, formalisée par le Baptiste, d'autre part à la formule de distribution de la dernière cène, rapportée par tous les synoptiques mais pas par le disciple. C'est pour cela que la recherche de l'historicité de l'évangile du disciple est difficile. Il faut régulièrement relier aux discours johanniques une attestation multiple dépendant d'un autre fait ou d'une autre étape, ou chez lui, ou chez les synoptiques. La seule question qui fait hésiter n'est pas que le lien soit réalisé par le Maître lui-même, mais qu'il ait été fait, comme le rapporte le disciple, à une étape bien antérieure et dans un contexte bien différent de celui du repas de la veille de la dernière Pâque.

En fait, dès lors que la réflexion du Maître sur les textes d'Isaïe est attestée, conduisant l'heure du royaume à l'heure du serviteur souffrant, également attestée chez les synoptiques dès le début du parcours en Galilée, lors de la déclaration de Nazareth, ce lien est possible. Sa réalisation publique dans le discours de la synagogue de Capharnaüm, suivant la grande distribution des pains est un apport du disciple pour sa datation historique. Le complexe chassé-croisé et ensemble de mouvements en barque, dans le but de fuir une possible transformation politique, explique la nécessité d'une telle formalisation.

Le disciple cache à peine la dramatisation de cet épisode, au lendemain de la manifestation des pains et de la manifestation sur la mer. La grande agitation physique et géographique du récit est un signe d'une grande tension thématique et intérieure. Cette agitation à deux niveaux est ressentie dans la conscience du disciple qui la lit dans la conscience du Maître et la sent dans le discours qu'il entend.

En ce sens, en percevant ce lien et son contexte historique, le disciple nous conduit à une historicité profonde que n'ont su rapporter et que n'ont peut-être même pas su lire, sous les mots entendus, les autres disciples inspirateurs des évangélistes synoptiques. Plus habitués au judaïsme populaire, ils étaient probablement parmi ceux qui n'auraient pas vu d'un mauvais œil une royauté politique s'ajoutant à la royauté messianique. Ce judaïsme populaire était celui auquel ils participaient dans les bourgades et les villages de Galilée, ne possédant pas la culture biblique du jeune lettré de Jérusalem.

Le disciple traduit ce décalage culturel et surtout ce décalage dans l'intelligibilité par cette réaction des interlocuteurs qu'il est seul à rapporter et dont on admettrait facilement l'historicité : « il est raide ce discours ! Qui peut l'écouter ? » le Maître percevant bien le « murmure » provoqué par ses propos reprend « Cela vous scandalise… » et introduit la profession de foi de Pierre.

Bloc 14, Les controverses à Jérusalem

Avec ce Bloc 14, le disciple aborde un nouvel ensemble central de trois blocs. Il est composé de deux blocs de discours dans le Temple ou dans Jérusalem, et d'un bloc narratif. On va les appeler « Les blocs de controverses et de proclamation des grands égos », avec celui de la femme adultère qui s'incruste entre les deux.

Cette composition fait problème parce que le Bloc 15 de la femme adultère manque à certains manuscrits, en particulier aux plus anciens. Il apparaît à partir des années 200 et ne commence à être défendu comme authentique par des Pères de l'Église qu'à partir du IVe siècle. Cela ne veut pas dire qu'il n'existait pas auparavant.

Si le disciple a rédigé ses blocs un par un, en les laissant partir au fur et à mesure, il est étonnant qu'un bloc n'apparaisse comme certain que deux ou trois siècles plus tard. Mais une lecture de ce problème de validation des blocs peut consister à penser que dans la construction progressive de cet évangile, attendant un assemblage, le plus grand nombre fut assez vite globalement accepté, et que l'un ou l'autre des blocs a fait plus longuement difficulté. Ce dernier bloc n'a donc obtenu sa validation que tardivement, en raison de son contenu choquant pour les autorités des premières communautés chrétiennes.

Une autre critique porte non sur l'existence originelle du Bloc 15 mais sur sa place adéquate. C'est une critique qu'adopte Xavier Léon-Dufour en le situant non entre les Blocs 14 et 16 mais après le Bloc 16, réunifiant en quelque sorte les Blocs 14 et 16 de controverse sur l'identité du Maître. Cette hypothèse semble cependant difficile à admettre, dans la progressivité générale des travaux d'écriture du disciple et de ses disciples scribes. On a vu en effet qu'ils s'apprenaient peu à peu à écrire des textes de plus en plus longs mais ne dépassant guère une certaine dimension. Or la fusion en un seul, des Blocs 14 et 16, donnerait un bloc anormalement long de 100 versets, tel qu'ils n'en ont jamais écrit. Ils n'ont jamais dépassé les 48, 52 ou 54 versets.

De plus, tout en restant dans un style profondément johannique, ces deux blocs ont des caractères quelque peu différents comme on l'observe à diverses reprises. Quand dans un bloc, nos auteurs adoptaient une sorte de cadence, ils n'en changeaient pas facilement au sein du même bloc. On a précisément des nuances différentes du tempo, du Bloc 14 au Bloc 16. Le Bloc 14 est constitué de sous-ensembles coupés par des interventions/questions/commentaires de bonne longueur, avec de véritables scénettes internes (les gardes, Nicodème). Le Bloc 16 se construit sur une cadence beaucoup plus resserrée. Des propos conflictuels répondent à des propos conflictuels. Les interruptions permettant au discours de rebondir sont brèves et très liées à une parole précédente du Maître.

En outre, d'un bloc à l'autre, il y a une différence de niveau dans le sujet identitaire. Il y a donc à mon avis deux blocs rédactionnels distincts. Comme en plusieurs fois ailleurs, le disciple a besoin de revenir en deux ou plusieurs fois sur une étape centrale de son évangile. Ce qui était contenu dans un bloc ne lui suffit pas et il éprouve le besoin de revenir sur le sujet dans un second bloc. C'est le cas ici pour les Blocs 14 et 16. Enfin, le bloc narratif de la femme adultère, qui crée une sorte d'entr'acte entre ces deux parties d'une controverse, est en lui-même un lien très bien composé pour ces deux blocs traitant de l'identité du Maître.

Autre remarque générale, le Bloc 14 ramène définitivement le lieu du quatrième évangile à Jérusalem. Après une forte introduction géographique, il fait le lien avec les thèmes des précédents blocs situés à Jérusalem, la guérison de l'homme handicapé rendu sain et le discours qui explicite ce signe : en Jn 7,23 : « Moi j'ai rendu sain un homme tout entier, un sabbat... », allusion à Jn 5,5, 14, 15.

Ce faisant, tous les thèmes johanniques continuent à cheminer et pas seulement celui-là. On a déjà vu que, dans l'ensemble, le disciple suivait le plan de la Source Q et celui de Marc et des synoptiques. C'est encore le cas, même si, par ailleurs, il suit son propre plan thématique de façon simultanée et s'il simplifie le plan des textes qu'il trouve avant lui. Il sélectionne beaucoup. En arrivant de suite à ce bloc, il résume d'un seul trait tous les épisodes contenus dans les plans des synoptiques : « Après cela Jésus parcourait la Galilée. En effet, il n'était pas en son pouvoir de parcourir la Judée, parce que les juifs cherchaient à le tuer ». C'est tout ce que l'on saura désormais du parcours en Galilée.

Mais formellement, le disciple respecte donc le plan de la Source et des synoptiques concernant un long parcours en Galilée. Et formellement encore, les passages de son évangile à Jérusalem ne sont que des incursions temporaires à l'occasion des fêtes. En ce sens, il cherche à être fidèle à l'historicité générale bien décrite par les traditions orales synoptiques, que par ailleurs les lecteurs de son évangile sont censés avoir en mémoire, parce qu'ils les connaissent bien. Il en élimine donc, de fait, tout ce qui se passe en Galilée ou alentour, le voyage en Phénicie, celui chez les Géraséniens et en Pérée par exemple. Et comme il veut recentrer sur Jérusalem tout ce qu'il doit présenter, le parcours en Galilée est achevé dans son récit par ce bref résumé de deux lignes, suivant le discours à Capharnaüm résultant de la distribution/multiplication des pains.

Désormais, son thème sur l'identité du Maître rebondit aussi sur la façon très originale de présenter la profession de foi de Pierre, qu'il a placée après le signe des pains et l'explication qui en a été donnée à la synagogue de Capharnaüm. On arrive ainsi au cœur de la fameuse christologie du disciple, qui fait tant douter les historiens de l'historicité de son texte. Tout au long de ces deux longs Blocs 14 et 16, il va donc répondre à cette question « qui est le Maître », avec un saut qualitatif en passant d'un bloc à l'autre.

Cependant le Bloc 14 comprend d'abord une introduction intégrant de précieuses annotations historiques

Il commence en effet par une longue introduction géo-historique de quatorze versets sur la façon dont le Maître entend monter à la fête sans y monter ouvertement. Il n'est pas inutile de la lire en partant de ce qui se passe en chambre haute, dans ce groupe entourant le prophète itinérant, sous l'œil perçant voire parfois autant transperçant que celui du maître, de l'autre disciple, ce gamin (voir les commentaires des blocs 30, 31 et 32) transmis par le Baptiste à Jésus, dont les oreilles et les yeux traînent toujours quelque part aux côtés du Maître. Dans la timide lueur dansante de quelque lampe à huile, il a intercepté des échanges dissonants entre le Maître et ses frères.

D'autre part, il faut lire ce commentaire introductif dans le contexte des sociétés patriarcales claniques. C'est ici un superbe cas d'attestation multiple par rapport aux textes synoptiques de Matthieu 13,54 et Marc 3,31 ou 6,3 sur ces fameux frères de Jésus, qui font mentir la virginité de

Marie, au point d'avoir été dénommés cousins, pendant des siècles. Ces paysans-artisans qualifiés de « frères de Jésus » sont restés à tenir les supports économiques du clan à Nazareth. Mais ils viennent de temps en temps voir l'aîné, parti pour prophétiser, et tentent d'intervenir. Soit ils aimeraient calmer ses ardeurs, soit ici, c'est le contraire, et c'est le message complémentaire que le disciple veut faire passer, ils sont aussi de ceux que cela arrangerait de le voir donner un tour politique et royal à son prophétisme, s'il est capable de faire tant de signes. À l'occasion d'un très proche voyage pour une fête qui donne à tous l'occasion de se revoir et pour eux de suspendre quelques jours les travaux des champs ou d'artisans-charpentiers, les voici donc venus voir leur aîné au milieu de ses disciples, pour lui dire « Manifeste-toi au monde, ».

Mais les yeux et les oreilles du « gamin » sont là, d'une part pour faire son propre commentaire, qui n'est pas mis dans la bouche du Maître : « En effet, même ses frères ne croyaient pas en lui, » mais aussi pour enregistrer la façon dont l'aîné leur répond, laquelle va introduire le discours de controverses du Bloc 14. Le temps et la relation au monde ne sont pas les mêmes chez les frères et pour le Maître. D'où enfin cette réaction d'opportunité pour ce dernier, consistant à ne pas monter en même temps que ses frères, pour bien prendre ses distances.

Cet aspect de l'introduction est tout-à-fait remarquable, d'autant qu'il s'agit d'un sujet particulièrement délicat pour l'Église des premières décennies après les événements pascals. C'est donc un élément d'historicité non négligeable. Avec ce développement sur les frères de Jésus dont l'un au moins, Jacques, va être un personnage dominant de la communauté de Jérusalem, attesté par les sources païennes et par les sources internes. Nous sommes introduits dans les luttes de pouvoirs la pénétrant, à partir de la famille même du Maître et dans les tentations structurelles et institutionnelles qui en résultent. De plus, au sein de ces luttes d'influences, le disciple n'était pas semble-t-il un partisan de Jacques mais de Pierre. Il n'est pas tendre avec « les frères » : s'ils ne croyaient pas en lui, ils auraient bien voulu cependant le voir suivre la déviation politique de son messianisme marqué d'une tradition davidique.

En ces temps de l'antiquité, les luttes politiques, mais aussi les luttes religieuses, sont généralement aussi des luttes de clan. Que l'on pense au clan des Julio-Claudiens qui ont donné plusieurs empereurs successifs à Rome ou au clan des Flaviens. Mais beaucoup plus proches des fils de Joseph de Nazareth, l'exemple est donné par Mattathias, ses fils et ses descendants dont l'histoire remplit les deux livres des Maccabées et conduit aux dynasties asmonéennes qui règnent au temps décrit par les évangiles. En somme, avec le clan de Joseph de Nazareth, disposant d'un lanceur de dynastie capable de nourrir des foules, et de frères ambitieux, prêts à quitter leurs outils de charpentiers, l'histoire juive aurait été tout autre. Après les dynasties asmonéennes, on aurait eu une relève politique avec une dynastie galiléenne.

Cet épisode ouvre l'enchaînement des micro-discours qui vont constituer ce Bloc 14, adossé aux interrogations et aux propos des gens ou de la foule, survenus lors de cette fête, suite aux proclamations du Maître. Mais cette suite de réactions et de questions conduit également à deux ou trois traits d'histoire intégrés dans ce Bloc 14, que le disciple est le seul à mettre en situation de façon aussi claire : les premières tentatives des gardes du Temple pour se saisir de lui, que j'ai déjà évoquées à propos de l'action directe dans le temple (Bloc 4), le dialogue entre les gardes et leurs chefs, expliquant pourquoi Jésus était en quelque sorte protégé tant qu'il parlait au milieu de la foule, ou encore, évoquent parmi tous ces auditeurs, la place de certains interlocuteurs particuliers appartenant à l'élite juive. Nicodème réapparait pour prendre la défense du Maître de façon prudente, sous la forme d'une question préjudicielle. Enfin, cette présence des grecs de la diaspora, est rappelée comme pouvant être un éventuel lieu de refuge du Maître.

Le contenu du bloc : la question identitaire du Maître, premières réponses

On a donc un ensemble de déclarations introduites par des commentaires, des questions posées, des remarques faisant apparaître ce que pensent les chefs, les gens, une foule divisée, à l'occasion d'une fête de pèlerinage à Jérusalem. Les Blocs 14 et 16 font un ensemble mais on va passer d'un premier niveau de réponse identitaire à un second niveau avec le Bloc 16. Dans le premier bloc, dix questions ou réactions des interlocuteurs produisent cinq micro-discours. Dans le Bloc 16, dix réactions vont produire un discours beaucoup plus suivi, les réactions ayant surtout pour effet d'introduire une reprise de la réponse identitaire allant chaque fois un peu plus loin.

Par le caractère haché et assemblé de ces blocs, nous avons un bel exemple de contractions thématiques, regroupées à l'occasion de la relation d'une montée à Jérusalem. On a la construction d'un spectacle qui est en fait toujours aussi la poursuite du procès du Maître pour blasphème, puisque les « chefs des juifs » commencent à envoyer les gardes du Temple et que l'action scénique se conclut, à la fin du Bloc 16, par un début de lapidation auquel le Maître va échapper en se cachant et en sortant du Temple.

Il faut comparer les controverses identiques relatées par les synoptiques et ce double ensemble de controverses construit par le disciple. Chez les synoptiques, les controverses ont des sujets précis et sont dispersées dans l'espace : les disciples qui ne jeûnent pas, les épis qu'ils arrachent dans un champ, les guérisons le jour du sabbat, des démons chassés par Béelzéboul ou au nom de Dieu, l'autorisation et le formalisme du divorce, l'autorité invoquée par le Maître pour justifier ses actes, l'impôt dû à César, le futur mari céleste de la femme qui a eu sept maris terrestres, le premier commandement, les propos de David « Le Seigneur a dit à mon seigneur… » Dans l'évangile du disciple, on prend un immense recul par rapport à tous ces sujets pour les englober dans un même canevas. Le cœur du sujet est toujours l'identité du Maître.

On a donc une historicité générale plus forte mais une faible historicité du propos précis. L'historicité du contexte général apparaît mieux. Toute recherche d'historicité suppose donc que l'on observe une différenciation dans la capacité d'entendre, de comprendre et de mémoriser. Elle va prendre une ampleur croissante par rapport aux synoptiques. Une première réaction de l'historien critique du XXIe siècle est de considérer que le disciple construit un personnage du Maître qu'il est seul à voir, et qu'il s'éloigne du Jésus historique. Une autre réaction est peut-être de considérer que ce Maître parlant et réagissant à Jérusalem est entendu dans ces 15 mini-discours par une catégorie sociale à laquelle appartient le disciple qui n'est pas celle qui retient le discours en parabole en Galilée.

On va retrouver des réactions des chefs politiques et religieux, on retrouve Nicodème, des pèlerins venant de loin avec des fortunes sociales diverses. On peut penser que ceux à qui le disciple donne la parole et avec lesquels il est sur la même longueur d'onde culturelle ne sont pas la majorité des ruraux galiléens ou Judéens auxquels nous ont habitués les synoptiques et qui sont là aussi à Jérusalem. D'ailleurs, les préoccupations de ces deux strates sociales ne sont pas les mêmes. On y parle d'enseignants et d'enseignements, de Moïse et de loi, de « liberté », de vérité, d'émigration au long cours, et même d'éventualité d'un suicide, tous sujets probablement très étrangers à ces ruraux, préoccupés de l'état de leurs jardins ou de leurs semailles et des aléas de leur labeur. On peut penser que sont ainsi sélectionnés des éléments de discours retenus par une minorité d'apôtres ou de disciples, voir par un seul d'entre eux. Et la question est de savoir si dans cette enceinte du Temple, le Maître continue aussi de parler à la foule des pauvres en paraboles rurales, où s'il se contente d'accentuer son discours à l'égard d'autres interlocuteurs. D'ailleurs, le disciple semble retenir que le Maître est détourné de ses enseignements habituels très simples par la polémique et que cette polémique n'est pas du ton de celles qu'il a en Galilée avec les pharisiens locaux mais qu'elle est beaucoup plus théologique.

Seconde question, comment Jésus, rural galiléen, autodidacte pour l'essentiel, après les rudiments de lecture et d'écriture reçus à la synagogue de son village, a-t-il pu se hausser à une discussion d'égal à égal avec ces milieux supérieurs de la société juive ou avec la diaspora. Le disciple ne se projette-t-il pas lui-même, et lui seul, dans un supposé discours du Maître ? Le fait que celui-ci soit traité de Rabbi qui n'a pas bénéficié des enseignements supérieurs, témoigne du problème par une question du début de cette controverse : « Il enseignait. Alors les juifs s'étonnaient en disant : « Comment celui-là sait-il les Lettres sans avoir été disciple ? » Suit une longue réplique du rabbi Jésus sur son enseignement. C'est un premier sous-ensemble introduisant tous les suivants, au cours desquels il se présente ainsi que ses « œuvres ».

L'aristocratie de Jérusalem a peut-être des doutes proches des historiens du XXIe siècle. Le titre de Rabbi accordé à Jésus est attesté par Nicodème, mais aussi de façon multiple par les synoptiques. Mais cette aristocratie n'y introduisait-elle pas une note de condescendance, voire de mépris ironique, à l'égard de quelqu'un en laquelle des gens du peuple voyaient un rabbi, mais sans les conditions de labellisation exigées, égarant donc le peuple ? Plusieurs remarques du disciple courent dans ses récits au sujet de la culture du Maître acquise de façon autodidacte.

Quant aux capacités intellectuelles de ce temps, il faut considérer que dans le monde juif nationaliste et refermé sur sa religion exclusive, il suffisait d'avoir accès à l'essentiel de la bibliothèque juive, c'est-à-dire à l'Ancien testament, pour accéder à l'ensemble de la culture admise. Point n'était besoin d'avoir pu se procurer certains auteurs philosophiques ou scientifiques grecs. Le Maître avait eu besoin d'accéder à Isaïe, aux prophètes et au Pentateuque dans ses deux versions hébraïques et de la Septante. La synagogue de sa bourgade le lui avait probablement permis. Ensuite, il avait été à l'école du Baptiste, rencontrant des jeunes de milieu jérosolomite dont le fameux second disciple, introduit dans les milieux instruits sacerdotaux. Il dut faire le reste du chemin par sa dynamique propre d'autodidaxie.

Mais ce n'est pas sur ce terrain que se placent ni le Maître, ni le disciple. Première réponse : « cet enseignement n'est pas mien, mais de celui qui m'a envoyé. Si quelqu'un veut faire la volonté de celui qui m'a envoyé, il connaîtra si cet enseignement vient de Dieu. »

Seconde réponse sur la validité de son enseignement et sur le fait qu'il vient vraiment de Dieu, c'est qu'il est associé au fait qu'il pratique véritablement la loi de Moïse par les signes, c'est-à-dire en rendant la santé à un homme tout entier.

Troisième étape de ce discours contracté et composé de plusieurs mini-discours, alors qu'il enseignait dans le Temple, « il s'écria : vous me connaissez bien ! Et vous savez d'où je suis ! »... Non. « Celui qui m'a envoyé et que vous ne connaissez pas bien, moi, je le connais bien, parce que je suis d'auprès de lui et c'est lui qui m'a envoyé. ». C'est une curieuse étape que ce retour sur soi et sur le Père qui prépare les grands égos qui vont suivre mais qui littéralement n'avance pas d'un pouce. Le disciple ne fait que répéter des choses déjà dites. De même, après un nouveau commentaire sur une tentative de se saisir de lui, et de nouvelles interrogations de la foule, il reprend des propos sur un retour « vers Celui qui m'a envoyé », dans un peu de temps. C'est comme si le disciple voulait préparer le lecteur à la grande proclamation qui vient « le dernier jour de la fête, le grand jour. »

Quatrième étape du Bloc 14 et du discours. Voici enfin la grande proclamation avec sa solennité : « Jésus se tenait debout et s'écriait, en disant : 'Si quelqu'un a soif, qu'il vienne à moi et qu'il boive ! Celui qui croit en moi, comme le dit l'Écriture, de son sein couleront des fleuves d'eau vive'. »

Le bloc du schisme permet de dater de façon précise la grande fissure religieuse de la culture occidentale, un jour de septembre 28 ou 29

L'étonnement du lecteur du XXIe siècle vient de ce que tout ce qui est proclamé ici est déjà contenu dans de précédents blocs, notamment celui de la Samaritaine et celui du pain vivant. Tout ce texte semble n'avoir pour but que de le placer dans le Temple et de le relier aux réactions des auditeurs : « Celui-ci est vraiment le prophète, celui-ci est le Christ » puis aux questions étonnées qui en résultent et qui contredisent le consensus juif surpris : « Serait-ce que le Christ vienne de Galilée ? L'Écriture n'a-t-elle pas dit que le Christ est de la race de David et vient de Bethléem ? » D'où viennent toutes les paroles de conclusion : « Bien que jamais homme n'ait parlé ainsi, scrute et vois que de Galilée ne surgit pas de prophète. » C'est ainsi que se conclut le Bloc 14 « Et chacun s'en retourna dans sa maison, tandis que Jésus s'en alla au Mont des Oliviers. »

En somme, un Bloc 14 qui n'amène à rien au point de vue thématique, un bloc pour rien, qui va demander au disciple d'en composer un autre, le Bloc 16, après l'intermède du Bloc 15 sur la femme adultère ? Et cependant ce bloc n'a-t-il vraiment rien apporté ? Oui et non. Par 10 ou 11 interventions s'insérant dans les discours du Maître, ce bloc a la particularité d'être unique en nous présentant le débat à l'intérieur de la population juive locale et de la diaspora recevant les discours dans le Temple.

Il y eut alors une « scission », une division en deux, « schisma », un schisme, et en effet plus qu'un schisme. À partir des discours de ce bloc, deux religions occidentales vont coexister, la grande fêlure, à l'origine de tant de guerres, de croisades, de schismes, de pogroms. La lucidité, le regard perçant de l'autre disciple a vu venir l'événement. Cela méritait bien la rédaction d'un bloc.

Énumérons les auteurs de ces multiples questions : « des juifs », de « la foule », « des gens », de « quelques gens de Jérusalem », « parmi la foule un grand nombre », « les pharisiens »… :

Puis les questions elles-mêmes : « Qui est-il celui-là ?... C'est un homme de bien…Non pas du tout ! Il égare la foule. Comment celui-là sait-il les Lettres, sans avoir été disciple ? N'est-ce pas celui qu'ils cherchent à tuer… Et il parle ouvertement et ils ne lui disent rien ! Est-ce que vraiment les chefs auraient reconnu que c'est lui le Christ ? Le Christ, quand il viendra, fera-t-il plus de signes ? Où doit-il aller, que nous ne le trouverons pas ? Est-ce qu'il doit aller vers la dispersion des Grecs et enseigner les Grecs ? Qu'est-ce que cette parole qu'il vient de dire : 'vous me chercherez et vous ne me trouverez pas. Et là où je suis moi, vous ne pouvez pas aller' ? »

À travers toutes ces questions, la foule se divisait « Celui-ci est vraiment le prophète… Celui-ci est le Christ… Serait-ce que le Christ vienne de Galilée ? »

À quand l'heure ? Elle n'est pas encore là

Il y a aussi, une conclusion provisoire à cette fête des Tentes que l'on peut situer comme la première des deux fêtes des Tentes, ayant eu lieu pendant les deux ans-et-demi de la trajectoire, avant la Pâques de la condamnation. L'heure n'était pas là encore. Ce thème, abordé avec les frères qui lui demandent de se manifester, fait l'unité du bloc, réapparaissant au v. 30, puis dans le v. 33 du micro-discours suivant, puis encore dans le V. 39 de commentaire

Se « manifester au monde » se fera autrement que ne le souhaitent les frères et ce n'en est pas encore l'heure. À la fête des Tentes, ce n'est pas l'orientation claire et volontaire du Maître, selon le disciple, dont on vient de voir la stratégie de maîtrise des euphories populaires dans le groupe des blocs qui précédaient. Pour le Maître, la réponse est une question de « temps », de kairos. Le moment convenable, favorable, opportun, est celui qui doit être le temps présent. Le quatrième évangile navigue ici entre le kairos et l'ôra, l'heure, qui est aussi la division du temps opportune ou favorable. Dans ce bloc de rédaction, il met le temps/kairos dans la bouche du Maître et l'heure/ôra dans celle du narrateur.

D'autre part, on observe un affrontement entre deux temps opportuns celui des frères et celui de Jésus. Les frères demandent précisément ce que les synoptiques plaçaient sous une demande du tentateur au désert : se manifester au monde. Mais là aussi il y a un affrontement entre deux conceptions du monde, celle qui concorde avec la vision politique des frères et celle qui est la dimension du monde à laquelle le Maître veut apporter la lumière, dans la première grande réponse qu'il va donner à la foule au dernier jour de la fête.

Bloc 15, La femme adultère

Ce texte qui a donc eu de la peine à justifier sa place dans l'évangile du disciple, peut être comparé aux récits brefs des Blocs 8 et 11, de la guérison du fils du fonctionnaire royal ou de la multiplication des pains. Son particularisme est aussi la concision et la précision. Il est aussi équipé de son introduction géo-temporelle tout-à-fait johannique, si bien que l'on voit aisément la scène.

Plus que les autres évangiles, le quatrième était un évangile accueillant, pour intégrer de grands textes sur les relations du Maître avec les femmes. Cette courte pièce fait un ensemble cohérent avec les autres textes sur le même sujet. La difficulté avec laquelle il a été admis témoigne pour l'historicité de l'épisode mais aussi pour la richesse historique de l'évangile du disciple.

Ce texte peut surtout être comparé aux péricopes synoptiques fortement attestées sur le divorce, liées dans la bouche du Maître à la question de l'adultère. Le divorce autorisé par la loi, conduisant souvent à l'adultère, justifiait les controverses présentées en Marc ou dans les deux autres synoptiques, par lesquelles les scribes et les pharisiens soulevaient un problème d'interprétation de la Torah pour prendre le Maître en défaut. De façon tout-à-fait semblable, ici, des gens veulent le faire se prononcer en public contre une disposition de la loi, ce qu'il a toujours évité. Comme ailleurs, il utilise une formule pour retourner le piège qui lui est tendu. Il abroge ici une disposition pénale de la loi sans pour autant « libéraliser » le péché commis par la femme.

Dans ces sociétés patriarcales, ces affaires d'adultères, sont souvent des conflits entre un clan offensé ou déshonoré et un clan prétendument coupable, l'homme, venu souvent du clan coupable, n'étant jamais inquiété ou presque.

C'est « le point du jour », ce qui laisse entendre que l'adultère vient de se commettre, et que vient de réussir aussi l'opération de flagrant délit que le clan offensé tentait de monter, depuis un certain temps, pour prendre le fait sur le vif. Non seulement la femme va en être la première victime, mais des personnes bien intentionnées ajoutent une opération tendant à ajouter le rabbi Jésus parmi les victimes collatérales.

Leçons

L'essentiel est à première vue l'adresse du Maître pour retourner le coup contre ceux qui ont tenté de le faire s'associer au péché. Mais la leçon est beaucoup plus vaste. Elle rappelle les propos des discours selon lesquels le Fils ne portait pas de jugement de lui-même.

En fait toute la logique johannique sur le péché réside en ce que c'est l'homme lui-même qui est son propre juge, se jugeant dans le jugement final de la vie, croyant en la parole du Fils, ou en n'y croyant pas.

Ici cette conclusion tient en deux dispositifs : 1° Je ne te condamne pas, de même que personne n'a osé te condamner devant moi. 2° Je te ramène à la règle en vigueur dans ton monde et dans ton clan. Ne pèche plus.

C'est de façon déguisée et en acte, une petite controverse, comme les affectionnent les synoptiques, mais bien dans le style johannique de controverse, tout différent de la méthode synoptique. Elle est à sa place suite à ces blocs de controverses au Temple. Elle semble donner aussi une suite aux paroles du Maître comme celle-ci : « Vous jugez selon la chair ; moi, je ne juge personne. » Cette péricope fait également écho à ce que l'on vient d'entendre dans la bouche de Nicodème : « Notre Loi juge-t-elle l'homme sans d'abord l'entendre, de sorte qu'on vienne à connaître ce qu'il fait. »

La position du Maître est beaucoup plus radicale, face à ce qui était l'un des péchés absolus, le péché de sexe, ce qui le deviendra de plus en plus avec les développements du christianisme, aux tendances castratrices non voilées. Saint Augustin en est une étape majeure dans la Cité de Dieu avec ses développements sur la volupté, reine de tous les vices. La réaction du Maître peut être entendue comme une déclaration de non condamnation générale des personnes, mais aussi comme une condamnation de la justice populaire de rue et de la peine de mort, souvent la conclusion de telles apparences de justice, abondamment pratiquées dans les temps anciens.

Enfin, l'usage à deux reprises du mot péché est l'occasion de faire une remarque sur ce thème du péché dans le quatrième évangile. Il faut lire le tableau X, page suivante.

Deux usages apparaissent. D'un côté, le sens que veut lui donner le Maître et de l'autre, celui qui traîne dans les sociétés et dans les religions sociologiques et morales. Sur 23 emplois, 7 sont mis dans la bouche de diverses personnes : le Baptiste, les disciples, l'aveugle-né, les juifs ou pharisiens. 16 sont dans la bouche du Maître.

Ce qui est intéressant, c'est la connotation dans lequel les mots « péché, pécher, pécheur » sont employés. Deux connotations se présentent. L'une exclusivement est liée au refus de croire en lui, concernant particulièrement les pharisiens, le grand prêtre le livrant à Pilate ou ceux qui persécuteront les disciples, faute de croire en leur message. D'autre part il y a une connotation plus générale, de vie en conformité avec le droit chemin de l'homme en société.

Dans le tableau présenté en annexe, les emplois placés dans la bouche du Maître ont une dominante de connotation liée à la croyance, dans 11 cas sur 16, une dominante liée à une connotation sociétale dans 3 emplois et incertaine dans 2 cas.

D'ailleurs, comme on l'a déjà vu, la traduction par le mot « croire » est excessive. Après vingt siècles de christianisme, ce mot croire a pris dans nos oreilles un sens intégrant les credo et les conflits entre religions ou entre diverses Églises chrétiennes. Il vaudrait mieux dire « Votre péché c'est votre refus de vous ouvrir à la parole », de lui être accueillants, de « faire confiance en cette parole » et « dans ce royaume qui vient. »

L'expression la plus claire en est dans le discours après la Cène, le verset Jn 16,8, sur l'Esprit qui établira la culpabilité du monde, « parce qu'en matière de péché, ils ne croient pas ». C'est en ce sens qu'il faut entendre aussi la phrase du Baptiste « Voici l'agneau de Dieu qui enlève le péché du monde », non parce qu'il va conduire le monde à une perfection morale, mais parce qu'il lui apporte la lumière et va faire cesser les ténèbres.

L'autre usage sociétal des religions moralisantes et sociologiques apparait dans le quatrième évangile, à propos des miracles de la piscine de Bethesda, de l'aveugle né et de la Femme adultère. Si, en conclusion de l'épisode, le Maître leur demande à tous de ne plus pécher, il dit clairement à ses disciples : « Ni lui ni ses parents n'ont péché ».

C'est trois fois dans la bouche des disciples, de la foule, ou surtout celle des hommes de la synagogue, qualifiés de pharisiens, que l'on trouve ces usages sociologiques.

Il semble enfin que l'on fasse un contre-sens en interprétant, dans un contexte de morale sociétale, la phrase « Recevez l'Esprit saint. À qui vous remettrez les péchés, ceux-ci leur seront remis. À qui vous les retiendrez, ils seront retenus. » Ce n'est pas un ordre donné à l'Église d'ouvrir des confessionnaux dans ses églises pour parler des questions de sexe ou de répartition des biens matériels. L'Église peut remettre le péché, au sens johannique, en ouvrant aux hommes de nouvelles possibilités de foi et au monde, des perspectives de Lumière évangélique.

La leçon cachée de la Samaritaine et de la femme adultère, non condamnées l'une et l'autre, est que l'évangile s'écarte de la notion de péché, telle que conçue dans les perspectives claniques et qu'avec la Samaritaine et la Femme adultère, il ouvre une nouvelle ère religieuse sans prêtre, sans temple et sans culpabilité sociétale.

Tableau X - 23 occurrences des mots péché, pécher, pêcheur dans l'évangile du disciple

			connotation
1,29	Il aperçoit Jésus venant vers lui, et il dit : Voici l'Agneau de Dieu qui enlève le péché du monde	le Baptiste	?
5,14	Te voilà devenu sain ! Ne pèche plus, de peur qu'il ne t'arrive quelque chose de pire	Jésus	sociétal
8,07	Que celui d'entre vous qui est sans péché lui jette le premier une pierre	Jésus	sociétal
8,11	Moi non plus je ne te condamne pas. Va, et désormais ne pèche plus	Jésus	sociétal
8,21	Moi, je m'en retourne et vous me chercherez et vous mourrez dans votre péché ;	Jésus	croyance
8,24	Je vous ai dit que vous mourrez dans vos péchés ;	Jésus	croyance
8,24	Oui, si vous ne croyez pas que je [le] suis, vous mourrez dans vos péchés	Jésus	croyance
8,34	Amen je vous le dis : Quiconque commet le péché est un esclave. Or l'esclave ne demeure pas dans la maison pour toujours	Jésus	croyance
8,44	Qui d'entre vous peut me confondre de péché ?	Jésus	?

9,03	Ni lui n'a péché ni ses parents, mais c'est pour qu'en lui soient manifestées les œuvres de Dieu	Jésus	croyance
9,17	Comment un pécheur peut-il faire de tels signes	aveugle-né	croyance
9,20	Rabbi, qui a péché, lui ou bien ses parents, pour qu'il soit né aveugle	disciples	sociétal
9,24	Rends gloire à Dieu ! Nous savons, nous, que cet homme est un pécheur	lesjuifs	sociétal
9,25	S'il est un pécheur, je ne sais ; il y a une chose que je sais : j'étais aveugle et maintenant je vois	aveugle-né	?
9,30	C'est justement ce qu'il y a d'étonnant, que vous ne sachiez pas, vous, d'où il est, alors qu'il m'a ouvert les yeux. Nous savons que Dieu n'exauce pas les pécheurs ; mais si quelqu'un est pieux et fait sa volonté, celui-là il l'exauce	aveugle-né	croyance
9,34	Ils répondirent et lui dirent : « Toi, tu es né tout entier dans les péchés, et tu nous fais la leçon, toi !»	les juifs	sociétal
9,40	Si vous étiez aveugles, vous n'auriez pas de péché, mais maintenant,	Jésus	croyance
9,40	Parce que vous dites nous voyons, votre péché demeure	Jésus	croyance
15,22	Si je n'étais pas venu et ne leur avais point parlé, ils n'auraient pas de péché ;	Jésus	croyance
15,22	Mais en fait ils n'ont pas d'excuse pour leur péché	Jésus	croyance
15,24	Si je n'avais pas fait parmi eux des œuvres que nul autre n'a faites, ils n'auraient pas de péché ; mais en fait ils ont vu et ils ont pris en haine et moi et mon Père.	Jésus	croyance
19,90	Tu n'aurais sur moi aucun pouvoir si cela ne t'avait été donné d'en haut. Voilà pourquoi celui qui m'a livré à toi a un plus grand péché	Jésus	croyance
20,23	À qui vous remettrez les péchés, ceux-ci leur seront remis ; à qui vous les retiendrez, ils seront retenus	Jésus	?

Bloc 16, Un autre bloc de controverses dans le Temple, entraînant des proclamations centrales de la révélation johannique

Ce nouveau bloc de controverses, placé à Jérusalem, fait suite à deux autres. Le Bloc 10, suivant la guérison de la Piscine de Bethesda, avait déjà abondamment parlé des liens entre le Maître et son Père. Le Bloc 14 de la fête des tentes avait développé le partage de la foule et des juifs sur son identité. Au cours de trois autres blocs de discours dans le Temple, les Blocs 16, 18 et 19, le disciple va poursuivre ses thèmes, faire monter encore la tension préparant le procès pour blasphème, mais aussi entrer encore plus avant dans le cœur de la révélation Johannique, la révélation de la véritable identité du Maître.

Cette proclamation de la révélation, en forme de « cris » du Maître, debout, dressé dans le Temple, va connaître un premier sommet avec ce Bloc 16, conduisant à une tentative de lapidation, et un second sommet avec le Bloc 19 de l'ultime confrontation, entraînant une nouvelle tentative de lapidation.

Une controverse extrêmement virulente

Comme le Bloc 14, ce bloc de discours est une contraction de treize sous-ensembles de discours, entrecoupés de dix réactions des juifs ou des « pharisiens » et de trois commentaires du disciple. Réactions des adversaires et commentaires vont contribuer à pousser l'expression de l'auto-révélation du Maître à son terme : « Avant qu'Abraham vint à l'existence, moi, je suis. »

Le disciple met solennellement son maître en scène. Répondant exactement à ce que demandaient ses frères, il se manifeste au monde, mais d'une façon très différente de ce qu'ils attendaient. Les dialogues concernant son identité profonde ont pris le pas sur toute idée de prise en main du destin terrestre du pays. Globalement, tout ce bloc est donc tendu entre les multiples questions posées au Maître sur le sujet « Qui es-tu ?», et l'on va passer ainsi d'un thème à l'autre :

« Toi tu témoignes de toi-même. Ton témoignage n'est pas véridique… Où est ton père ?... Va-t-il se tuer ? Puisqu'il dit : là où je m'en retourne, moi, vous ne pouvez pas venir… Toi qui es-tu ? … »

Puis la tournure de la controverse devient plus violente, pratiquement au niveau de l'échange d'injures, d'ailleurs quelque peu provoquées par le Maître : « Vous, vous êtes d'en bas, moi, je suis d'en haut. » … « Je vous ai dit que vous mourrez dans vos péchés. »…

On aborde des sujets qui fâchent, ceux de la vérité et de la liberté : « La vérité qui vient de mes paroles vous rendra libres ». Ce sont ces allusions à la liberté et à l'esclavage, dont le statut est de ne pas demeurer « dans la maison », qui enveniment le débat « Nous sommes semence d'Abraham et jamais nous n'avons été esclaves de personne. Comment peux-tu dire toi : vous deviendrez libres. » Jésus maintient son accusation : « Quiconque commet le péché est un esclave… » et « ne demeure pas dans la maison pour toujours, » ce qui veut dire une exclusion de la maison d'Israël et de la descendance d'Abraham. Tandis que, lui, « le Fils y demeure pour toujours, » offrant sa vraie liberté. Ce sont des paroles très blessantes.

Puis, « Je sais bien que vous êtes la semence d'Abraham ! Mais non ! Vous cherchez à me tuer… Moi ce que j'ai vu chez le Père, je le proclame… » C'est là que le propos identitaire diverge. Le père dont il s'agit n'est plus le même. Celui des pharisiens, d'abord reconnu comme Abraham, va glisser d'Abraham au diable, père du mensonge.

Autre réplique acerbe : « Nous ne sommes pas nés de la prostitution. Nous n'avons qu'un père, Dieu. » Réponse : « Si Dieu était votre père, vous m'aimeriez. Car moi, c'est de Dieu que je suis sorti… Mais vous ne pouvez entendre ma parole. Vous, le père dont vous êtes, c'est le diable. » Cette parole est suivie d'un verset terrible : « Ce sont les désirs de votre père que vous voulez accomplir, celui-là, il était homicide depuis le commencement et il ne se tenait pas dans la vérité : oui, la vérité n'est pas en lui. Quand il profère le mensonge, c'est de son fonds qu'il parle, parce qu'il est menteur et père du mensonge. »

Autre réplique provoquée : « N'avons-nous pas raison de dire, nous, que tu es, toi, un Samaritain et qu'un démon te possède. » Réponse : « Moi, aucun démon ne me possède. Mais j'honore mon Père, tandis que vous me déshonorez… Amen, amen ! Je vous le dis : si quelqu'un garde ma parole, il ne verra jamais la mort. »

C'est le second et dernier virage du discours présenté par le disciple dans cette tonalité orageuse à l'extrême, qui va provoquer l'expression la plus élevée du Maître sur son identité. Réponse des « juifs » : « Maintenant nous reconnaissons qu'un démon te possède. Abraham mourut, les prophètes aussi, et toi, tu dis 'si quelqu'un garde ma parole, il ne goûtera jamais la mort !' Serais-tu plus grand que notre père Abraham, lequel mourut, Les prophètes aussi moururent. Qui te fais-tu donc ? » Pour conclusion de ce violent affrontement, et c'est le sommet du Bloc 16, le Maître, tout en continuant de revendiquer d'être descendant d'Abraham, revendique que ce dernier ait été dans la joie de voir sa naissance, et revendique aussi « qu'avant qu'Abraham vint à l'existence », lui, il était !

On peut comparer ce discours et voir les différences avec le discours sur le pain devenu la chair de l'Agneau de Dieu, personnage assumé par le Maître. Ce discours de Capharnaüm était présenté comme un dérapage en synagogue, entre deux niveaux de symbolisme : le pain/parole et le pain/parole/corps du messie souffrant. Ici le noyau de la révélation johannique nait d'une suite de tensions/provocations volontairement et intuitivement entretenues par le Maître et ses adversaires, dans une controverse sur son identité, sur son Père, et sur la lumière de la vie permettant de ne pas « voir la mort ». Il s'agit aussi d'un glissement de thématiques, mais encore davantage construit et acheminé.

Quelle historicité pour la proclamation d'une existence avant Abraham

Nous avons deux problèmes d'historicité : le Jésus de l'histoire a-t-il pu prononcer ces dix mots dans une historicité littérale ? D'autre part, cette création contextuelle et ce montage littéraire, faisant venir ces dix mots, dans une controverse virulente, laissent-ils place à une historicité physique d'un propos daté, comme il l'est, par le disciple dans son projet de rédiger les souvenirs qu'il estime devoir écrire pour compléter la Source et les trois traditions synoptiques ? Autrement dit, cette construction et cet acheminement sont-ils du disciple ou du Maître lui-même ?

Le discours est émaillé de formules qui ont leur pendant dans les synoptiques : « Je vous le dis », neuf fois dans la Source Q et deux fois en Marc ; en outre, « Amen, en vérité, je vous le dis » treize fois en Marc. On les retrouve trois fois dans ce bloc. Ce qui est nouveau, ici, ce sont toutes ces formules johanniques « Celui qui m'a envoyé. », ces « ego », « Je suis ».

Ce qui est nouveau aussi, ce sont les discours de classes supérieures sur la vérité et la liberté. Mais tous les autres thèmes ont déjà été observés dans l'évangile du disciple : sur l'écoute de la parole, le jugement, le témoignage… Le seul point nouveau est cette conscience de préexistence du v. 8,58. Est-elle du Maître lui-même ? Ou du disciple l'imaginant ultérieurement à la place du Maître ?

À partir du moment où le Maître et le disciple ont possédé, à la même période, dans le vif de l'événement rapporté, en ces années 25 à 30 du premier siècle, les outils conceptuels de l'hellénisation, il n'est pas difficile qu'en ayant en main, l'un et l'autre, tous les thèmes bibliques d'Isaïe et des sapientiaux, ils construisent aussi bien l'un que l'autre, le glissement du thème d'un Père préexistant au thème d'un fils lui aussi préexistant.

Les historiens agnostiques peuvent concevoir que cet imaginaire ne correspond pas à une réalité. Le théologien croyant lui-même, après les recherches de Joseph Moingt, au XXIe siècle commençant, imagine d'ailleurs qu'il est peut-être facile de procéder à cette prise de conscience mais que l'important est que la conscience corresponde à un être et à un faire. Or dans ces nouvelles visées théologiques du XXIe siècle, cette identité entre le faire et l'être ne surviendront, entre Jésus, homme, fils de Marie, et le Verbe qu'au dernier instant de la mort sur la croix. Si l'on suit les développements du second volume de Joseph Moingt, Dieu qui vient à l'homme, le développement de la Trinité dans la chair de l'homme, Ch. VI p. 419 et sq, quand « l'heure » fut venue, c'est-à-dire, à l'instant final de la mort sur la croix, il y eut l'achèvement d'une préparation terrestre, comme d'un enveloppement, d'une jonction du sens et de l'effectivité de l'homme Jésus et du logos, fils de Dieu. Mais ces perspectives peuvent satisfaire nos soucis de compréhension théorique sans régler le problème de l'historicité d'un tel événement qui devait d'abord être terrestre avant d'être théologique. Il nous reste à régler la question de l'historicité d'une prise de conscience humaine d'un tel événement en préparation et l'historicité de propos qui auraient manifesté une telle prise de conscience. Avec ce bloc 16, nous sommes au pied du mur. Ces recherches sur l'influence de facteurs issus de l'hellénisation de la société d'alors sont une piste pour cerner un contexte.

Quant au problème de l'historicité du propos précis qui est la pointe du Bloc 16 et qui provoque la tentative de lapidation, elle ne comporte aucun hellénisme formel. Elle est une composition de deux actions qui peuvent être exprimées dans un araméisme à l'ancienne, même si les outils conceptuels nécessaires à sa préparation intérieure, dans la conscience, paraissent plus faciles à réaliser en utilisant des outils conceptuels hellénisés.

L'idée d'une préexistence assumée par un homme historique suppose l'adoption par cet homme d'un concept hellénisé. Mais il s'avère qu'il peut l'exprimer, dans un affleurement intellectuel, au sein d'une formulation araméenne

Les différents égos et les proclamations de ce Bloc 16

Ce bloc est donc pour le disciple l'occasion de coudre ensemble les grands égos qu'il témoigne avoir entendus proclamés dans le Temple et qu'il n'est pas inutile de lister :

1° Moi, je suis la lumière du monde. Qui me suit ne marchera pas dans la ténèbre, mais il aura la lumière de la vie

2° Mon témoignage est véridique parce que je sais d'où je suis venu et où je m'en retourne.

3 °Le jugement qui est le mien est authentique parce que je ne suis pas seul. Il y a moi et le Père qui m'a envoyé… Pour moi, témoigne le Père qui m'a envoyé.

4° Vous êtes de ce monde ; moi, je ne suis pas de ce monde-ci

5° Celui qui m'a envoyé est véridique, et moi, ce que j'ai appris de lui, c'est ce que je proclame au monde

6° Quand vous aurez élevé le Fils de l'homme, alors vous comprendrez que je le suis

7° Si donc le Fils vient à vous rendre libres, vous serez réellement libres.

8° C'est de Dieu que je suis sorti, et je suis là. Ce n'est pas de moi-même que je suis venu. Mais c'est lui qui m'envoya.

9° Qui d'entre vous peut me confondre de péché ? Moi aucun démon ne me possède.

10° Amen, amen, je vous le dis : si quelqu'un garde ma parole, il ne verra jamais la mort.

11° Si c'est moi qui me glorifie, ma gloire n'est rien. Celui qui me glorifie, c'est mon Père.

12° Abraham, votre père, fut dans l'allégresse à l'idée de voir mon jour. Il le vit et il fut dans la joie. Amen, amen, je vous le dis, avant qu'Abraham vint à l'existence, Moi, Je suis.

L'hellénisation du vocabulaire dans le johannisme, observable dans ce Bloc 16

Je vais tenter, à partir de ce contenu, d'analyser dans le vocabulaire, une distinction difficile. On peut construire une distinction entre deux étapes de civilisation : celle, postérieure, au cours de laquelle un langage et une pensée ont enregistré les apports de la pensée hellénistique. Cela veut dire que les individus ont appris à réfléchir à travers des concepts et des notions générales, ceux-ci s'étant dégagés de la seule description d'un objet ou du récit d'une action et d'une relation active entre les personnes et les choses.

À l'étape antérieure, au sens d'une pensée pré-hellénistique, les individus exprimaient une pensée en ne faisant pas appel à des notions générales mais en la suggérant par la description d'un objet, de ses aspects et de ses caractères, ou par un récit d'action et de relations entre des individus. Dans sa dominante, le langage de l'évangile est formé d'une pensée araméenne, encore pré-hellénistique. C'est-à-dire qu'il peut être pensé, presque tout entier, en termes araméens ou hébraïques comme le font presque exclusivement les synoptiques, sauf qu'affleurent passagèrement, à travers un langage « sabir », des expressions ou des formules hellénisées. Dans l'évangile du disciple, il en va autrement, par la fréquence. Mais les langages pré-hellénistiques demeurent.

Dans ce Bloc 16, des formules hellénisées apparaissent avec le premier égo proclamé : « Moi, je suis la lumière du monde, « to phôs tou kosmou », deux concepts hellénisés. Elles sont redoublées en comportements décrits de façon sémitique et symbolique : « Qui me suit ne marchera pas dans la ténèbre », situation sémitique, mais il « aura la lumière de la vie, to phôs tès zôès », à nouveau deux concepts généralisateurs hellénisés. Trois concepts apparaissent donc subitement dans cette suite de discours : la lumière, le monde, la vie. On peut dire aussi que l'expression « marcher dans la ténèbre » demeure une expression formulée en action mais qu'elle crée un concept de ténèbre par son contenu généralisateur.

Dans le sous-ensemble de discours qui suit, apparaissent quelques concepts, le témoignage de deux hommes, la chair, le jugement. Mais on peut dire que ces notions ne viennent qu'en écho immédiat à des expressions en acte : je témoigne, je juge…

Poussant plus loin la lecture de ce bloc, on trouve ces deux expressions qui sont à moitié des actes ou des états en situation, donc pré-hellénistiques : je suis d'en haut ; vous êtes d'en bas.

Même l'emploi redoublé du mot monde, en Jn 8,23, lui fait perdre ses caractéristiques de notion générale. C'est ce lieu social et organisé où vous êtes et dont je ne suis pas. On ne retrouve cette dimension notionnelle et « philosophique ou théologique » que dans l'occurrence suivante du mot Monde, en 8,24. « C'est ce que je proclame au monde ». Ici, on a l'impression que la proclamation messianique ne peut prendre sa dimension véritable qu'en ayant endossé cette dimension hellénistique. Mais l'évangéliste éprouve aussitôt la nécessité de commenter pour faire revenir à l'essentiel du propos qui est araméisant « Celui qui m'a envoyé est véridique et moi, ce que j'ai appris de lui, c'est ce que je proclame… »

Le vocable suivant, devenu notionnel en Jn 8,28, « Quand vous aurez élevé le Fils de l'homme », n'est qu'une expression passerelle : « le Fils de l'homme » signifiant au départ dans une pensée araméenne « quelqu'un, ou bien, un certain quelqu'un, qui est moi ». Mais ici, dans cette proclamation solennelle, il devient un parfait septantisme, c'est-à-dire que la pensée araméenne ou hébraïque est théologisée, dans une pensée conceptuelle hellénisée, pour devenir une notion à la fois personnelle et « substantielle », une représentation de l'homme universel ou de sa descendance.

Dans la suite du discours remarquons, en Jn 8,31, l'expression « Si vous demeurez dans la parole qui est mienne », très typique de la pensée johannique, mais qui est profondément palestinienne et en rien hellénisée. Elle est une sorte de pontage entre un araméisme et un concept hellénisé : « cette parole qui est mienne » devient mon évangile, mon message.

Suivent, en Jn 8,32, les deux usages du mot « la vérité » qui n'est pas tout à fait « le vrai » de Platon, mais qui en est la sœur jumelle. Mais au verset 8,40, cette vérité est re-hébraïsée, remise en contexte juif : « la vérité que j'ai apprise de Dieu. » Par rapport au « vrai » des philosophes, on soupire d'aise. Le problème théologique est personnalisé et n'est pas cet énorme problème philosophique non résolu au terme de vingt-cinq siècles de recherches. Les cinq nouvelles occurrences du mot vérité des versets 8,44-46 sont encore à resituer dans ce nouveau cadre. C'est un concept « vivant », araméisé : « se tenir dans la vérité, » « il ne se tenait pas dans la vérité », « la vérité n'est pas en lui », « je vous ai dit la vérité », « si je dis la vérité. »

Au verset 8,51, l'énigme est entière pour cette « mort » évoquée « si quelqu'un garde ma parole, il ne verra jamais la mort ». Mais la philosophie grecque connaît-elle cette mort-là ? Ainsi que la mythologie grecque ? Ce n'est certainement pas la même mort, ici évoquée, à laquelle pensent ou ont pensé ni le disciple ni le Maître. En employant la troisième personne, cette phrase est l'un des égos cachés de ce bloc rédactionnel, surprenant tout autant l'homme du XXIe siècle que les juifs, entendant ces mots au premier siècle. Réagissant violemment aussitôt, ils pensent et s'expriment en araméisme : ils ne savent pas dire « ta parole est une folie », ce qui serait la jonction de deux hellénismes, mais l'expriment ainsi : « un démon te possède. »

Pour conclure, le christianisme est sorti de l'hellénisation du monde des juifs. À la même période les deux monothéismes, le monothéisme absolu juif et le monothéisme dialectique naissant, pour devenir le christianisme, étaient tous les deux autant marqués par l'hellénisation, transformant peu à peu les pensées. Cette hellénisation courait depuis deux à trois cents ans.

Mais le judaïsme a tout fait pour combattre cette hellénisation, tandis que le christianisme a profité de ce courant culturel pour se développer. L'hellénisation court dès la Source Q et se prolonge jusqu'au Concile de Chalcédoine en 451. À lire le Bloc 16, elle était certainement présente dans la pensée du Maître et du disciple en 28-30. Il ne faut pas dire toutefois que le christianisme est le produit mécanique de cette hellénisation. Celle-ci fut surtout un outil technique facilitant la conceptualisation de la théologie compliquée qui est sortie de la situation d'un homme parlant d'une position terrestre dans laquelle il était le fils d'un père qui était dans les cieux. Mais sans cette hellénisation, tous les discours trinitaires et christologiques qui suivirent, n'auraient pas pu être exprimés.

La proclamation finale du Bloc 16

Revenons sur les mots/sommet du bloc des controverses : « avant qu'Abraham vint à l'existence, Moi, je suis. » Ils ont une résonnance profondément vétérotestamentaires. Formellement, ils ne sont en rien tributaires d'un apport hellénistique. Ils font référence à la révélation du nom de Jahvé au Sinaï, faite à Moïse. Dieu est « Je suis celui qui suis », en raccourci « Je suis », une expression encore plus pure et abrupte du nom divin. Cette formule raccourcie est celle reprise par le Maître. Telle l'œuvre d'un grand littérateur, le cheminement qu'emploie le disciple pour produire le calque de cette expression du Pentateuque, dans une parole du Maître, ne peut qu'être admiré. Ainsi que son contexte explicatif parfait : dans le contexte de la loi juive, après le dialogue extrêmement tendu qui l'a précédé, cette déclaration d'identité ne pouvait déboucher que sur un jet de pierres visant à tuer le blasphémateur.

Dans ce Bloc 16, le disciple reprend ce fond vétérotestamentaire intemporel « ego eimi », déjà choquant, en l'assimilant abruptement à son Maître, un homme identifié, parlant dans le Temple, mais bien plus, en l'assortissant d'une proposition temporelle « prin Abraham genestai » qui est opposée au verbe au présent de « ego eimi ». Ce n'est pas, avant qu'Abraham « devienne » ou naisse. Avec un aoriste, un temps du passé : « avant qu'Abraham ne devenait, » ou avant qu'il ne naissait », « moi Je suis ». Il s'agit évidemment d'un sommet blasphématoire que le disciple tente de nous faire comprendre comme le sens de son évangile. Mais notons au passage qu'il s'agit aussi d'un langage premier, en pensée sémitique araméenne ou hébraïque : ce sont des « actes ou des existences » qui sont pensées, et non des concepts expliquant ce que l'on veut dire. On a ainsi, dans ce Bloc 16, une superposition, un heurt entre un acte ou une existence qui était hier, il y a longtemps, en train de commencer ou de se dérouler et une existence intemporelle, encore présente en train de parler dans le Temple. À ce sommet d'un langage premier, formulé en pensée sémitique, ce bloc relie donc des paroles formulées en concepts hellénisés, mêlées d'actes sémitiques, des premiers versets que nous avons analysés au verset 7,12 sur la Lumière, la ténèbre et la vie.

Intermède.

Faisons le point. Après cette conclusion « Avant qu'Abraham vint à l'existence, moi, je suis, » et les jets de pierres qui se préparent, on pourrait penser que la révélation essentielle est exprimée, telle qu'elle est comprise par le disciple. On pourrait être à la veille de la passion. Mais le disciple a tant de livres à couvrir qu'il en remplirait le monde. Il suit toujours le plan de la Source qu'il lui faut compléter de ses souvenirs essentiels. On est encore dans le chapitre des controverses, mais on aborde déjà le chapitre qui est dans la Source celui des paroles et des gestes divers. Ces paroles et ces gestes divers sont ainsi successivement construits :

Avant même l'entrée dans la passion et le discours après la Cène qui va être exceptionnellement volumineux dans l'évangile du disciple, on a encore un bloc factuel exceptionnellement développé, l'aveugle de la piscine de Siloé. Vient ensuite un double discours de controverse qui sera en fait l'une des deux seules grandes paraboles mémorisées par le disciple, la parabole du Bon pasteur et porte des brebis. Puis, le signe extrême de la résurrection de Lazare, suivi de deux blocs factuels, l'onction à Béthanie et l'entrée acclamée à Jérusalem. Enfin la trajectoire publique se conclut par le discours et l'épiphanie réclamée par les Grecs.

Ensuite, avec le bloc factuel du lavement des pieds, on entrera dans la grande suite en chambre haute, introduisant la passion par un immense discours, à la différence des synoptiques.

Bloc 17, Le récit de la vue rendue à l'aveugle-né

On est dans une succession de blocs rapportés, sur des sujets divers. Ils sont reliés par des « paragraphes crochets ». Le rédacteur du quatrième évangile suit le plan de la Source Q. Il est amené à placer maintenant un ensemble de souvenirs des communautés ou de « l'autre disciple » qui n'ont pas encore trouvé place dans la suite « historique » qui précédait.

Mais en même temps, il suit son plan thématique et poursuit le développement de la partie centrale de son évangile. Dans son plan johannique, le tempo est donné par la présentation étagée des grands signes : l'eau changée en vin, la guérison du fils du fonctionnaire royal, la guérison du handicapé de Béthesda, la grande distribution des pains, la guérison de l'aveugle-né, la résurrection de Lazare. Il y a une progression d'un signe à l'autre. L'aveugle-né est l'avant dernier degré : « Au grand jamais, on n'a ouï dire que quelqu'un ait ouvert les yeux d'un aveugle-né. »

Mais on constate aussi que l'autre disciple et ses propres disciples sont parvenus au terme de leur apprentissage d'écrivains. Ils ont atteint les sommets de leur art. Ils se font plaisir. Ils racontent trois et même cinq fois la même chose, tout en avançant à petit pas dans l'exposé de leurs thèmes.

On peut faire des comparaisons entre ces récits. Il y a des variations de style étonnantes. Certains paraissaient relever d'un johannisme modeste et économe malgré leurs rebondissements : le bloc rédactionnel de la « femme adultère », de même le fils du fonctionnaire royal, la distribution des pains. Certains récits, au contraire, ont grandi en dimension. Ici on a une composition très développée, demeurant toutefois dans le style du premier récit de guérison à Jérusalem, celui du handicapé de la piscine. Mais ce récit prend une telle dimension et une telle tournure que le lecteur du XXIe siècle peut le comparer à un feuilleton de téléréalité, un miracle en direct, suivi d'une histoire des ennuis administratifs d'un miraculé, le premier jour suivant sa guérison. De tels blocs rédactionnels continuent à poser la question :

qui tient réellement la plume ? Le disciple ou le disciple du disciple qui composerait un récit sur les indications générales de son maître, celui-ci se réservant l'écriture des grands discours.

Cependant on reste dans une rédaction johannique bien reconnaissable, avec un style savant, une œuvre d'école, où l'on voit apparaître tous les thèmes johanniques, comme des résonnances bien intégrées. Par une question appropriée des disciples, l'introduction fait référence au Bloc 15 de la femme adultère, avec le thème du péché : « Maître qui a péché les parents ou l'aveugle ? » Cette problématique qui avait court dans les milieux populaires, non contestée dans les textes vétérotestamentaires, n'est pas du tout dans la vision du Maître, selon la thématique johannique, même si elle aura tendance à perdurer dans l'histoire de la chrétienté.

Ensuite la thématique des œuvres nous renvoie au thème crochet entre les Blocs 9 et 10, avec une répétition des mêmes mots « erga et ergazestai, œuvres et travailler. » Au Bloc 9 c'était le travail de « mon Père », ici ce sont les œuvres de Dieu, « celui qui m'a envoyé, Pempsantos me ». De même revient le thème « Tant qu'il fait jour, tant que je suis dans le monde, je suis la lumière du monde. » On l'a déjà vu, il est également recensé dans la Source. Il vient d'être encore entendu dans le Bloc 16.

On a aussi, à travers tous ces dialogues organisant le récit, reprenant désormais un style johannique confirmé, les références au thème du sabbat, à la division entre les juifs, à la qualité de prophète, à l'opposition disciple de Moïse/disciple de Jésus, à l'interrogation sur le lieu « d'où il est ». Il y a aussi l'affirmation « Il ne vient pas de Dieu », et un réemploi d'une expression du Bloc 9 « rendre l'homme sain tout entier ». Ici l'homme est né « tout entier dans les péchés. »

En termes de thématiques et d'historicité, les guérisons d'aveugles sont évoquées par la Source dans son bloc de transition ou troisième bloc rédactionnel. Le parallélisme entre le plan de la Source et le plan du disciple s'est distendu à l'extrême. Dans la Source, les signes du royaume qui est arrivé, issus des prophéties d'Isaïe, sont la réponse au Baptiste pris de doute dans sa prison. Dans les synoptiques, la liste des guérisons d'aveugles, répondant à cet élément programmatique essentiel, n'est pas très longue mais attestée de bonne façon : l'aveugle de Bethsaïde, en Marc, guéri progressivement, nuance étonnante ; les deux aveugles qui en Matthieu poursuivaient le groupe jusque dans la maison en criant « fils de David », Mt 9,27 ; le Galiléen démoniaque aveugle et muet, Mt 12,22, l'aveugle de Jéricho, Mc 10,46.

Ce bloc de récit étant la relation de ce qu'il faut bien appeler un miracle, pose nécessairement un problème d'historicité pour l'homme moderne et son doute scientifique. Incroyants et agnostiques se contenteront de penser que cette attestation multiple révèle une rumeur persistante, ayant couru sur les capacités de ce thaumaturge, en faveur des aveugles. L'hypothèse fut relayée par l'historien juif Flavius Joseph.

Le croyant d'aujourd'hui, dont la conscience est elle aussi formée d'une bonne dose d'agnosticisme, tout autant convaincu de l'efficacité de la médecine ophtalmologique contemporaine, faite de liens de causalité démontrables et reproductibles, n'en sait pas plus, tant l'instant de la guérison, si merveilleux qu'il ait pu être, ne fut observable qu'après coup. Il n'eut de véritable dimension que dans la reconnaissance que l'action de Dieu s'était faite présente, par la personne dont la vie s'est trouvée ainsi subitement illuminée et changée. C'est effectivement la conclusion assez modérée de ce Bloc 17 : « le Fils de l'homme qui est-il, pour que je me mette à croire en lui ». On observe aussi des formules très proches dans l'évangile du disciple, en comparant les deux conclusions du Bloc 7 de la Samaritaine : « Je sais que le Messie doit venir, celui qu'on appelle Christ… - C'est moi, celui qui te parle. » et celle de ce Bloc 17 : « crois-tu, toi, au Fils de l'homme ? – Et qui est-il, … - Tu le vois, et celui qui parle avec toi, c'est lui. »

Ce bloc est enfin étroitement relié au suivant par un paragraphe de controverses sur les comportements des pharisiens : « Je suis venu… pour que les non-voyants voient et que les voyants deviennent aveugles. »

Bloc 18, La parabole/Controverse du bon berger ou de la porte

Un évangile du disciple cultivant très peu le genre littéraire parabolique à l'exception de deux paraboles.

Après un bloc présentant un récit de signe, vient un discours en public qui va nous permettre de creuser encore plusieurs choses sur le processus de construction des évangiles et sur le johannisme. Poursuivant le plan de la Source, dans cette partie où sont logées les paroles qui n'ont pas être intégrées auparavant, le disciple va faire venir une parabole jugée essentielle et qui n'apparaît dans aucun autre évangile.

Il est étonnant qu'on ne se soit pas plus interrogé sur la distribution et la construction du genre littéraire « paraboles » dans les évangiles. Il apparaît timidement comme travail littéraire dans la Source, dans ses tous derniers éléments, avec la parabole des Mines. Mais dans les blocs rédactionnels précédents de la Source, on trouvait déjà, commençant à prendre une petite allure, les Deux maisons sur le roc et sur le sable, le Retour de l'esprit impur, le Père donnant de bonnes choses. C'était de tous petits textes, où pointait une tentative d'écriture en parabole. Mais aussi, toute la Source était pleine de mots et thèmes paraboliques, au sens où M.J. Lagrange en fait l'inventaire dans sa synopse : 159 paraboles « mineures » ou mots et thèmes paraboliques, qu'il liste après 35 paraboles « majeures ». L'œuvre d'évangile a donc ici une composante essentielle qui va se développer, avec une et même deux sources communes, Marc ayant aussi ses premiers grands textes de paraboles, notamment le Semeur et les Vignerons homicides.

Avec ce que l'on sait du développement des trois évangiles subséquents, issus du besoin de compléter la Source et Marc, en les copiant, on a une répartition des mêmes paraboles en Luc et Matthieu, avec de rares exceptions, qui devraient étonner si ces paraboles « majeures » font défaut chez l'un ou l'autre.

En tant qu'œuvres littéraires bien rédigées et développées, Matthieu n'a en propre que deux grandes paraboles : les Ouvriers envoyés à la vigne et les Dix vierges ayant une lampe pour attendre l'époux. Luc contient six grandes œuvres littéraires paraboliques et thèmes majeurs faisant défaut ailleurs, l'Économe infidèle, l'Enfant prodigue, le Figuier stérile, le Juge inique et la veuve, Lazare et le riche, le Bon samaritain. Matthieu a largement de la matière pour traiter autrement le sujet des cinq premières. Mais l'absence de la dernière parabole, pourtant centrale pour développer le sens du premier commandement, étonne chez lui et chez les autres évangélistes.

On a déjà vu que le disciple sélectionne sans pitié, pour ce qu'il ne juge pas entrer dans son projet thématique. Pour ce qui est de l'absence d'un thème comme le Bon samaritain, il va avoir un ample traitement du premier commandement dans le discours après la Cène, tout en le déviant de sa problématique universaliste première.

Le disciple ne développe que deux paraboles majeures et il les développe en propre, le Bon berger et la Vigne et les sarments. Ce qui est le plus étonnant c'est leur absence si frappante chez Matthieu et Luc. Il s'agit en effet de thèmes centraux du christianisme. Mais on n'en trouve que des affleurements très mineurs et latéraux dans les trois autres évangiles.

Il faudrait étudier les phénomènes d'amnésie ou d'occultation qui ont pu fonctionner chez les disciples et dans les premières communautés, si de tels discours ont été tenus. L'occultation ou l'amnésie frappant le Bon samaritain s'explique par l'inconvenance congénitale du récit qui est une insulte aux hiérarchies religieuses. Pour le Bon berger, ç'aurait pu être un thème consensuel repris par tous. Mais il était frappé, lui aussi, d'un tel degré mémoriel d'affrontement avec les autorités religieuses qu'il en a été de même. C'est dans ce contexte que le disciple le présente.

Cette quasi absence de grandes paraboles dans l'évangile du disciple est aussi un point à souligner dans la différenciation culturelle des groupes composant les disciples. Son évangile n'est pas un évangile de paraboles, sauf les nombreuses micro-paraboles que j'ai signalées ici ou là. Il travaille sur un autre niveau de culture, sur des thèmes déjà largement conceptualisés. Le message du Maître contient non seulement des paraboles que l'on pourrait qualifier, pour simplifier, de Galiléennes. Elles sont contenues dans les trois autres évangiles, mais c'est aussi un message marqué par l'hellénisation de la société juive, en particulier à Jérusalem, auquel le Maître s'est aussi adressé en un autre langage.

Enfin, avec les transformations imposées par le style johannique, il faut encore remarquer que les paraboles johanniques sont très différentes des paraboles synoptiques. Ce ne sont même plus des paraboles, des historiettes racontant à merveille une réalité spirituelle, mais qu'il faut commenter pour les comprendre véritablement. Dans l'évangile du disciple, les deux paraboles sont devenues des poèmes allégoriques disant clairement ce qu'elles signifient, tant par les égos qu'elles contiennent que par les différentes harmoniques du thème. Ce ne sont plus des histoires mais des variations sur une image, où les concepts affleurent fortement.

Contenu thématique

Introduire subitement une parabole, supposait, pour le disciple un lien avec le bloc qui précédait. D'où un paragraphe crochet qui pour une fois n'est pas une introduction géo-historique. Il vient cependant de façon naturelle, puisque l'on est en pleine controverse et qu'à cette phase de la trajectoire publique, tout est objet de conflit entre le Maître et « les juifs ». Cependant le disciple particularise ici le conflit comme un conflit avec les pharisiens. Il s'introduit par cette parole que Xavier Léon-Dufour traduit très bien en langage du XXIe siècle : « C'est pour une discrimination que je suis venu dans ce monde-ci ». « Krima » signifie aussi juger, venant de « krinô, séparer, trier, distinguer, choisir, décider, trancher, mais aussi juger ».

Curieusement, la discrimination est ici le fait d'inverser le réel : les non-voyants voient et les voyants deviennent aveugles. On vient d'avoir un bon exemple de non-voyant se mettant à voir, physiquement et intérieurement, comprenant désormais que le Maître est le Fils de l'homme. Et l'exemple des voyants qui deviennent aveugles est caractérisé par la parole des gens de la synagogue, disant à l'aveugle guéri : « Moïse, nous savons que Dieu lui a parlé, mais celui-là (le Maître) nous ne savons pas d'où il est. » Dans le paragraphe crochet, les pharisiens qui ont entendu cette parole balancée et contradictoire, ce « mashal » du Maître sur les aveugles qui voient et les voyant qui ne voient plus, comprennent immédiatement que, selon ces propos, ce sont eux qui sont aveugles. On va retrouver cette opposition tout au long de la parabole qui traite en fait du bon et des mauvais bergers. C'est une déformation due aux siècles de relecture au sein du christianisme que de n'avoir retenu que le Bon.

Regardons comment et en quoi cette parabole est un manifeste du johannisme et de la scission des deux religions, qu'elle est donc à l'origine du christianisme, sachant que cette scission, présentée pour la première fois dans le Bloc 14, développée ici dans le Bloc 18, sera encore abordée dans le bloc rédactionnel suivant, le 19, après la brève séparation d'un court commentaire prenant le soin d'en étaler la confirmation dans le temps. Toute cette partie du quatrième évangile accentue la séparation des deux conceptions religieuses, en cours de réalisation.

Le premier bloc rédactionnel du Bon pasteur ou de la porte, le Bloc 18, est un poème déclamatoire en cinq strophes d'inégale dimension, trois strophes longues et deux plus brèves. Les deux premières commencent par « Amen, amen, je vous le dis ». La première est la seule présentant le personnage à la troisième personne. Mais les suivantes comportent sept fois un pronom à la première personne, sujet ou complément, voire un adjectif possessif à la première personne, la suivante onze fois, les deux dernières, trois et dix fois. Comme le thème est repris soit à des psaumes, en particulier le Psaume 23, soit à des chapitres d'Isaïe, ceux des Chants du serviteur, et de l'aveuglement d'Israël (contexte transféré sur l'aveuglement des pharisiens), l'élément principal consiste en ceci que les prérogatives précédemment réservées à Yahvé, berger conduisant le peuple aux prés d'herbe fraîche, sont reportées sur le Maître et que ce n'est pas le disciple qui dit « mon maître est désormais le berger », mais que c'est le Maître lui-même qui revendique d'être désormais ce bon berger. Il précise même : « Tous ceux qui sont venus avant moi sont des voleurs et des brigands », non pour accuser Yahvé, mais ceux des hommes qui se sont déclarés pasteurs humains d'Israël.

La seconde caractéristique ou contenu de ce discours johannique est ce que je résume par le thème de la cascade ou de l'ascenseur, c'est à dire du report identique des relations entre les brebis, le berger et le Père : « Je connais les miennes, les miennes me connaissent, tout comme le Père me connaît et que moi je connais le Père. » Ce schéma est majeur, tout autant dans cette parabole que dans le johannisme dans son ensemble.

Enfin on peut remarquer, ici, les caractères littéraires et conceptuels du johannisme : la très forte forme poétique biblique avec ses répétitions, ses inversions, ses avancées par petits pas, d'une notion à une autre, d'une formule à une autre, et surtout, dans un certain nombre de formules centrales, le passage par des concepts ou des notions qui avant d'être appliquées à une personne, celle du Maître ou celles des personnes liées en dessus ou en dessous par la cascade, sont formalisées comme des images/concepts symboliques généraux. Le pasteur, le bon, devient l'archétype du berger ou du pasteur. On a aussi des concepts glissants à faire perdre le fil du discours, ici entre la porte et le pasteur. Le concept de la brebis, du pasteur, de la voix du pasteur, celui de pâturage remplaçant, ici, celui de royaume dans les synoptiques, le concept de la vie de plus en plus surabondante, le concept de connaissance, et au milieu, les actes qui deviennent déjà presque des concepts : marcher devant, entrer, sortir ou faire sortir.

Notons encore la façon dont le disciple traite l'annonce de la passion qui apparaît ici pour la seconde fois, après le discours sur le corps et le sang. Elle apparaît derrière les élégantes formules « déposer sa propre vie et la reprendre de nouveau », ou des « pouvoirs de la déposer et de la reprendre ». Enfin, l'avant dernière strophe est une discrète et jolie formule pour évoquer les nations, ces autres brebis qui ne proviennent pas de ce bercail mais seront aussi conduites, écouteront la voix du pasteur et ne feront qu'un seul troupeau avec un seul pasteur.

Le bloc se termine par un commentaire en voix off, accompagné de deux paroles entendues dans la foule des auditeurs. Le thème de ce commentaire reprend, en chiasme, le mot de discrimination entendu en introduction du sous-ensemble de discours qui a ouvert la parabole, au début du bloc et auquel conduisait déjà le Bloc 14, la scission dans la foule. La division conduit certains à penser « Il a un démon ! Il est fou ! Pourquoi l'écoutez-vous ? » Ces remarques des interlocuteurs appartiennent à un fil conducteur de la narration du disciple : depuis le Bloc 13, relatant les lendemains de la grande distribution des pains dans la synagogue de Capharnaüm et le discours du pain vivant représenté par son corps, des réactions se font entendre pour dire : « Ce discours est trop fort. » On a vu ensuite notamment dans le Bloc 14 de controverse : « Va-t-il aller vers la diaspora ? », dans le Bloc 16 suivant : « Que veut-il dire ? Va-t-il se tuer ? », et ensuite encore « N'avons-nous pas raison de dire, nous, que toi, tu es un samaritain et qu'un démon te possède ? »

Le parcours du Maître s'achève sur une situation paroxystique de crise, de désarroi, qui explique probablement pourquoi les synoptiques n'ont pas retenu cette parabole et ont fait une crise d'amnésie psychothérapique. Le groupe des disciples est divisé autant que la foule. ils sont tous désarçonnés. Il y a ceux qui en sont restés à la compréhension des paraboles galiléennes, qui en sont encore à se disputer pour les préséances et les places à côté du Maître, incidents que l'on observe jusqu'au dernier repas de la Cène. Pour eux il y a toujours une chance que le Maître parvienne encore à créer le royaume de la renaissance politique d'Israël et ils rêvent encore d'être ministres, demain, dans ce royaume. C'est le dernier verset retrouvé et mémorisé dans la Source.

Puis dans le groupe, il y a l'équipe des grecs qui continuent à poser des questions sans comprendre positivement non plus, mais en comprenant tout de même que cela ne viendra pas comme cela. Ce sont les attitudes rapportées par le disciple dans la dernière Cène pour Philippe, André, peut-être Pierre, et Thomas avouant au moment de monter chez Lazare : « Allons, nous aussi, et mourons avec lui ! ».

Enfin, il y a surtout le regard transperçant, critique, à la recherche d'une lucidité qui fuit devant lui, celui de l'autre disciple, suivant le Maître dans ses désarmantes intuitions. Lui et le groupe des grecs parviennent mieux à suivre le langage des égos, le processus conceptualisant qui se fraye un chemin derrière le mélange de pensée sémitique et biblique, ce début de formalisation d'une nouvelle pensée religieuse, créant le schisme dans le peuple de Jérusalem. En un mot, le Maître, le disciple et le groupe des grecs passent aux discours/concepts. Les autres sont restés au discours sémitique du Royaume.

Historicité

À quel niveau, le crédit d'historicité peut-il être accordé à l'homme Jésus ou seulement au disciple méditant, sur le tard, les paroles dont il a entendu des mots qu'il prolonge par des formules à lui ? Quoiqu'ait été le discours public, le commentaire de conclusion, « Il est devenu fou », semble attester que des propos évoquant ce transfert des prérogatives de Dieu, inscrites jusque-là dans les textes populaires bien connus de la population juive contemporaine, étaient de la folie, si ces prérogatives étaient revendiquées sur la personne d'un individu humain. De tels propos relevaient manifestement du blasphème, conduisant à une condamnation à mort.

Les faits qui suivirent attestent de la tenue de propos de cette nature, sans pouvoir peut-être confirmer leur teneur précise et leur matérialité. Par ailleurs, pour leur datation, un lien est rappelé, in fine, dans ce Bloc 18, entre ces folles paroles et le fait de l'ouverture des yeux d'un aveugle qui est à l'origine du discours : « D'autres disaient : 'ce ne sont pas là paroles de démoniaque. Est-ce qu'un démon peut ouvrir les yeux d'un aveugle ?' »

Si ces propos n'ont pas été réellement et historiquement prononcés, la construction johannique semblerait cependant adroitement et exceptionnellement construite pour un contexte historique tout à fait réel. On a une continuité parfaite entre Isaïe, la récitation des psaumes pour les fêtes, la rumeur concernant les actes de thaumaturgie frappant les foules et les « divisions parmi les juifs ». Si le support matériel du johannisme n'a pas existé, le johannisme lui-même a cependant bien existé. Il a su trouver une rédaction exceptionnelle dans l'enchaînement de ces blocs rédactionnels. Hors un système de doute scientifique généralisé, quels indices sont présentés pour rendre vraisemblable que ce johannisme et cette parabole du Bon pasteur ou de la porte n'ont été construits qu'après la mort d'un supplicié condamné pour blasphème ? Comment vider et désarticuler ce contenu cohérent, pour justifier qu'il n'a été créé que suite au besoin des disciples de justifier la disparition du corps du supplicié, cherchant une raison à leurs entêtements de disciples et peinant à renoncer à leurs espoirs déçus ?

Malgré son contenu théologique, l'historicité de la rédaction globale de cette parabole ne semble pas faire de doute. Mais pour cela, il faut tenir un raisonnement général différent de celui ayant conduit les exégètes contemporains à définir, pour les synoptiques, des critères d'historicité limitée (attestation multiple, discordance, cohérence, etc) pour une analyse littérale de textes réduits à l'échelle de versets et de mots. En un sens on a un changement d'échelle entre l'historicité synoptique et l'historicité johannique. Le Bon pasteur ou la porte du bercail sont une production propre à l'évangile du disciple qui la développe sous deux formes, aux Blocs 18 et 19. On en trouve un tout petit écho dans le récit de la Cène chez Marc et Matthieu, à travers une citation d'Ancien testament : « Je frapperai le pasteur et les brebis seront dispersées (Zacharie 13,7) »

Par ailleurs, le phénomène d'une parabole propre à un évangéliste ne semble pas contestable avec le Bon samaritain chez Luc. Pourquoi le serait-elle pour le Bon pasteur chez le disciple. On tient un raisonnement par la logique de production des évangiles. Les trois évangiles produits le plus tard ont cherché à présenter des relations plus complètes ou à intégrer des éléments oubliés. L'évangile du disciple a fait le plus fort. Ayant probablement connaissance des traditions synoptiques en train de s'écrire dans les deux autres évangiles, il s'est permis d'éliminer et de ne garder que deux paraboles « oubliées par les autres ».

Ici, on ne voit pas comment les chrétiens des premières communautés auraient pu inventer, de leur cru, une parabole du Bon pasteur et de la porte, sans estimer l'avoir mémorisée des paroles mêmes du Jésus de l'histoire. Il faudrait imaginer qu'ayant retrouvé les textes d'Ancien testament employant cette parabole comme une image du Dieu d'Israël, ils l'auraient reportée, de leur seule initiative, sur le Maître. Même si pour des raisons de datation, les premières communautés étaient en capacité de faire cet emprunt à l'Ancien testament, il faudrait démontrer que le Jésus de l'histoire n'était pas en état de le faire d'abord, lui qui n'avait que l'Ancien testament comme lieu culturel.

Le problème de l'historicité d'une théologie dans la bouche du rabbi Jésus

Le second élément qu'il faut abandonner pour reconnaître au Jésus de l'histoire lui-même une initiative dans cette assimilation, et une historicité à cette parabole, est que les exégètes rechignent à lui reconnaître une possibilité d'exprimer un propos théologique. En effet, dans la ligne des deux ou trois précédents « égo majeurs », lus dans l'évangile du disciple, avant ce bloc rédactionnel (« Je suis le pain vivant, je suis la lumière du monde, avant qu'Abraham vint à l'existence, je suis »), cette parabole nous présente un nouvel ensemble d'égos dont le style tout à fait johannique diffère fortement des synoptiques, mais qui possède un degré de vraisemblance tout-à-fait équivalent, dès lors que l'on admet la possibilité d'une coexistence de deux cultures différentes à l'intérieur du groupe des disciples.

Pour l'essentiel les paraboles synoptiques sont des paraboles décrivant les caractères de la parole de Dieu exprimée par le Maître, les actes du royaume manifestant en son prophète les actes de Dieu ou les effets des actes du Dieu-père sur les choses de la terre et les actes des hommes. Par rapport au Maître, on dirait que le style du conteur s'ingénie à présenter les récits de façon neutre et en tout cas de ne pas les présenter comme une mise en scène formelle de lui-même. Chez le disciple, au contraire, nous trouvons souvent un côté « narcissique » souligné. Ce n'est pas que l'on soit en dehors d'une question souvent posée par le Maître lui-même dans les quatre évangiles : il pose clairement la question de son identité et cette question est traitée aussi par les synoptiques, « Pour les gens et pour vous qui suis-je ? » Mais pour l'essentiel, il laisse répondre les disciples ou les gens.

Au contraire, chez le disciple, et dans l'image du Maître qu'il nous donne, l'égo est « débridé ». C'est un trait majeur de ce qu'il faut appeler le johannisme. Cette façon de voir, de saisir, de retenir la réponse donnée par le Maître lui-même à sa propre question, est souvent une réponse formelle, « proclamée, clamée, criée... »

Que le rabbi Jésus n'ait eu ni théologie implicite, ni théologie explicite, semble être une dérive de l'exégèse moderne difficilement explicable. Le Jésus de l'histoire avait au moins la théologie juive comme support de ses propos. Que les premières communautés aient eu tendance à accentuer ces jaillissements théologiques, ne peut que s'appuyer sur des propositions théologiques du Jésus de l'histoire lui-même.

Mais il faudrait pour cela, constater un delta d'expression ou d'explication, majorateur entre les discours prêtés au rabbi Jésus et les commentaires du disciple. Mais c'est généralement l'inverse qui se produit. Les commentaires du disciple sont en retrait sur le discours prêté au Maître. Pour un observateur matérialiste, il est difficile, enfin, de penser que le rabbi Jésus ait été un acteur majeur de la transformation des religions occidentales sans avoir été, d'une certaine façon formelle, un producteur de théologie. Sinon il n'aurait pas été exécuté pour blasphème.

Dans l'hypothèse où les faits transformateurs de la théologie ancienne (des religions païennes ou primitives et de la religion juive) auraient été observables seulement du temps des premières communautés et non du temps du rabbi Jésus, son exécution n'aurait pas été aussi centrale. L'histoire n'aurait retenu que celle d'Étienne, de Jacques, de Pierre et de Paul. Celle du Maître n'aurait été qu'un épiphénomène mythique, accidentel ou marginal, lié à des circonstances imprévues ou surprenantes. Ce n'est la version d'aucun des évangiles, tant pour ce qui concerne le parcours prophétique et thaumaturgique que pour la passion. Ce n'est en tout cas pas la version du disciple.

Ce qu'on observe en outre, c'est que le virage de l'ère est un temps à la fois de relative prospérité, d'équilibre entre les pouvoirs locaux entre eux et entre ceux-ci et le pouvoir colonisateur. De plus, arrive alors à maturité une transformation linguistique et un seuil de généralisation de la pensée conceptualisée, sous les longues poussées de l'hellénisation qui sont favorables à l'éclosion d'une transformation religieuse. Sinon, il faut faire porter tout le poids de la mutation des religions occidentales sur la chute du second Temple, sur l'échec des guerres juives et sur la migration qui les suit, sans que celle-ci soit massive de façon certaine.

Mais ni le retour à l'hébreu et aux tendances les plus intransigeantes de la première religion occidentale que connut le judaïsme, ni le christianisme n'ont leur origine dans ces deux événements, la destruction du Temple et la défaite juive. Selon les évangiles et les témoins extérieurs, Flavius Joseph et Tacite, comme selon une juste conception matérialiste, leur origine ce sont les événements conflictuels au sein de la société juive qui en sont le contexte antérieur par leur datation. Les événements de 66-70 ont eu un impact sur deux religions qui avaient déjà fait leur scission. Ils n'ont pas provoqué cette scission.

Le disciple est un témoin à plusieurs reprises « qu'une division » est provoquée entre les interlocuteurs, avant l'exécution du blasphémateur. Le Bon pasteur est la parabole qui vient formaliser, symboliser, théologiser le changement de berger au terme de l'explosion de ces égos. Mais il est aussi la parabole symbolique d'une double culture fonctionnant au sein de la communauté qui rédige les évangiles.

Il est hautement symbolique qu'aucun des synoptiques n'ait su reprendre cette parabole qui fut cependant largement reprise ensuite par la liturgie, la théologie des premiers siècles et l'épigraphie chrétienne. Il est frappant aussi que le disciple qui sélectionne la grille de lecture générale des événements ait tenu à ne garder que cette parabole comme parabole prononcée dans les discours publics. L'autre parabole qu'il a conservée, celle de la vigne et des sarments est de façon très différente un discours prononcé en chambre haute devant les seuls disciples, pour donner la grille de lecture du fonctionnement de la nouvelle religion instituée à la Cène.

L'explication en est qu'il y a, parmi les observateurs et les auditeurs du rabbi juif, non seulement ceux extérieurs au groupe mais aussi ceux du groupe, un partage par les clivages culturels en œuvre et en état d'apogée au temps de la trajectoire publique. C'est toute la question du johannisme.

Bloc 19, Le dernier discours public de controverse : du bon berger à une dernière réitération du blasphème

Le poème/déclaration du bloc rédactionnel précédent semblait avoir tout dit et avoir fait passer l'ensemble de la révélation johannique sur le sujet. Il n'en est rien, bien que contenant déjà des propos fous aux oreilles d'un juif. Comme le Maître le disait aux premiers instants de sa rencontre avec le disciple, dans le bloc rédactionnel du Baptiste : « Tu verras mieux encore, … le ciel ouvert les anges de Dieu monter et descendre sur le Fils de l'homme ». Le disciple éprouve la nécessité de compléter encore cette allégorie parabolique. Le premier Bloc 18 du Bon berger manquait pour une fois d'introduction géo-historique et à son terme, on ne sait pas ce qui s'est passé et si le Maître est retourné accomplir un dernier parcours en Galilée ou en Pérée, ou ailleurs. Le Bloc 18 pouvait se situer lors d'une montée précédente à Jérusalem pour la fête d'automne, dite des Tentes. Cette fois, avec le Bloc 19, c'est la fête d'hiver, selon les précisions historiennes du disciple.

À l'occasion d'une dernière confrontation, la série des grands égos du Maître, devant la foule de Jérusalem, va encore avancer d'une étape. Le dernier discours devant la foule, celui du Bloc 23, sera d'une tout autre tonalité. Il sera une réponse du Maître aux acclamations, donnant une suite à l'entrée triomphale dans Jérusalem.

Que l'on avance encore dans la série des égos, semble attester que, jusqu'aux derniers jours, le Maître suivit une évolution de conscience, parallèlement aux étapes de la trajectoire messianique, dont il suivait les intuitions profondes, et parallèlement aux réactions de ses contradicteurs, elles aussi évolutives. Y aurait-il eu création continue ? Ou bien le montage savant du disciple est-il à ce point construit pour nous amener, de marches en marches, à sa révélation johannique prétendue mise sur les lèvres du Maître ?

Le contexte, du point de vue de l'historicité générale

Le commentaire introductif de ce bloc rédactionnel nous situe dans un contexte que nous connaissons bien par ses échos dans les quatre évangiles. « Es-tu celui qui doit venir ? » Ici la question se fait lancinante et encore plus pressante. Le Maître est une fois de plus assiégé : « Les juifs firent cercle autour de lui ». Les signes qui se sont succédés aiguisent leur attente d'un messie davidique, prenant la tête d'une restauration juive. Mais plus ils attendent, plus ils sentent que rien ne vient, du moins dans le sens de leurs attentes : « Jusqu'à quand vas-tu nous tenir en suspens ? Si tu es, toi, le Christ, dis-le nous ouvertement. »

On observe donc une historicité générale supérieure, dans l'évangile du disciple, reconstituant la trajectoire de ces dialogues entre le Maître et des interlocuteurs diversement appelés, ici, les juifs. Peu importe peut-être les propos précis en réponse. Mais après tout, ceux-ci ne semblent pas sortir de ces contextes à forte tonalité d'historicité géopolitique. Que l'on comprenne bien la situation, le disciple étant le seul évangéliste ayant fait durer la trajectoire deux ans et demi, la question a été posée, il y a deux ans ou il y a un an et demi, au printemps de la grande distribution des pains à la foule. L'attente se fait longue. La « crise d'attente » est évidente.

Il fait face, répondant « Je vous l'ai dit (je suis bien le Fils de l'homme attendu), mais vous ne croyez pas les œuvres que moi je fais au nom de mon Père. » Les juifs ont bien « la » réponse. C'est oui. Mais ils ne sont pas sur la même longueur d'onde. Ils veulent une réponse dans ce monde-ci, comme l'analysait déjà le Maître, face à ses frères, lors d'une Pâque précédente. Ils veulent, en somme, remettre de l'ordre dans cette situation pourrie d'une Palestine partagée entre des roitelets issus plus ou moins des dynasties sacerdotales, sous l'autorité d'un sacerdoce du Temple jugé corrompu, inefficace pour une restauration, et coupé du peuple et de la mission qu'il devrait se donner. Ils voudraient également et par-dessus tout chasser ces envahisseurs, jouant de la division des institutions locales, tout en ramassant le tribut de Rome. C'est exactement la situation décrite par le poème du Bon berger. « Tous ceux qui sont venus avant moi sont des voleurs et des brigands ». Je suis le seul bon pasteur. Mais ma solution, elle est « d'en haut ».

Ce n'est donc pas du tout la réponse attendue et l'on est dans une situation inextricable. Le Maître estime n'avoir pas d'autre initiative à prendre. Il a tout dit. Eux voudraient qu'il prenne l'initiative de déclencher le grand soir. Et par ailleurs, tout le monde sait que sans initiative du Maître, et encore plus certainement, s'il en prenait une, le jeu compliqué des pouvoirs, imbriqués entre eux, arrêterait ce faux messie, déjà accusé de blasphème et qui l'aggrave à chaque discours.

Contenu

C'est précisément ce que démontre ce bloc rédactionnel supplémentaire. Le Maître reprend la comparaison des brebis qui écoutent sa voix. Mais il développe une nouvelle nuance du thème : Il va y avoir affrontement et guerre entre les bergers qui vont s'arracher les troupeaux de brebis, pour tenter de les faire périr. Il insinue que ses adversaires guident un autre troupeau et qu'il va y avoir une guerre entre ces deux troupeaux. Les mauvais bergers, ceux qui sont des voleurs, des mercenaires, des brigands, selon le bloc précédent, vont s'efforcer de lui prendre ses brebis dans ses mains ou dans celles du Père. Mais dans ce combat, le Père est plus grand que tous et fera que l'on ne puisse rien arracher de sa main.

Le propos est glissant et la polémique enfle naturellement : nouvelle escalade dans les propos blasphématoires : « Moi et mon Père nous sommes un. » pour expliquer qu'on ne prendra les brebis, ni dans une main ni dans l'autre. C'est une escalade du blasphème mais dans le même temps, aussi, une nouvelle marche dans la construction théologique que le disciple et le Maître construisent à travers ces polémiques. Nous voyons apparaître ce que les grands conciles définiront comme deux personnes dans une unique Trinité, avec toutes les conséquences christologiques qui en découleront.

Pour l'instant, ce n'est ni le disciple, ni le Maître qui rédigent des affirmations théologiques conciliaires, mais ces dérapages verbaux veulent en dire plus qu'ils n'en disent littéralement. Selon le rédacteur du quatrième évangile, ce sont les juifs qui tirent les conséquences christologiques, en exprimant le blasphème qu'ils déduisent et en apportant des pierres pour le lapider : « … Nous voulons te lapider pour blasphème, parce que toi, étant un homme, tu te fais Dieu. »

Le Maître réagit en décrochant d'un pas, ou plutôt, le disciple, qui n'a pas à tenir les positions dogmatiques d'un père de Concile. Il fait aussitôt prononcer par le Maître lui-même un commentaire en retrait.

« Mais votre loi n'a-t-elle pas écrit « Moi, j'ai dit : 'vous êtes des dieux' ? » Si elle vous appelle des dieux, vous ne pouvez pas lapider celui que le Père a envoyé dans le monde, s'il dit « Je suis fils de Dieu ». Toutefois, il récidive aussitôt : la parole que vous avez prise comme un blasphème voulait bien dire ce qu'elle voulait dire : « Si vous ne voulez pas croire mes paroles », « croyez les œuvres ... afin de reconnaître que le Père est en moi et moi dans le Père. » C'est l'un des thèmes centraux de la révélation johannique, ce que j'ai appelé la première marche de la cascade ou de l'ascenseur, que l'on verra développé dans le thème de l'inhabitation au discours après la Cène.

Mais des pères grecs du Iv^{e} siècle et des théologiens des XXe et XXIe siècles y verront aussi l'amorce d'une possible théologie de la divinisation, validée par un propos du Maître. Tous les hommes sont devenus des dieux parce que moi, envoyé par le Père, j'ai donné le signal : tout en étant, moi, un homme je viens diviniser tous les hommes. Le johannisme c'est donc l'annonce d'une religion toujours aussi mobilisatrice pour le XXIe siècle, sans temple, sans prêtre, sans dogme, sans culpabilité et qui cherche à diviniser tous les hommes.

La conclusion du Bloc 19 est une fois de plus intéressante en terme géo-historique. Cette fois, le Maître ne retourne plus en Galilée. C'est en quelque sorte un petit virage géo-stratégique pour la fin du parcours messianique. L'heure approche. « Il s'en alla de nouveau de l'autre côté du Jourdain, à l'endroit où Jean était d'abord à baptiser. Et il demeura là. Et beaucoup vinrent vers lui. Et ils disaient : « Jean n'a fait aucun signe mais tout ce qu'il a dit de celui-ci est vrai. » C'est un mot de la fin reprenant un mot du tout début, en forme de chiasme. Parti du désert près de Jean, le voilà retournant au point de départ. C'est l'occasion pour ces « nombreux visiteurs qui viennent à lui » de faire à nouveau la comparaison avec le Baptiste qui ne faisait pas de signes de thaumaturgie, alors que lui est entouré d'une rumeur pour en avoir fait beaucoup. L'Histoire des antiquités juives de Flavius Josèphe confirme cette divergence entre le Baptiste et Jésus. L'historicité du quatrième évangile rejoint de façon expresse une source externe.

Par ailleurs, si l'on se rappelle que le Maître s'est astreint, avec son groupe de disciple, à une itinérance continue, sans s'être jamais fixé, n'ayant ni maison, ni grotte, ni cabane, profitant sans cesse des hospitalités qu'il recevait, nous avons au terme de sa trajectoire un curieux retour aux grottes et abris du Baptiste, du début de son parcours, dont on ne sait pas si elles sont désormais désertées par les disciples de ce dernier, après sa mort. Ceux-ci ont peut-être poursuivi l'usage de son mode de vie et ses méditations ascétiques, mais dans les villages et les villes d'où ils venaient et y sont retournés, ou peut-être ont-ils déjà rejoint leurs lieux d'émigration, hors de Palestine.

Les menaces des polices du Temple se resserrent autour du Maître. Il termine son parcours d'itinérance ou d'errance dans des abris de fortune au désert ou en dormant dans des jardins (Gethsémani) quand il n'a pas l'opportunité de trouver un hôte qui ait des raisons spéciales de surmonter la crainte de l'héberger, comme le fera la famille de Lazare.

Bloc 20, La résurrection de Lazare

Par plusieurs de ses thèmes, ce bloc rédactionnel s'intègre dans plusieurs ensembles. Comme récit de signe, il est le dernier des sept blocs de signes du quatrième évangile. À ce titre, son ampleur accrue en nombre de versets témoigne de ce qu'il en est une conclusion très importante pour le ou les auteurs. Il fait aussi partie de l'ensemble relatif à l'attitude du Maître en face des femmes, notamment avec le bloc de l'onction à Béthanie qui suit. Il s'intègre enfin dans le dernier groupe des blocs des questions diverses par lesquels le disciple suit le plan de la Source, du Bloc 18 au Bloc 23, avant que l'on entre dans le récit de la Cène et de la passion.

Il est soigneusement composé en cinq parties, une longue introduction géo-historique de 19 versets, un dialogue avec Marthe de 7 versets, une rencontre avec Marie de 6 versets, le signe proprement dit avec 10 versets, enfin une conclusion et un commentaire de 10 versets. Chaque partie est riche en dialogues et micro-discours. C'est à la fois de la littérature accomplie, de la théologie avec ses cheminements, de la reality-show. Les auteurs se veulent aussi historiens. Aux yeux de l'historien contemporain, même s'il persiste dans son scepticisme pour les trois parties centrales, l'introduction et la conclusion de ce bloc sont particulièrement intéressantes pour leurs éléments géographiques, et pour l'intéressante conclusion/explication à dimension d'histoire générale. En effet c'est ce signe qui lance le procès du Jésus de l'histoire, selon la vision du disciple.

Cependant même dans les éléments apportant des messages historiques et géographiques de l'introduction, se trouve enchâssé l'essentiel du discours du Maître adressé aux disciples.

Un nouvel égo : Je suis la Résurrection et la vie

Pour ce qui concerne l'essentiel, le récit du signe, je note sa description très succincte malgré la solennité dont il est entouré, après ses deux préparations à la fois théologiques et solennelles avec les deux femmes. Manifestement ce texte pourrait être un récit à usage liturgique, et le fut certainement, reprenant ou amplifiant des thèmes johanniques mieux exprimés ailleurs, dans un contexte de cheminement et de vraisemblance historique relative.

Mais je note surtout que la proclamation centrale « Père, je te rends grâce parce que tu m'as écouté. Je savais bien, moi, que tu m'écoutes toujours ; mais c'est à cause de cette foule qui m'entoure que j'ai parlé, afin qu'ils croient que c'est toi qui m'as envoyé », est une réplique très proche de la formule johannique par excellence de la Source Q, en 10,21-23 : « En cet instant je m'accorde profondément avec toi, Père, Seigneur du ciel et de la terre, de ce que tu as caché ces choses aux sages… ». Ceci donne un bon point d'attestation multiple, à cette déclaration située dans la solennité de ce signe sommital en fin du parcours prophétique du Maître, solennité qui a tendance, au contraire, à faire douter les historiens critiques et agnostiques des XXe et XXIe siècles.

Toutefois, le travail réalisé entre la Source et celui du disciple est important. Le sens profond est le même. Mais on est passé de « je m'avoue tien, je me voue à toi, je me confesse tien, exsomologoumai soi », à « eukaristô, je te suis reconnaissant de, je rends grâce ». La suite de la formule est tributaire de tous les égos que l'on a entendus, « de ce que tu m'as écouté et de ce que tu m'écoutes toujours ». Au lieu de se référer « à ce que tu as laissé voir aux petits », Savants, puissants et petits sont remplacés par « la foule qui m'entoure ».

Le signe

En tant que récit de signe, ce bloc de la résurrection de Lazare est essentiel dans le projet d'écriture du disciple parce qu'il termine la série correspondant aux prophéties et aux Écritures. Il fallait qu'après les boiteux qui se remettent à bondir, les aveugles qui se mettent à voir, les morts ressuscitent.

En fait, dans l'ensemble des quatre évangiles, il s'agit d'une catégorie rare de signe, parce que jusqu'à présent les « remises en vie » étaient généralement prises et en quelque sorte cachées dans la sous-catégorie des guérisons en situation extrême. Dans toute la geste du thaumaturge Jésus, on n'a que deux exemplaires de gestes décrits comme des mises en résurrection à partir d'une situation de mort. La résurrection du fils de la veuve de Naïm, présentée comme un geste accompli en croisant un convoi mortuaire, chez Luc, et celle de la fille de Jaïre, relatée par Marc et reprise par Luc et Matthieu. Mais c'est une mort qui vient juste de survenir et que Jésus cherche à transformer en sommeil et en guérison d'une maladie. Le disciple, au contraire, utilise toutes ses capacités récemment acquises d'écrivain pour développer. Pour finir son évangile, il faut que c'en soit une vraie, cette fois.

C'est en grande partie, le sens de la longue introduction : pour décrire l'événement en catégorie de résurrection, elle impute même au Maître la volonté de faire qu'il en soit ainsi. L'introduction insiste sur sa volonté stratégique de retarder son départ, bien qu'on lui ait demandé de venir depuis deux jours. Marthe la sœur du défunt pourra ainsi lui dire. « Cela fait quatre jours. Il sent déjà. »

De fait, dans la forte introduction, on retrouve deux éléments de discours déjà entendus dans les propos du Maître : « Cette maladie est en vue de la gloire de Dieu », ajoutant « afin que par elle, le Fils soit glorifié. » C'est le rappel des discours sur le Fils et l'on approche de cette glorification johannique inscrite dans l'événement de la mort du Maître. On a déjà vu ce thème dans l'introduction de l'aveugle né : « Qui a péché pour qu'il soit aveugle de naissance ?... Non... C'est pour qu'en lui soient manifestées les œuvres de Dieu. »

À l'intention des disciples, exprimant leur peur de retourner à proximité des milices du Temple, on voit aussi réapparaître le thème de la « lumière de ce monde » qui est encore là pendant « les douze heures du jour », permettant de marcher, ce que les ténèbres ne permettront bientôt plus. Après toutes les leçons johanniques sur le Maître, se proclamant la « lumière du monde », on est étonné de ce curieux usage réaliste des mêmes thèmes, dans ce récit.

La leçon du signe introduite par deux femmes

Mais le plus curieux dans ce texte est que le Maître fait amener et prononcer la leçon centrale par les deux femmes, prises chacune à son tour pour exprimer leur foi. Après la Samaritaine, c'est la seconde fois, que des femmes sont acteurs théologiques. Et l'on ne voit guère de parallèle masculin dans le quatrième évangile, hors le cas de Nicodème, la profession de foi de Pierre, et l'épisode particulièrement bref et laconique de Nathanaël.

Ces deux femmes sont caractérisées comme les traditions synoptiques nous les présentent, l'une par rapport à l'autre, l'une travaillant, l'autre restant assise. Mais c'est Marthe qui est chargée de nous faire passer de la résurrection de la fin des temps à celle qui va survenir. C'est son dialogue qui permet au Maître de prononcer un nouvel égo encore plus puissant et direct pour tout désir religieux d'homme, plus puissant que tous ceux que nous avons déjà lus sous la plume du disciple : « Je suis, moi, la résurrection et la vie », avec cette double dialectique de la mort et de la vie : « Même s'il vient à mourir, il vivra. » Même dans le passage de la mort, ce sera pour lui un acte de vie. Et « quiconque vit et croit en moi, il est impossible qu'il meure pour toujours. » Cette vie-là, celle de celui qui croit en moi, rend impossible la mort pour toujours. Une fois encore, par leurs répétitions glissantes, ces micro-discours construits par le tandem Maître/disciple, développent une infinité de nuances !

L'emploi des mots « résurrection » et « ressusciter » sont extrêmement rares dans le quatrième évangile. Onze occurrences au total. « Celui que le père m'a donné,… celui qui mange de ce pain, je le ressusciterai au dernier jour », dans le discours du pain de vie ; « Les morts sortiront du tombeau pour une résurrection de vie … ou de jugement », dans le discours du mystère du Fils à Jérusalem ; une autre occurrence dans le commentaire de l'auteur, lors de la scène des vendeurs chassés du Temple ; et enfin dans cette relation de la résurrection de Lazare.

L'intérêt historique du bloc, le contexte

Ces propos contrastent avec le contexte et l'ambiance de l'introduction dans laquelle on voit le Maître se cacher quelque part vers le Jourdain avec les disciples. Il déclare que l'on peut marcher sans crainte pendant les douze heures du jour, Thomas traduisant, pour les disciples « Allons, nous aussi et mourons avec lui ! » Chez le disciple, il n'est point besoin d'annonce de la passion, tant le climat constant et récurrent qui la précède remplit une bonne partie des commentaires et même des discours.

Ce qui est intéressant pour l'historien, dans cet aspect de l'introduction, c'est que cette phase de la clandestinité, et d'une montée de courte durée entre les dernières fêtes du parcours du Maître, prend de la profondeur, de l'importance et fait l'objet à plusieurs reprises d'une discussion entre les disciples et le Maître. On ne passe pas subitement de la phase des controverses publiques à l'arrestation comme chez les synoptiques. On voit l'arrestation se préparer. Et c'est précisément la résurrection de Lazare, qui selon la conclusion du récit, précipite la décision des autorités de faire disparaître Jésus de la scène, avant que les signes qu'il accomplit, de plus en plus politiquement dangereux pour eux, ne rendent irréversible le déclenchement d'un terrorisme, d'une sédition, comme on le disait à l'époque. Elles veulent stopper un processus qui risque de conduire les occupants à déclencher une répression et une destruction des autorités qu'ils ont tolérées jusque-là et avec lesquelles ils ont organisé un modus vivendi supportable.

C'est là qu'est l'intérêt de la résurrection de Lazare, quel que soit le caractère un peu lourd de quelques détails du récit et aussi des commentaires insistant sur les allures volontaires et prémonitoires du signe, nous donnant l'impression qu'il fallait lourdement les répéter, pour le cas où les chrétiens assistant aux liturgies, n'auraient pas suffisamment compris la leçon, ou se seraient endormis dans un coin de l'assemblée.

L'historicité du quatrième évangile, qui n'est pas essentiellement dans la matérialité du texte et du propos, se trouve dans la nécessité historique du contexte. Comme pour la guérison de l'aveugle, « l'autre disciple » a peut-être confié la rédaction de tout ou partie de ce bloc à l'un de ses propres disciples, après avoir donné quelques indications, mais son intervention demeure certaine pour le plan et le cadre contextuel du récit, comme pour l'enchainement des thèmes.

Sur un dernier point, la présence du disciple inspirant la main qui tient la plume paraît également manifeste : la très formelle conclusion concernant des observateurs malintentionnés. Ils appartiennent à l'autre versant de la « division » créée dans le peuple. Le disciple explique qu'ils sont « allés trouver les pharisiens ». Ce point du commentaire montre que ce quatrième évangéliste avait des entrées, autant du côté du Maître que du côté des autorités. C'est ce que le disciple ne va pas tarder d'avouer de l'intérieur du récit de la passion. On a l'impression que le disciple est au courant, par ses propres sources, de ce que certaines personnes jouent le double jeu. Amies de la famille de Lazare, elles vont cependant aller trouver les pharisiens et occasionner, par leurs informations, une réunion d'un conseil associant les pharisiens et les milieux proches des grands prêtres. Il introduit même dans son texte une citation d'une parole de Caïphe qui sera ensuite à nouveau évoquée dans le Bloc 34, preuve qu'il savait ce qui s'était dit par ses propres « entrées », dans les instances des adversaires.

Le Maître et les femmes

Enfin pour terminer sur ce bloc, revenons sur sa troisième sous-partie, l'épisode de Marie. Le second sujet suscitant, ici, la curiosité de l'homme du XXIe siècle est l'attitude du Maître à l'égard des femmes qui trouve dans ce bloc rédactionnel un faisceau d'allusions. Ce n'est pas qu'il faut renoncer aux conclusions générales sur son célibat que je me contente de reprendre aux travaux de John P. Meier. Il n'y a pas là matière à les infirmer. Mais le disciple se plait ici à nous montrer un homme sensible à la discussion avec des femmes et à situer l'épisode dans un contexte général permettant de broder. En effet, comme toujours, les quatre évangiles sont très lacunaires et ne font aucun récit biographique permettant de traiter une question avec continuité et précision.

Cependant ce bloc 20 commence par nous embarrasser en précisant dans un commentaire que « cette » Marie dont on va parler, évoquée par le seul Luc, est précisément cette pécheresse, en qui d'autres ont vu Marie Madeleine. Elle avait pénétré furtivement dans la salle où avait lieu un repas chez un pharisien. Pleurant ses nombreux péchés, elle avait imprégné les pieds du Maître d'une huile parfumée d'un grand prix. Elle fut décrite comme « ayant beaucoup aimé ».

Dans ce bloc 20, ce commentaire introductif, non nécessaire pour nous lecteurs de ce récit, à moins qu'il n'introduise beaucoup de questions, paraît nécessaire au rédacteur-commentateur de la scène qui vient, mais aussi de la suivante au Bloc 21. Elle aurait donc été une grande pécheresse, en Luc 7, avant d'être encore décrite par Luc 10, une fois retournée ou réintégrée dans une famille honorable et capable d'offrir une hospitalité d'une certaine dimension. Dans cette famille, qualifiée désormais de famille amie du groupe des disciples, elle négligeait de se préoccuper du service, obligation de toute femme, pour se contenter de s'asseoir aux pieds du Maître à l'écouter. À cette époque les femmes s'autorisant à de tels comportements étaient considérées comme ayant des attitudes à la limite de la normalité, tant leurs consœurs se contentaient de travailler aux soins de la maison, tout en écoutant des bribes de conversation dans leurs allées et venues, consistant surtout à servir les hommes. De là à penser que cette Marie, même réintégrée dans un statut de femme repentie, aurait continué à être une forte tête... ! Et de plus, elle semble avoir été confortée dans son attitude par le Maître !

Ce détail du commentaire initial nous amène cependant une information importante. Cette seule référence à une tradition recueillie par Luc donne à penser que le disciple a écrit son évangile en étant très au courant de ces traditions lucaniennes orales, ou écrites, si Luc est déjà en train d'écrire son évangile. Le projet du quatrième évangéliste est destiné à combler des lacunes de l'ensemble du processus de rédaction des évangiles qui lui paraissent regrettables, en commençant par la Source Q.

Le bloc rédactionnel suivant continuera à alimenter notre spéculation sur l'attitude du Maître à l'égard des femmes, mais le bloc de la résurrection de Lazare, nous autorise pour l'instant à déduire une seule chose. Le Jésus de l'histoire était en état de s'adresser à une femme et à engager un dialogue « de prophète à disciple » avec deux femmes abordées individuellement. La chose mérite d'être notée compte tenu des rapports dominants entre les genres, à l'époque. Cette thématique est unique dans les quatre évangiles, hors les mots très brefs échangés, ici ou là, à l'occasion d'une guérison (par exemple la femme hémorroïsse). Par ailleurs, a contrario, les propos échangés avec ses propres disciples de l'autre sexe, Pierre mis à part, sont rarement présentés avec un caractère aussi avancé de personnalisation.

Quant au dialogue entre le Maître et Marie, on sait par les traditions synoptiques que Marie était une femme écoutant en silence. Le disciple lui fait redire une seconde fois exactement ce que sa sœur a déjà dit : « Seigneur si tu avais été ici, il ne serait pas mort, mon frère. » Aucun dialogue ne s'ensuit mais seulement des manifestations physiques des sentiments partagés entre elle et lui. Ils sont significatifs par les termes employés qui ne se trouvent nulle part ailleurs dans les évangiles : se rendant au tombeau, « Marie se jette à ses pieds... Quand il la vit sangloter... Jésus frémit intérieurement et se troubla... Jésus se mit à verser des larmes... Frémissant de nouveau en lui-même, Jésus vint au tombeau... »

On a beau être dans un texte liturgique, « britô » être accablé dans son esprit, « taraxô » être troublé, agité, on a beau dire qu'il aimait Lazare, ce sont bien ces deux attitudes vis-à-vis de ces deux femmes qui sont signalées par le disciple. On n'est pas ici dans un souvenir de théologie ou de géo-politique locale, mais en plein détail « inutile » significatif. L'historien peut se permettre de savourer, sans toutefois en tirer des conclusions inutiles.

Bloc 21, L'onction de Béthanie

Le Bloc 21 vient redoubler ces savoureux détails. Si l'on tient compte du calendrier général des fêtes de pèlerinage à Jérusalem, il se déroule de un à trois mois après le récit du Bloc 20 précédent. Il le prolonge étroitement par deux de ses thèmes. Ce bloc assez bref se trouve en synopse générale dans trois des quatre évangiles (Marc, Matthieu et Jean), et même peut-être dans les quatre. Luc a aussi son épisode de pécheresse venant oindre les pieds du Maître chez un pharisien. On peut hésiter à multiplier cet épisode par deux ou par trois. Mais c'est une hypothèse plausible.

Avec son commentaire introduisant la résurrection de Lazare, le disciple semble affirmer qu'il y en eut au moins deux. Pour l'épisode à Béthanie, objet de ce bloc, Matthieu, suivant Marc, en fait simplement un nouvel exemple de repentance de pécheresse, localisant la maison chez un lépreux. Les trois évangélistes situant cette onction à Béthanie convergent cependant pour noter que le Maître lui donne une explication en référençant l'événement par rapport à sa mort prochaine, donnant raison au disciple pour le calendrier et donc lui accordant une meilleure cohérence historique.

Des préparatifs, mais pourquoi ?

Pourquoi est-il nécessaire aux yeux du disciple, le disciple rédacteur de ces compléments à la Source, de relater cette double onction avec un parfum d'un grand prix, par une même femme, dans un repas public ? Il est tentant de penser que ce sont les mêmes faits exploités différemment comme le fait penser la comparaison des récits des différents évangélistes. Mais nous sommes contraints de chercher ce que le disciple veut dire, après avoir curieusement fait allusion à un premier repas ayant donné une première fois un spectacle similaire.

Ici, nous avons une tentative d'intelligibilité historique de la façon dont les événements se sont précipités à la veille de cette dernière fête de la Pâque au cours de laquelle le disciple va voir son Maître condamné et exécuté pour blasphème. Les choses se préparaient depuis plusieurs mois. Mais elles se précipitent et, par ses commentaires, chacun de ces blocs apporte des informations sur la façon dont la traque du blasphémateur se resserre, malgré la poursuite des messages prophétiques et l'accueil favorable d'une fraction de la foule de Jérusalem.

Du point de vue de l'historicité, ce bloc rédactionnel a deux intérêts majeurs. Premièrement les éléments d'introduction et de conclusion deviennent prédominants dans le contenu thématique du bloc. D'autant plus qu'ils sont bien reliés avec les événements et la conclusion du bloc précédent. Depuis la résurrection de Lazare, le Maître ne circulait plus librement ni ouvertement. Les adversaires voulaient même faire périr Lazare en même temps. Dans ce second bloc, le lieu de refuge clandestin se précise : la ville d'Ephraïm, dans la région voisine du désert. Une hospitalité locale était peut-être plus confortable l'hiver que les grottes précédemment occupées par le Baptiste. Mais il semble que l'intention du Maître était de revenir pour la fête de la Pâque, son intuition pour son heure demeurant attachée à un symbolisme pascal.

Après avoir décrit les situations de double jeu au sein de l'entourage du clan Lazare/ Marie/Marthe, un clan privé de patriarche, semble-t-il décédé, puisqu'on ne parle que des trois frères et sœurs, le disciple décrit aussi les préparatifs complexes du clan formé autour du Maître. Il y a des gens comme Judas qui attendent encore une provocation le conduisant, de gré ou de force, à sa manifestation royale et qui voudraient l'accélérer. Et il y a les gens qui ne voient pas forcément plus clair mais tentent de suivre les attentes de l'heure dans la ligne de ce que le Maître explique : tout est dit. Il a montré les signes. Beaucoup « viennent à lui », disant « Jean n'a fait aucun signe, mais tout ce qu'il a dit de celui-ci s'est avéré vrai. » Ces admirateurs ne peuvent s'empêcher de préparer le mieux possible la montée que le Maître entend faire encore à Jérusalem.

Lisons le texte du disciple sans a priori et écoutons ce qu'il dit. « Les gens », « beaucoup de gens du pays » montent aussi. Depuis deux ans et demi qu'ils voient et entendent le maître faire des proclamations provocatrices dans le Temple, ils se disent les uns les autres, « Qu'en pensez-vous ? Viendra-t-il à la fête ? » Aurons-nous encore notre attraction ? D'autant plus que l'attraction est double. Chez les sœurs et le frère, les gens viennent voir à la fois Lazare, « relevé d'entre les morts » et le Maître, auteur de ce prodige. On peut toujours espérer voir encore quelque chose d'inattendu. Le clan ami Lazare-Marthe-

Marie, reposant donc sur les enfants de la seconde génération, ajoute un préparatif allant de soi : « un dîner en son honneur ». Ensuite, c'est un point de départ possible de la manifestation pour l'entrée solennelle. S'il devait se passer quelque chose, cela ne pourrait que partir de là.

Une seconde onction prenant un autre sens

Reste le second élément de ce bloc. Ce ne pourrait être qu'un symbolisme. Mais dans ce contexte de fête et de réception préparée au Maître, le disciple ajoute donc intentionnellement une seconde onction à celle relatée par Luc. Elle a un tout autre sens. Repentie, Marie n'est plus la pécheresse de la ville ou de la famille, cherchant un pardon. Elle est restée la forte tête. L'autre disciple remarque à nouveau que Marthe est seule à servir. Mais on a l'impression que c'est Marie qui ajoute seule l'onction à la fête. Ce faisant, c'est elle qui dépense la fortune de la famille. Elle récidive pour ainsi dire, mais pour préparer l'entrée d'un roi dans sa capitale. Revenons au mot du Maître au sujet du Baptiste : « ceux qui ont des habits de roi sont dans les palais… ». Ils ont aussi des parfums de roi… Comment Jésus va-t-il traverser tout Jérusalem avec un parfum de grand prix exhalant de sa personne, puis emporter cette même odeur de roi dans sa prison et de tribunal en tribunal… ? Pour l'instant, le disciple se souvient du détail et n'en rapporte qu'une partie : cette odeur enivrante « emplissait la maison » et exhalait à partir de deux personnes : les pieds du Maître et la chevelure enivrante et les mains de Marie…

Autre détail, les trois cents deniers du parfum sont à comparer aux deux cents deniers de la multiplication des pains donnés à 5000 personnes (Jn 6,7). Judas ne dit pas le fond de sa pensée. Ce n'est pas pour les pauvres que cette somme énorme est nécessaire mais pour nourrir les hommes qu'il faut mettre en arme pour le nouveau royaume d'Israël. Il aurait fallu tous ces deniers pour pousser le Maître à les conduire à une victoire militaire. Voilà l'intelligibilité historique que le disciple offre aux hommes de culture agnostique et historienne du XXIe siècle. Mais pour cela, il faut « lire Jean à partir de Jean » et à partir d'une intelligibilité générale de l'histoire.

Curieusement, dans le plan général de développement des écrits évangéliques, dans l'étape « récits et paroles diverses », par ces quelques notations des deux ou trois derniers blocs rédactionnels, nous sommes dans la finale « affective » du disciple. Il ne s'est pas encore déclaré « le disciple que Jésus aimait », mais pour ces semaines et peut-être en ces mois où la clandestinité renforce ou referme le groupe dans une quasi intimité forcée avec le Maître, le retour sur ces souvenirs, quelques décennies après les événements, fait revoir de l'intérieur et « du cœur », ces instants qui ont précédé. Le disciple entend encore résonner subitement les sanglots de Marie. Il perçoit encore le trouble étonnant du Maître en face d'une femme et de son émotion. Il est encore frappé par l'insolite : le souvenir de cette perception olfactive étonnante, dans une maison subitement embaumée d'un parfum entêtant, à partir du Maître et de la chevelure et des mains d'une femme, un peu trop affranchie. Elle avait osé entamer la fortune familiale pour dépenser, en quelques minutes, l'équivalent de quelques années de nourriture de la famille entière et de quoi nourrir une armée en campagne.

Bloc 22, L'entrée à Jérusalem sur le petit d'une ânesse

Un signe inversé

Ce bloc rédactionnel construit autour d'un verset et demi de narration concernant l'épisode, n'est en fait qu'un ensemble de commentaires emplissant au contraire cinq versets, d'un apport historique central. Remarquons encore au préalable, la remarquable construction des blocs qui se suivent : le Bloc 21 de l'onction introduisait au Bloc 22, en parlant d'un repas en l'honneur, la foule qui se presse, préparant une manifestation. Le Bloc 22 revient sur le témoignage de la foule, au sujet de Lazare « appelé » hors du tombeau, « relevé » d'entre les morts, en référence au Bloc 20. Et déjà ce Bloc 22 prépare les scènes de glorification et le coup de tonnerre du Bloc 23. Le récit très court, ici, chez le disciple, malgré cette multiplication de références, se comprend si on connait bien les traditions orales synoptiques.

Le disciple sélectionne un unique trait, essentiel selon lui, pour l'intelligibilité générale de la préparation de l'arrestation. Comme, dans les traditions synoptiques, il apparaît que le Maître a particulièrement voulu faire ce choix de monture symbolique. Il se réfère à la prophétie de Zacharie, l'avant dernier prophète. On doit en déduire qu'il avait pu lire ce prophète dans son village.

Le seul trait narratif que le disciple veut mettre en valeur est donc l'entrée dans la ville avec un ânon comme monture. Pour le monde ancien, il faut insister sur le fait que le cheval était la monture des rois, des généraux et des hommes de guerre, et que mulets et ânes étaient des signes de la vie des gens ordinaires et des pauvres. C'est d'ailleurs ce que confirme la citation de Zacharie qui oppose au roi-Messie monté sur un ânon, l'élimination de Jérusalem de la charrerie et des chevaux de guerre.

Pour le Maître, ce geste est une nouvelle et dernière marque d'opposition au triomphe politique et militaire dont rêvent une partie de ses partisans potentiels, opposition qui perdure depuis le signe des pains distribués. On peut même dire qu'en prenant un ânon, le petit de la bête de somme des gens ordinaires, il ajoute le spectacle du dérisoire au refus politique.

Ce détail développé par les synoptiques, sans en donner le sens de façon explicite, est expliqué par le disciple, dans ses commentaires. Cela fait partie du désarroi des disciples et du virage affectif du disciple lui-même, qui s'exprime alors à la troisième personne et au pluriel à deux reprises au sujet des disciples. Ce contraste ne nous frappe plus parce que nous avons déjà lu cet épisode cent ou mille fois, y plaquant une lecture religieuse, avec des soubassements apolitiques. Un Jésus intellectuel et naturellement pacifiste, aux mains effilées, et au corps de prêtre mystique, est entré dans l'imagerie.

Mais il faut voir le message-choc pour une population occupée, prompte à la révolte, ayant vécu les horreurs et les compromis des deux cents ans de l'époque des Maccabées et leurs tentatives de restauration d'Israël.

La population de Jérusalem et les pèlerins, montant régulièrement aux fêtes, avaient trouvé un profil de Messie leur allant, multipliant les signes extraordinaires, à la fois robuste artisan-paysan des collines de Galilée, plutôt trapu, mais aussi bon conteur et orateur apprécié. La rumeur s'était formidablement amplifiée. Après le dernier signe le plus extraordinaire, un mort sorti du tombeau, la foule vient, et elle vient en masse, là où on lui a donné un repas d'honneur, après plusieurs semaines d'attente. La Foule « clame : Hosanna ! Béni celui qui vient au nom du Seigneur, le roi d'Israël ! » Et voici que ce robuste personnage, que l'on acclame, se présente, écrasant un petit animal chargé pour la première fois de porter un voyageur. Ce n'est pas le Messie-roi ou le général que l'on attendait pour la libération du pays. On a beau ressortir le texte d'un prophète, le compte n'y est pas.

Ses disciples ne comprennent pas et lui le disciple de la première heure à la dernière heure, qui le souligne dans son commentaire, ne s'exclue pas de cette incompréhension. Pire, lui, l'homme qui a des entrées du côté des autorités, comme dans le monde de cette résistance potentielle, sait que du côté des autorités, on ricane encore davantage, alors que le compte à rebours du procès et de l'exécution est déjà engagé. Il nous fait entendre l'écho persifflant et méprisant des autorités : « Voyez que vous n'êtes bons à rien ! Observez ! Le monde est parti derrière lui ! » Le monde s'est fait berner. Et il court. Vraiment on ne tirera que du mauvais et des ennuis de cette situation. C'est bien ce qu'avait dit le grand prêtre. On aurait presque l'impression que le disciple lui-même, de passage dans son clan, a été admonesté par les siens, peut-être par son père, et qu'il a bien compris les réactions du monde qui gère Israël dans le sens normal de l'histoire.

Au moment de rédiger ce bloc de son évangile, il ne peine pas à donner son intelligibilité politique en même temps que religieuse. Avec constance, ses quelques 65 commentaires ont jalonné la trajectoire. Depuis le lendemain des pains distribués à la foule, celle-ci demande le signe de la mise en route des armées de libération. Il y a quelques mois, lors de la dernière fête, on avait subitement encerclé le Maître : « Jusqu'à quand vas-tu nous tenir l'âme en suspens... » Aujourd'hui, la foule a joué un début d'émeute et une solennelle entrée d'intronisation. Mais le Maître casse la scène dans une manifeste incompréhension, tandis que la foule semble tout de même tout à la joie du phénomène heureux.

D'ailleurs pendant les deux mille ans suivant, dans la même incompréhension, les chrétiens vont user et abuser de toutes les compromissions et de toutes les collusions du religieux, de la politique et des pouvoirs de l'argent, continuant à ne pas comprendre le signe de l'ânon. Politiquement, le royaume du Maître est le royaume des gens ordinaires et le monde des pauvres, de la toute petite monture titubante des pauvres, du tout petit véhicule.

Dans les années 1950-60, un évêque de Lyon, ouvrier métallurgiste à temps partiel, l'avait compris. Et pourtant, même dans l'ère bien courte de Vatican II, il était bien seul. Il était l'évêque ouvrier en vélo. Jean le disciple, le fils de grande famille, comme l'était d'ailleurs cet évêque au vélo, proche des cercles du pouvoir, était sensible à cette « disconvenance », à ce burlesque de situation, contrastant avec la solennité des proclamations d'égo qu'il avait entendues aussi comme une profonde disconvenance.

Ce christ davidique, monté sur un ânon et pratiquant des proclamations dans le Temple, pour tout combat libérateur, était bien difficile à comprendre. L'historicité de l'évangile du disciple est dans ces notations d'incompréhension et de disconvenance. Cette historicité-là, aucun synoptique n'a su la mettre en évidence de manière aussi forte. Par un discours souvent poétique, le disciple a su en donner aussi une explication théologique commençant à se mettre en évidence. Les synoptiques sont lus comme ne donnant qu'une explication poétique, sensible, comme simplement une vision factuelle, fidèle à une tradition d'Ancien testament. Le disciple sélectionne non seulement les messages qu'il affirme avoir compris, mais aussi des commentaires d'inintelligibilité politique correspondant à la construction profonde de la société d'Israël en attente de révolte, mais continuant à vivre en situation de compromission. Cette révolte viendra effectivement, conduisant à la catastrophe. Mais d'ici-là, suivant la filière pacifiste du message du Maître, refusant une vision politique du messianisme, les disciples et les premières communautés se seront marginalisées dans la société juive et auront pris le chemin de l'exil.

Bloc 23, Conclusion de la trajectoire, l'heure venue de la glorification devant les grecs.

Ce dernier bloc de la trajectoire messianique est introduit par le disciple parmi les « divers gestes ou paroles » du plan commun des évangiles et de la Source. Géographiquement, il n'est pas situé de façon précise par le disciple. Mais on sait par les synoptiques que le cortège d'entrée royale à Jérusalem a conduit au Temple. Cette nouvelle scène se déroule entre les portes externes de la ville et l'intérieur du Temple. Pour le calendrier rapproché, on est dans la préparation de la fête où l'on est monté « pour adorer ».

Le bloc est d'une grande originalité par plusieurs aspects. Il est très composite, mais son unité tient en ceci que « l'heure est venue » : 1e partie du bloc : des grecs demandent à voir le Maître, 2e partie : pourquoi l'incrédulité persiste-t-elle ? 3e partie : un dernier discours public de conclusion, d'une tonalité grandiose, véritable description de l'entrée glorieuse à Jérusalem. De ce Bloc 23, assez composite, certains exégètes ont voulu conclure à la multiplicité des phases d'écriture et des auteurs du texte du disciple. Devant l'unité des styles et la progressivité des thèmes et de l'ouvrage dans son ensemble, j'en conclus au contraire, qu'une même main a tenu ou fait tenir la plume de façon constante et ferme.

L'épisode des grecs

Cet épisode connait une originalité forte avec cette présence des grecs. Pour cette conclusion de la phase publique du parcours messianique, on est frappé qu'elle soit organisée à l'occasion d'une demande de quelques grecs, survenant tout naturellement dans le paysage, soit comme des convertis au judaïsme, soit comme des juifs de la diaspora hellénisés. Alors que le disciple n'a qu'indirectement évoqué la théophanie de la voix, au baptême du Jourdain, qu'il a éliminé la transfiguration, c'est maintenant et pour eux qu'il relate une théophanie. Celle-ci fait appel à une voix venant du ciel, qui semble entendue par certains, tandis que d'autres entendent un coup de tonnerre et que d'autres encore comprennent qu'un ange a parlé.

L'ensemble des discours publics composant ce Bloc 23 semble adressé tout autant à ces quelques grecs qu'au reste de la foule et aux disciples présents. Comme aucune mention de traduction ni de transmission dans les deux langues araméennes et grecques n'est évoquée, on peut supposer que tout le monde se comprend cependant et comprend ce qui est dit et que Dieu lui-même ou son ange ont parlé en grec, le grec étant la seule langue commune locale à Jérusalem et la seule langue internationale parlée à la fête.

À propos de ces grecs, toujours, notons aussi que c'est le groupe des disciples portant des noms grecs, mais qui sont aussi les disciples de la première heure, André et Philippe, qui sont les intercesseurs. On pourrait faire la liste des disciples nommément cités par le disciple dans l'ensemble de son évangile et voir que ces deux disciples, dont au moins les parents étaient hellénisés, au moment de leur naissance, ont une place privilégiée dans ce quatrième évangile.

Dans ce contexte, rien ne nous dit que dans cette scène, le Maître, quant à lui, ne parle qu'un araméen de Galilée, et qu'on soit obligé de lui traduire ce que certains disent en grec, ni qu'il soit mal à l'aise dans cette langue.

Le contenu des discours

Revenons aux contenus des quatre petits discours qui suivent la demande des grecs, comme un petit résumé de son message à leur intention, puis comme un commentaire, de sa part, de la voix qui s'est fait entendre. On ne retrouve que des thèmes déjà maintes fois entendus dans l'évangile : 1° L'heure est venue de sa glorification comme en témoigne cette demande de ces grecs. Ils font partie du fruit que va donner en abondance le grain de blé en mourant. Une vie perdue devient une vie maintenue en vie éternelle. 2° Si quelqu'un vient à me suivre, qu'il soit l'un de ces grecs ou quelqu'un de Palestine, là où moi je vais être, c'est-à-dire, une fois tombé en terre,... ailleurs..., là sera aussi mon serviteur, que ce soit dans le pays de ces grecs ou ici, parmi mes disciples d'ici.

Une micro-parabole développe donc cette idée que l'heure est venue et que le Fils de l'homme va être glorifié. Parfaitement paysanne, parfaitement galiléenne, c'est le grain de blé qui meurt. Comme pour la micro-parabole du serviteur, que l'on entend quelques versets suivants, tous ces éléments sont parfaitement cohérents avec les discours du Maître dans les synoptiques, tout en étant par ailleurs associés à l'évolution culturelle hellénistique.

À la faveur de ces paraboles, on peut observer que ces discours sont des bouquets de notions généralisatrices : le grain de blé, sa chute en terre, sa mort, sa solitude, le fruit qu'il génère, sont devenus des idées générales, affleurant naturellement derrière les images. Dans ces mêmes versets, on trouve aussi des notions théologiques, ce monde, la vie éternelle, le salut, le serviteur qui suit, l'heure, la glorification du nom, tous les hommes qui sont attirés, la lumière et la ténèbre, les fils de Lumière.

Deux formules d'élévation du Fils de l'homme

Mais l'heure, c'est aussi l'élévation du Fils de l'homme. Le disciple reprend un discours sur l'élévation du Fils de l'homme, présenté pour la troisième fois, qui semblerait une réminiscence de quelque parole prononcée par le Maître, tant elle parait énigmatique, dans sa réitération. Cette parole sur un événement qui va le toucher en personne, provoquant un trouble aisément concevable, est une reprise par le Maître d'un élément du Pentateuque lié à la nuque raide des hébreux et au peuple élu infidèle à ses promesses. Il avait évoqué le serpent élevé par Moïse avec Nicodème. Il avait à nouveau évoqué cette élévation à venir du Fils de l'homme, face aux pharisiens, dans le bloc rédactionnel 16 des controverses sur Abraham, en 8,28 et 34. Ici c'est encore un événement à venir. Mais il est sur le point de se produire. Et c'est encore une réponse à cette demande des grecs, puisqu'il voit que « tous les hommes » vont être « attirés » à lui.

En Marc 14,28, cette notion d'élévation est brièvement évoquée en « termes premiers » : « meta to egerthenai me », littéralement « après le 'être levé' de moi » de « egeirô, avoir été fait levé, avoir été réveillé ». On a là un exemple magnifique d'usage en forme frustre d'un hellénisme, par un galiléen n'usant de ces notions qu'avec maladresse. Ce « être levé » est bien déjà une notion générale, appliquée ici, à une action passive vécue par une personne. On est à mi-chemin d'un parler araméen ou hébraïque et d'un parler grec. C'est du vrai sabir.

Dans l'évangile du disciple, le verset 12,32, comme les trois autres occurrences du Fils de l'homme « qui doit être élevé », utilise un autre verbe « upsoô, upsothénai », qui ne fait pas référence à un homme qui est levé, mais à une hauteur, un lieu géographique élevé, une élévation mais aussi au figuré, une exaltation, une glorification. Manifestement, la langue utilisée par le disciple lettré de Jérusalem, est en marche vers un travail plus conceptuel. Reste à savoir si le Jésus historique n'a utilisé cette thématique que sous la forme frustre ou s'il l'a utilisé de deux façons, la forme frustre en Galilée et sous une forme plus élaborée à Jérusalem.

La question posée par ces mots et leur degré d'hellénisation est de savoir si le décalage culturel qui existe entre le « être levé de moi » et le « je serai élevé de terre » johannique utilisant la notion « d'élévation », peut reposer seulement sur un décalage géographique. C'est-à-dire, s'explique-t-il par l'origine de celui qui les prononce ou de ceux qui les entendent, à un même moment ? Ou exige-t-il un décalage historique, c'est-à-dire plusieurs décennies, pour que l'on passe d'une expression à l'autre ?

Autrement dit, dans un même temps, en 30 de l'ère, pouvait-on trouver, à la fois, une majorité de gens appartenant à l'aire culturelle d'hellénisation frustre, par exemple à Capharnaüm et dans la plupart des hameaux et villages de Galilée, tandis qu'une minorité ou une majorité d'habitants de Jérusalem mais aussi de Séphoris et des gros bourgs proches (Nazareth à 6 km) relevaient de l'étape culturelle plus avancée ?

Ou bien, le seul décalage géographique n'étant pas concevable avec de telles différences culturelles, serait-il nécessaire de conclure à un décalage forcément temporel, exigeant 35 ou 70 ans pour faire le passage de l'un à l'autre ? Pour répondre à ces questions, nous n'avons plus aujourd'hui que des indices de textes et de contextes. Pour ma part, je pense que les indices relevés dans cette étude plaident pour le seul décalage géographique.

Toutes ces notions hellénisées, mises dans la bouche du Maître le sont dans un contexte construit par l'évangéliste comme pré-pascal et non comme une reconstitution post-pascale, le tout étant soudé par cette idée de glorification, qui est certes aussi une méditation post-pascale du disciple, mais qui, dans une référence pré-pascale, est portée en des termes à préciser, de la part du Jésus de l'histoire.

Une notion semblable est relatée par la Source 12,49 : le feu que le Maître voudrait déjà voir allumé. Le disciple traduit cette réalité subjective dans la conscience du Maître par le thème de l'heure. Ce thème courait négativement à plusieurs reprises, comme n'étant pas arrivé. La voilà maintenant, l'heure, présentée comme positivement arrivée. La glorification qui lui est maintenant associée et qu'exprime la voix entendue par certains dans la foule, résulte de beaucoup de ces égos thématiques « clamés » dans le Temple ou dans les discours publics. Toutefois cette heure signifie aussi la condamnation pour blasphème et la crucifixion, juste avant qu'elles ne commencent. La micro-parabole du grain de blé et la parole sur la vie que l'on perd si l'on s'y attache, sont aussi des formes johanniques d'annonce de la passion, reprises de la Source 17,33.

Un court dialogue, après la voix entendue

Le discours et la scène rebondissent donc avec le trouble du maître, la demande du salut « dès cette heure », la glorification par la voix. Vient un dialogue curieux, introduit par le Maître, répondant aussitôt : « Ce n'est pas pour moi qu'il y a eu cette voix, mais pour vous. »

Les deux petits discours suivants sont un résumé de ce que cette voix entend dire à cette foule composite : L'heure du jugement étant arrivée, le prince de ce monde va être jeté dehors. Le Maître va être élevé de terre, il va mourir, mais alors il attirera tous les hommes, comme viennent de le démontrer ces grecs. Voyant bien qu'il s'agit d'un propos en rapport avec une fin mortelle imminente, la foule manifeste son incompréhension et lui répond : « Mais, selon la loi, le Christ ne devait-il pas jamais mourir ? »

Le second petit discours reprend des propos déjà formulés en introduction du bloc sur la résurrection de Lazare : « Marchez tant que vous avez la lumière… Croyez en la lumière afin de devenir des fils de Lumière. » C'est la technique johannique qui reprend un même propos plusieurs fois, mais en avançant chaque fois d'un petit pas. Le jugement du verset 12,31 est un thème déjà plusieurs fois développé ailleurs. La présentation de ce thème remplace toutes les parties des synoptiques et de la Source placés ici dans les finales eschatologiques de leurs évangiles. Le jugement, c'est maintenant et non pas lors d'événements terrifiants à venir.

Après l'heure, les mots importants de ce bloc sont « la gloire, glorifier ». C'est bien sûr un thème vétéro-testamentaire essentiel, « dokéô, doxa ou timaô donner une marque d'honneur, récompenser ». C'est un « septantisme » assez différent de la gloire des romains ou des grecs, décrite par Saint Augustin dans la Cité de Dieu. Peu après, au verset 12,43, dans un commentaire personnel, le disciple le souligne : « Car ils ont aimé la gloire des hommes, plus que la gloire de Dieu. » La gloire des hommes, c'est leur ambition, les honneurs dans la société, la puissance qui leur est liée.

Dans la Bible, la gloire n'est pas destinée aux hommes. C'est la gloire que les hommes doivent rendre à Dieu. C'est aussi l'une des principales formes des passiva divina, une façon de parler du Dieu unique sans citer son nom. C'est cette gloire qui a visité le peuple juif dans tous les grands moments de l'histoire. Le disciple est en train d'affirmer que le Maître en fait un transfert sur sa personne, au moment de son « élévation » et de sa mort, comme une conséquence logique de sa filiation spéciale au Père. Mais, dans le johannisme, cette gloire ne se conçoit, pour lui, qu'en relation avec la gloire du Père, donnée par le Père et ensuite rejaillissant de lui sur le Père. Sur ce point aussi, il aurait tiré les conséquences, jusqu'au blasphème, de l'analogie des relations profondes Père/Fils. Signe que ce bloc rédactionnel initié par quelques grecs est encore, très modestement, un point culminant des discours publics.

L'heure de la glorification est aussi l'heure de l'incrédulité et des yeux aveuglés

Ces propos sur la gloire transférée sur le Maître, à peine tenus, le disciple ne peut nous laisser longtemps sans rappeler le contexte historique. Chez lui l'historicité générale du parcours n'est jamais loin. Il se veut toujours témoin historique.

Comme toutes les sutures, non supprimées ou mal intégrées, entre deux blocs, il coupe la première partie de ce Bloc 23 par un bref rappel géo-historique « Et s'en allant, il se cacha d'eux ».

Pour simplifier l'analyse, j'ai considéré ce Bloc 23 comme un seul. Cette conclusion de la première partie du texte signale que ce Bloc 23 aurait peut-être été constitué de trois petits blocs de 16 versets, puis 7 versets, enfin à nouveau 7 versets. Mais à ce stade de ma recherche et de mes conclusions, peu importe le nombre précis de blocs rédactionnels, 37 ou 35, et de jours ou de semaines au cours desquelles le disciple et son équipe se sont mis à la tâche d'écriture. Ce Bloc 23 est d'ailleurs le seul où une hypothèse de coupure supplémentaire, alternative avec un regroupement se pose avec une forte vraisemblance.

La seconde partie de ce Bloc 23 est d'une tonalité subitement pessimiste, ajoutant un commentaire qui est une nouvelle fois une allusion à l'incrédulité des interlocuteurs du Maître. Cette incrédulité étonne le disciple : « Bien qu'il ait opéré tant de signes en leur présence…. » L'explication est trouvée en Isaïe.

Toutefois, le disciple qui est toujours en relation avec les notables (verset 12,42), note en atténuation que, même parmi eux, un bon nombre « avaient commencé à croire en lui. » Mais ils préféraient la « gloire des hommes » à « la gloire de Dieu ».

Troisième partie du Bloc 23, une conclusion solennelle de l'entrée à Jérusalem et de la première partie de l'évangile du disciple.

Bien qu'une première finale du bloc ait déjà montré le Maître partant et se cachant en 12,36, le disciple semble avoir retrouvé quelques propos, n'ayant pas encore reçu leur place dans son évangile, qu'il reprend en trois strophes. Elles sont artificiellement et brièvement introduite par un solennel « Jésus clama et dit ». Il sait que ces strophes feront un bon résumé et une bonne conclusion à la première partie de son travail : « Celui qui croit en moi, croit en celui qui m'a envoyé... Celui qui me voit, voit celui qui m'a envoyé... Il n'est pas dans la ténèbre, parce que je suis la lumière du monde. »

On a une nouvelle fois une formule de la cascade/ascenseur et un retour à la dialectique ténèbre/lumière du monde. La parole centrale de ces strophes, non encore entendue, est peut-être celle-ci : « Je suis venu pour sauver le monde (et non pour le juger)». Le juge de celui qui me rejette, c'est la parole que j'ai exprimée. Elle le jugera au dernier jour. »

Du point de vue de l'historicité et de l'attestation multiple, ce propos de conclusion est des plus classiques en langage synoptiques, reprenant la Source 10,16. Ici les mots « croire » et « voir » remplacent le mot

« accueillir ». La Source écrivait : « Qui m'accueille, accueille celui qui m'a envoyé. » En Jean 12,44-45 : « Celui qui croit en moi, (il croit) en celui qui m'a envoyé et celui qui me voit, voit celui qui m'a envoyé ».

La strophe suivante est également une reprise, autrement formulée de la Source. On y parlait de lumière sur le lampadaire pour éclairer toute la maison, et du jugement de cette génération face au signe de Jonas ou face à la Reine du midi, venue des confins de la terre. Dans la Source c'était à l'écoute de la sagesse de Salomon que cette génération était jugée. Ici « L'écoute de la parole que j'ai exprimée jugera celui qui me rejette, au dernier jour. » Effectivement le propre du travail du disciple est d'avoir clairement exprimé le transfert des attributs de la « Sagesse » sur le Maître lui-même.

Enfin, quant à la thématique, cette finale rédigée dans un style parfaitement johannique, comporte une formule de conclusion en chiasme, répondant aux derniers mots du prologue. Ils étaient mis à la troisième personne dans la bouche du disciple : « Dieu, personne ne l'a jamais vu. Le Fils unique, Dieu qui est vers le sein du Père, celui-ci l'a raconté. » Ces mots sont ici repris à la première personne : « Ainsi donc ce que moi j'exprime, tel que le Père me l'a dit, tel je l'exprime. » Quelques soient les composants rédactionnels répétés dans cet évangile, la construction de l'ensemble n'est pas soumise au hasard.

IVème partie,

L'ensemble Cène/Passion/Lendemains de la mort du Maître, vu par le disciple

Au point où nous sommes arrivés, de nos interrogations sur le Johannisme et son historicité, nous avons avancé dans un océan de doute, trouvant ici et là des attaches d'historicité dans cet immense ensemble de discours, ponctué de quelques signes. Ils étaient notés par l'autre disciple, un jeune érudit d'une grande famille de Jérusalem. Nous allons passer à un autre ensemble. Jusque-là, dans notre navigation qui semblait assez souvent nocturne, à plusieurs reprises, nous avons noté le lien avec le phare de la Source. La Source n'ayant pas abordé le récit de la passion, nous allons perdre ce phare.

Mais en échange, quelques repères vont être trouvés pour continuer la route. Les quatre traditions évangéliques se sont mises en devoir de raconter l'essentiel, l'événement pascal final, lequel commençait par le récit du dernier repas.

Au milieu de ces traditions, le disciple a ses options propres. Il est le seul à savoir éliminer et ne retenir que ce qui est significatif pour lui. Les synoptiques ont plutôt le réflexe inverse : ne rien perdre et en principe tout ajouter quitte à réaliser des doublons.

Le disciple a aussi un particularisme notoire : il a ses entrées personnelles de témoin, des deux côtés : chez les autorités et dans le groupe du Maître. Cela va donner une tonalité particulière à cette seconde partie de son évangile. Il va confirmer ici qu'il se présente sous ce jour, comme le témoin direct de la première à la dernière heure. Quant à nous, lecteurs matérialistes du XXIe siècle, nous continuons à utiliser la méthode d'observation constituant à superposer quatre images différentes. Nous tentons de voir la réalité en rapprochant ces quatre images. C'est aussi la méthode utilisée pour observer les étoiles au laboratoire spatial VLT, very large telescope du Cerro Paranal au Chili. Il superpose les images de quatre télescopes installés à quelques centaines de mètres de distance les uns des autres.

On va pouvoir diviser cette seconde partie du quatrième évangile en trois sous-parties. 1° Avec les Blocs 24 à 28, ce qui se passe, la nuit du dernier repas, avant le procès ; 2° Les événements du procès, avec les Blocs 29 à 32 ; 3° Ce qui a pu se passer après la mort, avec les Blocs 33 à 35.

Bloc 24, Les gestes du dernier repas

Comme beaucoup d'autres ensembles thématiques, dans le plan du disciple, l'ensemble des Blocs 24 à 28 se compose d'un bloc factuel composite, suivi d'un ensemble de discours. Mais ici les discours vont prendre une très grande ampleur. À l'occasion de ce dernier repas, le disciple se distingue par sa volonté de créer un immense ensemble de discours, alors qu'à partir de ce moment, les synoptiques se contentent de brèves paroles essentielles.

Dans les trois premiers versets du chapitre 13, pour les gestes et les discours de la Cène, le disciple affirme une fois de plus sa maîtrise de la construction littéraire et sa visée thématique. Ces versets forment une introduction solennelle au Bloc 24. Un commentaire magistral, en voix off, et en quelques mots, résume la première partie de l'évangile et annonce le contenu de la seconde : « Il les aima jusqu'à l'extrême. »

Le lavement des pieds exemplaire

Le lavement des pieds est le centre de ce bloc du dernier repas, symbole du service fraternel, dans un groupe itinérant qui n'avait cessé de beaucoup marcher depuis deux ans et demi.

Le disciple élimine le récit de l'institution des futurs repas de la communauté « en son souvenir ». Il semble même ne pas se soucier qu'il s'agisse d'un repas pascal, probablement parce qu'il sait que la date de ce dernier repas ne cadre pas avec un repas pascal. Mais comme on l'a déjà vu, il écrit en pensant que l'on sait déjà ce qu'il y a d'essentiel, par les traditions synoptiques. Elles sont censées connues du lecteur et en tout cas le sont de lui, ce qui l'autorise à procéder aux éliminations qui lui conviennent.

Au-delà des détails méticuleusement décrits, pour ce qui concerne les gestes du Maître, le disciple fait vraiment de l'histoire cohérente. Il pose ce qui est pour lui le signe essentiel, voulu par le Maître pour illustrer le sens de sa mort, non un sens cultuel, mais un sens sociétal de dimension générale. Et il va accrocher à l'événement principal de cette soirée, ce qui conduit de façon causale à l'arrestation et au procès, la trahison de Judas.

Avec cette double scène, ses dialogues et ses petits éléments de discours, qu'il est le seul à rapporter, c'est un peu un critère d'historicité à l'envers, opposé au critère d'attestation multiple, un critère d'historicité par l'originalité comparative. On a peu de raison de douter de l'historicité du geste du lavement des pieds des disciples, à moins de penser que tous ces gestes sont un vaste mythe fondateur composé de toutes pièces, 70 ans plus tard. Ce geste développe, par une action symbolique, un thème qui reprend celui de l'entrée dans la ville sur un ânon comme monture. Le lecteur n'est pas dépaysé.

De plus, de façon bien plus élégante, ce texte est une réaction, un affrontement, avec l'attitude des disciples des traditions synoptiques. il faut le mettre en parallèle avec l'une des dernières réactions du Maître à une nouvelle rivalité de préséance survenue entre eux, jusque dans ce dernier repas. Les réunions en chambre haute étaient propices à ce genre de conflit, car chacun devait se placer sur les nattes et les coussins étalés au pied des murs, sur tout le pourtour de la chambre. Le problème récurrent était toujours de savoir si l'on était proche ou éloigné de la personne importante de la soirée. D'abord pour les préséances, ensuite pour être sûr d'entendre ce qui allait être dit et ne pas être confiné dans les conversations « de bout de table ».

Par ailleurs, au terme d'un évangile au cours duquel Pierre a été à peu près oublié, c'est sa grande rentrée. Cité au départ avec les anciens disciples du Baptiste, on n'avait parlé qu'une fois de lui, par nécessité, avec sa proclamation de foi, alors que les défaillances s'étaient multipliées dans le groupe. Le disciple le décrit avec les mêmes traits de caractères que ceux qui lui sont prêtés par les traditions synoptiques : spontanéité, prêt à dire ce qu'il ne faut pas, puis à se porter à l'encontre de ce qu'il vient de dire, dans une réaction inverse, avec une franchise désarmante.

Le Maître profite de sa réaction pour expliquer que ce lavement des pieds n'est pas du tout une image du baptême, cérémonial qu'il a abandonné. Ce lavement n'est pas non plus une de ces pratiques purificatrices répétitives, introduites par les Esséniens. Au lieu et place des pratiques rituelles symboliques, la vie en contact continu avec lui vaut bien plus que les cérémonies. Le vrai bain c'est la vie avec lui, en le suivant.

C'est ce que rappelle le mini-discours « en chambre haute » qui suit, un discours à la seule adresse des disciples : « C'est un exemple que je vous ai donné pour que, en vertu de ce que, moi, j'ai fait pour vous, vous fassiez aussi. » En un mot, faites exactement comme moi, précaution du dernier soir vécu ensemble, s'il arrivait que certains de ces disciples soient tentés de se prendre pour plus grand que celui qui les a envoyés. « Le serviteur n'est pas plus grand que son seigneur, ni l'envoyé plus grand que celui qui l'a envoyé. » Curieuse surprise, ce petit discours s'achève en permettant au disciple de citer intégralement un verset de la Source, preuve, s'il en fallait encore, de la procédure de construction de nos évangiles : « Celui qui accueille celui que j'enverrai, c'est moi qu'il accueille et qui m'accueille, accueille celui qui m'a envoyé (Q 10,16/Jn 13,20). »

La trahison

Mais entre-temps, le Maître introduit le second sujet du Bloc 24, la trahison de Judas, chaînon-clé du déroulement historique de la fin, mis en référence, de façon surprenante, avec un rappel de l'un de ses plus grands égos : « Pour qu'une fois cela arrivé », vous croyiez « que moi, je suis. » Dans cette heure pleine d'émotions et de solennité, le disciple poursuit également le rappel de ses « perceptions affectives », notant le trouble « en esprit » du Maître.

La trahison de Judas fut si traumatisante pour les communautés chrétiennes que cette insistance à en parler explique que nous ayons, pour une fois, une synopse extrêmement développée et précise des quatre évangiles. Tous citent les trois principaux éléments : une annonce à peu près identique du maître « En vérité, en vérité, je vous le dis, l'un d'entre vous me trahira, » une séance d'interrogation entre disciples : « De qui parle-t-il ? », puis une désignation par le Maître : « Celui qui a la main dans le plat » ou « qui se sert », ou « qui a la main sur la table. »

Mais il y a un quatrième élément que le disciple est le seul à donner, et qui est celui qui fait le plus difficulté : le Maître prononce une phrase conduisant en quelque sorte Judas à le trahir. Il l'incite lui-même à la trahison : « Ce que tu as à faire, fais le sans tarder ». Rapporté par le seul disciple, ce détail troublant paraît d'autant plus certain historiquement que l'interprétation en est toujours difficile. Dans le prolongement du thème de l'heure, si important dans le quatrième évangile, le Maître semble, tout au moins donner à Judas le signal du moment « d'y aller ». Aurait-il poussé à précipiter la passion, donné le signal du déclenchement de l'événement final de son parcours ? C'est à tout le moins une énigme majeure.

Derrière cette parole exclusivement rapportée par le disciple, il pourrait s'agir plutôt de ces paroles à double entrée, où, à l'oral, tout se joue dans l'intonation donnée aux mots, ce qu'aucun texte écrit ne peut ensuite reproduire. Le sens diffère donc, selon les accents mis à prononcer les mots et la phrase. Ce n'est pas la même chose de dire : « C'est le moment. Fais ce que tu rêves de faire depuis si longtemps. » Ou bien « Si tu ne peux pas faire autrement, pour tenter de faire arriver ton issue politique à ma trajectoire, eh bien ! Suis ta pente propre, je ne peux plus rien faire pour te faire comprendre que ce n'est pas ma voie à moi. » Le commentaire du disciple ne donne pas la solution de l'énigme. Au contraire, il insiste aussitôt sur l'incompréhension des disciples et vraisemblablement la sienne.

En tout cas, s'il fallait un indice de l'historicité du contenu du quatrième évangile et s'il n'y en avait qu'un, dans l'ensemble de cet évangile, ce serait bien ce passage. Le disciple se déclare le témoin direct de l'envoi direct de judas par le Maître vers la trahison. Tous les autres évangélistes qui ne sont que des témoins indirects, rassemblant les traditions orales des communautés, n'ont pas osé. Ils n'ont rapporté cette partie des propos de cette soirée qu'en les présentant comme une simple dénonciation du traître par le Maître. Le disciple est le seul à oser raconter cet élément incompréhensible et des plus troublants, dont il se dit le témoin. D'autre part on voit bien que ce souvenir le hante, puisqu'il est déjà relaté, sans nécessité forte, au moment de la profession de foi de Pierre et de l'abandon d'un grand nombre de disciples (Jn 6,64, 70-71).

De même que Matthieu sera le seul à prolonger l'événement après l'arrestation, en un développement sur la triste fin suicidaire de Judas, liée aux tractations avec les grands prêtres et les anciens, le disciple, donc, est le seul à évoquer le trouble dialogue entre le Maître et Judas. Mais en un sens, il l'a déjà expliqué à plusieurs reprises. Il l'a déjà évoqué en laissant entendre depuis la lente montée progressive du blasphème et les demandes répétées et croissantes d'une manifestation politique, qu'il y avait deux visions politiques et religieuses antagoniques de la « sortie » du parcours messianique. Il y avait d'un côté, une sortie vers une « révolte juive » s'achevant en une sorte de désespoir collectif Nietzschéen des encerclés de la forteresse de Massada. De l'autre, était envisagée une sortie « par le haut » dans une religion et un royaume d'une autre nature, une religion non nationaliste, ouverte aux pauvres de tous les temps et aux hommes de tous les continents.

Une nouvelle signature de l'autre disciple, devenant le disciple que Jésus aimait

Cet incident dramatique de la trahison est également le cadre dans lequel l'autre disciple signe son évangile pour la seconde fois, en même temps qu'il avoue sa complicité avec Pierre, tout autant que sa proximité et son intelligence de proximité avec le Maître. À partir de là, on va voir, à de nombreuses reprises le duo Pierre/l'autre disciple, en particulier aux premières heures de l'après-calvaire et aussi dans les premières parties des Actes des apôtres. Le personnage prénommé Jean dans les débuts des Actes, collé aux basques de Pierre, n'est peut-être pas le fils de Zébédée, lequel se situait depuis longtemps, avec son frère, en concurrent de Pierre, mais ce très jeune disciple originaire de Jérusalem, d'une famille aristocratique, venu écouter le Baptiste au désert. C'est lui qui devient « le disciple que Jésus aimait ». La scène fera évidemment un beau sujet pour l'art religieux de la Renaissance et de toujours.

Ce Bloc 24 conclut enfin cette scène de la trahison par une déclaration solennelle du Maître qui contraste. Désormais plus n'est besoin de conclusion géo-historique aux blocs rédactionnels du quatrième évangile qui les remplace par des conclusions thématiques. Le disciple renoue avec le fil de ses présentations thématiques en revenant au thème de l'instant de la glorification : « À présent a été glorifié le Fils de l'homme. » Dans un mini-discours, le mot est repris cinq fois de suite, placé dans la bouche du Maître. Il est évident que le lecteur du XXIe siècle se demande comment de tels propos, ont pu être prononcés et, s'ils ont été prononcés, à un moment ou à un autre de ces 700 à 900 soirées en chambre haute, comment ils peuvent ne pas avoir été entendus par les synoptiques, ou comment ils ont pu être omis dans le processus de rédaction des évangiles. C'est toute la question de la non-compatibilité entre les synoptiques et le johannisme.

Bloc 25, Le premier bloc de l'immense discours en chambre haute

L'amnésie des synoptiques

Les trois synoptiques sont curieusement atones sur les propos tenus pendant ou après le repas du soir de la Cène, aux heures précédant l'arrestation. Comme s'ils étaient soudain devenus amnésiques. Après l'abondance des propos de controverses, ou des propos eschatologiques, on a l'impression qu'ils ont anticipé l'entrée dans l'attitude silencieuse du Maître, durant la passion. Marc accorde trois mots sur la « privation » de boisson que celui-ci s'imposera jusqu'à son retour et enchaine l'annonce de la trahison, les paroles de l'institution, l'annonce du reniement de Pierre. On semble avoir passé le temps de cette soirée à « chanter les psaumes » (Mc 14,26), avant de sortir bien vite se cacher dans la « montagne des oliviers ».

Chez Luc, on n'en sait guère plus, sinon le récit d'une énième dispute de préséance, probablement au moment de s'installer sur les coussins et tapis pour le repas, plus une petite remarque sensible du Maître disant qu'il a « ardemment désiré manger avec eux cette pâque, avant de souffrir. » On trouve un embryon de discours johannique après la Cène, en deux versets, mais centrés sur le thème du royaume : « Cependant, vous êtes, vous, ceux qui sont demeurés constamment avec moi dans mes épreuves ; et moi je dispose pour vous du royaume, comme mon Père en a disposé pour moi », timide évocation de la cascade Johannique, « Vous mangerez et boirez à ma table en mon royaume, et vous siégerez sur des trônes pour juger les douze tribus d'Israël. » C'est le fameux dernier verset de la Source 22,28-30. Luc conclut enfin le repas, en évoquant l'heure du combat décisif et l'heure de « prendre maintenant sa besace et de vendre son manteau pour acheter un glaive. » Réponse étonnante : « Nous en avons deux - C'est bien assez. »

Chez Matthieu, le repas de la Cène est encore davantage écourté et ramené à la distribution du pain et de la coupe, suivie, comme chez Marc, par le chant des psaumes. C'est en cours de route, en allant au Mont des oliviers que se passe l'annonce du reniement de Pierre. Vraiment les disciples tels que décrits et mémorisés par la communauté lucanienne n'y sont pas du tout. Et ceux décrits par Matthieu n'ont guère gardé de souvenirs de ces instants solennels. Le disciple avait donc, pour le moins, un déficit d'information à combler. C'est toute la logique de ces trois rédactions, légèrement décalées dans le temps, à partir d'une Source Q et d'un premier évangile de Marc, jugés insuffisants.

Le disciple lettré de Jérusalem, qui va désormais faire apparaître ses signatures du texte, ou celles de son école johannique, a retenu, au contraire, beaucoup de choses de ces discours en chambre haute. S'il y a eu quelques 700 à 900 soirées en chambre haute, et quelques autres nuits passées dans les grottes d'au-delà du Jourdain, notamment lors des étapes clandestines de la dernière période, il y eut beaucoup de propos échangés dans l'intimité du groupe, qui vont nourrir ce grand discours après la Cène.

Mais le disciple devenu « le disciple que Jésus aimait » ne peut plus situer dans le temps les différentes avancées des paroles du Maître et de ses souvenirs, comme au temps des discours publics, pour lesquels il disposait d'événements permettant de les repérer dans le parcours. Il va devoir contracter bien davantage.

Un découpage sur plusieurs blocs

Cependant il est immédiatement constatable que cet immense discours est composé de plusieurs morceaux, puisque la fusion des blocs rédactionnels est incomplètement réalisée. On a en effet deux levers de table, en Jn 14,31 et en 18,1.

Cet immense discours est au moins composé de quatre parties identifiables :

1° Des discours « d'au revoir » (13,33 - 14,31)

2° La vie du disciple en relation avec le Maître, après son départ (15,1 - 16,4)

3° La situation dans la fin des temps qui commence (16,4b - 16,33)

4° L'ultime échange avec son Père (17,1-26)

Ces quatre parties peuvent avoir été prononcées en plusieurs fois ou à plusieurs reprises dans ces soirées en chambre haute. Elles se situent cependant assez bien dans cette dernière période, ou cette dernière soirée, avant l'arrestation qui reste leur contexte. Elles sont toutes compréhensibles, du fait du mode de rédaction que l'on peut imaginer dans cette école johannique : soit le disciple écrit lui-même des blocs ou des morceaux de blocs, soit il les exprime oralement en présence de l'un de ses propres disciples tenant la plume. Mais comme on va le voir, il y a bien une continuité de rédaction entre les blocs et chaque bloc est un ensemble conduisant à suggérer qu'il y a une écriture bloc par bloc.

Comme dans tout le quatrième évangile, au terme des écritures bloc par bloc, il y a un travail de tissage imparfait des blocs ensemble, expliquant la fréquence des commentaires ou des annotations géographiques et historiques et la persistance des sutures ou des coupures, visibles dans le tissu final. Enfin, ce qui était très important à l'époque, et ce qui expliquerait ce tissage imparfait, il y a semble-t-il immédiatement le démarrage du travail de copiste, pour diffusion, nécessairement enchaîné avec le temps de la rédaction du bloc, considérée comme acceptable par le « rédacteur en chef ». Pour le travail de production du quatrième évangile, on est dans une situation différente du propos de Papias relatif à l'évangile de Marc qui, dit-il, fut approuvé par Pierre lui-même au terme du travail. Pour Jean, le style et le projet du disciple-maître, témoin oculaire, sont visibles à tout instant et ont marqué de bonne façon l'ensemble des blocs.

Le contenu de « l'au revoir » en chambre haute

Ce discours d'adieu ou d'au revoir selon l'expression adoptée par Xavier Léon-Dufour, va-t-il nous apporter des interrogations, des anomalies ou des informations historiques dans son contenu ? L'historicité globale de ce discours pose-t-elle problème ? C'est plutôt l'absence de ce discours qui étonnerait. Comme à l'habitude dans de nombreux blocs précédents, il est émaillé de questions qui permettent d'approfondir certains sujets. Cette fois, ce sont les disciples qui les posent et non plus des adversaires ou des contradicteurs cherchant la controverse. On retrouve Philippe, l'un des membres du groupe des grecs, mais aussi des interlocuteurs nouveaux s'ajoutant à Pierre, rentré en scène, Thomas et Jude.

Dans le Bloc 25, premier de la série, on peut distinguer sept ou huit petits discours, selon la façon dont on fait les coupures, les thèmes s'entrelaçant, c'est-à-dire qu'un thème déjà abordé revient au milieu d'un autre. Il y a bien sûr, en outre, des propos d'introduction et de conclusion.

Le commandement nouveau

Parmi les thèmes, on retrouve d'abord ce qui était un absent important dans l'ensemble du quatrième évangile, observé jusque-là. Le disciple le traite de toute autre façon que les synoptiques. Pour une fois, il va même le traiter moins bien, le dégrader. Dans la halaka du Maître, magistralement analysée par J. P. Meier, cet unique commandement fusionne l'amour de Dieu et l'amour du prochain, conçu comme un amour du coreligionnaire juif. Mais on a vu aussi que l'un de ses apports élargissait ce grand commandement de l'amour entre frères d'une même nation juive, en direction de l'amour de tous les hommes, à travers la parabole du bon samaritain et un emprunt à la version du Pentateuque selon la Septante. Ici, ce commandement aux perspectives immenses se rétrécit à un commandement d'amour entre disciples. S'il a une vertu pédagogique, c'est pour attirer l'ensemble des hommes à la fraternité des disciples. D'autre part, on reconnaît le thème johannique de la cascade : celle-ci comporte deux seuls degrés, dans cette partie du discours et décrit cet amour entre les frères comme la reproduction intégrale de l'amour du Maître pour ses disciples.

Le premier thème abordé avant le commandement nouveau est une suite de propos déjà tenus en publics face aux juifs, en effet abordés dans le Bloc 14 : « Là où je m'en retourne vous ne pouvez aller. » Pour les disciples, il devient le thème de l'éloignement à venir du Maître : « Où je vais, vous ne pouvez pas venir ». Il est repris ensuite avec une construction de circonstance, à partir d'une question de Pierre : « Où t'en vas-tu – Tu ne peux me suivre à présent. Tu me suivras plus tard ». Comme Pierre se récrie en se déclarant prêt à mourir, c'est l'occasion pour le disciple d'exprimer de façon très brève ce que les synoptiques ont beaucoup plus développé, l'annonce du reniement de Pierre.

Mais ce thème de l'impossibilité de suivre le Maître là où il va, est surtout destiné à faire le lien avec des paroles réconfortantes sur les nombreuses demeures possibles dans la maison du Père, et le « Je vais vous préparer une place ». On ne voit pas pourquoi de si sensibles paroles seraient des inventions tardives de l'auteur du quatrième évangile et pourquoi, s'il y eut des propos intimes, avant les terribles événements pascals, pressentis par tous, après plusieurs mois de menaces de lapidation et de clandestinité, de telles pensées et de tels propos n'auraient pas germé spontanément dans la pensée du Maître faisant ses adieux. Ces propos relèvent de l'imaginaire élémentaire d'un groupe « militant d'une cause », pourvu qu'ils croient à une survie de l'âme après la mort et en une résurrection au dernier jour.

Troisième thème abordé : « Je vous emmènerai près de moi. C'est moi le chemin. » C'est une nouvelle image conceptuelle, c'est-à-dire une notion généralisatrice, avec un transfert sur la personne du Maître. En quelque sorte on a, ici, une nouvelle micro-parabole associée à un nouvel égo, qui ne résonne pas dans le Temple mais qui est prononcé dans des propos intérieurs. Sur une question de Thomas, le Maître l'associe à d'autres transferts déjà proclamés dans le Temple ou après la distribution des pains : « C'est moi, le chemin et la vérité et la vie. » Nous retrouvons une figure stylistique johannique habituelle. D'autre part ce thème donne une réponse à l'embarras prévisible des disciples, une fois abandonnés dans ce monde-ci. Si Jésus est le chemin, ils auront des repères pour se conduire vers ces demeures qui sont préparées.

Le thème johannique de l'inhabitation

Quatrième thème convenant bien encore à un discours d'adieu, la connaissance du Père et la connaissance du Fils. Nous sommes acclimatés à cette thématique glissante centrale du johannisme, depuis le Bloc 13 du discours sur les pains, mais surtout depuis le Bloc 18 du Bon berger et aussi depuis le propos final du prologue. Dans ce discours d'adieu, c'est l'expression la plus intime et affectueuse de ce transfert sur l'homme Jésus de la vision de Dieu, en réponse à une question de Philippe, lequel trouve encore qu'il n'a pas compris les propos du Maître sur le sujet. Comme on l'a vu, ce thème est abordé, avec ses différentes harmoniques, près de 65 fois dans cet évangile : « Voici si longtemps que je suis avec vous, et tu n'es pas parvenu à me connaître, Philippe ! Qui me voit, voit le Père ». « Moi je suis dans le Père et le Père est en moi. »

En fait, apparaît ici ce thème de l'inhabitation. Est-il le résultat d'une longue méditation du disciple parvenu au terme d'une vie de disciple, ou une création du Jésus de l'histoire ? La réponse est probablement dans ce repli sur la preuve : les œuvres. Une association d'idée que l'on a déjà vue dans les controverses, elle aussi attestée par les synoptiques.

Ce thème se dédouble ensuite dans le transfert des œuvres du Maître qui sont celles du Père, vers les œuvres des disciples qui seront aussi les siennes. Nous sommes encore au cœur de la cascade johannique. Mais les propos sans cesse glissants du discours sont d'une grande beauté poétique : « Tout ce que vous demanderez en mon nom, je le ferai. » Ce « je le ferai » deux fois prononcé, alors qu'il sera là où on ne peut le suivre est manifestement un appel à voir que les actes du disciple sont les actes du Maitre. Dans ces répétitions, on avance chaque fois d'un pas supplémentaire : « Celui qui croit en moi, fera de plus grandes œuvres que celles que moi j'ai faites. »

Revenons sur ce contenu thématique central de l'inhabitation en cascade : au centre du Bloc 25, elle est aussi très présente dans le Bloc 26, tant dans la parabole de la Vigne que dans le commandement nouveau, elle est bien entendu présente tout au long de la grande prière du Bloc 28. On peut dire qu'elle est le cœur de l'immense discours dans son ensemble. Le terme du processus de transfert des attributs divins sur le Maître est donc constitué par la « cascade de l'inhabitation » à double sens. Inhabitation entre le Père et le Fils et même accessoirement l'Esprit, ensuite avec les disciples.

C'est en quelque sorte le bouquet final posé par le quatrième évangile pour conclure les deux Testaments. Réfléchissons un instant à ce thème final posé par le disciple, comme un patrimoine de l'humanité, du moins comme un patrimoine occidental, en attendant d'en faire aux XIXe et XXe siècles, un patrimoine universel, avec les missionnaires accompagnant les armées colonisatrices, abordant partout, à travers le monde. Cette culture occidentale devrait d'abord s'interroger un instant, et prendre de la distance à l'égard de son « monde » de compétition et d'affrontement pour la gloire humaine.

Arrêtons-nous un instant, nous-aussi, quels que soient nos prérequis athées, agnostiques ou croyants. Entrons dans cet objet du patrimoine culturel historiquement daté de l'inhabitation johannique. Historiquement datée, elle l'est, du moins, pour ce qui concerne son écriture. Plaçons-nous un moment en intériorité individuelle et personnelle, dans cette pensée de l'inhabitation universelle, entre Dieu, l'englobant général de toute la réalité et nous les citoyens de la terre. Incroyants et agnostiques peuvent tenter l'expérience au titre de ce mythe culturel provoqué par un homme historique, le juif Jésus, ayant cru être le fils d'un Dieu-père devenu son père personnel. Il a discouru devant son groupe, dans le cadre d'une entrée définitive et finale dans ce royaume de l'inhabitation.

Le disciple se souvient pour nous de ces veillées, surtout les dernières, celles de la clandestinité. Vingt ou trente années plus tard, à la lumière des torches ou des lampes à huile, il reprend ses souvenirs devant les fidèles et prononce à son tour le discours qui n'en finit pas de résonner pour lui. Assis sur les nattes à côté de lui, le disciple scribe ou copiste tient la plume. Nous sommes entrés, nous aussi, dans cette conscience et cette mémoire intérieure. Nous sommes entraînés dans cette spirale de l'amour de tout homme et de Dieu, le plus grand qui puisse être imaginé, celui du Maître, s'apprêtant à « déposer » sa vie pour ses disciples, et tous « ceux que le Père lui a donnés », c'est-à-dire pour tous les hommes. Nous sommes tous en tous. Ce n'est pas très éloigné du grand tout de l'univers asiatique. Dieu est en nous. Nous sommes en Dieu. Le Père et le Fils de l'homme qui ne font qu'un, l'un dans l'autre, sont en nous. Les hommes et nos propres ancêtres des deux mille ans qui se sont écoulés, depuis ces soirées sont en nous et nous sommes en eux comme ils sont retournés dans le sein du Père. À chacun de continuer l'évocation ainsi, tant qu'il en a envie. La cascade d'un amour et d'une inhabitation universelle et à double sens, c'est cela le Johannisme en son cœur.

Cinquième thème, l'Esprit.

Par nécessité, ce sont des propos mystérieux. L'usage fait par le disciple de ce mot, est le plus souvent une allusion à l'aspect le plus profond de la personne humaine. Mais ici, comme déjà dans le bloc du Baptiste, cela va paraître encore plus mystérieux. On sent poindre quelque chose ou « quelqu'un » qui vient sur les personnes pour y « demeurer ». On entre, à nouveau, dans le thème de « l'inhabitation » qui sera encore abordé au paragraphe suivant.

Le quatrième évangile parle aussi de « paraclet ». Ce mot est sans attache compréhensible pour des francophones du XXIe siècle, qui ne parlent plus le latin liturgique lequel, depuis Tertulien, avait labellisé ce mot grec et l'avait intégré dans des hymnes chantés chaque année. Il ne dit donc plus rien dans notre langue. En grec, il avait un sens immédiat, allant parfaitement dans ce contexte de la dernière Cène : avocat, défenseur, celui qu'on appelle à son secours. Cet esprit n'est donc plus une dimension intérieure de la personne mais une personne qu'on appelle pour se défendre. Cet avocat, en quelque sorte invisible, « que le monde ne peut reconnaître ni connaître, mais que les disciples vont connaître, va « demeurer en eux ».

Ici encore, pour savoir si ce thème est une création du disciple ou du Jésus de l'histoire, on ne peut que retourner aux références vétéro-testamentaires, connues de l'un et de l'autre. En fait, c'est un thème des prophètes. On pensait précisément, dans le dernier siècle avant notre ère, que l'esprit avait disparu d'Israël, parce qu'il n'y avait plus de prophètes. La source divine de la prophétie s'était tarie. Le Baptiste paraît la réveiller pour annoncer celui qui va apparaître comme « Le » prophète, ce que dans la foule, selon divers blocs du quatrième évangile, des gens reconnaissent, observant les signes qu'il fait. Mais avec ce discours d'adieu, le Maître annonce qu'il s'en va. D'où l'idée naturelle qu'il faut qu'il envoie un autre avocat. Ce fil très ténu serait une piste semblant autoriser le Jésus de l'histoire à avoir pensé à parler lui-même de l'Esprit, dans son discours d'adieu, avant que le disciple ou les premières communautés ne l'inventent.

En tout cas, elles semblent s'être emparées de l'idée, comme en témoigne la remarque de commentaire faite par le rédacteur du bloc rédactionnel de la fête d'automne, en Jn 7,39. Après le propos du Maître « de son sein couleront des fleuves d'eau vive », ce rédacteur juge nécessaire de préciser, et c'est effectivement nécessaire, pour un lecteur du XXIe siècle qui n'aurait jamais fait ce rapprochement : « Il disait cela à propos de l'Esprit que devaient recevoir ceux qui s'étaient mis à croire en lui, car il n'y avait pas encore d'Esprit, parce que Jésus n'avait pas encore été glorifié. » D'ailleurs, il n'est pas du tout évident qu'en 7,39, il ne s'agisse pas seulement d'une qualité ou d'un pouvoir ou de capacités qui seront portés par des gens et non d'une troisième personne à imaginer appartenant à la Trinité, comme le définiront les Conciles aux siècles suivants.

La thématique « vous en moi et moi en vous », dans le monde

Ce faisant, on parvient aux deux derniers points essentiels de ce discours d'adieu, l'inhabitation associée à un autre thème, le caractère sélectif de la manifestation ultérieure. Le monde ne me verra plus, mais vous « verrez » que moi je vis et je me « manifesterai » à celui qui m'aimera. Et vous connaîtrez « que moi je suis en mon Père et vous en moi et moi en vous. » Nous sommes aussi, ici au cœur du johannisme, avec ce mécanisme de la cascade/ascenseur à double sens, descendante et remontante. Ici on a le seul sens remontant du Fils au Père et le double sens « vous en moi, moi en vous ».

Ce thème est tellement pris et repris, avec toutes les variantes possibles et dans tous les sens, dans la bouche du Maître, qu'en terme d'historicité, si l'on pense qu'il fut vraisemblablement évoqué au cours de ces 700 à 900 veillées en chambre haute, il n'est pas imaginable que le disciple en ait été seul l'auteur tardif, lui qui se prétend le témoin de la première à la dernière minute de la trajectoire terrestre du Maître. À la différence des recherches d'historicité, on n'est pas devant une preuve matérielle d'historicité par attestations concordantes. Mais on a la possibilité de parler de cohérence générale d'historicité, si l'on ne veut pas parler de l'historicité matérielle des mots contenus par les discours.

D'ailleurs au paragraphe suivant, Jude pose une question, insistant lourdement sur le problème historique de cette non manifestation/ manifestation du Maître. Elle est encore la trame essentielle de tout le récit johannique depuis la distribution des pains : « Comment se fait-il que tu doives te manifester à nous et non au monde ? » Nous sommes en pleine problématique géopolitique. Le Jésus de l'histoire a été attendu pour une manifestation au monde, nécessairement à dimension ou à débouché politique. Mais il entend n'instituer qu'une vision intérieure, d'un genre nouveau, invisible, religieuse, de ce fameux royaume.

C'est désormais le problème trimillénaire du système religieux occidental. À la différence probable des systèmes asiatiques qui intègrent les forces cachées et obscures dans le monde naturel, à partir d'une démarche quasi philosophique, notamment dans la lignée du Taoïsme, le christianisme crée ou tente de créer, en Occident, une coupure radicale entre le religieux et le système du monde. Cette coupure sera si difficile à mettre en œuvre qu'elle ne le sera pas pendant deux millénaires et qu'en ce XXIe siècle, elle n'est pas encore réalisée. Tout permet même de penser qu'elle continuera encore longtemps à ne pas l'être.

Ces paroles sont si difficiles à entendre qu'un seul des témoins les a retenues, semble-t-il, et que la résolution du problème va encore demander quelques explications dans cet immense discours. Dans l'instant, le Maître enchaîne en accrochant les thèmes « aimer/garder la parole/demeurer ». « Si quelqu'un m'aime et garde ma parole… mon Père l'aimera et nous… établirons une demeure auprès de lui. »

On peut considérer cet usage de l'image de « la demeure » comme une micro parabole, signant une possible authenticité historique, comme toutes les micro-paraboles. De plus elle est un thème déjà attesté par la

Source de façon négative avec la « maison » habitée par le démon, dont il est chassé et où il revient avec sept colocataires. Ce sont des choses encore plus difficiles à entendre sur le registre du positif que sur celui du négatif.

Ce sont des choses si difficiles à entendre et peut-être à retenir, pour ces autres disciples qui n'ont retenu de ce soir-là que les récitations de psaumes. Mais « l'avocat » Esprit Saint s'efforcera de les enseigner, en y mettant le temps nécessaire, au cours des siècles suivants : « Il vous fera souvenir de tout ce que je vous ai dit, moi. » Sur ces mots, le discours est une première fois conclu par un shalôm oriental : « Je vous laisse la paix… la mienne… non pas à la manière du monde… Si vous m'aimiez, vous vous réjouiriez que je m'en aille… Je vous ai dit tout cela avant que cela n'arrive… ».

Si l'on ne devait retenir qu'une seule idée, il est manifeste que cette première partie du grand discours en chambre haute démontre l'existence d'un delta culturel énorme entre le discours et la mémorisation johanniques et le texte et la mémorisation synoptiques.

Bloc 26, Second bloc rédactionnel du grand discours, La parabole de la vigne et des sarments

Retour sur les contraintes de la technique d'écriture

Dans le plan johannique, cette composition d'un prétendu même discours, en plusieurs blocs successifs, conduit à reparler de la composition historique de ce quatrième évangile. Il faut revenir sur les conditions matérielles de l'écriture d'un livre au premier siècle. Le support est d'abord un objet rare et cher. Lors de la construction d'une synagogue, on l'a déjà dit, l'achat des copies des livres de l'Ancien testament coute plus cher que les murs et le reste du mobilier. Décidant de faire écrire leurs évangiles synoptiques, les communautés chrétiennes lucaniennes et matthéennes ont dû se cotiser pour acheter les rouleaux de papyrus venus du delta du Nil. Il a fallu aussi subvenir à l'entretien du ou des écrivains puis des copistes. Pour Luc, le commentaire introductif de l'auteur montre son enquête personnelle, mais non sa technique d'écriture. À cette époque, on l'a déjà évoqué, on écrit ou on fait travailler un scribe écrivant sous la dictée, lequel va devenir copiste, aussitôt le premier exemplaire achevé.

En effet, vers les années 60, même s'il n'y a que 15 à 30 communautés chrétiennes entre Jérusalem et Rome, la rumeur d'un évangile en train de s'écrire se propage vite et crée une attente immédiate d'acheteurs potentiels. Le besoin de mettre par écrit les paroles du Maître est immense. Le travail de rédaction des trois évangiles suivant celui de Marc se construit probablement assez vite. Sur la base des premiers essais constitués par la Source Q et Marc, on attend de partout les compléments annoncés. Une fois les premiers documents complémentaires composés, une copie demande peu de temps pour une péricope isolée mais peut-être un mois ou deux pour un évangile entier. Les communautés éditrices ne sont pas forcément riches pour mettre plusieurs garçons au travail. Cependant les copies des blocs rédactionnels initiaux partent aussitôt faites. Le fruit des collectes revient. On a, peu à peu, des bibliothèques de blocs qui circulent dans les différents axes du bassin oriental de la Méditerranée et au-delà.

Pour l'évangile du disciple, on peut envisager un travail collectif, mais qui n'est pas commandé par une communauté particulière. D'abord en Palestine, puis en exil, le disciple bénéficie d'une situation peut-être moins nécessiteuse, d'abord dans « son » domaine, puis si son clan familial y était déjà implanté par certaines de ses branches commerçantes, dans la diaspora d'Asie. Il serait à la tête d'une petite école. Peut-être deux ou trois élèves/disciples permanents et d'autres élèves de passage. Il doit acheter, lui aussi, ses papyrus vierges. Et comme il a les moyens, il a dû acheter ses propres exemplaires de la Source et de Marc et continue d'acheter, au fur et à mesure, les premières péricopes rédigées de Luc et Matthieu.

Quand il se met à écrire, son travail démontre qu'il a travaillé par blocs rédactionnels, dont il garde un exemplaire pour renouveler les copies qui lui sont demandées. Ces exemplaires peuvent ensuite être « montés » dans un plan qu'il a en tête. Pour certains blocs, il tient le plus vraisemblablement la plume. Pour d'autres, il délègue peut-être.

Dans le cas où le texte est vraiment de lui, deux possibilités. Il écrit lui-même, ou le scribe est assis à côté de lui et il dicte lentement son texte. Le style johannique est révélateur de la lenteur de la pensée de quelqu'un qui dicte ou qui écrit tout en pensant son texte, sans pouvoir raturer ou reprendre le texte. La pensée avance lentement avec des redites. Les mots crochets sont tantôt au début de la pensée, tantôt après. Il y a des pronoms supplémentaires qui viennent s'ajouter pour insister sur le rôle du Maître, dont il tente de retracer les paroles. Le problème de la lenteur de la dictée est identique s'il est assis sur une natte au sol, à côté du scribe ou si c'est lui qui trempe la plume et gratte le papyrus. Les hommes du XXe siècle ont observé une réalité semblable lorsque les machines à écrire mécaniques ou électriques ont été remplacées par les ordinateurs. Auparavant, celui qui dictait à une sténotypiste ou qui donnait un papier à une dactylo devait faire très attention à ne pas avoir à revenir sur un texte, ou à ne le faire que de la façon la moins fréquente possible. Déchirer une page comportant un certain nombre d'erreurs ou de fautes, imposait à la secrétaire un effort important que l'on essayait d'éviter. Par la suite, avec l'apparition des ordinateurs, on a découvert que l'on pouvait recommencer 20 ou 50 fois un projet de texte.

On peut déduire de ces remarques sur les contraintes de l'écriture manuscrite d'un livre, qu'il était justifié que le disciple n'écrive que des blocs rédactionnels allant de 15 à 50 versets. Mais parvenant au moment d'écrire le discours après la Cène, qu'il voulait « immense », parce que très important, il a voulu atteindre ce qui représente finalement 120 versets. L'idée pouvait venir spontanément de le rédiger en plusieurs blocs. On peut aussi envisager l'hypothèse que l'écriture d'un premier bloc lui est aussitôt apparue comme insuffisante et justifiant un second bloc complémentaire puis un troisième, etc…

Il est probable que, répondant à ces contraintes rédactionnelles, avec ses quatre blocs rédactionnels, l'immense discours après la Cène entende rapporter les paroles les plus importantes prononcées, en cercle intime, pendant plusieurs mois.

Autre hypothèse, le disciple a écrit ou fait écrire un premier discours d'adieu d'un seul bloc et de 37 versets, avec introduction et conclusion. Il est ensuite apparu qu'il manquait un élément important à ce discours, la seconde grande parabole johannique de la Vigne et des sarments qui était très représentative du contexte et des thématiques de ce grand discours. Alors donc que les derniers mots du premier Bloc 25 sont censés avoir indiqué que tout le monde s'en va pour Gethsémani, le discours recommence de façon abrupte.

Cette volonté de reprendre un premier bloc jugé insuffisant est facile à imaginer, sauf si l'intention initiale était de réaliser plusieurs blocs dont l'autonomie permettait ensuite à chacun d'entre eux de servir à des cérémonies distinctes dans les communautés. Quoiqu'il en soit, il y a une forte unité des expressions des quatre blocs rédactionnels. Ils reprennent certains éléments de nombreuses fois. Cela ne choque pas, parce que la lenteur de la pensée que l'on est en train de rédiger a déjà familiarisé le lecteur avec les nombreuses redites du style johannique.

Contenu thématique

Ce second bloc rédactionnel de « l'immense discours » commence donc par la présentation de la parabole de la Vigne et des sarments, avec une suite d'exposés positifs ou négatifs présentant le rattachement des disciples au Maître. Dès le second verset, le cadre est posé : le Père est le vigneron. Mais l'essentiel procède par reprise de certains des thèmes du bloc précédent, notamment l'inhabitation et les œuvres : les sarments demeurent dans la vigne et, pour coller à l'image, les œuvres deviennent les fruits. Ce développement sur les œuvres répond à un traitement insuffisant du sujet par le début du Bloc 25. Après une dramatisation facilitée par le sort naturel des éléments de sarments coupés, émondés et jetés dans le feu, on revient au thème « mes paroles ». Elles sont la manifestation de l'inhabitation, du « demeurer en… » et du fruit. Revient également le mot de « glorification » qui est l'une des soudures originales de toute cette phase de la montée à Jérusalem depuis le Bloc 23.

Le thème de la vigne et des sarments ayant été décliné dans toutes ses possibilités, ce bloc revient sur un second sujet justifiant un développement plus important : le thème de l'amour du Père pour le Fils, avec une importante déclinaison de la forme de la cascade/ascenseur : l'amour du Père pour le Fils, rejaillissant dans l'amour du Maître pour ses disciples, va être manifesté par la passion, le Maître « déposant » sa vie. On revient ainsi, en outre, au thème du grand commandement développé dans le bloc précédent, mais en faisant un lien fort entre amour, commandement et joie. Apparaît une seconde fois dans le grand discours, à cette occasion, le thème, à peine entraperçu dans la fin du bloc précédent et qui va réapparaître dans tous les blocs du grand discours de plus en plus clairement développé : « Pour que ma joie, la mienne, soit en vous et que votre joie soit en plénitude. »

Tout ce Bloc 26 fonctionne avec des mots accolés deux par deux ou trois par trois : émondage/fruit ; amour/commandement/amis ; monde/haine/persécution ; persécution à cause de mon nom ou tenant lieu de culte/venue/péché ; Esprit/témoignage.

La suite du commandement de l'amour glisse dans la jolie mini-parabole des amis qui ne sont plus des serviteurs. On est en fin de parcours et l'ami peut dire aux amis : « Tout ce que j'ai entendu de mon père je vous l'ai fait connaître. » Et aussi cette rétrospective : « Ce n'est pas vous qui m'avez choisi, c'est moi qui vous ai choisi. »

Notons aussi le thème, revenant une fois de plus, comme une réminiscence forte des paroles du Maître : les commandements de mon Père vus comme mon commandement d'amour. Il y avait une forte nuance avec les conceptions vétéro-testamentaires de la Torah. Après plusieurs siècles de l'histoire d'Israël, ce pluriel qu'elle représentait, les directives, les instructions de Dieu, se compliquait sans cesse. Tout prenait de la distance par rapport à ce qu'elle était au départ, une relation entre Dieu et son peuple. Les difficultés résultant de cette multiplicité, de cette distance, de cette complexité, sont surmontées par le Maître, grâce à la transformation du commandement d'amour. Évidemment au XXIe siècle, ce mot de commandement a pris un sens ancien et autoritaire que l'on peine à transposer.

Mais troisième oubli que ce bloc rédactionnel de secours veut réparer et que l'on a encore peu entendu dans le quatrième évangile, par comparaison avec les synoptiques, celui de la persécution des disciples, après la persécution des prophètes et celle du Maître. Un thème récurrent en particulier dans la Source Q. « Si le monde m'a pris en haine avant vous, vous aussi vous serez pris en haine, » vous les serviteurs, qui n'êtes pas plus grands que votre seigneur. Vous serez persécutés comme lui, parce que vous ne saurez pas mieux faire que lui pour convaincre le monde. On retrouve également, dans le prolongement de cette idée, tout le développement du Bloc 18 sur le péché de ceux qui n'ont pas voulu écouter ses paroles.

Enfin ce second bloc du grand discours fait un pas de plus dans la pensée, sur le thème du Paraclet-avocat en reprenant le sujet : « Il soutiendra votre témoignage en témoignant sur moi. » Le bloc se conclut sur une idée contenue dans le précédent : « Je vous ai dit cela pour que vous vous rappeliez que je vous l'ai dit. » D'un bloc à l'autre, on a donc une forte unité, avec des thèmes qui avancent pas à pas.

L'historicité du grand discours après la Cène

En termes d'historicité, on peut tenir les raisonnements suivants :

1° la version synoptique du dernier repas, le Maître étant parti en vitesse à Gethsémani, après avoir chanté des psaumes, sans discours solennel et sans avoir longuement développé ses adieux est moins crédible que la version johannique que l'on peine à imaginer comme ayant été inventée par le disciple, dans le cadre d'une méditation personnelle transformatrice de la conclusion du parcours du Maître. Il est plus vraisemblable qu'un tel discours ait existé. Si nous n'avions conservé que les synoptiques, les historiens pourraient dire que ce discours a été perdu.

2° il est difficile d'imaginer comment le disciple, aurait pu inventer, à partir de rien, des paroles aussi animées, correspondant au contexte, pleines de contrastes, de reprise, de dramatisation maîtrisée et de perspectives. L'idée que l'auteur ou les auteurs ont dû revenir à plusieurs fois pour tenter de dire tout ce qu'ils estimaient avoir retenu de ces centaines de soirées en chambre haute, surtout à la fin du parcours, est un point en faveur d'une historicité de la thématique, à défaut de nous servir à découvrir un discours « premier » nous donnant des propos authentiques.

3° il faut noter enfin l'absence à peu près totale, dans l'évangile du disciple, de propos eschatologiques sur la catastrophe annoncée par les synoptiques, dans la continuité de ce que contient les premières parties de son évangile. C'est un élément de cohérence à l'intérieur du quatrième évangile. Mais cette discontinuité à l'intérieur de l'ensemble de la construction des quatre évangiles pourrait plaider, compte tenu de la thématique cohérente du johannisme, remplaçant l'eschatologie par l'heure, en faveur d'une mise en écriture de ses blocs de rédaction dans une période assez proche des événements. La tendance au discours eschatologique a été renforcée ensuite par les événements militaires s'étant produits dans les années 66-70 en Palestine. Le contexte de ce grand discours après la Cène révèle les tensions internes dans un pays qui n'est pas encore en guerre insurrectionnelle. Ce contexte est plutôt encore celui des persécutions des communautés de disciples dans une société juive et celui des exécutions sporadiques d'Étienne et de Jacques, ou de l'emprisonnement de Paul à Jérusalem.

Bloc 27, Le troisième bloc du discours final, des éléments divers pour renforcer ou compléter son contenu.

Tous ces blocs du discours final montrent une grande unité johannique. On est toujours dans le contexte stratégique de la question de Jude. « Comment se fait-il que tu doives te manifester à nous et non pas au monde. » Cette question de Jude prolonge la divergence des conceptions de la manifestation souhaitée ou attendue depuis la demande des frères, dans le Bloc 14, divergence qui a couru et s'est accrue tout au long de cet évangile. Cette fois la soudure entre les deux blocs montre une volonté de réaliser un crochet à travers une même idée : « Pour que vous vous rappeliez que je vous l'ai dit ». C'est-à-dire, ce que je vous ai dit « maintenant » est opposé à « cela, je ne vous l'ai pas dit dès le début... »

Plan de ce Bloc, formules d'introduction et de conclusion

Ce troisième discours du Bloc 27 est une construction composite, comprenant quatre parties avec des sauts dans la pensée entre chacune. De plus, deux commentaires en voix off se surajoutent, comme technique de liaison entre ces parties. Sur ce point, on reprend la technique du Bloc 25, abandonnée au Bloc 26, mais sans faire intervenir des noms de disciples. Ici les questions ou commentaires proviennent des disciples dans leur ensemble. Tout en écoutant, les disciples se posent une question intime : que signifie « Un moment et vous ne me verrez plus, encore un moment et vous me verrez ». Cette question tend à introduire la question de la fin des temps. Mais ni le lecteur du XXIe siècle, ni les disciples de cette Pâque de l'année 30, n'obtiennent de réponse dans le discours qui suit. Le disciple que Jésus aimait n'est vraiment pas intéressé par cette fin des temps et son école n'est pas encore prête à rédiger l'Apocalypse.

Au terme du bloc, un autre commentaire inverse les réactions : « Cette fois, tu nous parle ouvertement et non plus en langage énigmatique. À présent nous savons que tu sais tout, qu'on n'a pas besoin que l'on t'interroge et que tu es sorti de Dieu. » Pour leur dernière intervention dans le quatrième évangile, les disciples ont enfin tout compris.

Pour conclure ce troisième bloc, le Maître répond par une pensée contraire : « C'est maintenant que vous allez être dispersés et me laisser seul. » Puis la conclusion reprend encore une fois des propos que l'on a entendu à la fin des deux blocs précédents, 25 et 26 : « Je vous ai dit cela pour que vous ayez la paix. » Dans ces sociétés du Moyen orient, la paix forme le cœur des formules d'adieu ou de salutation d'arrivée.

Mais cette formule est redoublée, en étant modifiée. Ce n'est plus « gardez la Paix » mais « gardez courage », avec cette formidable nouvelle proclamation, non plus à l'adresse des foules, comme dans le Bloc 23, mais des disciples, malgré « l'affliction » qu'ils auront « dans le monde » : « Je suis vainqueur du monde ». En résumé, c'est un cri, une force, dont il faut remarquer le temps présent, celui de « l'heure ». Ce cri, prononcé en chambre haute, paraît semblable aux grands égos criés dans le Temple, même s'il est réservé cette fois aux intimes. On imagine mal comment le disciple de la première à la dernière heure aurait pu avoir l'audace, la volonté d'imposture religieuse, de le créer de lui-même, ou même la capacité et l'envie de l'inventer, si le contexte historique réel avait été la perte définitive du Maître et de l'espoir. Au contraire, le Maître nous a habitués à tant de propos survenus brusquement, semblant des provocations ou des dérapages, à son initiative, ou des jaillissements spontanés de ses intuitions profondes, que ces mots résonnent ici comme possible discours premier.

Contenu thématique

En dehors de ces éléments de contenus qui structurent ce bloc d'adieu, les quatre parties abordent des éléments johanniques bien connus, souvent déjà entendus. On remarque même un propos entendu en sens contraire, avec un propos du Bloc 25. En Jn 13,36 Simon disait « Seigneur, où t'en vas-tu ? » Ici, dans le Bloc 27, le Maître leur dit : « Cependant pas un de vous ne m'interroge : « Où retournes-tu ? ».

La première partie du bloc est consacrée à un développement sur ce départ, qui est un « avantage » pour les disciples. C'est une explication en réponse à la question de Jude : « Comment se fait-il que tu te manifestes à nous et non au Monde ? » Cet avantage du nouveau contexte, c'est que les disciples auront l'avocat-Paraclet, d'où tout un développement sur lui, dans les meilleurs thématiques johanniques, le plus important des quatre blocs du grand discours. Sa venue, c'est la raison pour laquelle, « c'est votre avantage que je m'en aille. » On va aussi un peu plus loin sur le travail de cet esprit, toujours dans la cadre d'un discours d'adieu : « J'ai encore beaucoup de choses à vous dire, mais vous ne pouvez pas les porter maintenant. L'esprit de vérité vous conduira à la vérité toute entière. » Cette fois, c'est l'Esprit et non le Père qui glorifie le Maître. Surtout, on a une grande démonstration d'inhabitation à quatre : le Père, moi, l'Esprit et vous, les disciples. De même sont aussi traités dans ces strophes, les thèmes de la culpabilité du monde et de son péché pour ne pas avoir cru.

La seconde partie rebondit sur les propos « un moment » et « encore un moment », une première fois lancée par le Maître, puis objet d'une question secrète des disciples, enfin expliquée par le Maître : par cette antithèse sur la tristesse se transformant en joie, elle permet à l'auteur d'introduire cette magnifique micro-parabole sur la joie de la femme qui vient d'accoucher, que j'ai déjà soulignée à deux reprises, à propos du thème de l'homme et au sujet du regard du Maître sur les femmes. Grâce à elle, le disciple enchaîne sur une opposition entre une strophe où le maître mot est la tristesse et une autre strophe dans laquelle au contraire « la tristesse se change en joie », thèmes déjà entrevus dans les blocs rédactionnels précédents. On est encore en pleine unité johannique.

La troisième partie entamée par un solennel « En vérité, en vérité » engage un développement déjà souvent entendu sur le Père et le Fils, au sujet des « demandes » des disciples. Cette partie se termine sur un résumé de toute l'économie de la christologie, exprimée en termes premiers, à la première personne avec de simples verbes de mouvements géographiques, déjà maintes fois entendus : « Je suis sorti d'auprès du Père, et je suis venu dans le monde. Je quitte le monde et je vais de nouveau vers le Père. » Remarquons toutefois qu'au cœur de ces actes de déplacement, tout-à-fait compréhensibles pour un sémite dans sa culture locale, s'introduit cette vaste notion hellénisée « le monde », dont nous avons déjà fait l'inventaire. Après cette leçon très théologique, vient cette conclusion dont nous venons de parler il y a peu.

Retour sur les questions d'historicité de ces pages, après l'analyse du Bloc 27

Revenons sur les conditions de rédaction des blocs de ce discours soulevant la question de son authenticité. Au cours du siècle dernier, les exégètes ont tenté de faire de multiples hypothèses au sujet de ces rédactions multiples, dont la plus complexe fut celle de M. É. Boismard. Cependant elles ne remettent pas en cause, à mon avis, l'unité manifeste de ces textes.

À l'un des extrêmes, l'une des possibilités est que plusieurs individus ont pu rédiger des textes de discours après la Cène, s'ignorant ou entrant en concurrence. Ils ont travaillé en fonction de leurs visions propres, éventuellement à des dates différentes. Puis un énième individu, le rédacteur final, a cousu ensemble ces différents textes, jugeant que chacun méritait d'être conservé, mais il a très mal travaillé.

Une autre hypothèse voudrait qu'un unique disciple, se prétendant le disciple de la première à la dernière heure, ai raconté plusieurs fois des choses approchantes ou relevant du même sujet, à de jeunes disciples différents qui, étant les rédacteurs, en fonction de leurs sensibilités respectives, on produit des textes différents. Ensuite l'un d'entre eux, ayant pris une sorte de prééminence, a procédé à un assemblage artificiel.

Une troisième hypothèse voudrait qu'un unique disciple ait voulu composer un même discours mais par des compositions successives en fonction de l'évolution de ses méditations ou des contextes vécus. Au terme, il conçoit un plan d'assemblage. Ou bien, ce disciple de la première à la dernière heure, à chaque fois qu'on le lui demandait, lors d'une liturgie ou lors d'une veillée en chambre haute des communautés chrétiennes, racontait de façon intarissable ses souvenirs de jeunesse. Il était capable de raconter les même discours avec des variantes, se référant aux deux ou trois cents dernières soirées intimes de la fin du parcours du Maître, dans la clandestinité, alors qu'il avait de plus en plus conscience d'une issue en impasse. Probablement, celui-ci aurait usé lui-même de ces diverses variantes. Après les aiguillages rédactionnels de ces variantes, soit dans la bouche du Maître, soit dans celle du disciple, les auditeurs étaient dans l'incapacité de les distinguer.

Un jour à la fin de l'une de ces soirées, au cours desquelles il parlait sans fin, tandis qu'un de ses propres disciples s'efforçait de retenir le propos sur le papyrus, il fallut bien que la communauté lui dise d'arrêter, afin de garder une petite place sur la fin des événements, c'est-à-dire de la passion, restant à insérer sur le papyrus. Dans ces dernières hypothèses, l'auteur présumé, était un individu d'un âge avancé pouvant recomposer des récits en se répétant de façon convenable. Chacun sait qu'à un certain âge, on n'invente plus, mais on répète assez fidèlement ce qu'on croit être vrai. Mais on peut aussi penser que cet individu était un homme dans la force de l'âge, ayant la qualité de disciple témoin des événements, peut-être l'une des « colonnes » de l'Église, selon Paul, un homme respecté de la communauté et susceptible de restituer des événements précis et des contextes géo-historiques satisfaisant tous les participants aux soirées de la communauté. De plus la version johannique semblait, à ses contemporains, assez vraisemblable par l'accrochage des thèmes entre eux et avec les événements. C'est cet exercice que nous allons nous efforcer d'achever avec le quatrième bloc rédactionnel du grand discours final.

En face de ces différentes hypothèses j'en émettrais volontiers une autre, arrivés où nous en sommes de l'analyse de l'ensemble de l'évangile, mais aussi du grand discours final emblématique.

En observant cette troisième reprise de son écriture, au Bloc 27,

1° dans le contexte d'une arrestation imminente et de la semi-clandestinité entourant cette semaine (les 6 jours de Jn 12,1), il n'est pas invraisemblable de penser que les nuits se passaient en disparaissant de la ville et en se réfugiant dans quelque jardin (Gethsémani) à dormir enroulé dans un manteau, mais après une soirée ayant occasionné de longs échanges chez un hôte discret, prêtant sa chambre haute.

2° il est invraisemblable, au contraire, dans l'hypothèse d'un grand et dernier discours aux disciples, que le Maître ait conservé par devers lui, pendant des jours et des jours, tout ce flot de paroles et de retours sur ses thèmes familiers, pour le déverser subitement et en une fois, le dernier jour, au dernier repas.

Une hypothèse peut consister à faire coïncider l'idée de ces soirées fructueuses en discours, passées avec les disciples en chambre haute, que le disciple va contracter en un seul dernier repas, avec le travail sur plusieurs unités d'écriture pouvant être réalisées chacune en une fois (un jour, ou quelques jours) et correspondant à ces blocs rédactionnels, identifiables tout au long du quatrième évangile et plus encore dans les quatre partitions du grand discours final. Chacun de ces blocs correspond à ce que pouvait préparer le disciple et à ce qu'il pouvait ensuite écrire avec son scribe/disciple, en une journée ou une soirée, ou quelques jours, avant d'être également lu comme un ensemble, lors d'une liturgie. Cette section d'écriture aurait pu ainsi correspondre à un ensemble de thèmes, à un retour sur les accents particuliers de quelques-uns de ces discours que le maître reprenait de jours en jours, lors des derniers de ces quelques 700 ou 900 discours du soir, à l'intention des disciples.

Par ailleurs, le souci du quatrième évangéliste de bâtir un plan simplifié, aboutissant sur un grand discours du dernier repas, a pu coïncider, tardivement, avec celui du Maître, bien antérieur, pressentant l'arrivée imminente de « l'heure », de construire un dîner plus solennel, avec d'une part un discours important, d'autre part le soin de réaliser une institution d'un repas à reproduire à l'avenir, déjà en construction depuis environ la moitié de son parcours, avec le signe de la distribution du pain à une grande foule. De plus, il est logique que le disciple ait voulu, comme les synoptiques, contracter tout ce contenu sur un seul discours, celui précédant les événements de la passion, même s'il lui a fallu plusieurs séquences de travail pour le constituer.

Cette hypothèse étant ainsi présentée dans son contexte, le seul élément précis et concret dont nous disposons est le texte. C'est certainement une faiblesse de cette analyse, bien qu'elle ait été confrontée maintes fois avec la Source et avec les synoptiques. Mais, une fois encore, il faut lire Jean à partir de Jean. Son unité stylistique et thématique est constatable. Derrière chacun des quatre blocs du grand discours final, il y a des thèmes qui reviennent sans fin, le retour vers le Père, le départ là où les disciples ont de la peine à l'imaginer, l'Esprit, la joie, la tristesse…

Il y a deux armatures littéraires alternatives qui ne se contredisent pas, comme on les a observées dans les discours précédents : dans l'une, le plan ou les avancées des discours sont fondés sur des questions des disciples (Blocs 25 et 27). Dans l'autre le Maître intervient d'une traite, mais avec des strophes ayant leurs propres formules d'entrée. Parmi ceux-ci le rebondissement du Bloc 26 s'explique par la nécessité d'insérer la seconde grande parabole Johannique de la Vigne et des sarments et celui du Bloc 28 par la formule pleine de convenance, consistant à faire achever le discours par une grande prière du Fils à son Père. Enfin, les deux sorties vers Gethsémani de Jn 14,31 et Jn 18,1 s'expliquent si, au départ du travail rédactionnel, il y eut plusieurs soirées et plusieurs discours fusionnés en un seul.

Retour sur la datation du quatrième évangile et la localisation de son écriture

Avec tous les éléments apportés par cette lecture de Jean à partir de Jean, on doit certainement rediscuter la datation de cette production. Ma recherche me conduit à faire remonter plus en amont ce processus d'écritures imbriqué à la Source Q. On verra, avec le Bloc 35, comment une solution, à mon avis définitive, peut être proposée comme hypothèse. Mais dès à présent, en lisant les Actes des apôtres, on peut avoir l'impression qu'au lendemain de Pâques et lors des premiers démarrages des communautés chrétiennes, une petite dizaine d'années, les années 30 à 40, ont consisté à chercher à tâtons ce qu'il fallait faire en attendant le retour imminent du Maître disparu dans les nuées. Puis vint le temps de la communauté de Jérusalem reprise en main par Jacques et le clan des frères du Maître.

Dans cette période, il en est résulté deux choses : certains disciples se sont mis très vite à rebattre la campagne à la recherche des convaincus de la première heure et des témoins des premières itinérances accomplies en Galilée et en Samarie. C'est l'épopée des premiers prédicateurs itinérants ayant suscité la première constitution des blocs de rédaction des paroles de Jésus dans la Source. Les années 40 à 50 sont ensuite celles où Paul, le converti, parcourt le monde en fondant des communautés. À peu près simultanément, viennent les années au cours desquelles Pierre conscient d'être contesté dans sa primauté par Jacques, s'oriente vers Rome où il doit finalement s'implanter, emmenant Marc et approuvant le processus d'écriture du premier synoptique.

On peut penser aussi qu'au sortir des années 50, une partie des chrétiens, les plus entreprenants ou les plus réalistes, sentent les tensions s'exacerber en Palestine et considèrent qu'il vaut mieux partir et s'exiler. Ils sont marginalisés dans les communautés juives par leur refus de plus en plus accentué de respecter les observances et par le développement du nationalisme local. Le renforcement des intégristes juifs et des partisans de la violence, dans la problématique du renouveau des royaumes juifs ne les intéresse plus. Ils développent les intuitions pacifiques du Maître, son refus d'un messianisme politique. Reconnaissant leur élimination progressive, ils découvrent qu'ils ont de nouvelles perspectives d'avenir en Syrie, en Asie autour d'Antioche et d'Éphèse ou dans la multitude des cités de la péninsule qui est devenue la Turquie.

Mais bien avant, dès les années 40-50, les premières copies de la Source puis l'évangile de Marc sont arrivées dans les communautés. Une grande aspiration s'est répandue, exigeant que soit complété le processus rédactionnel des évangiles. Parmi les trois directions que prend ce processus complémentaire de rédaction, Luc, Matthieu et Jean, ce dernier est le seul à se prétendre témoin direct de la première à la dernière heure. Le disciple de la première à la dernière heure, peut-être le premier, commence à écrire ses blocs rédactionnels, en Palestine et les achève dans ses premières années d'exil.

Mais, plus que des réfugiés ou des exilés, ces membres des communautés de Palestine qui s'en vont sont des expatriés dans le cadre d'une diaspora qui avait ses avantages. On peut mettre en relation ces départs avec les ventes de maison ou de champs cités dans les Actes 4,34. Ces transactions n'étaient peut-être pas tant fondées sur un communisme primitif que sur un processus de départ justifié par le pourrissement de la situation en Palestine.

Le plus important, après toutes ces considérations, est que le curseur de la datation de l'évangile du disciple devrait être remonté. La localisation de son écriture peut également être recherchée dans les nombreuses allusions géographiques de ses introductions de blocs et ses commentaires. Les premières peuvent se lire de Palestine, tandis que les dernières se comprennent comme des explications destinées à des lecteurs qui n'ont pas connu la Palestine.

On a deux raisons de faire remonter plus en amont la datation du quatrième évangile. En premier lieu, on pourrait penser que ce projet de réécriture consécutif à la Source ne serait pas plus tardif que les autres, si son originalité provient d'une diversité culturelle et sociale présente dès les débuts, dès le temps du Maître parmi les interlocuteurs tant du Baptiste que de celui-ci.

En second lieu, il faut s'interroger sur le fait qu'il n'y a pas de trace certaine de la chute de Jérusalem dans son texte, contrairement à ce que l'on observe selon la majorité des opinions actuelles sur les synoptiques. L'absence d'allusions apocalyptiques est également frappante dans le quatrième évangile.

Si l'on cherche des éléments de datation dans son évangile, la seule indication visible sont les deux allusions nettes à la mort de Pierre, en 66 : En Jn 13,36, dans le Bloc 25, le premier discours après la Cène : « Tu suivras plus tard. » dans un texte où la répétition « me suivre où je vais » est pour le Maître une allusion forte à sa mort. Par ailleurs la mort de Pierre est expressément citée en 21,18-19.

La seule autre piste de datation, en rapport notamment avec la destruction du Temple me semble douteuse. C'est la phrase « Détruisez ce sanctuaire et en trois jours je le relèverai. » Ce propos est à situer bien davantage en écho à toute la culture d'Israël, perpétuellement balancée, en raison des infidélités, entre les menaces d'exil, associées à la destruction du Temple, et les retours et les reconstructions de ce Temple. Dans un propos, il est plus simple de faire référence à un événement passé, la destruction de Nabuchodonosor qu'à un événement à venir qu'on ignore, la dernière destruction en 70 par Titus. Enfin, toutes les allusions aux persécutions des disciples notamment dans les discours de la fin des interventions à Jérusalem et dans le grand discours de la Cène, sont des allusions à un contexte entourant le temps des tracas dans la société juive de Palestine et les exécutions d'Étienne ou de Jacques, et donc entre 40 et 60. Tout ceci permettrait de ne pas écarter une hypothèse d'écriture commençant assez tôt et s'achevant juste avant la destruction de 70. Le seul problème est de faire concorder une connaissance par le disciple des contenus des traditions de Luc et de Matthieu qui sont évoquées comme si elles étaient connues de ses lecteurs.

Bloc 28, Le dernier bloc du grand discours en forme de prière au Père

Ce dernier élément de l'ensemble est d'une lecture extrêmement difficile en termes d'historicité. On a l'impression d'être en présence d'une « préface solennelle », cette grande prière liturgique introduisant les paroles du repas sacrificiel, dans les liturgies du christianisme depuis 2000 ans.

Il y a même, dans ce bloc, un instant où le disciple et son scribe dérapent et quittent le discours du Maître à la première personne, pour entrer dans une formule liturgique à la seconde personne. En Jn 17,2, on entend subitement une invocation liturgique de la primitive Église : « Toi, le seul vrai Dieu et celui que tu as envoyé, Jésus-Christ », formule très habituelle, dans les liturgies.

Dans son ensemble cependant, ce bloc est bien une quatrième version ou une quatrième partie du grand discours d'adieu, mais mise sous cette forme de prière et reprenant toute la thématique johannique et son style maintenant bien connus.

Une première partie décrit ce qui se passe dans cette prière, entre le Maître et le Père, au sujet des hommes qu'il a reçus de ce Père. Ce qui est décrit commence à cette « heure » mais va durer une fois le Maître parti. Une seconde partie de ce dialogue entre le Père et le Fils, décrit ce qui se passe entre le Maître, le monde et les disciples. C'est encore une réponse à la question de Jude : « Comment se fait-il que tu ne te manifestes pas au Monde, mais à nous ? » Enfin une troisième partie décrit ce qui se passe dans l'inhabitation en cascade avec laquelle nous sommes désormais familiarisés, entre le Père, le Maître, les disciples et ceux qui croiront, grâce à la parole des disciples, donc celle de l'Église de tous les temps.

Pas seulement une prière, mais encore un discours de révélation

Ce texte étant ainsi construit, nous ne sommes pas seulement devant une prière mais encore dans un discours de révélation. Même dans ce dernier bloc de discours, tout en nous reparlant des mêmes thèmes, le disciple avance encore avec de très grands pas. Par exemple, il réemploie quinze fois les mots « que tu m'as donné (ée ou és ou ées) » en lien avec les hommes, le pouvoir, l'œuvre, les paroles, ton nom, la gloire. Il réemploie six fois les mots « tu m'as envoyé », glissant même une fois vers « tu les as envoyés (les disciples). » On a une théologie très structurée sur deux axes, une théologie du monde et une théologie de l'inhabitation en cascade. On comprend que l'histoire critique et l'exégèse moderne soient embarrassées, elles qui se hérissent chaque fois que les propos du Jésus de l'histoire sont trop directement théologiques et dépassent des intuitions manifestées en actes seulement, à la façon des synoptiques.

Mais bien plus, à quatre reprises, sont constatées dans ce discours des allusions certaines et formelles à une existence intemporelle du Maître : en Jn 17,5, 11b, 23 et 24 : « De la gloire que j'avais auprès de toi avant que le monde fût » (formule d'intemporel primitif) ; « pour qu'ils soient un de l'unité qui nous (fait) un » (formule d'inhabitation intemporelle) ; « qu'ils soient parfaitement accomplis dans l'un » (formule d'intemporel partagé universel) ; « parce que tu m'as aimé dès avant la fondation du monde » (formule d'intemporel cosmique). Avec notre culture à fondements agnostiques et nos développements d'historiens critiques, nous sommes amenés à dire, comme bon nombre d'auditeurs de la synagogue de Capharnaüm, après le discours public des pains, mais pour d'autres raisons : « Il est raide ce discours. Qui peut l'écouter », comme discours historique. Nulle part ailleurs, l'influence de l'usage liturgique du texte, ne transparaît aussi clairement. Mais cet usage liturgique peut aussi bien se situer en 40 ou 50 de l'ère qu'en 110.

En effet, avec ce concept de « l'un » nous entendons un vocabulaire utilisé formellement par Plotin et son école, cent à deux cents ans plus tard, selon l'hypothèse de datation du quatrième évangile que l'on veut retenir. Plotin vit en effet de 205 à 270 et son œuvre centrale sur « l'Un », les Énnéades, est daté de 244. C'est un philosophe platonicien, tenant une école ayant fonctionné à Rome plus de 130 ans après une éventuelle rédaction tardive de cet évangile en 110-115 au plus tard.

Cependant, les théories et les thèmes de Plotin sont à mille lieues des thématiques du johannisme. Ni le disciple n'a influencé Plotin, ni Plotin n'a influencé un éventuel dernier rédacteur de cet évangile ou un copiste le modifiant par des gloses. Ces saillies surprenantes, répétées, conduisant toutes à penser que le Maître s'est imaginé avoir une existence intemporelle sous son existence d'homme du virage de l'ère, nous renvoient aussitôt à l'interrogation sur l'auteur véritable de ces propos.

Ils sont cependant parfaitement bien imbriqués dans le discours johannique et dans les rebondissements successifs des thèmes déjà entrevus dans les trois blocs précédents du grand discours en chambre haute, mais aussi dans l'ensemble de la thématique de tous les discours johanniques. On voit passer la gloire, le pouvoir sur toute chair, réminiscence du discours à Nicodème, la vie éternelle, l'œuvre, la parole, la connaissance de ce d'où « je viens », la joie en plénitude, le monde…

Cependant reporter la création de ces propos relatifs à une existence intemporelle du Maître, sur les méditations post-pascales du disciple n'apporte pas une meilleure justification de ce qu'il utilise un vocabulaire consacré ensuite, avec un autre sens, au centre de l'œuvre d'un philosophe platonicien.

Finalement pour reprendre le propos déjà entendu plusieurs fois dans ce quatrième évangile, « Le disciple n'est pas plus grand que le maître ». Il n'est pas plus apte à une telle création. Faute de trouver une réponse à nos interrogations d'agnostiques, il vaut mieux imputer ces dérapages prémonitoires au Maître qu'à l'élève. Le Maître suivait une intuition prophétique. Le disciple ne pouvait suivre que des analyses justificatrices.

C'est sur la base de ces propos entendus que pourront s'écrire les commentaires en voix off du prologue. C'est en effet, ici, le lieu du quatrième évangile, hors la formule « Avant qu'Abraham ne vint à l'existence, moi, je suis. » où apparaît, de façon à peine voilée, le contenu du premier verset du prologue évoquant si brièvement le commencement des temps. Il est évident que la jonction des livres sapientiels et des premiers textes de la Genèse autorisait des contemporains du juif Jésus à penser à cette existence initiale de la Sagesse. Mais de là à faire le transfert sur la personne du Maître, c'était une opération difficile. Elle découlait cependant des grands égos du Temple.

Suite de la IVe Partie,

La passion et les épilogues à la découverte du Maître vivant, selon le disciple

La finale de l'évangile du disciple se compose de quatre blocs factuels relatifs à la passion et de trois concernant les apparitions suivant la disparition du corps. Je pars de l'hypothèse que le premier récit composé fut celui de Marc, plus « rustique », qu'il fut copié par les deux autres traditions synoptiques. Le ou les rédacteurs de l'évangile du disciple, qui ne cherchaient pas à copier, connaissaient ces traditions. À plusieurs détails, il est manifeste que le lecteur du quatrième évangile est censé en savoir le contenu. L'intention du disciple est double, se limiter à présenter les éléments dont il estime être le témoin « véridique » et parmi eux, le ou les éléments essentiels selon lui pour une intelligibilité des événements. Donc, il élimine le reste.

Bloc 29, L'arrestation

Le contenu historique

Extrêmement court, ce bloc est composé de deux bouts de dialogues, hautement symboliques de l'attitude du Maître face à sa passion. Ils sont encadrés par une introduction temporelle et géographique et une très brève conclusion. Du point de vue de l'historicité, l'introduction livre quelques détails complémentaires aux traditions synoptiques, convenant bien à nos attentes d'observateurs du XXIe siècle. Pour ceux qui ont été sur place pour quelque pèlerinage, les expressions « pour franchir le torrent du Cédron où était un jardin » ou « se rendre de l'autre côté du torrent où… », correspondent beaucoup mieux et précisément à la situation du lieu que la formule synoptique : « Ils sortirent vers le mont des oliviers ». Suit le commentaire du rédacteur, enchaînant ce déplacement avec ceux habituels du groupe au même lieu, d'un certain intérêt pour la localisation de ces dernières nuits clandestines. Il en est de même du récit en voix off, sur le mouvement simultané de Judas. Celui-ci est d'une précision expliquant déjà la procédure qui suit et la situation politique de Jérusalem, à l'époque :

Les autorités doivent faire arrêter et déplacer le Maître par une double escouade : la cohorte romaine et les gardes dépendant des autorités du Temple. De plus le récit est illustré d'éléments descriptifs tels que le disciple s'y voit encore, et nous avec lui : cette troupe vient là avec « torches, lanternes et armes. » Un dernier mot introductif illustre le mouvement réel observé par le disciple, mais aussi l'attitude volontariste du Maître qui ne se cache nullement : il « sortit ». En un mot, il sort sur la voie bordant le jardin ou, selon le mot des synoptiques, « le domaine ».

L'arrestation se passe donc sur la voie publique, détail juridique ayant peut-être un sens alors, mais qui serait d'un grand intérêt aujourd'hui. Une arrestation dans un domaine privé exige de passer par un contact avec son propriétaire et de risquer de sa part une réticence à livrer celui dont on veut se saisir.

Par ailleurs, il faudrait peut-être traduire « sachant tout » en un vocabulaire convenant mieux à nos sensibilités psychologiques d'aujourd'hui, « ayant bien conscience de ce qui allait lui arriver. » Après le grand discours qui vient d'être remémoré, c'est une évidence. Notons pour finir que le disciple fait l'impasse sur ce que l'on appelle l'agonie et la prière souffrante dans les commentaires pleins de commisération des traditions synoptiques. La lecture du Bloc 29 nous évite de nous demander comment les disciples ont pu reconstituer ces scènes puisqu'il y est rapporté qu'au même moment ils dormaient ou se trouvaient à distance.

Les leçons voulues par le rédacteur

Le cadre étant posé, le disciple ne s'intéresse, dans son projet d'écriture, qu'à deux éléments : le premier réside dans l'utilisation « glissante » de ces deux mots « ego eimi », déjà entendus solennellement à de nombreuses reprises dans son texte. Après avoir fait le mouvement de sortir en leur direction, à leur arrivée, le Maître n'attend pas que Judas lui impose le « baiser trompeur » et prend l'initiative de demander à la troupe « Qui cherchez-vous ? » Ils répondent par cette fameuse appellation, « Jésus le Nazôréen », justifiant des commentaires et des interrogations des historiens sur ses éventuelles appartenances sectaires ou sur les premières appellations qui lui furent attribuées en fonction de sa ville d'origine. Dans ce Bloc 29, c'est la première fois qu'est reprise cette appellation qui ne le sera que trois fois dans cette finale du quatrième évangile. Questions et réponses sont échangées deux-fois en une stylisation dramatique.

Mais c'est la réponse suivante qui est l'essentiel : « ego eimi », cette banale réponse à une demande d'identité formulée par une police. Avec l'expression le Fils de l'homme, elle peut se traduire de plusieurs façons, soit tout simplement « c'est moi » ou mieux « je le suis » ou encore « je suis ». Par ce troisième sens, elle est au centre de la révélation johannique, c'est-à-dire de la révélation chrétienne vue par le disciple, comme l'ont montré les blocs rédactionnels des discours. De plus cet « ego eimi » a souvent été mis en scène, précédé des solennels « Amen, amen, je vous dis… » Mais ici, le sens est élémentaire, celui d'une réponse à un simple questionnement d'identité.

Élément intéressant en termes d'attestation multiple, un « ego eimi » se retrouve subitement dans les autres récits de passion, chez Marc 14,62, et dans les récits parallèles de Matthieu et Luc. Les synoptiques si peu attentifs à ces « égos », n'ayant pas mémorisés ces grands discours dans le Temple, en retrouvent soudain un, au moment du procès. Ces égos sont en effet essentiels pour comprendre la raison de la condamnation, le blasphème, résultant de ce jeu de mot/transfert utilisé par Jésus. Cette réponse à une question sur son identité n'était donc pas seulement de civilité courante, mais faisait peut-être allusion, une dernière fois, à ces réponses sur sa nature profonde, d'être « celui qui suis », comme le Père et comme Yahvé, réponse blasphématoire pour un juif.

Sur le plan de l'historicité générale, on peut dire que tout le seuil de transformation des histoires religieuses ayant séparé le christianisme du judaïsme repose sur le glissement de sens donné à ces deux mots, en les rapportant à un juif précis dont l'état civil était Jésus le Nazôréen. Cette révolution culturelle profonde, datée du virage de l'ère, avait été précédée par cette autre aussi importante, datée de la réforme d'Esdras et de l'écriture du Pentateuque. Elle avait attribué à Moïse la formule définissant le Dieu unique et farouche des hébreux « Je suis celui qui suis ». Les historiens se demandent donc si c'est le rédacteur ou l'intéressé lui-même qui fut l'opérateur de cette reprise à la première personne de la formule mosaïque pour un homme juif nommé Jésus, le Nazôréen.

Compte tenu des rapports de personnes qui ont pu exister entre le disciple et le Maître, transparaissant derrière les signatures de l'auteur du quatrième évangile dans ces Blocs 24, puis 30 et 32, comme on va le voir, il est peu probable que ce glissement soit le fait du disciple. Celui-ci était le gamin de la bande des disciples. On connaissait et on lui passait ses attitudes en quelque sorte adolescentes, tandis que tout permet de penser que le Maître incontesté était arrivé à maturité, après une première vie civile et laïque d'artisan du bois. Il était aussi parvenu à une grande maîtrise du parler et du « comprendre » tout aussi incontestée, « sans avoir fait les écoles ». Seul explique la complémentarité des visions et des lucidités, le fait que le fils de famille aristocratique et lettrée de Jérusalem, avait, lui, suivi les écoles. Il avait aussi fait montre d'une personnalité autonome, malgré sa prime jeunesse, en se trouvant déjà dans l'environnement du Baptiste au désert, à un âge précoce. C'était possible à l'époque, le Baptiste lui-même y ayant été envoyé enfant (Lc 1,80). Ce jeune disciple pouvait donc être porté à comprendre les notions et les nuances politico-religieuses du monde juif, mais aussi les nouveautés théologiques, tout en n'ayant pas eu la maturité pour une création aussi révolutionnaire, au cours des événements.

Il est ainsi plus vraisemblable que ce transfert, apparaissant encore une fois au moment crucial de l'arrestation, soit le fait du Maître. Sa maîtrise est soulignée par le rédacteur du Bloc 29, tentant de théâtraliser la scène, en voix off : « Quand Jésus leur eut dit : 'je le suis', ils eurent un mouvement de recul et tombèrent à terre. » Ce « epesan xamai » ne devrait pas être traduit aussi brutalement comme on le fait traditionnellement par « tombèrent à terre. » mais par le sens plus large de « epô, epomai », ils continuèrent à l'encercler mais « en se faisant modestes, à ras de terre, comme en rampant ».

N'oublions pas que ce sont les mêmes gardes du Temple qui avaient rendu compte à leurs chefs, d'une précédente tentative d'arrestation ayant échoué, parce qu'ils avaient entendu, eux aussi, ces proclamations solennelles : « Jamais homme n'a parlé comme cet homme ». Ils avaient alors été empêchés de se saisir de lui, malgré les ordres et les consignes (Jn 7,45-46).

Même encore aujourd'hui, tout fonctionnaire de police ou toute personne ayant fait un service militaire, sait que lorsqu'on participe à un combat rapproché ou à une arrestation, on risque toujours de prendre des coups et que l'on doit avancer de façon prudente, en évitant de se mettre à découvert, même en rampant, en tout cas, en se protégeant des risques de l'opération, de toutes les façons possibles. D'ailleurs, le Maître, qui était une personne particulièrement pacifique, n'était pas entouré seulement de personnes pacifiques, dans son cercle rapproché.

Le disciple veut donc faire passer une précision concourant à la théâtralisation de la scène, mais correspondant de façon bien réelle à la contradiction vécue par les gardes et observée par lui avec finesse. Alors qu'ils venaient procéder à cette arrestation, ils étaient profondément impressionnés jusque dans cette seule déclaration d'identité. Cette peinture de la force du Maître se prolonge jusque dans les derniers instants de cette arrestation, avec sa demande : « laissez partir ceux-là (les disciples). » Le rédacteur du quatrième évangile ajoute une citation, non de l'Écriture, comme on pouvait s'y attendre, mais du Maître lui-même, dans son dernier discours, signe de son autorité manifeste pour son disciple, qui n'en finit pas de se référer à sa parole de Maître : « J'ai veillé et aucun ne fut perdu, sauf le fils de perdition... », Jn 17,12.

Brève conclusion événementielle introduisant un souvenir qui va réapparaître au Bloc 30 suivant

L'arrestation vue par le disciple occasionne enfin une brève scène d'échauffourée correspondant à ce que l'on sait par le récit synoptique de Luc 22,38, indiquant que le groupe des disciples était porteur de deux glaives. Mais il minimise le résultat du coup de glaive. Selon Matthieu qui est un rédacteur de seconde main, Pierre « enleva l'oreille » de ce serviteur. Le disciple précise : « il trancha le bout de l'oreille droite », admirable détail du témoin de la première à la dernière heure. Mais sa mémoire n'avance que des souvenirs suivis. Ce serviteur appelé Malchus va apparaître de nouveau dans le Bloc 30 suivant, avec le reniement de Pierre : c'est un de ses parents qui pose à Pierre la question suscitant le second reniement, parce qu'il se trouvait lui aussi « dans le jardin » et qu'à la lumière des lanternes, il lui a semblé le voir lors de l'arrestation.

En conclusion du Bloc 29, vient une dernière information de grande valeur historique sur la double composition des forces militaires assurant l'ordre dans Jérusalem, une ville occupée depuis les temps des Maccabées : la cohorte, à la tête de laquelle on signale, cette fois, la présence du « tribun », et les « gardes des juifs » se saisissent du Maître et l'emmènent après lui avoir passé les liens.

Bloc 30, La phase juive du procès

À s'en tenir au récit du disciple, nous ne savons à peu près rien de ce procès devant les instances religieuses nationales

Une fois de plus il sélectionne ce qui lui semble essentiel et élimine le reste, sachant que le lecteur le connaît par les traditions synoptiques. Mais l'essentiel pour lui, sa présence à proximité du Maître et le reniement de Pierre, sont-ils l'essentiel pour nous ? Oui et non. Le résultat en est que sur les quatorze versets de ce bloc extrêmement bref, cinq seulement sont consacrés au sujet, le procès chez Caïphe.

Le disciple n'en retient que le refus de répondre du Maître. Il est interrogé sur « son enseignement ». Ceci nous renvoie au discours dans le Temple du Bloc 14, où est déjà traité ce thème de façon alors très peu développée. Si l'on fait référence aux travaux de J. P. Meier, cet enseignement pourrait être la halaka du Maître, c'est-à-dire ses interprétations de la loi. Elles n'avaient été abordées qu'à l'instigation des adversaires et dans des controverses. Cet enseignement n'est pas un thème important pour le Maître, selon l'opinion du disciple. Ce n'est rien à côté de la connaissance du Père par le Fils qui est communiquée à ceux qui croient en lui. Donc le Maître répond au Grand-prêtre qu'il doit chercher lui-même ce qu'il a à lui reprocher. Il a parlé ouvertement et sans secret dans les synagogues, dans le Temple et où tous les juifs s'assemblent. Qu'il interroge ceux qui l'ont entendu.

Cette réponse est reçue comme un affront par un garde qui donne un soufflet à l'accusé, trouvant une telle réponse non respectueuse de l'autorité religieuse suprême. Celle-ci est en droit d'exiger de lui des aveux. Le Maître adopte la même attitude face à ce garde qu'à l'égard du Grand-prêtre, lui demandant de lui dire en quoi il a mal parlé. C'est une reprise des discours au Temple : « Je n'ai pas péché. Dites-moi en quoi j'ai péché. »

Le seul élément souligné par le disciple est donc que le Maître réagit à la procédure en refusant de faciliter l'interrogatoire et la recherche des preuves. Ce n'est pas à lui de plaider coupable en expliquant l'enseignement qu'il a donné, maigre contenu livré par le disciple au sujet de ce procès qu'il lui aurait été donné cependant de suivre de près, de façon très exceptionnelle.

Première source d'information, la rumeur

En effet l'essentiel est ailleurs pour lui. Ce procès est l'occasion de se dévoiler un peu à nous. Ce sera pour nous le point essentiel. Tout comme les traditions synoptiques, il tient à développer comme trait essentiel le reniement de Pierre. Il va profiter de ce reniement pour signer son travail pour la troisième fois et se faire connaître comme témoin oculaire du reniement et du procès. C'est là sa différence.

Au préalable, une réflexion s'impose. Si nous avons conservé des récits de passion, il est peu douteux que le fait de la mort de l'homme Jésus puisse poser une question d'historicité. Sources païennes et chrétiennes convergent pour dire que cet individu juif à l'origine du christianisme, a été exécuté après avoir été condamné. Ce qui est plus problématique, c'est le comment et le pourquoi ces informations nous sont parvenues. Ne serait-ce que parce que, selon les récits convergents, les disciples de cet homme se sont enfuis et cachés pendant cet événement final qui risquait de les entraîner eux aussi, vers une arrestation et la mort.

La première réponse est donnée par Luc 24,18 : « Es-tu donc le seul de passage à Jérusalem qui ne sache pas ce qui s'y est passé ces jours-ci ». C'est la réponse de la rumeur. Dans ces temps anciens, fonctionnant essentiellement par transmissions orales, les petites gens vivaient beaucoup plus dans la rue, que dans des intérieurs d'habitations très élémentairement équipés. Tout se transmettait de bouche à oreille, entre les gens ordinaires, comme avec les autorités, de façon officielle ou secrète. De plus, une ville de quelques 30 000 habitants, comme pouvait l'être Jérusalem, était particulièrement adaptée à la circulation de la rumeur. Celle-ci était constituée de tous les détails que chacun pouvait avoir observés puis transmis sur un événement. Gardes, soldats romains, serviteurs et servantes, toutes sortes de gens anonymes, étaient toujours nombreux autour des quelques personnes ayant une identité plus connue, et un pouvoir quelconque. Tous constituaient et transmettaient la rumeur.

Les disciples et leurs proches, amis ou familles, n'ont donc pas tardé, de leurs cachettes, à tout savoir sur tous les événements du procès et de l'exécution sans en avoir été témoins. Ils n'ont pas tardé, non plus, à transformer éventuellement les versions de la rumeur et à créer leurs propres versions. D'où la difficulté pour l'historien. Enfin la population juive et celle de Jérusalem, comme le rappelle, à plusieurs reprises, l'auteur du quatrième évangile, étaient divisées sur ce qu'il fallait penser de ce juif, venant semer une discorde dans les traditions nationales. Le rôle essentiel et le plus important du fameux Nicodème, mis en scène trois fois par le disciple, et peut-être de quelques autres, fut non pas de participer à l'ensevelissement, mais au contraire de préciser ce qui s'était passé à partir de ce dont ils avaient été témoins au plus près, des propos et des procédures et de constituer le squelette de la rumeur. Dans toute rumeur, ce qu'ont dit ou pensé les autorités et certaines personnes haut placées, est très important pour les gens de rien.

La troisième signature du témoin oculaire

En second lieu, si nous savons quelque chose de ces événements, cela tient aux signatures laissées sur l'événement par ce disciple, à la façon des promeneurs inscrivant leurs initiales sur l'écorce des arbres. C'est peut-être lui le rédacteur du quatrième évangile. Cette hypothèse tient en une contradiction qui laissera toujours les meilleures raisons de doute aux partisans de l'agnosticisme : comment se fait-il que celui qui se prétend être le seul rédacteur-témoin direct des événements de la première à la dernière heure soit cité de façon latérale, à la troisième personne, sans une signature claire de son nom et de son identité ?

Comme le tableau XI le précise, le quatrième évangile contient dix péricopes évoquant de façon discrète et mystérieuse un « second » un « autre disciple », qui devient à partir du dernier repas, « celui que Jésus aimait », et dont il est déclaré pour finir ou qui déclare de lui-même à la troisième personne : « C'est lui le disciple qui témoigne de ces choses et qui les a mises par écrit. » Ces dix à quinze signatures, selon la façon dont on en fait le décompte, sont des signatures appuyées, le mettant en scène, avec 27 occurrences de l'appellation de disciple ou de pronoms et autres équivalents renvoyant à lui.

Tableau XI - Les signatures du disciple	
1,35	Le lendemain, de nouveau, Jean se tenait là avec deux de ses disciples. Regardant Jésus en train de marcher, il dit : « Voici l'Agneau de Dieu. »
1,37-38	Alors Jésus se retourna et, voyant qu'ils le suivaient, leur dit : « Que cherchez-vous ? » Ils lui répondirent : Rabbi (c'est-à-dire Maître), où demeures-tu? »
1,40	André, le frère de Simon-Pierre, était l'un des deux qui avaient écouté Jean et suivi Jésus.
13,23-24	À table, tout contre Jésus, se trouvait un de ses disciples, celui que Jésus aimait. Simon-Pierre alors fait signe à celui-ci pour savoir quel peut être celui dont il parle. Alors celui-ci, se renversant à même la poitrine de Jésus, lui dit : « Seigneur, qui est-ce ? »
18,15	Simon-Pierre suivait Jésus ainsi qu'un autre disciple. Ce disciple-là était connu du Grand Prêtre ; il entra avec Jésus dans le palais du Grand Prêtre. Pierre, lui, se tenait près de la porte, à l'extérieur. L'autre disciple, celui qui était connu du Grand Prêtre, sortit donc et dit un mot à la portière, et il fit entrer Pierre.
19,26	Jésus donc, voyant sa mère et, se tenant debout près [d'elle], le disciple qu'il aimait, dit à sa mère : « Femme, voici ton fils. » Puis il dit au disciple : « Voici ta mère. » À partir de cette heure, le disciple l'accueillit dans son domaine.
19,34-35	et aussitôt il jaillit du sang et de l'eau. Celui qui a vu est témoin, et son témoignage est véridique ; et celui-là sait qu'il dit vrai, pour que vous aussi vous veniez à croire.
20,2	Elle court donc et vient à Simon-Pierre ainsi qu'à l'autre disciple, celui que Jésus aimait, et elle leur dit : «on a enlevé du tombeau le Seigneur
20,3-5	Pierre sortit donc, ainsi que l'autre disciple, et ils se rendaient au tombeau. Ils couraient tous deux ensemble, mais l'autre disciple courut devant, plus vite que Pierre, et il arriva le premier au tombeau, Ayant passé la tête, il voit que les linges sont posés là ; pourtant il n'entra pas.
20,8-9	Alors entra aussi l'autre disciple, celui qui était arrivé le premier au tombeau ; il vit et il crut. En effet ils ne savaient pas encore que, selon l'Écriture, il devait être relevé d'entre les morts. Puis les disciples s'en retournèrent chez eux.
21,2	Se trouvaient ensemble Simon-Pierre, Thomas appelé Didyme, Nathanaël de Cana en Galilée, les fils de Zébédée et deux autres de ses disciples. Simon-Pierre leur dit : « Je m'en vais pêcher. » Ils lui disent : « Nous venons, nous aussi, avec toi. »

21,7	Alors le disciple que Jésus aimait dit à Pierre : «C'est le Seigneur ! »
21,20	S'étant retourné, Pierre aperçoit que marchait à [leur] suite le disciple que Jésus aimait, celui-là même qui, au cours du repas, s'était penché sur sa poitrine et avait dit : « Seigneur, quel est celui qui te livre ? » Le voyant donc, Pierre dit à Jésus ; « Seigneur, et celui-ci, quoi...? » Jésus lui dit: «Si je veux qu'il demeure jusqu'à ce que je vienne, que t'importe ? Toi, suis-moi ! »
21,23	Le bruit se répandit donc chez les frères que ce disciple ne meurt pas. Or Jésus ne lui avait pas dit : « Il ne meurt pas », mais « Si je veux qu'il demeure jusqu'à ce que je vienne ».
21,23-24	C'est lui le disciple qui témoigne de ces choses et qui les a mises par écrit ; et nous savons que son témoignage est vrai.

Ces signatures nous donnent un certain nombre de renseignements sur lui. S'il s'appelait Jean, ce n'est qu'une hypothèse, parce qu'il y a un premier Jean faisant partie des listes d'apôtres, mais qui ne correspond pas du tout avec ce disciple-là, étant fils de pêcheur du lac de Galilée. La tradition ayant attribué de façon constante ce quatrième évangile à un dénommé Jean, il faut conclure qu'il y avait deux Jean parmi les disciples, sans que cela ne soit mentionné nulle part dans le Nouveau testament. Remarquons d'ailleurs que le quatrième évangile n'emploie jamais le mot « apôtre », soit pour ne pas heurter de front les traditions synoptiques, soit parce que cet auteur qui se prétendait disciple savait qu'il n'avait pas tout à fait le rang d'apôtre, mais qu'il était accepté au rang de disciples. Selon Marc 3,13, Matthieu 10,1 et Luc 6,13, il y eut douze apôtres. Selon Luc 10,1 une nomination de 72 disciples eut aussi lieu. La différenciation n'est cependant pas certaine et peut relever d'une variante de vocabulaire.

Les signatures de ce disciple, auteur vraisemblable du quatrième évangile notent cependant une autre nuance dont on pourrait faire l'hypothèse, pour d'autres raisons. Cet autre disciple n'aurait peut-être pas pleinement bénéficié du statut des autres disciples, en raison de son âge. À ce que révèle la signature de Jn 19,26, il relève, avec les femmes, de la catégorie des personnes tolérées lors de l'exécution à proximité du supplice. Donc, ne pourrait-on pas penser qu'il appartient à cette association « des femmes, enfants et vieillards », qui de tous temps, dans les guerres et les rixes, ne sont pas dangereux, car n'étant pas en âge de prendre les armes. De même lors du procès, il insiste sur sa relation familiale avec le grand prêtre, mais ne faudrait-il pas ajouter, qu'il n'est pas tout-à-fait un disciple comme les autres, pour qu'il soit ainsi toléré, bien que traînant Pierre dans son sillage, à qui on reproche au contraire sa qualité de disciple, en tant que disciple adulte, en état de rébellion potentielle. D'ailleurs, c'est lui, Pierre, qui a tiré le glaive au jardin, ce qu'on ne pense pas à reprocher à un trop jeune homme, de surcroît proche des autorités.

Lors de la scène du dernier repas, au cours de laquelle on se bat encore pour les deux premières places sur les coussins à droite et à gauche du Maître, réservées aux disciples plus responsables ou respectables, ce disciple « aimé » est toléré, même s'il s'infiltre entre les préséances, « jusque renversé contre la poitrine du maître. » Cela prête à penser qu'étant le gamin, le mousse, il avait ce privilège parce que remplissant les petites besognes de service interne, sans revendiquer aucune préséance. Enfin les signatures de Jn 20,2 ; Jn 21,2 ; Jn 21,20 et 24 montrent ce disciple, le gamin, courant plus vite que son aîné, toujours dans le sillage de Pierre, ce qu'il semble perdurer dans la première partie des Actes des apôtres, si c'est de ce Jean-là dont il est question. Enfin cette hypothèse conviendrait à l'idée traditionnelle que le second Jean, le plus jeune au temps des événements, serait encore en vie à la fin du premier siècle, alors que les autres apôtres ou disciples seraient décédés pour diverses raisons. Il serait encore en état d'écrire ou de faire écrire divers ouvrages et son Apocalypse.

Pour finir, revenons à un ou deux derniers éléments de ce Bloc 30 : le disciple était donc « connu » du grand prêtre. Il n'a qu'un mot à dire à la « portière ». Ce fait est étonnant dans notre compréhension du statut des femmes de l'époque : que ce soit une femme qui assure ce rôle de portier d'un palais et que ce soit à elle que l'on s'adresse pour que Pierre pénètre dans la cour à l'heure d'un procès. En fait l'association portière/servante du verset 18,17 laisse entendre que le disciple ne donne qu'une variante de la tradition synoptique, faisant reposer le premier reniement de Pierre sur la question d'une servante, et aussi le second reniement chez Marc.

Bilan de ce bloc en termes d'historicité

Le contenu de ce Bloc 30 nous laisse entièrement sur notre faim pour ce qui concerne le déroulement du procès juif. Si tout le cœur du quatrième évangile ne nous avait pas démontré depuis longtemps que le Maître est accusé de blasphème, il serait incompréhensible. Et l'on devrait en rester aux informations données par les synoptiques, qui n'ont pas encore tellement développé cette question du blasphème et l'abordent de façon précise et succincte dans leur récit de la comparution chez Caïphe : ils partent de l'idée, qui est celle des premières communautés chrétiennes. Les grands prêtres cherchent des témoins qui déposeraient faussement contre lui mais n'en trouvent pas. En effet pour eux, Jésus était un homme de bien, qui faisait le bien parmi le peuple juif et qui parlait bien de Dieu. Il ne pouvait être jugé que pour le bien qu'il avait fait. Et ils n'insistent pas sur son langage révolutionnaire par rapport à la religion juive.

Ce n'est qu'après le rappel devant le grand-prêtre de la parole du Maître, lors de la scène des vendeurs chassés du temple, parole jusqu'alors seulement citée par le disciple, qu'ils en viennent à la question posée par Caïphe à laquelle Jésus répond par un dernier « Je suis ». Ils joignent alors cette déclaration avec une vision du Fils de l'homme « assis à droite de la puissance et venant sur les nuées », provoquant la fureur du grand prêtre. Ce n'est qu'alors qu'ils osent citer la faute blasphématoire. L'auteur du quatrième évangile, au contraire, qui a déjà longuement développé le blasphème, vide le procès juif de tout intérêt, omet de citer la condamnation à mort par les autorités juives, et se limite à une brève conclusion indiquant le renvoi à l'autorité romaine et le moment du point du jour.

En termes d'historicité ce bloc est donc d'un apport très limité pour l'intelligibilité de la passion mais non pour la recherche de l'identité du disciple à l'origine du quatrième évangile. Soit l'on rejette ces observations demeurant des hypothèses. Mais alors, la compréhension du contenu des leçons johanniques et leur genèse dans la pensée de leur rédacteur demeure suspendue à une construction tardive du récit, sans lien avec une construction historique. Soit l'on comprend derrière des détails significatifs comment la silhouette du jeune disciple, issu de milieux lettrés proches du pouvoir, se conjugue avec une prise de conscience progressive du Jésus de l'histoire, à l'égard des attributs de son personnage, qui fut rendue lisible de façon différente par deux capacités de lecture présentes dans son groupe de disciple.

Dans son commentaire de liaison habituel, servant de conclusion au Bloc 30 et d'introduction au Bloc 31, le disciple précise enfin un détail permettant de dater les événements de la passion au jour avant la Pâque, les autorités juives n'entrent pas dans le prétoire pour pouvoir manger la Pâque, le soir même, ce dont ils auraient été privés s'ils y entraient.

Ils auraient alors transgressé leurs règles de pureté rituelles. Nous en déduisons qu'en tant que pèlerin venu, une nouvelle fois spécialement à la fête, le Maître n'avait pas mangé la Pâque avec ses disciples lors du dernier repas. Ce sont des points d'historicité non négligeables à l'actif du quatrième évangile.

Bloc 31, Le procès devant le pouvoir romain

En préalable aux deux derniers blocs de la passion, il n'est pas inutile de revenir sur le but de mon enquête et l'état de son avancement, ainsi que sur ce qui semble guider le disciple dans son projet d'évangile. Les éléments d'historicité de son texte sont mon objectif. Il a aussi pour objectif de témoigner comme témoin historique. Je cherche à le lire à partir de son projet avoué, comportant le souci de suivre le plan de la Source, document à compléter de l'avis général à cette époque, mais aussi en suivant son propre plan thématique.

Le bloc précédent a donné l'occasion de travailler sur les signatures du document révélant, en filigrane, quel était ce témoin au moment des faits. Nous en savons un peu plus, avec le Bloc 24 des gestes du dernier repas et le Bloc 30 du procès juif. Les deux dernières scènes de la passion nous permettent d'avancer encore dans cette découverte.

Pour savoir comment et pourquoi eut lieu l'exécution du Maître, nous avons la rumeur. Mais il semblait aussi que la tentative effectuée par deux disciples pour le suivre discrètement, de loin, pouvait compléter ces informations sujettes à caution. Or après son triple reniement, Pierre se retire de la scène. Notre enquête ne repose plus que sur le gamin du groupe, toléré dans les parages du procès et de l'exécution, au même titre que les femmes, parce que considéré comme non dangereux, et par ailleurs comme un personnage transfuge appartenant aux deux côtés de l'affaire.

Finalement, il ne nous a rien dit du procès juif, ou à peu près. Il s'est servi de sa qualité de familier du pouvoir local, pour suivre avec Pierre et non pour nous communiquer les minutes du procès. Il ne s'est même pas intéressé aux rumeurs qui en avaient ensuite parlé.

Au contraire, il s'est davantage intéressé au contenu du procès devant le pouvoir romain. Son projet thématique avait déjà tout dit au sujet du procès juif, puisque selon ses commentaires des signes et discours, la décision de faire mourir le Maître était déjà prise depuis des mois. Il l'a même rappelé dans le commentaire de son Bloc 30, introduisant le procès chez Caïphe : « Grand prêtre cette année-là, ce Caïphe était celui qui avait donné conseil aux juifs : il y a intérêt qu'un seul homme meure pour la nation. » C'est un signe que le disciple conduit parfaitement son assemblage des blocs rédactionnels. Il se cite lui-même, pour avancer dans son exposé. Par ailleurs s'il n'a pas eu besoin de revenir sur la démonstration du blasphème, c'est que la chose était déjà évidente pour lui, depuis des mois.

En fait, c'est dans ce Bloc 31, situé devant les autorités de l'Empire romain que, pour le disciple, tout le procès va se rejouer, dans sa phase juive et dans sa phase romaine. Pour cela, il sélectionne à l'extrême les navettes du procès, évoquées par les traditions synoptiques, et n'en retient finalement qu'un lieu mais qui est construit sur un jeu d'entrées et de sorties, justifié par les règles formelles de pureté que les juifs s'imposent un jour précédant la Pâque.

Le texte avoue aussi une tonalité d'ironie et un jeu de mépris réciproque, de la part du disciple, visant les autorités, et de la part des autorités romaines, visant les autorités juives. Tout le récit joue sur le titre de roi qui sera aussi au centre du bloc suivant, avec l'écriteau de la condamnation, apposé sur la croix. On est frappé, enfin, par la sobriété et la précision des renseignements liés au contexte.

Les allées et venues entre le prétoire et la place, canevas du déroulement de la procédure

On a donc six groupes de dialogues et de situations successivement introduites par les entrées et sorties de Pilate et du condamné, entre l'intérieur du prétoire, où les juifs ne suivent pas et la place devant le prétoire, sur l'estrade, au lieu-dit Lithostrotos, en hébreu Gabbatha, en français « étendue, tapis, dallage de pierre » (Jn 19,13). Pilate a besoin de venir, accompagné de l'accusé, pour son dialogue avec les autorités juives, lesquelles sont les instigatrices de la condamnation.

À peine entrés dans le prétoire, ils ressortent pour entendre les accusations. Pilate voit tout de suite qu'elles sont religieuses et concernent des infractions à la loi juive. Il invite à suivre les règles de condamnation propres à cette loi. Mais les juifs demandent une condamnation à mort, selon les règles romaines. C'est le sens du commentaire que nous ne comprenons pas à la première lecture : « C'est ainsi que devait s'accomplir la parole par laquelle Jésus avait signifié de quel genre de mort il allait mourir. » À nouveau, il faut remarquer que le disciple ne cite pas les Écritures, mais une parole du Maître. En clair, cela signifie que les juifs mettaient à mort par lapidation, selon le Pentateuque, mais les romains par crucifixion, quand il s'agissait de personnes n'ayant pas la citoyenneté romaine.

Retour à l'intérieur du prétoire. Nous nous interrogeons sur la façon dont ces propos ont été enregistrés et mémorisés puisqu'aucun juif ne les a entendu, sauf si « le gamin » avait continué à faire l'accompagnement du Maître. Mais le texte ne donne aucune base pour une telle hypothèse, tout-à-fait invraisemblable. Il reconstruit son récit à partir de ce que tout le monde sait, le contenu de l'écriteau apposé sur la croix. Il situe les raisons de la condamnation sur la question du type de « royauté » dans laquelle le Maître a placé son message et dont on va voir comment elle sera retenue différemment dans la condamnation finale. En fait, dans ce dialogue imaginé entre Pilate et le Maître, le disciple comble les trous de son témoignage par des éléments retenus dans les derniers discours en chambre haute : « Ma royauté n'est pas de ce monde-ci, n'est pas d'ici. » De même, dans la seconde partie du dialogue reconstitué « Je suis venu dans le monde pour rendre témoignage à la vérité. Quiconque est de la vérité écoute ma voix. » Nous sommes encore en plein discours après la Cène. La finale prêtée à Pilate « Qu'est-ce que la vérité ? » est une réaction supposée évidente de sa part, lui qui, pour le disciple, vient du monde de la philosophie grecque stoïcienne.

La scène suivante se situe après une nouvelle sortie. Elle montre la détermination des juifs à obtenir une condamnation à mort, alors que Pilate ne trouve « aucun chef d'accusation », justifiant pour un romain une condamnation religieuse. Intervient alors, sur demande des juifs, le choix de Barabbas, pour être relâché, un « brigand » selon le disciple, qui n'était peut-être qu'un partisan de la méthode violente pour la restauration d'Israël. Selon la logique des procédures romaines, ce choix de maintenir le Maître en détention conduit à une première séance de mauvais traitements, à nouveau à l'intérieur du prétoire, donc censée connue seulement par la rumeur, dont le disciple se fait l'écho a posteriori.

La seconde phase du procès romain se déroule en trois parties. La première étape nous fait assister au célèbre « Ecce homo », « Voici l'homme ». C'est une dérision à double, triple et même quadruple sens. Le Maître vient ici représenter « l'être humain », qui selon le quatrième sens est fait pour souffrir martyrisé par ses semblables. Mais ici, il est en outre l'homme affrontant souffrances et persécutions, avec dignité.

Second sens, je l'ai fait flageller selon l'absurdité de la justice romaine, et je vous invite à le constater parce que je ne vois en lui qu'un innocent, de mon point de vue. Troisième sens « je vous rends cet individu pour que vous en fassiez ce que vous en voulez ». Le procès devant Pilate pourrait s'arrêter là.

Cependant les juifs, cette fois, précisément définis comme « les grands prêtres et les gardes » continuent à réclamer la mort, revenant au centre du blasphème, parce qu'il « s'est fait lui-même Fils de Dieu. »

Cette évocation éveille en Pilate un contexte superstitieux proprement romain. Il est soudain frappé d'une hésitation. Il rentre aussitôt dans son prétoire avec l'accusé : « D'où es-tu ? ». Le disciple continue à reconstituer le procès à partir des discours du Maitre qu'il a entendus. Ne recevant d'abord pas de réponse, Pilate insiste, invoquant son pouvoir. Le Maître saisit cette question des pouvoirs, et évoque le pouvoir qui a été « donné d'en haut » au gouverneur, ce qui explique qu'il ait été livré à sa responsabilité. Au passage, Caïphe, le grand prêtre est déclaré portant une plus grande responsabilité et un plus grand péché. Le disciple recrée le dialogue avec des lambeaux des discours que nous avons lus, notamment sur le péché des mauvais bergers qui l'avaient précédé. Pilate n'en est que plus inquiet et cherche à le relâcher.

Nouvelle sortie sur l'estrade. Les juifs se prêtent maintenant à leur propre autodérision. N'ayant pas le pouvoir de mettre à mort un homme, sous ce pouvoir romain qui les assujettit, ils vont jouer de tous les arguments, y compris s'avouer sujets de Rome, alors que dans leurs enceintes, ils ne cessent de souhaiter la libération de leur peuple et de leur terre. Pilate insiste pour les pousser dans ce jeu d'autodérision, avouant par deux fois qu'il ne voit pas de chef d'accusation.

« Les juifs » ne lâchent pas prise et cette fois font pression sur Pilate, le menaçant dans son pouvoir : « Si tu relâches celui-là, tu n'es pas un ami de César. Qui se fait roi s'oppose à César ». La scène gagne en tension et à la fois en dérision et en solennité : le gouverneur monte sur l'estrade. L'évangéliste note le jour et l'heure. Pilate va accéder à la condamnation mais précise le chef d'accusation : « Voici votre roi, » motif que ne tarderont pas de contester les autorités juives.

Finalement les autorités juives ont fait plier la justice de Pilate comme une justice faible et corrompue, puisque bien que n'ayant pas de motif valable, elle va mettre à mort un innocent, pour permettre au juge de demeurer l'ami de César. Les autorités juives s'en font les complices en criant, à l'encontre de tout ce qu'ils souhaitent : « Nous n'avons d'autre roi que César. »

De ces événements, du moins ceux qui sont survenus à l'extérieur du prétoire, le lecteur est invité à enregistrer, aux termes des versets Jn 19,14 et 19,35 « celui qui a vu est témoin », qu'un « gamin », était là, toléré dans l'ombre de la placette, ou d'une ruelle qui y débouchait, situées précisément, à vue de l'estrade du lithostrotos, « le jour de la préparation de la Pâque, vers la sixième heure. » « Et celui-là sait qu'il dit vrai, pour que vous aussi vous veniez à croire. »

Bloc 32, Du prétoire au Calvaire et au sépulcre

Le Bloc 31 du procès devant le prétoire permet de conclure à une relative ressemblance entre les éléments retenus par les traditions synoptiques et l'évangile du disciple. Les quatre évangiles ont en commun, la question : « Es-tu le roi des juifs ?», le choix de Barabbas plutôt que celui du Maître pour être libéré, les cris « Crucifie-le », la flagellation et la couronne d'épine. Le Bloc 32, au contraire, le quatrième bloc de la passion, dans l'évangile du disciple, diffère beaucoup par les éléments retenus. Les dernières paroles prononcées ne sont pas les mêmes. Le seul point commun est l'inscription de la condamnation.

Le disciple reprend sa méthode sélective et toute son indépendance, divisant son récit des dernières heures en six tableaux. Le récit est d'une sobriété extrême, y compris dans ses recherches de sens, sa théologie n'étant même pas exprimée derrière les symbolismes. Alors que les foules aiment observer et suivre les exécutions, les trois synoptiques et surtout Luc s'en font les interprètes et sont plus prolixes en détails. Le quatrième évangile est porteur d'une version des aristocraties qui se contentent de connaître ces exécutions à distance, sachant que les pouvoirs et les richesses auxquelles elles participent par elles-mêmes ou par leurs proches, sont toujours un peu pour quelque chose dans les causes des supplices.

De ce qu'il rapporte dans ce bloc, le disciple s'en déclare témoin direct, ajoutant une quatrième et une cinquième signature, cette fois des plus solennelles, aux précédentes qui se présentaient comme plus discrètes. Le contenu historique de ces six tableaux est important, même s'il n'évoque qu'en passant le lieu géographique et le supplice de deux autres crucifiés, non définis, à la différence des synoptiques.

L'écriteau et le partage des vêtements

Le premier tableau se concentre sur l'écriteau apposé sur l'instrument du supplice et donnant le motif de la condamnation. De façon légaliste, il mentionne l'état civil du condamné, c'est-à-dire son nom et son lieu d'origine, détail négligé par les synoptiques. En outre, il fait l'objet d'une contestation de la part des autorités juives. « Les grands prêtres des juifs », curieuse insistance, demandent une modification ménageant la dignité de la nation qu'ils représentent. Elle est refusée dans un mini-dialogue bien de la façon du quatrième évangile.

Mais le plus intéressant détail de ce premier tableau concerne l'attention portée aux langues dans lesquelles l'inscription est écrite. Un tel commentaire est des plus rares. C'est en effet le seul lieu des évangiles faisant mention des langues écrites et susceptibles d'être lues à Jérusalem. Le trilinguisme qu'il atteste a pour conséquence, selon le rédacteur, qu'un grand nombre de juifs purent le lire, outre le fait qu'il fut apposé à proximité de la ville.

Second tableau, le partage des vêtements du supplicié est une pratique historique très habituelle dans ces empires et dans les conflits de toutes les époques dont les armées étaient la structure politique et administrative essentielle. Les prélèvements sur les populations occupées ont toujours amélioré l'ordinaire des soldats trouvant leur solde trop réduite. Les synoptiques relatent le fait du partage des vêtements par tirage au sort. Seul le disciple qui se déclare le témoin direct de la scène, au regard particulièrement vif et lucide, développe qu'il y eut quatre parts et que la tunique qui était sans couture fut une part supplémentaire pour l'un des quatre. Il commente d'une citation du psaume 22,19. C'est la première des trois citations tendant à démontrer qu'il « fallait que l'Écriture soit pleinement accomplie ».

Une signature solennelle et le souvenir du dernier instant

Le troisième tableau, composé d'une brève introduction et de deux paroles, encore plus brèves, adressées par le supplicié, du haut de la croix à sa mère et au « disciple qu'il aimait » est cette signature confirmant les précédentes. Ce tableau atteste également de la présence de Marie de Magdala et de Marie, femme de Clopas. Cette signature confirme, à mon sens, ce que j'ai évoqué des tolérances accordées à ce disciple adolescent des milieux favorisés de Jérusalem. Il est le seul à n'avoir pas été obligé de disparaître par crainte d'une arrestation. Assimilé, en raison de son âge, à la catégorie non dangereuse des « femmes, enfants et vieillards », il se situe en outre dans une appartenance ambiguë aux deux partis de la « division » créée par les paroles blasphématoires du Maître. Cette signature nous apprend, en outre, l'existence d'un domaine appartenant à cette famille, donc à ce garçon, ou du moins son père.

Quatrième tableau, le dernier instant. On reconnaît particulièrement le style johannique en cet instant solennel. Déjà, en 13,1 au début du dernier repas, et en 18,4 au début de la scène de l'arrestation, le disciple avait indiqué que le Maître « savait que son heure était venue ». Désormais « toutes les choses sont accomplies ». Il relie cette finale de son plan thématique avec des détails communs aux traditions synoptiques, l'éponge de vinaigre, la branche prise dans un buisson d'hysope plutôt que dans une touffe de roseau. Le mot « achèvement », présent deux fois dans le commentaire introductif est mis dans la bouche du maître : « tetelestai, c'est achevé. »

Cinquième tableau, suite à un bref commentaire sur un sabbat tombant un jour de Pâque, ce fait n'arrivant que certaines années, le disciple développe la précaution de l'achèvement des suppliciés ou de ce qui sera, pour le Maître, la simple vérification de son décès. Les synoptiques n'en font pas mention, moins attachés aux règles. Dans le quatrième évangile, c'est un souci des règles, mais surtout une attention à la signification d'une dernière observation très personnelle de ce tout jeune disciple, très observateur. Il ne fallait pas que des corps suppliciés restent sur la croix, un tel jour.

Le coup de lance donné au Maître, pour le constat, introduit un souvenir des plus crus, présenté comme visuel, une sortie, du côté, de sang et d'eau. Les chrétiens habitués à la précaution rituelle du mélange d'une goutte d'eau avec le vin, ont de la difficulté à reconstruire le lien culturel réalisé par le disciple. Cependant le lecteur attentif de cet évangile devrait se rappeler les allusions aux déclarations solennelles à l'égard de ceux qui ont eu soif et « des fleuves d'eau vive qui sortiront d'eux ». Lui-même vient de s'écrier avant de mourir : « J'ai soif. » Désormais, « exelthen euthus, il sortit droit, il jaillit » du sang et de l'eau du côté du supplicié.

Même en paraissant faire de l'histoire, le disciple fait de la théologie johannique, collant de près à certains des discours qu'il a présentés, mais aussi de la théologie scripturaire. Ce jaillissement d'eau vive est repris aux images prophétiques d'Ézéchiel, avec une très grande différence : cette eau devait jaillir des portes du Temple, comme un torrent. Désormais, cela se passe, non dans le Temple, mais de l'autre côté de la ville, hors des remparts. Comme annoncé à la Samaritaine, les temples sont abolis. Le disciple nous conduit également ainsi à la théologie historico-critique, accomplissant ses premiers pas.

Ce tableau conduit par ailleurs à un long commentaire qui est une signature très particulière du disciple. En effet, il ne parle pas d'un épisode événementiel, en quelque sorte autobiographique au sens habituel. Cette signature tient seulement en ceci qu'il a fait une relation entre une chose vue, ce sang et cette eau qui jaillissent du côté, et le fait qu'il doit rappeler subitement qu'il est témoin de ce qu'il a vu, que son témoignage est véridique, qu'il a conscience au fond de lui-même de la vérité de ce qu'il dit et qu'il fait un lien entre cette chose vue, le fait de croire et le rapport aux Écritures.

En effet, ce commentaire complète la mise en scène de cette abolition des temples et des sacrifices par deux références scripturaires : l'une peut renvoyer à Exode 12,46, exigeant que les os de l'agneau pascal ne soient pas brisés, ou au psaume 34, verset 21. Le Maître est désormais le seul, le dernier, le définitif agneau pascal. L'autre référence peut être attribuée au prophète Zacharie 12,10, mais renvoie aussi à ce propos du Maître : « Quand j'aurai été élevé, j'attirerai tous les hommes à moi » de Jn 12,32, lors de l'épisode avec les grecs, mais aussi à cet « être levé de moi » de Marc 14,28.

Dernier tableau, l'ensevelissement. Le garçon de la haute classe de Jérusalem, poursuit son rôle d'intermédiaire entre deux mondes, mais il n'y est pas seul. Malgré toutes les précautions de secret et de prudence, malgré la peur des juifs, un petit nombre d'hommes, Joseph d'Arimathie et Nicodème, dont il rappelle précisément les contacts antécédents, en chambre haute, font le nécessaire pour ensevelir le corps selon la coutume, toutes précautions étant prises pour accélérer le travail, dans le temps exigé par le respect des observances de pureté. Le récit de cet ensevelissement est commun aux quatre évangiles mais seul l'évangile du disciple apporte ces commentaires relatifs aux préoccupations de pureté rituelles ainsi que ces discrètes allusions aux relations internes aux classes dirigeantes.

Bloc 33, Les surprises autour du tombeau vide

Nous sommes en face du mythe extrême des religions occidentales. Incroyants et agnostiques décrivent les raisons d'un phénomène culturel. Les croyants aussi, dans leurs analyses critiques de premier niveau. Parler d'historicité signifie faire l'histoire critique des textes qui en rapportent le contenu. Dans un second niveau de critique, les croyants du XXIe siècle ne souhaitent pas croire sans historicité possible, ou s'accorder à une foi vide de réalité. Ils pensent que cette réalité fut un instant perceptible. Mais ils ne peuvent guère aller au-delà sans se perdre dans des discussions oiseuses, telles que celles que les théologiens tridentins ont initiées sur la présence réelle.

Les récits du disciple semblent avoir connu une première fin après les Blocs 33 et 34, avec une première conclusion manifestement rédigée en Jn 20,30-31. Mais il nous a déjà habitués à lire de premières conclusions, puis à voir rebondir son texte. Dans cette finale, un troisième bloc de l'après-Pâques fut trouvé et ajouté, conduisant à une seconde conclusion.

Il n'est pas inutile de faire une lecture synoptique globale des quatre évangiles sur l'après-disparition du maître. La rumeur concernant tous ces récits et la situation créée par la découverte du tombeau vide produit une synopse nécessairement plus volatile que celle concernant la passion reposant sur des points de repères inévitables et un canevas de procédures juives ou romaines. En conséquence, les évangélistes vont fortement diverger

Le premier élément commun est la découverte du tombeau vide par les femmes. Le statut social leur confiait le rôle de s'occuper des morts et des tombeaux. Le second élément commun semble être une certaine apparition du Maître aux hommes, lors d'un ou plusieurs repas. À partir de là, chaque texte ajoute ses traits : Luc, donne les voyageurs d'Emmaüs. En tenant compte de ses deux conclusions, le disciple est celui qui ajoute le plus d'éléments.

Le court Bloc 33 est composite et comporte trois parties où l'on retrouve la poésie johannique et cette place si grande des femmes. Mais il est aussi le lieu de l'une des grandes signatures du disciple. Tous ces petits textes sont de ceux que les personnes concernées ont racontés mille fois, avant que n'intervienne la phase écrite. Les parties deux et trois de ce bloc peuvent être considérées comme les plus belles perles de ce quatrième évangile.

La découverte du tombeau vide par Pierre et le disciple

Avant d'aborder ensemble la première et la troisième partie du récit concernant le rôle des femmes, il convient de lire les versets 3 à 10 de la découverte matinale de Pierre et de « l'autre disciple »

Ce petit texte est le seul récit de cet évangile qui soit aussi circonstancié, détaillé, et en même temps d'un style très concis, enfin, apportant une conclusion centrale en terme de foi sans aucun contenu théologique, une fois n'est pas coutume dans l'évangile du disciple. Comparons ce texte avec celui de la vocation des disciples dans le Bloc 2, en Jn 1,35-51. La différence est frappante sur le plan littéraire et sur le plan du message. Alors qu'en Jn 1,35-51 tout est mystérieux, évasif, contraction de beaucoup d'éléments de compréhension, perdus ou ignorés. Ici, tout est noté et concours au but. L'autre disciple note ses attitudes, sa course, puis sa réserve, son attente du disciple plus important que lui, Pierre, son entrée après lui et les détails précis qu'il observe, la place des linges, leur mode de rangement.

La conclusion est immense, dans sa concision solennelle : « il vit et il crut. » Puis aussitôt le commentaire semble un peu décalé au regard du récit. Ce « Ils ne savaient pas encore… » concerne-t-il l'instant précédant cette vision du tombeau vide, ou l'instant précis où ils ont vu ce tombeau vide et s'en retournent « chez eux », sans en tirer encore des conclusions.

Un point très important à noter dans cette scène est que c'est un récit de non-apparition. Mais on peut se rappeler les nombreux propos du Maître dans les discours publics relatés par le disciple et dans le dernier discours en chambre haute. La situation qui y était décrite est précisément celle observée devant ce tombeau vide, une situation d'absence/présence. « Où je vais, vous ne pouvez me suivre. Je ne serai plus avec vous, mais si ! Je serai avec mon Père et vous serez en moi et moi en vous. » Si le disciple croit, c'est qu'il découvre subitement la réalisation de tout ce qu'a dit le Maître.

En un sens, ce petit récit est aussi la transposition de la perception des femmes, découvrant la disparition du corps et courant vers Simon Pierre pour lui révéler leur interrogation. C'est aussi la même que celle de Marie, hébétée, ne sachant que dire, découvrant dans le début des versets suivants que le tombeau est vide et voyant des anges vêtus de blanc, demandant où l'on a mis le corps. Le récit de la résurrection n'est pas encore commencé dans ces premiers versets du Bloc 33. Il ne commence qu'avec le verset 20, 16 et la reconnaissance de Marie s'écriant « Rabbouni ».

L'autre disciple nous introduit déjà dans la situation définitive des croyants, après le départ du Maître, auxquels il faut dire comme à Thomas : « Heureux ceux qui n'ont pas vu et ont cru » et à qui s'adresse le commentaire final de Jean 20,31 : « Ces signes ont été écrits pour que vous croyez et qu'en croyant, vous ayez la vie en son nom. »

Il va ensuite passer à des récits de résurrection, comme les autres évangélistes. Mais ces récits n'auront qu'une valeur pédagogique et temporaire. La situation définitive post-pascale est déjà décrite dans ce court passage de Pierre et de l'autre disciple au tombeau vide.

La résurrection vue par les femmes

Les textes de la passion s'étaient conclus sur le rôle des femmes. Ceux de la résurrection s'ouvrent à nouveau sur leur rôle spécialisé lors des décès. Sur la présence des femmes, deux traditions se présentent qui semblent entrer en concurrence mais que le disciple s'est efforcé d'ajouter. La découverte du tombeau vide est-il réalisé par un groupe de femmes ou par une seule, Marie de Magdala ? La présence exclusivement féminine au Golgotha allait assez bien avec la découverte collective par les mêmes. Les pleureuses ont charge de continuer à embaumer. C'était la norme sociale.

La version d'une découverte par une seule femme est au contraire une version sulfureuse, indice d'historicité. Si les premières communautés avaient pu en faire l'économie, elles l'auraient sûrement fait.

Ce n'est pas le seul élément sulfureux de ces dernières pages des évangiles. Pour un lecteur ouvrant ces textes en 2011, après divers scandales ayant secoué des Églises, le second Jean, le gamin, est aussi au centre d'une page curieuse, en tant que disciple que le Maître aimait, surtout si, adolescent prolongé, il se décrit, lui-même, sans pudeur, en Jn 13,22 et 25, à table, tout contre la poitrine, se couchant tout-à-fait sur la poitrine du Maître.

Le statut de célibataire du Maître, semble démontré par John P. Meier et l'on peut penser que dans ces sociétés antiques deux extrêmes se faisaient face : soit des sociétés patriarcales dont les règles étaient très strictes pour gérer les rapports entre personnes de même genre ou de genre différent, soit dans les rapports liés à l'esclavage où l'absence de règles morales et la dépendance totale des esclaves à l'égard des exigences des maîtres étaient la norme. Entre le disciple et le Maître, c'était plutôt le premier cas qui prévalait, même si nous peinons à interpréter ces textes et à voir comment nous pouvons les comprendre aujourd'hui.

Quoiqu'il en soit, le caractère très particulier de tels passages et le choix du disciple de ne retenir dans ses anecdotes de la résurrection que la version limitant à une seule femme la découverte du tombeau, semble sortir de la norme, d'autant plus que cet effet sera redoublé par le dialogue qui suit entre le Maître et Marie de Magdala. La version johannique semble donc prendre une autonomie par rapport aux traditions synoptiques, censées connues au moment où elle est écrite. D'autre part, le plan du disciple, retenant une série de trois parties rédactionnelles relatives à la résurrection, et le récit présentant le Maître faisant face à une seule femme, dès les premières heures de son « être levé » plaident pour, d'une part, une sorte de franchise juvénile du détail, d'autre part, pour une liberté de prophète assumée par le Maître. On se souvient des épisodes d'Élysée demandant l'hospitalité. D'ailleurs la situation d'exception de cette scène, dans les rapports de genre, est si atypique que Marie de Magdala en réfère aussitôt à Pierre le chef du groupe survivant, pour revenir à la norme.

Second élément d'historicité à noter dans ce Bloc 33, au verset 20,9, ce mot primitif « dei anasténai » « il devait être fait se lever ». Il faut le rapprocher de son semblable en Marc 16,6 « ègérthè » de « ageirô, il s'est levé ». Nous avons là, les appellations originelles de la résurrection, non encore dénommée comme telle. En Marc c'était dans la bouche de l'ange, chez le disciple, dans la sienne propre, par son bref commentaire. En un langage « premier », il traduit lui-même, dans la diversité du vocabulaire, le chemin de son évolution théologique, au cours des événements eux-mêmes.

Dans la troisième partie de ce bloc, le texte aborde l'apparition exclusive à Marie de Magdala, dont le destin l'avait conduit, notamment dans le Bloc 21, du statut de pécheresse pardonnée à celui d'admiratrice passablement affranchie des obligations familiales, osant, pour finir, embaumer vivant le futur supplicié dans une proximité mains/pieds/cheveux, mimant une scène d'amour céleste. Ici le contexte est exploité pour nous faire passer du mot disparition, le thème central de l'onction de Béthanie, comme du grand discours en chambre haute, à une « présence derrière soi » de celui que l'on découvre en se retournant sans le reconnaitre vraiment.

Après l'échange d'éclatante proximité, « Marie – Rabbouni », prénom de Femme/titre affectueux-amoureux donné au Maître, le « cesse de me toucher », laisse béat, puisqu'aucun geste explicité n'a esquissé un tel touché. Nous sommes en pleine scène mystique à la Thérèsa d'Avila, presque dans un double degré de visitation, à la fois mystique et physique, exprimée à la dérobée, avant le retour à la norme, dans la mission donnée et le résumé théologique : « Va dire à mes frères que je monte vers mon Père qui est votre Père, vers mon Dieu qui est votre Dieu. »

Le mot de conclusion : « voilà ce qu'il m'a dit. » rappelle celui de la Samaritaine. Son émotion transparaît et résonne encore des paroles entendues. En termes d'historicité, ce clair-obscur vaut probablement plus que toutes les suppositions historicisantes, pour présenter un tel mythe.

Bloc 34, Les apparitions collectives

Après le bloc des découvertes individuelles de l'absence, vient le bloc des deux rencontres collectives, tous disciples réunis, ou presque, ce qui amène son déroulement en deux temps, à cause de l'absence de Thomas à la première. Le disciple est le seul à organiser les apparitions collectives autour de deux soirées dont on peut supposer qu'il s'agissait des repas du soir des disciples, poursuivant la vie en chambre haute, , s'ils le pouvaient, comme auparavant avec le Maître.

Avec le Maître qui vient et se tient debout au milieu d'eux, la chambre haute se reconstitue tout à fait à l'identique des temps avant le procès. Luc est seul à introduire un repas avec les disciples d'Emmaüs, reprenant le repas de la Cène, puis à leur retour, à nouveau une apparition au milieu de tous les disciples réunis et le Maître demandant s'il leur restait quelque chose à manger.

Dans tous ces récits de l'instant pascal suivant l'exécution, ce qui frappe, chez tous les évangélistes, et en particulier chez le disciple, c'est la brièveté des récits, l'élimination de la plupart des descriptions. On a un symbolisme ne retenant que deux ou trois éléments jugés essentiels. Par ailleurs les traits thématiques du johannisme sont imperceptibles, se résumant à une unique formulation de la cascade, bien connue : « De par le Père qui m'a envoyé, moi aussi je vous envoie, » suivie d'un geste : « il souffla sur eux et dit : 'recevez l'Esprit Saint' ».

Xavier Léon-Dufour retient ici, dans le vocabulaire, un parallélisme johannique intentionnel dans le mot « il souffla sur eux », avec la force d'un symbole qu'autorise la version de la Septante : « énéphysésen » est ce mot, rare dans le Nouveau et l'Ancien testament, employé pour cette « nouvelle création ». C'est le même mot qui est employé par la Septante en Genèse 2,7, pour décrire la création de l'homme. Façonnant l'homme avec de la poussière du sol, Dieu « insuffla (énéphysésen) dans ses narines une haleine de vie, et l'homme devint un être vivant. » On ne dira jamais assez la dépendance de la révélation johannique et de la révélation chrétienne par rapport à la Septante. Le fait qu'un disciple originaire de la capitale ait pu lire, malgré sa jeunesse, les événements de la trajectoire du Maître, grâce à sa connaissance de l'Ancien testament, en version de Septante, et grâce à l'hellénisation du monde juif, demeure l'une des explications majeures du virage opéré par le Jésus de l'histoire, au sein d'un judaïsme modernisé par la vague d'hellénisation couvrant alors le Bassin méditerranéen.

L'ordre de remettre « aphièmi, laisser aller », les péchés ou bien de les garder, les laisser « dominer, kratéô », n'est pas du vocabulaire de confessionnal pour parler des péchés de comportement et de morale, mais concerne, on l'a vu à propos du sens du péché dans le quatrième évangile, avec le tableau X, annexé au Bloc 15, le fait de croire ou de ne pas croire dans la vie apportée par le Maître.

C'est, relié à ce sens du péché/ne pas croire, que la seconde partie du bloc aborde le double épisode de Thomas. Tout ce passage tient sur le jeu des mots incroyant/croyant, « apistos/pistos ». Thomas est invité à cesser de « se montrer incroyant, mais croyant ». Le Maître appuie cette invitation par une béatitude, une forme littéraire pratiquement absente dans le quatrième évangile, au contraire de la Source Q et des synoptiques, la béatitude « de ceux qui n'ont pas vu et ont cru ». Ils seront fort nombreux au cours des siècles.

Ce thème relie le commentaire de conclusion de ce bloc et la première conclusion finale de l'évangile du disciple, au point central du Bloc 33 précédent, le disciple qui avait vu (que le corps du maître n'était plus là dans le tombeau) mais qui avait cru. Le mot « être croyant » revient six fois dans les versets 27, 29 et 31, imposant de noter qu'il s'agit d'une attitude, d'une volonté d'être « confiant » et non d'un objet ou d'un concept, la foi, qu'on a ou qu'on n'a pas.

La première finale du disciple fait enfin le lien entre cette béatitude de ceux qui ont cru sans avoir vu et le pourquoi de son projet éditorial : bien qu'il y ait eu « beaucoup d'autres signes qui ne sont pas écrits dans ce livre, ceux-ci ont été écrits pour que vous croyez… et pour qu'en croyant vous ayez le vie en son nom. » Le disciple rédacteur a rédigé ce récit historique, dont il est le témoin, pour vous inviter à croire et à vivre.

Bloc 35, La seconde conclusion, une élégie pour la mort de Pierre

C'est de façon très organisée et avec un vrai projet se poursuivant au fil de ses reprises du travail d'écriture que le disciple a composé son évangile constitué de blocs rédactionnels. Mais l'assemblage terminal n'a pas été achevé. Les liens entre les blocs sont souvent inexistants. Ceci se manifeste, encore une fois ici, pour le passage du Bloc 34 au Bloc 35. Une ou plusieurs raisons ont conduit à vouloir faire une seconde conclusion et un dernier ajout jugé important, après une première conclusion. Cet ajout important ne pouvait qu'avoir trait à des pensées ou à un événement concernant les communautés chrétiennes ou les ayant bouleversées.

Ce second chapitre de conclusion peut être lu du côté du Maître ressuscité, remis en scène, ce qui n'apporte pas grande lumière nouvelle. Ou bien il peut être lu en remarquant que le véritable personnage remis en scène dans ce bloc est Pierre dont on évoque la mort et le genre de mort par supplice, et en second lieu, dans son sillage le personnage du « disciple que Jésus aimait ».

Au terme de cette recherche d'historicité, ce Bloc 35 nous conduit, sur cette base, à une hypothèse, si un lien est fait, comme le suggère le texte, entre cette mort et ce chapitre entièrement consacré à Pierre et à la proximité à son égard de l'autre disciple. Ce texte est vraisemblablement écrit par le disciple, en l'honneur du martyr récent du chef désigné par le Maître, survenu en 66. C'est une élégie à la mort de Pierre, composée au lendemain de la nouvelle de cette mort.

Les habitudes de lectures historico-critiques de ces deux cents dernières années, voyant dans le quatrième évangile un écrit des années 100 rendent illisibles les raisons historiques de cette seconde conclusion. Pour les abandonner, il faut avoir réglé au préalable quelques problèmes de cohérence :

J'ai d'abord avancé l'hypothèse que les particularismes de cet évangile proviennent d'une double composition sociologique du groupe des disciples. Cette idée permet de comprendre sa richesse thématique plus grande. Elle pourrait aussi permettre de remonter plus tôt sa composition. Par ailleurs, dans la scène des vendeurs chassés du Temple, qui est l'argument pour situer sa rédaction après 70, j'ai contesté l'idée que l'allusion à la destruction du Temple concernait celle de 70 par Titus. Il est plus vraisemblable de considérer qu'il était fait allusion à une destruction antérieure, et aux menaces de renouvellement d'un événement de cette nature, lesquelles étaient une thématique abondante de l'Ancien testament. Il est toujours difficile de parler d'une chose qui n'a pas encore eu lieu. Enfin, l'absence de propos apocalyptiques est flagrante dans cet évangile et le contexte des grands discours du Maître correspond plutôt aux persécutions subies par les chrétiens au sein de communautés juives maîtrisant encore la société civile, qu'à des persécutions provenant des autorités romaines, les communautés juives ayant perdu les leaderships accordés par les compromis antérieurs.

Le contenu du Bloc 35

Le contenu de ce Bloc 35 est composé en trois parties centrées sur Pierre. C'est d'abord le rappel de sa vocation, ainsi que de la première pêche miraculeuse, intégrée par Luc 5,4-11 dans le récit de cette vocation. Suit sa désignation comme pasteur général du troupeau décrite par Matthieu en 16,17-19, après sa confession de foi. Son triple reniement est évoqué par la triple question concernant son amour du Maître, en l'associant à l'annonce de son martyr. Suivent ces paroles si déterminantes dans les quatre évangiles : « Suis-moi ». Cet appel introduit la dernière signature de l'autre disciple et ce propos à double interprétation « Si je veux qu'il demeure jusqu'à ce que je vienne, que t'importe. » Cette seule formulation nous situe dans une phase relativement précoce des premières communautés en Palestine ou en diaspora, qui envisagent encore un retour rapide du Maître. Mais cet autre disciple, ne se sentant pas plus immortel que ses camarades, rectifie aussitôt la rumeur. Il n'avait pas été dit « si je veux qu'il ne meurt pas. »

Considérant tous ces éléments, mon hypothèse est rendue possible : ce bloc est écrit tout simplement juste après la mort de Pierre, comme un texte, élégie ou oraison funèbre, adressée à sa mémoire. La nouvelle de sa mort a fait rapidement le tour des communautés. Dans l'émotion générale, le disciple se sent dans l'obligation d'ajouter à son évangile un propos à la mémoire de celui qu'il considère comme le chef de toutes les communautés, dans le sillage duquel il avait été longuement placé, tout autant que celui du Maître. Ce genre d'événement et de propos sur une mort ne sont pas de ceux qui attendent et traînent longuement. J'en conclus que cette seconde finale a été écrite au plus tard en 67-68.

Pour en tirer toutes les conséquences, revenons aussi sur la localisation de l'écriture du quatrième évangile. Elle débute assez vite en Palestine après la circulation de la Source Q, celle-ci témoignant déjà de quelques passages tout à fait johanniques.

Un inventaire des nombreuses localisations essaimées dans tout l'évangile, montre qu'il y a une évolution entre celles qui ne témoignent pas véritablement de la nécessité d'être écrites hors de Palestine et celle qui montrent au contraire le souci de préciser les circonstances géographiques à l'intention de lecteurs ne connaissant pas la Palestine. Certaines localisations antérieures, avec leurs précisions, situent seulement un lieu par rapport à un autre, pour éviter une confusion entre deux lieux portant le même nom, que l'on connaît bien parce que l'on est encore dans le pays. Certaines localisations sont plutôt compréhensibles si on est en Palestine, la vocation des premiers disciples, la Samaritaine, le fonctionnaire royal, la tempête apaisée. D'autres, ensuite, témoignent d'une écriture dans la diaspora : la guérison de la fontaine de Béthesda, la résurrection de Lazare, le récit au jardin de Gethsémani, l'introduction de la fête de la Dédicace, « en hiver. »

On arrive à cette chronologie correspondant à un départ de chrétiens, dont le disciple, ne se situant plus à l'aise dans les conflits du retour à un judaïsme militant et rebelle, à partir de la seconde moitié du 1er siècle. Marginalisés, suivant les traditions pacifistes reçues du maître, ils se décident à émigrer. Ils vendent leurs biens, ce dont témoignent les Actes, et rejoignent volontairement les éléments de leurs familles implantées dans la diaspora. L'écriture des blocs du quatrième évangile s'est donc engagée en Palestine et s'achève, selon la tradition, dans la zone Antioche/Éphèse. Toutes les deux écrites dans cette zone, la première conclusion serait antérieure à la mort de Pierre et la seconde lui serait immédiatement postérieure.

Revenons aux quatre scènes s'emboitant l'une dans l'autre. C'est d'abord une reprise des traditions renvoyant les visions du ressuscité en Galilée. Après l'indication des anges au tombeau vide : « Il vous précède en Galilée, là vous le verrez... », le disciple retourne encore une fois à son projet de combler quelques lacunes. Il vient réparer le fait qu'aucun autre récit d'apparition ne semble se situer en Galilée.

Pour le contenu thématique, il est manifeste qu'une ou plusieurs raisons ont conduit à vouloir faire deux ajouts ayant trait à la communauté des disciples, on dirait aujourd'hui ecclésiologiques. D'une part, une « grande pêche » à laquelle sont appelés les disciples, symbolise le grand développement de la trace du Maître pour conclure cet évangile. D'autre part, la place de Pierre donnant suite aux demandes du Maître, dans ce développement, est confirmée en style johannique, à toutes les étapes du bloc. L'image du pasteur est transférée sur lui, avec une réminiscence appuyée du commandement d'amour. On a encore l'impression d'être dans les lendemains du grand discours en chambre haute.

Certains exégètes ont envisagé l'hypothèse qu'il n'y ait eu qu'une pêche miraculeuse, placée en des moments différents par Luc et le disciple, en donnant la préférence à la version de Luc. Il est difficile de départager les deux thèses. Ici, la liste des présents ramène aux débuts du quatrième évangile, mais dans un style johannique bien connu. Nathanaël réapparaît subitement alors qu'on ne l'avait vu qu'en Jean 1,46. Le disciple mentionne pour la première fois les fils de Zébédée, sans les nommer, présents à la première pêche. Il n'était pas tellement en sympathie avec eux.

Dans cette seconde pêche miraculeuse, c'est encore le « disciple que Jésus aimait » qui a la plus grande acuité et la sensibilité la plus fine pour reconnaître « le Seigneur » le premier. Il fait bondir Pierre dont on sait depuis longtemps qu'il est généralement en décalage par rapport aux événements. Avec le triple « Pais les agneaux, Pais mes brebis, » on se rappelle aussi que Pierre a eu quelques difficultés pour asseoir son autorité sur la jeune communauté. Les fils de Zébédée ont exprimé de plusieurs façons qu'ils étaient candidats à sa place et surtout, dans la première décennie, Jacques le frère du Seigneur est passé en force devant lui. Il était absolument nécessaire pour le disciple de rappeler sa prééminence, à l'heure où ce bloc est écrit.

Une énigme persiste enfin, les 153 gros poissons, dont on n'a jamais retrouvé la signification. Pierre est martyrisé à Rome, étant l'un des envoyés ou des anciens, le pasteur de cette communauté. On pourrait penser que ce chiffre évoque quelque chose dans cette communauté. Peut-être serait-ce le nombre de chrétiens résidant à Rome, où, conformément aux habitudes, on compte le nombre d'hommes déclarés. Avec les femmes, la communauté comprendrait donc environ 300 personnes, et davantage avec les enfants. Remarquons au passage que l'allusion laconique au type de supplice dont fut victime Pierre n'éclaire pas le lecteur du XXIe siècle, même si elle pouvait être évidente à l'écrivain et au lecteur du premier siècle. Mais ici aussi la communication sur les significations est coupée, sauf si l'on s'appuie sur les traditions des siècles intermédiaires.

C'est d'autre part un texte cohérent avec les analyses selon lesquelles la Source Q correspondrait bien avec des traditions de communautés galiléennes. Ce signe du repas « eucharistique » réalisé avec le pain et les poissons et non avec le pain et le vin, utilise les éléments dont disposent des pêcheurs. Enfin on a aussi perdu le sens du chiffre de trois concluant le texte en commentaire : ce fut la troisième manifestation aux disciples après que Jésus se fut « réveillé d'entre les morts ». Cet élément de valeur symbolique est associé, formule très primitive pour évoquer la résurrection, à « egertheis », comme en Jn 11,11, à propos de Lazare…, se lever, s'éveiller d'un sommeil, verbe à mettre en parallèle avec le « anastènai », se lever, de Mc 8,31 et 9,10

Les dernières signatures du disciple

Le second sujet d'observation ayant une incidence en termes d'historicité est que ce Bloc 35 est secondement émaillé d'allusions à l'autre disciple. Celui-ci continue à utiliser des formules à la troisième personne pour parler de lui-même. On peut observer, dans ce Bloc 35, trois de ses dernières signatures : l'une intégrée dans la pêche miraculeuse, l'autre dans la prophétie sur la mort de Pierre et sa survie à lui, enfin les remarques de conclusions. Cette façon mystérieuse de procéder n'a cessé dans toutes les étapes de son évangile. Quant à son âge, au moment d'écrire ce Bloc 35, on pourrait considérer qu'il a environ 50 ans, s'il en avait 15 à 18 au cours de l'année 30. Comme toujours, le disciple est dans le sillage de Pierre. Ils se suivent dans les premières étapes de la passion, au tombeau et ils se suivent encore étroitement dans cet ajout.

Pour de simples conclusions d'historicité, ce Bloc 35 est d'abord un mauvais point pour le disciple. S'il est capable de trouver subitement trois épisodes particulièrement significatifs pour composer un discours funèbre et ajouter un chapitre à son livre, n'est-il pas capable de les inventer, ou simplement de les copier dans les traditions synoptiques, en changeant les lieux et les chronologies ? Ne se permettrait-il pas, sans regrets, de déplacer la pêche miraculeuse après la résurrection, ou d'en rédiger une seconde en quelque sorte, uniquement pour les besoins de la communauté ? Pour se faire pardonner, en matière de profusion de signes, comme ses commentaires ont réponse à tout, il précise pour finir qu'il aurait encore de nombreux souvenirs à sortir de l'oubli, si l'occasion s'offrait encore à lui : « Il est encore beaucoup d'autres choses que Jésus a faites… », qui ne sont pas dans ce livre.

Mais ce sont surtout les allusions du commentaire final qui sont intéressantes, encore formulées à la troisième personne et sans nommer l'auteur, comme ce fut toujours le cas dans son livre. Mais ici on se demande vraiment si c'est lui qui parle ou son ou ses disciples/scribes. Ce commentaire confirme d'abord qu'il s'agit bien d'un témoignage de choses vues et entendues par lui. Il est le témoin de la première à la dernière heure. Déjà dans la conclusion précédente, en Jn 20,30, était évoqué « ce livre » et beaucoup d'autres signes faits en présence des disciples qui n'y sont « pas écrits ».

Cette seconde conclusion ne semble pas écrite bien longtemps après. Elle ne veut pas en reprendre à nouveau les commentaires les plus importants, en particulier sur le fait que ces écrits devaient conduire à croire et avoir la Vie. Elle reprend seulement le thème du témoignage du disciple et la mention nouvelle que c'est lui « qui les a mises par écrit ». Cela peut encore avoir deux sens. Il a tenu la plume ou bien il a produit ces textes en faisant tenir la plume par ses disciples. Mais le sens premier aurait été qu'il a tenu lui-même la plume.

Ce terme de « mises par écrit » est réitéré au conditionnel au verset 25 suivant. Telle est donc la véritable seconde conclusion de ce quatrième évangile, conclusion de forme et non de théologie, mais conclusion de forme avec une certaine emphase volontaire. D'abord par cet ajout à la première personne du pluriel, émanant donc des disciples/scribes : « et nous savons que son témoignage est vrai. » C'est la première fois qu'ils apparaissent formellement. Puis par cette évocation de la dimension du « monde » qui ne pourrait contenir tous les livres que le disciple pourrait écrire avec son témoignage.

Nous notons cependant un curieux glissement entre ces trois formes verbales, l'une à la troisième personne, à laquelle le disciple nous a habitués en parlant de lui à la troisième personne, tout au long de son texte. Mais nous observons l'apparition de ce « nous » final des disciples du disciple certifiant le message de leur maître écrivain. Enfin dans l'alignement de ce pluriel de la première personne, survient un singulier, « oimai, » « à mon avis, je pense ». L'un des disciples a voulu signer la dernière phrase et la signer, lui, tout seul, sans cependant nous laisser également son nom. Ce n'est que par la rumeur que le nom de Jean viendra s'impliquer dans ce travail.

Fin d'une étude

Le rajeunissement exceptionnel d'une œuvre fondamentale, déjà vieille de deux mille ans, à l'origine de notre culture

Ce travail n'appelle pas de conclusion. Il présente une hypothèse. Ce n'est qu'une ouverture. Sera-t-elle admise ? Ou bien, va-t-elle soulever des foules d'objections ?

Sa première utilité serait que le quatrième évangile, de lecture difficile, retrouve un regain d'intérêt et un canal de lecture lui redonnant une historicité et donc une actualité, dans ces débuts d'un XXIe siècle fondé sur une culture agnostique. Que l'on soit animé par des prérequis d'incroyance, d'agnosticisme ou de croyance, ce texte pourrait retrouver une grande saveur et réveiller nos interrogations.

Par ailleurs cette hypothèse redonne un exceptionnel « coup de jeune », à un rabbi Jésus, jeune rural galiléen, exécuté pour blasphème, en 30 de notre ère, vers les 34 ans. Il avait pris conscience de ses intuitions prophétiques, en présence d'un jeune lettré de 16 à 18 ans, issu des classes sociales favorisées de la capitale et ayant « fait les écoles ». Celui-ci écrira son évangile entre 40 et 66-67, date de sa seconde conclusion, ayant donc entre 28 et 54-55 ans, dans ces années-là. Peut-être ne saura-t-on jamais si ce disciple a écrit ses 35 blocs rédactionnels en 5 ou 15 ans, soit à raison de 7 par ans ou de 2 à 3.

Ce travail n'aurait pas voulu être d'accès difficile et érudit, susceptible de n'intéresser que des chercheurs ou des amateurs de curiosités anciennes. Mais le sujet n'est pas facile. J'ai voulu rédiger le cheminement de cette hypothèse, en la poussant jusqu'au terme des 35 blocs rédactionnels, mais en cherchant à m'adresser à un lectorat relevant de la culture désormais générale. Pour faciliter la compréhension de l'histoire de cette rédaction, on peut se reporter au texte présenté en annexe, avec sa présentation par blocs.

Mais surtout cette hypothèse de lecture est simple. Elle reporte sur ce quatrième évangile les hypothèses formées pour la Source Q, rédigée par blocs et avec un plan qui a servi à ce ou ces nouveaux auteurs cherchant rapidement à la compléter, mais en sélectionnant un vaste projet thématique dans une masse de données orales, portées par les communautés.

Celles-ci sont, peut-être, au nombre de 15 à 30, réparties sur le bassin méditerranéen, comportant chacune de 20 à 300 membres. Elles n'avaient pour tout capital que des souvenirs oraux. Affrontées à la nécessité de passer à l'écrit, elles ont produit un premier texte de brèves citations, constitué d'une dizaine de blocs rédactionnels d'environ une page chacun.

Elles ont ensuite exigé que soient lancées des rédactions un peu plus importantes, dans un contexte d'analphabétisme où seuls quelques rares individus sont en état d'écrire. Parmi les disciples du Maître, un individu seulement, peut-être deux, en étaient capables. L'un d'entre eux, un disciple non nommé, mais qui se met en scène, à plusieurs reprises, à la troisième personne, que l'on appellera plus tard Jean, a rédigé ce « faux dernier évangile ». Il a adopté la même technique d'écriture par blocs, pour un ouvrage d'une ampleur à peu près quatre fois celle de son modèle. L'écriture de Matthieu et de Luc semble avoir abouti quelques années plus tard, toujours à la demande des communautés, mais avec des techniques plus complexes de composition et avec des témoins de seconde main.

Voici le schéma assez simple à partir duquel j'invite chacun à découvrir ou redécouvrir cet évangile qui par ailleurs contient une foule de perles d'historicité, de littérature et de théologie.

Les raisons d'une amnésie ou d'une occultation durable et complexe

Nous pouvons nous demander pourquoi cette hypothèse a été si difficile à imaginer, alors que dans notre fond culturel occidental, nous lisons cet évangile depuis vingt siècles et alors que des exégètes réformés ont avancé l'hypothèse de la Source Q depuis 170 ans. C'est qu'il s'est trouvé de nombreuses raisons qui demeurent la vraie question au terme de ce travail.

Dans nos consciences d'hommes et de femmes de la modernité, nos prérequis croyants, agnostiques ou incroyants, qui voudraient ouvrir de nouvelles grilles de lectures plus proches de la vérité, s'affrontent de façon durable à des prérequis hiérarchiques. Ceux-ci font qu'avant de nous laisser aller à nos dynamiques de curiosité, de recherche, de révolte ou de résistance, nous intégrons débord dans nos pensées ce que nous ont appris les hiérarchies économiques, politiques et religieuses des sociétés qui ont précédé, ainsi que celle dans laquelle nous vivons.

Il en résulte que nous nous résignons, pour la plupart, à ne plus rien penser du tout sur un grand nombre de sujets, ou à nous situer dans une attitude de désintérêt ou de refus général. C'est aujourd'hui le fond des crises politiques, économiques et religieuses qui obscurcissent le paysage cognitif réel et médiatique qui nous entoure. Mais cela vient de toute une longue histoire.

Pendant des siècles, des hypothèses inverses à celle que je viens de présenter, ont donc dominé la conception du quatrième évangile. Elles partaient de l'idée d'une construction tardive, embrayant savamment sur les constructions dogmatiques des siècles suivants. Dans les temps de la critique moderne cette idée a entrainé la nécessité d'échafauder d'obscures successions de réécritures telles que Marie Émile Boismard a tenté d'en produire pour faire concorder ce texte avec une production des années 100 de l'ère.

Par-dessous cette amnésie et cette occultation, deux choses ont été rendues obscures pendant des siècles : la question des trois langues parlées par le maître Jésus et ses disciples, dans le contexte d'une géopolitique d'occupation et d'un multiculturalisme polyethnique de la Palestine, datant de longs siècles et subsistant au tournant de l'ère.

Secondement a été, à mon avis, volontairement occulté le fait que la révélation chrétienne s'est réalisée, pour l'essentiel de sa thématique, dans un regard croisé, traversant une fracture de classes sociales, entre une Galilée populaire, rurale et artisanale et une aristocratie lettrée et hellénisée de Jérusalem et de la diaspora, sous l'autorité de petites royautés également hellénisées, se partageant le pays. Ce regard croisé et cette fracture ont pu être portés, approfondis et rendus d'une lecture intelligible par un adolescent observant un blasphème et une scission culturelle grave, en train de s'exprimer entre un jeune Rabbi, laïc rural, dans la pleine force de ses 30-34 ans, suivant ses intuitions prophétiques profondes, et les autorités et les aristocraties locales.

Mais l'explication sociale et la réalité de cette fracture sont devenues rapidement une perspective négative insupportable, justifiant amnésie et occultation pendant des siècles.

Cette fracture et cette scission se sont réalisées à travers des dérapages, et des proclamations, survenant lors de controverses. Pendant ce temps une partie très importante des auditeurs et des disciples eux-mêmes du Maître s'attardaient dans une lecture populaire et rurale teintée de nationalisme religieux. Cette rupture et le Maître qui en a été à l'origine, étaient plus complexes que ce que l'époque était capable d'admettre et de mémoriser, si ce n'est dans ce prétendu quatrième évangile d'un jeune témoin lettré.

Des siècles de lecture croyante ont donc été incapables de lire cette dramaturgie et ont éprouvé le besoin de l'occulter, derrière l'image d'un vieil apôtre de premier rang, mûrissant sur le tard, un récit qui aurait été, en fait, les premiers pas d'une dogmatique. Ce vieil apôtre a endossé la posture de tous les vieux hiérarques, évêques ou patriarches, qui ont dominé la société de chrétienté tant civile que religieuse, à l'image d'un « Dieu le Père » encore plus vieux, à barbe et chevelure blanche, manifesté également par un Verbe, vieux comme le monde, dont il aurait été au principe créateur.

Parce que la société politique, le développement des moyens matériels, les besoins sacrés de religion, n'étaient pas en état de porter un regard plus frais et plus proche de la réalité, des siècles ont voulu cacher que ce visage vieilli de la théologie était faux ou incomplet. Il était surtout nécessaire pour sacraliser les compromis et les collusions réalisées entre le pouvoir hiérarchique religieux et le pouvoir impérial politique, puis les divers pouvoirs royaux et princiers. Ces collusions devaient pouvoir s'appuyer sur une précompréhension des évangiles, s'accordant mieux à la sacralisation et à la sacerdotalisation du mixte prétendant cimenter la pyramide sociale.

Les facteurs de mise en place de cette amnésie et de cette occultation

Seconde question, comment cette occultation et cette amnésie de la fraîcheur adolescente du quatrième évangile et de la dynamique et puissante jeunesse du Maître ont-elles pu se mettre en place ?

D'abord, le disciple y est pour quelque chose. Il a souhaité garder une personnalité quelque peu mystérieuse et n'a pas voulu révéler son nom. Il n'a pas pu rendre un peu plus clair son rapport aux autres disciples, comme gamin du groupe et comme jeune lettré lucide d'une haute classe. Mais pouvait-il faire autrement ? La véracité de son témoignage reposait sur cette nécessaire réserve et discrétion, qu'il a tenu à conserver comme une marque de fabrique au sein des premières communautés, se mettant à écrire une à trois dizaines d'années après les événements fondateurs.

La problématique du Maître lui-même fut aussi pour une grande part dans le déclenchement de cette occultation. Sa révélation dû se déjouer constamment des déviations qu'on tentait de lui imposer, vers un parcours nationaliste, restaurateur et conservateur. Le cheminement de ses intuitions et de ses dérapages, l'explosion intime de ses égos, étaient à la mesure de sa question identitaire qui, initialement, n'était pas lisible dans un livre. Il fallait les repérer dans un clair-obscur, dans la compréhension progressive de son parcours et du développement de son chemin vers l'heure, qui était l'heure d'un procès et d'une exécution. Cette étape cruciale résultait elle-même de la collusion antérieure des pouvoirs religieux et politiques d'une société coloniale.

Ensuite le grand coupable de cette occultation fut Eusèbe de Césarée. Nous tenons de lui cette idée d'un dernier évangile rédigé tardivement. Ses résumés simplificateurs, étaient à destination d'un peuple croyant mais analphabète. Il ne fallait surtout pas l'accabler par des vérités complexes et pleines de nuances. Cette conception a promu les intérêts de toutes les hiérarchies épiscopales des siècles ultérieurs en même temps que ceux des empereurs romains convertis au christianisme, dont il s'est fait le biographe et le panégyriste de cour, simultanément à la production d'une histoire ecclésiastique.

Enfin ce Dieu, tel qu'il apparaît dans son passé de vingt siècles de christianisme, n'était pas pour rien, lui-même aussi, dans cette occultation. Il nous a envoyé son Fils pour qu'il soit la lumière des hommes et qu'il éclaire tout homme qui croit. Mais il nous produisait aussi, lentement, une Église des siècles obscurs, une Église de la terre, une chrétienté et une dogmatique correspondant aux intérêts des compromis et des collusions des temps.

Ils étaient adaptés à une société qui, dans son ensemble, n'était pas capable de supporter mieux. Ce Dieu se devait d'abord, pendant vingt siècles, d'être un Dieu dont la foi devait s'imposer à 100%, à un peuple de chrétienté, pénétré de la lumière de vérités simples, enseignées à des hommes simples, par une double hiérarchie d'enseignement et de contraintes.

Ce Dieu a été, et sera peut-être encore longtemps, le Dieu obscur de tous les siècles obscurs, dépourvus de sécurité sociale, de gouvernance universelle, d'instruction obligatoire ainsi que de systèmes de paix générale, si bien que des millions d'enfants continuent à mourir de malnutrition ou de soins insuffisants dans les déserts ou les savanes, ou dans des hôpitaux sous-équipés et qu'une vie de misère continue de hanter la majorité de la population du globe, soumise aux marchés des capitaux et des richesses. Il est le dieu qui patiente devant les turpitudes de toutes les ambitions politiques, guerrières et financières. Il laisse les autorités sacrées des religions ne rien dire, ou pas grand-chose, face aux collusions des ordres, des hiérarchies et des accaparements des fruits du travail des pauvres.

Derrière cette divergence fondamentale entre la théologie des siècles obscurs et celle qu'il faudrait entrevoir aujourd'hui, il n'y a pas qu'une différence d'attitude, liée à des questions d'âge ou à des structures hiérarchiques. Il y a aussi des divergences théologiques profondes. La théologie johannique était probablement beaucoup plus portée sur l'immanence que sur la transcendance, du moins beaucoup plus équilibrée entre l'une et l'autre. D'autre part, le johannisme primitif des années 30 à 50 de l'ère, était une étape, à la fois première et extrêmement brève, d'une religion sans temple, sans prêtres, sans dogmes, sans culpabilité et sans compromissions avec les pouvoirs du monde, d'où d'immenses champs théologiques originels… encore à redécouvrir.

Aujourd'hui s'offre à nous la découverte matérialiste du johannisme et de son historicité. Elle résulte de la passion d'une foi adolescente et de la jeune force d'un Maître, sortant de façon imprévue et incompréhensible de son village et de son autodidaxie trilingue. Elle offre le bonheur de découvrir, au terme de tant de siècles de religions obscures que les égos du Jésus de l'histoire peuvent toujours être entendus, grâce à l'écriture inachevée d'un texte produit probablement en « s'apprenant à écrire » dans les années 40 à 68.

Puisse cette hypothèse des 35 blocs rédactionnels de l'évangile du disciple, permettre de comprendre à nouveau la jeunesse, les perles d'historicité, les mots premiers, jaillissants de façon exceptionnelle, de ce petit livre présenté dans les pages qui suivent.

Annexe,
L'Évangile du disciple et ses blocs rédactionnels

Bloc 1

PROLOGUE ($^{1,1\text{-}18}$)

[1]Au commencement était le Logos
et le Logos était auprès de Dieu
et il était Dieu, le Logos.
[2]Celui-ci était au commencement auprès de Dieu.
[3]Tout fut par lui
et sans lui rien ne fut.

En ce qui fut fait [4]Il était la vie
et cette vie était la lumière des hommes.
[5]Et la lumière luit dans la ténèbre
et la ténèbre ne l'a point arrêtée.

Le témoignage du Baptiste

[6]Il y eut un homme
envoyé d'auprès de Dieu :
son nom était Jean.
[7]celui-ci vint pour le témoignage :
qu'il témoigne de la lumière
afin que par lui tous croient.
[8]Celui-là n'était pas la lumière,
mais qu'il témoigne de la lumière.

Le Logos est venu à la rencontre des hommes

[9]Il était la lumière véritable
qui, en venant dans le monde,
illumine tout homme.
[10]Il était dans le monde
et le monde fut par lui
et le monde ne le connut pas.
[11]Il vint dans son domaine
et les siens ne l'accueillirent pas.
[12]Mais à tous ceux qui l'accueillirent
il leur donna de pouvoir devenir enfants de Dieu.
à ceux qui croient en son nom
[13]eux qui, non par les sangs
ni par un vouloir de la chair
ni par un vouloir d'homme,
mais de Dieu furent engendrés.

[14]Et le Logos devint chair
et il demeura parmi nous
et nous avons vu sa gloire,
gloire de Fils unique (envoyé) d'auprès du Père,
rempli de la grâce de (la) vérité.

Jésus Christ a montré le Dieu invisible

[15] Jean lui rend témoignage
et il s'écrie :
« C'était celui dont j'ai dit :
' Celui qui vient après moi
est au-dessus de moi,
car avant moi il était.'»
[16]Oui, de sa plénitude nous avons tous reçu :
grâce pour grâce,
[17]car la Loi fut donnée par Moïse,
la grâce de la vérité fut par Jésus Christ.
[18]Dieu, personne ne l'a jamais vu,
le Fils unique, Dieu qui est vers le sein du Père
celui-là l'a raconté.

Bloc 2

LE TÉMOIGNAGE DU BAPTISTE ET UN TRANSFERT DE DISCIPLES (1,19-51)

Première journée avec des autorités de Jérusalem

19Et tel est le témoignage de Jean lorsque, de Jérusalem, les juifs
lui envoyèrent des prêtres et des lévites pour l'interroger :
«Qui es-tu ? »
20Et il reconnut et il ne nia pas, et il reconnut :
« Ce n'est pas moi le Christ »

21Et ils l'interrogèrent :
« Alors quoi ? Es-tu Élie ?»
Et il dit:
«Je ne le suis pas.»

«Es-tu le Prophète ?»
Et il répondit :
«Non.»
22Ils lui dirent alors:
«Qui es-tu, que nous donnions réponse à ceux qui nous ont
envoyés. Que dis-tu de toi-même ? »
23Il déclara :
« Moi ? La voix de celui qui crie dans le désert :
Rendez droit le chemin du Seigneur,
selon ce qu'a dit Isaïe le prophète. »
24Et les envoyés étaient des pharisiens. (C)

25Et ils l'interrogèrent et ils lui dirent :
« Alors, pourquoi baptises-tu, si tu n'es ni le Christ, ni Élie,
ni le prophète ? »
26Jean leur répondit en disant :
« Moi, je baptise dans l'eau.
Au milieu de vous se tient
quelqu'un que vous ne connaissez pas,

[27]celui qui vient après moi,
dont je ne suis pas digne, moi,
de dénouer la lanière de sa sandale. »

(L)[28]Cela se passa à Béthanie au-delà du Jourdain, là où Jean était à baptiser.

Seconde journée, le Baptiste identifie Jésus comme le Messie

(T)[29]Le lendemain,
il aperçoit Jésus venant vers lui, et il dit :
« Voici l'Agneau de Dieu
qui enlève le péché du monde.
[30]C'est celui dont j'ai dit, moi :
'Après moi vient un homme
qui est au-dessus de moi,
parce qu'avant moi il était.'
[31]Et moi, je ne le connaissais pas,
mais c'est pour qu'il fût manifesté à Israël
que je suis venu,
moi, baptisant dans l'eau. »

[32]Et Jean témoigna en disant :
« J'ai vu l'Esprit descendre,
telle une colombe venant du ciel,
et il est demeuré sur lui.
[33]Et moi, je ne le connaissais pas,
mais Celui qui m'a envoyé baptiser dans l'eau,
celui-là m'a dit :
'Celui sur lequel tu verras l'Esprit
descendre et demeurer sur lui,
c'est lui qui baptise dans l'Esprit Saint.'
[34]Et moi, j'ai vu et je témoigne
que c'est lui le Fils de Dieu. »

Des disciples du Baptiste invités à suivre Jésus *(1,35-51)*

35Le lendemain, de nouveau,

Jean se tenait là avec deux de ses disciples. 36Regardant Jésus en train de marcher, il dit :

« Voici l'Agneau de Dieu. »

37Les deux disciples l'entendirent ainsi parler

et ils suivirent Jésus.

38Alors Jésus se retourna

et, voyant qu'ils le suivaient, leur dit :

« Que cherchez-vous ? »

Ils lui répondirent :

«Rabbi

(c'est-à-dire Maître),(C)

où demeures-tu? »

39Il leur dit:

« Venez et vous verrez. »

Ils vinrent donc et virent où il demeurait, et ils demeurèrent auprès de lui ce jour-là;

(T)c'était environ la dixième heure.

40André, le frère de Simon-Pierre, était l'un des deux qui avaient écouté Jean et suivi Jésus.

41Il rencontre en premier lieu son frère Simon et lui dit :

« Nous avons trouvé le Messie

(ce qui signifie le Christ). »(C)

42Et il l'amène à Jésus. Le regardant, Jésus dit :

« Tu es Simon, fils de Jean ;

tu seras appelé Képhas

(ce qui veut dire Pierre). »(C)

(T)43Le lendemain

[André] avait décidé de partir pour la Galilée, et il rencontre Philippe. Jésus dit à celui-ci :

« Suis-moi! »

44Philippe était de Bethsaïde,
la ville d'André et de Pierre. (C)

45Philippe rencontre Nathanaël et lui dit :

« Celui dont Moïse a écrit dans la Loi, ainsi que les prophètes, nous l'avons trouvé : c'est Jésus, le fils de Joseph de Nazareth. »

46Nathanaël lui répondit :

« De Nazareth peut-il sortir quelque chose de bon ? »

« Viens et vois»,

lui dit Philippe.

47Jésus vit Nathanaël qui venait à lui et il dit à son sujet :

« Voici vraiment un Israélite sans détour ! »

48Nathanaël lui dit :

« D'où me connais-tu ? »

Jésus lui répondit :

« Avant que Philippe t'appelât,
quand tu étais sous le figuier, je t'ai vu. »

49Nathanaël reprit :

« Rabbi, tu es le Fils de Dieu ! Tu es le Roi d'Israël ! »

50Jésus répartit :

« Parce que je t'ai dit
que je t'ai vu sous le figuier, tu crois !
Tu verras mieux encore. »

51Et il lui dit :

« En vérité, en vérité, je vous le dis,
vous verrez le ciel ouvert
et les anges de Dieu monter et descendre
sur le Fils de l'homme. »

Bloc 3

À CANA, LA NOCE AUX NOMBREUSES THÉMATIQUES, PREMIER BLOC DE SIGNE(2,1-12)

(T+L)[1]Et le troisième jour il y eut une noce à Cana de Galilée,
et la mère de Jésus était là. [2]Jésus aussi fut invité à la noce, ainsi que ses disciples. [3]Comme le vin manquait, la mère de Jésus lui dit :

« Ils n'ont plus de vin. »

[4]Jésus lui dit :

« Qu'y a-t-il entre toi et moi ?
Femme, n'est-elle pas encore arrivée mon heure? »

[5]Sa mère dit aux servants :

« Quoi qu'il vous dise, faites-le ! »

[6]Or il y avait là six jarres de pierre, destinées aux purifications des juifs et contenant chacune de quatre-vingts à cent litres.[7] Jésus leur dit :

« Remplissez d'eau ces jarres. »

Ils les remplirent jusqu'au bord. [8]Il leur dit :

« Puisez maintenant
et portez à l'intendant du festin. »

Ils [lui en] portèrent. [9]Quand l'intendant du festin eut goûté l'eau devenue vin

(il ne savait pas d'où cela venait,
tandis que les servants savaient,
eux qui avaient puisé l'eau),(C)

l'intendant du festin appelle le marié [10]et lui dit :

« Tout homme offre d'abord le bon vin et, quand on est gris,
le moins bon. Toi, tu as gardé le bon vin jusqu'à présent. »

[11]En faisant à Cana de Galilée ce prototype des signes,
Jésus manifesta sa gloire,
et ses disciples se mirent à croire en lui.(C)

(T+L)[12]Après cela, il descendit à Capharnaum,
ainsi que sa mère, ses frères et ses disciples, et ils n'y demeurèrent que peu de jours.

Bloc 4

ACTION DIRECTE DANS LE TEMPLE (2, 13-22)

(T+L)13La Pâque des Juifs était proche, et Jésus monta à Jérusalem
14Et il trouva dans le Temple les marchands de bœufs, de brebis et
de colombes, ainsi que les changeurs en place. 15Faisant un fouet
avec des cordes, il les chassa tous du Temple, ainsi que les brebis
et les bœufs ; il jeta par terre la monnaie des changeurs et renversa
leurs tables. 16Quant aux marchands de colombes, il leur dit :

« Enlevez ça d'ici !
Cessez de transformer la maison de mon Père
en une maison de commerce ! »

17Ses disciples se rappelèrent qu'il est écrit :

« Le zèle pour ta maison me dévorera. » (C)

La thématique des destructions du temple et de la ville largement présente dans les textes vétéro-testamentaires

18Les juifs prirent donc la parole et lui dirent :

« Quel signe peux-tu nous montrer pour en agir ainsi ? »

19 Jésus leur répondit :

« Détruisez ce sanctuaire et en trois jours
je le relèverai ! »

20Les juifs répliquèrent :

« C'est en quarante-six ans que fut bâti ce sanctuaire, et toi, en trois jours tu le relèveras ! »

21Or celui-ci parlait du sanctuaire qu'est son corps.
22Lors donc qu'il fut ressuscité d'entre les morts,
ses disciples se rappelèrent qu'il avait dit cela,
et ils crurent à l'Écriture et à la parole que Jésus avait dite.(C)

Bloc 5

LE DIALOGUE EN CHAMBRE HAUTE AVEC NICODÈME (2,23-3,21)

(T+L)[23]Comme il était à Jérusalem durant la fête de Pâque,
beaucoup crurent en son nom en voyant les signes qu'il faisait.
[24]Mais Jésus, lui, ne se fiait pas à eux
parce qu'il les connaissait tous,
[25]et parce qu'il n'avait pas besoin
que quelqu'un témoigne sur l'homme,
car lui-même connaissait ce qu'il y avait dans l'homme.(C)

[3,1]Or il y avait parmi les pharisiens un homme, qui s'appelait
Nicodème, un des notables juifs. [2]Il vint de nuit à lui [Jésus]. Il
lui dit :

« Rabbi, nous le savons, c'est de la part de Dieu que tu es venu comme un maître : personne en effet ne peut faire les signes que tu fais si Dieu n'est pas avec lui. »

[3]Jésus répondit et lui dit :

« En vérité, en vérité, je te le dis :
si quelqu'un n'est pas engendré d'en haut,
il ne peut pas voir le royaume de Dieu. »

[4]Nicodème lui dit :

« Comment un homme peut-il être engendré quand il est vieux? Peut-il entrer une seconde fois dans le sein de sa mère et être engendré? »

[5]Jésus répondit :

« En vérité, en vérité, je te le dis :
si quelqu'un n'est pas engendré d'eau et d'Esprit,
il ne peut entrer dans le royaume de Dieu.
[6]Ce qui est né de la chair est chair,
ce qui est né de l'Esprit est esprit.
[7]Ne t'étonne pas si je t'ai dit :
il vous faut être engendré d'en haut.

La micro-parabole du vent

8 Le vent souffle où il veut; et sa voix, tu l'entends,
mais tu ne sais ni d'où il vient ni où il retourne.
Ainsi en est-il de quiconque est né de l'Esprit. »

9 Nicodème répondit et lui dit :
« Comment cela peut-il se faire? »
10 Jésus répondit et lui dit :
« Tu es maître en Israël et cependant
tu ne sais pas cela !
11 En vérité, je te le dis :
nous parlons de ce que nous savons
et nous témoignons de ce que nous avons vu,
et cependant vous n'accueillez pas
notre témoignage !
12 Si quand je vous dis les choses de la terre
vous ne croyez pas,
comment croirez-vous
si je viens à vous dire les choses du ciel ?

la micro-parabole vétéro-testamentaire du serpent, l'élévation du Fils de l'Homme

13 Oui ! Nul n'est monté au ciel
hormis celui qui est descendu du ciel,
le Fils de l'homme.
14 Et comme Moïse éleva le serpent dans le désert,
ainsi faut-il que soit élevé le Fils de l'homme,

Le Fils donné au Monde

15 afin que tout homme qui croit ait par lui
la vie éternelle.
16 Car Dieu a tant aimé le monde
qu'il a donné son Fils unique,
afin que quiconque croit en lui ne se perde pas,

mais ait la vie éternelle.
[17]Car Dieu n'a pas envoyé son Fils dans le monde
pour juger le monde,
mais pour que le monde soit sauvé par lui.
[18]Qui croit en lui n'est pas jugé ;
qui ne croit pas est déjà jugé,
parce qu'il n'a pas cru
au nom du Fils unique de Dieu.

La réaction des hommes face à la lumière

[19]Et le jugement, le voici :
la lumière est venue dans le monde
et [cependant] les hommes ont aimé les ténèbres
de préférence à la lumière,
car leurs œuvres étaient malignes.
[20]Car quiconque accomplit le mal hait la lumière
et ne vient pas à la lumière,
afin que ses œuvres ne soient pas dévoilées ;
[21]mais celui qui fait la vérité vient à la lumière,
afin qu'il soit manifesté que ses œuvres
sont opérées en Dieu. »

Bloc 6

COMME DANS LA SOURCE Q, UN SECOND BLOC SUR LE BAPTISTE, (3.22-4,3)

(T+L)[22]Après cela, Jésus vint avec ses disciples au pays de Judée, et là il séjournait avec eux, et il baptisait. [23]Jean aussi était à baptiser, à Aenon près de Salim, car les eaux y abondaient et les gens se présentaient et ils étaient baptisés. [24]Jean, en effet, n'avait pas encore été jeté en prison.)

Suite à une discussion avec un juif, la joie du Baptiste

[25]Il y eut donc une discussion entre les disciples de Jean et un juif à propos de la purification ; [26]ils vinrent à Jean et lui dirent :

« Rabbi, celui qui était avec toi au-delà du Jourdain,
celui à qui tu as rendu témoignage, le voilà qui baptise,
et tous viennent à lui ! »

La micro-parabole du cueilleur primitif

[27]Jean répondit :
« Un homme ne peut rien prendre
si cela ne lui a été donné du ciel.
[28]Vous-mêmes, vous témoignez que j'ai dit :
'Ce n'est pas moi le Christ',
mais je suis envoyé devant lui.

La micro-parabole de l'ami de l'époux

[29]Celui qui a l'épouse est l'époux ;
mais l'ami de l'époux qui se tient là et qui l'entend
est ravi de joie à la voix de l'époux.
Telle est ma joie, la mienne, et elle est en plénitude.
[30]Il faut que celui-là croisse et que moi je diminue.

Le dernier témoignage du Baptiste

[31]Celui qui vient d'en haut est au-dessus de tous.
Celui qui est de la terre est terrestre
et il parle de façon terrestre.
Celui qui vient du ciel [32]témoigne
de ce qu'il a vu et entendu.
Or son témoignage, nul ne l'accueille.
[33]Celui qui accueille son témoignage
certifie que Dieu est véridique.
[34]En effet celui que Dieu a envoyé
parle les paroles de Dieu
[et] il ne donne pas l'Esprit avec mesure.
[35]Le Père aime le Fils et il a tout remis en sa main.
[36]Celui qui croit en le Fils a la vie éternelle,
celui qui refuse de croire au Fils ne verra pas la vie,
mais la colère de Dieu demeure sur lui. »

Conclusion géo-historique du Bloc 6

4,1Quand le Seigneur reconnut que les pharisiens avaient entendu dire que Jésus faisait plus de disciples et en baptisait plus que Jean

2bien qu'à vrai dire Jésus lui-même ne baptisât point,
mais ses disciples,(C)

(T)3il quitta la Judée et s'en retourna en Galilée.

4Il lui fallait traverser la Samarie(C).

Bloc 7

LA SAMARITAINE (4,5-42)

(L)5Il vient donc dans une ville de Samarie, appelée Sychar,
près du champ que Jacob avait donné à son fils Joseph. 6Là se trouvait la Source de Jacob. Jésus donc, fatigué par la marche, était assis à même la source.

(T)C'était environ la sixième heure.

Premier dialogue avec la femme samaritaine, autour du puits, de l'eau et de la soif

7Une femme de Samarie vient pour puiser de l'eau. Jésus lui dit :
« Donne-moi à boire ! »

8Ses disciples en effet s'en étaient allés à la ville pour acheter des provisions. 9La femme samaritaine lui dit donc :
« Comment ! Toi qui es juif, tu me demandes à boire, à moi qui suis une femme samaritaine ! »
Les Juifs en effet ne se servent pas d'objets
en commun avec les Samaritains.(C)

10 Jésus répondit et lui dit :
« Si tu connaissais le don de Dieu
et qui est celui qui te dit : « Donne-moi à boire ! »,
c'est toi qui l'aurais prié,
et il t'aurait donné de l'eau vive. »

11 Elle lui dit :

« Seigneur, tu n'as pas de seau, et le puits est profond. D'où
l'as-tu donc cette eau vive ? 12 Serais-tu plus grand, toi, que
notre père Jacob qui nous a donné ce puits et y a bu lui-
même, ainsi que ses fils et ses bêtes? »

13 Jésus répondit et lui dit :

« Quiconque boit de cette eau aura soif à nouveau,
14 mais qui boira de l'eau que je lui donnerai
n'aura plus soif, jamais ;
l'eau que je lui donnerai deviendra en lui
source d'eau jaillissante en vie éternelle ! »

15 La femme lui dit :

« Seigneur, donne-la-moi, cette eau, que je n'aie plus soif et que je ne vienne plus ici pour puiser. »

Second dialogue sur l'adoration en vérité et la fin des temples

16 Il lui dit :

« Va ! Appelle ton mari et viens ici. »

17 La femme répondit et lui dit :

« Je n'ai pas de mari. »

Jésus lui dit :

« Tu as bien dit : « Je n'ai pas de mari »,
18 car tu as eu cinq maris
et celui que tu as maintenant n'est pas ton mari.
En cela, tu dis vrai. »

19 La femme lui dit :

« Seigneur, je vois que tu es prophète. 20 Nos pères ont adoré sur
cette montagne et vous dites, vous : c'est à Jérusalem qu'est le
lieu où il faut adorer. »

21 Jésus lui dit :

« Crois-moi, femme : elle vient l'heure
où ce n'est ni sur cette montagne
ni à Jérusalem que vous adorerez le Père.
22 Vous adorez, vous, ce que vous ne connaissez pas ;

nous adorons, nous, ce que nous connaissons,
parce que le salut provient des juifs.
[23]Mais oui ! elle vient l'heure, et c'est maintenant,
où les véritables adorateurs adoreront le Père
en esprit et vérité,
car le Père cherche de tels adorateurs :
[24]Dieu est esprit et ceux qui [l']adorent,
il faut qu'ils adorent en esprit et vérité. »

Première expression d'un égo du Seigneur

[25]La femme lui dit :
« Je sais que le Messie doit venir, celui qu'on appelle Christ ; quand il viendra, il nous dévoilera tout. »
[26]Jésus lui dit :
« C'est moi, celui qui te parle. »

La mission et la moisson qui nourrit, troisième étape du Bloc 7

[27]Là-dessus vinrent ses disciples, et ils étaient étonnés de ce qu'il
parlât avec une femme. Pourtant pas un ne dit : « Que cherches-tu
?» ou « De quoi lui parles-tu ? »
[28]Alors la femme laissa sa cruche
et s'en fut à la ville. Et elle dit aux gens :
[29]« Venez voir un homme qui m'a dit tout ce que j'ai fait; ne serait-ce pas le Christ ? »
[30]Ils sortirent de la ville et ils venaient à lui.
[31] Entre temps les disciples le priaient, en disant :
« Rabbi, mange donc ! »
[32]Mais il leur dit :
« Moi, je me nourris de ce que vous,
vous ne connaissez pas. »
[33]Les disciples se disaient donc entre eux :
« Quelqu'un lui aurait-il apporté à manger ? »
[34]Jésus leur dit :
« Ma nourriture, c'est de faire la volonté de Celui qui m'a envoyé et de porter son œuvre à son achèvement.»

La parabole de la moisson abondante

[35]Ne dites-vous pas :
« Quatre mois encore, et la moisson vient ? »
Voici que je vous dis :
Levez les yeux et regardez les champs :
ils sont blancs pour la moisson.
Déjà [36]le moissonneur reçoit sa récompense
et il rassemble sa récolte dans la vie éternelle,
de sorte que semeur et moissonneur
se réjouissent ensemble.
[37]Car en ceci le dicton est vrai :
« Autre est le semeur, autre le moissonneur ».
[38]Moi, je vous ai envoyés moissonner
là où vous n'avez pas travaillé ;
d'autres ont travaillé et vous,
vous êtes survenus dans leur travail. »

Conclusion géo-historique enrichie d'un commentaire des samaritains

[39]De cette ville, de nombreux Samaritains crurent en lui à cause de la parole de la femme qui témoignait :

« Il m'a dit tout ce que j'ai fait »

[40]Quand donc les Samaritains vinrent à lui, ils le prièrent de demeurer chez eux. Il y demeura deux jours. [41]Et c'est en bien plus grand nombre qu'ils crurent à cause de sa parole à lui. [42]Et ils disaient à la femme :

« Ce n'est plus à cause de ce que tu as dit que nous croyons : nous avons entendu nous-mêmes et nous savons que c'est vraiment lui le Sauveur du monde. »

Bloc 8

SECOND SIGNE À CANA, LA GUÉRISON DU FILS DU FONCTIONNAIRE ROYAL (4,46-54)

(T+L)[43]Après ces deux jours [en Samarie], il partit de là pour la Galilée.

[44]Jésus en effet avait attesté lui-même qu'un prophète
n'est pas honoré dans sa propre patrie(C).

[45]Quand donc il arriva en Galilée, les Galiléens l'accueillirent, ayant vu tout ce qu'il avait fait à Jérusalem lors de la fête

car eux aussi étaient allés à la fête.- (C)

(T)[46]Il alla donc de nouveau à Cana en Galilée, où il avait fait que l'eau devienne du vin.

[46]Il y avait [là] un fonctionnaire royal dont le fils était malade, à Capharnaüm. [47]Apprenant que Jésus était arrivé là de Judée en Galilée, il s'en alla vers lui et il le priait de descendre et de guérir son fils, car il était sur le point de mourir. [48]Jésus lui dit alors :

« Si vous ne voyez signes et prodiges,
vous ne croirez sûrement pas. »

[49]Le fonctionnaire royal lui dit :

« Seigneur, descends avant que ne meure mon petit enfant ! »

[50]Jésus lui dit :

« Va ! Ton fils vit. »

L'homme fit confiance à la parole que Jésus avait dite, et il se mit en route.

[51]Déjà il descendait, quand ses serviteurs venant à sa rencontre lui dirent que son enfant vivait. [52]Il s'informa auprès d'eux de l'heure à laquelle il s'était trouvé mieux. Ils lui dirent :

« C'est hier, à la septième heure, que la fièvre l'a quitté. »

[53]Le père reconnut donc que c'était à cette heure-là que Jésus lui avait dit :

« Ton fils vit. »

Et il crut, lui et sa maison tout entière.

[54]Tel fut le second signe que Jésus fit encore
quand il vint de Judée en Galilée.(C)

Bloc 9

LA GUÉRISON DU HANDICAPÉ DE LA PISCINE

(5,1-18)

(T+L)[1]Après cela, il y eut une fête des juifs, et Jésus monta à Jérusalem.

[2]Or il est à Jérusalem, près de [la porte des] brebis, une piscine appelée en hébreu Béthesda, qui a cinq portiques. [3]Sous ceux-ci gisait une multitude d'infirmes : aveugles, boiteux, impotents qui attendaient le bouillonnement de l'eau.

[4]Car l'ange du Seigneur descendait
à certains moments dans la piscine et agitait l'eau ;
le premier qui y entrait après que l'eau avait été agitée
recouvrait la santé,
quelle que fût sa maladie. (C)

[5]Or il y avait là un homme atteint de son infirmité depuis trente-huit ans. [6]Jésus, le voyant étendu et sachant qu'il était dans cet état depuis longtemps déjà, lui dit :

« Veux-tu devenir sain? »

[7]L'infirme lui répondit :

« Seigneur, je n'ai pas d'homme pour me porter dans la piscine quand l'eau vient à s'agiter et, le temps que moi j'y aille, un autre descend avant moi. »

[8] Jésus lui dit :

« Lève-toi, emporte ton grabat et marche! »

[9]Et aussitôt l'homme devint sain et il emporta son grabat, et il marchait.

[9b]Or c'était le sabbat en ce jour-là. [10]Les juifs disaient alors à celui qui avait été guéri :

« C'est sabbat ! Il ne t'est pas permis de porter ton grabat.»

[11]Il leur répondit :

« Celui qui m'a rendu sain, celui-là m'a dit : 'Emporte ton grabat et marche!' »

[12]Ils l'interrogèrent :

« Quel est l'homme qui t'a dit : 'Emporte et marche !'? »
13Mais celui qui avait été guéri ne savait pas qui c'était ; Jésus avait disparu, car il y avait foule à cet endroit.

(T)14Après cela,
Jésus le trouve dans le Temple et il lui dit :
« Te voilà devenu sain ! Ne pèche plus,
de peur qu'il ne t'arrive quelque chose de pire ! »
15L'homme s'en alla et il annonça aux juifs que Jésus était celui qui l'avait rendu sain.

Premier commentaire de Jésus en réponse aux juifs

16À cause de cela, les juifs poursuivaient Jésus, parce qu'il faisait ces choses durant le sabbat. 17Mais il leur répondit :
« Mon Père travaille toujours et moi aussi je travaille.»
18À cause de cela,
les juifs n'en cherchaient alors que davantage à le tuer,
parce que non seulement il déliait le sabbat,
mais encore il appelait Dieu son propre Père,
se faisant lui-même l'égal de Dieu.(C)

Bloc 10

LE PREMIER GRAND DISCOURS DE CONTROVERSE DANS LA FOULE (5,19-47)

Première partie à la troisième personne sur le travail de vie du Père et du Fils,

19 Jésus répondit donc et il leur disait :
« Amen, amen, je vous le dis :
de lui-même le Fils ne peut rien faire,
si ce n'est ce qu'il voit le Père en train de faire ;
ce que Celui-ci vient à faire,
le Fils le fait aussi pareillement.

[20]Oui ! le Père aime le Fils
et il lui montre tout ce qu'il fait ;
et il lui montrera des œuvres
encore plus grandes que celles-ci,
de sorte que vous en serez étonnés.

La vie même pour les morts,

[21]En effet, de même que le Père relève les morts
et les fait vivre,
ainsi le Fils, lui aussi, fait vivre qui il veut.

Le thème du jugement

[22]Le Père en effet ne juge personne :
le jugement tout entier il l'a remis au Fils,
[23]de sorte que tous honorent le Fils
à la mesure dont ils honorent le Père,
qui n'honore pas le Fils
n'honore pas le Père qui l'a envoyé.

Seconde partie du discours à la première personne

[24]Amen, amen, je vous le dis :
qui écoute ma parole
et croit à Celui qui m'a envoyé,
a la vie éternelle;
il ne vient pas en jugement,
mais il est passé de la mort à la vie.

Le thème de l'heure et l'eschatologie du quatrième évangile

[25]Amen, amen, je vous dis que l'heure vient
— et c'est maintenant —
où les morts entendront la voix du Fils de Dieu
et ceux qui l'auront écoutée vivront.
[26]De même que le Père a la vie en lui-même,

ainsi il a donné au Fils d'avoir,
lui aussi, la vie en lui-même
27 et il lui a donné pouvoir d'exercer le jugement,
parce qu'il est Fils d'homme.

28 N'en soyez pas étonnés,
car l'heure vient
où tous ceux qui sont dans les tombeaux
entendront sa voix,
29 et ils en sortiront :
ceux qui auront fait le bien
pour une résurrection de vie,
ceux qui auront fait le mal
pour une résurrection de jugement.

30 Je ne puis rien faire de moi-même ;
à la mesure de ce que j'écoute, je juge,
et mon jugement est juste,
parce que je ne cherche pas ma propre volonté
mais la volonté de Celui qui m'a envoyé.

Troisième partie, les témoins et la question du témoignage

31 Si moi je me rends témoignage à moi-même,
mon témoignage ne vaut pas.
32 Un autre me rend témoignage
et je sais qu'il vaut, le témoignage qu'il me rend.

33 Vous avez envoyé auprès de Jean,
et il a rendu témoignage à la vérité.
34 Moi, toutefois, ce n'est pas d'un homme
que je reçois le témoignage,
mais je dis ces choses pour que vous soyez sauvés.
35 Jean était la lampe qui est allumée et qui brille,
mais vous, il vous a plu d'exulter de joie
un moment à sa lumière.

Le témoignage par les œuvres et par le Père

[36]Moi cependant le témoignage que j'ai
est supérieur à celui de Jean :
les œuvres que le Père m'a données
afin que je les mène à terme,
ces œuvres mêmes que je fais
témoignent à mon sujet que le Père m'a envoyé.

[37]Oui, le Père qui m'a envoyé,
lui, a rendu témoignage à mon sujet;
mais sa voix vous ne l'avez jamais écoutée,
sa face vous ne l'avez jamais vue,
[38]et sa parole vous ne l'avez pas qui demeure en vous,
puisqu'à celui qu'il a envoyé vous ne croyez pas.

Le témoignage par les Écritures et par Moïse

[9]Vous scrutez les Écritures
parce qu'en elles vous pensez avoir la vie éternelle ;
et ce sont elles qui témoignent à mon sujet !
[40]Pourtant vous ne voulez pas venir à moi
pour avoir la vie !
[41]La gloire, je ne la reçois pas des hommes.
[42]D'ailleurs je vous connais :
L'amour de Dieu, vous ne l'avez pas en vous-mêmes.
[43] Je suis venu, moi, au nom de mon Père,
et vous ne m'accueillez pas ;
qu'un autre vienne en son propre nom,
celui-là vous l'accueillez.
[44]Comment pouvez-vous croire,
vous qui, recevant la gloire les uns des autres,
ne recherchez pas la gloire
qui provient du Dieu unique ?

[45]Ne pensez pas que c'est moi
qui vous accuserai auprès du Père :

votre accusateur, c'est Moïse
en qui vous mettez, vous, votre espoir.
46Car si vous croyiez Moïse, vous me croiriez aussi ;
c'est en effet de moi qu'il a écrit.
47Mais si vous ne croyez pas à ses écrits,
comment croirez-vous à mes paroles ? »

Bloc 11

LE RÉCIT CENTRAL DE LA MULTIPLICATION DES PAINS (6,1-15)

(T+L)1Après cela, Jésus s'en alla de l'autre côté de la mer de Galilée, vers la région de Tibériade.

2Une foule nombreuse le suivait, parce qu'on avait vu les signes qu'il faisait sur les infirmes.

3 Jésus gravit la montagne, et là il s'assit avec ses disciples.

(T)4La Pâque, la fête des juifs, était proche.

5Levant alors les yeux et voyant qu'une nombreuse foule vient à lui, Jésus dit à Philippe :

« D'où achèterons-nous des pains
pour que mangent ces gens ? »

6Il disait cela pour le mettre à l'épreuve,
car il savait, lui, ce qu'il allait faire. (C)

7Philippe lui répondit :

« Deux cents deniers de pain ne suffiraient pas pour que chacun en reçoive un petit morceau. »

8Un de ses disciples, André, le frère de Simon-Pierre, lui dit :

9« Il y a ici un jeune garçon qui a cinq pains d'orge et deux petits poissons; mais qu'est-ce que cela pour un si grand nombre ?»

10Jésus dit :

« Faites-les s'étendre, ces gens. »

Il y avait beaucoup d'herbe à cet endroit. Les hommes s'étendirent alors, au nombre d'environ cinq mille. 11Alors Jésus prit les pains et, ayant rendu grâces, il les distribua aux convives; pareillement aussi pour les petits poissons, autant qu'ils en voulaient. [12]Quand ils furent repus, il dit à ses disciples :

« Rassemblez le surplus des morceaux
afin qu'aucun ne soit perdu ! »

[13]Ils rassemblèrent donc et remplirent douze couffins avec les morceaux, provenant des cinq pains d'orge, qui étaient restés de ce qu'ils avaient mangé.

[14]Alors les gens, voyant le signe qu'il avait fait, disaient :

« Celui-ci est vraiment le Prophète qui doit venir dans le monde ! »

[15]Alors Jésus, sachant qu'ils allaient venir
et s'emparer de lui pour le faire roi, (C)
(L)se retira plus avant dans la montagne, seul.

Bloc 12

LA NUIT SUR LE LAC (6,16-24)

(T+L)[16]Quand vint le soir, ses disciples descendirent à la mer [17]et, montés dans une barque, ils allaient de l'autre côté de la mer, à Capharnaüm.

Et déjà l'obscurité s'était faite et Jésus n'était pas encore venu à eux. [18]La mer se réveillait au souffle d'un grand vent. [19]Alors, après avoir ramé environ vingt-cinq ou trente stades, ils voient Jésus marcher sur la mer et s'approcher de la barque. Et ils eurent peur.
[20]Mais il leur dit :

« C'est moi ! Cessez d'avoir peur ! »

[21]Alors ils voulaient l'accueillir dans la barque, lorsqu'aussitôt la barque se trouva au rivage, là où ils se rendaient.

(T+L)[22]Le lendemain,

la foule restée de l'autre côté de la mer...
ils virent qu'il n'y avait là qu'une seule barque et que Jésus n'était pas entré dans le bateau avec ses disciples, mais que seuls ses disciples étaient partis. Mais des barques vinrent de Tibériade, auprès de l'endroit où l'on avait mangé le pain après que le Seigneur eut rendu grâces. [24]Lors donc que la foule vit que Jésus n'était pas là ni ses disciples non plus, elle monta dans les barques

Bloc 13

LE SECOND BLOC DE DISCOURS DEVANT LES FOULES, LE DISCOURS SUR LE PAIN, GRAND ET UNIQUE DISCOURS GALILÉEN (6,24-71)

Introduction ; pour quelle nourriture me cherchez-vous ?

(L)et vint à Capharnaüm,

recherchant Jésus. [25]Et l'ayant trouvé de l'autre côté de la mer, ils lui dirent :

« Rabbi, quand es-tu arrivé ici ? »

[26] Jésus leur répondit et dit :

« Amen, amen, je vous le dis,
Vous me cherchez
non parce que vous avez vu des signes,
mais parce que vous avez mangé des pains
et en avez été rassasiés.
[27]Œuvrez non pour la nourriture périssable,
mais pour la nourriture qui demeure
pour [être] vie éternelle,
celle que vous donnera le Fils de l'homme
car c'est lui que le Père,
que Dieu a marqué d'un sceau. »

[28]Ils lui dirent donc :

« Que devons-nous faire pour œuvrer les œuvres de Dieu ? »

[29]Jésus leur répondit et leur dit

« l'œuvre de Dieu, c'est que vous croyiez
en celui qu'il a envoyé. »

[30]Ils lui dirent donc :

« Quel signe fais-tu, toi, pour qu'en le voyant nous te croyions ? Quelle est ton œuvre ? [31]Nos pères ont mangé la manne dans le désert, selon ce qui est écrit : 'Un pain venant du ciel il leur a donné à manger.' »

[32]Alors Jésus leur dit :

«Amen, amen, je vous le dis :
ce n'est pas Moïse
qui vous a donné le pain venant du ciel,
c'est mon Père
qui vous donne le pain venant du ciel, le vrai ;
33en effet le pain de Dieu est celui qui descend du ciel
et donne la vie au monde. »

34Alors ils lui dirent :
« Seigneur, donne-nous ce pain-là, toujours. »
35 Jésus leur dit :

Première partie, le pain du ciel que je donne ce sont mes paroles

« C'est moi le pain de la vie.
Celui qui vient à moi n'aura plus jamais faim,
celui qui croit en moi n'aura plus soif, jamais.
36Or j'ai dit 'À vous'
parce que vous m'avez vu
et pourtant vous ne croyez pas.
37Tout ce(ux) que me donne le Père
arrivera jusqu'à moi
et celui qui vient à moi je ne le jetterai pas dehors.
38Car je suis descendu du ciel
pour faire non pas ma volonté à moi,
mais la volonté de Celui qui m'a envoyé.

39Or c'est la volonté de Celui qui m'a envoyé
que de ce qu'il m'a donné je ne laisse rien périr,
mais que je le ressuscite au dernier jour
40Oui, c'est la volonté de mon Père
que quiconque voit le Fils
et croit en lui ait la vie éternelle,
et moi je le ressusciterai au dernier jour. »

41Alors les juifs murmuraient à son sujet parce qu'il avait dit :
« C'est moi le pain descendu du ciel »,

[42]et ils disaient :

« Celui-ci n'est-il pas Jésus, le fils de Joseph, dont nous connaissons, nous, le père et la mère ? Comment dit-il maintenant : 'Je suis descendu du ciel' ?»

[43] Jésus répondit et leur dit :

« Ne murmurez pas entre vous !
[44]Nul ne peut venir à moi
si le Père qui m'a envoyé ne l'attire,
et moi je le ressusciterai au dernier jour.
[45]Il est écrit dans les prophètes :
'Ils seront tous enseignés par Dieu.'
Quiconque a écouté le Père
et reçu son enseignement vient à moi.
[46]Non que personne ait vu le Père,
excepté celui qui est d'auprès de Dieu,
celui-là a vu le Père.
[47]Amen, amen, je vous le dis :
celui qui croit a la vie éternelle.

Seconde partie du discours, le dérapage, bien davantage, le pain de vie que je donne c'est ma chair

[48]C'est moi le pain de la vie.
[49]Vos pères ont mangé la manne dans le désert...
et ils sont morts.
[50]Tel est le pain qui descend du ciel :
qui en mange ne meurt pas.
[51]C'est moi le pain, le [pain] vivant
qui est descendu du ciel :
si quelqu'un mange de ce pain,
il vivra pour l'éternité.

Davantage ! le pain que moi je donnerai,
c'est ma chair pour la vie du monde. »

[52]Alors les juifs disputaient entre eux, disant :

« Comment celui-là peut-il nous donner sa chair à manger ? »

[53]Alors Jésus leur dit :
« Amen, amen, je vous le dis :
Si vous ne mangez pas la chair du Fils de l'homme
et ne buvez son sang,
vous n'avez pas la vie en vous.
[54]Qui mange ma chair et boit mon sang
a la vie éternelle,
et moi je le ressusciterai au dernier jour.
[55]Oui, ma chair est vraie nourriture
et mon sang vraie boisson.
[56]Qui mange ma chair et boit mon sang
demeure en moi et moi en lui.
[57] Tout comme m'a envoyé le Père,
qui est vivant, et que moi je vis par le Père,
ainsi celui qui me mange vivra lui aussi par moi.
[58]Tel est le pain qui est descendu du ciel :
non pas tout comme ont mangé les pères...
et ils sont morts !
Qui mange ce pain vivra pour l'éternité. »

Conclusion du bloc 13, le départ de nombreux disciples et la Confession de foi de Pierre

(T)[59]Il dit ces choses, enseignant en synagogue à Capharnaüm.
[60]Après l'avoir entendu, bon nombre de ses disciples dirent alors :
« Il est raide ce discours ! Qui peut l'écouter ? »
[61]Mais, sachant en lui-même
que ses disciples murmuraient à ce propos, (C)
Jésus leur dit :
« Cela vous scandalise?
[62]Alors, si vous voyiez le Fils de l'homme monter
là où il était auparavant... ?
[63]C'est l'Esprit qui fait vivre,
la chair ne sert de rien.
Les paroles que moi je vous ai dites

sont esprit et elles sont vie.
[64]Et cependant il en est parmi vous
qui ne croient pas. »

Jésus savait en effet dès le commencement
quels étaient ceux qui ne croyaient pas
et qui était celui qui le livrerait. (C)

[65]Et il disait :
« Voilà pourquoi je vous ai dit
que nul ne peut venir à moi
si cela ne lui est donné par le Père. »
[66]Là-dessus, beaucoup de ses disciples se retirèrent et n'allèrent
plus avec lui.[67] Alors Jésus dit aux Douze :
« Voudriez-vous, vous aussi, vous en aller ? »
[68]Simon-Pierre lui répondit :
« Seigneur, à qui irions-nous ? Tu as les paroles de la vie
éternelle. [69]Nous, nous croyons et nous savons que tu es le
Saint de Dieu ! »
[70]Jésus leur répondit :
« N'est-ce pas moi qui vous ai choisis,
vous les Douze ?
Et l'un d'entre vous est un diable ! »
[71]Il parlait de Judas, fils de Simon l'Iscariote;
c'est lui en effet qui devait le livrer, lui, l'un des Douze.(C)

Bloc 14

LES CONTROVERSES À JÉRUSALEM (7,1-52)

Introduction, stratégies contraires pour monter à Jérusalem entre Jésus et ses frères

(T+L) [1]Après cela, Jésus parcourait la Galilée ;
en effet il n'était pas en son pouvoir de parcourir la Judée,
parce que les juifs cherchaient à le tuer.(C)
(T)[2]Or la fête des juifs, la fête des Tentes, était proche.
[3]Alors ses frères lui dirent :

« Transporte-toi d'ici et transfère-toi en Judée, pour que tes disciples, eux aussi, voient les œuvres que tu fais ; [4]en effet, personne n'agit en secret et, en même temps, cherche à être en vue. Puisque tu fais ces [œuvres], manifeste-toi au monde ! »

[5]En effet même ses frères ne croyaient pas en lui.(C)

[6] Alors Jésus leur dit :

« Mon temps à moi n'est pas encore présent,
tandis que votre temps à vous est toujours favorable.

[7]Le monde ne peut vous haïr, mais moi il me hait,
parce que moi, je témoigne à son sujet
que ses œuvres sont malignes.
[8]Vous, montez à la fête ;
moi, je ne monte pas à cette fête
parce que mon temps n'est pas encore accompli. »

(T+L)[9]Leur ayant dit cela, lui-même resta en Galilée.

[10]Quand ses frères furent montés à la fête, alors il monta lui-même aussi, non pas manifestement, mais comme en secret.

Dix questions identitaires, première question

[11]Alors les juifs le cherchaient pendant la fête, et ils disaient :

« Où est-il celui-là ? »

[12]Et dans la foule on chuchotait beaucoup à son sujet; les uns disaient :

« C'est un homme de bien ! »,

d'autres disaient :

« Non, pas du tout ! Il égare la foule. »

[13]Toutefois personne ne parlait ouvertement à son sujet,
à cause de la crainte qu'on avait des juifs.(C)

Seconde question identitaire. Que vaut son enseignement ? Et premier micro-discours.

(T+L)[14]On était déjà au milieu de la fête lorsque Jésus monta au Temple,

et il enseignait. [15]Alors les juifs s'étonnaient, en disant :
« Comment celui-là sait-il les Lettres, sans avoir été disciple ?

[16]Alors Jésus leur répondit :
« Mon enseignement n'est pas mien,
mais de Celui qui m'a envoyé.
[17]Si quelqu'un veut faire sa volonté,
il connaîtra si cet enseignement vient de Dieu
ou si moi je parle de mon propre chef.
[18]Celui qui parle de son propre chef
cherche une gloire toute personnelle,
mais celui qui cherche la gloire
de Celui qui l'a envoyé,
celui-là est véridique et il n'y a pas en lui d'iniquité.

[19]Moïse ne vous a-t-il pas fait don de la Loi ?
Pourtant aucun de vous ne la met en pratique, la Loi !
Pourquoi cherchez-vous à me tuer ? »

Troisième question et second micro-discours

[20]La foule répondit :
« Tu as un démon ! Qui cherche à te tuer? »
[21] Jésus répondit et leur dit :
« J'ai fait une seule œuvre et tous vous vous étonnez.
[22]Voici pourquoi [je vous dis:]
Moïse vous a fait don de la circoncision
— non qu'elle provienne de Moïse, mais des pères —
et le sabbat vous circoncisez un homme.
[23]Alors qu'un homme reçoit la circoncision
un jour de sabbat
pour que la loi de Moïse ne soit pas violée,
moi je subis votre colère,
parce que j'ai rendu la santé à un homme
tout entier un sabbat !
[24]Cessez de juger sur l'apparence,
mais jugez selon la justice ! »

Questions 4, 5 et 6 et troisième micro-discours

[25]Alors quelques gens de Jérusalem disaient :

> « N'est-ce pas celui qu'ils cherchent à tuer ? [26]Et voyez ! Il parle ouvertement, et ils ne lui disent rien ! Est-ce que vraiment les chefs auraient reconnu que c'est lui le Christ ? [27]Néanmoins, celui-là nous savons d'où il est. Mais le Christ, quand il viendra, personne ne reconnaît d'où il est »

[28]Alors, pendant qu'il enseignait dans le Temple, Jésus s'écria :

> « Et vous me connaissez bien !
> Et vous savez d'où je suis !
> Pourtant, ce n'est pas de mon propre chef que je suis venu.
> Mais il est véridique. Celui-là qui m'a envoyé
> et que vous ne connaissez pas bien.
> [29]Moi, je le connais bien
> parce que je suis d'auprès de lui
> et c'est lui qui m'a envoyé. »

[30]Alors ils cherchaient à se saisir de lui, mais personne ne mit la main sur lui,

parce que son heure n'était pas encore venue.(C)

Septième question et quatrième micro-discours

[31]Mais de la foule un grand nombre se mit à croire en lui, et ils disaient :

> « Le Christ, quand il viendra, fera-t-il plus de signes que celui-ci n'en a fait ?»

[32]Les pharisiens entendirent la foule chuchoter de la sorte à son sujet, et les grands prêtres et les pharisiens envoyèrent des gardes pour se saisir de lui.

[33]Alors Jésus dit :

« Pour un peu de temps je suis avec vous,
et je m'en retourne vers Celui qui m'a envoyé.
34Vous me chercherez et vous ne [me] trouverez pas,
et là où je suis, vous, vous ne pouvez aller. »

Huitième question et cinquième micro-discours de conclusion avec égo de proclamation

35Alors les juifs se dirent entre eux :
« Où doit-il aller, celui-ci, que nous, nous le trouverons pas ? Est-ce qu'il doit aller vers la dispersion des Grecs et enseigner les Grecs? 36Qu'est-ce que cette parole qu'il vient de dire : 'Vous me chercherez et vous ne me trouverez pas', et 'Là où je suis, moi, vous ne pouvez pas, vous, aller' ? »

(T+L) 37 Le dernier jour de la fête, le grand jour, Jésus se tenait debout et s'écriait, en disant :
« Si quelqu'un a soif,
qu'il vienne à moi et qu'il boive !
38Celui qui croit en moi,
comme le dit l'Écriture,
'de son sein couleront des fleuves d'eau vive'. »
39Il dit cela à propos de l'Esprit
que devaient recevoir
ceux qui s'étaient mis à croire en lui,
car il n'y avait pas encore d'Esprit,
parce que Jésus n'avait pas encore été glorifié.(C)

Le schisme et neuvième et dixième questions

40Alors, de la foule, certains qui avaient entendu ces paroles disaient :
« Celui-ci est vraiment le Prophète. »
41 D'autres disaient :
« Celui-ci est le Christ. »
Mais d'autres disaient:
« Serait-ce que le Christ vienne de Galilée ? 42L'Écriture

n'a-t-elle pas dit que le Christ est de la race de David et vient de Bethléem, le village où était David ? »

43 Il y eut alors scission dans la foule à cause de lui.

44 Et, si certains d'entre eux voulaient se saisir de lui, personne ne mit la main sur lui.

Scène entre les gardes et leurs chefs

45 Vinrent alors les gardes auprès des grands prêtres et des pharisiens, qui leur dirent : « Pourquoi ne l'avez-vous pas amené ? »

46 Les gardes répondirent:

«Jamais homme n'a parlé ainsi !»

47 Alors les pharisiens leur répliquèrent :

« Est-ce que, vous aussi, vous vous êtes laissé égarer ? 48 Y
a-t-il quelqu'un parmi les chefs qui se soit mis à croire en
lui, ou bien parmi les pharisiens ? 49 Mais non ! cette foule
qui ne connaît pas la Loi, ce sont des maudits !»

Scène de la médiation de Nicodème

50 Nicodème, l'un d'entre eux,

celui qui était venu trouver Jésus précédemment,(C)

leur dit :

51 « Notre Loi juge-t-elle l'homme sans d'abord l'entendre de sorte qu'on vienne à connaître ce qu'il fait ? »

52 Ils lui répondirent :

« Est-ce que tu n'es pas de Galilée, toi aussi ? Scrute, et vois que de Galilée ne surgit pas de prophète !»

Bloc 15

JÉSUS ET LA FEMME ADULTÈRE (7,53-8,11)

(L+T) 53 Et ils s'en allèrent chacun dans sa maison.

8,1 Jésus, lui, s'en alla au Mont des Oliviers

2 Et au point du jour il se présenta de nouveau dans le Temple,

et tout le peuple venait vers lui. S'étant assis, il les enseignait.

[3]Or les scribes et les pharisiens amènent une femme surprise en adultère et la plaçant debout au milieu, [4]Ils lui disent :

« Maître, cette femme vient d'être surprise en flagrant délit d'adultère. [5]Or, dans la Loi, Moïse nous a prescrit de lapider ces [femmes-]là. Alors, toi, que dis-tu ? »

[6]Ils disaient cela pour le mettre à l'épreuve,
afin de pouvoir l'accuser.(C)

Jésus, se courbant, écrivait avec son doigt sur le sol. [7]Mais, comme ils demeuraient là à l'interroger, il se redressa et leur dit :

« Que celui d'entre vous qui est sans péché lui jette le premier une pierre ! »

[8]Et, se courbant de nouveau, il écrivait sur le sol. [9]Mais eux, entendant [cela], se retiraient un à un, en commençant par les plus âgés, et il fut laissé seul, ainsi que la femme qui se tenait là au milieu. [10]Se redressant, Jésus lui dit :

« Femme, où sont-ils ? Personne ne t'a condamnée ? »

[11]Elle dit :

« Personne, Seigneur. »

Et Jésus dit :

« Moi non plus je ne te condamne pas.
Va, et désormais ne pèche plus ! »

Bloc 16

DES CONTROVERSES DANS LE TEMPLE, ENTRAÎNANT DES PROCLAMATIONS CENTRALES DE LA RÉVÉLATION JOHANNIQUE (8,12-59)

Premier micro-discours

[12]Alors Jésus proclama encore en disant :

« Moi, je suis la lumière du monde.
Qui me suit ne marchera pas dans la ténèbre*
mais il aura la lumière de la vie. »

Première réaction des juifs et pharisiens et Second micro-discours

13 Alors les pharisiens lui dirent :
« Toi, tu témoignes sur toi-même ; ton témoignage n'est pas véridique. »

14 Jésus répondit et leur dit :
« Même si moi je témoigne sur moi,
mon témoignage est véridique,
parce que je sais d'où je suis venu
et où je m'en retourne.
15 Vous, vous jugez selon la chair ;
moi je ne juge personne.
16 Mais si je juge, moi,
le jugement qui est le mien est authentique,
parce que je ne suis pas seul,
mais il y a moi et le Père qui m'a envoyé.
17 Et même il est écrit dans votre Loi
que le témoignage de deux hommes est véridique.
18 C'est moi qui témoigne sur moi-même,
et pour moi témoigne le Père qui m'a envoyé. »

Seconde réaction des juifs et pharisiens et troisième micro-discours

19 Alors ils lui disaient :
« Où est ton père ? »
Jésus répondit :
« Vous ne connaissez ni moi ni mon Père ;
si vous me connaissiez, vous connaîtriez aussi mon Père. »
(L)20 Ces paroles, il les proclama près du Trésor, enseignant dans le Temple ;
et pourtant personne ne se saisit de lui,
parce que son heure n'était pas encore venue.(C)

Quatrième micro-discours et troisième réaction des juifs et pharisiens

21 Alors il leur dit encore :

« Moi, je m'en retourne
et vous me chercherez
et vous mourrez dans votre péché ;
là où je m'en retourne, moi,
vous ne pouvez pas venir, vous. »

22 Alors les juifs disaient :
« Va-t-il se tuer, puisqu'il dit : 'Là où je m'en retourne, moi,
vous ne pouvez pas venir, vous' ? »

23 Et il leur disait :
« Vous, vous êtes d'en bas; moi, je suis d'en haut.
Vous, vous êtes de ce monde ;
moi, je ne suis pas de ce monde-ci.

24 Je vous ai dit que vous mourrez dans vos péchés ;
oui, si vous ne croyez pas que je [le] suis,
vous mourrez dans vos péchés. »

Quatrième réaction des juifs et cinquième micro-discours

25 Alors ils lui disaient :
« Toi, qui es-tu ? »
Jésus leur dit :
« Depuis le début, ce que je vous proclame.
26 Que de choses j'aurais à déclarer
sur votre compte et à juger !
Mais non ! Celui qui m'a envoyé est véridique,
et moi, ce que j'ai appris de lui,
c'est ce que je proclame au monde. »

27 Ils ne comprirent pas qu'il leur parlait du Père.(C)

28 Jésus leur dit donc :
« Quand vous aurez élevé le Fils de l'homme,
alors vous comprendrez que je [le] suis :
de moi-même je ne fais rien,
mais tout comme le Père m'a enseigné,
je proclame ces choses.
29 Oui, Celui qui m'a envoyé est avec moi :

il ne m'a pas laissé seul,
parce que je fais toujours ce qui lui plaît. »

30 Comme il proclamait cela,
beaucoup se mirent à croire en lui.(C)

Sixième micro-discours

31 Aux juifs qui s'étaient fiés à lui, Jésus disait alors :
« Si vous demeurez, vous,
dans la parole qui est mienne,
vous êtes véritablement mes disciples
32 et vous comprendrez la vérité
et la vérité vous rendra libres. »

Cinquième réaction des juifs et pharisiens et septième micro-discours

33 Ils lui répondirent :
« Nous sommes semence d'Abraham et jamais nous n'avons été esclaves de personne. Comment peux-tu dire, toi : 'Vous deviendrez libres' ? »

34 Jésus leur répondit :
« Amen, amen je vous le dis :
Quiconque commet le péché est un esclave.
35 Or l'esclave ne demeure pas dans la maison
pour toujours,
le fils demeure pour toujours.
36 Si donc le Fils vient à vous rendre libres
vous serez réellement libres.

Huitième micro-discours et sixième réaction des juifs et pharisiens

37 Je sais bien que vous êtes la semence d'Abraham !
Mais non ! vous cherchez à me tuer ;
C'est que la parole, la mienne,
ne pénètre pas en vous.

[38]Moi, ce que j'ai vu chez le Père, je le proclame ;
et vous, ce que vous avez entendu chez le père,
vous le faites ! »

[39]Ils répondirent et lui dirent :
« Notre père, c'est Abraham. »
Jésus leur dit :
« Si vous étiez enfants d'Abraham,
vous feriez les œuvres d'Abraham !
[40]Or maintenant vous cherchez à me tuer,
moi, un homme qui vous ai proclamé la vérité
que j'ai apprise de Dieu.
Cela, Abraham ne le fit point.
[41] Vous, vous faites les œuvres de votre père. »

Septième réaction des juifs et pharisiens et neuvième micro-discours

Ils lui dirent :
« Nous, nous ne sommes pas nés de la prostitution ; nous n'avons qu'un père : Dieu. »
[42] Jésus leur dit :
« Si Dieu était votre père, vous m'aimeriez,
car moi c'est de Dieu que je suis sorti, et je suis là.
Oui, ce n'est pas de moi-même que je suis venu,
mais c'est Lui qui m'envoya.
[43]Pour quelle raison
ne comprenez-vous pas mon langage ?

C'est que vous ne pouvez pas entendre ma parole.
[44]Vous, le père dont vous êtes, c'est le diable,
et ce sont les désirs de votre père
que vous voulez accomplir.
Celui-là, il était homicide depuis le commencement
et il ne se tenait pas dans la vérité :
oui, la vérité n'est pas en lui.
Quand il profère le mensonge,
c'est de son fonds qu'il parle,

parce qu'il est menteur et père du mensonge.
45 Moi, par contre, parce que je vous dis la vérité,
vous ne vous fiez pas à moi.

Dixième micro-discours

46 Qui d'entre vous peut me confondre de péché ?
Si je dis la vérité,
pourquoi ne vous fiez-vous pas à moi ?

47 Qui est de Dieu entend les paroles de Dieu.
La raison pour laquelle vous n'entendez pas, vous,
C'est que vous n'êtes pas de Dieu. »

Huitième réaction des juifs et onzième micro-discours

48 Les juifs répondirent et lui dirent :
« N'avons-nous pas raison de dire, nous, que tu es, toi, un Samaritain et qu'un démon te possède ? »
49 Jésus répondit :
« Moi, aucun démon ne me possède,
mais j'honore mon Père, tandis que vous,
vous me déshonorez.
50 Moi, je ne cherche pas ma gloire,
il est quelqu'un qui [la] cherche et qui juge.

51 Amen, amen, je vous le dis :
Si quelqu'un garde ma parole,
il ne verra jamais la mort. »

Neuvième réaction des juifs et douzième micro-discours

52 Alors les juifs lui dirent :
« Maintenant nous reconnaissons qu'un démon te possède. Abraham mourut, les prophètes aussi, et toi, tu dis : 'Si quelqu'un garde ma parole, il ne goûtera jamais la mort' !
53 Serais-tu plus grand que notre père Abraham, lequel mourut ?

Les prophètes aussi moururent. Qui te fais-tu donc ? »
54 Jésus répondit :
« Si c'est moi qui me glorifie, ma gloire n'est rien.
Celui qui me glorifie, c'est mon Père
dont vous dites, vous : 'Il est notre Dieu.'
55 Et pourtant vous ne le reconnaissez pas,
tandis que moi, je le connais bien.
Et si je venais à dire que je ne le connais pas bien,
je serais semblable à vous, un menteur ;
mais je le connais bien et je garde sa parole.

Dixième réaction des juifs et proclamation finale ou treizième micro-discours

56 Abraham, votre père, fut dans l'allégresse
à l'idée de voir mon jour.
Il le vit et il fut dans la joie. »
57 Alors les juifs lui dirent :
« Tu n'as pas encore cinquante ans, et tu as vu Abraham ! »
58 Jésus leur dit :
« Amen, amen, je vous le dis :
Avant qu'Abraham vint à l'existence, MOI. JE SUIS. »

59 Alors ils ramassèrent des pierres pour les jeter sur lui. Mais Jésus
se cacha et il sortit du Temple.

Bloc 17

LE RÉCIT DE LA VUE RENDUE À L'AVEUGLE-NÉ, (9,1-38)

1 Et, en passant, il vit un homme aveugle de naissance,
2 Et ses disciples l'interrogèrent, en disant :
« Rabbi, qui a péché, lui ou bien ses parents, pour qu'il soit né aveugle ? »
3 Jésus répondit :
« Ni lui n'a péché ni ses parents,
mais c'est pour qu'en lui soient manifestées

les œuvres de Dieu.
4Nous, tant qu'il fait jour,
il nous faut œuvrer les œuvres
de Celui qui m'a envoyé ;
vient la nuit où personne ne peut œuvrer.
5Tant que je suis dans le monde,
je suis la lumière du monde. »

6Ayant dit cela, il cracha par terre et avec sa salive il fit de la boue,
il enduisit avec cette boue les yeux (de l'aveugle]. 7Et il lui dit :

« Va te laver à la piscine de Siloé »,
ce qui se traduit : Envoyé.(C)

Alors il s'en alla, se lava et il revint voyant clair.

8Alors les voisins et ceux qui auparavant observaient le mendiant qu'il était, disaient :

« N'est-ce pas celui qui se tenait assis et mendiait ?»

9D'autres disaient :

« C'est [bien] lui »,

d'autres disaient :

« Nullement, mais il lui ressemble. »

Lui, il disait :

« Je [le] suis. »

10Alors ils lui disaient :

« Comment donc ont-ils été ouverts, tes yeux ? »

11Il répondit :

« L'homme qu'on appelle Jésus a fait de la boue et m'en a enduit les yeux, et il m'a dit : 'Va à Siloé et lave-toi.' Alors, m'en étant allé et m'étant lavé, je recouvrai la vue. »

12Et ils lui dirent :

« Où est-il celui-là ? »

Il dit :

« Je ne sais pas.»

Les difficultés rencontrées par l'homme ayant recouvré la vue

13Ils amènent aux pharisiens l'ex-aveugle.

[14]Or c'était sabbat le jour où Jésus avait fait de la boue
et lui avait ouvert les yeux. (C)

[15]Alors les pharisiens aussi lui demandaient comment il avait recouvré la vue. Et il leur dit :

« Il m'a mis de la boue sur les yeux, je me suis lavé, je vois. »

[16]Alors certains des pharisiens disaient :

« Il ne vient pas de Dieu, cet homme-là, puisque il n'observe pas le sabbat. »

D'autres disaient :

« Comment un pécheur peut-il faire de tels signes ?»

Et il y avait division entre eux. [17]Alors ils disent encore une fois à l'aveugle :

« Toi, que dis-tu de lui, de ce qu'il t'a ouvert les yeux ? »

Et lui, il dit :

« C'est un prophète. »

[18]Alors les juifs ne crurent pas à son sujet qu'il avait été aveugle et qu'il avait recouvré la vue, avant d'avoir fait appeler ses parents. [19]Et ils les interrogèrent en disant :

« Est-ce celui-là votre fils, dont vous dites, vous, qu'il est né aveugle ? Comment donc voit-il à présent ? »

[20]Alors ses parents répondirent et dirent :

« Nous savons que celui-là est notre fils et qu'il est né aveugle. 21Mais comment il voit maintenant, nous ne le savons pas ; ou bien qui lui a ouvert les yeux, nous ne le savons pas. Interrogez-le, il a l'âge : lui vous parlera sur lui-même. »

[22]Voilà ce que dirent ses parents, parce qu'ils avaient peur des juifs :

les juifs en effet étaient déjà convenus
que si quelqu'un confessait que [Jésus] est le Christ
il serait exclu de la Synagogue.
[23]C'est la raison pour laquelle ses parents avaient dit :
« Il a l'âge, interrogez-le. »(C)

Le témoignage de l'homme qui avait été aveugle

[24]Alors ils appelèrent encore une fois l'homme qui avait été aveugle et lui dirent :

« Rends gloire à Dieu ! Nous savons, nous, que cet homme est un pécheur. »

25 Alors celui-ci répondit :

« S'il est un pécheur, je ne sais ; il y a une chose que je sais : j'étais aveugle et maintenant je vois. »

26 Alors ils lui dirent :

«Que t'a-t-il fait ? Comment t'a-t-il ouvert tes yeux ?»

27 Il leur répondit :

« Je vous l'ai déjà dit, mais vous n'avez pas écouté; qu'est-ce que vous voulez entendre encore ? Serait-ce que vous voulez, vous aussi, devenir ses disciples ? »

28 Et ils l'insultèrent et dirent :

« C'est toi qui es un disciple de celui-là, mais nous, c'est de Moïse que nous sommes disciples.
29 Nous savons, nous, que Dieu a parlé à Moïse ; mais celui-là, nous ne savons pas d'où il est. »

30 L'homme répondit et leur dit :

« C'est justement ce qu'il y a d'étonnant, que vous ne sachiez pas, vous, d'où il est, alors qu'il m'a ouvert les yeux.
31 Nous savons que Dieu n'exauce pas les pécheurs ; mais si quelqu'un est pieux et fait sa volonté, celui-là il l'exauce.
32 Au grand jamais on n'a ouï dire que quelqu'un ait ouvert les yeux d'un aveugle-né !
33 Si celui-là n'était pas d'auprès de Dieu, il n'aurait rien pu faire. »

34 Ils répondirent et lui dirent :

« Toi, tu es né tout entier dans les péchés, et tu nous fais la leçon, toi !»

Et ils le jetèrent dehors.

La rencontre de l'homme guéri et du Fils de l'homme

35 Jésus apprit qu'ils l'avaient jeté dehors et, l'ayant trouvé, il dit :

« Crois-tu, toi, au Fils de l'homme ? »

36 Celui-ci répondit et dit :

« Et qui est-il, Seigneur, pour que je me mette à croire en lui ? »

37 Jésus lui dit :

« Tu le vois, et celui qui parle avec toi, c'est lui. »
38 Et celui-ci déclara :
« Je crois. Seigneur »,
et il se prosterna devant lui.

Bloc 18

LA PARABOLE/CONTROVERSE DU BON BERGER, OU DE LA PORTE (9,39-10,21)

Introduction, une discrimination qui inverse le réel

39 Et Jésus dit :
« C'est pour une discrimination
que je suis venu dans ce monde-ci,
en sorte que les non-voyants voient
et que les voyants deviennent aveugles. »

40 Des pharisiens qui étaient avec lui entendirent cela et ils lui dirent :
« Est-ce que, nous aussi, nous serions aveugles? »
41 Jésus leur dit :
« Si vous étiez aveugles,
vous n'auriez pas de péché,
mais maintenant, parce que vous dites nous voyons,
votre péché demeure.

Première strophe du poème parabolique du berger ou de la porte des brebis

10,1 Amen, amen, je vous le dis :
celui qui n'entre pas par la porte
dans le bercail des brebis
mais l'escalade par ailleurs,
celui-là est un voleur et un brigand.
2 Mais celui qui entre par la porte
est le berger des brebis,

[3]À celui-là le portier ouvre,
et les brebis écoutent sa voix;
et il appelle les brebis, les siennes,
chacune par son nom,
et il les emmène.
[4]Quand il les a fait sortir toutes, les siennes,
il marche devant elles,
et les brebis le suivent
parce qu'elles connaissent sa voix.
[5] Jamais elles ne suivront un étranger ;
bien plus, elles le fuiront,
parce qu'elles ne connaissent pas
la voix des étrangers. »

[6]Telle est la comparaison que leur dit Jésus,
mais eux ne comprirent pas de quoi il leur parlait.(C)

Seconde strophe de la porte

[7] Jésus dit encore :
« Amen, amen, je vous le dis :
Je suis, moi, la porte des brebis.
[8]Tous ceux qui sont venus avant moi
sont des voleurs et des brigands ;
mais les brebis ne les ont pas écoutés.
[9]Je suis, moi, la Porte.
Si quelqu'un entre par moi, il sera sauvé,
il entrera et sortira
et trouvera un pâturage.
[10]Le voleur vient seulement
pour voler, sacrifier, faire périr.
Moi, je suis venu
pour qu'ils aient la vie
et qu'ils l'aient surabondante.

Troisième strophe du pasteur, le bon

[11]Je suis, moi, le Pasteur, le bon.
Le berger, le bon, expose sa vie pour ses brebis.
[12]Le mercenaire, lui qui n'est pas le berger,
dont les brebis ne sont pas siennes,
voit-il venir le loup,
il abandonne les brebis et prend la fuite,
et le loup s'en empare et les disperse.
[13]C'est qu'il est mercenaire
et n'a pas souci des brebis.
[14]Je suis, moi, le Pasteur, le bon.
Je connais les miennes
et les miennes me connaissent,
[15]tout comme le Père me connaît
et que moi je connais le Père.
Et je me dessaisis de ma vie pour mes brebis.

Strophe des brebis du dehors

[16]J'ai encore d'autres brebis
qui ne proviennent pas de ce bercail ;
celles-là aussi il me faut les conduire
et elles écouteront ma voix
et il y aura un seul troupeau,
un seul Pasteur.

Nouvelle annonce johannique de la passion

[17]Voici pourquoi le Père m'aime :
parce que moi je dépose ma propre vie
pour la reprendre de nouveau.
[18]Personne ne me l'enlève,
mais je la dépose de moi-même.
J'ai le pouvoir de la déposer
et j'ai le pouvoir de la reprendre ;
tel est le commandement que j'ai reçu de mon Père. »

[19]De nouveau il y eut une division parmi les juifs à cause de ces
paroles. [20]Beaucoup d'entre eux disaient :

« Il a un démon ! Il est fou ! Pourquoi l'écoutez-vous ?

21 D'autres disaient :

« Ce ne sont pas là paroles de démoniaque : est-ce qu'un démon peut ouvrir les yeux d'un aveugle ? »

Bloc 19

LE DERNIER DISCOURS PUBLIC DE CONTROVERSE : DU BON BERGER À UNE DERNIÈRE RÉITÉRATION DU BLASPHÈME (10,22-42)

(T+L) 10,22 Or ce fut la Dédicace à Jérusalem. C'était l'hiver.
23 Jésus allait et venait dans le Temple, sous le portique de Salomon.
24 Alors les juifs firent cercle autour de lui et ils lui disaient :

« Jusqu'à quand vas-tu nous tenir l'âme en suspens ? Si tu es, toi le Christ, dis-le-nous ouvertement ! »

25 Jésus leur répondit :

Les brebis ne pourront être arrachées ni de ma main ni de celle de mon Père, parce que « Moi et le Père nous sommes un. »

« Je vous l'ai dit, mais vous ne croyez pas.
Les œuvres que moi je fais au nom de mon Père,
ce sont elles qui témoignent sur moi.
26 Mais vous, vous ne croyez pas,
parce que vous n'êtes pas de mes brebis à moi.
27 Mes brebis à moi écoutent ma voix,
et moi je les connais
et elles viennent à ma suite ;
28 et moi je leur donne la vie éternelle
et elles ne périront jamais ;
personne ne les arrachera de ma main.
29 Le Père, pour ce qu'il m'a donné,
est plus grand que tous,
et personne ne peut [rien] arracher
de la main du Père.
30 Moi et le Père, nous sommes un. »

[31]De nouveau, les juifs apportèrent des pierres pour le lapider. [32]Jésus leur répondit :

> « Je vous ai montré beaucoup de belles œuvres
> venant de mon Père ;
> pour laquelle de ces œuvres
> voulez-vous me lapider ?»

la divinisation des hommes n'est-elle pas inscrite dans la Loi ?

[33]Les juifs lui répondirent :

« Ce n'est pas pour quelque belle œuvre que nous voulons te lapider, mais pour blasphème : parce que toi, étant un homme, tu te fais Dieu. »

[34]Jésus leur répondit :

> « N'est-il pas écrit dans votre loi :
> 'Moi, j'ai dit : Vous êtes des dieux' ?
> [35]Si elle a nommé dieux ceux
> à qui la parole de Dieu fut [adressée]
> — et l'Écriture ne peut être récusée —,
> [36]à celui que le Père a sanctifié
> et envoyé dans le monde,
> vous dites : 'Tu blasphèmes', parce que j'ai dit :
> 'Je suis Fils de Dieu' !
> [37]Si je ne fais pas les œuvres de mon Père,
> ne me croyez pas.
> [38]Mais si je les fais, même si vous ne me croyez pas,
> croyez les œuvres,
> afin que vous appreniez et reconnaissiez
> que le Père est en moi et moi dans le Père. »

Conclusion en forme de chiasme géo-historique, avec le Bloc 2 du Baptiste

[39]Ils cherchaient de nouveau à l'appréhender, mais il échappa à leurs mains. [40]Et il s'en alla de nouveau de l'autre côté du Jourdain,

à l'endroit où Jean était d'abord à baptiser. Et il demeura là. [41]Et beaucoup vinrent vers lui. Et ils disaient :

« Jean n'a fait aucun signe, mais tout ce qu'il a dit de celui-ci était vrai. »

[42]Et beaucoup se mirent à croire en lui.

Bloc 20

LE SIGNE DE LA RÉSURRECTION DE LAZARE (11,1-54)

Une montée retardée à Béthanie

[1]Or il y avait un malade, Lazare de Béthanie, du village de Marie et de Marthe sa sœur,

[2]C'est cette Marie qui avait oint de parfum le Seigneur
et lui avait essuyé les pieds avec ses cheveux;
et c'est son frère Lazare qui était malade, (C)

[3]Alors les sœurs lui envoyèrent dire :
« Seigneur voici : celui que tu aimes est malade. »
[4]Ayant entendu, Jésus dit :
« Cette maladie n'est pas destinée à la mort ;
elle est en vue de la gloire de Dieu,
afin que par elle le Fils soit glorifié. »
[5]Or Jésus aimait Marthe et sa sœur et Lazare.

(T+L)[6]Quand il apprit qu'il était malade, il demeura alors deux jours à l'endroit où il se trouvait.

Marchons tant qu'il fait jour

[7]ensuite, après quoi, il dit aux disciples :
« Allons de nouveau en Judée !»
[8] Les disciples lui disent :
« Rabbi, tout récemment les juifs cherchaient à te lapider et tu veux retourner là-bas !»

9 Jésus répondit :
« N'y a-t-il pas douze heures dans le jour ?
Si quelqu'un marche de jour, il ne trébuche pas,
parce qu'il voit la lumière de ce monde ;
10mais si quelqu'un marche de nuit, il trébuche,
parce que la lumière n'est pas en lui. »
11Voilà ce qu'il a dit. Après quoi, il leur dit :
« Lazare notre ami s'est endormi;
mais je vais aller le réveiller. »
12Alors les disciples lui dirent :
« Seigneur, s'il s'est endormi, il sera guéri. »

13En fait, Jésus avait parlé de sa mort ;
mais eux avaient pensé
qu'il parlait de son assoupissement dans le sommeil. (C)

14Alors maintenant Jésus leur dit clairement ;
« Lazare est mort,
15et je me réjouis pour vous de n'avoir pas été là,
afin que vous croyiez.
Eh bien ! allons vers lui ! »
16Alors Thomas, appelé Didyme, dit à ses codisciples :
« Allons nous aussi, et mourons avec lui ! »

Jésus et Marthe ; un nouvel égo sur la Résurrection et la vie

17A son arrivée, Jésus trouva [Lazare] au tombeau depuis quatre jours déjà.

18Béthanie se trouve près de Jérusalem,
à environ quinze stades. (C)
19Beaucoup de juifs étaient venus auprès de Marthe et de Marie
afin de les consoler pour leur frère. 20Quand Marthe apprit que
Jésus arrivait, elle vint à sa rencontre ; Marie, elle, restait assise à
la maison. 21Marthe dit alors à Jésus :
« Seigneur, si tu avais été ici, il ne serait pas mort, mon
frère. 22Mais même à présent, je sais que tout ce que tu peux
demander à Dieu, Dieu te l'accordera. »

23 Jésus lui dit :

« Il ressuscitera, ton frère. »

24 Marthe lui dit :

« Je sais qu'il ressuscitera lors de la résurrection au dernier jour. »

25 Jésus lui dit :

« Je suis, moi, la résurrection et la vie.
Celui qui croit en moi,
même s'il vient à mourir, vivra ;
26 et quiconque vit et croit en moi,
il est impossible qu'il meure pour toujours.
Crois-tu cela ?»

27 Elle lui dit :

« Oui, Seigneur. Moi, j'ai la foi que c'est toi le Christ, le Fils de Dieu, Celui qui vient en ce monde. »

Jésus et Marie, la phase affective de l'évangile du disciple

28 Et, ayant dit cela, elle s'en alla et appela sa sœur Marie. Elle lui dit en aparté :

« Le Maître est là et il t'appelle. »

29 Dès qu'elle eut entendu, vite elle se leva et elle allait à lui. 30 Jésus
cependant n'était pas encore arrivé dans le village, mais il était
encore à l'endroit où Marthe était allée à sa rencontre.
31 Alors les juifs qui étaient avec Marie dans la maison et la
consolaient, voyant que bien vite elle s'était levée et qu'elle
était sortie, la suivirent, pensant qu'elle allait au tombeau pour y
pleurer. 32 Alors, quand elle parvint là où était Jésus, Marie en le
voyant se jeta à ses pieds et lui dit :

« Seigneur, si tu avais été ici, il ne serait pas mort, mon frère. »

33 Alors, quand il la vit sangloter, sangloter aussi les juifs qui l'avaient accompagnée, Jésus frémit intérieurement et se troubla.

34 Et il dit :

« Où l'avez-vous déposé ?»

Ils lui disent :

« Seigneur, viens et vois. »

35 Jésus se mit à verser des larmes. 36 Alors les juifs disaient :
« Voilà comme il l'aimait ! »
37 Mais certains d'entre eux dirent :
« Ne pouvait-il pas, lui qui a ouvert les yeux de l'aveugle,
faire que celui-ci ne mourût pas ? »
38 Frémissant alors de nouveau en lui-même, Jésus vient au
tombeau. C'était une grotte et une pierre était posée dessus.

Le signe

39 Jésus dit :
« Soulevez la pierre ! »
Marthe, la sœur du défunt, lui dit :
« Seigneur, il sent déjà : c'est le quatrième jour. »
40 Jésus lui dit :
« Ne t'ai-je pas dit que, si tu viens à croire,
tu verras la gloire de Dieu ? »
41 Alors ils soulevèrent la pierre. Et Jésus leva les yeux vers le haut
et dit :
« Père, je te rends grâces parce que tu m'as écouté.
42 Et je savais bien, moi, que tu m'écoutes toujours ;
mais c'est à cause de cette foule qui m'entoure
que j'ai parlé,
afin qu'ils croient que c'est toi qui m'as envoyé. »
43 Cela dit, il s'écria d'une voix forte :
«Lazare, ici ! Dehors ! »
44 Le mort sortit, les pieds et les mains liés de bandelettes et son
visage était enveloppé d'un suaire. Jésus leur dit :
« Déliez-le, et laissez-le s'en aller. »

Les conséquences du signe et les informations doubles du disciple. La décision de faire mourir Jésus

45 Dès lors, beaucoup parmi les juifs qui étaient venus auprès de
Marie et qui avaient vu ce qu'il avait fait, se mirent à croire en
lui. 46 Mais certains d'entre eux s'en allèrent trouver les pharisiens
et ils leur dirent ce qu'avait fait Jésus. 47 Les grands prêtres et les
pharisiens réunirent alors un conseil, et ils disaient :

« Que faisons-nous maintenant ? Car cet homme fait de nombreux miracles. [48]Si nous le laissons [agir] ainsi, tous croiront en lui, et viendront les Romains qui détruiront notre Lieu et notre nation. »

[49]L'un d'entre eux, Caïphe, qui était le grand prêtre cette année-là, leur dit :

« Vous n'y comprenez rien ! [50]et vous ne calculez pas qu'il est de votre intérêt qu'un seul homme meure pour le peuple et que la nation ne périsse pas tout entière. »

[51]Cela, il ne le dit pas de lui-même,
mais, comme il était grand prêtre cette année-là,
il prophétisa que Jésus devait mourir pour la nation,
[52]et non seulement pour la nation,
mais encore afin de rassembler en un
les enfants de Dieu alors dispersés.
[53]À dater de ce jour, ils décidèrent de le faire mourir.(C)

(T+L)[54] Jésus donc ne circulait plus ouvertement parmi les juifs ; mais, de là, il partit pour la région voisine du désert, pour une ville nommée Éphraïm, et il y demeurait avec ses disciples.

Bloc 21

LE REPAS PRÉPARANT L'ENTRÉE SOLENNELLE À JÉRUSALEM, L'ONCTION À BETHANIE (11,55-12,11)

(T)[55]Or la Pâque des juifs était proche.

Beaucoup de gens du pays montèrent de la campagne à Jérusalem avant la Pâque, pour se purifier. [56]Ils cherchaient alors Jésus et, dans le Temple où ils se tenaient, ils se disaient entre eux :

« Qu'en pensez-vous ? Viendra-t-il à la fête ? »

[57]Mais les grands prêtres et les pharisiens avaient donné des ordres : quiconque saurait où il était devait prévenir, afin qu'on l'appréhende.

(T+L)[12,1]Alors, six jours avant la Pâque, Jésus vint à Béthanie,
où était Lazare que Jésus avait relevé d'entre les morts.

[2]On lui fit alors là un dîner en son honneur. Marthe s'occupait du service, et Lazare était un de ceux qui étaient à table avec lui. [3]Alors Marie, prenant une livre d'un parfum de nard pur, de grand prix, oignit les pieds de Jésus et lui essuya les pieds avec ses cheveux ; et la maison fut remplie de l'odeur du parfum, [4]Judas l'Iscariote, un de ses disciples, celui qui allait le livrer, dit :

[5]« Pourquoi ce parfum n'a-t-il pas été vendu trois cents deniers, qu'on aurait donnés à des pauvres ? »

[6]Il dit cela, non qu'il eût souci des pauvres,
mais parce qu'il était voleur
et que, tenant la bourse,
il emportait ce qu'on y mettait. (C)

[7]Alors Jésus dit :

« Laisse-la ! Elle voulait garder ce [parfum]
pour le jour de mon ensevelissement.
[8]Les pauvres, en effet,
vous les avez toujours avec vous,
mais moi, vous ne m'avez pas toujours. »

[9]La foule nombreuse des juifs connut donc que Jésus était là et ils vinrent, non seulement à cause de Jésus, mais aussi pour voir Lazare qu'il avait relevé d'entre les morts. [10]Et les grands prêtres décidèrent de faire mourir Lazare, [11]parce que beaucoup de juifs s'en allaient à cause de lui et croyaient en Jésus.

Bloc 22

L'ENTRÉE À JÉRUSALEM SUR LE PETIT D'UNE ÂNESSE (12,12-19)

(T) [12]Le lendemain

la foule nombreuse venue pour la fête, apprenant que Jésus venait à Jérusalem, [13]prit des branches de palmiers et sortit à sa rencontre, et l'on clamait :

« Hosanna ! Béni celui qui vient au nom du Seigneur, le roi d'Israël ! »

[14]Mais Jésus, trouvant un ânon, s'assit dessus,

selon qu'il est écrit :
[15]Sois sans crainte, fille de Sion,
voici que ton roi vient,
assis sur un petit d'ânesse.(C)

[16]Cela, ses disciples ne le comprirent pas d'abord ;
mais quand Jésus eut été glorifié,
alors ils se souvinrent que cela était écrit de lui
et que cela on l'avait fait pour lui. (C)

[17]Témoignait donc la foule qui avait été avec lui quand il avait appelé Lazare hors du tombeau et l'avait relevé d'entre les morts.

[18]Si la foule était venue à sa rencontre,
c'était pour avoir appris qu'il avait fait ce signe.(C)

[19]Les pharisiens se dirent donc entre eux :
« Vous voyez que vous n'êtes bons à rien ! Observez ! le monde est parti derrière lui ! »

Bloc 23

CONCLUSION DE LA TRAJECTOIRE, L'HEURE VENUE DE LA GLORIFICATION DEVANT LES GRECS (12,20-50)

Première partie, des grecs demandent à voir le Maître

[20]Il y avait quelques Grecs, de ceux qui étaient montés pour adorer pendant la fête. [21]Ceux-ci s'approchèrent de Philippe, qui était de Bethsaïde en Galilée, et lui firent cette demande :
« Seigneur, nous voulons voir Jésus. »
[22]Philippe vient et le dit à André; André et Philippe viennent et le disent à Jésus. [23]Jésus leur répond en disant :
« Elle est venue l'heure
où le Fils de l'homme va être glorifié.

La micro-parabole du grain de blé

24Amen, amen. Je vous le dis,
si le grain de blé tombé en terre ne meurt pas,
il demeure seul ;
s'il meurt,
il porte du fruit en abondance.
25Celui qui s'attache à sa propre vie la perd ;
et celui qui ne s'attache pas
à sa propre vie en ce monde,
la maintiendra en vie éternelle.

Le mot-parabole du serviteur

26Si quelqu'un vient à me servir, qu'il me suive,
et où moi je suis, là sera aussi mon serviteur.
Si quelqu'un vient à me servir, mon Père l'honorera.

Le théophanie devant les grecs

27Maintenant mon âme est troublée
et je ne sais que dire.
Père, assure-moi le salut dès cette heure !
Mais oui ! c'est pour cela
que je suis venu Jusqu'à cette heure.
28Père, glorifie ton Nom ! »
Vint alors du ciel une voix :
« Et j'ai glorifié et je glorifierai encore. »
29La foule qui se tenait là et qui avait entendu disait qu'il y avait
eu un coup de tonnerre ; d'autres disaient :
« Un ange lui a parlé. »
30Jésus répondit et dit :
« Ce n'est pas pour moi
qu'il y a eu cette voix, mais pour vous.

Troisième évocation de l'élévation du Fils de l'homme

31C'est maintenant le jugement de ce monde-ci
maintenant le prince de ce monde-ci
va être jeté dehors,
32et moi, quand je serai élevé de terre,
J'attirerai tous les hommes à moi. »

33Cela, il le dit signifiant de quelle mort il allait mourir. (C)

34Alors la foule lui répondit :
« Nous, nous avons appris de la Loi que le Christ demeure à
jamais. Comment toi peux-tu dire : 'Il faut que soit élevé le
Fils de l'homme' ? Qui est-il ce Fils de l'homme ? »
35Alors Jésus leur dit :

« Pour peu de temps encore
la lumière est parmi vous.
Marchez tant que vous avez la lumière
afin de ne pas être arrêté par la ténèbre ;
celui qui marche dans la ténèbre
ne sait pas où il va.
36Tant que vous avez la lumière,
croyez en la lumière,
afin de devenir des fils de lumière. »
Cela, Jésus le proclama.
(H+L)et, s'en allant, il se cacha d'eux

Seconde partie du bloc 23 : un ensemble de commentaires. Pourquoi l'incrédulité persiste-t-elle ?

37Bien qu'il eût opéré tant de signes en leur présence, ils ne croyaient pas en lui,

38afin que s'accomplit la prophétie
dite par Isaïe le prophète : (C)
Seigneur, qui a cru à ce qu'on nous avait entendu dire
et le bras du Seigneur, à qui fut-il révélé ?

39Voilà pourquoi ils ne pouvaient pas croire,
parce que Isaïe dit encore : (C)
40Il a aveuglé leurs yeux et endurci leur cœur,
afin qu'ils ne voient pas de leurs yeux,
qu'ils ne comprennent pas avec leur cœur,
qu'ils ne se convertissent pas et que je ne les guérisse pas.
41Cela, Isaïe l'a dit
parce qu'il vit sa gloire et qu'il parla de lui.(C)

42Toutefois, il est vrai, même parmi les notables, un bon nombre avait commencé à croire en lui, mais à cause des pharisiens, ils ne le confessaient pas, de peur d'être exclus de la synagogue,

43car ils ont aimé la gloire des hommes
plus que la gloire de Dieu.(C)

Troisième partie du bloc 23 : un dernier discours public de conclusion avec une tonalité grandiose, écho du prologue

44 Jésus clama et dit :
Celui qui croit en moi,
ce n'est pas en moi qu'il croit,
mais en Celui qui m'a envoyé.
45et celui qui me voit
voit Celui qui m'a envoyé.

Seconde strophe

46Moi, lumière, je suis venu dans le monde,
afin que quiconque croit en moi
ne demeure pas dans la ténèbre.
47Et si quelqu'un entend mes paroles
et ne les garde pas,
ce n'est pas moi qui le juge,
car je ne suis pas venu pour juger le monde,
mais pour sauver le monde.
48Celui qui me rejette

et n'accueille pas mes paroles a son juge :
la parole que j'ai exprimée,
c'est elle qui le jugera au dernier jour,

Troisième strophe

49 car ce n'est pas de moi-même
que je me suis exprimé,
mais c'est Celui qui m'a envoyé, le Père,
qui m'a lui-même commandé
ce que je devais dire et exprimer ;
50 et je sais que son commandement est vie éternelle.
Ainsi donc ce que moi j'exprime,
tel que le Père me l'a dit,
tel je l'exprime.

SECONDE PARTIE
L'ENSEMBLE CÈNE /PASSION /LENDEMAIN DE LA MORT DU MAÎTRE

Bloc 24

LES GESTES DU DERNIER REPAS (13,1-32)

Introduction solennelle

(T)1 Avant la fête de la Pâque,
Jésus, sachant que son heure était venue
de passer de ce monde-ci au Père,
ayant aimé les siens qui sont dans le monde,
il les aima jusqu'à l'extrême
(T)2et, au cours d'un repas,
alors que déjà le diable avait jeté
dans le cœur de Judas, fils de Simon Iscariote,
le dessein de le livrer,
3sachant que le Père lui avait tout remis en ses mains
et qu'il était sorti de Dieu
et qu'il retournait à Dieu, (C)

Le signe du service fraternel

4il se lève de table, dépose son vêtement et, prenant un linge, il se
ceignit ; 5puis il verse de l'eau dans un bassin et se mit à laver les
pieds des disciples et à les essuyer avec le linge dont il était ceint.
6Il vient alors à Simon-Pierre qui lui dit :
« Seigneur, toi, tu me laves les pieds, à moi ? »
7Jésus répondit et lui dit :
« Ce que moi je fais, toi, tu ne le sais pas maintenant,
mais par la suite tu comprendras. »
8Pierre lui dit :
« Non ! tu ne me laveras pas les pieds, jamais de la vie ! »
Jésus lui répondit :
« Si je ne te lave pas,
tu n'auras point de part avec moi ! »
9Simon-Pierre lui dit :
« Seigneur, pas mes pieds seulement, mais et les mains et
la tête ! »

10Jésus lui dit :

« Celui qui a pris un bain n'a pas besoin de se laver,
mais il est pur tout entier.
Vous aussi vous êtes purs,
pas tous cependant. »

11Il connaissait en effet celui qui le livrait ;
voilà pourquoi il a dit :
« Vous n'êtes pas tous purs. »(C)

12Quand il leur eut lavé les pieds, qu'il eut repris son vêtement et se fut remis à table, il leur dit alors :

« Comprenez ce que je vous ai fait ?
13Vous, vous m'appelez 'Maître' et 'Seigneur',
et vous dites bien : je le suis en effet.
14Si donc moi, le Seigneur et le Maître,
je vous ai lavé les pieds,
vous devez vous aussi vous laver les pieds
les uns aux autres.
15En effet c'est un exemple que je vous ai donné
pour que, en vertu de ce que moi j'ai fait pour vous,
vous fassiez vous aussi.
16Amen, amen, je vous le dis :
le serviteur n'est pas plus grand que son seigneur
ni l'envoyé plus grand que celui qui l'a envoyé.
17Sachant cela, vous êtes bienheureux
si vous venez à le faire.

La trahison de Judas

18Ce n'est pas de vous tous que je parle ;
moi, je sais ceux que j'ai choisis,
mais c'est pour que l'Écriture s'accomplisse :
Celui qui mange mon pain

a levé contre moi son talon.
19Dès à présent je vous le dis,
avant que cela n'arrive,
pour qu'une fois cela arrivé,
vous croyiez que moi je suis.
20Amen, amen, je vous le dis :
qui accueille celui que j'enverrai,
c'est moi qu'il accueille,
et qui m'accueille accueille
Celui qui m'a envoyé. »

21Ayant dit cela, Jésus fut troublé en esprit ; il attesta et il dit :
« Amen, amen, je vous le dis :
l'un d'entre vous va me livrer. »

La seconde signature du disciple

22Les disciples se regardaient les uns les autres, perplexes : de
qui parle-t-il ? 23À table, tout contre Jésus, se trouvait un de ses
disciples, celui que Jésus aimait. 24Simon-Pierre alors fait signe à
celui-ci pour savoir quel peut être celui dont il parle. 25Alors celui-
ci, se renversant à même la poitrine de Jésus, lui dit :
« Seigneur, qui est-ce ? »
26Jésus répond :
« C'est celui pour qui moi je tremperai la bouchée
et à qui je la donnerai. »
Ayant alors trempé la bouchée, il la prend et la donne à Judas, fils de Simon Iscariote.

27Après la bouchée, le Satan (l'Adversaire)
entra en lui. (C)

Jésus lui dit alors :
« Ce que tu as à faire, fais-le sans tarder. »
28Mais cela, aucun de ceux qui étaient à table ne comprit pourquoi il le lui avait dit.

29En effet, comme Judas tenait la bourse,
quelques-uns pensèrent que Jésus lui disait :

« Achète ce dont nous avons besoin pour la fête »,
ou bien qu'il donnât quelque chose aux pauvres. (C)

(T)[30]Ayant alors pris la bouchée, celui-ci sortit aussitôt. C'était la nuit.

La déclaration solennelle de l'arrivée de l'heure

[31] Quand donc il fut sorti, Jésus dit :
« À présent a été glorifié le Fils de l'homme,
et Dieu s'est glorifié en lui ;
[32]puisque Dieu s'est glorifié en lui,
Dieu le glorifiera en soi-même
et il le glorifiera aussitôt. »

Bloc 25

LE PREMIER BLOC DE L'IMMENSE DISCOURS EN CHAMBRE HAUTE, DISCOURS D'AU REVOIR (13,33-14,31)

Premier sous-ensemble, le commandement nouveau

[13,33]Petits enfants, pour un moment encore
je suis avec vous.
Vous me chercherez
mais, comme j'ai dit aux juifs :
'Où je m'en vais, moi, vous ne pouvez pas venir',
à vous aussi je le dis maintenant.
[34] Je vous donne un commandement nouveau :
Aimez-vous les uns les autres !
Oui, de l'amour dont je vous ai aimés,
vous aussi aimez-vous les uns les autres !
[35]À ceci tous reconnaîtront
que vous êtes mes disciples à moi :
si vous avez de l'amour les uns pour les autres. »

Relance par une question de Pierre et annonce de son reniement

[36]Simon-Pierre lui dit :
« Seigneur, où t'en vas-tu ? »
Jésus répondit :
« Là où je m'en vais,
tu ne peux à présent me suivre ;
tu suivras plus tard. »
[37]Pierre lui dit :
« Seigneur, pourquoi ne puis-je te suivre maintenant ? Je déposerai ma vie pour toi. »
[38] Jésus répond :
« Tu déposeras ta vie pour moi ?
Amen, amen je te le dis :
le coq ne chantera pas
que tu ne m'aies renié trois fois.

Micro-parabole des demeures

[14,1]Que votre cœur ne se trouble pas !
Croyez en Dieu, croyez aussi en moi !
[2]Dans la maison de mon Père
il y a de nombreuses demeures ;
sinon vous aurais-je dit
que je vais vous préparer une place ?
[3]Et quand je serai allé vous préparer une place,
à nouveau je viendrai
et je vous emmènerai près de moi,
si bien que là où moi je suis vous soyez vous aussi,
[4]Et de là où je m'en vais, vous savez le chemin. »

Micro-parabole du chemin

[5]Thomas lui dit :
« Seigneur, nous ne savons pas où tu t'en vas ; comment pourrions-nous savoir le chemin ? »
[6]Jésus lui dit :

« C'est moi le chemin et la vérité et la vie :
nul ne vient au Père si ce n'est par moi.

La connaissance du Père, en voyant le Fils et la question de Philippe

7Si vous étiez parvenus à me connaître,
vous connaîtriez aussi mon Père.
Dès maintenant, vous commencez à le connaître
et vous le voyez. »

8Philippe lui dit :
« Seigneur, montre-nous le Père et cela nous suffit. »
9Jésus lui dit :
« Voilà si longtemps que je suis avec vous
et tu n'es pas parvenu à me connaître, Philippe !
Qui me voit, voit le Père.
Comment peux-tu dire : 'Montre-nous le Père' ?
10Ne crois-tu pas que moi je suis dans le Père
et que le Père est en moi ?
Les paroles que je vous dis,
je ne les prononce pas de moi-même ;
au contraire, c'est le Père qui,
demeurant en moi, accomplit ses œuvres.
11Croyez-moi : je suis, moi, dans le Père
et le Père est en moi.
Du moins, croyez à cause de ces œuvres.

Les œuvres et la rhétorique de la cascade

12Amen, amen je vous le dis : Celui qui croit en moi
fera, lui aussi, les œuvres que moi je fais,
et même il en fera de plus grandes,
parce que moi je vais au Père.
13Et tout ce que vous demanderez en mon nom,
je le ferai,
de sorte que le Père soit glorifié dans le Fils.
14Si vous me demandez quelque chose en mon nom,
je le ferai.

L'Esprit, votre avocat dans le monde

15 Si vous m'aimez,
vous garderez mes commandements à moi,
16 et moi, je m'adresserai au Père
et il vous donnera un autre Paraclet
pour qu'il soit avec vous pour toujours,
17 l'Esprit de la vérité que le monde ne peut recevoir
parce qu'il ne le reconnaît pas et ne le connaît pas.
Vous, vous le connaissez
parce qu'il demeure auprès de vous,
et il sera en vous.

L'inhabitation, vous en moi, moi en vous

18 Je ne vous laisserai pas orphelins,
je viens à vous.
19 Encore un moment, et le monde ne me verra plus ;
mais vous, vous verrez que moi je vis
et vous aussi vous vivrez.
20 En ce jour-là vous connaîtrez,
vous, que moi je suis en mon Père,
et vous en moi et moi en vous.

21 Qui a mes commandements et les garde,
c'est celui-là qui m'aime ;
et celui qui m'aime sera aimé de mon Père
et moi aussi je l'aimerai et me manifesterai à lui. »

La question de Jude sur la non manifestation au monde

22 Jude, non pas l'Iscariote, lui dit :
« Seigneur, comment se fait-il que tu doives te manifester à nous et non pas au monde ? »
23 Jésus répondit et lui dit :
« Si quelqu'un m'aime, il gardera ma parole,
et mon Père l'aimera et nous viendrons à lui

et nous établirons une demeure auprès de lui.
[24]Qui ne m'aime pas ne garde pas mes paroles ;
et la parole que vous entendez n'est pas mienne,
mais du Père qui m'a envoyé.

L'Esprit avocat, promesse de mémoire

[25]Ces paroles, je vous les ai dites
tandis que je demeurais auprès de vous.
[26]Mais le Paraclet, l'Esprit Saint
que le Père enverra en mon nom,
c'est lui qui vous enseignera tout ;
oui, il vous fera souvenir
de tout ce que je vous ai dit, moi.

Salut de paix final

[27] Je vous laisse la paix,
c'est la paix, la mienne, que je vous donne ;
ce n'est pas à la manière du monde
que moi je vous la donne.
Que votre cœur ne se trouble pas ni ne s'effraie !

[28]Avez-vous entendu ce que moi je vous ai dit :
'Je m'en vais et je viens à vous' ?
Si vous m'aimiez, vous vous réjouiriez
de ce que je vais au Père,
parce que le Père est plus grand que moi.
[29]Maintenant je vous ai parlé avant que cela n'arrive
pour qu'au moment où cela arrivera vous croyiez.
[30]Je ne parlerai plus guère avec vous,
car il vient le Prince du monde.
Sur moi il n'a aucun pouvoir.

[31]Bien plus ! pour que le monde reconnaisse
que j'aime le Père en agissant
comme le Père m'a commandé,
(L)levez-vous ! partons d'ici !

Bloc 26

LE SECOND BLOC DU DISCOURS APRÈS LA CÈNE, ET LA PARABOLE DE LA VIGNE ET DES SARMENTS (15,1-16,4)

La seconde grande parabole johannique, l'inhabitation entre le Maître et les disciples

1 Je suis, moi, la vigne, la vraie,
et mon Père est le vigneron,
2 Tout sarment en moi qui ne porte pas de fruit,
il le retranche,
et tout sarment qui porte du fruit, il l'émonde

afin qu'il porte un fruit plus abondant.
3 émondés vous l'êtes déjà, vous,
grâce à la parole que je vous ai dite.
4 Demeurez en moi et moi en vous !
De même que le sarment
ne peut de lui-même porter du fruit
S'il ne demeure dans la vigne,
Ainsi vous non plus, si vous ne demeurez en moi.
5 Je suis, moi, la vigne, vous les sarments.
Qui demeure en moi et moi en lui,
celui-là porte un fruit abondant,
car hors de moi vous ne pouvez rien faire.
6 Si quelqu'un ne demeure pas en moi,
il est jeté dehors comme le sarment
et il se dessèche ;
puis ils sont rassemblés,
on les jette au feu et ils brûlent,
7 Si vous demeurez en moi
et si mes paroles demeurent en vous,
demandez ce que vous voudrez,
et cela arrivera pour vous.
8 Ce qui glorifie mon Père,

c'est que vous portiez un fruit abondant
et que vous soyez mes disciples.

Demeurer dans la cascade/ascenseur de l'amour du Père

9De l'amour dont le Père m'a aimé,
moi aussi je vous ai aimés.
Demeurez dans l'amour, le mien !
10Si vous gardez mes commandements,
vous demeurerez dans mon amour,
tout comme moi j'ai gardé
les commandements de mon Père
et je demeure dans son amour.
11Je vous ai dit cela pour que la joie,
la mienne, soit en vous
et que votre joie soit en plénitude.
12Voici mon commandement :
que vous vous aimiez les uns les autres
de l'amour dont je vous ai aimés !
13Personne n'a de plus grand amour
que l'amour de celui qui dépose sa propre vie
pour ceux qu'il aime.

Mini-parabole des amis qui ne sont plus des serviteurs

14Vous, vous êtes mes amis si vous faites
ce que moi je vous commande.
15Je ne vous appelle plus serviteurs,
car le serviteur ne sait pas ce que fait son maître ;
je vous ai appelés amis
parce que tout ce que j'ai entendu de mon Père
je vous l'ai fait connaître.
16Ce n'est pas vous qui m'avez choisi,
mais c'est moi qui vous ai choisis ;
et je vous ai établis
pour que vous alliez et que vous portiez du fruit,
et que votre fruit demeure,

pour que tout ce que vous demanderez au Père
en mon nom il vous le donne.
[17]Ce que je vous commande,
c'est que vous vous aimiez les uns les autres.

Le serviteur persécuté comme le Maître, théologie des serviteurs dans le monde

[18]Si le monde vous hait,
sachez qu'il m'a pris en haine avant vous.
[19]Si vous étiez du monde,
le monde aimerait ce qui est sien,
mais parce que vous n'êtes pas du monde
et que moi je vous ai tirés du monde,
voilà pourquoi le monde vous hait.
[20]Rappelez-vous la parole que moi je vous ai dite :
'Le serviteur n'est pas plus grand que son seigneur' ;
s'ils m'ont persécuté,
ils vous persécuteront vous aussi ;
s'ils ont gardé ma parole,
ils garderont aussi la vôtre.
[21]Davantage, tout cela ils le feront contre vous
à cause de mon nom,
parce qu'ils ne connaissent pas
Celui qui m'a envoyé.

Le péché qui n'a pas d'excuse, parce qu'ils ont vu les oeuvres

[22]Si je n'étais pas venu et ne leur avais point parlé,
ils n'auraient pas de péché ;
mais en fait ils n'ont pas d'excuse pour leur péché.
[23]Celui qui me hait, hait aussi mon Père.
[24]Si je n'avais pas fait parmi eux des œuvres
que nul autre n'a faites,
ils n'auraient pas de péché ;
mais en fait ils ont vu
et ils ont pris en haine et moi et mon Père.

25Bien plus, c'est pour que s'accomplisse
la parole écrite dans leur Loi :
'Ils m'ont haï sans fondement.'

Le témoignage de l'avocat et des disciples

26Quand sera venu le Paraclet
que moi je vous enverrai d'auprès du Père,
l'Esprit de vérité qui provient d'auprès du Père,
c'est lui qui rendra témoignage sur moi.
27Bien plus, vous aussi vous rendrez témoignage
parce que vous êtes avec moi
depuis le commencement.

Conclusion du bloc : Je vous ai dit cela pour que vous vous rappeliez que je vous l'ai dit

16,1 Je vous ai dit cela
pour que vous ne trébuchiez pas.
2Ils vous excluront de la Synagogue.
Oui, l'heure vient où quiconque vous tuera
estimera rendre un culte à Dieu.
3Et cela, ils le feront
parce qu'ils n'ont connu ni le Père ni moi.
4Mais je vous ai dit cela
pour que, une fois l'heure venue,
vous vous rappeliez que je vous l'ai dit.

Bloc 27

LE TROISIÈME BLOC RÉDACTIONNEL DU DISCOURS FINAL, DES ÉLÉMENTS DIVERS POUR RENFORCER OU COMPLÉTER SON CONTENU (16,4-33)

Première partie : le départ du Maître est un avantage pour les disciples

16,4b « Cela, si je ne vous l'ai pas dit dès le début,
c'est que j'étais avec vous.

5Maintenant je retourne chez Celui qui m'a envoyé,
et cependant pas un de vous ne m'interroge :
'Où retournes-tu ?'
6Mais parce que je vous ai dit cela,
la tristesse a rempli vos cœurs.
7Pourtant moi je vous dis la vérité :
c'est votre avantage que moi je m'en aille ;
en effet, si je ne m'en vais pas,
le Paraclet ne viendra pas à vous ;
au contraire si je pars, je vous l'enverrai.

Parce que l'avocat vous guidera vers la vérité

8Et, en venant, celui-ci établira
la culpabilité du monde
en matière de péché, de justice et de jugement,
9En matière de péché : ils ne croient pas en moi ;
10en matière de justice : je retourne chez le Père
et vous ne m'aurez plus sous les yeux ;
11en matière de jugement :
le Prince de ce monde est condamné.

12J'ai encore bien des choses à vous dire,
mais maintenant vous ne pouvez pas les porter.
13Mais lorsque viendra celui-ci, l'Esprit de la vérité,
il vous conduira à la vérité tout entière.
En effet, il ne parlera pas de son propre chef,
mais tout ce qu'il entendra il l'exprimera,
et il vous communiquera ce qui va venir.
14Lui, il me glorifiera,
car de mon bien il recevra,
et il vous [le] communiquera.
15Tout ce qu'a le Père est mien ;
pour cela j'ai dit : De mon bien il reçoit
et il vous [le] communiquera.

Réponse à la question de ce qui va se passer avec l'arrivée de l'heure : un moment et encore un moment...

16 Un moment, et vous ne m'aurez plus sous les yeux,
puis encore un moment et vous me verrez. »

17 Alors certains de ses disciples se dirent l'un à l'autre :
« Qu'est donc ce qu'il nous dit là : 'Un moment, et vous ne m'aurez plus sous les yeux, puis encore un moment et vous me verrez'? Et encore: 'Je retourne chez le Père'?»
18 Ils disaient donc:
«Qu'est ce 'un moment' dont il parle ? Nous ne savons pas ce qu'il veut dire. »
19 Jésus connut qu'ils voulaient l'interroger, et il leur dit :

« Vous cherchez entre vous
à propos de ce que j'ai dit :
'Un moment, et vous ne m'aurez plus sous les yeux,
puis encore un moment et vous me verrez.'
20 En vérité, en vérité je vous le dis,
vous allez pleurer et vous lamenter, vous,
tandis que le monde se réjouira.
Vous serez, vous, attristés,
mais votre tristesse deviendra joie.

La micro-parabole de la joie de la femme qui vient d'accoucher

21 La femme sur le point d'accoucher
a de la tristesse,
parce que son heure est venue;
mais quand elle a donné naissance à l'enfant,
elle ne se souvient plus de son affliction,
dans la joie qu'un homme est né au monde.
22 Vous donc aussi,
vous avez maintenant de la tristesse,
mais à nouveau je vous verrai
et votre cœur se réjouira,

et votre joie nul ne vous l'enlèvera.
23En ce jour-là, vous ne m'interrogerez plus sur rien.

Les demandes des disciples au Père

En vérité, en vérité je vous le dis,
quoi que vous demandiez à mon Père,
il vous le donnera en mon nom.
24Jusqu'à présent vous n'avez rien demandé
en mon nom.
Demandez et vous recevrez !
Ainsi votre joie sera en plénitude.
25Je vous ai dit cela de façon énigmatique.
Elle vient, l'heure où je ne vous parlerai plus
de façon énigmatique,
mais où je vous communiquerai ouvertement le Père.
26En ce jour-là vous demanderez en mon nom ;
et cependant je ne vous dis pas
que j'interviendrai auprès du Père pour vous,
27car le Père lui-même vous aime,
parce que vous, vous m'aimez
et vous avez la foi que je suis sorti d'auprès de Dieu.

Une christologie des mouvements du Maître entre le Père et le monde

28 Je suis sorti d'auprès du Père
et je suis venu dans le monde ;
je quitte le monde
et je vais de nouveau chez le Père. »

29Ses disciples lui disent :
« Voilà qu'à présent tu parles ouvertement et que tu ne parles plus en langage énigmatique. 30À présent nous savons que tu sais tout et que tu n'as pas besoin qu'on t'interroge ; c'est bien pourquoi nous croyons que tu es sorti de Dieu. »

Conclusion : l'heure est venue, égo triomphal

[31]Jésus leur répondit :

« Vous croyez maintenant ?
[32] Voici que [l']heure vient — et elle est venue —
où vous serez dispersés chacun de son côté
et vous me laisserez seul ;
mais je ne suis pas seul,
parce que le Père est avec moi.
[33]Je vous ai dit cela pour qu'en moi vous ayez la paix.
Dans le monde vous avez de l'affliction.
Mais gardez courage !
Moi, je suis vainqueur du monde ! »

Bloc 28

LE DERNIER BLOC DU DISCOURS FINAL EN FORME DE PRIÈRE AU PÈRE (17,1-26)

Première partie, entre le Maître et le Père

[1]Cela, Jésus le déclara, puis, levant les yeux vers le ciel, il dit :

« Père, elle est venue l'heure!
Glorifie ton Fils afin que ton Fils te glorifie
[2]Et que, à la mesure du pouvoir sur toute chair
que tu lui as donné,
il donne la vie éternelle
à tous ceux que tu lui as donnés.
[3]Et la vie éternelle, c'est qu'ils te connaissent,

Petit dérapage en forme liturgique

toi, le seul vrai Dieu
et celui que tu as envoyé, Jésus Christ.

[4]Moi, je t'ai glorifié sur la terre,
ayant mené à terme l'œuvre

que tu m'as donné de faire.
[5]Et maintenant, glorifie-moi, toi, Père,
auprès de toi-même
de la gloire que j'avais
auprès de toi avant que le monde fût.

Seconde partie, entre le Maître, le Père et les disciples

[6]J'ai manifesté ton Nom aux hommes
que tu m'as donnés du milieu du monde.
À toi ils étaient, à moi tu les as donnés,
et ils ont gardé ta parole.
[7]Maintenant ils sont parvenus à connaître
que tout ce que tu m'as donné est d'auprès de toi.
[8]En effet, les paroles que tu m'as données,
je les leur ai données
et ils les ont accueillies
et ils ont vraiment connu
que d'auprès de toi je suis sorti,
et ils ont cru que toi, tu m'as envoyé.

[9]Moi j'interviens pour eux,
non pas pour le monde,
mais pour ceux que tu m'as donnés
parce qu'ils sont à toi,
[10]et tout ce qui est mien est tien
et ce qui est tien est mien,
et je suis glorifié en eux.
[11a]Désormais je ne suis plus dans le monde,
mais eux sont dans le monde,
et moi je viens à toi.

Inhabitation générale et durable entre le Père, le Maître et les disciples

[11b]Père saint, garde-les dans ton Nom
que tu m'as donné,
pour qu'ils soient un de l'unité qui nous [fait] un.

12Quand j'étais avec eux,
moi, je les gardais dans ton Nom que tu m'as donné,
et j'ai veillé, et aucun d'eux ne fut perdu,
sauf le fils de perdition
de sorte que l'Écriture soit accomplie.
13Mais maintenant je viens à toi,
et ces choses je les déclare dans le monde,
afin qu'ils aient en eux-mêmes ma joie
dans sa plénitude.
14Moi je leur ai donné ta parole,
et le monde les a pris en haine,
parce qu'ils ne sont pas du monde
du fait que moi je ne suis pas du monde.
15 Je n'interviens pas
pour que tu les enlèves du monde
mais pour que tu les gardes du Malin.
16Du monde ils ne sont pas,
du fait que moi, je ne suis pas du monde.
17Sanctifie-les dans la vérité :
la parole, la tienne, est la vérité.
18Du fait que tu m'as envoyé dans le monde,
moi aussi je les ai envoyés dans le monde,
19et pour eux je me sanctifie moi-même
afin qu'ils soient eux aussi sanctifiés en vérité.

Strophe de l'unité en cascade

20Ce n'est pas pour ceux-ci seulement
que j'interviens,
mais aussi pour ceux qui, par leur parole,
croient en moi :
21Que tous soient un,
du fait que toi, Père [tu es] en moi et moi en toi !
Qu'eux aussi soient en nous,
afin que le monde croie que toi tu m'as envoyé.
22Et moi, la gloire que tu m'as donnée,
je la leur ai donnée :

qu'ils soient un de l'unité dont nous [sommes] un !
23Moi en eux et toi en moi,
qu'ils soient parfaitement accomplis dans l'un,
afin que le monde vienne à reconnaître
que toi tu m'as envoyé
et que tu les as aimés de l'amour dont tu m'as aimé.

Strophe de conclusion

24Père, ceux que tu m'as donnés,
je veux que, là où moi je suis,
ceux-là soient avec moi,
afin qu'ils voient la gloire, la mienne,
que tu m'as donnée,
parce que tu m'as aimé
dès avant la fondation du monde.
25Père juste, le monde ne t'a pas connu,
mais moi je t'ai connu,
et ceux-ci ont connu que toi tu m'as envoyé.
26Je leur ai fait connaître ton Nom
et je [le] ferai connaître,
afin que l'amour dont tu m'as aimé soit en eux,
et moi en eux. »

SUITE DE LA IVe PARTIE, LA PASSION SELON LE DISCIPLE ET LES ÉPILOGUES À LA DÉCOUVERTE DU MAÎTRE VIVANT

Bloc 29

L'ARRESTATION (18,1-12)

(T+L)[18,1]Ayant dit ces choses, Jésus sortit avec ses disciples
pour gagner l'autre côté du torrent du Cédron,
là où il y avait un jardin dans lequel il entra, lui et ses disciples.

[2]Judas, celui qui le livrait, connaissait aussi l'endroit,
parce que souvent Jésus s'était tenu là avec ses disciples, (C)

[3] Judas donc, ayant pris [avec lui] la cohorte et des gardes détachés par les grands prêtres et les pharisiens, vient là avec torches, lanternes et armes.

[4]Alors Jésus, sachant tout ce qui allait lui arriver, sortit et leur dit :
« Qui cherchez-vous ? »
[5]Ils lui répondirent :
« Jésus le Nazôréen. »
II leur dit :
« Je [le] suis. »
Or Judas, celui qui le livrait, se tenait aussi avec eux. [6]Quand donc
il leur eut dit : « Je [le] suis », ils eurent un mouvement de recul et
tombèrent à terre, [7]De nouveau il leur demanda donc :
« Qui cherchez-vous ? »
Et eux dirent :
« Jésus le Nazôréen. »
[8] Jésus répondit :
« Je vous l'ai dit : « Je [le] suis. »
Si donc c'est moi que vous cherchez,
laissez ceux-là s'en aller.»

[9]C'était pour que s'accomplît
la parole que Jésus avait dite :
« Ceux que tu m'as donnés, je n'en ai perdu aucun. »(C)

[10]Alors Simon-Pierre, qui avait une épée, la dégaina, frappa le serviteur du Grand Prêtre et lui trancha le bout de l'oreille droite. Le nom du serviteur était Malchus. [11]Jésus dit alors à Pierre :

« Remets l'épée au fourreau.
La coupe que le Père m'a donnée ne la boirai-je pas ? »

[12]Alors la cohorte avec le tribun et les gardes des juifs se saisirent de Jésus et le ligotèrent.

Bloc 30

LA PHASE JUIVE DU PROCÈS (18,13-27)

(T+L)[13]Ils le menèrent tout d'abord chez Hanne,
il était en effet le beau-père de Caïphe
qui était le Grand Prêtre cette année-là.
[14]ce Caïphe était celui qui avait donné conseil aux juifs :
« Il y a intérêt à ce qu'un seul homme meure pour la nation. »(C)

Le reniement de Pierre et la troisième signature du disciple

[15]Simon-Pierre suivait Jésus ainsi qu'un autre disciple. Ce disciple-là était connu du Grand Prêtre ; il entra avec Jésus dans le palais du Grand Prêtre. [16]Pierre, lui, se tenait près de la porte, à l'extérieur. L'autre disciple, celui qui était connu du Grand Prêtre, sortit donc et dit un mot à la portière, et il fit entrer Pierre. [17]La servante, la portière dit donc à Pierre :

« N'es-tu pas, toi aussi, un des disciples de cet homme ? »

Celui-ci dit :

« Je n'[en] suis pas. »

[18]Les serviteurs et les gardes, qui avaient fait un feu de braise parce que le temps était froid, se tenaient là et se chauffaient. Pierre aussi se tenait avec eux et se chauffait.

[19]Donc le Grand Prêtre questionna Jésus sur ses disciples et sur son enseignement. [20]Jésus lui répondit :

«Moi, j'ai parlé ouvertement au monde.
Moi, j'ai toujours enseigné en synagogue

et dans le Temple où tous les juifs s'assemblent,
et je n'ai point parlé en secret.
21Pourquoi me questionnes-tu ?
Questionne ceux qui ont entendu ce que j'ai dit ;
eux savent bien ce que moi, j'ai dit. »

22Comme il avait dit cela, l'un des gardes qui était auprès de lui donna un soufflet à Jésus en disant :
«C'est ainsi que tu réponds au Grand Prêtre ! »
23 Jésus lui répondit :
« Si j'ai mal parlé, montre ce qui est mal ;
mais si j'ai bien [parlé], pourquoi me frappes-tu ? »

(L)24Là-dessus, Hanne l'envoya encore ligoté à Caïphe le Grand Prêtre.

25Simon-Pierre se tenait là et se chauffait. Ils lui dirent donc :
«N'es-tu pas, toi aussi, de ses disciples ?»
Lui nia et dit:
«Je n'[en] suis pas. »
26Un des serviteurs du Grand Prêtre, parent de celui dont Pierre avait tranché l'oreille, lui dit :
« Ne t'ai-je pas vu, moi, dans le jardin avec lui ? »
27De nouveau donc Pierre nia, et aussitôt un coq chanta.

Bloc 31

LE PROCÈS DEVANT LE POUVOIR ROMAIN (18,28-19,15)

(T+L)28De chez Caïphe ils mènent alors Jésus au prétoire. C'était le point du jour.
Eux-mêmes n'entrèrent pas dans le prétoire pour ne pas contracter de souillure et ainsi pouvoir manger la Pâque.

Première sortie sur la place

29Pilate sortit donc au-dehors vers eux, et il dit :

« Quelle accusation portez-vous contre cet homme ?»

30Ils répondirent et lui dirent :

« Si cet [individu] ne faisait pas du mal, nous ne te l'aurions pas livré ! »

31Pilate leur dit donc :

« Prenez-le vous-mêmes, et jugez-le selon votre loi ! »

Les juifs lui dirent :

« Il ne nous est pas permis de mettre quelqu'un à mort. »

32C'est ainsi que devait s'accomplir la parole
par laquelle Jésus avait signifié
de quel genre de mort il allait mourir.(C)

Seconde étape dans le prétoire

33Alors Pilate entra de nouveau dans le prétoire. Il convoqua Jésus et lui dit :

« Toi, tu es le roi des Juifs ? »

34 Jésus répondit et lui dit :

« Dis-tu cela de toi-même,
ou d'autres te l'ont-ils dit de moi ? »

35Pilate répondit :

« Est-ce que je suis juif, moi ? C'est ta propre nation et les grands prêtres qui t'ont livré à moi. Qu'as-tu fait ? »

36Jésus répondit :

« Ma royauté à moi ne provient pas de ce monde-ci ;
si ma royauté à moi provenait de ce monde-ci,
les miens auraient combattu
pour que je ne sois pas livré aux juifs.
En réalité ma royauté à moi n'est pas d'ici. »

37Pilate lui dit :

« Alors toi, tu es donc roi ? »

Jésus répondit :

« Toi, tu dis que je suis roi.
Je suis, moi, né pour ceci,
je suis venu dans le monde pour ceci :

pour rendre témoignage à la vérité.
Quiconque est de la vérité écoute ma voix. »

38 Pilate lui dit :
« Qu'est-ce que la vérité ? »

Seconde sortie sur la place

Cela dit, il sortit de nouveau vers les juifs et il leur dit :
« Moi, je ne trouve en lui aucun chef d'accusation. 39 Or il
y a pour vous une coutume, que je vous relâche quelqu'un
à la Pâque. Voulez-vous donc que je vous relâche le roi
des Juifs ? »
40 Là-dessus ils se mirent à crier très fort :
« Pas celui-ci, mais Barabbas ! »
Or Barabbas était un brigand.(C)

Troisième étape dans le prétoire

19,1 Alors Pilate prit Jésus et le fit flageller, 2 Les soldats, tressant
une couronne d'épines, la lui posèrent sur la tête, et ils le revêtirent
d'un manteau de pourpre, 3 et ils venaient à lui et ils disaient :
« Salut, le roi des Juifs ! »
et ils lui donnaient des coups.

Troisième sortie sur la place

4 De nouveau Pilate sortit au-dehors et il leur dit :
« Voyez, je vous l'amène dehors pour que vous reconnaissiez
que je ne trouve en lui aucun chef d'accusation. »
5 Alors Jésus sortit au-dehors, portant la couronne d'épines et le
manteau de pourpre. Pilate leur dit :
« Voici l'homme ! »
6 Quand donc les grands prêtres et les gardes le virent, ils se mirent
à crier, disant :
« Crucifie[-le] ! Crucifie[-le] ! »
Pilate leur dit :

« Prenez-le vous-mêmes et crucifiez-le ! En effet je ne trouve pas en lui de chef d'accusation. »

[7]Les juifs lui répondirent :

« Nous, nous avons une loi, et selon cette loi il doit mourir, parce qu'il s'est fait lui-même Fils de Dieu. » [8]

Quatrième retour dans le prétoire

Quand donc Pilate entendit cette parole, il fut très effrayé.

[9]Il rentra dans le prétoire et il dit à Jésus :

« D'où es-tu, toi?»

Mais Jésus ne lui fit aucune réponse. [10]Pilate lui dit donc ;

« À moi, tu ne réponds pas ! Ne sais-tu pas que j'ai pouvoir de te relâcher, pouvoir aussi de te crucifier ? »

[11]Jésus lui répondit :

« Tu n'aurais sur moi aucun pouvoir
si cela ne t'avait été donné d'en haut.
Voilà pourquoi celui qui m'a livré à toi
a un plus grand péché. »

[12]Là dessus Pilate cherchait à le relâcher.

Quatrième sortie sur la place

Mais les juifs se mirent à crier, disant :

« Si tu relâches cet [individu], tu n'es pas un ami de César : quiconque se fait roi s'oppose à César. »

[13]Entendant de telles paroles, Pilate fit amener Jésus dehors et alla siéger sur l'estrade, au lieu-dit Lithostrotos, en hébreu Gabbatha.
[14]C'était le jour de la Préparation de la Pâque, vers la sixième heure. Et il dit aux juifs :

« Voici votre roi ! »

[15]Mais ils se mirent à crier :

« Enlève[-le] ! Enlève[-le] ! Crucifie-le ! »

Pilate reprit :

« Vais-je crucifier votre roi ? »

Les grands prêtres répondirent :

« Nous n'avons de roi que César ! »

Bloc 32

DU PRÉTOIRE AU CALVAIRE ET AU SÉPULCRE

(19,16-42)

16Alors il le leur livra pour qu'il soit crucifié. Ils prirent donc Jésus.

Premier tableau, l'écriteau de la condamnation

17Et [lui], portant pour lui-même la croix, sortit vers le lieu-dit
« Le Crâne », que l'on appelle en hébreu Golgotha. 18Là ils le
crucifièrent et avec lui deux autres, un de chaque côté et au milieu
Jésus. 19Pilate avait rédigé un écriteau et le fit placer sur la croix ; il
y était écrit : « Jésus le Nazôréen, le roi des Juifs. » 20Cet écriteau,
bien des juifs le lurent, car l'endroit où Jésus avait été crucifié
était proche de la ville, et c'était écrit en hébreu, en latin, en grec.
21Les grands prêtres des juifs disaient donc à Pilate :

> « Ne laisse pas écrit : 'Le roi des Juifs', mais que celui-là a dit : 'Je suis roi des Juifs'. »

22Pilate répondit :

> « Ce que j'ai écrit, je [l']ai écrit. »

Second tableau, le partage des vêtements

23Après avoir crucifié Jésus, les soldats prirent donc ses vêtements
et en firent quatre parts, une part pour chaque soldat. Ils [prirent]
aussi la tunique. Or la tunique était sans couture, tissée d'une
pièce depuis le haut. 24[Les soldats] se dirent donc entre eux :

« Ne la déchirons pas, désignons plutôt par le sort qui l'aura »,
pour que l'Écriture soit accomplie :
« Ils se sont partagé mes vêtements,
et mon habit ils l'ont tiré au sort. »
Voilà ce que firent les soldats.(C)

Troisième tableau, deux paroles du supplicié

[25]Or, près de la croix de Jésus, se tenaient debout sa mère et la sœur de sa mère. Marie femme de Clopas et Marie de Magdala.
[26] Jésus donc, voyant sa mère et, se tenant debout près [d'elle], le disciple qu'il aimait, dit à sa mère :

« Femme, voici ton fils. »

[27]Puis il dit au disciple :

« Voici ta mère. »

À partir de cette heure, le disciple l'accueillit dans son domaine.

Quatrième tableau, le dernier instant

[28]Après cela, sachant que tout était désormais achevé
pour que l'Écriture soit pleinement accomplie, (C)

Jésus dit :

« J'ai soif ! »

[29]Un vase était là, plein de vin aigre. Ayant fixé autour d'une branche d'hysope une éponge imbibée de vin aigre, ils l'approchèrent de sa bouche.
[30]Quand il eut pris le vin aigre, Jésus dit :

« C'est achevé ! »

et, inclinant la tête, il remit l'esprit.

Cinquième tableau, la vérification du décès

[31]Les juifs donc, comme c'était la Préparation, pour éviter que les corps restent sur la croix durant le sabbat

d'autant que ce sabbat était un grand jour, (C)

demandèrent à Pilate qu'on leur brisât les jambes et qu'ils soient enlevés.
[32]Les soldats vinrent donc et ils brisèrent les jambes du premier, puis de l'autre, crucifiés avec lui. -
[33]Arrivés à Jésus, voyant qu'il était déjà mort, ils ne lui brisèrent pas les jambes,
[34]mais l'un des soldats lui frappa le côté avec sa lance, et aussitôt il jaillit du sang et de l'eau.

[35]Celui qui a vu est témoin,
et son témoignage est véridique ;

et celui-là sait qu'il dit vrai,
pour que vous aussi vous veniez à croire.
36En effet tout cela est arrivé pour que s'accomplisse l'Écriture :
« Pas un os ne lui sera brisé. »
37Et une autre Écriture dit encore :
« Ils regarderont vers celui qu'ils ont transpercé. »(C)

Sixième tableau, l'ensevelissement

38 Après cela, Joseph d'Arimathie, qui était disciple de Jésus mais en secret par peur des juifs, demande à Pilate de pouvoir enlever le corps de Jésus. Pilate le permit. Il vint donc et enleva son corps.
39Vint aussi Nicodème
celui qui naguère était venu à lui de nuit, (C)
il apportait un mélange de myrrhe et d'aloès, d'environ cent livres.
40Ils prirent le corps de Jésus et le lièrent par des linges et avec les aromates, selon la coutume juive d'ensevelir. 41Or à l'endroit où [Jésus] avait été crucifié, il y avait un jardin, et dans le jardin un tombeau tout neuf dans lequel jamais personne n'avait été déposé.
42En raison de la Préparation des juifs, et comme ce tombeau était proche, c'est donc là qu'ils déposèrent Jésus.

Bloc 33

APRÈS LA PASSION, LES SURPRISES AUTOUR DU TOMBEAU VIDE (20,1-31)

Première découverte de Marie seule

(T)1Le premier jour après le sabbat, Marie de Magdala vient au tombeau de grand matin, alors qu'il faisait noir encore ;
elle voit que la pierre a été enlevée du tombeau, 2Elle court donc et vient à Simon-Pierre ainsi qu'à l'autre disciple, celui que Jésus aimait, et elle leur dit :
« On a enlevé du tombeau le Seigneur, et nous ne savons pas où on l'a mis. »

La découverte du tombeau vide par Pierre et le disciple

[3]Pierre sortit donc, ainsi que l'autre disciple, et ils se rendaient au tombeau. [4]Ils couraient tous deux ensemble, mais l'autre disciple courut devant, plus vite que Pierre, et il arriva le premier au tombeau, [5]Ayant passé la tête, il voit que les linges sont posés là ; pourtant il n'entra pas. [6]Vient à son tour Simon-Pierre qui le suivait et il entra dans le tombeau. Il regarde les linges posés là [7]et le voile qui avait été sur sa tête, non pas posé là parmi les linges, mais à part, enroulé en un endroit distinct.

[8]Alors entra aussi l'autre disciple, celui qui était arrivé le premier au tombeau ; il vit et il crut. [9]En effet ils ne savaient pas encore que, selon l'Écriture, il devait être relevé d'entre les morts.
[10]Puis les disciples s'en retournèrent chez eux.

Marie et le Maître

[11]Quant à Marie, elle se tenait debout près du tombeau, à l'extérieur, pleurant. Or, comme elle pleurait, elle passa la tête dans le tombeau [12]et elle voit deux anges vêtus de blanc, assis là où avait été posé le corps de Jésus, l'un à la tête, l'autre aux pieds.
[13]Ils lui disent :

« Femme, pourquoi pleures-tu ? »

Elle leur dit :

« Parce qu'on a enlevé mon Seigneur, et je ne sais où on l'a mis. »

[14]Ayant dit cela, elle se retourna en arrière, et elle voit Jésus qui se tenait debout, mais elle ne savait pas que c'était Jésus.
[15] Jésus lui dit :

«Femme, pourquoi pleures-tu ? Qui cherches-tu? »

Elle, pensant que c'était le jardinier, lui dit :

« Seigneur, si c'est toi qui l'as emporté, dis-moi où tu l'as mis, et moi j'irai l'enlever »

[16] Jésus lui dit :

« Marie ! »

Tournée, elle lui dit en hébreu :
« Rabbouni ! »
(ce qui veut dire : Maître) C.

17 Jésus lui dit :
« Cesse de me toucher !
Je ne suis sans doute pas encore monté vers le Père,
mais va vers mes frères
et dis-leur que je monte vers mon Père
qui est votre Père,
vers mon Dieu qui est votre Dieu. »

18 Marie de Magdala va donc annoncer aux disciples :
« J'ai vu le Seigneur, et voilà ce qu'il m'a dit. »

Bloc 34

LES APPARITIONS COLLECTIVES (20,19-29)

Première rencontre collective

(T)19 Ce jour-là, le premier après le sabbat, alors que le soir était venu
et que les portes étaient fermées du lieu où étaient les disciples
par peur des juifs Jésus vint et se tint debout au milieu d'eux et
il leur dit :
« Paix à vous ! »
20 Cela dit, il leur montra ses mains et son côté. Les disciples furent
remplis de joie à la vue du Seigneur.
21 Alors il leur dit de nouveau :
« Paix à vous !
De par le Père qui m'a envoyé,
moi aussi je vous envoie. »
22 Cela dit, il souffla sur eux et dit :
« Recevez l'Esprit Saint.
23 À qui vous remettrez les péchés,
ceux-ci leur seront remis ;
à qui vous les retiendrez, ils seront retenus. »

Seconde rencontre collective

[24]Or Thomas, l'un des Douze, celui que l'on appelle Didyme, n'était pas avec eux lorsque vint Jésus. [25]Les autres disciples lui disaient donc :

« Nous avons vu le Seigneur ! »

Mais lui leur dit :

« Si je ne vois pas dans ses mains la marque des clous, si je n'enfonce pas mon doigt dans l'emplacement des clous, si je n'enfonce pas ma main dans son côté, je ne croirai absolument pas ! »

[26]Huit jours après, ses disciples étaient de nouveau à l'intérieur, et Thomas avec eux. Vient Jésus, alors que les portes étaient fermées. Il se tint debout au milieu d'eux et il dit :

« Paix à vous ! »

[27]Puis il dit à Thomas :

« Porte ton doigt ici et vois mes mains ;
porte ta main et enfonce-la dans mon côté.
Cesse de te montrer incroyant,
mais [montre-toi] croyant ! »

[28]Thomas répondit et lui dit :

« Mon Seigneur et mon Dieu ! »

[29]Jésus lui dit :

« Parce que tu me vois tu crois.
Heureux ceux qui n'ont pas vu et ont cru ! »

Première conclusion de l'évangile du disciple

[30]Jésus a donc fait en présence de ses disciples bien d'autres signes
qui ne sont pas écrits dans ce livre.
[31] quant à ceux-ci, ils ont été écrits
pour que vous croyez que Jésus est le Messie, le Fils de Dieu,
et pour qu'en croyant vous ayez la vie en son nom.(C)

Bloc 35

LA SECONDE CONCLUSION, ÉLÉGIE POUR LA MORT DE PIERRE (21,1-25)

Un rappel de la vocation de Pierre

(L+T)[1]Après cela, Jésus se manifesta de nouveau aux disciples sur le bord de la mer de Tibériade.

Voici comment il se manifesta. [2]Se trouvaient ensemble Simon-Pierre, Thomas appelé Didyme, Nathanaël de Cana en Galilée, les fils de Zébédée et deux autres de ses disciples. [3]Simon-Pierre leur dit :

« Je m'en vais pêcher. »

Ils lui disent :

« Nous venons, nous aussi, avec toi. »

Ils sortirent et montèrent dans le bateau ; mais cette nuit-là ils ne capturèrent rien. [4]C'était déjà le matin. Jésus se tint sur le rivage ; pourtant les disciples ne savaient pas que c'était Jésus, [5]Alors Jésus leur dit :

« Les enfants, auriez-vous quelque chose à manger ? »

Ils lui répondirent :

« Non ! »

[6]Et il leur dit :

« Jetez le filet sur le côté droit du bateau,
et vous trouverez ! »

Alors ils le jetèrent ; et ils n'avaient plus la force de le hisser [à bord], du fait de la multitude de poissons, [7]Alors le disciple que Jésus aimait dit à Pierre :

«C'est le Seigneur ! »

Ayant entendu «C'est le Seigneur !», Simon-Pierre ceignit son survêtement - car il était nu - et il se jeta dans la mer. [8]Les autres disciples vinrent avec la barque en traînant le filet [plein] de poissons ; ils n'étaient pas loin de la terre mais à environ deux cents coudées,

[9]Une fois descendus à terre, ils aperçoivent, disposé là, un feu de braise avec du poisson placé dessus, ainsi que du pain. [10] Jésus leur dit :

« Apportez de ces poissons que vous venez de capturer.»

[11]Simon-Pierre monta donc [à bord] et tira à terre le filet plein de gros poissons : cent cinquante-trois ; et quoiqu'il y en eut tant, le filet ne se déchira point. [12]Jésus leur dit :

« Venez déjeuner. »

Aucun des disciples n'osait le questionner :

« Toi, qui es-tu ? »,

sachant que c'était le Seigneur.

[13]Alors Jésus vient, il prend le pain et le leur donne ; il fit de même avec le poisson.

[14]Ce fut la troisième fois que Jésus se manifesta aux disciples, après qu'il fut réveillé d'entre les morts. (C)

L'effacement du triple reniement et le rappel de l'autorité de Pierre

[15]Quand donc ils eurent déjeuné, Jésus dit à Simon-Pierre :

« Simon, [fils] de Jean, m'aimes-tu plus que ceux-ci ? »

Il lui dit :

« Certes, Seigneur, toi, tu sais mon amour pour toi. »

Jésus lui dit :

« Pais mes agneaux ! »

[16]Il lui répète une deuxième fois :

« Simon, [fils] de Jean, m'aimes-tu ? »

Il lui dit :

« Certes, Seigneur, toi, tu sais mon amour pour toi. »

Jésus lui dit :

« Pais mes brebis ! »

[17]A la troisième fois, il lui dit :

« Simon, [fils] de Jean, as-tu de l'amour pour moi ? »

Pierre fut attristé de ce qu'il lui eût dit à la troisième fois : « As-tu de l'amour pour moi ? », et il lui dit :

« Seigneur, toi, tu sais tout, toi, tu connais mon amour pour toi. »

Jésus lui dit :

« Pais mes brebis !

Allusion à la mort de Pierre

[18]Amen, amen je te le dis,
quand tu étais jeune, tu te ceignais toi-même
et tu allais où tu voulais.
Mais quand tu auras vieilli, tu étendras les mains
et un autre te ceindra et te mènera
où tu ne voudrais pas. »

[19] Jésus dit cela pour signifier
par quelle mort il glorifierait Dieu. (C)

Et après ces paroles il lui dit :

« Suis-moi ! »

Encore une signature du disciple « que Jésus aimait »

[20]S'étant retourné, Pierre aperçoit que marchait à [leur] suite le disciple que Jésus aimait, celui-là même qui, au cours du repas, s'était penché sur sa poitrine et avait dit : « Seigneur, quel est celui qui te livre ? » [21]Le voyant donc, Pierre dit à Jésus ;

« Seigneur, et celui-ci, quoi...? »

[22]Jésus lui dit:

«Si je veux qu'il demeure jusqu'à ce que je vienne,
que t'importe ?
Toi, suis-moi ! »

[23]Le bruit se répandit donc chez les frères que ce disciple ne meurt pas.

Or Jesus ne lui avait pas dit : « Il ne meurt pas »,
mais « Si je veux qu'il demeure jusqu'à ce que je vienne ».
[24]C'est lui le disciple qui témoigne de ces choses
et qui les a mises par écrit ;
et nous savons que son témoignage est vrai. (C)

Seconde conclusion de l'évangile du disciple

25 Il est encore beaucoup d'autres choses que Jésus a faites ;
si elles étaient mises par écrit une à une,
le monde lui-même ne pourrait, à mon avis,
contenir les livres que l'on en écrirait. (C)

Bibliographie

Marie-Émile Boismard et A Lamouille, Synopse des quatre évangiles, Tome III, L'évangile de Jean, éd. du Cerf, Paris 1977

Frédéric Amsler, L'évangile inconnu, la source des paroles de Jésus, Labor et Fides, Genève, 2001

Andreas Dettwiler et Daniel Marguerat, La source des paroles de Jésus (Q) aux origines du christianisme, Labor et Fides, Genève, 2008

Jean-Marc Babut, à la recherche de la Source, Mots et thèmes de la double tradition évangélique, Cerf, Paris, 2007

Fernando Belo, Lecture matérialiste de l'évangile de Marc, Cerf, Paris, 1975

Pierre Gibert, L'invention critique de la Bible, XVe-XVIIIe siècles, éditions Gallimard, NRF, Paris 2010

John P. Meier, Un certain juif Jésus, les données de l'histoire, Tomes I, II, III, IV, Lectio divina, Cerf, Paris, 2005-2009

Xavier Léon-Dufour, Lecture de l'évangile selon Jean, Tomes I, II, III et IV, éditions du Seuil, Paris, 1987, 1990, 1993, 1996

Joseph Moingt, Dieu qui vient à l'homme, Tomes I et II, Cogitatio fidei, Cerf, Paris 2005 et 2007,

Joseph Moingt, L'homme qui venait de Dieu, Cogitatio fidei, Cerf, Paris, 2008

Joachim Jérméias, Théologie du Nouveau testament, Tome I, Lectio divina, Cerf, Paris 1973

C. Lavergne, Synopse des quatre évangiles, d'après la synopse grecque de M. J. Lagrange, éd. J. Gabalda et Cie, Paris 1948

Jacques Giri, Les nouvelles hypothèses sur les origines du christianisme, Karthala, Paris 2009

Jean-François Soffray, Selon Jean, Lumière portée sur notre modernité, éd. Golias, Villeurbanne, 2007

Michel Théron, Théologie buissonnière, Tome I et II, éd. Golias, Villeurbanne, 2007 et 2010

Ivar Lissner, Dieu était déjà là, Bibliothèque des grandes énigmes, Robert Lafont 1965

Shlomo Sand, Comment le peuple juif fut inventé, Fayard, 2008

Pierre Nautin, L'évangile retrouvé, Jésus et l'évangile primitif, Beauchesne, Paris, 1998

Sandra M. Schneiders, The Lamb of God and the Forgiveness di In(s) in the four gospel, The Biblical Quaterly vol.73 n° 1/janvier 2011

Table des matières

Mise en page ©ris'créa

Achevé d'imprimer en mai 2012
sur les presses de la Nouvelle Imprimerie Laballery
58500 Clamecy
Dépôt légal mai 2012
Numéro d'impression : 204295
Editions Golias
BP 3045- F- 69605 Villeurbanne cedex
www.golias.fr